平安文学の環境

後宮・俗信・地理

加納重文 著

和泉書院

目次

I編　後宮

Ⅱ編　俗　信

Ⅲ編　地　理

《女房日記の地理》

Ⅰ編　後宮

第一章　後　宮

『源氏物語』という作品の世界を理解しようとすれば、物語が設定した時代の後宮の状況を正確に把握しておく必要があるし、作者の紫式部の立場と心象を考察しようと思えば、この時代では特に〝女房〟と呼称された、後宮の宮仕女性の現状についての理解が不可欠である。この認識のもとに、I編を構成した。

一　令制の後宮

令制下の後宮は、『養老令』に「後宮職員令」として、明文化されている。

妃二員、夫人三員、嬪四員

と規定されている。後宮という言葉も、初例が、次のように見える。

天皇見㆓采女面貌端麗、形容温雅㆒、仍和顔悦色曰、朕豈不㆑欲㆑覩㆓汝妍咲㆒、乃相㆓携手㆒、入㆓於後宮㆒、

（『日本書紀』雄略二年十月六日）

この例では、天皇御所後方の宮殿という原義に近いが、間もなく、

六年春正月朔日、天皇加㆓元服㆒、此夕以㆑選入㆓後宮㆒、

（『日本三代実録』仁和二年十月廿九日）

のように、その宮殿に住む、天皇の配偶者である皇后以下、妃・夫人・嬪などを指す呼称となっている。「後宮職

員令」では、それに続いて、「宮人職員」として、後宮十二司職員の記載がある。宮人とは「婦人仕官者之惣号也」ということだから、妃・夫人・嬪とは実質的な内容を異にするので、別に述べることにしたい。

現存する令の本文は養老すなわち元正朝頃の編纂になるものだけれど、天智・天武の頃にも所見があり、文武朝以前に制定されていたことは確実と説明されている。けれど、唐の官僚制度を模倣した規定が、当時の国情とは乖離して、形式的かつ観念的なものであったこともよく知られている。同じ養老年間に編纂された『日本書紀』が、令に見られるような、唐制模倣の形式主義あるいは理想主義の立場で記述されていることも、容易に推測できる。従って、『日本書紀』の記録を辿っても、後宮の実際を確認することは不能であろうとは、これも容易に推測できる。例えば人皇第一代神武天皇から始まって、その後宮が、皇后・妃・夫人・嬪と、きっちり令規定に沿って記録されている事実から、史実の記録に遠い性格が、逆にむしろ観察されると言ってもよい。

けれど、『日本書紀』の記録を、その国家的立場の思想と形式性を理由として、歴史記述としての価値を全否定して当然とも思えない。本章の「後宮」という課題に関しても、須田春子氏は、「それらの記事がもつ意味を、悉く後代の作為として否定し去るのも妥当な見解とはなし難く、それは、書紀編纂当時の用語を以て、往時の実態を表現したものと解すべきではないだろうか」と発言されている(1)。古代王権成立にともなう統治機構すなわち外廷の整備とともに、天皇の私的生活の側面すなわち内廷も整えられていく、その初期を仁徳から雄略紀に見、次の時期を天智・天武の頃に観察しておられる。氏の見解にも従いながら、令制の後宮の状況のあらましを、把握しておきたい。なお、古代における後宮の草創期から、最も特徴的な平安時代後宮の状況について、壮大な研究業績を残された著作として、角田文衞『日本の後宮』(学燈社、昭48)がある。平安時代の後宮にかかわる研究は、ここから始まり、またここに戻ってくるであろう。いちいち触れることをしないが、小稿も、つねに意識しながらささやかな記述を進めた。最初にお断りしておきたい。

参考のために、『日本書紀』の後宮記述を整理してみても、ただ令規定に沿った記述と見えるが、具体的に見ていけば、気付かれることがある。皇后について言えば、天皇に正妃たる皇后が存するが、一員に限られる。先の皇后に薨去などのことがあって初めて後の皇后が決められる（垂仁・景行・敏達・仁徳など）。おおむねは皇子に妃として入り、即位の後に皇后、所生の皇子が即位して皇太后になる。皇子誕生がなくても、皇后にはなれるが、おおむね皇族身分という条件がある。妃の存在は早く、皇后とほとんど同時であるが、皇子誕生が絶対条件。逆に言うと、皇子誕生があって初めて、妃に待遇される資格を得る。身分は、皇族・臣下が混在し、既婚の婦人が入って妃となることもある（雄略妃・吉備稚媛）。采女身分から妃となる場合もある（雄略妃・童女君）。

夫人の初めは、反正天皇の「皇夫人」津野媛。反正天皇に皇后なく、津野媛が、身分の制限のために、「皇夫人」となったものと思われる。夫人の例は、敏達天皇以後によく見られるようになるが、何故か、嬪と共存しない。夫人と嬪は、臣下身分は共通だが、令には、夫人は三品以上、嬪は五品以上と規定している。ただし、この令規定に基づく夫人・嬪は、ほぼ天智・天武頃のみで、それより前代は信憑性が無いと説明されている（『平安時代史事典』角川書店、平6）。天智には嬪のみ、天武には夫人のみが存するのは、どういうことだろうか。官職を持たない女性も、皇子の母となると、後宮の一員として遇せられる（早くは孝霊天皇の春日千乳早真若媛、遅くは天武天皇の尼子娘・縠媛娘など）。皇子誕生が絶対条件である。天皇に親近する環境にあった女性たちで、采女であった女性などが含まれている。

文武天皇の夫人宮子は、藤原不比等女である。文武帝が即位して夫人となり、所生の聖武天皇が即位して、皇大夫人になった。孝謙帝天平勝宝六年（754）七月の崩御記事には、「太皇太后」と呼称している。その妹光明子は、聖武の皇太子の時に妃となり、即位とともに夫人となり、天平元年（729）八月十日戊辰に皇后となっている。皇后は皇族にのみ許された立場なので、臣下の女にして皇后に任じた初例である。光明子の姉宮子が、皇太夫人の立場から「太皇太后」となったのは、光明子が初例となった「皇后」に導かれたものであろう。皇大夫人の宮子に中宮職が付置され、光明子に令制にない皇后宮職が付置された。光明子は、孝謙即位の後に皇太后になり、令外の皇太后宮職・太皇太后宮職が設置される端緒となった。光明子の「皇后」を、岸俊男氏は、これが「天智末年か天武初年ごろに定められた」制であること、「皇位継承」の性格を持つ立場であること、この二つの視点からその実効性に言及された(2)。歴史的状況の正確な説明は、私の能力を超えるが、令に規定する後宮制に、変改が加えられる端緒となった事柄であること、前年の所生皇子の夭死・長屋王の政変など、後の延喜期の穏子立后（皇太子保明親王の死・源高明の左遷）と等質の思想を背景にする出来事であったことなどは、指摘できるかと思う。

二　平安初期の後宮

令制における皇妃の規定は、規定された段階においてすでに形式的要素を持っていたが、我が国の状況に応じての改変がなされた時期、具体的には、皇后・妃・夫人が存在し、女御・更衣が始発する嵯峨朝を転換期とみて、それ以前と以後を区別してみたい。令制残存の時代と、平安後宮の始発の時代とである。平安時代の後宮史を、かつて柳たか氏が「女御」の視点から、総括的に整理して示されたことがある。

第一の時期として、皇后、妃・夫人・嬪だけの時期（光仁朝まで）、第二の時期として、皇后、妃・夫人・嬪と女御との混在期（桓武朝から淳和朝まで）、第三の時期として、女御のみ存在する時期（仁明朝より宇多朝まで）、第四の時期として皇后と女御との混在期（醍醐朝以降）。

（「日本古代の後宮について」、「お茶の水史学」十三号、昭45）

という認識である。すこぶる妥当な把握で、この把握の検証が、平安後宮史の考察につながると思う。小稿も、柳氏の言われた時期区分に沿った形で、記述を進める。

令制残存の時代も、皇后が皇族の独占でなくなるとともに、次位の妃も、皇妃としての性格が稀薄になっているように思われる。聖武・光仁には妃は存在せず、桓武に酒人内親王、平城に朝原・大宅内親王、嵯峨に高津内親王・多治比真人高子をもって消滅する（淳和の高志内親王は東宮妃）。令制においても内親王身分の独占という訳ではなかったが、皇后の皇族身分を補償するかのように、妃の内親王は、天智天皇以降おおむね守られていた。嵯峨後宮で多治比真人高子が、夫人から妃に任じるような状況になると、両者の区別は位階的なもののみとなり、妃・夫人・嬪といった令制官職が消滅に向かうなかでは、ほとんど意味の稀薄な区別となった。

表1　平安初期後宮の后妃

《桓武天皇》（783～805）母・高野新笠（皇太夫人783、789.12.28崩→追尊皇太后）
皇后　藤原乙牟漏（東宮妃→夫人784.2.7→皇后784.4.18）
妃　酒人内親王（829.8.20薨）
夫人　藤原吉子（784.2.7）
　　藤原旅子（786.1.17、追尊皇太后）
　　多治比真宗（823.6.11薨）
《平城天皇》（806～808）母・藤原乙牟漏（皇太后806.5.19→太皇太后823.4.23）
贈皇后　藤原帯子（806.6.9、故春宮妃）
妃　朝原内親王（812.5.16辞）
妃　大宅内親王（812.5.26辞）
《嵯峨天皇》（808～822）

皇后　橘嘉智子（夫人809.6.13→皇后815.7.13→皇太后823.4.23）
妃　高津内親王（809.6.13）
妃　多治比高子（夫人809.6.13→妃815.7.7）
夫人　藤原緒夏（815.7.7）
《淳和天皇》（823〜833）母・藤原旅子（贈皇太后）
妃（東宮）高志内親王（809.5.7薨、贈皇后823.6.6）
皇后　正子内親王（827.2.26→皇太后833.3.2→太皇太后854.4.26、879.3.23薨）
《仁明天皇》（833〜850）母・藤原嘉智子（太皇太后833.3.2、850.5.4薨）
《文徳天皇》（850〜858）母・藤原順子（女御833→皇太夫人850.4→皇太后854.4.26→太皇太后864。871.9.28薨）
《清和天皇》（858〜876）母・藤原明子（皇太夫人858.11→皇太后864.4→太皇太后882.1.7）
《陽成天皇》（876〜884）母・藤原高子（女御866.12→皇太夫人877.1→皇太后882.1.7。896.9.22廃）
《光孝天皇》（884〜887）母・藤原沢子（贈皇太后884.2.23）
《宇多天皇》（887〜897）母・班子女王（女御884.4.1→皇太夫人887.11.17→皇太后897.7.26）

※数字は、年時の対照の便のために西暦とした

それにしても、なぜ、妃・夫人・嬪といった令制官職が、消滅の方向に向かったのであろうか。文武以降嵯峨に至るまで、皇后は、井上内親王（聖武女、光仁皇后）、橘嘉智子（橘清友女、嵯峨皇后）を除いて、他は藤原氏である。藤原氏が、後宮を通じて帝権と結びつく形が常態となったとも見えるが、特定氏族の独占物でもなく、特定身分に限定されるものでも無くなったと言えるようにも思える。内舎人の女（橘嘉智子）が、皇后になることも出来たし、夫人から皇后へと昇任することも出来た。妃においては、内親王身分といった要素はあったが、皇后・夫人・嬪も

含めて、後宮における序列に過ぎないものになった。次例などを見ると、后妃というより、後宮職員というべき性格かと思われる。

妃二品朝原内親王辞職、許之。（『日本紀略』弘仁三年五月十六日）

妃四品大宅内親王辞職、許之。（同・弘仁三年五月廿六日）

妃・夫人はほぼ二位・三位の後宮女性の称となり、その後に、四位・五位相当の女性たち（女御・更衣）が大量に進出してきた。のみならず、尚侍・尚蔵といった高級女官や、御匣殿といった令外の女官まで、后妃の要素を担うものになっていった。これらの変化は、朝政が、官僚国家組織から天皇中心組織へ、外廷中心から内廷中心に変化していったことによって生じた現象であろう。貴族としての権勢の帰趨が、天皇という象徴権力といかに結びつくか、その結び付きの手段として、天皇周辺の女官の后妃化が進行していったものと思われる。

そのことは同時に、実務女官組織の再編成を意図する結果になった。令制以後の潮流は、女官組織の后妃と実務という二つの要素を、分離しかつ再構成しようとするものであった。実務女官への方向は、「命婦」の例が象徴的である。命婦は、令制においては貴婦人の称であった。内命婦は五位以上の宮人を指し、外命婦は五位以上の者の妻を言った。ということは、上層貴族層の女性はすべて命婦であったと言ってよい。後宮十二司の職事も、五位以上の者は命婦である。従って、「博士命婦」「蔵人命婦」といった呼称が存在して、不思議でない。その命婦に、特定の官職化が進行する。

命婦已下宮人已上三十人（命婦十人 宮人廿人）（『延喜式』宮内省）

のように、下層の女官に対する上層女官の呼称になっているが、この傾向はさらに進行し、平安中期では内侍と蔵人の間に位置づけられる中層官女となって定着していく(3)。

同様のことは、采女にも言える。基本的には、「天皇家と豪族とのあいだの支配と隷属」の関係の中で生じた身分であるが、古代の宮仕女性として最も長い歴史を持つ采女は、后妃に準じるような立場にも、無縁ではなかった。(4) 后妃から女官への質的転換は天武期になされたと、倉塚曄子氏は述べておられる。(5) 平城帝の大同二年（807）に采女貢進停止という一時的な変化はあった。(6) これを平城後宮に君臨した尚侍薬子と関連して説明されることが多いが、どうであろうか。間もない弘仁二年（811）には采女司が復活し、定数四十七人の采女が諸国より貢進されることになって、形式は旧に復した。しかし、かつての夫人・嬪に通じる后妃性はまったく消滅し、食膳・節会・祭祀に奉仕する下層女官の立場となっている。令制の実務女官であった女孺も、その性格はさらに強化され、内侍司中心に再編される十二司だけでなく、八省の諸寮司・諸所、斎宮・斎院、院宮などに附属された実務女官の中心となった。(7) 令外の官として知られる女蔵人も、実務女官組織の再編のために配属された、新設の官女である。令制から摂関制への過渡の時代において、内廷たる後宮は、后妃と実務を両様の柱として、組織の改編を進めていった。結論的には、そう言える。

三　平安前期の後宮（嵯峨～宇多）

平安の後宮を象徴する存在が、「女御」である。「嬪」も「女御」も、『周礼』のうちに「内命婦」のうちの呼称として見えていたが、何故か「女御」ははるかに登場が遅れた。(8) 皇妃表のうちに女御の名が出る最初は、桓武帝の後宮においてである。『大日本史』は、従四位下紀乙魚、従四位下百済教法を女御とし、『平安時代史事典』（歴代皇妃表）は、これに加えて従三位橘常子（兵部大輔・橘島田麻呂女、大宅内親王母）、正四位下藤原仲子（参議藤原家依女）、従三位橘御井子（左中弁橘入居女、賀楽内親王・菅原内親王母）、藤原正子（無位藤原清成女、贈皇后）の四人を女御としている。紀乙魚・百済教法については、それぞれ『続日本後紀』に明示されているが、記録される承和年間（834〜848）はすでに仁明天皇治世で、常態となって制度化している「女御」を、桓武治世まで遡って表記したものではないかと、瀧浪貞子氏は推測しておられる。(9) 藤原仲子・橘御井子の二人は、『一代要記』に女御とするが、橘常子は女御とされていない。弘仁八年（817）八月の薨伝にも「女御」の記載は無い。結局、このあたりの曖昧さもあり、「桓武朝に女御が定められていた可能性は少ない」と述べられている。そして、「桓武朝に存在した上・下身分の〝事実上のキサキ〟を、その身分関係を反映する形で、嵯峨朝において始めて〝女御〟と〝更衣〟として位置づけた」と結論されている。女御の始発が桓武朝か嵯峨朝かの結論はともかくとして、事実として認められることは、桓武から嵯峨朝にかけて、令制の妃・夫人・嬪といった后妃でなくて、実質的に后妃である女性の存在が多数にのぼる状況があり、その処理が必要とされる現状があったということである。

後宮と呼ばれる内廷部分に、この時期、なぜこのような現象が顕著に生じたのか。令制以前においても、記録に残らないだけで、そういう部分は相応に存在したであろうが、なぜこの時期に、何らかの処置が必要な事態になったのか。天皇の個人的な好尚としてしまえるのなら、説明は不要と言っても良い事柄であるが、これを歴史的な事象として説明するなら、どのような説明が可能なのであろうか。瀧浪氏は、それを「薬子の変」を端緒とする令内外にわたる後宮改革の結果と結論されている。明快な論理のように見えるが、改革以前に「事実上のキサキ」が多数に存在している事情の説明がなされていないように感じる。玉井力氏も、女御が「選を経た人達への称号」であり、「嬪以下のキサキの総称」で、「更衣とは、キサキの内の女御以下の全員を指す」といった、明快な指摘をされているが、(10) なぜこの時期に顕著に多数の女御が生まれたかについての説明は、なされていないような気がする。仕方なく拙い私見を述べてみると、後宮にかかわる資格が、古代の早い時期に於いては皇室中心の、令制以後においては皇室と一部特権貴族の範囲に限られていたものが、平安初頭の頃から上層貴族層にまで拡大したこと、これが女御・更衣といった令外の后妃を誕生させる中心の原因ではなかったか、そのような説明が出来るように思われる。

であれば、天皇が特定権力と結び付かない状況が何故に生じたかが、説明されなければならない課題になる。桓武以降、平安中期までの後宮を見ると、次表のようである。

表2　歴代後宮（桓武—嵯峨）

聖武天皇	皇后一人	夫人四人				
淳仁天皇						その他二人
光仁天皇	皇后一人	夫人三人				その他五人
桓武天皇	皇后一人	妃一人	夫人四人	女御六人		その他十五人
平城天皇	妃二人	東宮妃二人				その他四人
嵯峨天皇	皇后一人	妃二人	夫人一人	女御二人	更衣三人	その他廿人
淳和天皇	皇后一人	東宮妃一人		女御二人	更衣一人	その他七人
仁明天皇				女御五人	更衣四人	その他五人
文徳天皇				女御六人	更衣一人	その他九人
清和天皇				女御十四人	更衣十人	その他二人
陽成天皇						その他六人
光孝天皇				女御八人	更衣四人	その他八人
宇多天皇				女御五人	更衣六人	その他三人
醍醐天皇	妃一人	中宮一人	東宮妃一人	女御三人	更衣十二人	その他一人
朱雀天皇				女御二人		
村上天皇	皇后一人			女御四人	更衣五人	その他一人
冷泉天皇	皇后一人			女御三人		

円融天皇	皇后一人	中宮一人		女御二人	更衣二人	
花山天皇				女御四人		その他三人
一条天皇	皇后一人	中宮一人		女御三人		その他一人
三条天皇	皇后一人	中宮一人	東宮妃二人			
後一条天皇	中宮一人					

※古代学協会編『平安時代史事典・資料編』より

嵯峨帝において突出しているけれど、全体として令内妃よりも令外妃の増加、令内外を問わない身分の混乱の状況が知られる。嵯峨帝皇后橘嘉智子（父・内舎人橘清友）が象徴するように、后妃としての序列は、天皇との個別の親近の度合いと言ってよい状況に見える。嵯峨朝において、女御の法制上の位置づけもなされたのであれば、后として令内か令外かも、さほどの意味が無くなってくる。嵯峨帝に次ぐ淳和帝に、皇女である皇后（嵯峨女・正子内親王）が立った後は、しばらくの間、令制の后は断絶する。令制の后妃は断絶に向かうけれど、后妃的な立場の女性は、いちじるしく増加する。桓武から嵯峨にかけての朝政が、特定の強権によって進められるのでなく、貴族間の勢力の均衡の上に立って進められたという性格を反映するものではないだろうか。

　令制の后は、仁明後宮を初例として、以下六代にわたって断絶する。瀧浪氏は、「令制キサキの役割が低下したぶん、令外キサキとしての女御の立場が浮上した」と説明されたが、それが、仁明朝において「令制キサキ」の消滅の形で始まったのには、どんな理由があったのだろうか。仁明帝正妃である藤原順子（冬嗣女）は、皇后に任じなかった。瀧浪氏は、順子が女御という令外のキサキであったからと、言われた。父冬嗣あるいは兄良房に皇后たる希望があったとしたら、なぜ最初から女御としたのだろうか。令内外を問わず原則があるのは妃＝内親王くらいのもので、嵯峨帝に信任厚かった冬嗣の娘が、夫人・嬪程度で入ることがどうして出来なかったのであろうか。結局、順子の背景である冬嗣・良房側に、そういう意志がなかったということではないだろうか。令内の后でない方が有利な状況といったものが、あったのではなかろうか。

玉井力氏も、「仁明朝以来政権の座にあって、皇嗣決定の主導権をにぎっていた藤原氏にとって、立后によって、皇嗣の母を固定してしまうことは、どうしても必要なことではなかった」と言われている(11)。ただし、その理由は、「任用の資格及び手続きのいずれをとっても、女御の方が融通性に富んでいる」といったものではなく、中枢権力への接近を目指す現実的志向によるものではなかろうかと、私は推測する。仁明帝皇后は空位の状態のままで、順子は、所生の文徳帝が即位して、皇太夫人となった。かつて、聖武帝母宮子（不比等女）が辿った同じ道である。

仁明帝以後、皇后不在の時代が続いたが、正后たる女御は、すべて所生皇子の即位後に、「皇太夫人」たる立場を持った。皇后・皇太后・太皇太后の居所が中宮と呼ばれるが、聖武母宮子が皇太夫人として中宮と呼称されて以来、皇太夫人が天皇の生母の別称とされたという説明が正しいとすれば、順子以後、藤原氏は天皇の后であるより、天皇の母であることを望む方針を貫いた、そう言えるのではなかろうか。それこそ、摂関政治の本質である。百年以上の断絶の後に、醍醐帝女御藤原穏子（基経女）が中宮に任じた。中宮は、皇太夫人の別称である。それまで皇后の存しなかった後宮で、正妃たる女御は、新帝即位と同時に、皇太后になる前に皇太夫人に任じている。「皇太夫人（中宮）こそ国母」との宣言であったと思われる。醍醐の先帝宇多の後宮において、基経女温子には、皇女一人の誕生しかなかった。醍醐帝が即位した昌泰元年（898）、実母の胤子（高藤女）は前々年に薨じており、皇太后を追贈されたが、温子が皇太夫人となった。

先にも述べたように、「皇太夫人」は、実質的に国母の意味である。醍醐帝実母の胤子が薨じて実母の存在が無くなった今、「皇太夫人」たる資格を持つ女性はいない。ところが、その胤子の立場は、藤原温子（基経女）によって、継承された。背後に、外戚たる藤原氏の策略が存するのは自明である。女御制度そのものが、天皇周辺に同族の子女を配して、安全に外戚の立場を確保する方策として、藤原氏によって推進されたものと思われる。平安時代の後宮制度が、終始、藤原氏権勢との関わりのなかで変質してきた事情を、象徴的に見る気持がするが、どうであろうか。藤原氏同族継蔭女で、宇多院との間に皇子を儲けた歌人・伊勢は、温子女房として側近にありながら、第二の温子たる役目も担わされるものであったということを、私もかつて述べたことがある。(12)

四　醍醐朝の後宮

宇多から醍醐に至る時期、藤原氏は、正念場とも言うべき状況に直面していた。最初の試練を、〝温子養母〟で強引に突破した藤原氏であったが、次の醍醐帝後宮においても、苦慮を要する事態になる。醍醐朝においては、久しく無かった令制の妃が出現し、変則ではあるが〝中宮〟が誕生するけれど、それは、令制の復活というよりはその終焉であり、新たな後宮制度の始発であった。平安時代後宮史のなかで、醍醐朝の占める位置は、特別なものが

表3

《醍醐天皇》(897〜930)

東宮御息所　某女(896.7.2卒)

妃　為子内親王(897.7.3°899.3.14崩)

中宮　藤原穏子(女御901.1→中宮923.4.26→皇太后931.11→太皇太后946.4°954.1崩)

女御　源和子(947.7薨)
藤原能子(更衣→女御913.10.8°964.4薨)
藤原和香子(女御925.11°935.11薨)
某女(楓御息所)(920.5.23薨)

更衣　藤原淑姫(949.9薨)
源周子(936.2薨)
藤原鮮子(915.4薨)

藤原桑子（921.5薨）
満子女王（920.6.27薨）
源封子
源清子

源暖子
藤原同子
藤原某女（中将更衣）
源某女（兵衛御息所）

である。少しこの問題にこだわって、述べてみたい。先に、醍醐朝の後宮の状況を示しておくと、次のようである。

醍醐帝即位の寛平九年（897）七月三日、同じ日に光孝皇女為子内親王が後宮に入り、妃となった。母班子女王（光孝女御、宇多帝母）の意志が、明瞭に知られる。令制復活と見られた状況も、二年後の昌泰二年（899）三月十四日の為子内親王薨去によって、あっけなく挫折した。為子内親王が妃であった時に、源和子（光孝皇女）が女御として存在したが、藤原氏にとっては、無論論外である。藤原氏は、醍醐即位後に皇太夫人班子を皇太后とし、〝醍醐養母〟の温子を皇后に待遇する処置に望みを託した。(13) 現実に国母でない温子を皇太夫人とすることは、叶わなかったからである。「皇后」とは、天皇正妃の称であるが、『日本紀略』の記述もその後は「中宮」と記したりして、一定してしない。(14)

藤原氏にとって、為子内親王が妃としてあっても、それは現実的な問題ではない。次代に「皇太夫人」となる立場が存在するかどうかが、懸案の問題である。幸いというか、為子内親王は、所生の皇女を儲けただけで、他界した。六人の皇子女に恵まれた光孝皇女・源和子が、この時点でどれほどの立場にあったか判然としないが、少なくとも国母になる可能性のある女御を持つことが、藤原氏にとっての焦眉の課題であった。藤原基経四女の穏子入内は、この願望を込めて強行された。時に、延喜元年（901）年三月。基経の嫡男で穏子には兄の、時平の謀計によるものであったことが、史料に示されている。(15) 穏子は、期待の通りに、翌年に皇子（保明親王）を生んだ。皇子は翌年に皇太子になった。誕生の三ケ月後のことである。

東宮登極の後に穏子を皇太夫人として、政権を掌握する準備が整えられた後に、計画が齟齬する事態が生じた。計略の中心であった東宮が、不慮に薨じたのである。延長元年（923）三月廿七日、廿一歳。長すぎる東宮在位が生じた事件とも言えるが、母穏子は、その一ケ月ほど後に、立后した。

以㆓女御従三位藤原朝臣平穏子㆒為㆓中宮㆒、前皇太子之母也。

（『日本紀略』延長元年四月廿六日）

皇太子が尊位を践んで、皇太夫人となるのが、従来の方式である。皇太子は践祚どころか、その前に崩じた。なのに穏子中宮（＝皇太夫人）が実現した背景には、故東宮の遺児慶頼王の立太子（廿六日。三歳）、あるいは三ケ月後の七月廿四日の、第十一皇子（後の村上天皇）誕生などの事柄が、背景に絡んでいたことは確かであろう。このあたりの藤原氏の謀略、天皇との確執は、多様な推測が可能である。瀧浪氏は、「中宮（穏子）の子は天皇（保明親王）で、その天皇の子（中宮にとって孫＝慶頼王）は皇太子という理屈で慶頼王の立太子に筋道を与えた」と説明されている。知られるように、慶頼王は間もなく病没し、穏子の晩年所生の寛明親王（朱雀帝）が皇太子となった。その後、所生の朱雀・村上の即位にともなって、皇太后・太皇太后と尊号は変わったが、中宮職は一貫して附属され、終始「中宮」と称されている。穏子の兄忠平に『貞信公記』という日記があるが、穏子については、立后前は「御息所」、立后後は「中宮」あるいは「后宮」と記述して、揺れるところがない。皇太夫人の別称としての「中宮」であったはずだが、皇太后になっても、太皇太后になっても、常に中宮である。中宮は総称であるから間違いではないが、皇太子が践祚しない時点での中宮は、ほとんど皇后と重なる意味を持った。この穏子の存在によって、天皇の母であった「中宮」が天皇の后の意味になり、女御から皇后への途がひらかれたと、瀧浪氏は指摘している。

五 平安中期の後宮（朱雀〜後一条）

村上帝以後、「皇后」が復活した。藤原師輔女の安子は、村上践祚とともに女御、十二年後の天徳二年（958）に皇后、冷泉皇后の昌子内親王（朱雀皇女）は夫帝即位の時に皇后、円融皇后の媓子（兼通女）も夫帝在位中に女御から皇后、同じく藤原遵子（頼忠女）は媓子薨後に、円融帝女御から中宮になった。女御を夫人とでも置きかえれば、完全に令制度の復活と言っても良い。具体的には次表に見る通りである。

表4 平安中期の後宮（朱雀〜後一条）

《朱雀天皇》（930〜946）

女御　熙子女王（王女御）　保明親王女　承平七年（937）、女御。

　　　藤原慶子（大将御息所）　藤原実頼女　天慶四年（941）、女御。

《村上天皇》（946〜967）

皇后　藤原安子（藤壺女御）　藤原師輔女。　天慶三年（940）入東宮。天慶九年（946）女御、天徳二年（958）皇后。

　　　康保元年（964）崩。

女御　藤原述子（弘徽殿女御）　藤原実頼女。入東宮。天慶九年（946）女御。天暦元年（947）薨。

　　　徽子女王（斎宮女御）　重明親王女。天暦二年（948）入内、翌年女御。寛和元年（985）薨。

　　　荘子女王（麗景殿女御）　代明親王女。天暦四年（950）女御。康保四年（967）出家。

　　　藤原芳子（宣耀殿女御）　藤原師尹女。天徳二年（958）女御。康保四年（967）薨。

更衣　源計子（広幡御息所）　源庶明女。

藤原修子（中将更衣）　藤原朝成女。

藤原祐姫　藤原元方女。

藤原正妃（按察更衣）　藤原在衡女。康保四年（967）薨。

藤原某女（弁更衣）　藤原有相女。

《冷泉天皇》（967～969）

皇后　昌子内親王（三条太皇太后）　朱雀皇女。応和三年（963）東宮妃。康保四年（967）皇后。天延元年（973）皇太后。寛和二年（986）太皇太后。長保元年（999）崩。

女御　藤原忯子　藤原師輔女。東宮妃。安和元年（968）女御。天元五年（982）尚侍。永祚元年（989）出家。

藤原懐子　藤原伊尹女。康保四年（967）女御。天延三年（975）薨。永観二年（984）贈皇太后。

藤原超子　藤原兼家女。安和元年（968）女御。天元五年（982）薨。寛弘八年（1011）贈皇太后。

《円融天皇》（969～984）

皇后　藤原媓子（堀河中宮）　藤原兼通女。天延元年（973）四月女御、七月皇后。天元二年（979）崩。

中宮　藤原遵子（弘徽殿女御）　藤原頼忠女。天元元年（978）女御。天元五年（982）中宮。正暦元年（990）皇后。長保二年（1000）皇太后。長和元年（1012）太皇太后。寛仁元年（1017）崩。

女御　尊子内親王（麗景殿女御）　冷泉皇女。安和元年（968）斎院。天元三年（980）入内。天元五年（982）剃髪。寛和元年（985）薨。

藤原詮子（梅壺女御）　藤原兼家女。天元元年（978）女御。寛和二年（986）皇太后。正暦二年（991）出家。東三条女院。長保三年（1001）崩。

更衣　藤原某女（中将御息所）　藤原懐忠女。

某女（少将更衣）

《花山天皇》（984～987）

女御　藤原忯子（弘徽殿女御）　藤原為光女。永観二年（984）女御。寛和元年（985）薨。

藤原姚子（堀河女御）　藤原朝光女。永観二年（984）女御。
藤原諟子　藤原頼忠女。永観二年（984）女御。長元八年（1035）薨。
婉子女王　為平親王女。寛和元年（985）女御。帝遜位後藤原実資室。長徳四年（998）薨。

《一条天皇》（987～1011）

皇后　藤原定子　藤原道隆女。正暦元年（990）二月　女御、十月中宮。長保二年（1000）皇后、崩。
中宮　藤原彰子　藤原道長女。長保元年（999）女御。長保二年（1000）中宮。長和元年（1012）皇太后。寛仁二年（1018）太皇太后。万寿三年（1026）出家。上東門院。承保元年（1074）崩。
女御　藤原義子（弘徽殿女御）　藤原公季女。長徳二年（996）女御。万寿三年（1026）出家。天喜元年（1053）薨。
藤原元子（承香殿女御）　藤原顕光女。長徳二年（996）女御。後に頼定室。
藤原尊子（暗戸屋女御）　藤原道兼女。長徳四年（998）御匣殿別当。長保二年（1000）女御。後に、通任室。治安二年（1022）薨。

《三条天皇》（1011～1016）

尚侍　藤原綏子（麗景殿女御）　藤原兼家女。永延元年（987）尚侍。寛弘元年（1004）薨。
東宮妃　藤原原子（淑景殿女御）　藤原道隆女。長徳元年（995）入東宮。長保四年（1002）薨。
皇后　藤原娍子（宣耀殿女御）　正暦二年（991）入東宮。寛弘八年（1011）女御。長和元年（1012）皇后。寛仁三年（1019）落飾。万寿二年（1025）崩。
中宮　藤原妍子　藤原道長女。寛弘元年（1004）尚侍。寛弘七年（1010）入東宮。寛弘八年（1011）女御。長和元年（1012）中宮。寛仁二年（1018）皇太后。万寿四年（1027）薨。

《後一条天皇》（1016～1036）

中宮　藤原威子　藤原道長女。長和元年（1012）尚侍。寛仁元年（1017）御匣殿別当。寛仁二年（1018）四月女御、十月中宮。長元九年（1036）九月、出家・薨。

朱雀帝女御熙子女王は、帝の十五歳成人を待って、女御になった。実頼女慶子の入内はその四年後である。女王の身分は「妃」の資格となるのかどうか判然としないが、これを妃とすれば、実頼女の女御慶子は夫人と言ってよく、実質的に平安初期の後宮の再現である。権勢の帰趨は、皇子誕生によって定まる。慶子を皇后とすることは可能であるが、もし熙子女王に皇子誕生ということになれば、政権構想は瓦解する。弟の村上帝が東宮となったのは、朱雀後宮への藤原氏の危惧の結果と言って良い。十五歳で元服した皇太弟には、同年のうちに安子（師輔女）・述子（実頼女）が入った。東宮位についたのは、その四年後である。外戚関係が成立し得る状態を準備しておいて、村上の皇太弟を実現した訳である。皇太弟は、二年後の天慶九年（946）に即位、安子・述子はともに女御に任じた。安子・述子に懐妊・出産のことがあれば、さらに望むところであっただろう。述子は、天暦元年（947）に、十五歳の少女の身で疱瘡を患い堕胎して死亡した。

天暦四年（950）、更衣祐姫（元方女）に第一皇子（広平親王）の誕生があったが、間もなく安子に第二皇子（冷泉）が生まれ、生後二ケ月で皇太子になった。藤原氏にとっていかに焦慮・待望の事柄であったかが分かる。それまでの女御制の方式でいけば、新皇太子の即位を待って、安子の皇太夫人（＝中宮）が実現するというところであるが、安子は、皇子誕生の八年後に立后、皇后となった。皇后（正后）と皇太夫人（国母）とは、同じではない。醍醐朝に女御穏子が立后して慶頼王立太子の途を開いた逆の論理で、皇太子の母である安子の立后が正当化されたのである。皇后と皇太夫人は、事実上同じ意味となり、安子は以後中宮と呼称された。それまでの女御制においては、所生の皇子（皇太子）が天皇位を実現しなければ、外戚関係を確立し得なかった。それでは、皇太子が皇位を践む前に夭折した場合、あるいは、皇太夫人になるべき女御が践祚前に薨じた場合、それぞれ計略に齟齬が生じる。現実に、保明親王の早世、藤原胤子の薨去で、思わぬ苦慮を生じた。皇后＝中宮制は、政権の帰趨を早くに安定確保する、そういう発想で推進された政略と思われる。

朱雀以降の後宮で目につく現象の一つは、皇親勢力の存在である。朱雀後宮の煕子女王、村上後宮の徽子女王・荘子女王、冷泉後宮の昌子内親王、円融後宮の尊子内親王、花山後宮の婉子女王。女王の〝妃〟の資格は不明だが、昌子内親王は前代なら自動的に〝妃〟となる立場にある。冷泉帝が即位して、昌子は皇后になった。皇后が正妃の意味であるかぎり、形式的には正当である。昌子に皇子の誕生があれば、穏子・安子の先蹤からいって、その皇子の立太子と昌子中宮が現実になる。その危惧を早急に取り除く意味でも、冷泉の御代はできるだけ早くに終わらせなければならない。安和の変の第一の意味は、ここにあったであろう。冷泉帝の治世を終結させたとしても、他氏との間に係累を持った皇子では、事態はさらに悪化する。円融帝が九歳で冷泉践祚とともに皇太弟になった時には、早晩その帝位への道筋が意図されていた。安和の変は、源高明の内心がどのようであったかは問題でなく、朱雀・円融と同母兄弟である親王（為平親王）と係累を持つ彼の立場が、一石二鳥で排除されたものであった。

円融帝後宮は、藤原氏で独占された。帝の成人にあわせて、天延元年（973）に兼通女媓子、天元元年（978）に頼忠女遵子、兼家女詮子が、あいついで入内、女御になったが、皇子誕生は、末弟の兼家の女詮子に一子（一条）の誕生があったのみであった。けれども、兼通女媓子は皇后となり、頼忠女遵子は中宮となった。媓子が皇后になったのは、帝が成人した十五歳の天延元年（973）で、穏子から安子に、皇后＝中宮の解釈を通してきた過去と齟齬するところはあるが、正妃の意味としてなら一応は了解される。しかし、正暦元年（990）、頼忠女遵子の皇后は筋が通らない。「皇后の孫だから皇太子」の理屈を強行したのが穏子で、「皇太子の母だから皇后」を通したのが安子であったけれど、遵子の皇后は、「皇太子の母」ついで「天皇の母」となる道筋を優位にする、単にそのような立場の后妃であることを具体的に示した点に、意味があるかと思われる。中宮＝准皇后の認識の現実化である。遵子は、そういう優越した立場を許容されたにもかかわらず、その先の道を開拓することは出来なかった。

〝遵子の皇后〟は、二代後の一条帝の初年に、道隆女定子が同じ立場を得るための処置として、結果として取られた。

改中宮為皇后、以女御従四位下藤原定子冊為中宮。

（『日本紀略』正暦元年十月五日）

中宮とは、いわば女御中での優越した立場の表明である。円融治世の遵子中宮と一条治世の定子中宮、質的には両者はまったく等しい。遵子の場合は、すでに皇子誕生という優位を得ている女御詮子（兼家女）を意図的に無視しての中宮であった点で、その強権が批判されたのである。「素腹の后」の非難は、詮子の存在を意識してのものである。

一条帝の治世、正暦元年（990）に入内して女御となっていた定子（道隆女）が、長保二年（1000）に皇后となり、同時に道長女彰子が中宮となった事実が、二后並立の現象として論議されるけれど、叙上のように、円融帝後宮においで、すでに認識は示されていた。残された問題は、それが同時に許容される事柄であるかどうか、ということであった。それが、長保二年に道長によって強行されただけで、女御そのものが、皇后―中宮―女御と序列化するのが常態になっているのであれば、早晩現実になるものであったであろう。彰子立后に際して、蔵人頭の行成が「中宮定子が出家して神事に奉仕する后がいないから」と、道長の意向に添った意見を具申しているが[17]、かつて六代に渡って、正妃不在の御代もあった。まったくの詭弁であるが、歴史の流れとはそういうものである。

女御を序列化する傾向は、女御に至る道にも優劣を設定する傾向につながる。道長の子女は、二女の妍子から始まって、いずれも女御以前に尚侍に任官し、御匣殿別当などにもなっている。幼少の少女に実務の遂行が期待されたはずはなく、明らかに女御以前の経歴の格付けを意図したものである。女御という横一線で並ぶ以前に、優位な立場を持つ発想は、兼家女綏子（尚侍）や道長の兄道隆女原子（尚侍）、道兼の尊子（御匣殿別当）などにも見られ、権勢への道をいかに早く安定的に確保するかの方策が、ここに極まったことを感じさせる。この現象が摂関政治の極盛と評される時期と重なるのは、偶然でない。なお、これを極盛と評するにはやや批判的で、後三条を経て白河院政において、皇位の継承権が王家に回復されたという後宮史の意義について、伴瀬明美氏が述べられていることを、参考に紹介しておきたい(18)。

六 女御・更衣

ここで、課題としてきた「女御」の問題を、簡単に整理しておきたい。「女御」の性格を大雑把に整理すれば、もともとの性格は、令制下で言えば「命婦」、後の平安中期で言えば「女房」、これに通じるものとして生じたものではなかったろうか。女御の性格を考える上で、私は、次の史料に苦慮する。

勅、親王・内親王・女御、及三位已上嫡妻子、並聴蘇芳色象牙刀子……、内親王・孫王、及女御已上、四位已上内命婦、四位参議已上嫡妻子、大臣孫、並聴乗金銀装車、自余一切禁断。(『日本紀略』弘仁六年十月廿五日)

嵯峨帝の弘仁年間(810〜824)、女御の歴史としても初期のものである。これによれば、女御は、親王・内親王といった皇族身分に近い立場、あるいは命婦よりも優越する貴婦人的立場の女性と推測せざるを得ない。皇后・妃・夫人といった后妃的立場は、この史料からは推測しにくい気がする。柳氏の理解は、「女御は妃・夫人・嬪の別称でもなければ女官でもない。新たな天皇のキサキを表す名称」ということであるが、どうであろうか。また、

従四位下藤原朝臣古子・无位東子女王・藤原朝臣年子・藤原朝臣多賀幾子・藤原朝臣是子、為女御。(『日本紀略』嘉承三年七月九日)

のように、一挙に五人の女御が任じられる史料は、どう読めば良いのであろうか。皇子女を儲けていた女子を一挙に叙任という考えは、五人ともに皇子女誕生の記録がないし、成立しにくい。しかも、東子女王以下は无位という立場であった。

二つの史料から、女御は、后妃というよりは、もともとは実務的な立場の女官として生まれたのではないかという推測が、いちばん自然に思える。その実務の内容が、天皇の身辺にあったために、后妃に通う性格が前面に出て、現在受け取るような女御が誕生したのではないかという推測である。しかしそれなら、更衣の性格に近いし、どうして女御・更衣という階層が生じる必要があったのか、説明が必要である。更衣については、早く青木敦氏が「皇子に源氏賜姓を得るような后」の要素を強調され、[19] その後、玉井力氏もその延長上で、「更衣」は「キサキ」の惣名であって、「寵姫を賜姓者の母達から区別するための称号として」女御が生まれたという見解を示された。[20] となると、女御と更衣を区別するものは、たまたまの天皇との親愛関係のみということになる。しかし、絶対的に厳密ではないけれど、女御の出自が皇親・大臣などの貴顕で、更衣の家柄が納言・参議以下といった区別も、おおむね観察されるところであるし、なお検討が必要と思われる。

たまたま史料を探していた時に、次のような用例を、採取した。

以㆓更衣従五位上藤原朝臣元善㆒為㆓女御㆒　（『日本紀略』仁和三年二月十六日）

以㆓更衣藤原能子㆒為㆓女御㆒　（同・延喜十三年十月八日）

更衣から女御への昇任の事例である。同様の例は、菅原衍子（『寛平御遺誡』、宇多女御・道真女）、橘義子（『壬生家文書七』、宇多女御・広相女）、藤原桑子（『一代要記』、醍醐女御・兼輔女）、なども、更衣→女御という経歴を経ているらしい。とすれば、女御・更衣の区別を決定するものは、出自・身分だけではないようである。結局、女御と更衣を区別する絶対的な基準を見難いのであるが、増田繁夫氏は、『西宮記』『侍中群要』などに、采女や女蔵人と同様に、御手水・陪膳などに奉仕したりする更衣の姿から、〝女官〟の性格を観察しておられる。[21] 后妃と認識されている「女御」の呼称が、令制の「命婦」にも重なるような、貴族女性の汎称の要素を感じさせることも考慮して、同じく君側の侍妾であるけれど、女官か貴婦人かという発生的な区別であるとするのも、考えられる理解であると思う。いずれにしても、問題はさらに考察を要する課題として存在しているということであろう。

仁明朝以来六代に渡って、皇后が存在しない女御時代が現出した。その理由として、私は、藤原氏族の意図的な政権戦略という理解をした。皇位の継承を皇親勢力から切り離し、天皇周辺に女御として配した一族の子女によって、閨閥を安定的に確保しようとする藤原氏の発想である。それが安定的に継続した状況では問題が生じなかったが、閨閥の核となる存在が不慮に消滅する（保明親王）という事態になった時、藤原氏は新たな政略に転換していった。政権の中心になる天皇の誕生を、極力可能性を大にすることによってでなく、意図的にその状況を導くという方針転換である。その転換の位置に醍醐朝があったことは、先述した。いずれにせよ、「女御」を中心にする平安時代後宮の展開は、藤原氏族の政権構想に関連しながら、様相を変えていった。そのように言ってよいかと思われる。

女御・更衣に準じるような立場に、尚侍・御匣殿といった存在がある。後宮女官としての最高級職であった尚侍、衣服・裁縫などに奉仕する職司の長官である御匣殿は、その立場の名誉職化と后妃化が平行して進行し、女御・更衣につながる女職になった。尚侍については、不十分ながら後章であらためて述べる。御匣殿については、須田春子氏の初発的な研究が、[22]所京子氏に緻密かつ綜合的に受けとめられた報告があり、[23]私の述べるべきものはなにもない。所氏によれば、縫殿寮に始発した衣服裁縫といった職掌が、醍醐帝の頃には、御匣殿女官（おおむね女蔵人）の奉仕するものとなり、その長官の立場である御匣殿別当は、本来の所職は、「預」に代行させて、更衣あるいは女御となる道筋が生じたとのことである。別当から女御への初例は、冷泉帝の時の藤原超子（兼家女）で、以後、御匣殿別当は、后妃職の形式的な階梯となってしまった。このあたり、須田・所両氏の報告を参照されたい。

七　『源氏物語』の後宮

桐壺更衣亡き後、桐壺帝後宮に入った藤壺を中心に、『源氏物語』後宮の人物と官職を考えてみたい。物語の冒頭に、「いづれの御時にか。女御・更衣あまたさぶらひ給ひける」と述べられているのは、有名である。平安時代中期の、作品が成立した時代の読者が、「女御・更衣あまたさぶらひ給ひける」御世を、史実と重ね合わせて想像するのは、容易である。一条帝治世以前の後宮の成員を整理してみると、前掲表2～4のようであった。これによれば、清和天皇は想定される時代には早すぎるので、これを除外するのを許されるとすれば、光孝・宇多・醍醐および村上の四代に限られるが、桐壺帝の御世に想定される治世を、史実のなかに探るのが本節の趣旨ではないので、ここではこれ以上述べない(24)。

女御・更衣たちは数多いたとは言うけれど、物語中に確認出来る女性は、

弘徽殿女御　（第一皇子朱雀帝母、右大臣女）
麗景殿女御　（皇子皇女なし、花散里姉）
□□女御　（第八皇子宇治八宮母）
藤壺女御　（第十皇子冷泉帝母、先帝第四皇女）　※女御でないといわれるが一応
桐壺更衣　（第二皇子母、父大納言）

といったところである。藤壺は、亡くなった更衣に似るということで、桐壺帝の後宮に迎えられた。内親王の身分で、帝の後宮に入ったのは、文徳天皇の御世以降では、

綏子内親王　（陽成帝後宮、光孝帝皇女）

為子内親王　（醍醐帝妃、宇多帝皇女）
昌子内親王　（冷泉帝皇后、朱雀帝皇女）
尊子内親王　（円融帝後宮、冷泉帝皇女）

の四人を数えるのみである。ついでに、源氏に下っていた皇女の例で、

源和子　（醍醐帝女御、光孝帝皇女）

があり、女王まで範囲を拡げれば、

好子女王　（陽成帝後宮、是忠親王女）
班子女王　（光孝帝女御、仲野親王女）
満子女王　（醍醐帝更衣、輔相王女）
熙子女王　（朱雀帝王女御、保明親王女）
徽子女王　（村上帝承香殿女御・斎宮女御、重明親王女）
荘子女王　（村上帝麗景殿女御、代明親王女）
婉子女王　（花山帝女御、為平親王女）

といった名前をあげ得る。物語では、先帝皇女と言っているのだから、内親王に限定して考えると、為子・昌子内親王は妃あるいは皇后となり、女御の列にとどまらない待遇を受けている。しかも、二人とも御子に恵まれていない。綏子内親王は為子内親王と同じ三品になっているが、源氏に降っていたことがあり、前斎院の尊子内親王は二品になっているが廿歳で薨じている。綏子・尊子内親王が妃あるいは皇后であったことは確認されないが、通常に推移していく人生であったなら、為子・昌子内親王の例から見て、女御の待遇を超えないはずはなかったであろう。この二人にも御子誕生のことがない。これだけ偏ると、原因を近親結婚とされても、簡単には否定しにくい。

物語の藤壺には、出産のことがあった。実父が光源氏であったという、近親結婚でなかったことが原因などと言えば、うがちすぎと多分非難されるであろうが、内親王の結婚に、皇子・皇女の誕生を見にくいのは、現実のこととしてある。御子の誕生がなくても、女御と同等の待遇にとどまらないことも、実例からほぼ断定出来る。その待遇を「妃」だとする意見が、提出されている。小松登美・今西祐一郎氏などの意見であるが、「かかやくひの宮」に「日」と「妃」をかけてあるとされる。(25) 内親王が帝の後宮に入る時は、「女御」ではなくて「妃」であるという原則があるのかどうか、それが確定されるなら、藤壺も桐壺帝「妃」であったのは間違いないと言えるだろう。

藤壺が、はたして「妃」であったのかどうか、結論は出しておきたい。「妃」とは、後宮職員令に、「妃二員、右四品以上。夫人三員、右三位以上。嬪四員、右五位以上」と規定される、後宮の成員である。四品と三位・五位というように指定が異なるのは、妃になるものは、もともと皇女たる身分という前提があったように思われる。一方、同じ令の規定のうちに、「皇后、謂、天子の嫡妻也」の規定もある。(26) 妃以下の後宮成員の中から、嫡妻としての皇后が選ばれるということらしい。我々に馴染みの女御も、嵯峨帝の頃に後宮成員の称となり、以後一般的な呼称となった。問題を考える時に、これらの関係を整理する必要がある。次のようである。

皇后
　├ 妃（内親王のうちから選任）
　└ 夫人（女御のうちから選任）

また、皇后についての「公式令」の規定の直前に、次のような説明があった。

皇太后　謂。天子母登后位者、為皇太后。居妃位者、為皇太妃。居夫人位者、為皇太夫人。

これらを資料として、問題を考えてみる。例えば、清和帝女御であった藤原高子は所生の陽成帝が即位すると皇太夫人となり、光孝帝女御班子女王も、所生の宇多帝が即位して皇太夫人となり、宇多帝女御藤原温子も、醍醐帝の即位によって皇太夫人となっている。「公式令」の説明に従えば、彼女たちはいずれも、もともと「夫人」の位にあったということである。このうちの高子は、陽成帝治世のうちに皇太后になった。所生の御子の在位中に、皇太「夫人」から皇太「后」への昇任も可能なのである。班子女王も皇太后に昇任している。醍醐帝の即位によって「天子祖母」になった時で、「太皇太后」の意味ではないかと思うが、いずれにせよ、皇后に相当する位を得ていたことを、証明している。また、「妃」に関する明証の一つである、「寛平九年七月廿五日太政官符」の「三品為子内親王を妃となす」という記録内容は、否定困難である。為子内親王は、高子・班子・温子が夫帝在位中に「女御」から「夫人」に選任されていたように、「妃」に選任されたのであろう。貴族の子女は、朝廷内の身分をもともと持っているわけではないので、「女御」という身分を持つ必要があるが、内親王は、それ自身が身分であるので、「女御」という前提を必要としない。皇后となる前官としての「妃」あるいは「夫人」は、令の規定に従って、二員・四員が任命されるという形が厳密に守られるのでなければ、実質的意味がほとんど無くなる。内親王↓妃↓皇后、女御↓夫人↓皇后という形が維持されたのは、宇多・醍醐帝のあたりまでで、基経の女穏子が中宮になったあたりから、妃・夫人は事実上消滅した。

内親王の身分である藤壺が後宮に入った時、令制が厳密に守られていたなら、確実に「妃」になっている。同時に、澪標の巻で冷泉帝が即位した時、「皇太后」になっている。それ以前に、朱雀帝が即位した時には、その母弘徽殿女御は、おそらく「皇太夫人」になっているはずである。しかし物語は、この時点でも弘徽殿を、「春宮の御母にて、廿余年になり給へる女御」というように、女御の位に止めている。藤壺についても、彼女を「妃」と呼ぶことがないだけでなく、「女御」と呼称することも一度もない。弘徽殿は女御のままで、藤壺は内親王のままで、変わらないのである。桐壺帝譲位近く、藤壺の立后がなされた。藤壺がすでに「妃」であったなら、増田繁夫氏が疑問を持たれたように、妃と女御との身分関係は議論の範疇でない。女御と無品内親王とであったら、第一皇子母と第十皇子母の立場も考慮に入れて、その優劣関係は帝の気持次第という要素があっただろう。増田氏が疑問とされるところは、次のようである。

もしも藤壺が〈妃〉であったとすれば、〈妃〉は女御よりは上位の地位であるから、後に入内したとはいへ、後宮での序列はその入内当初から藤壺の方が弘徽殿よりは上であり、后位につくとすれば藤壺がその第一候補であることは、当然に人々にも予想されたゐたであらうから、弘徽殿も「いとど御心動」くことはなかったであらうし、世間もさう強くは非難することもなかったであらう。少なくとも物語のここの文脈は、桐壺朝の後宮において藤壺は弘徽殿よりは下位にある、といふ前提で書かれてゐる。

（「藤壺は令制の〈妃〉か」、大阪市立大学「人文研究」第43巻第10分冊、平3）

妃・夫人の位は、すでに消滅している。私も、増田氏と同じ考えを持つ。ただし、物語の時代は、半世紀から一世紀以上を溯る延喜・天暦時代辺に設定されてあったと見られるのであるから、〈妃〉が実質的に存在していた背景が厳密に描写されていないという批評は出来る。これも増田氏が言われるように、「既に作者の時代には、もう〈妃〉や〈更衣〉といった後宮の制度の実質は廃れて存在せず、その実体はどういふものか、人々にはよく判らなくなってゐた」とでも推測するしかないであろうか。桐壺帝の末年、藤壺は、内親王の立場から直接に中宮になったという推定を、結論としたい。深沢三千男氏の藤壺論も、「制度上の公的地位を持たない」藤壺は、「立后によっていきなり公的地位を得た」という見解を述べているようである(27)。

藤壺における次の問題は、冷泉帝即位後の次の表現にある。

入道后の宮、御位をまたあらため給ふべきならねば、太上天皇になずらへて、御封賜はらせ給ひ、院司どもなりて、様殊にいつくし。（澪標）

本来なら、国母となった藤壺が皇太后になるのに、なんの疑問もない。ところが、彼女はすでに出家の身である。

出家者に世俗の官職は必要ない。朱雀帝の御世に、中宮であり続けたことさえ不審である。物語も「かくなり給へれば、もとの御位にてもえおはせじ」とか、「かくても、いつしかと御位を去り、御封などのとまるべきにもあらぬを」とか、混乱している。しかし結局もとの位だけは維持した。朱雀帝後宮に立后のことがあったら、どうしたのだろうかと思うが、ともあれ、御子の即位まで中宮のままで来た。さすがに、この上に官職の待遇までは考慮し得ない。島田とよ子氏は、「藤壺が既に太皇太后まで上っていて、もはや后位を上げることが出来なくなっていることを示すものである」と言われている。(28) 例文の前半はそのように説明するとしても、後半の「院司どもなりて」の部分は、どう解釈したらよいのだろうか。ここで、史実に存する「女院」待遇が、新たな話題になるのだが、「院司どもなりて」という明瞭な記述は、なかなか否定困難と思われる。島田氏は「皇太夫人でありながら中宮職を置く宮子の例は、太皇太后にあって院司を置くということもあるのではないか」の推測をもって、「女院藤壺が存在しない」根拠とされているが、この程度では説得力がない。さらによほど確実な反証が必要であろう。

女院と称された最初の女性は、物語が成立した時代の、一条帝国母藤原詮子である。兼家二女の詮子は、天元元年(978)十七歳の時に円融帝後宮に入って女御となり、翌々年に一条帝を生んだ。初め、頼忠女の遵子が寵愛を受け、皇子誕生のこともないのに、立后して皇后になったが、詮子入内の翌年に薨じた。一条帝幼年の頃は、諸社御幸に必ず同車するなど、親愛の関係深い母子であったようである。一条帝登極の後に皇太后となったが、正暦二年(991)に病疾を得た。詮子三十歳の時である。一条帝は十二歳の少年であったが、職曹司にいた詮子のもとに幸された。

天皇職曹司に行幸さる。皇太后宮御悩によりてなり。戌の刻、皇太后落飾して尼となる。公家、絹百疋・麻布千段を進めらる。請僧の料なり。皇太后宮職を停め、東三条院となす。年官・年爵・封戸、元の如し。

(『日本紀略』正暦二年九月十六日)

出家して皇太后を辞すことになった母后に、太上天皇に准ずる立場を与えられた。女院といわれる地位の初例である。これに続く例となった一条帝中宮藤原彰子（道長女）は、太皇太后の時に出家して、女院号を賜った。彰子が女院号を得た万寿三年（1026）は関係ないが、初めの詮子の女院号は、物語が書かれるよりも前の史実である。詮子は病悩出家で皇太后を辞す時に女院になった。藤壺は、史実の詮子と同じ三十歳の頃に出家したが、その時には女院とならず、冷泉帝が即位して国母となった時に、「太上天皇になずらへ」る職を得た。正直なところ、藤壺の方に多少の無理があるが、物語の直前の時代に初めての史実となった東三条院詮子の例を、藤壺女院の先蹤と考えないという方が無理であろう。藤壺が国母とならなければ、女院に待遇することは不可能なので、物語は数年の時間のズレを設定せざるを得なかったというように、一応考えておきたい。

注

（1）須田春子『律令制女性史研究』（千代田書房、昭53）。
（2）岸俊男『日本古代政治史研究』（塙書房、昭41）。
（3）須田注（1）書、第二章第三節。
（4）門脇禎二『采女』（中央公論社、昭40）。
（5）「采女論」（「文学」38巻1号、昭45）。
（6）『類従国史』大同二年五月、十一月。
（7）采女制度について、これは中国にも存在して我が国古代に移入されたと言われているが、輸入以前にその実体的なものがすでに存していたこと、貢進の義務から特権的なものに転化し、さらに下級女官に定着していくといった、「采女」史の基本的な把握は、早くに、磯貝正義「采女制度の一研究」（「史学雑誌」67巻6号、1958）に報告されていた。「采女」にかかわる綜合的な研究文献である。なお、采女という「女官」は、平安後期にも、鎌倉期に入っても、朝廷女官の職制として長く存続したことなどは、角田文衞『日本の女性名（上）』（教育社、昭55）に触れられている。

(8) 『日本書紀』雄略七年に、「天皇、傾レ耳遙聴、而心悦焉、便欲下自求二稚媛一為中女御上」という記述が見え、女御例の初出と言われているが、あまりに孤立した例で不審。とりあえず紹介のみ。

(9) 瀧浪貞子「女御・中宮・女院―後宮の再編成」（論集平安文学・第三号『平安文学の視角』勉誠社、平7）。ただし、玉井力氏は、「更にさかのぼって光仁朝」の可能性があると指摘されていた（「女御・更衣制度の成立」、「名古屋大学文学部研究論集」史学19、1972）。事実は、どうであろうか。

(10) 玉井注（9）論文。

(11) 玉井注（9）論文。

(12) 拙稿「伊勢の御　私見」（「古代文学研究」2号、昭52）。

(13) 『日本紀略』『扶桑略記』寛平九年七月廿六日。

(14) 『日本紀略』延喜七年六月七日の薨伝では、「皇太夫人」。

(15) 『寛平御遺誡』。

(16) 『日本紀略』天元三年六月一日。

(17) 『権記』長保二年正月廿八日。

(18) 伴瀬明美「院政期における後宮の変化とその意義」（「日本史研究」402、平8）。

(19) 青木敦「更衣考」（「国学院雑誌」61巻11号、昭35）。

(20) 玉井注（9）論文。

(21) 増田繁夫「女御・更衣・御息所の呼称」（『源氏物語と貴族社会』吉川弘文館、2002、所収）。

(22) 須田春子『平安時代後宮及び女司の研究』（千代田書房、昭57）。

(23) 所京子『平安朝「所・後院・俗別当」の研究』（勉誠出版、平16）。

(24) この課題については論考が山積している。寺本直彦「天暦期後宮と桐壺の巻」（「青山学院大学文学部紀要」16号、昭50）の整理にゆだねたい。

(25)　小松登美「〈妃の宮〉考」（「跡見学園短期大学紀要」第七・八合併号、昭46）。今西祐一郎「〈かかやくひの宮〉考」（「文学」第五十巻七号、昭57）、同「〈火の宮〉尊子内親王―〈かかやくひの宮〉の周辺―」（「国語国文」五十一巻八号、昭57）。

(26)　『令義解』巻七・公式令。

(27)　深沢三千男「藤壺物語主題論」（源氏物語研究集成第一巻『源氏物語の主題上』風間書房、平10）。

(28)　島田とよ子「源氏物語における〈中宮〉」（「大谷女子大国文」十三号、昭58）。

第二章　女房と女官

平安時代中期における宮仕女性としての女房・女官の現状が、文学作品である『源氏物語』の研究にあたって理解が求められるのは、作者紫式部が作品を生み出していった環境としての宮仕女性の位置・立場の現状が、紫式部の内面と作品の形成に深く関与し、投影するものがあると考えられるからである。本章においては、作者や作品の問題からはできるだけ離れ、女房・女官の平安中期の実態について、極力正確な報告につとめたいと思う。

一　『栄花物語』の宮仕女性

女房・女官の考察にあたっての資料は、作品・史料ともにすこぶる膨大に存在する。それらを完全に網羅することにさほどの意味はないので、作品としては平安中期の時代を記録した作品『栄花物語』を代表として、取りあげてみたい。この作品の正編（巻一〜巻三十）に登場する女性たちを整理して紹介してみる。まず、個人として特定される女性たちを整理してみると、次のようになる。

『栄花物語』正編宮仕女性一覧

※テキストとした本文は、日本古典文学大系『栄花物語』（岩波書店、昭39・40）で、人物初出の頁を示した。同一人物を別に採った場合があり、それは※印で示した。

尚侍	登子（㊤48）・綏子（㊤108）・妍子（㊤241）・嬉子（㊦202）
典侍	藤典侍（㊤104）・橘典侍（㊤104）・源典侍（㊤348）・大輔（㊤86）・典侍（㊦42）・※弁宰相典侍（㊦105）
掌侍	高内侍（㊤109）・右近内侍（㊤174）・中宮内侍（㊤263）・弁内侍（㊤268）・左衛門内侍（㊤268）・近江内侍（㊤345）・中宮内侍（㊦55）・進内侍（㊦245）・小式部内侍（㊦250）・少将内侍（㊦262）
命婦	侍従命婦（㊤44、安子乳母）・小弐命婦（㊤44）・佐命婦（㊤46）・中将命婦（㊤216、詮子乳母）・大輔命婦（㊤253）・兵部命婦（㊤254）・中務命婦（㊤271）・右京命婦（㊤306）・内蔵命婦（㊤339）・命婦乳母（㊤353）
御匣殿	東宮御匣殿（㊤104、兼家四女）・内御匣殿（㊤139、道隆四女）・御匣殿（㊤254、中務）・御匣殿（㊤352、正光女）・御匣殿（㊦134）
宣旨	東宮宣旨（㊤103、兼家女）・宣旨（㊤223、詮子女房）・宣旨（㊤273、彰子女房）・殿宣旨（㊦183）・式部宣旨（㊦188）
乳母	大弐乳母（㊤86）・少弐乳母（㊤86）・民部乳母（㊤86）・衛門乳母（㊤86）・少輔乳母（㊤183）・弁乳母（㊤183）・少納言乳母（㊤235）・弁乳母（㊤222）・少将乳母（㊤273）・弁乳母（㊤351）・中将乳母（㊤351）・中将乳母（㊤386、前斎宮内侍）・大夫乳母（㊦107）・左近乳母（㊦135）・大弐女（㊦217）※宰相乳母（㊦278）・因幡乳母（㊦280）
官職？	宰相（㊤183）・清少納言（㊤214）・新中納言（㊤234）・和泉式部（㊤234）・大納言（㊤242）・小式部（㊤250）・筑前（㊤269）・左京（㊤269）・盛少将・宰相（㊤263、道綱女豊子）・小宰相（㊤263）・紫式部（㊤265）・中将（㊤271）・中納言（㊤275）・左京（㊤275）・本院侍従（㊤322）・大宰相（㊤324）・大納言（㊤

337）・五御方（㊤351）・二条殿御方（㊤422）・小侍従（㊤422）・馬中将（㊤445）・五節（㊦132）・対君（㊦172）・左衛門（㊦175）・中納言（㊦191）・小左衛門（㊦225）・越後弁（㊦228、＝小弁㊦245）・伊勢中将（㊦262）・中納言尼（㊦262）染殿中将（㊦262）・少将（㊦314）・赤染（㊦315）

三位

源三位（㊦36、彰子乳母）・※近江三位（㊦278）

この整理からまず明瞭になることは、平安中期における宮仕女性としての官職には、尚侍・典侍・掌侍・命婦・御匣殿・宣旨・乳母といったものがあげられ、位階としての三位も公的な待遇を示すので、宮仕女性はおおむねこれらの官職にあって、官女としての職務を遂行し、かつ待遇を得ていたということが出来る。ただし、一覧中に「官職?」としてまとめた女性たちについては、以上に整理した官職のどれに該当するか、確認出来ない。確認し得る資料を入手できないだけで、宮仕女性たるものは、原則的にどれかの官職に任じているのだとする立場もあるが、私は、ここに整理した女性たちは、もともと官職を持っていない女性たちであると考えている。このことについては、後に再述する。

資料整理の段階で気付き得たことを記しておきたい。

任官は必ずしも下位官職から次第に昇任するというわけでないこと

殿の御女と名のり給ふ人ありけり。殿の御心地にも、「さもや」とおぼしける人参り給ひて、宮の宣旨になり給ひぬ。（㊤103）

そのおとうとの女君は、この殿の中納言の御女とあれば、宮の御匣殿になさせ給ひつ。（㊤104）

近接する二例であるが、ともに兼家女とされる二人の女性が、一人は異母姉皇太后詮子の宣旨となり、一人は東宮（三条）の宣旨となった。ともに近親の女性として、宣旨という名誉的な官職に初任した。宣旨とは、中宮に立后したりした時などに、そのことを正式に伝える宣旨の伝宣に奉仕した女性のことで、その一度の奉仕によって、宮仕先における最優遇に名誉職な立場を与えられた。中宮定子の宣旨となった高階光子が中宮の叔母であったように、縁戚の女性を厚遇して任ずるようなことが多かった[1]。中宮だけでなく、摂関家や斎宮・斎院といったところにも、配置される。一覧に見るところでも、殿宣旨の存在が見える。式部宣旨は皇后娍子の宣旨であるが、八十にも及ぶ老齢の女官であった。優遇的な立場を保証されて半永久的に奉仕している。宣旨に似た高位の立場である御匣殿も、同様である。教通女生子は十一歳で御匣殿とされている（下134）。昇任の段階を経てきたはずがない。

初任の例は、宣旨のような高位の場合に多いが、職務内容から乳母などには通例のものである。尚侍嬉子が薨じた時に遺児（後の後冷泉帝）の乳母に任じた大弐女（下217）の例など。

兼官の状態も異例としてでなく存在すること

兼官は、ある種の官職においては、通常的な状態でもある。ある種の官職とは、乳母のことであり、次のような用例がある。

御乳母の式部宣旨、八十ばかりにて、よろづにあはれなるものにおぼしめしはぐくませ給つるに、後れ奉りたる程、いへばおろかにいみじきに、何事もなくて、ただ消えに消え入りて、（下188）

斎宮の御乳母、やがてかの宮の内侍になさせ給へりし中将の乳母の仕業なるべしとて、院いみじくむつからせ給て、やがて永くまかでさせ給つ。（上386）

御乳母の侍従命婦をはじめとして、小弐命婦・佐命婦など、二三人集まりて仕うまつる。これはもとの宮の女房、皆内かけたるなりけり。（上46）

初例は先述したばかりの娍子付宣旨女房で、乳母も兼ねている。乳母であった彼女を優遇する意味で、宣旨に任じたものである。次例は、前斎宮当子内親王と道雅との密通を三条院が憤っているが、この中将乳母は、斎宮内侍を兼任していた。これも、乳母を優遇する意味で任じたものである。終例は、村上帝中宮であった安子の崩御を悲しむ内容であるが、侍従命婦は安子乳母でもあった。これは、乳母と命婦とどちらが先かは明瞭でない。ともあれ、宣旨・内侍・命婦といった官職と乳母との兼任の状態が多いことが確認される。

御乳付には、東宮の御乳母の近江の内侍を召したり。それは、御乳母達あまた候ふ中にも、これは殿の上の御乳母子のあまたの中のその一人なり。大宮の内侍なりけり。（上345）

禎子内親王誕生の乳付に、東宮（後一条）乳母であった近江内侍が奉仕した。藤原惟憲の妻で美子という女性であるが、彼女は、道長室倫子の乳母子の一人であり、中宮彰子の内侍も勤めていたという。錯綜した履歴であるが、乳母と内侍を重複して任じてきた女性のようである。乳母には官職として待遇される実質が乏しいために、優遇措置として官職を兼ねさせることが、普通に行われたということであろう。近江内侍は、後に三位にまで至っている（上418）。

院宮付官女

内侍は、公式には掌侍と記述すべきであるが、律令の規定における内侍司の三等官である。この官職は、この時代においては宮仕女性の実質的な中心の立場にある。本来は朝廷官女としてのみ存在していたと思われるが、先の宣旨・御匣殿と同様に、院宮などにも配置されている。

御剣小宰相君、虎の頭は宮の内侍とりて御先に参る。（上263）

この例における内侍は、一条帝中宮彰子付官女としての内侍である。斎宮当子内親王の中将乳母が、斎宮内侍という身分であったことは、先に紹介した。内侍は、院・中宮・斎宮・斎院などの宮仕集団の中核女官として、それぞれ配置されている。内侍司における内侍の上級職は典侍であるが、これにも内侍と似た性格がある。

大殿年頃やもめにておはしませば、御召人の内侍のすけのおぼえ、年月にそへてただ権の北方にて、世中の人

名簿し、さて司召の折はただこの局に集まる。院女御の御方に大輔といひし人なり。（上120）

冷泉院女御超子の女房で大輔と呼ばれていた女性が、今は典侍に任じて兼家側室となっているというのである。

宮の御前御輿に奉りて、しりに御乳母の内侍のすけ仕うまつり給へり。（下54）

三条帝皇太后妍子の遷御の記事であるが、妍子の乳母である女性が、典侍としての身分を有していたことが分かる。

御髪上には、弁宰相の典侍参り給ふ。（下105）

妍子所生の禎子内親王の裳着の御髪上に奉仕した弁宰相典侍は、太皇太后彰子付属の官女であり、この女性も典侍としての身分を持っていた。彼女がただに典侍とのみでなく弁宰相典侍と呼称されているということは、他にも典侍身分の官女がその女房集団のなかにいて、それと区別されての呼称であったと、理屈としては言える。内侍のように、中心官女として配置されたという性格とは、いくぶん相違するように思われる。

尚侍の変質

尚侍は、律令制下の女官組織のなかで、最高級の位置にある官女であったが、平安中期の時点では、内容を異にしたものになっている。

東宮は今年十一にならせ給にければ、この十月に御元服の事あるべきに、大殿の御むすめ、対の御方といふ人の腹におはするをぞ、内侍のかみになし奉り給て、やがて御副臥にとおぼし掟てさせ給て、（上104）

東宮（後の三条帝）のもとに、兼家が、娘綏子を入れようとしている記述で、この内侍のかみは、「やがて御副臥にと」意図していたと記されているように、后妃に准じる性格のものになっている。

かくて督の殿は、この二月にこそ参り給しか。この頃后にたゝせ給べき由、のゝしりたり。（上427）

道長三女で、後一条帝の後宮に入った威子も、立后の前には尚侍になっていた。ただし、立后の記録を見ると「女御従一位藤原威子を以て皇后と為す(2)」として、立后には女御の身分が前提としてあったようだから、尚侍が后妃に

「准ずる」というには、多少質的な問題があるようにも思われる。

以上、『栄花物語』の記述の中から気付き得た事柄をあらあら述べてみたが、これらは、この作品に登場した個人としての女房・女官についてのものであった。作品には、個人として特立し得ない女房・女官にかかわる記述もある。

さべき女房達など華やかに装束きつゝ出で居て「入らせ給へ」と申せば、　(㊤65)

女官などもないがしろに思ひ振舞たるなども、中々めやすげなり。　(㊤208)

などは、女房・女官集団の総称としての表現であるが、この中にも若干の問題がある。

宮の女房の車、内の女房の車など合せて廿余ぞありける。　(㊦47)

これはもとの宮の女房、皆内かけたるなりけり。　(㊤46)

前例のように、女房集団は、朝廷は勿論として院・宮、摂関から末端の貴族の家にいたるまで、大なり小なり形成される。我々にとって、実質的に追求の意味があるのは、内裏ならびに中宮付属の女性集団としての女房であるが、これも、それぞれそういう集団としてあるだけでなく、後例のように、内女房でありながら宮女房でもあるといった、兼務の状態もさほど例外的でない事実に気付いておく必要がある。また、

吉日して、御乳母より始め、命婦・蔵人、陣の吉上・衛士まで送物を給はすれば、年老たる女官・刀自などに至るまで、世に云知らぬまで御祈りを申す、　(㊤201)

上の女房・女官・下仕などまでの事、さきざきの御有様なるべし。　(㊦291)

乳母や命婦・蔵人などは女房という呼称のうちに含まれる身分であるが、女官・刀自という身分は、そのなかに含まれない。女性集団は、大きく女房・女官と二大別して示せるかと思うと必ずしもそうでなく、前例でいうと刀自、後例でいうと下仕といった呼称が、その枠に入り得ないで残る。紹介した二例を検証していくと、用例のうちの女

官は、もっと狭義の特定身分を指しているらしいことに気付いてくる。このことについても、後に全体の問題として述べるときに触れる。

これまで、特定個人の女房・女官について述べるさいに、典侍・内侍・命婦などといった官職が出てきたが、その他にも所見がある。作品『栄花物語』に登場する女房・女官の身分呼称の内訳をざっと紹介すると、次のようである。

宣旨・御匣殿・尚侍・典侍・内侍・命婦・蔵人・采女・（※）女官・樋洗・刀自・下仕・長女

※　この「女官」は実質「女孺」のことであるが、とりあえずこのまま。

これらが、どのように女房であり、どのように女官であるかについても、後に全体の問題のなかで触れたい。

二　『御堂関白記』の宮仕女性

平安中期の女房・女官の現状を、史料の面からも把握しておきたい。これまた膨大な資料があるので、この時代の最も著名な公家日記である『御堂関白記』を対象としてみる。前節と同様な整理をしてみると、次のようである。

『御堂関白記』宮仕女性一覧

※テキストとしたのは、大日本古記録『御堂関白記』（岩波書店、昭27・28・29）で、おおむね初出頁数で示した。

尚侍　綏子（㊤71）・妍子（㊤119）・威子（㊥164）・嬉子（㊦186）

典侍　源典侍（㊤118）・高階微子（㊤119）・橘清子（㊥3）・芳子（㊥118）・道兼女（㊥145）・少将典侍（㊥178）・兵衛典侍（㊥178）・前典侍（㊥244）・中務（㊦7）・右衛門典侍（㊦13）・源陟子（㊦114）・豊子（㊦175）・修理典侍（㊦179）・宰相典侍（㊦179）・美子（㊦196）

掌侍　橘□《ママ》子（㊤123）・右近前掌侍（㊤144）・義子進（㊤167）・源平子（㊤195）・淑子（㊤195）・香子（㊤209）・中宮内侍（㊥14）・進内侍（㊥17）・順子（㊥173）・能子（㊥173）・皇太后内侍（㊥178）・靫負前掌侍（㊥178）・前掌侍侍従（㊥178）・少将掌侍（㊦20）・義子（㊦43）・淑子（㊦65）・民部前掌侍（㊦69）・宰相内侍（㊦108）・橘□《ママ》子（㊦114）

命婦　進命婦（㊥47）・蔵命婦（㊥140）・博士命婦時子（㊦47）・吉志命婦（㊦180）

蔵人　少輔（㊤165）

御匣殿　華山院御匣殿（㊥41）・東宮御匣殿（㊥231）・光子（㊥244）・道兼女（㊦21）・威子（㊦130）・左大将女子（㊦186）

宣旨　東宮宣旨（㊥47）・冷泉院宣旨（㊥47）・中宮宣旨（㊥122）・皇太后宮宣旨（㊥178）・東宮宣旨源陟子（㊦114）

乳母　宰相乳母傅女子（㊥30）・東宮宣旨乳母（㊥47）・右衛門（㊥47）・兵部乳母（㊥139）・東宮乳母兼澄女子（㊥235）・美子姫宮乳母（㊥244）・憲子姫宮乳母（㊥244）教子姫宮乳母（㊦25）・時子姫宮乳母（㊦25）・皇太后宮乳母義子（㊦64）・中宮乳母中務（㊦128）・高子皇太后宮乳母（㊦182）・順子姫宮乳母弁（㊦184）

三位　橘三位徳子（㊤278）・藤三位（㊤163）・橘三位清子（㊥276）

官職？　侍従（㊤89）・宰相三位遠度女子（㊥30）・少将（㊦53）・江式部（㊦138）・小式部（㊦147）

『栄花物語』と対比して言えば、官職を特定できないで、「官職？」としてまとめた数字が顕著に減少している。これは、史料としての性質上、作品中では曖昧にされた官職記述が厳密にされた結果であるというようには、私は考えていない。この問題については、後に詳述する。他については、『栄花物語』に観察するところと大差がないが、一通り述べておきたい。

高級官女の初任

前節でも冒頭に述べたが、高級官女の任官は、下位から順次昇任する形で行うと考えるのは通常でない。

依召参御前、任尚侍・典侍、着陣、以右大弁令清書奏之、（寛弘元年十一月廿七日）

可有掌侍除目、源平子辞退替、可補藤原淑子云、（寛弘三年十月九日）

前例は、尚侍・典侍という高級女官の任官記事で、ちなみにこの時の尚侍は道長女の妍子である。後例は、内侍司三等官たる掌侍の補任記事であるが、源平子が辞退した替りとして、藤原淑子が掌侍に任じたといっている。淑子が、この以前に前官たる官職を帯びていたかどうかは、確認されない。

下位から順次昇任するのでなく、任官の功によって、待遇を受けることがある。

女叙位如常、従二位妍子尚侍・尊子女御、従三位清子典侍労、自余加階不具記、（寛弘七年正月廿日）

橘清子は、典侍奉仕の労によって、三位に叙位された。官職と位階は別のものである。

兼官

昇任というのでなく、待遇する意味で別の官職を与え、兼官の状態になることの方がむしろ普通である。前節で観察したように、乳母が官職と言えるかどうか分からないが、乳母の処遇のために高級女官の立場を与えることが、普通になされている。

女方送物、御宣旨乳母女装束織物褂打褂筥袋絹十五疋、（寛弘七年二月廿六日）

戌時許従中宮被仰云、御乳母典侍中務只今従内出間、鷹司小路与高倉許為人被取、可尋者、（長和四年四月三日）

候御車御乳母中宮内侍給御衣、（寛弘六年八月十七日）

初例は、東宮（三条帝）女房への賜禄記事であるが、乳母は、東宮の最高級官女である宣旨も兼ねている。宣旨を乳母にしたというよりも、乳母として長年奉仕してきた女性を、宣旨に処遇したものであろう。次例は乳母と典侍を、終例は乳母と内侍を、兼任している。典侍・内侍は、ともに乳母を待遇して与えられたものである。

職務

内侍司の高級女官たる典侍・掌侍は、実務女官の中枢であり、丁寧に見ていけば、その職務内容を具体的に知ることが出来る。典侍について見ると、例えば

又典侍許送童女装束四具幷車取物、（長和元年四月廿四日）

八十嶋使立、典侍一人女等、蔵人神祇官者等、（長和二年十月廿九日）

御即位褰上、秀頼王女子典侍・従二位橘徳子等被仰、典侍依無女王也、（寛弘八年八月廿三日）

などのように、賀茂祭・八十嶋祭などに女使として向かったり、天皇即位の際の褰帳に奉仕したり、天皇に近侍する最高級女官の立場にある。

内侍の登場する場面を整理してみると、次のようである。

陰陽寮御忌勘申・御弓奏・女叙位・御暦氷様奏・内侍所神鏡損・禁色仰・東宮行啓・内親王清水参詣・陣申文・親王元服・相撲召合・月次祭神今食・除服祓・御禊供奉・朔旦冬至賀表・萬機旬・童女御覧・辰日節会・豊明節会・小朝拝・皇女御対面・新帝受禅剣璽渡御・瀧口試・准三宮勅書・白馬節会・尚侍入内御使・釋奠・斎宮群行・立后・行幸取剣璽筥

朝廷行事のすべての場面に登場して、中枢女官の役割を果たしている。後に紹介するが、令制の規定においては、内侍司高級女官の主要な職掌は「奏請宣伝」であるが、三等官である掌侍には許されていなかった。ところが平安中期においては、むしろ掌侍における中心の職掌となっている。あらゆる朝廷行事において、男官に対抗して中枢

的な役割を果たしている。内侍の遅参のために、行事の開始が遅れるなどということもある。(3)朝廷だけでなく、皇太后宮などにも配されて、女官組織の中心となっている。

もともと内侍司女官たる典侍・掌侍であるから、職務とする内容も近似するから、

典侍藤原豊子申障、仍以掌侍藤原能子為代官乗車、（寛仁二年九月八日）

などということはあるが、両者の職掌を比較してみると、同じ朝廷行事でも、典侍は祭や即位といった臨時的儀礼で天皇の立場を代行するような役目であり、掌侍の場合は、儀式の進行においての中心的役割といった立場であるようだ。いずれにせよ、平安中期において、天皇に近侍する女官の立場は、すべてが典侍・掌侍にになわされているると言ってよい。

院宮などへの配置

『栄花物語』で見たと同じく、女房・女官は、内裏のみならず院宮その他にも配置されている。

冷泉院宣旨同之、絹十疋、進命婦絹八疋、（寛弘七年二月廿六日）

乗車女方皇太后宮宣旨伊陟女子、（中略）乗車女東宮宣旨扶義女子（長和元年閏十月廿七日）

など、中心の高級女官として配属されているのは宣旨であるが、同種の官職として御匣殿（東宮御匣殿㊥244）や内侍（中宮内侍㊥14）がある。(4)これらの上級女官だけでなく、

内女方候御共十一人絹給十疋綾二疋、典侍三人絹八疋綾二疋、命婦絹五疋、掌侍絹六疋、（寛弘五年四月十三日）

宮女方等給絹米等、所入絹六百疋、（寛弘二年正月廿九日）

などのように、内裏にも院宮にも女房と称される女性集団が存在する。前例に見るように、内裏女房は典侍・掌侍・命婦などの官職を帯びているが、後例の中宮女房では、そのことが確認されるような記述になっていない。内

裏女房と院宮女房の内容における本質的な違いによるものかどうか、議論が分かれる。後に再述する。

尚侍の変質

本来は最高級女官であった尚侍の変質については、前節においても述べたが、『御堂関白記』においては、より明瞭に観察出来る。妍子は、尚侍に任じて後の寛弘七年（1010）二月廿日に東宮（三条帝）のもとに入ったが、その後も道長は妍子を尚侍の呼称で呼び続けており、寛弘八年（1011）八月廿三日に女御宣下を受けた後も、長和元年（1012）正月三日に立后宣旨を受けた時でさえ、「尚侍を以って皇后に立つべし」と仰せを賜ったと記している。道長が、事実に頓着せずに旧の呼称を使い続けたというものなのかどうか、明瞭でない。事情は、妍子の後を継いで尚侍に任じた妹の威子においても同様で、威子は、長和元年八月廿一日に尚侍に任じた後、寛仁元年（1017）十二月廿七日に御匣殿別当に任じ、翌寛仁二年三月七日に後一条帝に入内の後も、尚侍の呼称で呼び続けられているが、同年十月五日にいたって初めて女御の呼称で記されている。妍子・威子の状況は頗る類似しており、「尚侍」の呼称は、女御と同様の状態のもとで使い続けられている。尚侍の呼称は、この時点においては、后妃に准じる立場のそれになりきっていると断言してよい。

女房と女官

前節でも触れた女房と女官の別が、更に明瞭に観察できる。次例は、道長二女妍子の立后の記事である。朝廷奉仕の女性たちと思われるが、おおむね内訳を観察し得る。

此間内御乳母兵部理御髪、仍賜禄、女装束織物綾掛等相加、入衣筥加絹廿疋、又参乳母・典侍・小宣旨女装束、加織物掛・絹十疋、掌侍・乳母子織物掛絹袴七疋、命婦綾袴、加絹六疋、蔵人綾掛袴絹四疋、采女・博士并女官等、或掛袴、掛、絹二疋、一疋、随差々給之、所入絹四百余疋五百、（長和元年二月十四日）

ここにあげられた内乳母を筆頭とする官職を列記すると、次のようである。

乳母・典侍・宣旨・掌侍・命婦・蔵人・博士・女官

本来から言えば、官職を帯びる女性を総称して女官と呼んでよいはずであるが、この例に観察するところでは、博士と呼ばれる身分以上とは区別された、下位身分の女性の呼称と推測される。これは、前節でも観察したところである。博士と呼ばれる身分以上の女性たちは、先の「院宮への配置」の用例としてあげた記事から帰納されるように、また、次例からも分かるように、女房と総称されるものになっている。

女方典侍御乳母女装束絹疋、内侍綾掛袴絹五疋、命婦白袴掛一重袴絹四疋、女蔵人白掛一重絹三疋、自余女官等各有差、（寛弘三年九月廿二日）

このように、宮仕女性集団は、女房と呼称される上層女性と女官と呼ばれる下層女性に大別して把握できる。

次女方授禄、乳母女装束加織物掛打掛、入筥有入帷等、加吉長絹十疋、乳母三人、三位一人、典侍二人女装束、加綾掛、掌侍前等相加十一人女装束、命婦十五人綾掛袴、蔵人五人綾掛、御厨三人白掛、女官等必雖非可給、有事次多参入、仍給絹、内侍所博士等・采女・髪上等二疋、女官各疋絹、及所入絹三百、（寛仁二年三月廿五日）

この賜禄記事においては、女房と女官の区別された身分認識を前提として、「女官等、必ずしも給すべきに非ずと雖も、事の次で有りて多く参入す。仍て絹を給す」といった記述をしている。本例からは、内侍所博士のほかに、采女・髪上と呼ばれる身分の女性も、女官の枠を出る身分と推測される。

本来的に言えば、公的な官職を帯びる身分の女性は、「女官」と呼ばれるべきである。

女官除目、被任尚侍姫、入夜清書持来、（長和元年八月廿一日）

といった表現は、本来的には正しい。尚侍はこの時代においては、実質的に后妃に准じる身分になっていることは先述した。しかも、この場合の尚侍は、道長三女で後一条帝の中宮になる威子のことである。下層宮仕女性としての女官に含め得ないことは、言うまでもない。従って「女官」には、本来の広義の意味の女官と、下層宮仕女性の称である狭義の女官と、二通りの存在を想定しなければならない。さらに、狭義の意味の女官も、下層宮仕女性の総称と理解し得るかどうかの問題もある。前節でも予見したことであるが、ある限定された官職の女性をのみ指す呼称である可能性がある。『御堂関白記』には、他に、

御厠人・得選・長女・刀自・女童・下仕

といった呼称も見え、これらを女房・女官のどちらに所属できるのか、あるいはどちらにも含め得ない身分の女性たちであるのか、これらの結論については、次節以後に整理して述べることとしたい。

三　令制の女官組織

平安中期の代表的な作品と史料を材料として、それぞれに見られる宮仕女性集団の様相を観察して見た。限定された資料のうちでも、平安中期の女房・女官について、その全貌を予見させる程度のものはあったと思うが、本節以降においては、研究史的な把握も踏まえながら、現在において把握されている全体的な理解の現状を、極力正確に紹介することにつとめたいと思う。

そもそも、朝廷の女官組織が全体的に示されたのは、国家組織の全体が法令によって整備された、律令の規定のうちにおいてであった。後代にも範とし難いほどに整備された組織規定は、当時の先進国家であった唐の組織を形式的に模したものであり、空文に等しい部分もあるが、『養老令』巻一「後宮職員令第三」に規定する女官組織を、その職掌とともに紹介すれば、次のようである。

宮人職員

内侍司　尚侍二人。掌供奉常侍奏請宣伝検校女孺、兼知内外命婦朝参及禁内礼式之事。典侍四人。掌同尚侍。

唯不得奏請宣伝。若无尚侍得奏請宣伝。掌侍四人。掌同典侍。唯不得奏請宣伝。女嬬一百人。

蔵司　尚蔵一人。掌神璽関契供御衣服巾櫛服翫及珍寶綵帛賞賜之事。典蔵二人。掌同尚蔵。掌蔵四人。掌出納綵帛賞賜之事。女嬬十人。

書司　尚書一人。掌供奉内典経籍及紙墨筆几案絲竹之事。典書二人。掌同尚書。女嬬六人。

薬司　尚薬一人。掌供奉医薬之事。典薬二人。掌同尚薬。女嬬四人。

兵司　尚兵一人。掌供奉兵器之事。典兵二人。掌同尚兵。女嬬六人。

闈司　尚闈一人。掌宮閤管鑰及出納之事。典闈四人。掌同尚闈。女嬬十人。

殿司　尚殿一人。掌供奉輿繖膏沐燈油火燭薪炭之事。典殿二人。掌同尚殿。女嬬六人。

掃司　尚掃一人。掌供奉牀□□掃鋪設之事。典掃二人。掌同尚掃。女嬬十人。

水司　尚水一人。掌進漿水雑粥之事。典水二人。掌同尚水。采女十人。

膳司　尚膳一人。掌知御膳進食先嘗惣摂膳羞酒醴諸餅蔬菓之事。典膳二人。掌同尚膳。掌膳四人。掌同典膳。采女六十人。

酒司　尚酒一人。掌醸酒之事。典酒二人。掌同尚酒。

縫司　尚縫一人。尚縫一人。掌裁縫衣服纂組之事、兼知女功及朝参。典縫二人。掌同尚縫。掌縫四人。掌命婦参見朝會引導之事。

右諸司掌以上皆為職事、自余為散事。各毎半月給沐假三日、其考叙法式、一准長上之例。東宮々人及嬪以上女竪准此。

後宮十二司と呼ばれる後宮組織及びその職員たる女官構成がここに歴然と示されている。十二司には、おおむね尚・典・掌の三等官が置かれ、最下部に女嬬とよばれる女官が配置されている。水司・膳司では、女嬬に相当するものは采女と呼ばれる女官である。最末部の注記によれば、東宮や妃・夫人・嬪などにも女孺が配属されている。十二司の女孺にほぼ相当するものであろう。省略したが、紹介した規定の後に、内親王・女王・命婦・乳母さらに采女などに関する記述がある。

この後宮十二司組織表が、律令制下の女官組織の全貌であると言いたいが、先に述べたように、これは唐制の形式的模倣であって、どの程度現実に運用されていたかについては、具体的に検証の必要がある。『日本書紀』以下の六国史を資料として、そのあたりの調査をしてみると、おおむね次のような現状が確認された。

	日本書紀	続日本紀	日本後紀	続日本後紀	文徳実録	三代実録
尚侍		○	○	○	○	○
典侍		○	○	○	○	○
掌侍		○	○	○	○	○
尚蔵		○	○	○	○	○
典蔵		○		○		○
掌蔵				○		
尚書				○	○	○
▲典書						
尚薬				○		○
▲典薬						

尚兵						○
▲典兵						
▲尚闈						
典闈			○			
尚殿			○	○		
典殿						○
尚掃		○		○		
典掃		○				
尚水						○
典水				○		○
尚膳		○	○			○
典膳		○		○		○
掌膳		○		○		
尚酒				○		
▲典酒						
尚縫		○	○	○		○
典縫				○		○
▲掌縫						
女孺	○	○				○

采女	○	○	○			○
命婦	○	○				○
乳母	○	○				○

この整理によれば、十二司の上級職員である尚・典・掌の存在が確認されないのは（表中の▲印を付したもの）、典書・典薬・典兵・尚闈・典酒・掌縫にとどまり、組織の実体は存外に現実的にあったとも思われる。『日本書紀』が撰進されたのは、養老令が制定されたのとほぼ同時期であるが、後宮職員令の規定を反映する記述はあまり見られない。広義の女官に相当する称は「宮人」であり、命婦・采女・乳母についての概念は両者にほぼ共通のようであるが、十二司の下級職員としての女孺は、書紀には見られない。十二司の女官組織が、他の令制規定と同様に、唐制に倣って新たに制定された内容であることが、認識される。従って、令制規定の現実化は、『続日本紀』以下で確認されるべきである。

養老令から約八十年後に撰進された『続日本紀』においては、令制規定の施行はある程度認め得る。十二司所属の職員名についても、偏りはあるが相当部分の名称が認められた。職員名だけでなく、たとえば

勅。内侍司多置職員、給禄之品、劣比司。自今以後、宜准蔵司。（光仁天皇・宝亀十年十二月廿三日）

といった記事もあり、官司としての存在も確認される。女孺も含めて百十人の職員を抱える十二司中最大の内侍司が、規定通りであるかどうかは分からないが、最大の官司として存在していたらしいことも認められる。女孺についても普通に呼称を見るようになるが、具体的に官司所属の形での資料は確認しにくい。宮人とされていた呼称に、はじめて、

賜百官人物、各有差。女官亦同。（元正天皇・養老元年十一月十七日）

のように「女官」の呼称が現れた。他に、女医博士・力婦といった名称も見え始め、後宮十二司の枠外への揺動を早くも観察出来る。後に下級身分の官職として定着する刀自の名称も見えるが、同様な性格を持つ命婦も同じく、この時代においてはまだ、本来的な内容のものである。

『日本後紀』では、新しく闈司の名称が確認され、十二司のそれなりの存在が推測されるが、同時に、尚侍藤原薬子が東宮宣旨であったという新たな女官呼称も見られ始めた。宣旨は、先述もしたように、平安中期にも続く院宮所属の最高級女官であり、この頃からあまり質を変えずに存続しているようである。采女司の名称も見られる。「采女司を復す」[5]と記されているから、旧の官司を回復したものかと思われるが、これも後宮十二司制の形骸化の側面を示す事実である。

『続日本後紀』では、十二司職員として確認される名称は、さらに増えた。その意味では、十二司のそれなりの存在を確認するが、次の記事に知られる女官別当とは、どういうものであろうか。

勅。女官別当雖非職員、所掌之物不異諸司、宜准侍従厨四年為限、遷代之日責解由状。

（仁明天皇・承和元年三月一日条）

記述は、女官別当は「職員に非ず」と言っている。後に知られる御匣殿別当にあたる官職であるとすれば、宣旨に続く高級令外官の確認になる。本史料においては、「東宮侍女」という呼称も初見される。従来に見られた宮人・女官との違いは定かでない。

『文徳実録』には、説明を加えるほどの新見は見られない。

六国史の最後である『日本三代実録』が撰進されたのは延喜元年（901）とされている。『養老令』の時代からほぼ二百年近くを経過している。この時点でも、先の一覧表のように、十二司職員の名称はさほどに偏らず確認された。ただ、尚侍・典侍・掌侍の存在が他と比較してかなり顕著になったこと、掌侍も通常内侍の呼称で通用されるようになったこと(6)、内侍司が内侍所と呼称され始めた形跡も見えること、権典侍・権掌侍といった令の規定にない内侍司上級職員の増員が確認されることなど、十二司中最大の官司であった内侍司のいっそうの拡充の傾向が認められる。後にも述べるが、後宮十二司の内侍司を中心とした再編成は自明の事実であるが、その傾向が漸く顕著になり始めていると言える。従来、朝廷内外の貴婦人の称号と言ってよかった命婦についても、次のような変化が観察される。

絹二百四疋、調布三百六端、賜斎宮寮、宛命婦女孺等入京装束料。（陽成天皇・元慶五年正月廿三日）

この例においては、平安中期のような中級女官の称となっており、しかも朝廷ではなく、斎宮付属の女官となっている。また、従来の妃・夫人・嬪といった後宮構成のうちの嬪に代わって女御の名称が登場したのは『日本後紀』においてであったが、本来は後宮職員的な立場である更衣が、后妃に准ずる身分の呼称として本史料において初めて見える(7)。律令制の規定を基本とした女官制変革の胎動は、この時期に認められるべきであろう。

この時期の史料として著名な『延喜式』の記述を見れば、令制規定の変革の現状は、さらに明瞭に理解できる。『延喜式』に登場する下級女官を大雑把に整理してみれば次のようで、一見して令制規定で整理し難い雑多な女官の存在が知られる。

朝廷

内侍・命婦・采女・女孺・炊女・御巫・服織女・酒立女・仕女・厨女・洗人・厠人・女丁・猿女・東豎子・膂力婦・染女・歌女・縫女・妓女

東宮・中宮

宣旨・内侍・命婦・蔵人

斎宮・斎院

乳母・別当・命婦・蔵人・采女・女孺・掃部・御厠・今良女・火炬・女丁

一方、令制規定を踏襲する女官組織も崩壊した訳ではなく、巻十二・中務省・宮人時服の内訳を令制の規定と比較して見ても、内侍司百十人の成員をはじめ、さほどの変化を認めない。膳司所属の采女が令制の六十人から四十一人となったことと、縫司女孺百人・中宮女孺九十人・内教坊女孺五十人・女丁についての規定が新設されたことのほかは、ほとんど令制規定そのままである。ただし、これは前代の女官組織に添って形式的に該当させたという可能性も考えられ、当時の現状を厳密に反映していると速断はし難いかと思われる。

四　平安中期宮仕女性の構成

平安中期の女房・女官の状況から、一転してその淵源たる令制規定における女官組織とその状況変化について、おおよその跡付けをしてみた。実のところ、この程度の把握はすでに常識的になされている。特に後宮研究に記念碑的な位置にあるのは、角田文衞『日本の後宮』(8)であり、本章が課題とするものの究明にあたっても、不朽の価値を有している。是非参看されたい。令制以降の後宮および女官組織の変遷に関しては、その後を補充する有効な二つの研究成果が最近発表されている。後宮組織についてのそれは、瀧浪貞子「女御・中宮・女院―後宮の再編成―」(9)であり、女官組織についてのものは、川井由美「後宮十二司の解体過程」(10)である。瀧浪氏の所論は、女御・更衣の登場を嵯峨朝の後宮改革の観点から説明する清新なもので、後宮史の問題として看過できない発言と思われるが、当面の女官組織の問題に直接はかかわらないので、これ以上は触れない。川井氏の所論は、平安中期の女房・女官の課題に、関係するところ多大である。

同氏がまず述べられたように、後宮十二司に始まる女官組織について、その変遷を検証した研究は、十分とは言えない。その中で、川井氏は、角田文衞氏が『日本の後宮』で述べられた見解を紹介するところから始めている。角田氏の見解は、具体的には同書にあたって理解いただきたいが、一口に言って、令制に規定された後宮十二司の組織は、宇多朝頃から崩れ始め村上朝までに停廃されたり他の部署に吸収されたりして、後宮十二司の一であった内侍司を中心にして再編成されたとするものである。全体として妥当な見解であるが、川井氏はその理解の上に立ちながら、具体的に十二司の消長を検証しようとされている。川井氏がまず検証の手掛かりとされたのは、平安末近くまで下るが、『山槐記』応保元年（1161）十二月廿七日の女官賜禄記事である。注目すべき好史料であるが、同氏も触れておられるように、『台記別記』久安六年（1150）正月十九日条の、頼長女多子入内にともなう賜禄記事の内訳も内容は酷似しているので、ここでは頼長の記録するものを紹介する。十年程を隔てて内容がほぼ同じということは、朝廷宮仕女性の構成・員数の内訳がほぼ正確に確認されるということで、史料の信憑性を増す事実であるとも思われる。

女房禄

乳母二人・典侍四人・掌侍六人・命婦十二人・蔵人六人・得選三人

女官禄

内侍所　女史六人・闈子十二人・理髪六人・水取十六人・御門守六人・硯磨一人

　　　　内侍十人・今良二人

絲所　　預一人・女孺六人・刀自四人・官人代一人

大盤所　長女九人・御厠人九人

上御厨子所　刀自六人

下御厨子所　刀自六人・水守三人
御膳宿　采女三十二人・五位二人・刀自廿一人
進物所　刀自一人
御手水　命婦一人・女官廿人
書司　預一人・女孺六人
縫殿　女孺十六人・油守十人・金良十人
薬司　預一人・女孺五人
掃部　女官十六人
東豎子　二人（五位一人・六位一人）
釜殿　仕丁四人・大盤三人
主殿司　九人

これを、当時における朝廷宮仕女性の組織・構成の全貌と見ることが出来るのであれば、令制の後宮十二司の整備された形が、約四百年を経過した後には、このような形に変化を遂げていたということになる。史料から、川井氏は、次のように述べている。

一、まずこの『山槐記』の記事は、後宮十二司の解体後の女官制度の実態である。内侍司以外の上級女官名はすでに全く見えない。

二、「女房禄」と「女官給禄」とが区別されている。この場合、「女房」は乳母・典侍・掌侍・命婦・蔵人・得選を指し、「女官」は各所に配置された女史・闈司・女孺・采女などを指している。

三、「女房」は明らかに「女官」の上位にある。

一については、史料に明瞭であり、付言すべきものはない。二についても、史料にほぼ明らかである。三については、賜禄の内容を比較しても推測はつくが、川井氏は、『九暦』や『李部王記』から用例を引いて、論証されている。これらについては、実は私も、以前に同様の見解を発表したことがある。(11) 拙稿は、紫式部の身分考証の前提として、平安中期の状況について、

○宮仕女性は「女房」と「女官」に大別される。

○律令制下の上級後宮職員（尚・典・掌）は当代では「女房」と呼ばれ、下級後宮職員（女孺）であったものは「女官」と呼ばれている。

という指摘をしたものであり、川井氏の見解と同趣旨である。これらのことは、一・二節でも観察されたことであり、これ以上の議論の必要はないであろう。

川井論文の評価されるところは、先の結論に続いて、後宮十二司の解体・再編成を『山槐記』が記録する状態までに至る過程を、極力解明してみようとしたところにある。内侍司以外の十一司の解体の期間を、次のように推測し提示された。

闈司	天長六年から延喜八年の間
掃司	承和十三年から天暦四年の間
水司	貞観十八年から天暦四年の間
縫司	貞観十八年から朱雀朝の間
兵司	貞観十八年から応和三年の間
薬司	貞観十八年から応和三年の間

殿司　天慶元年から天暦四年の間
酒司　天慶元年から応和三年の間
書司　天慶元年から応和三年の間
膳司　天慶四年から天暦四年の間
蔵司　天慶四年から応和三年の間

この推定の是非については、今後さらに検証の必要もあるであろうが、女官組織変遷の全貌を見通す論として、価値を持つと思う。さらに、十二司解体の理由として、

○（消極的理由としては）もともと十一司の職務に対応する男官の寮司があり、官司としての存在意義が乏しかった。

○（積極的理由としては）蔵人所を初めとした「所」の成立が十一司の解体を促進した。

の二点をあげて説明されたのも、妥当な見解と思われる。

五　女房と女官

平安中期の女房・女官の現状が、令制下の後宮十二司組織から、川井氏が紹介されたような平安末の状態に至る、過渡の状況であることは明瞭である。これを、官職を持つ宮仕女性、すなわち広義の女官組織の変遷としてのみ考えるならまだ考え易いのであるが、そこに、女官と通称されることを拒む宮仕女性（＝女房）という存在が絡んでくるので、事柄が複雑になる。一・二節における報告のように、乳母・典侍・掌侍・命婦・蔵人といった官職を持つ宮仕女性たちは、本来の意味においてはまぎれもなく〝女官〟であるにもかかわらず、平安中期においては、女

官と呼ばれず〝女房〟と通称される。それは、女官であるが、女房とも呼ばれるなどというものでない。

いかでかさ女官などのやうに、着き並みてはあらん。（『枕草子』九九段）

また女官どもの、したり顔に怪しのなりどもそばめたてゝ、ものつゝましげも思ひたらぬけしきにて、（『栄花物語』若ば枝）

などの記述を見るに、当代においては、女房と女官とは、宮仕女性が身分の高下によって区分される対立的概念になっている。このような状況をもたらした根本原因が、実は女房の発生そのものにあった。

女房は、史料等では、「女方」と記されていた場合も多い。『貞信公記』『御堂関白記』などが、女方として、その妻室を指している場合が多いことから、[12]本来「女衆」とか「女性方」といった汎称として始まって、特定身分の女性たちを示す語に変質していったという解釈を、以前の拙稿では示した。男方（おとこかた）・女方（おんなかた）といった訓みが確認される資料もあるので、その可能性もあると思っているが、従前は、「房」は部屋の意であって、女房、すなわち後宮における居室であり、そこに住む女性であり、ひいては後宮そのものを指すといった説明がされていた。[13]女房が、「令制の後宮十二司を踏襲する後宮職員」としてのみでは説明し難い漠たる範囲を持つものであることは分かっており、その苦慮がこうした解釈をさせたりしたのであろう。

問題をもっと核心的に述べよう。一節において、『栄花物語』正編に登場する女性たちの一覧を示した時に、官職を明らかにし得ない女性の一群が残っていた。清少納言・和泉式部・紫式部・赤染衛門など、知られた女流作家たちを含む一群である。彼女たちが女房と呼ばれる女性たちであることは確実であるが、どういう立場において女房なのであろうか。宣旨とか典侍とか内侍とか命婦とか、明記されないけれど、そのような官職を兼帯する女性たちであろうか。かつて紫式部本名香子説を提唱された角田文衞氏は、朝廷・院宮奉仕の女性たちは、すべて公的な官職を帯びているという認識を前提として、所説の立論をされた。[14]その後、角田氏の香子説をめぐっての一連の研究を激しく批判した益田勝実氏も、立論の根本である官職兼帯の問題については、内裏と中宮と任用の場所は違うが、官女である立場はいっそう強く主張された[15]。ついでながら紹介しておくと、益田氏は、内裏宮人の「典侍―掌侍―命婦―蔵人―得選以下の女官」というクラス分けに対して、中宮では「宣旨・御匣殿別当・内侍―女房（侍従―蔵人）―所々の女官」といった官女組織であり、従って、紫式部が「侍従」という官職を持つ女房であったことは自明と断言されたものであった。

そういった官女説に対して、岡一男氏は、「後宮の女房がすべて官位をもっていたという仮定に少し疑問です」と述べて疑問を呈されていた[16]。岡氏が、益田氏の言われる中宮侍従説を認められるかどうか、故人となられている今では確認しようがないけれど、私の立場から言えば、中宮所属の官女とされる益田氏の見解には従えない。一節で「官職？」に整理した女性たちのなかに、官職の呼称はないけれど命婦とか蔵人とかの官職を帯びる女性たちが混在している可能性もあるが[17]、すべてがその形では律しきれない。たとえば、清少納言とか和泉式部といった女房名でなく、五御方（㊤351）・二条殿御方（㊤422）・対君（㊦172）と呼称される女性たちがいる。これは、それぞれ為光五女（禎子内親王女房）・道兼女（尚侍威子女房）・憲定女（頼通家女房）といった呼称で、女房というより客分の姫君という形で祗候している。彼女たちが官職を帯びるなら、当然、宣旨・御匣殿といった最高級の待遇を受けるはずであろうが、確認されない。五の御方の場合、同時に女房となった大蔵卿正光の女（光子）は御匣殿に選任されているのだから、彼女にはそれ以上の待遇があって当然と思われるが、まったく記述がない。

「さべき人の妻子皆宮仕に出ではてぬ[18]」といわれる状況は、摂関政治の変則が招いた現象であるが、摂関が中宮の周辺に私的に配した女性たちに、官職にかかわらない立場の女性層が存在することを想定するのは、自然ではあるまいか。しかも彼女たちは、将来ともに官職に無縁なのではない。中宮彰子に仕えていた紫式部の同僚は、宰相君（道綱女豊子）は敦成親王誕生後に乳母に補任されているし、最も親しかった大納言君も敦成立太子に際して宣旨になったらしい[19]。内裏還啓の際に同車した馬中将は、後に典侍に任官したと指摘されている[20]。官職にかかわらない女性たちは、官職を得ることが出来ない「その他大勢」のうちに数えるしかない立場の女性たちではない。いずれ高位のポストが用意されることを期待できる遊軍的立場にいるのである。彼女たちは、おおむね主人である中宮と姻戚関係にある家の子女であるが、それがない場合は、清少納言や紫式部のように、格別の才能で中宮に親愛される立場を持った女性たちである。その誇りと身分意識のゆえに、中宮勤仕の一般の女官と同列に処遇されることを拒否する心情も持っている。平安中期において、女房という呼称は、典侍以下の官女とともに、このような官職を持たない女性も含む、上層の宮仕女性に対するそれであったとは、ほぼ確実に言えるであろう。二節においても、和泉式部のことかと思われる江式部（㊦138）など、「官職？・」とした少数の女性はおおむねそれにあたるかと思われるし、また、紫式部が藤原実資の記録に出る時に、「女房越後守為時女[21]」と記述されるしかなかったところに、その象徴的な意味が知られると思う。須田春子氏は、この官職を持たない女性たちを「本家女房」と呼称され、無位無官の「このような私的後宮侍女を後に〝女房〟と呼ぶことがなかったともいえない」と述べられている[22]。吉海直人氏も、乳母に関する最近の著作において、女房における「〈上の女房〉と〈家の女房〉という二大別」という基本理解を前提とされている[23]。その状況について、私も、「宣旨・御匣殿・内侍・命婦・蔵人といった官女でのみ構成されていた中宮女房に、中宮と縁故を持ちおおむね出自も高い非官女女房が加わって混交し、中宮女房の性格自体が非官女的なものに変化して」と、かつて説明した[24]。この認識を一応了承されたものとして、記述を先に進めたい。

公的私的を問わず、上層宮仕女性が女房と呼ばれていたとして、その身分の範囲を知ろうとすると、やはり官職で確認するしかない。一・二節で見たように、蔵人層以上が女房の範囲にあることは、確実である。川井氏が確認された得選は、平安末期においては確かに女房身分のうちにいる。「得選」とは、御厨子所女官の称で定員三人、采女の中から撰ばれて食膳に奉仕した女性のことらしい[25]。先にも紹介した寛弘七年（1010）二月廿六日の賜禄記事

によると、「女方」の内訳として命婦までを記した後、

自余女方六疋、博士三疋、采女・得選二疋、自余女方等疋絹、

（『御堂関白記』同日）

と記述している。表記にはやや不審があり、賜禄の内容から見て、後の「女方」は「女官」の誤りかとも推測できる。他の例を見ても、「得選三人・番采女絹二疋、長女・御刀自等疋絹、随申小々給之」[26]では、明らかに女官のうちである長女・刀自を区別しない記述に疑問が残り、「候内女方見参賜物、乳母等女装束、命婦綾掛・袴、蔵人綾掛、合廿五人、得選白掛一重、長女・御厠人・刀自等疋絹給」[27]では、蔵人まで記した後に「合廿五人」とした記述は、女房身分の女性の総数で、以下の女性たちと区分する表現と理解される。行成の『権記』にも記事があり、参考になる部分があるので紹介する。

早朝参内、以交易絹支配女房。三位六疋、民部大輔衛門宮内各五疋以上御乳母四人、進・兵衛・右近・源掌侍・靫負掌侍・前掌侍・少将掌侍・馬・左京・侍従・右京・駿河・武蔵・左衛門・左近・少納言・少輔・内膳・今、十九人各四疋、中務・右近各三疋、女史命婦二疋、得選二人各二疋、上刀自一人一疋、

（『権記』長保元年七月廿一日）

明記されないけれど、乳母四人の次の集団十九人はほぼ掌侍・命婦身分と思われ、次の中務・右近はおそらく蔵人であろう。それに次いで、得選は、女史命婦と同格で絹二疋を賜っている。女史命婦は、女孺中の文筆に達した者を選抜して任ぜられた[28]。殿上女房の上日を勘申する職掌など、実務に堪能の性格から「博士命婦」とも通称される[29]。内侍代に奉仕することもあり[30]、所京子氏は内侍所女官のうちに数え、当司の四等官としておられる。命婦相当の身分と推定するのが妥当かと思われる。とすれば、得選もそれに近い身分であろう。女史二員は、一人が五位で一人が六位だそうであるが、得選も同じく五位・六位に相当するものらしい[31]。『枕草子』中の次の知られた用例、

「こはなど、かうおくれさせ給へる。今は得選乗せんとしつるに。めづらかなりや」

（『枕草子』二七八段）

に見ても、清少納言の意識では、女房としては一段と区別を受ける立場であったことが明瞭である。命婦相当としても、女史も含め、本来の出身が采女・女嬬身分であることが、後まで残る問題としてあったようである。

得選の本来の出身である采女は、どうであろうか。采女は、令制以前から存在した官女であるが、この時代、御膳の奉仕などを主な職務とする中級女官として、記録にも十分命脈を保っている。この職掌は、令制十二司の水司に六人、膳司に六十人の采女を配した内容が、この時代も生き続けている。先にも紹介した『御堂関白記』長和元年二月十四日条の記述でも、命婦・蔵人よりは下位にではあるが、「采女・博士幷女官等」と続けられている。この史料で見れば、得選のみならず、その出身身分である采女も、〝女官〟と呼称される身分とは区別されている。結局このあたりが、女房と女官の境目らしい。

女房と呼称される立場が上層宮仕女性であるとすれば、下層宮仕女性の身分の総称が女官ということになる。これまでの報告に見得た身分呼称で、女房のうちに含まれないものを、ここに再掲してみると、次のようである。

女官・樋洗・刀自・下仕・長女・御厠人・女童・女嬬・炊女・御巫・服織女・酒立女・仕女・厨女・洗人・女丁・猿女・東豎子・膂力婦・染女・歌女・縫女・妓女・今良女・火炬

同内容と見えるものはできるだけ整理したが、この中でもさらに重複して掲げているものはあると思う。その要素は考慮しても、ここにあげた雑多な下級身分の女性は、一括して〝女官〟と総称されたとしてよいであろうか。初めの方にあげたのは『栄花物語』からの用例であるが、冒頭に「女官」が出てくるのは気になる。『栄花物語』では、「年老いたる女官・刀自などにいたるまで」とか「上の女房・女官・下仕などまで」とか、少なくも女官と刀自・下仕を区別していた。ということは、先にも述べることがあったが、女官は、さらに狭義の特定身分の呼称であると考えた方がよいと思われるということである。特定身分の呼称としても、『御堂関白記』の「舎人以下賜布、采女・所々女官賜疋絹(32)」の記述を参考にすれば、複数の官司に配置された職員であり、しかも「司」から「所」へという変遷を前提として考えれば[33]、「司々女官」とも読み替え得る性格のものとも思われ、かつて令制十二司の下級職員として、采女の配置された水司・膳司以外の司の下級職員を独占していた女孺の存在が、当然に浮かびあがる。所京子氏は、天暦四年（950）の「内侍所女官差文[34]」をあげて、このなかの御髪上・洗人・油守・御厠人などといったものも含めてすべてが女孺であり、「各々の職務により十三種類の職名がつけられたのであらう」とまで言われている[35]。完全には一致しないであろうが、狭義の女官は、後宮十二司の女孺にほぼ相当すると言って大きな誤りはないであろう[36]。

先に紹介した『台記別記』の内訳を見ると、御手水女官廿人・掃部女官十六人とは別に、絲所女孺六人・書司女孺六人・縫殿女孺十人・薬司女孺五人などの記載があり、両者は別の存在かと思われる面もあるが、現実にはほとんど同一に見なされていた可能性は大きい。それから暫く後の『玉葉』元暦元年（1184）十一月廿二日の五節舞姫の饗禄の記事では、兼実は、『山槐記』や『台記別記』のような区別は全く顧慮していない。

雑菓子
内侍所女官三十合・掃部女官廿五合・同男官十合・御服所女官廿合・洗女官十合・東童三十合・御手水女官十合・御匣殿女官十五合・主殿女官廿合・御薬女官十五合・御膳宿女官十五合・御湯殿刀自十五合・進物所女官廿五合・水司女官十合・御樋殿女官十合・小歌女官四十合・大盤所女官三十合・上御厨子所十合・上刀自廿五合・命婦十五合・薬殿十合・書女官十合・油守十合・主水十合・御門守十合・女史十合・内膳刀自十五合・采女中廿合・同官人中十五合・縫殿女官十合・御井廿合・墨摺十合・□司十合・絲所十五合・水取十合・女孺十合・當女十合・上御厨子所廿合・御厠人十合・長女十合・御服所命婦廿合・下御厨子所十合・御髪上女官廿合・主殿十合・女工所十合・嬬十合（以下略）
（『玉葉』同日）

関係部分を抜き出してみたが、はなはだ雑然としていて整理が必要だけれど、下級女官の内訳はあまり顧慮せず、おおむね女官として済ましていることは分かるであろう。狭義の女官が、令制下の女孺身分をおおむね継承しているとは言えるが、さまざまに知見し得る下級宮仕女性の職名の、どれが女官の枠のうちで呼称し得るのか、どれが女官の呼称を拒否するもなのか、ここら辺はまことに曖昧模糊として、今後の検証を待つしかない。

六　研究の状況

前節までにおいて、平安中期の女房・女官の、現在判明している状況について、おおむね触れ得たかと思う。本節においては、女房・女官の個別の状況について、研究の現状をできるだけ具体的に報告したい。

尚侍は、令制以後の後宮女官の長たるべき立場にあった。この尚侍について、始発的で今なお価値を持つ考証的研究は、後藤祥子「尚侍攷」(37)である。同論文が最初に指摘することは、尚侍が、令制で員数二人と規定するにもかかわらず、かなり厳密に一員の状態が守られて、しかも具体的な政務に関わる形であった、というものである。同論文は、『源氏物語』研究の前提として書かれたものであるが、『源氏物語』中の后妃に准ずる性格の二人の尚侍の形が本来的なものでないことを、まず冒頭に報告している。そして、その変質が、村上天皇の寵姫であった登子の任用に始まったことを指摘している。次に注目すべきが兼家女綏子で、彼女が初めての三人目の尚侍人事であったことと未婚であった点において異例の尚侍であったこと、後の道長が行った后妃的な尚侍の性格はこの綏子に胚胎していることなどを述べている。『源氏物語』作品論は本章の目的ではないが、この論文の、『源氏物語』の尚侍は「尚侍というものが、道長の三人の娘たちのような確実な皇妃への地歩をまだ摑んでいない時期、しかも時々の権家の意向であらゆる拡大解釈が重ねられてきて、最後の栄光を摑みそこねていた時期」に重なり、当代を「古くとも二十年を溯る尚侍像ではない」との結論は、紹介しておきたい。平安中期、本来は女官であった尚侍の后妃化は顕著で、本章一・二節でも確認したことであるが、それが兼家・道長という父子による最近時の現実であることを確認し、『源氏物語』作品論に展開した功績は大であると思う。須田春子氏も作品論とは関係ないが、同様の尚侍像の史的な変化を指摘されている。(38) 尚侍の、さらに細部にわたる実証的・具体的研究が待たれるところであるが、最近、山中和也氏が、「今上妃的尚侍」は歴史的には出現せず、『源氏物語』作者によって創造された存在であると、強調されている。(39)

尚侍に次ぐ高級女官である典侍については、私も報告したことがある。(40) 同論文において、まず、典侍は後宮女官としては尚蔵─尚侍─典蔵─典侍といった位置にあり、またその昇進コースは、典殿→掌侍→典侍→尚侍とか尚膳→権典侍→尚侍とか、部署を固定しない形が普通に存在していることを報告した。次に、内侍司の権限拡大と尚侍の変質によって、典侍の職掌となるものが大幅に拡大し、乳母・更衣・采女などの本来の職務内容なども取り込んだ高級女官の中心になったが、変質の内容を一言でいうと乳母的性格であることも指摘した。一条天皇の乳母四人は全員が典侍経験者であり、典侍と乳母との接近は、平安中期においては院宮の乳母にまで及んでいる。典侍乳母は、その後おおむね三位の高位に叙せられ、清少納言が「女は内侍のすけ、内侍」と羨望するような立場にあるが、『源氏物語』中に登場する典侍は、老練の実務女官という前代の典侍像を、意図的にかどうか背景にしていることも述べた。

内侍司の三等官であった掌侍は、内侍司の変質を最もまともに受けた女官である。尚侍の准后妃、典侍の乳母侍遇といった女官離脱の後に、内侍司の実務の中心になり、ということは、女官組織が内侍司を中心に再編されたわけだから、掌侍が女官組織の中枢の存在になったということである。「内侍」が、普通の通用語となっている事実が、それを象徴的に示している。清少納言の才覚を褒賞した俊賢が「内侍に奏してなさん」と言ったという話は有名だが、(41) 一条帝内侍であって道隆の妻となり、伊周・定子などの母となった高内侍（高階成忠女貴子）なども有名で、内侍職の性格を示すところがある。さほどに当代女官の中枢であるにもかかわらず、掌侍について追求した論考をほとんど見ない。所京子氏は、内侍司から内侍所への変遷に関して、「従来の内侍司は、おそらく弘仁初頭、蔵人所の創設前後から、新たに〝内侍所〟と呼ばれるやうになったが、それは奈良時代から平安初頭にかけて地位を上昇した内侍の存在が、もはや令制官司の枠を越えてゐたがために、嵯峨天皇は一方で天皇直轄の蔵人所を設置し、他方で内侍も天皇直轄の内廷機関化せしめられたのではなからうか」という発言をされ[42]、頗る注目すべき論考であるが、女官としての「内侍」の報告ではない。今後の緊急なる研究が待たれる部分であると思う。

掌侍の次位にある命婦については、拙稿を公にしている[43]。この論においてはまず、令制下では上流社交婦人とでも言ってよかった命婦が、醍醐天皇の頃には院宮などの周辺部から徐々に後宮高級職員の職務を肩代わりするような形で、固定化が進行している状況を報告した。令制下の非官女的性格の名残が、院宮などへの高級女官の配置にあたって利用され、また類似した性格を持っていた乳母を処遇する官としても活用されたりしたのが、命婦の女官化の初期の状況で、それは、おおむね延喜から天暦にいたる頃の現象であったと言ってよい。天皇・皇族の乳母が待遇されて命婦に任じたり、天皇周辺で最も親愛される女性の立場を持っていたのがこの頃で、その性格が『源氏物語』桐壺巻に登場する靫負命婦などに、典型的に描写されている。平安中期になると、命婦の位置はとみに下落して天皇乳母は典侍の任じる職となり、掌侍よりも下位身分の呼称に定着している。もともと特定の職掌を持たず名誉職的な立場であったために、中級女官となっても位置は定着せず、鎌倉初期にはすでに「是昔は命婦と号」したという中﨟女房のなかに消滅している。そのような命婦の変遷を報告した。性格的には、命婦は、令制下の「女房」と言えるから、女房の身分化とともに、命婦の意義が失われるのは推測できる。その意味で、命婦は女房の裏面史と言えるであろう。

命婦と似た形で登場し、平安中期、命婦に次ぐ中級女官として、一応定着した身分を持っていたのが女蔵人である。この女官についての研究は、実質的には皆無に近く、河村政久「平安朝女蔵人考」[44]が、孤高の価値を誇っているという現状である。この論考は、成立・分類と職掌・待遇・補任者の階層・定員・文学的活動など、女蔵人を多面的に考察している。成立は蔵人所設置の弘仁元年（810）以降で、尚侍の地位向上に伴い典侍・掌侍の職務が激化したため、「中堅階層の実際的職務の運営者として新置された」と説明しておられる。女蔵人は院宮のそれも含めて内侍司に所属するが、他に御匣殿所属の女蔵人も指摘、主殿司の燈火の出し入れ・御手水の奉進・食膳の取次・諸行事への参加・禄物の管理など、女蔵人の職務内容についても具体的に整理報告されている。召し名は国名が多く八省・六衛府・諸寮に因むものも多く見られるが、兵部・兵衛・兵庫・木工などの召し名は女蔵人に固定化する傾向があるという指摘などは、示唆的である。昇進も、女蔵人から命婦や掌侍への実例を報告し、補任者の階層も実例から帰納して「中級官人・受領層の家系出身者が多かった」と述べている。員数も、応保元年（1161）の時点では、内侍司蔵人六人、御匣殿蔵人四人という定員を確認している。当代女蔵人が全般的に的確に理解され、頗る有益な論文である。ただし、事項が全般に及ぶだけに、それぞれの部分はさらに論究されるべき内容を多く含むと思われる。その後、須田春子氏も、女官としての「女蔵人」全般についての考察をされている[45]。女蔵人に関する資料は、両氏によってほぼ提示された状態であるが、所属と職掌を含めた全体的な分析は、最終段階に達しているとは言えない。

本来は後宮職員という性格でもなかった乳母は、女房が宮仕女性の実質になっていくと、本来女房的性格を具有していた乳母は、その中心的な立場になっていったようである。乳母に関する研究は、紹介してきた女官研究に比べると、豊富であったとも評し得るが、近時としては吉海直人氏の研究が突出している。その研究の大要は、同氏著『平安朝の乳母達―源氏物語への階梯―』[46]によって知られる。同著は乳母の問題に全般的にしかも深く関わって、乳母の授乳の問題、出仕の年齢、乳母子の問題その他、知見を得るものは多いけれど、副題のごとく物語研究の前提としてなされた意味もあり、徹底的な考証研究の性格がやや薄いが、乳母研究の現状を掌握するには是非参看を勧めたい。個別的研究ながら、角田文衛「後一条天皇の乳母たち①〜③」[47]が、当代の乳母の現状を具体的に的確に報告している。同論文は、まず、後一条天皇の崩後、素服を賜った十八人（乳母四人・掌侍・命婦十一人）の女房名を、『左経記』長元九年（1036）四月十七日条の記述によって確認し、確認された四人の乳母について、それぞれ個別的に考証を行っている。主乳母というべき者は、『紫式部日記』でも知られた弁宰相君こと藤原豊子（道綱女）で、中宮彰子の女房であった彼女が、敦成親王乳母となり典侍に任じ三位に昇り、後に美作三位と呼ばれるようになる経過を、関係の系譜も示しながら具体的に活写している。敦成親王の授乳に奉仕した少輔乳母は橘為義妻（義通母）であり、源章任の母基子が道長室倫子の乳母子であり、彰子の中宮内侍の立場にあったが、敦成親王誕生の際に乳母に任じ、典侍に昇って修理典侍と呼ばれたといった考証が、精細になされている。基子の妹美子は太宰大弐惟憲妻であり、敦成親王乳母に任じた時は内侍であったが、典侍となって近江典侍と呼ばれ、後に三位に叙された。これらの考証内容は実に周到であって、部分に疑問を残すところはあると思われるが、当代の乳母像を具体的に照射して高い価値を持っている。倫子乳母子であった二人の姉妹基子と美子、それを妻とする高雅・惟憲という二人の家司と道長、乳母というものの実質が具体的に検証されている。角田氏の著作『中務典侍』[48]も極めて価値が高い。三条天皇中宮であった道長二女妍子に侍した中務乳母の生涯を辿るもので、史料の制約のなかで可能なかぎりの具体像を描き出している。書題は典侍であるが、乳母の考察にこの上ない好著である。角田氏にはまた、「藤三位繁子」[49]「仁明天皇の乳母たち」[50]という論文もある。前者は一条天皇乳母で藤三位と通称された藤原繁子の伝記的記述であり、後者は平安前期の乳母の状況を報告するもので、当代の乳母の内容が具体的に知られる。制度史的な考察も必要であるが、すぐれた個別的考証の集積によって、制度としての乳母の変遷の把握もより的確なものになると思われるし、角田氏の業績によってすでにかなり高いレベルまで到達していると、私は認識している。

七　平安中期の女房・女官組織

平安中期の女房・女官の稿を終えるにあたり、十分な検証を行い得ていないので甚だ覚束ないが、今後の研究の展開のために、組織・構成の形を具体的に示しておきたい。次のごとくである。（既述のごとく上層女官は女房と通称されるが、誤解をさけるために女官は本来の意味で使用）

平安中期の女房・女官組織

内裏

典侍（乳母）――掌侍――内侍所（命婦・蔵人・女史・□司・理髪・水取・御門守・硯磨・女嬬・今良）

御膳宿（得選・采女・刀自）

（内膳司）
- 上御厨子所（刀自・女嬬）
- 下御厨子所（刀自・水守）

進物所（刀自）

大盤所（長女・御厠人）

御手水（命婦・女嬬）

侍従所（別当・女嬬）

内豎所（東豎子）

（図書寮）→御書所（女嬬・雑仕）

御匣殿（別当・命婦・女孺・洗人）
縫殿（女孺・油守・御巫・猿女・今良）
絲所（預・女孺・刀自・官人代）
（典薬寮）↓薬殿（預・女孺）
（主殿寮）↓主殿司（女孺）
（掃部寮）↓掃部（女孺）
（雅楽寮）↓内教坊（命婦・妓女）

※角田文衞氏は、内侍司内局・外局と区分して女官構成表を作成しておられる。（『日本の後宮』一七八頁）。
ここには一応区別を立てずに並列しておいた。

上皇・東宮・中宮

（典侍）——宣旨—御匣殿—掌侍—命婦—蔵人—采女—童女—雑仕
（乳母）　　家女房—童女—下仕・半物—雑仕

斎宮・斎院

宣旨—掌侍—別当—命婦—采女・女孺—御厠人—洗人—今良—女丁—火炬—仕女
（乳母）

※斎宮女官については、所京子「平安時代の斎宮女官」（『斎王和歌文学の史的研究』国書刊行会、平1、所収）の整理を大分に活用させていただいた。

注

（1）『小右記』正暦元年十月廿二日条。同条の「御乳母敷」は「宣旨」の間違い（角田文衞「高階光子の悲願」（『紫式部とその時代』角川書店、昭41、所収）。

（2）『日本紀略』寛仁二年十月十六日条。

（3）『御堂関日記』寛弘七年十二月十一日・月次祭神今食。

（4）『御堂関日記』長和元年閏十月廿七日・長和二年七月廿二日条などには「皇太后宮内侍」の所見。

（5）『日本後紀』弘仁三年二月廿一日条。

（6）『日本三代実録』元慶五年十一月一日条。

（7）『日本後紀』貞観八年三月二日条。以下数例。

（8）『日本の後宮』学燈社、昭48。

（9）論集平安文学・第三号『平安文学の視角』（勉誠社、平7）。

（10）「文学・史学」第九号（聖心女子大学、昭62）。

（11）「女房と女官―紫式部の身分―」（「国語と国文学」第四十九巻三号、昭47）

（12）吉海直人「御堂関白記における『女方』について―道長と倫子の二人行脚―」（「解釈」第三十八巻二号、平4）。

（13）折口信夫『日本文学史ノートⅠ』（中央公論社、昭32）・岡崎義恵「女房の才能」（「解釈と鑑賞」第二十五巻九号、昭35）・池田弥三郎「女房の位置」（同上）など、主に民俗学的立場の意見。

（14）「紫式部の本名」（「古代文化」第十一巻一号、昭38）。さらに、「平安時代における院宮の女房」（「国語と国文学」第五十巻一号、昭48）において、院宮女房の官女としての性格を強調された。なお、迂闊にして最近時まで存知し得ないで汗顔の至りであるが、吉川真司氏に次のような見解があった。「立后によって、それまで比較的フラットであった女房集団にまったく別の原理がはたらき、﨟次―衣服の差別が貫徹されるとともに、女蔵などの呼称・職務が発生したのである。立后によって決まるのは女房三役だけでなく、女房がみな掌侍・命婦・女蔵人などに振り分けられたと見るべきで、日給簡には官職順に女房全員が登載されたのであろう」（『律令官僚制の研究』塙書房、

1998）、「上・宮それぞれにおいて上級女官を日常的に侍候させる体制が整えられたのであろう。宮においては、宣旨・御匣殿別当・内侍・命婦・女蔵人という職階が徐々に定まっていった」（同上）と述べておられる。女御であった時と、中宮になった時とはまったく別で、立后した時点で、中宮女房は内裏女房と同様の身分を持ち、どこかの女官職に振り分けられるという意見である。吉川氏の論考には裨益されるもの多く貴重に思っているのであるが、この点だけは疑問に思っている。他日、報告の機会を得たい。

（15）「紫式部の身分」（『日本文学①②③』Vol22、昭48）。

（16）「或る源氏物語論―紫式部の本名―」（『むらさき』三輯、昭39）。

（17）増田繁夫氏も紹介されたように（「紫式部の女房生活」、『中古文学』第三号、昭44）、紫式部も親しかった宰相君は、紫式部日記中には一度も官職名を持って呼称されないが、『御産部類記・不知記』寛弘五年九月十一日条によれば「命婦従五位下藤原朝臣□子」であったことが確認されている。実は、この史料の理解について、やや疑念を抱く要素がある。本編付章においていささか触れる。

（18）『栄花物語』巻十一「つぼみ花」、三五二頁。

（19）萩谷朴『紫式部日記全注釈上巻』（角川書店、昭46）、一五一頁。なお、宣旨女房に任ずる条件に関して、山本奈津子「藤原彰子女房の宣旨について」（『文学史研究』39、大阪市立大学、1998）が、中宮彰子女房の「宣旨」に関する特定と、宣旨になる要件としての姻戚・出自・乳母要素など、貴重な指摘をしている、参考。

（20）萩谷注（19）書、三九七頁。

（21）『小右記』長和二年五月廿五日条。

（22）『平安時代後宮及び女司の研究』（千代田書房、昭57）、三〇八頁。

（23）『平安朝の乳母達―源氏物語への階梯―』（世界思想社、平7）。

（24）「続・女房と女官―紫式部の創造―」（『女子大国文』第八十号、昭51）、後に『源氏物語の研究』（望稜舎、昭61）に所収。

（25）『江次第鈔』第一・正月。

(26)『御堂関日記』寛弘七年閏二月六日条。
(27)『御堂関日記』長和元年四月廿七日条。
(28)「無女史者、皆取女孺堪任者、為之也」(『令集解』巻三・内侍司)。なお、女史叙位例として、応和二年正月に労三十七年で従五位下に叙せられた「若陽生若子」なるもの記録がある(菊亭文書・一)、参考。
(29)『小右記』天元五年五月八日条。
(30)所京子「平安時代の内侍所」(「皇学館論叢」二巻六号、昭44)。
(31)『朝野群載』五朝儀・内侍所〈勘申殿上女房上日夜事〉。
(32)『御堂関白記』寛弘七年十一月廿八日条。
(33)所京子「所の成立と展開」(「史窓」二十六号、昭43)、須田春子『平安時代後宮及び女司の研究』(千代田書房、昭57)二三九頁以下。なお、所論文は、男官も含めて「司」から「所」への変遷の展開の史的経過を、巨視的にしかし遺漏なく的確に報告して、優れて価値の高い論文である。
(34)『九暦』逸文。
(35)所注(30)論文。
(36)この時代の作品や史料を見る時、尚侍や典侍などを女官と呼ぶ本来の形のほかに、限定的に身分低い女官を指していう用法が存することには誰も気付いており、近世の国学者は、「にょくわん」あるいは「にょうくわん」と呼んでその区別をしていたというような説を苦しまぎれに出したりした。本来の形の痕跡と当時の現状とが共存していたというだけのことであるが(拙稿「にょくわんとにょうくわん」、「古代文化」第二十六巻十一号、昭49)、女房・女官史の錯綜した変遷を知って見れば、象徴的な意味を感じさせるものもある。
(37)「日本女子大学国語国文学論究」1集、昭42。後に『源氏物語の史的研究』(東京大学出版会、昭61)に所収。
(38)須田注(33)書、一四七頁。
(39)「朧月夜の尚侍就任による今上妃との兼帯について」(「詞林」第三号、昭63)。
(40)「典侍考」(「風俗」十七巻四号、昭54)。本書I編第四章。

(41)『枕草子』(日本古典文学大系本)一〇六段・一六六頁。
(42)所注(30)論文。
(43)「命婦考」(山中裕編『平安時代の歴史と文学文学編』吉川弘文館、昭56)。本書I編第六章。
(44)「風俗」十五巻一号、昭51。
(45)須田注(33)書、第三章第四節「女蔵人」。
(46)世界思想社、平7。
(47)「古代文化」第二十二巻三・六・十号、昭45。
(48)古代学協会、昭39。
(49)『王朝の映像』(東京堂出版、昭45)所収。
(50)「古代文化」第二十三巻一号、昭46。後に『王朝の明暗』(東京堂出版、昭52)所収。

第三章　尚　侍

まず『源氏物語』中の記述を二つほど紹介する。

御匣殿、二月に内侍のかみになり給ひぬ。院の御思ひに、やがて尼になり給へる、かはりなりけり。

（『源氏物語』賢木、三七九頁）[1]

「尚侍、宮づかへする人なくては、かの所のまつりごとしどけなく、女官なども、おほやけ事をつかうまつるにたづきなく、事みだるゝやうになむありけるを」

（同・行幸、七六頁）

前例が朧月夜の、後例が玉鬘の尚侍任官あたりの記述である。どちらも高級女官の印象があるが、なんとなく后妃に準じるような雰囲気が感じられもする。そのあたりのことは、後の考察課題として、とりあえず女官「尚侍」の実態を正確に把握するところから、始めたい。

一　令制の尚侍

尚侍についての最初の正式な規定が、令に示されていることは、よく知られている。

尚侍二人。掌レ供下奉常侍奏請宣伝一、撿二校女孺一、兼知二内外命婦朝参一、及禁内礼式之事上。（「後宮職員令」第三）

配下である典侍・掌侍も職掌はほぼ同じであるが、奏請宣伝だけは、尚侍不在の時でなければ行い得ない。天皇の身近にあって、天皇と外部者との折衝の取り次ぎが、主要な役目である。このような高級女官として規定された尚侍の、史料上の初見は、次の記事であろうか。

制、尚侍従四位者、賜禄准典蔵焉

（『続日本紀』霊亀元年二月四日）

後藤祥子氏は、「尚侍が多く五位の官で四位相当の扱いを受けた」と説明されているが、(2)初期の尚侍の官位を見ると、尚侍は四位相当（史料的にはむしろ従三位）であるが、「従四位の者は、蔵司の次官である典蔵と同じ扱い」という解釈の方が良さそうである。いずれにせよ、「令」の初期段階から規定された高級女官であることと、女官としては尚蔵の次位に立場を持つものであったことが分かる。その後の史料、

勅、准令給封戸事、女悉減半者。今尚侍尚蔵、職掌既重、宜異諸人、量須全給、其位田資人、並亦如此。

（『続日本紀』天平宝字四年十二月十二日戊辰）

などを見れば、尚蔵にほぼ準じるまでの地位上昇を認め得る。(3)というより、尚蔵・尚侍兼官の例の方が多い。尚侍の初例かと思われる次例も、そうである。

尚蔵兼尚侍正三位藤原朝臣宇比良古薨。贈太政大臣房前之女也。

（『続日本紀』天平宝字六年六月廿三日丙申）

以後、藤原鮒子（武智麿裔）、大野仲仟（東人女）、藤原百能（麻呂女）と続く。これらの尚侍に共通するのは、当代に著名な権勢家の子女であること。房前は不比等第二子で北家の祖、東人は陸奥鎮守将軍となった代表的武人、麻呂は不比等第四子で京家の祖である。有夫の婦人のみであったかは確認できないが、おおむね四十歳以上と推定される薨去時まで在任するのが通例である。令に規定する通り、名門貴族出身の、天皇親近女官長といったところのようである。

後宮十二司の制は、蔵司・内侍司中心の女官組織に変容しつつあり、(4)尚侍は、その権益を代表するような立場になっていた。とともに、やや異質な側面も要素として持つようになっていった。その萌芽は、阿部古美奈に先蹤を

見得るであろうか。古美奈が、内大臣良継との間に儲けた女が、桓武后となり、平城・嵯峨両帝の生母となった。女牟漏子の入内と母古美奈の尚侍任官との前後関係は確認出来ないが、尚侍の立場に、天皇との関係において、女官というだけでない側面を加えた。同じく桓武帝の尚侍となった百済王明信は、帝の「寵渥」を得て、その男乙叡は、中納言にまで登った。次ぎに、次帝平城天皇の尚侍に任じたのが、著名な藤原薬子である。

薬子、贈太政大臣種継之女、中納言藤原朝臣縄主之妻也。有三男二女。長女、太上天皇為太子時、以選入宮。其後薬子以東宮宣旨、出入臥内、天皇私終焉。皇統弥照天皇、慮姪之傷義、即令駆逐。天皇之嗣位、徴為尚侍。巧求愛媚、恩寵隆渥。所言之事、无不聴容。百司衆務、吐納自由。威福之盛、薫灼四方。属倉卒之際、与天皇輦。知衆悪之帰己、遂仰薬而死。（『日本後紀』弘仁元年九月十二日己酉）

薬子の変と言われる事変の経緯はともかく、ここで、長女が東宮に入った時に、薬子自身も宣旨となって親近し、践祚とともに尚侍（初めは典侍であったらしい）となって、専権を振るったという、事実関係は確認できる。要するに、女官としての職務が先にあったのではなく、天皇との親愛関係が、尚侍という立場に待遇した。尚侍が、女官というよりも、特別専権的な存在になっていることを、この事例で確認出来る。

薬子の事例での反省のためかどうか、その後の尚侍は、第一等の高級官女を待遇する意味のものにほぼ定着して、進行したように思われる。皇族（五百井女王、継子女王、源全姫）、あるいは尊貴の婦人（藤原美都子＝冬嗣室・文徳外祖母、百済王慶命＝嵯峨帝後宮、藤原淑子＝長良女・宇多養母、藤原満子＝醍醐女御？）、あるいは官女功労者（菅野人数、当麻浦虫、広井女王）への待遇である。(5)尚侍任官者が、ほとんどが既婚の貴婦人で、薬子の場合は例外とするが、本来尚侍であることが天皇との性愛関係が生じるような状況ではないこと、源全姫が従二位に叙した『日本三代実録』貞観十三年正月八日条に、同時の女御藤原高子が従三位であるように、尚侍は女御より上位の立場であること、また、女官系の婦人が、掌侍→典侍→尚侍→尚蔵（菅野人数）、典殿→掌侍→典侍→尚侍（当麻浦虫）、尚膳

↓権典侍↓尚侍（広井女王）といった経歴を経ていること、これくらいの指摘はしておきたい。

醍醐帝頃の状況を、『延喜式』を資料としてみてみたい。形式的には、たとえば、巻十二・中務省の宮人時服の規定の、

内侍司一百十人　尚侍二人典侍四人掌侍四人女嬬一百人

という内訳は、令の規定と少しも変わらない。女官馬料も「尚侍二人　右二人、各銭七貫五百文」と、明示している。因みに、尚蔵は八貫文で、尚侍の上位。天皇即位の儀には、女御の上席の錦草塾に座すのは（巻三十八・掃部寮）、先に見た整理に合っている。「供御氷」の規定も、「凡斎内親王妃夫人尚侍、起五月尽八月、日別一顆」（巻四十・主水司）である。後宮における尚侍の序列が、知られる。(6)『延喜式』に見られる尚侍の記述はこの程度であるが、後藤祥子氏は、尚侍調査の結果、任官者は常に一員程度と確認されている。(7)とすれば本書は、現状よりも令以来の形式に従っているところが多いかもしれない。ともあれ、この時期までを、一応律令制女官を継承する、第Ⅰ期の尚侍と認識しておきたい。

二　尚侍の変質

内大臣高藤が若年の頃、鷹狩に出て時雨にあい、宇治郡大領宮道弥益の家に宿って、不慮にその女と契りを交わしたが、その女胤子が後に宇多帝の女御となり、醍醐天皇以下の母となった。『今昔物語』（巻廿二第七）に知られる挿話である。醍醐天皇の誕生は、仁和元年（885）であるが、この年、父宇多天皇は、元服して侍従に任じ、王侍従と呼ばれて陽成天皇の側近に侍し、臣籍に降って源姓を賜った。本章でいま述べようとしているのは、その胤子妹の満子のことである。姉が醍醐帝を出産した時に、妹の満子は、十三歳であった。姉の夫である宇多帝が仁和

三年（887）に帝位を践み、胤子は更衣ついで女御となった。妹の満子は、延喜六年（906）に尚侍に任官した。三十五歳。姉胤子は十年ほど前に、嫡子の帝位を見る前に、五人の遺児を残して早世していた。尚侍満子は、権勢貴族の後室ではない（生涯、独身か）、老練女官の経歴でもない、むろん皇族の血筋でもない。にもかかわらず、女御にも優位する尚侍の立場で待遇されたのは、胤子が薨じた後に幼い兄弟の保育に当たった満子が、醍醐帝には准母の感覚で受けとめられたからであろう。四十算の賀を賜り、従三位を受け、承平七年（937）に六十五歳で薨じた。正一位、追贈。令制の伝統にない尚侍の出現ではあるが、名誉的な第一婦人の待遇という形では、本質的な変化というわけではない。

次に尚侍に任官したのが、藤原貴子である。摂政忠平嫡女の貴子は、はじめ東宮保明親王のもとに入ったが、延喜廿三年（923）に東宮薨去。寡婦となっていた貴子は、忠平が関白となった天慶九年（946）に、尚侍に任官した。応和二年（962）に五十九歳で薨じるまで尚侍の官にあった。貴子は寡婦ではあり、令制以来の「有夫」という尚侍の資格からは、例外となっている。次の藤原灌子は、珍しく系譜不詳。掌侍→典侍→尚侍と昇任した女官系尚侍である。「有夫」であったかどうかは確認されないが、記録の初見から算して、薨去は恐らく六十歳前後。尚侍任官は、晩年の十年間ほどである。「老年婦人」の伝統だけは、守っている。以後、この女官系譜の尚侍は途絶える(8)。

次の尚侍が、村上帝中宮安子（師輔女）の妹、登子である。紹介するまでもない著名な挿話だが、やはり記述しておきたい。

このきさきの宮の御おとゝの中のきみは、重明式部卿の宮の北方にておはしましゝぞかし。その親王は、村上の御はらからにおはします。この宮のうへさるべき事のおりは、ものみせたてまつりにとて、きさきのむかへたてまつりたまへば、しのびつゝまいりたまふに、みかどほの御覧じて、いとうつくしうおはしましけるを、いといろなる御心ぐせにて、宮に、かくなむおもふと、あながちにせめ申させたまへば、一二度、しらずがほにて、ゆるし申させたまひけり。

（『大鏡』巻二・師輔）

登子は、重明親王の北方であったが、姉の安子のもとに行ったりしていた時に、村上天皇がその姿を見て、愛執の感情を持ち、姉の安子に訴えて、一、二度は望みを遂げた、とかいう話である。後文では、安子の薨後に宮廷に迎えて、尚侍に任じたりしたなどとも、言っている。火の無い所に煙は立たないとは言うが、事実関係はどのようなものであろうか。重明親王は、醍醐帝第四皇子で、朱雀・村上帝には異母兄にあたる。上野大守・弾正尹・中務卿などを経て、天暦四年に式部卿。和歌・管弦の道にも通じ、政治的な立場も重かったと説明されているが、天暦八年（954）に、四十九歳で薨じている。登子は、天暦二年（948）に、この親王の後室となった。登子の生年は不明であるが、姉の安子と三歳ほどの違いとして計算すれば、十九歳の頃となる。権勢家の貴族の女が、三十歳近い年齢差のある親王の後室となった事情は、推測困難である。姉安子も、重明親王薨去十年後の康保元年（964）に薨じた。一方、村上天皇は、安子が崩じた時には三十九歳で、登子も三十五歳ほど。安子崩後、登子が姉の遺児（円融、六歳）の准母の立場で内裏に出入したりのことがあれば、『大鏡』の挿話も現実性はある。登子所生の重明親王女姫子は、「かがやくごとく」の美女であったから（『大鏡』巻三）、母親の容姿の魅力も推測される。ただし、登子が尚侍に任官したのは、安和二年（969）なので、康保四年（967）に天皇が崩じた二年の後である。『大鏡』のような裏話がかりに存在したとしても、尚侍任官が、生前の天皇との愛情関係で実現したとは、考えにくい。令制以来の尚侍は、薬子の場合だけを異例として、性愛的な状況はほとんど考慮外の女官であった。登子の尚侍が、村上天皇との隠れた情愛関係が背景によって成立した事柄であるなら、尚侍史上初めての事例となるが、それは、ほぼ推測困難である。登子が尚侍になった安和二年九月は、その前月に冷泉天皇が退位して、円融天皇が即位している。登子の尚侍は、姉安子の遺児後見の役割のものではなかったろうか。登子四十歳頃、円融帝は十歳のほどである。

天延元年（973）に登子が薨じた後、尚侍の任を継いだのが、婉子である。兼通女である婉子は、初め参議藤原誠信に嫁し、後に讃岐守源乗方に婚したらしい（『大鏡』巻三）。貞元元年（976）に尚侍に任官している。先の登子薨去の翌年である。時に、父兼通は関白太政大臣であり、この任官に父親の意向があったらしいことは、ほぼ明かであろう。この時、婉子の最初の夫とされる誠信は十三歳で殿上もしておらず、翌年になって叙爵し侍従に任官、参議になったのも、十年以上後の永延二年（988）のことである。ということは、婉子は、権勢家の未婚の女子の立場で、尚侍の職に任じたと推測される。尚侍史上の初例である。誠信との婚姻、乗方との艶聞は、任官後の行動である。長保三年正月三十日には、後に尚侍に任じた綏子とともに二位に叙され、後一条紀にも在任の消息があり（『一代要記』）、長期にわたる任官が知られるが、終始、ほとんど名目のみの在任の模様である。次に任官の忯子（師輔女）は、先の登子の妹である。冷泉帝の東宮の時に入り、践祚の後に女御となり、さらに夫帝譲位の後の天元五年（982）に尚侍に任官した。登子の年齢に合わせて推定すれば、四十歳より若くは考えにくい。女御経験者の尚侍も、これまた尚侍史上の初例である。この婉子・忯子の事例などを見ると、令制以来の尚侍の伝統的な形姿が、この冷泉・円融朝あたりで変質し、僅かに守られているのが「老年婦人」の原則だけとなっている状況と、評して良いかと思われる。この時期を、第Ⅱ期尚侍の時期と整理しておきたい。

三　后妃化の前後

寛和二年（986）、十二歳で東宮（三条）のもとに入った綏子（兼家女）は、翌永延元年に、尚侍に任官した。前節末に、令制尚侍の伝統が守られているのは「老年婦人」の原則だけと言ったけれど、その原則もまた、ここで簡単に解消された。

対の御方ときこえし御はらの女、おとゞいみじうかなしくしきこえさせたまて、十一におはせしおり、尚侍になしたてまつらせたまて、内ずみせさせたてまつらせたまひし。（『大鏡』巻四・兼家）

『栄花物語』（巻三）にも同様の記述があり、東宮入侍以前に尚侍に任官のように見えるが、事実は、東宮の元服に御副臥に参って、東宮妃の立場になってから後のことのようである。この場合、先行がどちらかはさしての問題ではなく、重要なのは、尚侍が東宮妃を待遇する官になったことである。尚侍に、第一貴婦人を処遇する名誉的な性格が令制の初期から存したことは確かだけれど、大原則としては、やはり〝女官〟の立場であった。それが、ここにきて〝后妃〟の立場に転換した。これは、尚侍史上の画期的な変化である。兼家の嫡男道隆も、その二女原子を東宮に入れ、御匣殿とした（『栄花物語』巻三）。令制には規定されない、その後に生じた女官の官名である。綏子や原子は、麗景殿女御あるいは淑景舎女御とも呼称されているが、「東宮女御」は通称で、俗称に従えば「御息所」と呼ばれる立場で、東宮妃たる正式呼称は無かったのであろう。兼家や道隆が、事実上東宮妃になっている女に、尚侍や御匣殿という立場を得させたのは、確かな后妃化の意図であったと思われるけれど、本来の女官性格の官職を利用したことが、后妃の認識を薄める要素にも繋がった可能性もある。尚侍綏子は、後に、源頼定との密通を喧伝されたりする。寛弘元年（1004）に三十一歳の若さで薨じた綏子の、后妃と女官の意識の狭間に起きた事件であったように思われる。

尚侍の后妃化の性格を、さらに鮮明にさせたのが、藤原道長である。道長は、長女の彰子は別として、二女の妍子（三条帝）、三女威子（後一条帝）、四女嬉子（後朱雀帝）を、まず、それぞれ若年の尚侍に任じている。

妍子（994～1027）　寛弘元年（1004）十一月廿七日　十歳　入東宮は十七歳
威子（999～1036）　長和元年（1012）八月廿一日　十四歳　入内は廿歳
嬉子（1007～1025）　寛仁二年（1018）十一月十五日　十二歳　入東宮は十五歳

十歳を超えれば、執政家の女でもあり、それなりの意識と態度は身につけていたとは思うが、形式的には後宮女官を統率し代表する尚侍の職務を遂行を期待されて、任官した訳ではない。令制の時からすでにあった名誉職的な内容は、彼女たちには叔母にあたる綏子や原子の時には、后妃の立場を表現する公的別称になったが、道長は、それをさらに若年化して、后妃性との重なりは廃した。一見、官職性の復活に見えるけれど、事実は、後宮女性として最も優越する立場をまず確保することで、その後の后妃の途をいち早く保証するという、別の意味での后妃性に他ならない。彼女たちは、尚侍任官後、数年を経て、東宮あるいは天皇のもとに入るが、その将来をいち早く確保する、別に言うと、他貴族との后妃競争を早い段階で遮断する。道長の取る尚侍政策の内容は、そのようなものであった。分かり易く言うと、もともと位階は尚侍の方が上位にあり、移るとしても女御→尚侍が普通であったものが、道長はこれを明瞭に、尚侍→女御と逆転させた。長女彰子を一条帝後宮に入れた時の、道隆女定子との競合、三条帝との間に六人の皇子女を儲けていた娍子の排除、それに苦慮した道長の配慮が生み出した、別の意味での、尚侍の官職化である。時に道長に死期をも実感させた病悩の焦慮が、背景にはあったかも知れない。この期を、第Ⅲ期尚侍の時期としておきたい。

四　『源氏物語』の尚侍

作品に記述された尚侍の描写も見ておきたいが、『栄花物語』『大鏡』の例は、折々紹介した。その他の作品でも、さほどに多くは見えない。

『蜻蛉日記』には、『大鏡』にも記述された登子との交渉が書かれている。

貞観殿の御方は、一昨年、ないしのかみになりたまひにき。あやしく、かゝる世をもとひたまはぬは、このさ

るまじき御中のたがひにたれば、こゝをもけうとくおぼすにやあらん、かくことのほかなるをもしり給はでと
おもひて、御文たてまつるついでに、
さゝがにのいまはとかぎるすぢにてもかくてはしばしたえじとぞ思ふ
ときこえたり。かへりごと、なにくれといとあはれにおほくのたまひて、
たえきともきくぞかなしきとし月をいかにかきこしくもならなくに
（巻中、一九六頁）

宮廷に根拠を持たないはずの登子を「貞観殿の御方」と呼んでいるということは、先に可能性として推測した、姉安子の遺児の後見としての内裏住みが、事実上容認されていたことを示すものかと思う。それと、「さるまじき御中のたがひにたれば」と言っている。村上帝在世時に、登子への寵愛があったとしても、崩御二年後の尚侍任官は、確実に、背後の外戚勢力の思惑に出るものであるが、実頼を中心とした外戚勢力の中で、兼家は疎外されている。比較的親しい関係にあったらしい、登子と道綱母の関係が、そういった背後の状況のために、思わずに疎遠となった事情を、記述は推測させる。尚侍の側から言えば、女官というよりも、天皇への影響力を評価される官職になっている、そのようなことが言えるかと思う。まさに第Ⅱ期尚侍の形姿である。

『宇津保物語』では、中心の登場人物でもある俊蔭女が尚侍に任官する。不慮に内裏に召されての弾琴の功としてである。

お前なる日給の簡に、内侍のかみになすよし書かせ給ひて、それがうへにかくなむ。
目の前の枝よりいづる風の音は枯れにしものと思ほゆるかな
これがあはれなればなむ。
（初秋）

外戚勢力の反映としての任官でなく、第Ⅱ期の尚侍ではない。壮年の既婚婦人である点で、第Ⅲ期の尚侍でもない。帝（公的象徴としての）の意志であり、壮年の既婚婦人であり、権勢家の妻室である点で、第Ⅰ期の尚侍の条件に

叶っている。さらに、朱雀帝が、俊蔭女への未婚時代からの愛着を語り、「行末まだも私の后に思はむかし」と述べたり、「かく内侍のかみになり給ひぬるすなはち、女官みなおどろきて、にはかに内教坊よりも、いづくよりもいづくよりも、髪あげ装束して、かたに出で来て」と、女官組織の統率的立場も形式として存している点なども含め、第Ⅰ期尚侍の特徴が明瞭と言って良いかと思う。

『源氏物語』での初例は、冒頭に紹介した。朧月夜が朱雀帝の東宮時代に御匣殿であったことは（葵）、原子（道隆女）の経歴に類似している。彼女が、三条帝の践祚までに頓滅するようなことがなかったら、尚侍→女御というコースを当然辿っていたであろう。朧月夜も、朱雀帝践祚と同時に尚侍になった。婚姻の意識もない年齢からの御匣殿・尚侍という官職任官が、その后妃性を意識はさせながらも、なお鮮明にさせないものがあったのだろう。朧月夜の、

かんの君は、人知れぬ御心ざし通えば、わりなくても、おぼつかなくはあらず。（賢木・三八一頁）

の心情は、まさに尚侍綏子の状況に通うもののように、推測される。帝の方が、「有りそめにける事なれば」と寛容になる背景には、やはり尚侍という官職の問題があるだろう。帝には、「かぎりある女御・みやす所にもおはせず、おほやけざまの宮づかへなれば」（須磨）の意識が、消えない。朧月夜は、薨年まで、女御・中宮といった変化もなく、尚侍として終始する。婉子・忯子・綏子など、第Ⅲ期前半の尚侍に重なるように思う。

『源氏物語』のもう一人の尚侍、玉鬘についても、冒頭に紹介したが、実は、後文に、

たゞ今、うへに侍ふ古老のすけ二人、又さるべき人々、さまぐ〵に申さするを、はかぐ〵しう選ばせ給はむたづねに、たぐふべき人なむなき。猶、家高う、人のおぼえ軽からで、家のいとなみ立てたらぬ人なん、いにしへよりなり来にける。（行幸・七六頁）

という文章があった。尚侍の任官に、熟練の典侍の昇任か、声望ある貴族の出か、二つの道があったことを述べて

いる。玉鬘を念頭に置いた、この冷泉帝の判断を示された源氏も、おおむね穏当と受け止めている。ただし、まだ裳着も済ましていない、未成年の娘である。玉鬘尚侍が、帝の意向として進められ、帝の言葉のように内侍司の統率が主旨なら、令制下本来の尚侍と認めても良い。ただし、尚侍は、『宇津保物語』のように、既婚婦人が基本のイメージである。未婚の女性で、しかも、玉鬘が、

さやうのまじらひにつけて、心よりほかに便なき事もあらば、中宮も、女御も、かたがたにつけて、心置き給はゞ、はしたなからむかし。（藤袴・九九頁）

と懸念するような尚侍であれば、第Ⅲ期のそれと認めるしかない。后妃性の性格はあるけれど、尚侍としての出仕の前後に、髭黒大将との婚姻が成立しても、特別罪に問われない状況は、女官と后妃の認識が重なりあった、第Ⅲ期前半の感覚とほぼ認定出来る。

『源氏物語』に、もう一人の尚侍がいた。玉鬘所生の大君が冷泉院の後宮に入って、懇望していた今上帝は、妹の中君の入内を、頻りに望まれた。母親の玉鬘は、

わづらはしくて、おほやけざまにて、まじらはせたてまつらむことを思して、内侍のかみを、ゆづり聞え給ふ。（竹河・二八五頁）

大君が、上席の后妃の間で心労する状況を思って、妹の「中君」には、尚侍という「おほやけざま」で出仕させたという。自分自身もかねて望んでいたことなので、都合良く、自らの尚侍を譲ることが出来たという。年若い姫君の任官という意味で、しかも、女官とも言える后妃とも言えるという微妙な性格という意味で、これも、第Ⅲ期前半の尚侍である。『源氏物語』の尚侍について、「源氏の尚侍像はそんなに古いものではない。彼女らの若さといい、履歴といい、古くとも二十年を遡るものではない」という後藤氏の整理に、本節の結論も重なる。ただし、尚侍と女御との相対的な認識は、検討の余地があるかとも感じている。

五　まとめ

古代における尚侍は、令制に規定する通り、女官組織を統括する、最上級女官であった。職務内容を言えば、天皇側近にあって政務にも関わる尚侍の立場は、それなりの自覚と能力を要する官職である。古代の尚侍がすべて有夫の女性であったかどうかは明瞭でないけれど、夫である右大臣豊成の薨後、長年に渡って公事に奉仕した藤原百能のような場合を、代表として説明出来るようなものではなかったろうか。ところが古代後期、天皇親近の立場が性愛的な雰囲気を帯びる。阿部古美奈は、所生の牟漏子が桓武帝の後宮に入って平城・嵯峨両帝を生み、母の古美奈は尚侍として桓武帝に奉仕した。天皇との密着の傾向は、その後の百済王明信・藤原薬子に引きつがれ、兵乱まで引き起こす事態となった。その後は、本来の女官の性格にほぼ復したと言って良い状況になった。

女官尚侍は、摂関政治の進展とともに、帝との個的関係よりも、帝の外戚集団としての性格を持っていったようである。藤原満子は、宇多帝の後宮に入って醍醐帝の母となった胤子の妹である。姉胤子早世の後、尚侍満子が醍醐帝外戚集団の要となった。藤原貴子は、忠平が外戚となっている村上天皇の尚侍として、寡婦となった身を、生涯にわたって挺身した。村上帝後宮に入っていた安子が薨じた後、妹の登子が寵愛を受けて「九条殿の御さいはひ」と世評されたとは『大鏡』に伝えるところだが、帝の生前には、登子は尚侍に任じてはいない。帝の崩御の後に、遺児の後見として登子尚侍が実現するところに、藤氏外戚集団の意志が感じられる（9）。

外戚の立場からの手段として、さらに露骨に尚侍を利用したのが、兼家一家である。兼家は、女綏子を東宮のもとに入れて、尚侍に東宮妃のイメージを重ね合わせた。兼家の嫡男道隆は、二女原子を東宮に入れて御匣殿とした。これらは、本来の女官を離れ、后妃を優位に保証する官職になっている。尚侍をさらに具体的に利用したのが道長で、妍子・威子・嬉子と、後宮に入る前の少女を尚侍に任官し、いち早く后妃を宣言する保証形式とした。

嬉子の後の尚侍は、長久三年（1042）に後朱雀帝の尚侍に任じた藤原真子（教通女）くらいの記録しか残らない。教通女は、一女の生子が御匣殿別当となったり、二女の真子が尚侍になったり、しきりに道長時代の先蹤を追っていたようだが、いずれも実効しなかった。真子の尚侍は、成人後である点はやや古例を復すが、有夫でもなく老練でもなく、病身で公事奉仕もなく、長寿で在任だけは長かった。道長が強引に決定した〝后妃候補〟の性格もまた意味のない状態になれば、尚侍の虚名はもう存在理由が無い。はるか後年に、

御はらからの姫君も、かたちよくおはする、ひきこめがたしとて、内侍のかみになしたてまつり給。
（『増鏡』第三、二八五頁）

かの大納言東下りののち、院に参り給ひし程に、ことの外にめでたくて、内侍のかみになり給へり。むかしおぼえておもしろし。
（同・第十二、四〇六頁）

と、亡霊のように用例を見る。官職としての存続はあったらしい。ほぼ明瞭に、后妃に準ずる性格である。後例文中の「おもしろし」とは、尚侍頊子（実経女）が初め後二条帝の女房として出仕していた時に、基俊大納言と艶聞があったりしたことを、『源氏物語』朧月夜に比して言っている。稀薄ながらの性格は消えてはいなかったということだろうか。

注

（1）引用は、日本古典文学大系本、巻・頁数など。
（2）後藤祥子「尚侍攷―朧月夜と玉鬘をめぐって―」（『日本女子大学国語国文学論究』1集、昭42）。
（3）「然則官位禄賜、理合同等、宜尚侍准尚蔵、典侍准典蔵」（『続日本紀』宝亀八年九月十七日）。

（4）村上朝頃に、後宮十二司の解体がほぼ完了の状態までに至った。角田文衞『日本の後宮』（学燈社、昭48）、川井由美「後宮十二司の解体過程」（「文学・史学」九号、聖心女子大学、昭62）など参照。

（5）角田文衞「尚侍藤原淑子」（『紫式部とその時代』角川書店、昭41）、参考。

（6）須田春子『平安時代後宮及び女司の研究』（千代田書房、昭57）は、この例をもって、「当時の尚侍は内侍司長官であるよりは東宮妃としてすでに後宮身分の一つに挙げられている証拠」としているが、どうであろうか。『延喜式』は、他の部分では女官として記述しているし、ここも賜禄などの序列で記録しただけではなかろうか。

（7）後藤注（2）論文。

（8）「村上治世を堺に尚侍の性格は一変する」（須田注（6）書、一四七頁）。

（9）「忯子、綏子の場合は天皇や太上皇といった皇系の意志ではなくて、明らかに摂関家側の希望、乃至は働きかけの結果だろうということである」（後藤注（2）論文）。

（10）『御堂関白記』寛仁二年十一月十五日。

（11）『一代要記』長久三年十月廿日。

第四章　典　侍

一　令制下の典侍

管見に入る典侍の初出は、『続日本紀』天平十七年（745）七月廿三日の「典侍従四位上大宅朝臣諸姉卒」の記事である。「後宮職員令」によると、宮人職員のうちの内侍司の一員として、

典侍四人　掌《ルコト》同《シ》二尚侍一《ニ》。唯不レ得二奏請宣伝一《スルコトヲ》　若无《クハ》二尚侍一者、得二奏請宣伝一《スルコトヲ》

としている。上官たる尚侍二人、下官たる掌侍四人に対して、典侍も四人の員数を規定され、配下の内侍司女孺百人を支配している。員数は、『延喜式』巻十二の〈宮人時服〉や〈女官馬料〉の規定にも、正確に踏襲されている。初出の典侍大宅朝臣諸姉は「従四位上」であったが、官位相当はさほど厳密でない。次頁の表で見られるように、五位・三位であることもある。四位相当の官ではある。後宮十二司の女官構成の中で言えば、天平宝字四年格(1)もいうように、尚蔵―尚侍―典蔵―典侍と続く位置に相当するものである。

内侍司のうちにおいては、たとえば大和朝臣舘子(2)・橘平子(3)などのように、掌侍→典侍の任官コースをたどるのが当然だが、後宮十二司としては、各司の任官の独立性は厳格でなく、各司にわたる昇進コースを経る。たとえば、

当麻真人浦虫　典殿→掌侍→典侍→尚侍
菅野朝臣人数　掌侍→典侍→尚侍→尚蔵

〔六国史に見える典侍〕

従四位上	大宅朝臣諸姉	卒	『続日』	天平十七・七・廿三	
従五位下	高麗使主浄日	賜姓	〃	天平宝字二・六・四	宝亀十一・十・廿四卒、従四位下
従三位	飯高宿禰諸高	麗	〃	宝亀八・五・廿八	伊勢国飯高出身、采女、八十歳
正四位上	和気朝臣広虫	卒	『後紀』	延暦十八・正・廿	清麻呂姉、少時出家、七十歳
正五位上	葛井宿禰広岐	祭使	〃	延暦廿四・二・十	延暦廿四・十一・四賜地、従四位下
正三位	藤原朝臣薬子	招ㇾ尤	〃	大同三・四・十六	弘仁元・九・十二自殺、尚侍
従五位上	永原朝臣子伊太比		〃	大同四・三・廿三	
正三位	小野朝臣石子	卒	『紀略』	弘仁七・三・廿二	七十一歳
従四位下	橘朝臣安万子	卒	〃	弘仁八・六・十四	檀林皇后嘉智子の姉
従四位下	清原朝臣吉子	卒	〃	弘仁十三・九・廿	
	継子女王		〃	天長四・八・十六	天長十・二 尚侍 同十一・十九正二位
従四位上	大和朝臣館子	卒	『続後紀』	承和十三・四・十三	
従四位下	菅野朝臣人数	任官	〃	承和十三・五・廿七	天安元・十二・一 従三位尚侍より尚蔵に
正五位下	藤原朝臣泉子	祭使	『文徳』	嘉祥三・九・八	
従三位	広井女王	任尚侍	〃	天安元・十二・一	雄河王女、貞観元・十・廿三薨、八十余歳
正五位下	当麻真人浦虫		『三代』	天長五・	従三位尚侍に至る、貞観元・八・十薨、八十歳
従四位下	良岑朝臣親子	叙従四位上	〃	貞観六・正・八	
従五位下	藤原朝臣能子	叙正五位下	〃	〃	
従四位上	藤原朝臣有子	卒	〃	貞観八・五・廿八	長良長女、平高棟室
正四位下	春澄朝臣洽子		〃	貞観十二・二・十九	善縄長女
従五位上	藤原朝臣貞風	任官	〃	貞観十八・十一・廿五	
正四位下	甘南備真人伊勢子	卒	〃	元慶七・六・十四	

広井女王　尚膳→権典侍→尚侍（以上、『三代実録』）

といった昇進で、また終身にわたって任官するのが、例のようである。飯高宿禰諸高は八十歳、広井女王も八十余歳の高齢で、任官のまま薨じている。飯高宿禰諸高のように、伊勢国飯高郡から出て内教坊に入り、釆女に任ぜられ、ついで典侍・従三位にまでのぼった女性もおり、和気朝臣広虫のように、早くに出家しながら典侍になった女性もいる。著名な藤原薬子は、典侍・正三位であった平城帝の大同三年（808）に、すでに、

有二鳥一集二於若犬養門樹枝上一。接レ翼交レ頸倶死。終日不レ墜。遂為レ人被二打墜一。時人以為。北陸道観察使従四位上藤原朝臣仲成。典侍正三位藤原朝臣薬子兄妹招レ尤之兆也。

（『日本後紀』大同三年四月十六日条）

のような噂を、立てられている。典侍女官であった女性の事例を、次に若干引用しておく。

〔和気朝臣広虫〕

〇乙丑《廿》。典侍正四位上和気朝臣広虫卒。従三位行民部卿兼摂津大夫清麻呂姉也。少而出家為レ尼。供二奉高野天皇（称徳）一。為人貞順。節操無レ虧。事見二清麻呂語中一。皇統彌照天皇（恒武）甚信重焉。今上（淳和）思二労旧一。追二贈正三位一。薨時年七十。

（『日本後紀』延暦十八年正月廿日条）

〔当麻真人浦虫〕

〇十日癸巳。尚侍従三位当麻真人浦虫薨。時年八十。浦虫者。右京人也。父正六位上継麻呂。浦虫弘仁七年任二典殿一。十三年授二従五位下一。未レ幾遷為二掌侍一。十四年授二従五位上一。天長五年授二正五位下一。為二典侍一。九年授二従四位下一。承和八年授二従四位上一。嘉祥三年授二正四位下一。後年授二従三位一。天安元年任二尚侍一。浦虫為レ人貞和。早標二美誉一。未三嘗適二於人一。遂不レ知二伉儷之道一。自掌二宮人之職一。能脩二禁内之礼式一。

（『三代実録』貞観元年八月十日条）

〔藤原朝臣有子〕

廿八日辛未。典侍従四位上藤原朝臣有子卒。勅贈二従三位一。有子者。贈太政大臣長良朝臣之長女也。為レ性婉順。儀　閑雅。仁寿四年授二従五位下一。天安二年為二典侍一。貞観二年授二従四位下一。六年加二従四位上一。有子適二大納言平朝臣高棟一。生二二男二女一。

（『三代実録』貞観八年五月廿八日条）

二　典侍の職掌

典侍の職掌は、「後宮職員令」に記していたように、尚侍の、「掌《ル》レ供下奉常侍奏請宣伝《スルコトヲ》、検二校《シ》女嬬《ヲ》一、兼知《リ》二内外命婦《ノ》朝参《ヲ》一、及禁内《ノ》礼式之事《ニ》上」という職務内容に準ずるものである。このうち奏請・宣伝はもっぱら尚侍のみの職掌というものの、内侍司の権限拡大と尚侍の変質によって、尚侍の職務がほぼ典侍のそれになってきたようである。令制下の典侍の職務を具体的に示す事例は多くないので、いくぶん次代にかかる時代の状況を、説明しておきたい。恒例のものとしては、

〔即位・譲位〕

定威儀侍従加大将代宣旨親王左右各一人、四位各一人、少納言各一人、典儀一人

定褰帳自内裏被試作孫王女王或典侍

（『西宮記』巻十一）

〔崩御〕

公卿候常寧殿南廊、典侍洽子鎰印、奉御座辺、即公卿侍務固関

（『西宮記』巻十二）

〔朝拝〕

褰帳王命婦（或以典侍為代）

（『北山抄』巻三）

〔賀茂祭〕

賀茂祭、奉幣如例、使典侍灌子出宅門之間、飄風大起、前駈之中、有落馬脱冠者云々、

（『貞信公記』天暦二年四月十八日条）

〔八十島祭〕

御即位後、被遣八十島祭使事上卿令勘日時、船宣旨、祭物宣旨、供給宣旨、内侍、宮司、内蔵、陰陽寮、中宮属以下下向、典侍、蔵人、宮主、向難波遣御衣

（『西宮記』巻七）

〔内宴〕

典侍灌子為陪膳

（『九暦』天暦元年正月廿三日条）

節会陪膳、采女奉仕、内宴、更衣若典侍奉仕

（『西宮記』巻八）

〔斎宮〕

先向東河除解、於野宮給禄、典侍所衆供奉

（『西宮記』巻八）

などの所見がある。即位・譲位の奉仕としては、掌侍とともに神器に侍すのは当然だが、褰帳は本来命婦あるいは女王といった貴婦人の奉仕するものであった。賀茂祭使・八十島祭使のほかに、石清水臨時祭(4)や石上神宮への勅使(5)の例もある。八十島祭は天皇の代理として赴くわけだから、「多用御乳母(6)」という。文徳帝の嘉祥三年（850）藤原泉子が赴いたのが早い例である(7)。内宴の陪膳を「更衣若典侍奉仕(8)」とするのも、更衣の職務の謂である。令制下の本来から言えば、陪膳は采女の職務である。斎宮については、初斎院から野宮入り・群行と、どの場合でも供奉している。天皇代理としての性格からであろう。例文は、野宮入りに供奉の例である。

臨時の場合では、尚侍にかわっての奏請(9)の例や親王元服・内親王着裳といった晴儀(10)、皇太子・親王・内親王対面の場面など(11)、高級女官としての典侍の姿は、時代がくだるほどに頻繁に見られる。

三　典侍の変質

令制下の女官組織は、男官の組織の変改に応じて、実用本意に形をあらためる。一言でいって、内侍司中心の、尚侍―典侍―掌侍を上部構造とした、官女組織の再編である。典侍の上にあった尚蔵・典蔵の官の消滅は、多分その職務もまた典侍のそれに移されるところが多かったと思われる。典侍の職務がすでにある程度変質していた現状は、前節でも観察した。

『西宮記』巻二十の〈親王元服〉の賜禄の記事に、

尚侍白掛、典侍・更衣・乳母命婦紅掛、掌侍・命婦・蔵人衾、以上后腹之儀也

とある。この時点で、尚侍・典侍・掌侍という官女組織に、更衣・命婦といった新しい官女が参加した状態を見得る。「尚侍・典侍・掌侍、各一分一人」(12)とする内給規定がある状態も同様である。そういう内侍司中心の編成も間もなく、

又更衣典侍乳母命婦、紅染掛各一領、掌侍命婦等衾各一条、蔵人疋絹、（『村上天皇御記』応和三年八月廿日条）

天徳四三卅日、自今月上旬被書分方人、以更衣為方頭、典侍・掌侍・命婦・蔵人為方人、（『西宮記』巻八）

というように、最高位の女官としての尚侍も消滅させるような状態になる。尚侍の后妃化による官女からの離脱であり、その結果として、官女であることが表向きである新設の更衣とともに、典侍が、官女組織の最高責任者たるの位置に立たざるを得ない。前節に述べた典侍の職務にも、すでにその立場からのものが見られた。

ところが、上官の尚侍がたどったと同じように、典侍にもまた変質のきざしが見えはじめる。その端緒はすでに律令時代にもあり、たとえば、藤原薬子が典侍で正三位という破格の高位にあったのは、平城帝の東宮時代の宣旨

であったところからの待遇によるものらしい。同様のことが、延喜十五年の典侍有子卒のところにも見られ、彼女は東宮宣旨であった由を以って、従三位を贈られている(13)。この東宮宣旨という立場がどんなものか明瞭でないが、東宮を後見する名誉職的な高級女官の謂らしい。薬子は平城帝の東宮時代の妃母である。東宮側近の第一の官女が東宮宣旨であり、それを待遇して典侍の官を与えたという典侍の性格は、結論的に言うと、乳母の性格に似てくる。供御薬の陪膳女房を、「如二御乳母若典侍一上臈之人也、往年更衣奉仕(14)」とするのは、乳母と典侍の立場の近似をいうが、八十島祭使の典侍を「以二典侍一人一為レ使多用二御乳母一(15)」としたのは、すでに乳母であり典侍である立場を前提としている。以後の記述の理解のために言っておくならば、典侍における乳母の資格が、平安中期の官女としての典侍を考えるうえでの、基本的な前提となる。

四　平安中期の典侍〈その一〉

平安中期にいたって、令制時代の典侍の性格が一変してしまったわけではない。即位・譲位に御剣璽等を持すのは典侍の職務だし(16)、褰帳命婦もだいたい典侍が代行する(17)。賀茂祭使・八十島祭使も典侍に定まっている。

典侍源明子朝臣当使巡、而依縫殿頭貞清喪俄不供奉、仍掌侍平朝臣寛子為代官勤其役
（『権記』長保三年四月廿日条）

東宮使権亮頼光朝臣、中宮使亮清通朝臣、馬寮使左馬助資平朝臣、近衛府左少将朝任朝臣、内蔵寮使頭公信朝臣、女使中納言典侍、
（『権記』寛弘八年四月十八日条）

前例のように、典侍に故障があって掌侍が代行することもあり、この傾向は時代とともに強まっている。内宴の陪膳に候し(18)、斎宮群行や東宮対面などでも(19)、中心の官女として役目を果たしている。斎宮群行の場合でも、

典侍藤原豊子中障、仍以掌侍藤原能子為代官、

（『御堂関白記』寛仁二年九月八日条）

のように、掌侍が代官になって、中心の官女であるけれども実務女官から脱けようとする動きも見られる。

その傾向に比例するのが、前節に述べた典侍の乳母化の傾向である。一条帝の乳母は、『権記』長保元年十月廿一日条の〈交易絹支配女房〉の記事によって、三位一人のほか民部・大輔・衛門・宮内の四人の乳母を知ることができるが、このうちの衛門乳母・民部乳母が典侍であったことは、確認されている。[20] 大輔・宮内の二人の乳母が典侍であったかどうかは、不明であるが、[21] 角田文衞氏の考証のように、[22] 後一条帝の乳母四人の全員が典侍経験者であったところから考えれば、たとえ現在典侍でなかったとしても、いずれ典侍―三位と昇進する途にあったとして、間違いあるまい。もともと乳母と典侍は別の身分であるが、官女組織のなかに明確な規定がない乳母を優遇するために、官女として最高の典侍の官を与えることになったものであろう。

女こそなほわろけれ。内裏わたりに、御乳母は内侍のすけ・三位などになりぬればおもおもしけれど、さりとて程より過ぎ、なにばかりのことかはある。またおほくやはある。

（『枕草子』一八六段〈位こそなほめでたきものは〉）

これはしかし近時の傾向であって円融帝の時はだいたいそのようであるが、村上帝の頃以前では、兼務の場合でも命婦との兼官が普通である。

此日陪膳乳母命婦橘光子、仰先日被聴禁色、

（『九暦』天慶元年正月十八日条）

命婦の官女としての地位低下とともに、乳母を優遇する官として、典侍がこれに替ったのであろう。

一方、一条朝の典侍をひろってみると、次表のように、計九人の典侍をひろうことができる。この九人が、一条朝の典侍の全員であるとは、断言できない。また、江典侍と民部典侍は同一人かとも思われ、

高階徽子→藤原芳子　譲典侍（寛弘元・十一・廿七）

〔一条朝の典侍〕（『権記より』）

江典侍	大江□子	長徳四・三・廿	民部少輔清通に関係あり、民部乳母か。
源典侍	源明子	長保三・四・廿	
民部典侍		長保元・七・廿	民部乳母。江典侍に同じか。
藤典侍	藤原繁子	寛弘八・八・二	前典侍・従三位。早くに出家。
右衛門典侍		長保二・十二・廿七	衛門乳母。
弁典侍	橘慶子	長保五・四・十五	
中納言典侍		寛弘八・四・十八	
兵衛典侍		寛弘八・五・廿七	
少将典侍		寛弘八・六・十三	

源明子→橘隆子　〃（寛弘四・五・十一）
橘清子　辞典侍（寛弘七・正・廿）

といった交替もあるので、時期を限っての員数は相当に減少する。従って、令制下で四人であった典侍の定員が、この頃どれほどであったか明確には言い難いが、大きく崩れたとは見ないでよいようである。以前に権典侍の所見があったが、これも一時的なもので、寛弘五年（1008）四月十三日の中宮彰子の土御門殿退出や長和元年（1012）閏十月廿七日の大嘗会御禊の女御代に従った典侍はともに三人で、これはいくらか後の例だが、永承二年（1047）十一月五日に女史安倍長子が報告した〈殿上女房上日夜〉[23]の内訳にも、数えられる典侍は三人であることによっても、四人前後の定員は、案外正確に守られているのではあるまいか。

この時期のこととしていま一つ注意されることは、典侍であるけれども、

一昨夜、中宮御乳母中務典侍退出

（『小右記』長和四年四日五日条）

のように、妍子中宮の乳母としての典侍の存在が知られることである。傍注によると「故惟風妻」なる女性である。中宮に配属される実務女官としての中宮内侍（一員）の存在はよく知られているが、この典侍がその掌侍に代わるものなのか、掌侍とは別に存在しているのか、よく分らない。「中宮典侍平子」[24]とか「陽成院のすけの御」[25]とか、早い時期に院宮にわたって見られる。ただし、中宮妍子の場合も、この中務典侍は中宮の乳母である。[26]斎院乳母が典侍の例もある。[27]早い時期の例もあるだけに、天皇乳母を優遇しての典侍の官が、中宮にまで及んだ例と簡単に考えにくい要素もある。

五　平安中期の典侍〈その二〉

平安中期の文学作品にも、もちろん典侍は頻繁に見える。

宮のぼらせたまふべき御使にて、馬の内侍のすけ参りたり。

（『枕草子』一〇四段〈淑景舎東宮に参りたまふ〉）

うへの女房は、御帳の西面の昼の御座に、おし重ねたるやうにて並みゐたる。三位をはじめて、内侍のすけたちもあまた参れり。

（『紫式部日記』、敦良親王御五十日）

御乳母の内侍のすけたち、さるべき女房ども、皆髪上げて御饌参らするありさま、なべてならずいみじくせさせたまへり。

（『栄花物語』巻十七、後一条帝法成寺行幸）

御髪上には、弁宰相の典侍参りたまふ。近位の三位ぞ参るべけれど、それはこの一品宮の御乳付に召したりしかば、御乳母の数に入りて候ひたまへれば、それは珍しげなくて召さぬなりけり。

（『栄花物語』巻十九、一品宮禎子御裳着）

などなど、実務官女というより、名誉職的な高級女房として晴儀の中心になることが多いようだ。清少納言は、「女は内侍のすけ、内侍」[28]と言い、

さりぬべからん人の女などは、さしまじらはせ、世のありさまも見せならはさまほしう、内侍のすけなどにてしばしもあらせばやとこそ、おぼゆれ。……また内裏の内侍のすけなどいひて、をりをり内裏へ参り、祭の使などに出でたるも、おもだたしからずやはある。さてこもりゐぬるは、まいてめでたし。

（『枕草子』二十四段〈おひさきなくまめやかに〉）

といっている。

そういう名誉職的な官であるから、強権に利用される性格も強く、倫子の乳母子である藤原美子は、中宮彰子の内侍から敦成親王の乳母になり、親王の即位とともに典侍に任じたり[29]、三条帝乳母橘三位（清子）の女源典侍は、同時に中宮妍子女房に兼ね加えられていたり[30]、摂関家の縁につながる女房を処遇する官でもあった。中宮彰子女房で大納言と呼ばれた源廉子は、敦成親王の立坊とともに宣旨となった。過去の例から見て同時に典侍に任じた可能性が考えられるが、確証はない[31]。後に、道長が出家した時に共に出家し、彰子女房のうちにあって源三位と呼ばれた女性[32]がそれであったかと推測される。

当代の典侍を経た女性として知られる、藤三位（藤原繁子）・橘三位（橘徳子）・中務典侍（藤原高子）について、概略紹介しておきたい。

藤三位　藤三位こと藤原繁子は、右大臣師輔の女である。甥である道兼と情を交し、女子一人を生んだ。姉の安子（村上后）・登子（重明親王室）・三君（高明室）・怤子（冷泉御息所）・愛宮（高明室）などとくらべると、不自然な結婚である。しかも、道兼には宮内卿遠量女である正妻があり、妾としての待遇で、女子（尊子）も、道兼からは「何ともおぼさず」[33]という扱いを受けた。彼女が姪である詮子の典侍であった点なども、師輔女としての繁子の出

自に、問題のあるものがあったのかもしれない。この不遇な女性が、一条帝乳母という偶然の地位から、歴史の表面に思いがけなく登場することになった。一条帝乳母として典侍の任官を受けた繁子は、しかし典侍は早く辞し、長徳四年（998）には、前典侍と呼ばれている。[34] 翌年七月廿一日の〈交易絹支配〉[35]には、三位とされている。道兼は早く薨じていたけれど、彼女の養う一女尊子について、次のような記述がある。

むげにおとなびたまふめれば、三位思ひ立ちて内に参らせたてまつりたまふ。三位は九条殿の御女といはれたまふめれば、この殿ばらもやむごとなきものにおぼしたれば、かやうにおぼし立ち参らせたまふにも、にくからぬことにて、はかなきことなども左大臣殿用意しきこえたまへり。さて参りたまひて、くらべやの女御とぞ聞えける。三位は今めかしき御おぼえにものしたまひける。年頃惟仲の弁ぞ通ひければ、それぞこの女御の御事もよろづに急ぎける。

（『栄花物語』巻四）

三位の「今めかしき御おぼえ」が、帝の乳母に対する尊重であることは、勿論である。後見のない一介の未亡人がその女の入内をまで果したうらに、乳母という位置の予想以上の影響力と、繁子の才覚が想像される。こうして、後宮女房のうちに勢力ある繁子の姿は、

雨いたう降る日、藤三位の局に、蓑虫のやうなる童のおほきなる、白き木に立文をつけて、

（『枕草子』一三八段〈円融院の御はての年〉）

七日夜は、今宮見たてまつりに、藤三位をはじめ、さるべき命婦・蔵人たち参る。

（『栄花物語』巻五）

「北の陣に車あまたあり」といふは、うえ人どもなりける。藤三位をはじめにて、侍従の命婦・藤少将の命婦・馬の命婦・左近の命婦・筑前の命婦・近江の命婦などぞ聞こえ侍りし。

（『紫式部日記』寛弘五年九月十六日）

などと頻繁に描写される。長保二年（1000）十二月十六日の皇后定子崩御の日、御悩篤き東三条女院の側では、

「前典侍為邪霊被狂」[36]ということもある。出家して好明寺に住んだが、その影響力には変わるところがなかった。一条帝が崩ぜられて、その法事に寄せた布施の、

左大臣・右大臣・内大臣・元子女御、幷二百端、尊子女御絹廿疋、藤原繁子朝臣（前典侍従三位也、世号藤三位、出家為比立、住好明寺）百端、

（『権記』寛弘八年八月二日）

の記事を見ても、前典侍・従三位藤原繁子の、単なる乳母の域でない位置付けが推測される。それは、道長勢力を背景にして築きあげたそれでもあるらしい[37]。なお、この女性については、角田文衛氏「藤三位繁子」[38]を参照されたい。

橘三位　橘三位こと橘徳子は、播磨守仲遠の女とされる。藤原繁子と並んで一条乳母であり、参議藤原有国の妻でもある。

この頃大弐辞書奉りたれば、有国をなさせたまへれば、世中はかうこそはあれと見えたり。帝の御乳母の橘三位の、北の方にていと猛にて下りぬ。

（『栄花物語』巻四）

徳子が典侍になったのは、『栄花物語』巻三の冒頭の記事に信憑性があるとすれば、一条帝践祚の時。三位に叙したのも繁子に前後するほどの早さらしく、破格の待遇である。兼家が「左右の眼」[39]と重用した有国の妻であった縁からであろうか。ちなみに繁子は、今一人の「眼」惟仲の妻になっている。徳子は、夫に従って任地に下っていたためか、暫時ののち、寛弘年間になって頻繁に登場する。

御乳付には有国の宰相の妻、帝の御乳母の橘三位参りたまへり。

（『栄花物語』巻八）

御まかなひ橘の三位、青色の唐衣、唐綾の黄なる菊の袿ぞ、表着なんめる。

（『紫式部日記』寛弘五年十月十六日）

この時期の乳母としての活動は、繁子をしのいでいる。道長に結びつくことも繁子以上で、一条帝皇子敦良親王

（後朱雀帝）の五十日の陪膳にも、出向いて奉仕している。その数日後に従三位に叙した橘姓の典侍がいるが、これは三条帝乳母の橘清子である。その後の徳子の消息は不詳。『御堂関白記』の寛弘八年（1011）八月廿三日、三条帝即位の褰帳命婦に橘徳子の名が見えるが、これは清子の誤りかと思う。

中務典侍　中務典侍の名は藤原高子。[40] 故中宮亮惟風の妻、妍子中宮の乳母である。長和二年（1013）九月十六日、三条帝が新生の皇女（禎子内親王）を見に、道長の上御門殿に行幸されたとき、御母妍子の乳母たるをもって、従四位下を授けられている。長和四年（1015）四月四日の、

戌時許従中宮被仰云、御乳母典侍中務只今従内出間、筍小路与高倉許為人被取、可尋者、

（『御堂関白記』同日条）

の事件は醜聞であるが、彼女が典侍であり中務と呼称された女性であったことを確認させる。中宮に配された典侍の例である。

北の対は御乳母の内侍のすけ、又その女のこの宮の内侍、東宮亮登任の朝臣のむすめなり、その局どもなり。

（『栄花物語』巻十六）

によれば、その後東宮亮登任との間に女子を設け、それをこの皇太后妍子の内侍として、共に奉仕しているとのことである。典侍が、規定の内侍のほかの、乳母に対する処遇の官であったこともわかる。典侍中務のこの後は、妍子の側近の老官女として、『栄花物語』にしばしば見える。妍子の御悩にも、

ただ常の御言には、「いかでかあらんすらん」とのたまはせけるは、御乳母の内侍のすけのことなりけり。それを承りて、内侍のすけはもの覚えず、あるべきさまにもあらぬさまなり。

（『栄花物語』巻二十九）

と描写され、皇太后の崩後も悲嘆にくれはてている老女のさまである。この中務典侍についても、詳しくは角田文衞氏『中務典侍』[41] を参照されたい。

六　物語の中の典侍

この機会に、作り物語の中に登場する典侍の描写について、いささか観察しておきたい。

宇津保物語の典侍は、まず、春宮に入内したあて宮に皇子誕生のことがあった場面に、

　ここは湯殿のところ。すけのおとど、生絹の袿、湯巻して湯殿にまゐる。白銀のほとぎすゑて御湯殿まゐる。御迎へ湯は内侍のすけのおとどまゐりたまふ。（あて宮）

と登場する。その典侍は、仲忠と朱雀院女一宮との間に犬宮が生まれた時にも、迎え湯に参って、何かと世話をやいている。この典侍は、

　院の大后の宮の人、若くよりかくよき人の御子生みに仕うまつりたまふ人なり。年は六十余ばかりなり。（蔵開上）

と紹介される。嵯峨院の大后（朱雀院母）に仕えていた人で、六十余歳の老女だという。犬宮が藤壺（あて宮）のちご顔によく似ていると、将来を予想したりする。あて宮が再び皇子を出産した時にも、いつものように御湯殿のことを指図して奉仕、女一宮のまたの御産にもたのもしく奉仕している。この典侍像は、平安中期特に摂関家に縁のつながる名誉職的な典侍でなく、実務女官出身の老練な官女といったものである。『宇津保物語』がどの時代背景を写しているものか判然としないが、天暦（947~957）ぐらいの状況なら、いかにもその通りと言えそうである。典侍が乳母であって三位に叙してという晴れやかな官であると同時に、老練の女官であるという性格は、たとえば一条朝以下五代に仕えた少将典侍藤原芳子のように[42]、どの時代にも存続している基本的性格だから、簡単にも言えないが。

落窪物語においては、法華八講への中宮の使が、「宮の典侍」（巻三）であることが注意される。ほぼ間違いなく、中宮の乳母であった女性である。かつての落窪の姫君の侍女あこぎは、成人して衛門と呼ばれる女房であったが、中宮内侍（巻四）となり、はては内侍のすけ（巻四）となって二百歳まで生きたという。年令は除いて、他の状況はほぼ平安中期に近いそれを映している。最高位の老官女である典侍は、もちろん実務女官系統の性格である。

源氏物語の典侍は、一人は惟光女である。光源氏の随身であった惟光は、この時は摂津守になっていたが、その女は五節の舞姫に出たあと典侍に任官、(43)藤典侍と呼ばれて、賀茂祭の使に奉仕したりしている。夕霧の妾となって、子を儲けてもいるようである。この典侍は、乳母に通じるような典侍でなく、その任官にあたって典侍の欠員を述べたりしているところが、注意されるだろう。いま一人の典侍は、

年いたう老いたる内侍のすけ、人もやんごとなく心ばせありて、あてにおぼえ高くはありながら、いみじうあだめいたる心ざまにて、そなたには重からぬ。（紅葉賀）

という。例の源典侍である。年甲斐もなく若やいで懸想しかかり、物笑いの種になるこの典侍も、出自は低くないのだが軽々しく、天皇乳母として尊重される典侍でなく、老練な官女のタイプである。いったい『源氏物語』の典侍は、たとえば、桐壺帝の使として桐壺更衣をとぶらい、「参りてはいとゞ心肝も尽くるやうになん」と報告した典侍、また亡き更衣に似た女性として先帝の四宮（藤壺）入内のきっかけを作った典侍、玉鬘の尚侍任官の時に、昇進を願って運動する「古老のすけ二人」など、いずれも、『源氏物語』時代にはいささか相違する本来のタイプの典侍が描かれているようである。絵合の巻の、

この人々とりどりに論ずるを、きこしめして、左右と方わかたせたまふ。梅壺の御方には、平内侍のすけ・侍従の内侍・少将の命婦、右には、大弐の内侍のすけ・中将の命婦・兵衛の命婦を、ただ今は心にくき有職どもにて、（絵合）

などは、先学の指摘(44)を待つまでもなく、天徳内裏歌合の場面が彷彿とする書きぶりであり、全体に天暦（947～957）頃を背景にするというのは、穏当な印象である。

七　その後の典侍

平安後期の典侍については、中期の典侍の性格が一層明瞭になって、

十二月十六日御即位なり。御輿に、みづら結《ゆ》ひて奉《たてまつ》れる、めでたきにも涙ぐましく、故宮のまして見奉らせ給はましかばとあはれなり、御乳母《めのと》達典侍《ないしのすけ》になりなどいとめでたし。殿、摂政せさせ給。事はりの事《こと》なれどさしあたりては又いとめでたし。

（『栄花物語』巻四十）

のように、新帝即位とともに、典侍任官の慣例となった状況を観察できることがある。この乳母たちは、

かくて七月六日より、み心地大事におもらせ給ひぬれば、誰も、月ごろとても例さまにおぼしめしたりつる事は、かたきやうなりつれども、これがやうに苦しげに見まゐらする事はなくて過ぐさせ給ひつる、かくおはしませば、いかならんずるにかと、胸つぶれて思ひあひたり。その頃しも上臈たちさはりありてさぶらはれず。あるは子うみ、あるは母のいとま、今ひとりは、とうよりも籠りゐてこの二三年まゐられず。御乳母たち、藤《とう》三位《さんみ》、ぬるみごこちわづらひて参らず。弁の三位《さんみ》は、東宮の母もおはしまさでおひたたせ給へば、心のままにさぶらはるべくもなきにあはせて、それもこのごろ、おこりごこちにわづらひて、ただ大臣殿《おほいどの》の三位《さんみ》、大弐三《だいにのさん》位《み》、我具して三人ぞさぶらふ。されば、ただあやしの人のわづらふだに人のいとまいり、親しくあつかふ人多くほしきに、これはましてほし。

（『讃岐典侍日記』上巻）

という、『讃岐典侍日記』の堀河帝病悩の場面に出てくる四人の乳母を、だいたいに含んでいたものであろう。彼

女たちの経歴の概略は、次のようである。

弁三位　藤原光子（左中弁隆方女）　寛治元・12・28、典侍、康和4・正・15、従三位
大臣殿三位　藤原師子（宮内卿師仲女）　寛治4・4・9、典侍、康和2・正・11、従三位
大弐三位　藤原家子（常陸介家房女）　嘉保元・4・5、典侍、承徳2・正・12、従三位
藤三位　藤原兼子（讃岐守顕綱女）　寛治元・4・16、典侍、寛治7・2・22、従三位

これを平安中期の状況と比較すると、たとえば一条朝の場合、乳母で典侍兼官は先に見た通りであるが、三位に叙したのは、藤原繁子・橘徳子の二人だけである。乳母が典侍の後に三位に叙すのも、円融帝乳母良三位こと良岑美子に従三位を追贈したのが初例らしく、この藤原繁子・橘徳子の二人が三位になったのは、時代の新しい現象であったようだ。後一条帝の四人の乳母は、そろって典侍であり、早くに典侍を辞した菅原芳子を除いた三人ともに、従二位・従三位という高位を得ている。堀河帝の乳母である四人の女性の立場は、当然のことながら、そういう傾向の延長線上にあった(45)。

これは大分に後の例であるが、順徳院は、

典侍《スケ》
四人也。此《ノ》職尤重。為㆓御乳母㆒之人者大夫女聴《ス》㆑之。只人《タタウトハ》公卿侍臣《ノ》女也。侍臣《ノ》女生公達体也。大臣《ノ》子頗《ル》無《シ》㆑例。
大臣《ノ》孫《ハ》少々有《リ》㆑例　　（『禁秘抄』典侍事）

といい、

近代三位、済々東宮幷《ニ》親王御乳母、又無《キ》㆑何《ト》院《ノ》女房等皆叙㆓三位㆒。力不《ル》㆑及事也。仍《テ》禁中済々又有《ン》㆓何事㆒哉。是《レ》
近代《ノ》事也先帝《ノ》典侍当時《ノ》姿、着《テ》㆓禁色《テ》㆒参内《ス》可《キ》㆑止《ム》事也。　　（『禁秘抄』女房事）

といっている。歴史の状況は、三位また二位・一位にも及ぶほどの高位の女性を、だんだんに数多くしている。白

河院乳母藤原親子は、従二位親子としてあまりに有名だが、堀河帝の筆頭乳母藤原光子も、後には従二位にのぼった[46]。命婦から典侍へと上昇してきた乳母の兼官は、さらに高位に向かっての進行を止めなかったようである。「為二御乳母一之人者諸大夫女聴レ之」というのは、乳母を優遇する志向が依然として変わらず、卑姓あるいは卑官の出身の女性にとって、典侍が最高度に処遇されての官であったことを意味している。

御乳には前右大将宗盛卿の北方と定められたりしが、去七月に難産をしてうせたまひしかば、御めのと平大納言時忠卿の北方、御乳にまいらせたまひけり。後には帥の典侍とぞ申しける。

（『平家物語』巻三）

といった例は、数多い。

先の『讃岐典侍日記』において、「我」といっているのは、もちろん日記の著者である讃岐典侍藤原長子であるが、彼女は、乳母ではなかった。彼女の典侍任官は康和三年（1101）十二月晦日で、『中右記』に「今朝供御薬、陪膳新典侍藤原長子顕綱女也、夜前任典侍」[47]と記事がある。彼女は、そういった普通の女官としての典侍であった。一条朝において、乳母を処遇して典侍を与えることはあったが、逆の現象は異例であり、乳母でない典侍も、当然存在していた。村上朝において、賜禄に乳母命婦とただの命婦が明瞭に区別されていたようにである。そういうもともとの女官としての典侍の存在は、後になって、乳母の処遇がさらに高位化するとともに、典侍の乳母離れは、逆に典侍が本来の女官の性格を回復するという方向に結びつくようである。そういう実務女官の除目の記事が、『中右記』に散見する[48]。承徳二年（1098）十二月八日条に記す〈女房禄法〉の次の記事、

女房禄法、

三位二人、衣五、単衣、打衣上き、唐衣裳、（紅袴入衣筥、（入帷裹之）、長絹十疋相副、

典侍四人、古き打衣一重、古き袴裳、唐衣、各入裹、此中御乳母二人、長絹五疋副、残二人凡絹十疋相加、

掌侍六人、裳、唐衣、古き袴、凡絹六疋、六人新入一裹、

命婦八人、綾衣一重、古き袴、凡絹五疋、八人料入一裹、
蔵人七人、白衣一重、古き裹、凡絹四疋、七人料入一裹、
得選三人、白衣一重、凡絹三疋、
内侍所博士三人、各匹絹、此中一人衣一重云々、
可尋、女官刀自各疋絹、

乳母が三位二人典侍二人の四人、典侍四人のうち二人が実務女官系の典侍であり、またそのほかの女官の構成人員を確認させて、いささか興味ある史料である。

ところで、乳母典侍と実務典侍という典侍の性格に、後になると、さらに今一つの新しい性格が加わる。たとえば、太宰大弐経平女の典侍藤原経子は、白河帝に愛されて皇子（覚行法親王）を生み、また堀河帝に仕えて大夫典侍と呼ばれた神祇伯康資王の女は、皇女悰子内親王の母であるという。

また讃岐の院の皇子は、それも仁和寺の宮（元性）におはしますなる。……その御母、師隆の大蔵卿の子に三河権守（師経）と申す人おはしける女の、讃岐の帝の御時内侍のすけにて候はれしが、生みたてまつりたまへるとぞ聞えさせたまふ。
（『今鏡』巻八）

といった例が、珍しくなくなる。この傾向は、鎌倉期の後半にさらにいちじるしくなる。

帥中納言為経のむすめ帥の典侍殿といひしが御腹にも、あまた生れたまふ。九条殿の北政所また梨本・青蓮院法親王など、大納言の典侍の御腹、昭慶門院中納言の典侍、十楽院慈道法親王は帥の典侍殿の腹、かやうにすべて多くものしたまふ。
（『増鏡』巻十）

といった状況が当然の、官女となる。となると、かつて尚侍が変質して消滅したように、典侍の変質も述べなければならなくなるが、兼好法師が「その人古き典侍なりけるとかや[49]」と叙したような老練な実務女官の性格が駆逐さ

れたわけではない。『とはずがたり』の、有名な「わが新枕は故典侍大にしも習ひたりしかば」（巻三）の、後深草院二条の母大納言典侍に見られるような、心身ともに帝に密着する老練さで、それで年齢関係さえ相応であれば、すぐ愛人関係に転化し得る可能性が高かったということであろうか。いずれにせよ、乳母の性格の離脱にともなう現象である。

近く明治に至っての後宮女官も、典侍・掌侍・命婦といった官女組織を持ち、典侍の一人が、女官長として統制の任にあたっていたという。(50) 最後まで残ったのは、やはり、実務女官の長としての実質であった。

注

（1）『続日本紀』宝亀八年九月十七日条。
（2）『続日本後記』承和十一年二月廿七日条。
（3）『西宮記』巻二〈女官除目〉。
（4）『朝野郡載』巻六〈石清水臨時祭装束〉。
（5）『日本後紀』延暦廿四年二月十日条。
（6）『江家次第』巻十五。
（7）『文徳実録』嘉祥三年九月八日条。
（8）『西宮記』巻八〈陪膳事〉。
（9）『村上天皇御記』康保元年五月二日条。
（10）『西宮記』巻十一〈親王元服〉〈内親王着裳〉。
（11）『西宮記』巻十一〈皇太子対面〉、『村上天皇御記』応和元年十一月四日条。
（12）『西宮記』巻二〈除目〉。
（13）『西宮記』巻十二〈大臣薨事〉。

（14）『江家次第』巻一〈供御薬〉。
（15）『江家次第』巻十五〈八十島祭〉。
（16）『権記』寛弘八年六月十三日条。
（17）『御堂関白記』寛弘八年八月廿三日条。
（18）『小右記』正暦四年正月廿二日条。
（19）『小右記』長和三年十一月十七日条。
（20）衛門乳母は『小右記』長和三年四月十八日条、民部乳母は『権記』長保元年七月七日条によって。
（21）宮内乳母は『権記』寛弘八年七月廿日条によって源公職母であることがわかるが、源典侍明子とは相違するようだ（『権記』長保三年正月一日条）。典侍に乳母典侍とただの典侍の二種があることは、『御堂関白記』寛弘七年閏二月六日条の賜禄記事によってわかる。
（22）角田文衛「後一条帝の乳母たち㈠～㈣」（「古代文化」二十二巻三・六・十・十二号、昭45）。
（23）『朝野群載』巻五〈内侍所月奏〉。
（24）『西宮記』巻一〈童親王拝観事〉。
（25）『大和物語』第十六段。同様の例は『仲文集』や『公任集』にも。
（26）『小右記』長和四年四月五日条。
（27）『栄花物語』巻三十一の馨子斎院乳母の中納言典侍。
（28）『枕草子』一七六段（日本古典文学大系本。以下同じ）。
（29）『栄花物語』巻十一、三四五頁。
（30）『栄花物語』巻十一、三四八頁。
（31）萩谷朴『紫式部日記全注釈』上巻（角川書店、昭46）一五一頁。
（32）『栄花物語』巻十六、三六頁。
（33）『栄花物語』巻三、一〇六頁。

（34）『権記』長徳四年十二月廿四日条。
（35）『権記』同日条。
（36）『権記』同日条。
（37）『御堂関白記』寛仁三年正月廿九日条など。
（38）『王朝の映像』（東京堂出版、昭45）所収。
（39）『栄花物語』巻三、一二三頁。
（40）『小右記』寛弘九年四月廿七日条。
（41）平安叢書『中務典侍』（古代学協会、昭39）。
（42）萩谷注（31）書、一五二頁、参照。
（43）『源氏物語』乙女巻。
（44）『花鳥余情』『河海抄』以下。最近では山中裕『平安朝文学の史的研究』（吉川弘文館、昭49）第二章第二節「源氏物語の準拠と構想」を参照。
（45）『朝野群載』巻四に典侍正四位下藤原師子の叙階申文があり、「今案、乳母御申文也。非二乳母一、不叙二三位一之故也」の注記がある。
（46）『中右記』天永三年三月十八日条。
（47）『中右記』康和四年正月一日条。
（48）『中右記』寛治八年四月五日・永徳二年三月七日条など。
（49）『徒然草』一七八段、二三六頁。
（50）山川三千子『女官』（実業之日本社、昭35）、八頁以下。

付記

本章の大要は、神戸平安文学会の昭和五十三年九月度例会において報告したものであるが、その際に藤岡忠美・増田繁夫・大槻修・井上宗雄の諸氏より、質疑を賜った。増田氏からは、後宮十二司の変質に関して、たとえば頼長の『台記別記』である『婚記』などにも、十二司の司名は見えるから、内侍司中心に他の十一司が統合されたと考えるのは問題があるのではないかというのが、はじめの御意見であった。これは、たしかにその記録に書司・薬司といった司名があるけれども、その職員が「預一人、女儒六人」といった構成でもわかるように、その席でも述べたけれど、内侍司配下の下部組織との理解が、やはり妥当であると思う。このことについて、以前に説明したことがあり（「女房と女官―紫式部の身分」〔「国語と国文学」四十九巻三号、昭47〕）、所京子氏の説明（「平安時代の内侍所」〔「皇学館論叢」二巻六号、昭44〕）もある。同氏よりはまた、典侍と乳母の兼官は、両者の職掌の合致からの現象とも考えられるとの御意見も受けた。しかし、たとえば乳母における職掌とは何かを考えても、帝が成人したのちの乳母の職務は、常識的に考えて、具体的なものは何もない。一種の名誉職である。従って、具体的な職掌を有する典侍との職掌の内容の共通からとは、私には考え難い。前述したように、一種の名誉職となった乳母に、今度は天皇補佐の最高級女官としての現実の職務を持つ典侍を与えて優遇したように、私は理解する。

また、大槻氏よりは、作り物語『あさぢが露』の問題の紹介を受けた。結論として述べると、帝の寵妃である大納言典侍が物語の出発点となる『あさぢが露』は、鎌倉期以後の典侍像にふさわしい。平安時代においても、帝の愛人となった典侍の所見があることは、先にも紹介した通りだが、それはたまたまの結果であって、愛人の性格は本来的なものでない。『讃岐典侍日記』の藤原長子の場合も、堀河帝乳母である姉の縁で、高級官女として伺候しはじめたのが、本来である。年齢相応であれば、それが男女関係に変化する場合もあるが、少なくとも本来のものでない。堀河帝との関係では、親近する帝への愛着は深いけれど、官女としての位置で考える方が穏当である。鳥羽帝の典侍として再出仕したのも、その理解に有利である。『あさぢが露』の問題にかえって、それが『無名草子』の『浅茅原の尚侍』と同書かと理解するのは、尚侍がすでに『禁秘抄』に「近代又絶畢」とするように、明らかに平安時代もかなり前の作品である。両者が別書とされる大槻氏の理解は、妥当だと思う。

第五章　内　侍

「作り物語の祖」と言われる、著名な『竹取物語』に、次のような記述がある。

かぐや姫、かたちの世に似ずめでたきことを、御門きこしめして、内侍なかとみのふさこにのたまふ。「多くの人の身をいたづらになしてあはざなるかぐや姫は、いかばかりの女ぞと、まかりて見てまいれ」との給ふ。ふさこ、うけたはまりてまかれり。

天皇の仰せで、評判の「かぐや姫」の様子を見に赴くのは、なかとみのふさこ（中臣ふさ子）という、「内侍」という官職を持つ女性であった。「内侍」とは、令制に規定する後宮十二司のうちの内侍司所属の三等官（掌侍）の別称である。掌侍については、次のように規定されていた。

掌侍　掌同二典侍一、唯不レ得二奏請宣伝一。（「後宮職員令第三」）

「掌同二典侍一」という職務内容は、尚侍に記述する「撿二校女嬬一、兼知二内外命婦朝参一及二禁内礼式一」という部分のものである。天皇の使者として「かぐや姫」のもとに向かったりすることが、この内容に含まれるかどうか、やや逸脱のようにも感じるが、ともあれ、内侍は、このように天皇に近接した女官として、平安時代以来、枢要な職務を果たしてきた。この内侍について、平安時代に見える状況の報告をしたい。

令制直近の正史の記事を拾ってみたい。『日本書紀』には関係記事を見得ないが、『続日本紀』には、次のような薨伝が載る。

武蔵国足立郡采女掌侍兼典掃従四位下武蔵宿禰家刀自卒。（延暦六年四月十一日乙丑）

采女は令制以前からの官職で、天皇の至近に候し、朝夕主上の陪膳に奉仕することを職務とする女官である。内侍司の三等官たる掌侍が、典掃を兼ねて、采女身分の宮仕え女性の官職となっているということは、これらが職掌の上で重なり合う実態があったことを、早くも証する資料になっていると言えようか。その後も、掌侍に限定してみれば、資料は必ずしも豊富と言えない。おおむねは、任官叙位薨去記事などに、賀茂朝臣今子・大和宿禰館子・菅原朝臣閑子（『続日本後紀』承和六年三月十一日）、菅野朝臣人数（同・四月廿一日）、藤原朝臣泉子（同・承和三年三月五日）、当麻真人浦虫（『三代実録』貞観元年八月十日条）、安倍朝臣厚子（同・貞観六年正月八日）、当麻真人清子（同・貞観十七年正月八日）、藤原朝臣宜子（同・元慶二年六月廿日）、藤原朝臣因香（同・九月十六日）、春澄朝臣洽子（同・仁和三年正月八日）などの名を見る程度である。この中で、大和館子が、綴喜郡や京内二条辺の地を賜り源姓を得て典侍に任じたりという殊遇が目立つことと、藤原宜子・因香が「権掌侍」で、四員を規定とした内侍司にこういう形での増員が知られること、これくらいが注意される。春澄洽子が、伊勢奉幣の役目に任じているのも、職掌として注意される。（1）

一　令制掌侍の変質

内侍司全体の問題で見ると、後宮十二司中の最大の成員を占め、かつ天皇近侍の枢要の職務にあたりながら、比較的軽く待遇されるという問題が、当初からあったらしい。

勅、内侍司多置職員、給禄之品懸劣比司、自今以後、宜准蔵司。

（『続日本紀』宝亀十年十二月廿三日）

この問題は、内侍司の職掌が拡大し、後宮十二司の女官組織が内侍司を中心として改変していく過程で、職事の増員（権掌侍・権典侍など）や叙位など、現実に応じた修正が加えられていった。大同二年（807）十二月十五日の太政官奏によっては、もっぱら内侍司職事の位階改定がなされ、尚侍は従三位、典侍は従四位、掌侍は従五位に准ぜられるよう定められた。一方、史料を見ると、「内侍」によって貢布の班給がなされたり、大臣辞表の宣伝にあたったり、給禄に候したり、内蔵寮官人とともに交易に従ったり、卯杖の伝宣にあたったり、暦奏や御体卜奏に従ったり、これらは「内侍司」とも記述されることがあるから、内侍司職事によって果たされていることが明瞭である。令制では、尚侍よりほかは奏請宣伝に従事し得ないということであったが、事実上は、后妃要素を加えた名誉的な高級官女である尚侍によって担当されていないことも明瞭である。前章でも述べたように、典侍もまた変質しつつあり、叙上の職務は、ほぼ掌侍の状況と理解して良いのではあるまいか。掌侍の表記が、ほとんど「内侍」となるのは知られた事実であるが、これは、内侍司が実質的に掌侍によって支えられることになっている象徴的な事象である。なお、『三代実録』の最後のあたり、陽成天皇頃からは、内侍司と同義で内侍所という表記も出てくる。「司」から「所」へ、この変化も後に触れる。

この時代のもう一つの史料として、『延喜式』に見える掌侍を、整理しておきたい。『延喜式』の掌侍は、巻十二・中務省「宮人時服」・「女官馬料」に、「掌侍四人」という令制に従った記述を見る以外は、すべて表記は「内侍」である。

右春二月、冬十一月丑日祭之、春用春日祭後丑、冬新嘗祭前丑 参議已上一人、就祭所行事、其内侍到来、乃始祭之、

（神祇一・園幷韓神三座祭）

凡斎王将入于初斎院、臨河頭為祓、……膳部六人、舎人二人、荷領十四人、蔵人所陪従六人、内侍及び院女別

当已下、並従車後内侍已下、蔵人已上、乗私車、采女・女嬬已下乗馬寮車、（神祇五・斎宮）

前例は園韓神祭、後例は伊勢斎王の初斎院入りのための河頭祓の記事であるが、いずれも女性官人の中心の立場で行動している。このような、内侍の奉仕する《神事》は、その他、卜御体・中宮御贖・鎮魂祭・中宮晦日御麻・東宮八十嶋祭・大神宮御幣・河頭祓・名簿・大殿祭などでも、普通に見られる。賀茂祭・八十嶋祭などでは、官使として赴いている。

凡年終行儺者、前晦二日、少輔已上点定親王幷大臣以下、次侍従以上、及丞録内舎人等、応預事者、造奏聞、当日平旦、令内侍進奏、（中務省・追儺）

其日内侍仰闈司、置版位殿上及殿庭、内親王以下女官命婦以上、以次入立殿上、闈司引六位以下、以次入立於庭、為首者当御前跪賀、内侍進承令退、随便而立称令旨、再拝訖退出、（中宮職・女官朝賀）

輔以下就座計列文人、即造名簿、卿若輔以名簿、奉進内侍、（式部下・菊花宴）

初例は、大晦日の追儺の行事に従う官人が、当日平旦に内侍に付けて奏文を進奏するというもの。次例は、元朝の内親王・女御・尚侍・内外命婦などの女官朝賀の儀礼進行に従う内侍の姿を写している。同日の群官朝賀においても、内侍は枢要な伝宣の役目を果たしている。本来奏請宣伝は尚侍のみの役目であったはずだが、女官朝賀では、すでに埒外の立場のようである。ここに奉仕する内侍は、もともとは令制の掌侍、この時点では、天皇側近の女官組織の中心という立場がほぼ確立しているようである。朝賀の慰労の意味か、正月十五日には、内侍已下女嬬以上に粥・酒肴を賜る「粥」の儀礼がある。終例のようなものは、枚挙に遑がない。用例は菊花宴に出席の文人の名簿を内侍に提出したものだが、無論天皇に進奏したものである。宣伝の役目である内侍の立場は自然に重みを加え、内侍宣・内侍仰また内侍召といった用語さえ生んでいる。このような職務に従う内侍の姿は、官人考課・上表・後宮時服・進暦・曝涼・釈奠見参簿その他、あらゆる《公事》の場面で散見する。既に平安初頭の時点において、後宮女官組織は相当に変容を見せているが、内侍は、その象徴的な例の一つと言えるであろう。

二　朝廷から院宮へ

今少し進んで、村上朝頃の内侍の状況を見たい。師輔の日記『九暦』に登場する内侍も、『延喜式』時代と大きくは変わらない。

上卿召外記仰云、可奏御卜之由示内侍者、（御卜奏・承平五年十二月十日）

節会日、若御簾懸、内弁大臣諸奏事参進御下、令内侍奏之、（節会・年不詳）

今上於宜陽殿拝舞云々、皇帝御装束一襲・御笏等、差掌侍被奉親王、（御譲位・天慶九年四月廿日）

などのように、天皇への奏請宣伝を本務として近侍する女官としての姿が見えるが、若干変化を感じる側面もある。たとえば、

依物忌難候列之由、以兼家付女房令奏、（残菊宴・天暦七年十月四日）

若内侍不候時者、外記覧上卿、見了進於御所、付蔵人令奏、但内侍雖候少納言不候時者、不付内侍所、上卿進於御所奏之、（薨奏・天慶六年三月廿日）

などのように、内侍の存在が不可欠という状態でない。前例の「女房」が内侍を含んだ表現なのかどうか明瞭でないが、後例では明らかに、内侍不在の場合には蔵人が代行したり、内侍が候していても、少納言が不在なら上卿が直接奏上するといったように、天皇近侍の女官としての内侍の性格は、やや稀薄化が見られる。けれどもまた逆に、

天皇蹔立東廂北二間之屛風之後、内侍二人持侍御剣・契御筥等、乗輿退殿北、（駒牽・天慶七年三月七日）

天皇御弓場、未着倚子之前、近衛次将候居座、次内侍御劔璽筥置々物御机、（賭弓・承平七年正月十九日）

賀茂祭、内侍理須仰典侍、而去季典侍奉仕重役、仍仰灌子内侍、令奉仕云々、（賀茂祭使・承平四年三月十一日）などのように、男官とともに公事に奉仕、分担された役割を果たす公的性格は、前代よりも進行していると見られる。終例は、賀茂祭使を典侍に代わる例であるが、典侍自身の変質にも合わせて、内侍司（あるいは内侍所）の実質は、ほぼ完全に内侍によって担われるものになっている。

ところで、前節で「陽成天皇頃からは、内侍司と同義で内侍所という表記も出てくる」ということを述べたが、この傾向は、『延喜式』でさらに拡大し、『九暦』では普通の現象になっている。このあたりのことには、所京子氏に詳しい考察がある。(2)

従来の内侍司は、おそらく弘仁初頭、蔵人所の創設前後から、新たに「内侍所」と呼ばれるようになったが、それは奈良時代から平安初頭にかけての地位を上昇した内侍の存在が、もはや令制官司の枠を越えていたがために、嵯峨天皇は一方で天皇直轄の蔵人所を設置し、他方で内侍も天皇直轄の内廷機関化せしめられたのではなかろうか。それは必ずしも内侍の地位を引き下げたのではなく、むしろその権限を明確にされたことになる。内侍司の枢要の職務が、天皇に近侍して奏請宣伝の任にあたることであったが、この時代では、その部分を男官の蔵人が普通に代行し得る状態になっている。その部分は稀薄になったけれど、令制下におけるような後宮中心にとどまらず、朝廷の公式行事に所定の立場を持って参加する内侍の、新たな女官像といったものも観察した。所氏はまた、新しく成立した「内侍所」は、具体的には蔵人所の管轄下にあり、その職掌は、大きく分けて三つ、政事の仲介・賢所の守護・行事の奉仕であったと指摘されていた。政事の仲介の部分がほぼ男官蔵人の任務とするところとなったので、内侍の職務は、行事への奉仕が中心となったということらしい。(3)

この時代の内侍の変化のなかで、最も注意すべきは、内侍の拡充という現象であろう。令制でも『延喜式』でも「四人」と規定されていた員数は、勿論天皇近侍の内侍の数である。この員数もやや増加傾向と思われるが、確かなところは不明である。そのことよりも、天皇近侍の立場の部分が多く蔵人によって担当されるようになった内侍は、院宮といった部分に存在を拡大していった現象が見られる。たとえば、「斎宮内侍」という呼称が『兼輔集』に、「中宮内侍」という呼称が『藤原義孝集』『村上天皇御記』などに見える。女官組織の中心といった職務変化が、院宮といった部分でも女官組織の中心として配属される、そういう結果を生じたようである。内裏の女官組織に準じて、院宮にも同様の組織が附属されるのは一般的な傾向である。

三　『御堂関白記』『小右記』『権記』の内侍

平安中期の内侍の状況は、どうであろうか。道長の日記『御堂関白記』を見ると、奏請にかかわる若干例のほか、白馬節会・女叙位・御暦奏・駒牽・行幸啓・春日祭使・親王元服・相撲召合・除服祓・大嘗会御禊・豊明節会・内親王着袴・斎宮群行・御譲位・瀧口試・女御立后などの公事に奉仕したりの記事が、多く残されている。内侍・内侍所の記述も、多少混在したりする。状況は、ほぼ前代と変わらない。この中で注意されるのは、東宮附属の女官構成が知られることである。

東宮殿上人・帯刀等賜禄、女方典侍御乳母女装束・絹八疋、内侍綾掛・袴・絹五疋、命婦白袴掛一重・袴・絹四疋、女蔵人白掛一重・絹三疋、自余女官各有差、（寛弘三年九月廿二日）

典侍・内侍・命婦・女蔵人という女官組織の上層は、内裏のそれと変わらない。典侍はおおむね乳母を待遇する官職になっており、組織の中心は内侍と言ってよい。長和元年二月十四日の女御妍子立后の賜禄記事を見ると、「掌侍乳母子」と注記が見える。そういった処遇の官でもあったらしい。敦成親王の参内記事を見ると、「御乳母中宮内侍」との記述が見える(4)。中宮彰子付の中宮内侍が、たまたま親王乳母に任用されたものである。

内侍の職掌に直接関係はしないが、次のような記述がある。

依召参入、院仰云、以前掌侍民部令奉仕陪膳者、奏聞、民部是非其人、下人也、奉仕陪膳不便歟、人有申歟、其後数度被仰令奉仕由、奏聞任御心可奉仕也、
（長和五年七月十八日）

三条院が、前掌侍民部を陪膳に奉仕させたい希望を、道長に伝えられた。こんなことまで権勢者の意向を聞かなければならないとは……とも感じるが、道長は、反対した。「下人也」というのが理由だから、内侍の職掌と関係することではないらしい。在位中であれば、陪膳はおおむね采女の役目であるが、退位後の担当女官には規定があったのかどうか。前掌侍民部は、三条帝退位とともに掌侍を辞退、院女房として側近にあったとすれば、院とは、それなりの感情の結び付きがあったのであろう。

藤原実資の『小右記』に見る内侍も、本来の奏請宣伝の内容が、道長の日記よりも目立つ印象はあるが、さほどには状況は変わらない。その中で、少し注意を引く記述をあげてみれば、まず、円融帝女御遵子（頼忠女）の立后の場面、

今夜奉令旨、以藤詮子為宣旨是皇太后大夫妻、中宮姉、以藤原淑子為御匣殿別当参議佐理妻、以藤原近子為内侍信濃守陳忠妻、
（中宮還啓・天元五年三月十一日）

中宮三役と通称される宣旨・御匣殿別当・内侍の叙任が具体的に知られて、興味深い。宣旨は遵子の姉であり、御匣殿も近親の女性で、どちらも名誉職である。それに対して中宮内侍は、中宮の女官集団を統率する立場の実務女官。員数一人も確認される。同年五月七日の中宮入内では、供奉の中宮女房の車列は、内侍の後は檳榔毛の車廿両が続き、それにに「侍従及蔵人以上皆一本理髪乗車」と注しているのが注意される。中宮女房の侍従・蔵人といった女官層の存在があらためて確認される。

内侍等称障不向祓所、仍以女史為内侍代、
（大祓・天元五年六月廿九日）

六月晦日の大祓に、内侍がすべて支障を申して、出仕して来ない。女史を以て代行とした。女史とは、女孺中の文筆に達したものを選んで任じたもので、女史命婦・博士命婦とも。内侍と重なる性格が注意される。

今日、俊卿可行内印事、俊卿云、大入道殿例、更不付内侍、只令覧彼殿、而日記付内侍者、余云、貞信公・清慎公御時付内侍如例、他事進奏如例、近代不然歟、俊卿云、申摂政可左右也者、（内印・長和五年二月廿六日）

詔書覆奏須付内侍、而近代亦進御所付蔵人令奏云々、（尊号覆奏・長和五年三月八日）

ともに、内侍の職掌に関する事例である。前例、内印を大入道殿（兼家）は内侍に付さなかったと、俊卿（俊賢）は言う。実資は、先例をあげて反論、俊卿は摂政（道長）の意向を伺ってと、逃げている。上皇尊号の覆奏を、本来内侍に付すべきを、近代は蔵人に付して奏上するようになったと、実資は述べる。儀礼が摂関家中心に改変されていくのに、抵抗を感じている記述だが、内侍に関して言えば、その略式化の傾向を観察できるということであろうか。

藤原行成の日記『権記』に見る内侍も、奏請宣伝および公事奉仕に従っている姿を、普通に観察できる。奏請の場合には「付内侍所可令奏」「奏付内侍所」といったように、内侍所の表記が多いかなと、気付く程度である。その他のこととしては、長保元年（999）七月廿一日の「交易絹支配女房」の女房の内訳で、三位一人、乳母四人に次いで、数名の内侍が確認されることがある。令制以後、定員四人の規定であった。正確な判定は出来ないが、若干員数は増加している模様。次に、

左大臣被奏云、以橘朝臣良藝子（院弁命婦）、為宮内侍、奏聞了、（長保二年二月廿五日）

によれば、中宮彰子（道長女）の中宮内侍に任じていた女性の消息が、多少判明する。院（東三条院カ）に弁命婦と呼ばれて奉仕していた女性。高貴の出自ではないが、内侍の職掌は実務本位。

有内侍除目、左金吾奉行、余執筆、典侍藤原朝臣芳子（高階徽子朝臣、譲、元掌侍）、（寛弘四年五月三日）

右頭中将、下典侍明子朝臣以所帯典侍譲前掌侍橘朝臣隆子文、（同年五月十一日）

などによれば、掌侍身分であった女官の典侍昇任は順当であろうが、前典侍の譲りで実行される形式のあることが確認される。以上、平安中期の公家日記にあらあら見た内侍の記述である。

四 物語・日記の内侍

平安中期の女性についての資料が最も豊富なのは、『栄花物語』である。この作品中の宮仕女性についての全体的な整理は、さきに報告した。ここでは、そのうちの内侍に関係する部分について、今少し具体的な報告をしたい。

この中納言殿、才深う人に煩はしとおぼえたる人の、国々治めたりけるが、男子女子どもあまたありける、女のあるが中にいみじうかしづき思ひたりけるを、「男あはせん」など思ひけれど、人の心の知り難う危かりければ、ただ「宮仕をせさせん」と思ひなりて、先帝の御時に、おほやけ宮仕に出し立てたりければ、女なれど、真字などいとよく書きければ、内侍になさせ給ひて、高内侍とぞ言ひける。（巻三）

道隆室となつた高階貴子についての記述である。内侍の職掌と適性を推測させる好例である。『枕草子』にも、俊賢宰相が、「なほ内侍に奏してなさん」（一〇六段）と清少納言の能力を評価した話も、よく知られている。この時代にも、「結婚よりも官女」という生き方の選択の発想があったことにも注意される。

内にはいみじくおぼせど、世の御中におぼしつゝみて、たゞ右近内侍して忍びて御文などはありける。（巻五）

伊周・隆家が配流の身となって、里邸で寂しく暮らす中宮定子のもとに、一条帝はひそかに御文を通わされた。その使が右近内侍という女官である。右近内侍は、その後の修子内親王・敦康親王の湯殿にも奉仕したり、一条帝が信任された官女である。この右近内侍は、『枕草子』の翁丸や雪山の段にも登場する。帝の「御心寄せ」の女官であるが、道長に睨まれて出仕を控えたと、記述されている。

女房居たる南のはしのもとに簾あり。少し引きあげて内侍二人出づ。髪あげ、うるはしき姿ども、たゞ唐絵か、もしは天人の天降りたるかと見えたり。（巻八）

行幸の随行は、内侍の職務であるが、一条帝の土御門殿行幸に供奉してきた二人の内侍、弁内侍と左衛門内侍は、後文に、「内の女房も宮にかけたる」と記述されている。すなわち、内裏・中宮兼官の内侍であった。弁内侍は、後に万寿三年（1026）、太皇太后宮彰子が出家する時に、共に出家した（巻廿七）。左衛門内侍はその娘小左衛門が道長四女嬉子（後朱雀尚侍）に仕えていたが、万寿二年、嬉子の病没に先んじて薨じたとの記事がある（巻廿六）。兼官と言いながら、道長家にほぼ臣従している。

中宮彰子に公式に配属されている内侍は一員である。中宮内侍と呼ばれている。敦成親王誕生後の儀礼などに、大納言君・宰相君といった上﨟女房たちと対等に奉仕する姿が見える。後文に、

東宮の御乳母の近江の内侍召したり。それは御乳母達あまた候ふ中にも、これは殿の上の御乳母子のあまたの中のその一人なり。大宮の内侍なりけり。

先述したように、中宮内侍は一員である。中宮彰子の中宮内侍が敦成親王乳母となって奉仕したことは、先に『御堂関白記』で記述を見ている。その中宮内侍＝敦成親王乳母である近江内侍は、近江守惟憲を夫とする藤原美子という女性であり、後に三位に叙されている。(5) 三条帝皇后であった娍子にも、中宮内侍の初見がある（巻廿六）。中宮内侍はそれぞれ一員配属されているので、まったく疑問はない。

『栄花物語』正編には、あと高内侍・進内侍・小式部内侍・少将内侍といった内侍たちが登場する。(6) 進内侍は、室を失った長家と贈答する「内辺りの女房」として名前が見えるから（巻廿七）、道長家に出入を許された女官と思われるし、小式部内侍は「大宮に候ひつる小式部内侍といふ人」（巻廿七）の記述で出てくる。和泉式部女で、

当然大宮（彰子）との縁が深く、大宮女房というのは理解出来るが、「内侍」に誤りがないとしたら、内裏と兼官の身分と思われる。少将内侍は、太皇太后宮彰子の出家の供をする女房として、先に触れた弁内侍とともに出ている。これも、太皇太后宮に所属のみの内侍とは考えにくい。兼務とはいえ、院宮に複数の内侍が所属するという形であれば、内侍における新たな歴史的状況が生じたということになる。『栄花物語』続編にも、少将内侍・左衛門内侍・小馬内侍・中宮内侍・兵衛内侍・侍従内侍といった呼称が見える。事情は、上述の場合とほぼ同じようなものであろう。

『源氏物語』の内侍は、どうであろうか。

御前より、内侍、宣旨うけたまはり伝へて、大臣まゐり給ふべき召しあれば、まゐり給ふ。御禄の物、うへの命婦取りて給ふ。（桐壺）

光源氏の元服の場面である。内侍が、親王の元服儀礼の場で、宣伝の役目を果たしている。天皇からの賜禄を、命婦が奉仕する。平安中期、中﨟女官となった命婦の印象ではない。

さすがに、櫛おし垂れて挿したる額つき、「内教坊、内侍所のほどに、かゝる者どものあるはや」とをかし。（末摘花）

末摘花の荒れた宿を、再度訪ねた時の記述である。汚れて寒げで、それでも形だけは挿し櫛をした老女房たちの姿に、内教坊・内侍所に詰めている老女官を思い浮かべている。神鏡を奉安する内侍所は温明殿に置かれ、主殿・掃部などの老女官が詰めていた。『更級日記』で孝標女が縁故の博士命婦を訪ねた場面、「燈籠の火のいとほのかなるに、あさましく老い神さびて」と描写していた。賢所（神鏡）が温明殿に安置されたのは、弘仁頃のことらしい(7)。

女別当・内侍などいふ人々、あるは、はなれたてまつらぬ王家統流などにて、心ばせある人々多かるべし。（澪標）

御世替りで帰京した前斎宮を、光源氏が訪ねた場面である。女別当・内侍は、いずれも斎宮女官。院宮と同じく、斎宮内侍などが配属されたのは、いつの頃のことだろうか。『延喜式』の斎内親王節料などには、命婦・乳母・女嬬などは見えるが、内侍の所見がない。やや後の村上朝頃以降の状況が背景と言って良いだろうか。

『源氏物語』には、実務女官たる内侍が、物語の登場人物になることはない。上官たる老女源典侍が揶揄的に登場するのが、光源氏にかかわって記述される範囲の限界のようだ。

この人々、とり〴〵に論ずるをきこしめして、左・右と方わかたせ給ふ。梅壺の御かたには、平内侍のすけ・侍従の内侍・少将の命婦、右には、大弐の内侍のすけ・中将の命婦・兵衛の命婦を、たゞ今は心にくき有職どもにて、（絵合）

知られているように、村上朝の天徳内裏歌合を模して、内裏女房を左右に分けて方人としている以上の意味はない。典侍は、平安中期には天皇乳母を処遇する性格が顕著になるが、用例では、内侍司の上級女官たる性格をまだ失っていないようである。典侍―内侍―命婦の序列化、とりわけ命婦の中級女官への定着は知られる。準拠とされる天徳歌合の状況に、当然ながら合致している。

御消息啓せさせ給ひて、宰相の君・内侍などけはひすれば、わたくし事も、しのびやかにかたらひ給ふ。（野分）

野分の翌朝、夕霧が、光源氏の消息を持って秋好中宮を慰問する場面である。内侍は、中宮に配属された中宮内侍であるが、宰相君の身分は確かでない。夕霧の知己という関係だから、私的女房であろうか。紫式部も親しかった、一条帝中宮彰子付女房の宰相君の類である。『源氏物語』はこの後、物語の舞台を宇治あるいは洛北小野の地に移していく。宮廷の後宮世界に遠くなっていくとともに、中級女官の内侍が、物語の場面に登場する機会は、いよいよ無くなった。

平安中期までのその他の作品では、冒頭に紹介した『竹取物語』が、天皇の使者としての内侍を記述していた。天皇に近侍して宣伝に従う行動は令制の規定から離れており、その程度に信任されて奉仕する姿は、中期の実務女官の印象には近くない。延喜前後の状況であろうか。『伊勢物語』には内侍の登場なく、『大和物語』には、

染殿の内侍といふ、いますかりけり。それを能有の大臣と申しけるなむ、時々すみたまひける。（一五九段）

という記述がある。良相女あるいは権掌侍藤原因香といった説があるそうであるが(8)、女房名としては奇異な呼称である。染殿后と呼ばれた、文徳天皇女御で後に皇太后の藤原明子付内侍ではないかと推測される。中宮内侍という形がまだ定着していなかった頃の状況を反映するものだろうか。同書には、「陽成院のすけの御」といった呼称もある。これも、院宮配置の典侍の初めであろうか。『宇津保物語』でも、特定の内侍の登場はないが、

「今宵おもとにさぶらふ人のなかに、内侍仕うまつるべき人はありや。このごろ、うへの内侍仕うまつるべき人の一人なむなき。少し物など知りて、さてもありぬべからむ人、たうばりになさせ給へ」（初秋）

高きもさらぬも、さぶらひ給ふ御乳母・内侍・命婦・蔵人、下のしなのも、泣く〳〵あはれがり、あやしと思ふ。（楼の上・下）

俊蔭女が尚侍に任官するので、その関連の記述。後例は、俊蔭女の弾琴の音色に、宮中の女官たちが感涙している場面。女官系列の内侍の形が整った時期の記述。「うへの内侍」というからには、院宮配属の内侍の存在も推定出来る。『落窪物語』には内侍の登場なく、三の君のもとに「典侍の君」とか、中宮よりの使者である「中宮典侍」の記述は、説明しにくい。中宮典侍はともかく、中流貴族の私邸に「典侍の君」はない。前典侍の経歴を持つ老女とか、典侍在任の女官に有縁の女性とでも理解するか。

『紫式部日記』の内侍は、弁内侍・左衛門内侍が内裏・中宮兼官の内侍であったことは、先述した。行幸などに供奉している姿は、「天降りけむをとめ子」のようだと、紫式部は感嘆している。他に、紫式部に身近な内侍は、

中宮内侍だけである。

宮は殿いだき奉り給ひて、御佩刀小少将の君、虎のかしら宮の内侍とりて、御さきにまゐる。

敦成親王の御湯殿の場面、先導する中宮内侍は、新生御子の乳母にもなった藤原美子であることは、先に確認された。「人のためしにしつべき人がらなり。艶がりよしめくかたはなし」は、内侍に適性の性格と観察される。『枕草子』の内侍は、先にあげた右近内侍で、おそらくは、内裏・中宮兼官と思われる。女官組織の中心で職務を果たす内侍の姿は、清少納言には羨望の立場であった。「女は、内侍のすけ。内侍」（一七六段）とは、清少納言の知られた言葉であるが、この願望は満たされなかったようである。

五　平安末期以後の内侍

宮中女官の中心としての内侍は、結論的に言うと、その後も大きな変化もなしに、ほとんど現代にまで至っている。若干の変化を言えば、院宮と言わず、所属の拡大が見られたことと、新たな呼称、それと関わって員数の拡大といった指摘ができようか。所属の拡大と言えば、

又安芸国厳島の内侍の腹に一人おはせしは、後白河法皇へまいらせ給て、女御のやうでぞまし〳〵ける。

（『平家物語』巻一）

清盛の寵人のうちに、厳島内侍という身分の女官がいた。これが、考察してきた内侍に等しいかどうか。後文に「ゆうなる舞姫」どもで、十余人を数えるほどであったから（巻二）、神社の巫女のようなもので、清盛が勝手に称したものであれば、報告の対象から除外して良いものかも知れない。しかしまた、

故院の位の御時、勾当内侍といひしが腹に出で物したりし姫宮、後には五条院ときこえし、いまだ宮の御ほど

なりしにや、いと盛りにうつくしげにて、（『増鏡』第十）

などという記述がある。勾当内侍とは、内侍中の首位の官女で、内侍所別当の意と説明されているが、平安末期以前には、管見に見えない。員数増大の結果として生じた呼称ではなかろうか。鎌倉期の後宮上層について、たとえば『弁内侍日記』に、大納言三位・按察のすけ・大納言のすけ・中納言のすけ・宮内卿・兵衛督・勾当内侍・少将・弁・伊予内侍などの女房が見える。大納言三位はほぼ后妃に等しい。按察のすけから兵衛督までが典侍で、勾当内侍から伊予内侍までが内侍と思われる。(9) 同書には、他に少納言内侍・侍従内侍なども見えるから、内裏内侍のみでもその程度の員数を数え得る。平安中期の女官組織に比べると、実務女官が本質であった典侍・内侍に名誉的な性格が加わり、実務女官長といった存在の必要性から、勾当内侍という新たな中心が儲けられた、そのように説明ができるかと思う。

平安後期から鎌倉期にかけての内侍については、松薗斉氏に詳密な報告がある。(10) 松薗氏の調査は、南北朝期の後醍醐・光厳にまで及んでいるが、今平安末期までの報告を借用させていただくと、次表のようである。

天皇別内侍延員数（松薗斉氏調査）

堀河天皇	（在位二十一年）	十四人
鳥羽天皇	（在位十六年）	八人
崇徳天皇	（在位十八年）	七人
近衛天皇	（在位十四年）	十四人
後白河天皇	（在位三年）	二人
二条天皇	（在位七年）	五人
六条天皇	（在位三年）	八人
高倉天皇	（在位十二年）	十三人
安徳天皇	（在位三年）	七人
後鳥羽天皇	（在位十五年）	八人

令制の四人という員数は、大きくは崩れていないように見える。松薗氏は、量的な調査報告に加えて、出身が高階

氏・平氏である内侍の〝家〟化、院所属内侍の増加、皇子の母となる内侍の〝侍妾〟化といった質的な変化も具体的に検証されている。侍妾傾向は見せながらも、宮中女官の中心の立場は持ち続け、江戸時代においては長橋局・長橋殿とも呼ばれて、公武両方面に影響力を持つ存在でもあったということである。[11] 明治以後の宮中女官としても、典侍・命婦の間に位置し、実務女官の中心的な立場は、持ち続けているようである。[12]

注

（1）『三代実録』貞観十五年九月九日。
（2）所京子『平安朝「所・後院・俗別当」の研究』一〇七～一一一頁（勉誠出版、平16）。
（3）土田直鎮「内侍宣について」（『日本学士院紀要』第十七巻三号、昭34）。吉川真司氏にも、内侍伝奏・内侍宣・女房奉書などについての報告がある（『律令官僚制の研究』塙書房、1998）。
（4）『御堂関白記』寛弘六年八月十七日。
（5）角田文衞「後一条天皇の乳母たち（三）」（『古代文化』二十二巻十号、昭45）。
（6）「女なれど真字などいとよく書きければ、内侍になさせて給ひて高内侍とぞ言ひける」（巻三）という高内侍については、道隆と結ばれる経緯にも、兼務女房といった事情も特別にはなかったと思われる。
（7）所注（2）書、一一三頁。
（8）「染殿内侍」（『平安時代史事典』角川書店、平6）。
（9）一二一段。弁内侍は後深草天皇の時の朝廷内侍であるので、その日記の記述される女官は、ほぼ全員が朝廷女官としてよいかと思われる。
（10）松薗斉「中世女房の基礎的研究」（『愛知学院大学文学部紀要』三十四号、2005）。
（11）河鰭実英『宮中女官生活史』（風間書房、昭38）。
（12）山川三千子『女官』（実業之日本社、昭35）。

第六章　命婦

『源氏物語』が、光源氏の藤壺中宮への思慕と不義の懊悩を基調とした物語であることは、自明のことであるが、その源氏と藤壺の密会は、

藤壺の宮悩み給ふことありて、まかで給へり。うへの、おぼつかながり嘆ききこえ給ふ御気色も、いといとほしう見たてまつりながら、「かゝる折だに」と心もあくがれ惑ひて、いづくにも〳〵まうで給はず。内裏にても里にても、昼はつく〴〵とながめ暮らして、暮るれば王命婦をせめありき給ふ。いかゞたばかりけん、いとわりなくてみたてまつる程さへ、うつゝとは思えぬぞ、わびしきや。（若紫、二〇五頁）[1]

と、一大長編の主題を担うには、あまりに唐突にまた簡略に叙されている。この手引をしたのは、藤壺女御側近の「王命婦」という女性であった。王命婦というのは、勿論女房名であって、命婦とは女房の官名、王は女王などの身分を示す。命婦の職掌を持つ女房が『源氏物語』に登場するのは、他に靫負命婦・少将命婦・大輔命婦・左京命婦・中将命婦などがある。大輔命婦は、藤壺に対する王命婦のように、末摘花と源氏の仲をとりもった女性であり、靫負命婦は、帝の命を受けて桐壺更衣亡きあとの葎の宿を見舞った女性である。これらが「命婦」であったことは、作品の展開にさほど緊密な必然性を持つものではないだろうけれど、一面また命婦の持つ性格と関連するものがあることも、推測される。平安中期の作品に登場することの多い「命婦」と呼ばれる女房についての歴史的把握ののちに、ふたたびこの問題にもどってみたい。

一　上流社交婦人

「命婦」と呼ばれる職制について、すでに相応に説明されたものはある。『日本歴史大辞典』(2)に、

公家儀制のうえでの貴婦人の称謂で、令の制度において五位以上の位を持つ婦人を内命婦、五位以上の男の妻を外命婦となしたのである。（中略）命婦は朝廷に参入し、朝廷の儀式に威儀命婦・褰帳命婦などの役を勤めることがあった。のちに平安時代中期ごろから、命婦は転じて五位程度の一種類の女官の名称ともなった。すなわち中臈の女房を命婦といったのである。

と説明しているのは、大体に穏当な説明である。ただし『続日本紀』に、

内命婦无位大市女王・神社女王並従四位下、正五位下播磨女王正五位上、従五位上新家女王正五位下、

（巻十一・聖武・天平六年正月一日条）

といった例もあるから、『大日本国語辞典』(3)『角川日本史辞典』(4)のように「女王は無位にても此の称あり」と述べておく必要はありそうである。「衣服令」には次のような規定がある。

一品以下五位以上、去二宝髻及褶舃馬一、以外並同二礼服一、六位以下初位以上、並着二義髻一、衣色准二男夫一

（内命婦朝服）

「後宮職員令」によると、朝廷の女性たちとして、妃・夫人・嬪および宮人と呼ばれる後宮十二司の職員（十二司の尚・典・掌と女孺・采女）、それに内親王・女王・内外命婦・乳母などの、大別して三種類の女性があげられている。他に後宮十二司の職員系統の数々の卑官も存在するが、今は後宮十二司職員で代表させておく。妃・夫人・嬪は、言うまでもなく后妃たる女性たちであり、十二司の職員は、実務官僚といった性格である。それに対して、

内親王・女王・命婦は、特別な職掌を持たない。まさに貴婦人と言ってよい上流婦人であるが、内親王・女王はその出自による貴婦人であるところが、命婦と異なっている。『続日本紀』天平五年正月十一日には、内命婦正三位県犬養橘宿禰三千代の薨去を記録しているが、彼女は「命婦皇后母也」であった。特別な官職がなければ、身分は命婦となる。位階に応じた給付のほかに、恒例・臨時の収入も多く、

勅、内親王及内外命婦、服色有レ限、不レ得二僭差一、比来所司寛容、曾不二禁制一、至二于閭閻肆廛一、恣着二禁色一、既無二貴賤之殊一、亦虧二等差之序一、自レ今以後、宜二厳禁断一（『続日本紀』巻三十七・桓武・延暦二年正月一日条）

などと、過差をとがめられるほどのものであった。命婦とは、いわば名誉呼称であって、特別な職掌を持たず、朝廷の儀式・祝宴などの折に参会する、上代宮廷社会における上流社交婦人の謂であったと言ってよい。

二　女官化の進行

『令義解』によって知られる『養老令』規定から約二世紀の後、平安前期の状況を知る最も完備した史料は『延喜式』である。醍醐帝治下、ほぼ四半世紀をかけて編纂された『延喜式』に知られる「命婦」は如何であろうか。まず、令制下の命婦を継承する面は、

宮内録引二内親王及内命婦一位以上家令一（巻十九・式部下〈諸家考選進レ省〉）

次尚侍以下四位以上、次内外命婦北面（巻十三・中宮職〈女官賀〉）

のように、依然として内命婦と外命婦の別のあること。また、前例にも見られるが、更に、

瓮九口、匏五柄上有位女王廿五人、命婦五十五人料（巻四十・造酒司〈新嘗会直相日雑器〉）

などの類例で知られるように、内親王・女王と並べられて、令制下の貴婦人の面影も残していること。このことは、

「褰二御帳一命婦……威儀命婦」[5]と、即位の大礼に恒常的な位置を持つのは勿論、

賀茂祭四月使命婦二人女孺二人装束料……

春日祭同春冬使命婦一人女孺三人装束料……

大原野祭同春冬使命婦一人女孺三人装束料……

新嘗会　命婦已下今良已上装束料……

十二月晦日雑給料　命婦已下料……

（巻十二・中務省〈女官雑用料〉）

など、祭祀・饗宴などに臨時に奉仕する婦人の立場を残しているところにも、同様のことが観察されるが、また逆の立場から見ると、祭祀・儀礼における任務が規定されているということは、この種の朝廷行事の神聖の下落とも関連して、はからずも「女官雑用料」とするごとく、貴婦人の女官化の進行としても解される。令制下でも、命婦は必ずしも五位以上と限定されていたようでもないらしいが、貴婦人としての立場から、現実には五位以上と言ってよい状況であったのに、

凡車馬従者……内命婦一位十八人、二位十六人、三位十四人、四位十人、五位八人、六位以下四人、

（巻四十一・弾正台〈車馬従者〉）

という規定の存在でも知られるように、高位から下位に至る広範囲の、いわば拡散現象が見られる。これが、官女としての位置の固定化とともに凝集現象を見せるのは、次の時代に至ってからである。

幾分女官化を見せた命婦は、勿論朝廷後宮に属するものだけれど、当面の関心から注意されるのは、斎宮・斎院および中宮などに所属する命婦の存在である。

凡斎内親王月料及節料等、皆准二在京一……命婦一人・乳母三人・女孺卅九人、

（巻五・神祇五〈斎宮〉）

凡斎王毎年四月中酉日、参二上下両社祭一……中宮・東宮使、五位已上官各一人、内侍幷命婦・蔵人・闈司各一

人、中宮命婦・蔵人各一人、

（巻六・神祇六〈斎院司〉）

前例で、斎宮に命婦・女孺等の女官が配され、その命婦も「別当五位二人一人命婦」[6]とされるように、斎宮の女官長たる資格を持つものであることが知られる。後例では、中宮にも命婦・蔵人の配されていることが分かるが、更に「皇后宮女孺五十人装束料」[7]といった記載もあり、この時代、院宮においては、命婦が、首位の官女として配下の蔵人・女孺を指揮する立場にあったらしい。この命婦の立場は、後宮職員で言えば、内侍司の高級女官である尚侍・典侍・掌侍の職掌に相当している。命婦の女官化は、まず周辺部で、高級後宮職員の職掌を肩代りする形で進行していったようだ。『延喜式』は、そういった時期の「命婦」の状況を映している。

『延喜式』で推測されたような状況は、他の史料によっても確かめられる。たとえば、

掌侍等有障不参、以命婦為内侍代令供奉之、

（『西宮記』巻六〈新嘗会〉裏書）

令命婦昭子頒女叙位位記、今日内侍不候、仍以代官令給之、

（『村上御記』康保元年正月十日条）

など、掌侍に故障があって公事に奉仕できないような場合に、命婦がその職務を代行するといったことが、段々と普通に行われるようになってきている。しかもこの場合、祭祀・饗宴の場でなく、院宮におけるものでもなく、宮中の公式行事においてであって、命婦がほぼ掌侍の次位に位置する官女として定着しつつある事実を、前提とするであろう。

平安前期から中期にかけての状況は、まさに「しつつある」ものであったと思われる。掌侍―命婦―蔵人の序列関係は、必ずしも厳密でない。

無内侍奏聞、以命婦女蔵人為代、

（『西宮記』巻七〈丙印〉）

召左大臣、定女官除目、以命婦藤原貞子・蔵人藤原貴子、並為権掌侍、

（『西宮記』巻三〈女官除目〉）

前例のように内侍代を勤めるにも、後例のように掌侍に昇任するにも、命婦・蔵人のいずれにも資格があって、女

官としての序列化は、いまだ確定的でない。

女房侍所菊花盛開、此夕更衣・命婦・蔵人等相集頗設小宴云々、

（『醍醐御記』延喜十八年十月九日条）

相語らって菊花の小宴を設ける女性たちは、更衣・命婦・蔵人という令外の官の女性たちで、命婦の祭祀・饗宴に侍する貴婦人の面影も、跡をとどめている。天徳四年（960）三月三十日の『天徳内裏歌合』も、前年秋の『殿上侍臣闘詩合』に刺激され、「男已闘文章、女宜合和歌」と「典侍命婦等相語」らってのものであった。

三　上層官女

平安も中期の時点にまでくだると、女官としての命婦の位置が、ほぼ定着してしまう。

上女方賜禄、三位二人女装束、加織物幷打掛等、有筥裹、御乳母典侍女装束・織物掛、有裹、典侍加綾褂、有果、掌侍綾袴、命婦白掛一重・袴、蔵人掛一重、得選三人・番采女絹二疋、長女・御刀自等疋見、随申小々給之、

（『御堂関白記』寛弘七年閏二月六日条）

といった賜禄記事が散見され、その位置が確認できる。冒頭に紹介した『日本歴史大辞典』の説明の「五位程度の一種類の女官の称ともなった」は、このあたりのことを述べている。尤も、この時代では、現実にはいわゆる女官の意識はうすれ、尚侍・典侍・掌侍・命婦・蔵人の高級官女は、「女房」と総称される上層侍女集団として認識されている。(8)

祭祀に女使となって奉仕するなどの、本来に近い命婦の職掌も依然として存在するが、上層侍女集団の中での命婦の位置は、殿上女房の場合でも、

御乳母の内侍のすけたちや、なべての命婦・蔵人、宮の御方の女房、すべて下の数にもあらぬ衛士・仕丁まで、

皆品々物賜はせたり。

（『栄花物語』巻三〈さまざまのよろこび〉）

上女方賜絹、乳母典侍三疋、命婦二疋、蔵人一疋、

（『御堂関白記』寛弘三年四月二十日条）

などと、無視されぬ存在になっている。一つには、数からいっても、女房を代表する勢力になっていることによるけれど、それでは、令制以来の女官の中核となってその重みを増してきた掌侍の配下にあって、いわば次席掌侍とでも言うべき性格と言いきってよいだろうか。『延喜式』でも知られた院宮の命婦も、

次命婦、次中宮命婦、次蔵人、次中宮蔵人、

（『北山抄』巻一）

などと確かめられるが、その状況はいささか相違している。『延喜式』の場合、斎宮では別当二員のうちの一人という首席の官女であったけれど、中期に至ると掌侍一員が配属されて、次席の地位にくだったごとくである。従って、この命婦の性格も、筆頭官女である掌侍の補助に任ずる等質の実務官女と理解して十分であろうか。命婦が貴婦人としての名誉称号から上層官女の一称になった過程において、注意されるべき確かな事実が一つある。

此日陪膳乳母命婦橘光子仰先日被聴禁色、

（『九暦』天慶元年正月二十三日条）

詣左府、此夕相逢命婦乳母、示宮不出御之由等、

（『権記』寛弘六年三月二十八日条）

は漢文記録の例、かな作品でも、

乳母の命婦、紅葉見に出でたりけるを、帰るとて紅葉一枝折りて奉る。

（『躬恒集』下）

御乳母の大輔命婦、日向へくだるに、賜はする扇どもの中に、

（『枕草子』二四〇段〈御乳母の大輔命婦〉）

御乳母の侍従命婦をはじめとして、小弐命婦・佐命婦など二三人集りて仕うまつる。これはもとの宮の女房、皆内かけたるなりけり。

（『栄花物語』巻一〈月の宴〉）

など、類例をあげるのは容易である。すなわち、乳母と重なる性格を持つということであるが、前例のうちでも観

察されるように、また、

更衣・典侍・乳母命婦、紅染掛各一領、掌侍・命婦等、袞各一条、蔵人疋絹、

（『村上御記』応和三年八月二十日条）

でも明らかなように、命婦＝乳母ということではない。典侍は、中期になれば天皇の乳母を処遇して賜わる慣習を生ずるが(9)、天皇乳母でさえも、前掲の『躬恒集』などでも知られるように、前代では命婦であった。平安中期に至る時期において、命婦と乳母とが強く結びつく時期があったことは、確かである。

乳母でない命婦に関しても、次のような資料がある。

御乳母子の命婦の君、右衛門督の御子生みたるなど、さらぬ人々も参らんとあれど、

（『栄花物語』巻三十七〈煙の後〉）

直接自ら乳母でなくても、親の乳母の功によって、命婦の称号を与えられる。上代における貴婦人ほどの高さはなくても、名誉称号に似た性格は消滅してしまってはいない。『枕草子』に言う「うへにさぶらふ御猫は、かうぶりにて命婦のおとど」(10)と呼ばれたというのも、その猫の乳母が馬の命婦であったというのとあわせて(11)、興味を引く記事である。ただの命婦の発生に関しても、そこにやはり何らかの乳母とのつながりがあるのは、更に興味ある事実である。命婦が女官としての位置を得ていく過程で、乳母とどのように結びつく必然性があったのか、そのことについては後に再度触れることとしたい。

四　『源氏物語』の命婦

『紫式部日記』に見える命婦は、

「北の陣に車あまたあり」といふは、うへ人どもなりける。藤三位をはじめにて、侍従の命婦藤少将の命婦馬の命婦左近の命婦筑前の命婦近江の命婦などぞ聞こえ侍りし。くはしく見しらぬ人々なれば、ひがごとも侍らむかし。（四五八頁）

に、まとまった形で知られる。敦成親王（後一条天皇）誕生の七夜の御産養は朝廷の主催なので、その前日九月十六日に、朝廷の女房たちが、大挙して土御門殿に参向したのである。朝廷あるいは主上付きの女房であることは「うへ人」の語に明瞭に示され、中宮彰子女房である紫式部にとっては「くはしく見しらぬ人々」なのである。この朝廷の女房は、当然のことながら官女としての立場を持っており、一条帝乳母である藤三位（藤原繁子）をはじめとして、侍従命婦以下命婦六人の名が示されている。「……などぞ」であるから、他にも数えられたはずだが、主だったものとしては、ほぼ名が示されていると考えてよいであろう。主要な朝廷官女としての内侍（掌侍）が示されていないのは、宮内侍（中宮彰子付き官女）は勿論だが、左衛門内侍・弁内侍といった掌侍たちが、それ以前にすでに参向していたためである。この「うへ人」集団のトップである藤三位が一条帝乳母であり、かつて典侍であったように、当代では、天皇乳母は命婦とではなく、典侍と結びつく性格が普通である。

ところで『紫式部日記』の女房を内裏女房・中宮女房と分けてみるとき、そのいずれにも属さぬというより、そのどちらにも属す女房の存在が知られる。「かねてより、上の女房宮にかけてさぶらふ五人は、まゐりつどひてさぶらふ」と紹介されたような種類の、左衛門内侍・弁内侍・筑前命婦・左京命婦と「御まかなひ」の人一人の、五人である。筑前命婦は、十六日に大挙してきた「うへ人」の中にも入っていた。一度内裏の方に帰っていて、同僚たちとともに再度参ったのであろう。これらの兼務女房が、官女として官職を持つのは、一方では朝廷の女官組織に資格を有する女性として当然のことであるが、『紫式部日記』には、主上付き女房と確認されない命婦として、他に中務命婦・内蔵命婦・大輔命婦・きよい子命婦の名が知られる。これらが官女であるかぎり、先述したように院宮付属の命婦も相当数見込まれているから、中宮彰子付き命婦であると推測される。このうちの中務命婦・大輔命婦の二人は、中宮彰子の御産の折に、

いま一座にゐたる人々、大納言の君小少将の君宮の内侍弁の内侍中務の君大輔命婦大式部のおもと、殿の宣旨よ。いと年経たる人々のかぎりにて、心をまどはしたるけしきどものいとことわりなるに、（四四九頁）

と紹介され、女房中でも「年経たる人」であることが知られる。大輔命婦は『栄花物語』にも登場する。この以前に、中宮彰子の懐妊が知られた頃、父道長の問いに対して、

十二月と霜月との中になん、例の事は見えさせ給ひし。この月はまだ廿日に候へば、今暫し心みてこそは、御前にも聞えさせめと思ふ給へてなん。すべて物はしもつゆきこしめさず、かう悩ましげに例ならずおはします。（巻八〈はつはな〉）

と答える女房としてである。この女房の立場は、推測であるが、ほとんど彰子乳母以外のそれを考えられないほどである。いま一人の中務君は、すこし後のことであるが、敦良親王（後朱雀天皇）の乳母になって、中務乳母と呼ばれた女性である。内蔵命婦は、寛弘五年（1008）十一月二十八日、賀茂臨時祭の祭使となった彰子弟の教通を見て、「舞人には目も見やらず、うちまもりうちまもりぞ泣きける」と紹介され、教通乳母であることが確認される。彰子御産の折には、道長室倫子・宰相君（藤原豊子、道綱女）とともに、最も側近に候している。道長家におけるよほど古参の老練な女房であったらしい。きよい子の命婦とは、呼称も熟さない女房であるが、御産なって御湯殿に奉仕する命婦として見える。立場から推測すると、内裏女房の命婦と同じような中級官女と考えられそうである。

以上のことを整理すれば、中宮女房の命婦の場合、内裏女房ではすでに見られなくなった乳母の役割の性格が観察されるということを、指摘できようか。推測をまじえて考察すれば、中宮女房として配属された命婦は、天皇乳母でもある典侍の場合のように、中宮女房の中に摂関家によって配された私的侍女の性格が、質的にも量的にも度

合いを増すとともに、一種の優遇職的な官称の性質を強くしていったのではないだろうか。官職を持っていれば、それにともなう待遇が朝廷からあるのは当然である。摂関家での臨時の手当のほかに、公的な待遇も加えられるということは、他の私的な女房にくらべて、優遇された立場でなかったはずがない。こうして、乳母を、子女の公的な地位（中宮・皇后など）とともに許される官職（この場合は命婦）に任じて優遇を具体化し、また普通の女房であっても、定員のあるかぎり官職を得させ、出自によって、あるものは次なる乳母予備員として準備し(12)、あるものは老練な古参女房としての働きを期待していたということではないだろうか(13)。中宮彰子側近の古参の命婦たちが、大輔命婦にせよ中務命婦にせよまた内蔵命婦にせよ、内侍や宣旨にも遜色ない立場を持っているのは、そういった背景によるものであったと思われる。

『紫式部日記』の命婦は、当然のことながら、平安中期の状況を、正確に反映している。だが、同じ紫式部の手になる『源氏物語』の場合は、どうだろうか。冒頭に紹介した王命婦は、藤壺女御の最も側近に位置を占めることは確かだが、それが乳母によるものか古参老練女房のそれであるか、明瞭でない。この王命婦は、後に藤壺の出家の際には供をして尼になったようだが（賢木）、藤壺は自らの替りとして東宮（後の冷泉帝）のもとに仕えさせ（須磨）、例の夜居の僧都の冷泉帝への密奏の折には、「なにがしと王命婦とよりほかの人、この事の気色見たる、侍らず(14)」と言われている。立場としては、先に述べた彰子乳母の大輔命婦と類似して、乳母の性格が思われるのであるが、判然としない。この王命婦については、どうも微妙な表現が多い。たとえば、

御湯殿などにも親しう仕うまつりて、なに事の御気色をも、しるく見たてまつり知れる御乳母子の弁・命婦などぞ、あやしと思へど、（若紫、二〇七頁）

の「御乳母子」が、弁にも命婦にもかかるのであれば、王命婦は藤壺の乳母子と知られるが、そう理解してよいかどうか明瞭でない（多分、弁命婦と解すべきだろう）。また、須磨配流の源氏を思って悲歎する東宮を、

見たてまつる御乳母、まして命婦の君は、いみじうあはれに見たてまつる。（須磨、四三頁）

の文章は、御乳母たちの「うちでもまして」なのか「にもまして」なのか、疑問である。命婦は、冷泉帝即位ののちに、「御匣殿のかはりたる所に移りて、曹司賜はりて」という、破格の処遇を受けている。表現が「御乳母にもまして」でないだけに、「乳母の中でも特に命婦の君は」と解したいが、判然としない。

王命婦を別とすれば、『源氏物語』の命婦の性格は、かなり明瞭である。大輔命婦・少将命婦・左近命婦などは、いずれも内裏女房である。大輔命婦が左衛門乳母の女であり、少将命婦が大弐乳母の女であるというのは偶然だが、皇子（源氏）の乳母の女が、母親の労で命婦の官を得られるというような慣例は考えられる。というより、当時の慣例からいげば、乳母であった母親自身が命婦であったことも、常識的に推測できる。これらの命婦は、内裏の中級官女ではあるけれど、次席掌侍とでもいうべき実務女官の性格よりも、桐壺帝の内意を受けて桐壺更衣の里邸を訪ねる靫負命婦や、

この人々、とりどりに論ずるをきこしめして、左右と方わかたせ給ふ。梅壺の御かたには、平内侍のすけ・侍従の内侍・少将の命婦、右には、大弐の内侍のすけ・中将の命婦・兵衛の命婦を、ただ今は心にくき有職どもにて、心々にあらそふ口つきどもを、をかしと聞し召して、まづ、物語の出で来はじめの親なる竹取の翁に、宇津保の俊蔭をあはせて、あらそふ。（絵合、一七九頁）

の場面に知られるように、いますこし自由な、本来の上流社交婦人の性格を残す命婦像として観察される。用例が、すぐに天徳（957～961）期の著名な宮廷行事を想起させるように[15]、ほぼこの時期の命婦の性格と理解して、矛盾がない。となれば、王命婦が冷泉帝乳母であったかどうかはともかく、すくなくとも乳母に遜色ない立場に立ち得た命婦としての王命婦像が、統一して把握できる。換言すれば、『源氏物語』は、その命婦の描写においても、たしかにその時代性を保っていたということである。

五　まとめ

命婦の変遷は、まぎれもなく流れ動く歴史の様相を感じさせて興深い。令制下の命婦は、まさに貴婦人であり、社交界の中心であった。おおむね自らあるいはその夫が五位以上である上流婦人という官制の呼称であった。それが、おそらく律令制度の整備が同時にその開始であった、実状に応じた組織の改編の潮流の中で、実体の稀薄な「命婦」は、早々の消滅が予測される運命であったはずだが、貴族社会に不可欠である社交界が、存続の途をひらいたようである。同じ令外の官として女官組織に参加した命婦と蔵人は、後者を実務女官といえば、前者は非実務官女といえる性格がある。ともに宮廷貴族社会に必要な存在である。しかしまた、まるっきり非実務官女という立場はあるはずがなく、比較的自由でかつまた貴婦人の伝統を引く官称は、兼任が可能で今ではとりたてて職掌のない、別に言えば優遇が本質であるところの乳母と結びつく方向を必然とした。その優遇の具体的措置として、命婦の称が与えられたのである。こうして、天暦期の命婦は、上は天皇乳母までに至る朝廷の上層官女として、宮廷社交の中心となっていたのである。『源氏物語』の描く命婦は、まさにこの時代のものであった。

天暦期から一条帝の寛弘期にいたる時期の顕著な変化の一つは、命婦の本来であった非実務官女の性格を、さらに上部に位置する官女典侍が具有してきたことに見られる。天皇乳母の兼任はもっぱら典侍のものになり、それだけ位置低下した命婦は、乳母としては、院宮のそれを最上とするようになる。院宮乳母を最上とするほどの中級官女になった命婦に、さらに新たなる危機がおそう。摂関家などの高級貴族が、自家出身の子女たる后妃に配した私的侍女（女房）の出現である。考えてみれば、命婦は、宮廷中心の前代貴族社会における、いわば「女房」であった。内裏において命婦の存在は区別されても、たとえば中宮女房における命婦と女房の相違は、職務の上では区別できなくなる。こうして命婦は、中宮女房においては、古参の女房への処遇の名称ともなってしまう。『紫式部日記』に見られるものは、まさにその混淆の状況を背景とするものである。

中宮女房における命婦の女房への同化・吸収は、以後の、朝廷官女と院宮侍女の混淆の中で、内裏・院宮を問わず、命婦の存在意義を失わせていく。そのはては、たとえば順徳院の『禁秘抄』によってみるに、ここにはすでに命婦の存在も述べられない。後宮の女性たちとして、御匣殿別当・尚侍・典侍・掌侍に続く「女房」の項で、

中臈

内侍外不着二織物類一也、是昔号二命婦一、侍臣女已下也、諸大夫良家ヨリ下医陰陽道等猶号二中臈一、八幡別当女同、凡一切者多中臈品也、　　（中巻）

と説明された文章に出る。すなわち、中臈女房と総称される女性たちが、「昔、命婦と号」したというのである。この「昔」は、ほとんど平安中期の時点を示している。上代における貴婦人としての命婦は、述べてきたような経過をたどって、鎌倉期にはすでに消滅に至るほどの急激な変遷を見せていたのである。[18] 平安中期の作品に登場する中級女房「命婦」は、その急激な変遷の一点を見せたものであった。なお付言しておくと、消滅したとされる命婦は、明治になって呼称を復している。[19] 典侍・掌侍配下の女官として、女孺・雑仕などの下級女官の上に位置している。「ばあさん」とも異称される命婦の職務は、[20] ここに官称の見えないかつての蔵人のそれを思わせて、実務女官としての存在を確認しているが、これが、『禁秘抄』の記述にもかかわらず官女組織の中にわずかに継承されていたものなのか、明治新政府によって突然に復活されたものか、知識がない。

注

（1）　日本古典文学大系『源氏物語』（岩波書店、昭33）頁数。以後、引用頁数は書目にかかわらず原則として同大系本

による。
（2）河出書房新社、昭34。
（3）冨山房、大4。
（4）角川書店、昭41。
（5）巻三十八、掃部寮。
（6）巻五・神祇五、斎宮〈初斎院別当以下員〉。
（7）巻十二・中務省〈新嘗会〉。
（8）拙稿「女房と女官―紫式部の身分―」（『国語と国文学』四十九巻三号、昭47）。
（9）拙稿「典侍考」（『風俗』十七巻四号、昭54）。本書I編第四章。
（10）第九段〈うへにさぶらふ御猫は〉。
（11）注（10）に同じ。『小右記』長保元年九月十九日条にも記事がある。
（12）中宮彰子女房のうちでの上臈女房として知られる宰相君こと藤原豊子（道綱女、大江清通妻）は、角田文衛氏も指摘されているように（『紫式部とその時代』角川書店、昭41）、「命婦」であったらしい。彼女はすぐ敦成親王乳母に転じて途をひらいたが、多分このような立場。なお、この宰相君については、付章でいささか触れる。
（13）ここに述べなかったが、もともと内裏女房の命婦であって、中宮女房になり、命婦でありまた乳母にもなったという場合も、当然あるだろう。老練な女房として期待されるものは、むしろその方が普通だろう。
（14）薄雲、四〇二頁。
（15）玉上琢弥『源氏物語評釈』（角川書店、昭40）第四巻〈絵合〉、五〇～五一頁。
（16）命婦は令制に呼称は見えるから、令外の官とはいえないかもしれないが、実質的な意味で。
（17）乳母が命婦と結びつくまでに、たとえば角田文衛『日本の後宮余録』（学燈社、昭48）によってみれば、乳母掌侍（良岑養父子）・乳母典蔵（橘光子）などの可能性のゆれもあったようである。本文に示したように、一条朝ころには、天皇乳母はまたはっきり典侍と結びつくようになるのである。

(18)『禁秘抄』より後の『中務内侍日記』に、ははき・かはち・備前・肥前といった命婦の知られるのは如何。上代以来の儀礼的な称なのだろうか。
(19) 明治二年十月『憲法類編』四(『古事類苑』所収)。
(20) 山川三千子『女官』(実業之日本社、昭35)二三～三四頁。

付記

近時、増田繁夫氏が、更衣論に関連して、命婦成立の事情を推測しておられる。

この更衣の職階が、しだいに帝の下級妻妾たちのための地位のごとくに考えられ、運用されることが多くなってきて、十世紀後半にもなると、それまで更衣のはたしていた本来の侍女としての職務を勤める人々は、「近習女房」(西宮記一・供御薬)などと呼ばれるようになった。そして、この「近習女房」たちの主体は、五位の命婦たちであったので、それまでの「更衣」の名に替えて、新しく「命婦」の語が用いられるようになっていったのではないか、それが後に掌侍の下位、女蔵人の上位に位置づけられて、内裏女房の一種の職階の呼称のようになっていったのが、「命婦」の語の職名化したはじまりではなかったか、と考えられるのである。

(「紫式部伝記研究の現在」、源氏物語研究集成15『源氏物語と紫式部』風間書房、平13)

平安中期に中級女官として定位化している命婦が、どのような経緯でこのような状態に至ったかについて、私には、表明できるほどの意見が無かった。その意味で、考察の手がかりを与えていただけた点は感謝したい。ただし、「一条朝ごろにおいてもこの語の中心概念は、令制の〝内命婦〟の系列に位置づけられる」(同・注(16))と言われるのは、にわかに服し難い。分かり易く言うと、女官としての職名が付して呼ばれたり記述されたりしていなくても、正式に身分を質されれば、「命婦」なのだということのようであるが、一方で賜禄の際などに明瞭に中﨟女房として位置づけられている女官と、五位以上の貴族女性の汎称とが、並存して存在するとして、疑念の残らないスッキリした説明になるのだろうか。

結論的に言うと、私は反対したい。たとえば、即位儀礼の際の「褰帳命婦」のように、令制の遺風を見る場合もある。

褰帳命婦と言いながら、奉仕身分はおおむね「女王」と決まっていた。たとえば、永観二年（984）十月十日の花山帝即位には、慶子女王（章明親王女）・明子女王（盛明親王女）が左右の褰帳として奉仕している（『即位職掌部類抄』）。この役目は、後には典侍が奉仕するようにもなり、典侍藤原長子が緊張した奉仕した場面などは、『讃岐典侍日記』に活写されている。このように、令制の貴婦人像が儀礼などの場に僅かに残存してはいるが、現実の状況には相応しないと、私は考えている。ただ、増田氏が苦慮しながらそのように認識された過程については、私なりに推測できる過程がある。これらの問題については、付章でいささか述べさせていただく。

第七章　蔵　人

『紫式部日記』冒頭あたり、秋色の土御門殿の朝、

まだ夜深きほどの月さしくもり、木の下をぐらきに、「御格子まゐりなばや」「女官はいまださぶらはじ」「蔵人まゐれ」などいひしらふほどに、

という記述がある。御格子を上げたりの役目に従う女官は、令制の名称に従えば女孺身分の女官で、日本古典文学大系本の頭注では、「掃司の女官であろう」と注している。令制の規定では、掃司には十人の女孺が配当されている。しかしいま、その所役の女官がまだ出仕していないので、「蔵人」に代行を命じている。蔵人は、同じく頭注で、「命婦より下級の官女で」と説明している。いわゆる女蔵人と通称される女官であるが、令制の規定には存在しなかった官職である。これがどのようにこの時代の中級女官となって存続しているのか、平安時代女蔵人史といった記述を試みてみたい。

一　『延喜式』の女蔵人

女蔵人に関する初期の用例に、次のようなものがある。

内侍及院女別当已下、並従車後、内侍已下、蔵人已上乗私車、采女、女孺已下乗馬寮車、　（『延喜式』神祇五・河頭祓）

伊勢斎宮が初斎院に入る前の御禊供奉の女官のうちに、内侍・采女・女孺などとともに見える。女別当は斎宮付筆頭女官である。これは、賀茂斎院が野宮に入る時の御禊では、「女別当已下蔵人以上二乗私車一。采女・女孺以下乗二馬寮車一」となっている。ここでは内侍が見えない。乳母二人が加わる程度の変化である。同じ斎宮式が「初斎院別当以下員」として斎宮所属の全職員を記録した内訳は、「別当二人一人命婦……采女二人、内女嬬、乳母三人、宮女嬬十四人」として、「蔵人」の記述は見えない。内侍や蔵人は、斎宮・斎院が初斎院・野宮に入られる時の儀礼に、臨時的に奉仕する内裏女官かとも思われる。斎院の祓物・三年斎・大殿祭の行列に於いても、同じである。

同じ『延喜式』（巻十二・中宮職）で、

于時、内侍一人、率女蔵人三人、納禄物於櫃二合、令持職舎人四人、置廊下、（群官朝賀）

という記述がある。同様に、「内侍一人、蔵人一人、女嬬等列立案後」（同・鎮魂祭）とする記述や、「女蔵人四人」（巻十五・内蔵寮）に給する記載などがある。しかし、巻十二・中務省の「宮人時服」中の四十近い官職のなかに、「蔵人」の官名は見えない。宮人時服の規定そのものが、令制の十二司に忠実に沿った記載であり、現在の状況を反映していないということかも知れない。官女化が進行していたはずの「命婦」についての記述も無かった。

それにしても蔵人は、どういう官所に所属する女官なのだろうか。巻三十五・大炊寮の「侍従已上儲料」に、「蔵人所（蔵人所蔵人ノ意カ）日米、二斗　女蔵人日米一斗三升、上飯二斗料　御膳所采女日米五升、次飯一斗料」などの規定が見える。あるいは、これが根拠となる史料になるかも知れない。巻四十一・弾正台の「車馬従者」には、「女蔵人六人」の規定が見える。前後は、「命婦」「更衣」と「女嬬」である。巻四十三・春宮坊の「踏歌」には、「内裏女蔵人四人在妓中、別給衾各一条」という記述がある。これらの史料を総合してみるに、最初期の蔵人は、蔵人所に所属して、日常的な職掌は有せず、儀礼とか遊宴で役目を果たす中流婦人といった形のものでなかったろうか。後の状況に比して言えば、平安中期の〝女房〟の性格にかなり近い。

呼称から推測するなら、あまりに自明なので、かえって認識に迂闊であったが、〝女蔵人〟は、蔵人所に所属する女性官人として始発したものであろう。令外の官司として著名な蔵人所は、薬子の変を契機として、嵯峨天皇が腹心の者を側近に常侍させる意図で新設した役所と、説明されている(1)。女官の存在はまったく語られていないので、この点は保留して記述を進めたい。比較的早い時期の史料として、『醍醐天皇御記』で資料を探して見る。

　内侍蔵人等、持被綿給階座歌頭以下舞童以上、双々舞進上階給綿弾琴以下楽人等、令男蔵人付後給之、
（延喜十三年正月十四日、踏歌）

踏歌の儀礼で、宴席・管弦の後、「綿を給す」ということがあるらしい。それに奉仕した内侍蔵人のうちの蔵人について、割注に「令男蔵人」の記述がある。してみると、蔵人所は男官の占有するものでもないらしいと自然に推測される。

　女蔵人取若菜羹度御前簀子、給親王已下参議已上……読詩了有御遊、数曲後女蔵人持御衣給参議已上云々、
（延喜十三年正月廿一日、内宴）

　了命婦蔵人闈司等召南廊給禄、
（延喜十六年四月十九日、賀茂祭）

　□□後、女蔵人可置、侍臣先置失也、
（延喜十六年十月廿二日、皇太子加冠）

　女房侍所菊花盛開、此夕、更衣・命婦・蔵人等相集頗設小宴云々、
（延喜十八年九月九日、菊花宴）

女蔵人の登場する記事をひとわたりあげてみた。内宴・賀茂祭・皇太子元服・菊花宴と、どちらかと言えば遊宴的な行事であるが、儀礼の場で役目を果たしている。公事の場は内裏であり、更衣・命婦・蔵人と続くのは、後のいわゆる〝女房〟階層として始発している状況が知られる。

　内の蔵人にてありける一条の君といひける人は、としこをいとよく知れる人なりけるほどにしもとはざりければ、
（『大和物語』十三段）

でも内裏女官であって、初期の女蔵人は、蔵人所所属の宮仕女性として始まった女官であったように思われるが、(2)そういう男官・女官共侍の官司の形があり得るのかどうか、私には、その辺についての知識がない。須田春子氏は、「寛平御遺誡」中の「其更衣蔵人随事給賞物云々」が初期の用例として、女蔵人の初発の時期を宇多天皇の寛平(889～898)頃と言われている。(3)

二　平安前期の女蔵人

村上朝頃の蔵人を見たい。『貞信公記』には、女蔵人親子の叙位の記事のほか、(4)

今日行列無命婦・蔵人、只有騎馬女一人、又典侍車無下仕者、不催出命婦・蔵人、是尤吾失、只見衆帰後、両女追参云々、（承平元年四月廿一日）

尚侍女官饗、掌侍以下蔵人以上在飛香、自余在縫殿高殿、（天慶二年三月十日）

などの記述が見える。前者は、賀茂祭使に供奉の女官、後者は尚侍の女官饗に預かる女官としての記事である。尚侍が、宮中女官組織の長として、配下の宮中女官を饗するという行事である。宮中上部女官組織の末端としての蔵人の位置が確認される。同書ではまた、止雨奉幣への女蔵人の出仕が云々される記述もある。(5)

藤原師輔の日記『九暦』に見る記事は、次のようである。

女蔵人十二人取続命縷、出従御座北、進於御前東庇、西面列立、（天慶七年五月五日・節会）

御薬御辛櫃幷執物・内竪等事、在前試仰之、差須蔵人等、令催仰内侍・蔵人等理髪之由、中云、理髪之者只一人、可候之蔵人十余人、仍急不可理尽、（天慶九年四月廿八日・御即位）

女蔵人四人伝供御膳、件蔵人先日試仰令設雑具、（天暦四年七月廿三日・立太子）

初例は五月五日節会、次例は村上帝御即位、終例は憲平親王（冷泉）立太子、いずれも重要公事儀礼において、ごく側近の役目を果たしている。その他に、大嘗会御禊に飾馬に乗って供奉したり(6)、憲平親王御百日に御膳に供したり(7)、盛儀にも枢要の役目を果たしている。

所京子氏は、『小野宮年中行事』所引『弘仁神祇式』の「当日薄暮内侍経㆑奏、率㆓蔵人一人、御匣殿蔵人、女嬬洗人等㆒」、『西宮記』（所々事）の「以㆓上臈女房㆒為㆓別当㆒。有㆓女蔵人㆒」などから、御櫛笥殿職員としての女蔵人を指摘された(8)。『西宮記』には、女蔵人に関する資料が比較的多い。順次拾ってみると、

陪膳女蔵人等候御厨子所、供御台二基、女蔵人取伝授陪膳、　（巻一・供御薬事）

命婦蔵人等以禄給、　（巻一・童親王拝観事）

亮唱四位五位名賜之、参議已上令女蔵人賜之、五位已上令宮司賜之、　（巻一・二宮大饗）

内弁着兀子、内侍置位記筥量内弁着程、置台盤上、解結緒、上式部二、下式部一、次兵部筥、多者女蔵人共置、　（巻一・七日節会）

など、冒頭の数例を拾ってみるだけで、御櫛笥殿職員といった認識だけで良いのかどうか、少しく疑問を持つ。同じく巻一「女叙位」には、

預叙位者、親王、女御、更衣、内侍、乳母、女蔵人、女史、采女、大臣妻、内教坊、所有労者、

と、記述がある。女蔵人が、乳母と采女の間くらいに位置する中級女官であることが、明瞭である。別資料に見ると、蔵人歴七年で、従五位上を叙される程度の女官であることがわかる(9)。

『西宮記』に登場する女蔵人の記述を、整理してみる。先にあげた用例以外の公事を、整理して示すと次のようである。

A　公事

御斎会・内宴・菖蒲節会・十一日奉幣・御鎮魂・内印・歌合・皇太子元服・対観

B　使者

宣命使・神今食

C　日常

御格子・朝膳

所氏は、女蔵人の職掌として、御燈・御膳と御剱璽などをあげておられる。今整理したうちのCおよびAである。Cは下級実務女官の職務に見えるが、実際は、

卯剋、主殿頭已下率僚下、擁箒掃清庭塀、男蔵人上格子、尚殿已下率女嬬撤御燈、払拭殿上、女蔵人撿挍之、辰剋、主水司候伝執共女蔵人献進而出、候更衣女蔵人供奉御盥、畢女蔵人召女官、相副撤却、同刻主水司供御粥、（巻十・侍中事）

で見る通り、朝の格子・清掃・御燈・洗顔・御粥など天皇身辺の日常の奉仕であるが、実務の遂行者というより監督責任者的な立場と思われる。公事に奉仕する時は、例えば、

西御屏風為外鋪設、為内侍女蔵人座、（巻一・御斎会）

内侍女蔵人到宮内省、令卜可供奉女官、（巻四・神今食）

未一剋、内侍一人参麗景殿、当御前候簾外、上令蔵人二人皆上髪、執剱璽筥、自簾中授内侍、内侍剱璽等候、（巻十一・裏書）

などのように、職掌はまったく内侍に重なり、内侍の次位として行動している。初例の御斎会などでは、内侍とともに座を設けられてもいる。尚侍・典侍・命婦などの上級女官の存在はあるが、それぞれ名誉職的でもあり、職務も変容を示しているこの時期に於いて、純粋に実務女官としての立場を持つのは、内侍―蔵人のこの系列のみである。(10)この頃の内裏女官の命婦・蔵人の員数は、どの程度正確か分からないが、中宮遵子の女官饗には、命婦五

人・蔵人五人の十一人が着座している。[11] 内裏出仕の全体数も、さほど多くはなさそうに思われる。そういえば、次のような史料もある。

定女官除目、以命婦藤原貞子、蔵人藤原貴子、並為権掌侍、　（巻二・踏歌事）

少内記紀時文、令蔵人守仁奏宣命　依内侍不候、付蔵人令奏、　（巻三・裏書）

女蔵人から掌侍に昇任したり、内侍不在の場合には代行したりである。後例、令制下に於いては、掌侍も不能であった奏請にさえ、掌侍に替わって奉仕することもある。このように枢要な立場にある女蔵人は、御匣殿配下の女官として認識されるのであろうか。御匣殿職員であれば、候所は貞観殿（中宮庁とも呼ばれ、内裏北端に所在）で、男官の蔵人が天皇居所の清涼殿直近の校書殿に設けられているのを考えても、やや不審な気がする。

外記申代官、諸事弁備、内侍、女蔵人、御匣殿蔵人、女孺、洗人、御巫、猿女、就堂上、　（巻六・御鎮魂）

の文意、表記に誤りが無ければ、内裏には、女蔵人と御匣殿蔵人と、両者の存在が推測出来る。やや後代の資料であるが、『山槐記』治承四年（1180）五月八日条の「女叙位」に、「藤原朝臣忠子蔵人、藤原朝臣顕子御匣殿蔵人」と区別した注記がある。内侍司系女蔵人と御匣殿系女蔵人が存したことについては、すでに河村政久氏の指摘があった。[12] この場合、内侍司系蔵人の所属は、どこになるのであろうか。女官組織が内侍司の三等官であった掌侍を中心にして再編成されてきた流れを持つことは確かであるが、女蔵人を内侍司女官とするには明証が無い。男官に準じる蔵人所属女官と認めて良いのかどうか。認めて良いとすれば、女蔵人候所は、内侍の職務との重なりを考えて、内侍司が所在し主殿・掃部女官が候する温明殿辺か、天皇の毎朝の御盥や朝膳に候したりするところから、清涼殿近辺が考えられるが、いま明示できる史料がない。『有職問答』[13] なる書は、「女官の衆之次第の候所如何」という問いに対して「典侍掌侍命婦女蔵人等ノ女房ノサライトテ常ハ台盤所ト云所ニ候スベキ也」と答えている。

三　平安中期の女蔵人

平安中期の女蔵人を見る。藤原道長の『御堂関白記』では、寛弘二年（1005）十一月十五日に内裏焼亡があり、急遽駆けつけた道長は、縫殿寮門下で女蔵人少輔に出会って、天皇が北陣から中和院に移られていることを聞いた。縫殿寮門は、御匣殿の置かれた貞観殿のすぐ北の朔平門（北陣）に対面して所在している。

　次内侍出殿上戸口、召余、進着御前座、女蔵人取禄給之、（寛弘七年七月十七日・敦康親王元服）

　御乳母義子書御座供之、女蔵人二人従鬼間障子供之、（長和五年六月二日・一条院遷幸）

といった公事に役割を果たしていることは、先に観察したところと変わらない。『御堂関白記』の女蔵人は、特定の人物を指してというより、

　内女方十九人送来、典侍女装束、掌侍綾褂・袴、命婦白褂・袴、蔵人白袴授了、

（寛仁二年十月五日・女御威子退出）

といった賜禄記事に出てくることの方が多い。それも、「上女房」「内女房」とするように、内裏女房の内訳に出て来て、中宮女房としての蔵人の確認は出来なかった。

実資の『小右記』でまず注意されたのは、次の資料である。

　寄東廊令乗女房等、糸毛三両、一両宣旨、一両御匣殿、一両内侍、（宣旨・御匣殿、其身不参、以他人令乗車、）檳榔毛廿両、（侍従及蔵人以上皆一本、理髪乗車、）

（天元五年五月七日）

中宮遵子（頼忠女、円融中宮）入内の時の記述である。女房三役とも言われる宣旨・御匣殿・内侍の中宮上層女房を明記するのも注意されるが、檳榔毛廿両に乗車する女房のうちに、侍従・蔵人といった女官身分の女房が存した

ことが注意される[14]。中宮女房に、侍従あるいは蔵人といった官女が存在していること、それが確認された意味が大きい。因みに、この中宮入内の翌日、中宮主催の女官饗が催されており、そこでは、典侍・掌侍・命婦・蔵人・女史などの内裏女官が明示されている。両者の相違も注意される。女蔵人が公事に役目を果たしている場面は、御即位・賭弓・賀茂祭・童相撲・内宴・東宮朝覲などに、従前通り観察されるが、次例のようなものも見られる。

冷泉院御霊顕給、被仰雑事……託宣女蔵人、（長和五年六月三十日）

常より衆人の目に触れる場所にいること、掌侍の立場に似るがやや年若いこと、これらが霊媒の役目に起用し易いということなのだろう。

『権記』に見る蔵人は、荷前・叙位・行幸などに奉仕する女蔵人の姿は見るが、特に述べるほどのものはない。次の交易絹を内裏女房に支配する際の記事の方が注意される。

早朝参内、以交易絹支配女房、三位六疋、民部大輔衛門宮内各五疋、以上御乳母進、兵衛、右近、源掌侍、靫負掌侍、前掌侍、少将掌侍、馬、左京、侍従、右京、駿河、武蔵、左衛門、左近、少納言、少輔、内膳、今、十九人各四疋、中務、右近各三疋、女史命婦二疋、得選二人各二疋、上刀自一人一疋、（長保元年七月廿一日）

内裏女房の内訳である。「馬」以下が、おおむね命婦・蔵人身分と思われるが、今少し、身分の内訳が具体的に確認出来ないのが残念[15]。平安中期の代表的な公家日記、『御堂関白記』『小右記』『権記』を見ても、女蔵人についての資料はさほど豊富でない。上級貴族とさほど接触の無い中級女官の故であろう。

四　物語・日記の女蔵人

物語・日記などの作品にも、さほど頻繁な登場はないが、気づき得たところを報告する。『宇津保物語』では、

宮中女房たちが、俊蔭女の弾琴に感涙している場面、

高きもさらぬも、さぶらひ給ふ御乳母・内侍・命婦・蔵人、下のしなのも、泣く泣くあはれがり、あやしと思ふ。（楼の上・下）

と記述されている。平安中期の状況にほぼ等しい。『落窪物語』の、

宮の御達、蔵人も皆物見んとてまかでぬ。（巻三）

は、大系本頭注に「宮中で命婦に次ぐ下﨟の女官」と注するが、これはやや微妙。この女蔵人は、中宮女房としての蔵人である可能性もある。それにしても、女蔵人は「下﨟の女官」でもないだろう。『源氏物語』でも、次例が唯一のものである。

帝の、御年ねびさせ給ひぬれど、かうやうの方は、え過ぐさせ給はず、采女・女蔵人などをも、かたち・心あるをば、殊に、もてはやし思し召したれば、よしある宮仕へ人、多かるころなり。（紅葉賀）

更衣・女蔵人・采女というのは、君側に侍する性格の女官である。心身の様子が好ましいなら、帝の目には留まり易い。女蔵人の候所も多少推測させる資料である。

『枕草子』の女蔵人は、具体的で分かり易い。

はての御盤とりたる蔵人まゐりて、御膳奏すれば、なかの戸よりわたらせ給ふ。（二三段）

御膳のをりになりて、みぐしあげまゐりて、蔵人ども、御まかなひの髪あげてまゐらするほどは、へだてたりつる御屏風もおしあけつれば、（一〇四段）

清涼殿内の昼御座に、食膳を整えている場面。女蔵人は御膳を采女から受け取って、御座まで運ぶ。後例によれば、陪膳の役目を果たすか。

えせものの所得るをり、……六月・十二月のつごもりの節折の蔵人、（一五六段）

（一二二段）

菖蒲の蔵人、かたちよきかぎり選りていだされて、薬玉賜はすれば、

前例は、六月・十二月晦日の大祓で、天皇の身長を竹で測る女蔵人のこと、後例は、五月五日の菖蒲の節会に、侍臣に菖蒲などを賜る役目の女蔵人。ともに、清少納言好みの華やかな儀礼場面である。身分卑しくても、このような晴の役目を奉仕する機会がある蔵人は、羨望の女官である。[16]村上帝の時に、容器に雪を盛って梅花を挿し、「これに歌よめ」との仰せを受けた兵衛蔵人が、「雪月花の時」と奏して挿話も伝えている（一八二段）。「我ならましかば……」と、清少納言は心内に思っていたことだろう。

『紫式部日記』の女蔵人は、中宮御産の場面、

今とせさせ給ふほど、御物怪のねたみののしる声などのむくつけさよ。源蔵人には心誉阿闍梨、兵衛の蔵人にはそうそといふ人、右近の蔵人には法住寺の律師、宮の内侍のつぼねにはちそう阿闍梨をあづけたれば、物怪にひきたふされて、いといとほしかりければ、念覚阿闍梨を召し加へてぞののしる。

の記述が、知られる。憑依の役目には、若い女蔵人が奉仕する例が多い。この場合の蔵人は、中宮内侍も加わっているから、中宮付女官の女蔵人であろうか。寛弘七年（1010）正月、

ことしの朔日、御まかなひ宰相の君、例の物の色あひなどことに、いとをかし。蔵人は内匠、兵庫つかうまつる。

新生皇子たちの陪膳は宰相君で、御膳は形式の通り二人の女蔵人が奉仕している。内匠蔵人は、例の晦日に宮中に引剝が出た時、一緒にくつろいでいた蔵人である。その時眠りこんでいた弁内侍は内裏兼官の女房のようであるが、内匠蔵人は中宮付のようである。寛弘七年正月元日の中宮御薬の蔵人に、同僚の兵庫と一緒に勤める場面もある。蔵人弁乳母は、大左衛門おもとの説明で「蔵人弁（広業）の妻《め》」との注釈[17]があるが、「かつて蔵人身分で奉仕したことのある弁乳母」といった解釈の可能性もある。内蔵（蔵）命婦・蔵内侍も同様である。蔵人であって、命婦や内侍でも

あるという形はあり得ない。

五　史上の女蔵人

男官の蔵人にも文芸愛好の雰囲気があるようであるが、女官としての蔵人にも、文芸的な雰囲気があるようである。『後撰集』時代、陽成院の一条の君と言われる女蔵人がいた。

一条がもとにいとなむ恋しきといひにやりたりければ鬼のかたをかきてやるとて

恋しくは影をだにみてなぐさめよ我がうちとけて忍ぶ顔なり　（『後撰集』巻十三）

亭子院京極の御息所にわたらせ給うてゆみ御覧じてかけ物いださせ給ひけるに、ひげこに花をこき入れて桜をとぐらにしてやますげを鶯にむすびそへて、かく書きて加へさせたりける

木の間より散りくる花を梓弓えやはとゞめぬ春の形見に　（『拾遺集』巻十六）

前例は、知られた閨秀歌人伊勢にやった返歌である。後例は、満開の桜花を詠み入れて宇多院に献じた歌である。後歌から推測されるように、京極御息所褒子（時平女）女房であったと思われるが、『大和物語』（十二段）には、「内の蔵人にてありける一条の君」と、紹介されている。この物語の中心女性である「としこ（俊子）」の知己でもある。[18] 清和帝第五皇子貞平親王女ということだから、女王身分の高貴の女性である。後には、陽成院の一条君とも言われている。[19] 一条は、父親王の邸宅が一条（恐らくは桃園辺か）に所在したことによると説明されるが、醍醐帝親近の蔵人として奉仕したのは、成人前後の若い頃の経験であろう。褒子女房でありながら、敦忠や元良親王との

艶名も伝えられる。初期の女蔵人には、このように自由闊達の身分・立場に通じるものがあったようである。『後撰集』に六首の入集を見ている女流歌人がいる。土佐という女房名を持つ女性である。

①浦分かずみるめかるてふあまの身はなにか難波の方へしもゆく　（巻九・恋一）
②我袖はなにたつ末の松山か空よりなみのこえぬ日はなし　（巻十・恋二）
③つらきをも憂きをもよそに見しかども我身に近きよにこそ有りけれ　（巻十一・恋三）
④松山の末こす浪のえにしあれば君が袖には跡も止まらじ　（巻十三・恋五）
⑤朝なげによの憂きことを忍びつゝながめせしまに年はへにけり　（巻十六・雑二）
⑥身に寒くあらぬものからわびしきは人の心の嵐なりけり　（巻十七・雑三）

①は平定文が難波に出かけるというのを揶揄したと見える歌、④も貞元親王（清和皇子）との思わせぶりな返歌である。そのほかの歌も、すべて異性とのやりとりで、『後撰集』時代をよく映した女流歌人と言える。『後撰集』は女流の入集の多い歌集で、ざっと数えて九十人近い女性をあげることが出来るが、その中でも土佐は、伊勢・中務・大輔に次ぐ位置にある。土佐が蔵人であったことは、『伊勢集』に「堀河院にとさの蔵人とて侍ひける人」の記述で知られる。堀河院とは基経第のことであるが、基経家女房で蔵人とは考えられない。先述の一条君と同じように、醍醐帝あたりでの蔵人経験を持った女性という意味かと思う。ともあれ、蔵人が、年若い宮仕の段階で経験する、実務女官の性格は比較的薄い女官職と推測されるように思うが、どうだろうか。

女蔵人史上に最も知られた女性は、小大君（左近蔵人）であろう。三十六歌仙のうちに数えられる歌人であるが、蔵人としては、左近と呼ばれていた。『拾遺集』に三首入集するが、つねに「春宮女蔵人左近」と呼称されている。春宮とは、三条天皇のことである。三条が春宮となったのは、一条帝が践祚した同じ寛和二年（986）のことなので、これから即位までの長和元年（1012）の間に、女蔵人として勤仕していたことがほぼ確実である。一方、永祚二年（990）に没した元輔からの詠歌もあり、朝光・兼盛・実方・道信・為頼・定基などの貴顕との交渉が知られる。特に、朝光とは恋愛関係にあった模様で、朝光の少将時代（970〜973）の交渉などを考えると、春宮女蔵人左近の年齢は、三条の春宮位時点ですでに三十代半ばには達していたと考えられる。[20] 女蔵人はおおむね宮仕女性の年若い段階の官職、と述べてきたこれまでの説明とやや食い違うことになる。

春宮女蔵人左近は、『後拾遺集』では一転「小大君」と呼ばれることになる。この女房名は、『為頼集』にすでに見える。為頼は堤中納言兼輔の孫にあたる歌人で、長徳四年（998）に没しており、小大君との交渉も小野宮実頼（900〜970）の命日法事にかかわる贈答であるので、小大君の呼称は左近以前とも推測される。この時点ではまだ、春宮（居貞親王）の誕生以前で、この頃にすでに女房歌人として知られていた（宮仕先は不明）。ということは、先述の結論にも加えて、春宮女蔵人左近は相当に老練の女官であったと考えるしかない。『後拾遺集』入集は四首である。詠歌を見れば明らかに、三条院の春宮・在位時点のものであり、蔵人左近と小大君の女房呼称は、再検証の必要がある。それにしても、一条・土佐といった女蔵人が見せた貴顕出身の若い宮仕女性といった蔵人のイメージは、平安中期段階ではまったく老練女官のそれになっているように思われ、以後の女蔵人の消滅とともに、今後検討されるべき課題かと思われる。

六　蔵人の終息

平安後期以後の蔵人は、作品中などに記述を見ることは、ほとんど無くなる。

正月廿日の程に内宴あるべければ、ことごとなく蔵人の有様・かたちの事を、人にすぐれてとおぼしめす。ごまかなひは斎院の御乳母の中納言のすけ仕まつり給べし。蔵人十人を、内に四人、院・春宮・中宮二人づつ出させ給。
（『栄花物語』巻三十一・内宴）

命婦・蔵人十人は、礼服とて赤色の唐衣の袖広きをぞ着たる。
（同、巻三十六・御即位）

などが、最後に近い用例である。前例の内宴の舞妓十人、後例の御即位儀礼の蔵人、これらは儀礼に求められた女官で、現実の存在を具体的に証明するという訳でもないかと思える。『永昌記』長治二年（1105）正月七日の例も、白馬節会奉仕の女蔵人であった。『玉葉』建久五年（1194）の中宮大原野行啓にも「女蔵人六人」の供奉の記述がある。儀礼の場で求められる立場の女官として呼称は継続しているが、現実に常置して存在していたかどうか。はるか後に、『中務内侍日記』に見る蔵人は、一例は、弘安十一年（1288）三月十五日の伏見天皇御即位の「蔵人四人」で、儀礼上の臨時女官と思われるが、今一例は、正応三年（1290）の浅原の乱の時に存在した女官「蔵人やすよ」を記述している（七十六段）。宮中の女蔵人がまったく消滅したというものでもないらしい。『建武年中行事』でも、元朝行事に奉仕する女蔵人の記述がなされているし、『増鏡』では、後醍醐帝元徳三年（1331）三月六日北山殿行幸の場面、弾琴に奉仕する「高砂」という蔵人の名が記されている。さらにはるか後の近世の朝廷でも、細々と継承される跡を見得る。文化八年（1811）の東宮（仁孝帝）御元服記では、威儀命婦が一人、女蔵人が二人、儀礼に供奉している。儀礼の場での臨時の女官という意味でもないらしい。河村氏は『押小路甫子日記』なるものを引いて、近世における女蔵人の存在を紹介しておられる。[21] 近代以後になると、少なくも常置の官には見えないようである。明治天皇の最晩年に宮中女官（権掌侍御雇）をつとめた山川三千子氏の記述によると、女官長典侍を最上として、典侍・権典侍・掌侍・命婦・権命婦二十二人の女官と女官名の紹介があるが、女蔵人は記述が無い。[22] 平安朝の下級女官であった女孺の方は、判任女官の呼称で残存している。平安期の女官組織の中心部分の継承と女蔵人の消滅、それらの事実が具体的に観察される。

注

（1）渡辺直彦「嵯峨院司の研究―附・蔵人所成立の前提―」（「日本歴史」210号、昭40）。
（2）増田繁夫氏も、そのように推測されている（「紫式部伝研究の現在」、源氏物語研究集成15『源氏物語と紫式部』風間書房、平13）。中原俊章「中世の女官」（「日本歴史」643号、2001）は蔵人所と内侍所の関わりを説明されているが、具体的な組織としての関係が、私には分かりにくかった。女蔵人とは直接関係しないが、主殿司を中心とした下級女官層（女孺）についての報告は、参考にしたい。
（3）須田春子『平安時代後宮及び女司の研究』（千代田書房、昭57）。
（4）『貞信公記』承平元年四月二日。
（5）同・天慶九年七月十一日。
（6）『九暦』天慶九年十月廿八日。
（7）同・天暦四年八月五日。
（8）所京子『平安朝「所・後院・俗別当」の研究』（勉誠出版、平16）。
（9）「蔵人叙従五位上例　藤原麗子　歴七年天延二年十一月叙位」（菊亭文書一、勘申・女官加階・叙位例事）。
（10）吉川真司『律令官僚制の研究』（塙書房、1998）。
（11）『小右記』天元五年五月八日。
（12）河村政久「平安朝女蔵人考」（「風俗」十五巻一号、昭51）。なお、本論文は、「女蔵人」全般について、簡明的確な考察を行っている。『山槐記』応保元年十二月廿七日条によって、内侍司系女蔵人六人・御匣殿系女蔵人五人という大体の員数も確認しており、また内侍司系のやや優越した状況なども報告している。
（13）続々群書類従第17（続群書類従完成会、昭53）所収。
（14）なお、この史料をもって、益田勝実氏は、紫式部の身分が侍従と断ぜられた（「紫式部の身分㈠」、「日本文学」vol 22・3、1973）。蔵人と直接関係ないが、参考のために紹介。
（15）増田繁夫氏は、賜禄に差がある中務・右近だけを蔵人と認められたが……（注（2）論文）。

(16)『枕草子』四十七段。
(17)蔵命婦（『源順集』18987）、蔵内侍（『後撰集』巻十一、『安法法師集』24162）その他。
(18)『大和物語』三十八段。
(19)『大和物語』四十七段。
(20)竹鼻績『小大君集注釈』（貴重本刊行会、平1）によれば、正暦元年に推定三十八歳ということである。
(21)河村注(12)論文。
(22)山川三千子『女官』（実業之日本社、昭35）。本書は、約千年を隔てるが、平安朝の後宮生活を末端女官の立場から垣間見させるものがある。

付章　女房名をめぐって

平安時代の内裏に勤仕する宮仕女性も、幼よりの名前を持っていたはずであるが、宮中生活の中では、その実名を呼んで区別するというよりも、特定の呼び名（女房呼称）を得て、それによって判別することが普通だった。その女房呼称を女房名というけれど、個人個人に設定された女房名には、他と区別するための便宜というだけの意味だけでないと思われる場合もありそうである。女房名全体の整理をしていきながら、それらのことにも触れたい。

一　女房名の分析

女房名にもいくつかのタイプがあることは、容易に気付かれることである。ごく早い時期に、宮中女官についての概括的な整理をされた櫻井秀氏は、女房名に、召名・国名・候名の三種類があることなどを、述べられている。(1)

角田文衞氏も、この点に関して、次のように説明されている。

平安時代中期の初めには、女房の候名も確立した。初めは、居住する條坊、仕える場所、父の官職などによってており、必ずしも一定していなかった。（中略）父の官職にもとづく候名は、女房たちが中流、下流の官人層の出であるために好都合であって、たちまち第一類の候名を圧倒し、普及するにいたった。

（『日本の女性名（上）』教育社、昭55）

女房呼称を大分類すれば、その女房名に官職が含まれている場合と、含まれていない場合とに分かれる。初めに官職が含まれる場合を整理してみると[2]、次のようである。

御息所　按察御息所（拾遺集1259）・伊勢御息所（大和物語231）・中将御息所（拾遺集838）・弁御息所（大和物語333）

乳母　右近乳母（宇津保物語3）・越後乳母（宇津保物語5）・少弐乳母（大和物語291）大輔乳母（宇津保3）・丹後乳母（宇津保3）・筑前乳母（後拾遺集300）・中将乳母（堤中納言371）・中将三位（御堂関白集21691）・肥後乳母（高光集19460）・弁乳母（後拾遺集779）・□命婦乳母（後拾遺集540）・民部乳母（為頼集24300）

更衣　按察更衣（元輔集19143）・少将更衣（拾遺集971）・中将更衣（後撰集641）

尚侍　三条尚侍（拾遺集1229）

典侍　右近典侍（出羽弁25097）・☆典侍（小大君16859）・中務典侍（後拾遺集879）備前典侍（後拾遺集184）

内侍　右衛門内侍（清慎公集21404）・馬内侍（斎宮集16476）・左衛門内侍（義孝集24482）・小式部内侍（後拾遺集911）・少将内侍（後撰集945）・周防内侍（後拾遺集444）・丹後内侍（出羽弁25024）・中将内侍（後撰集967）・滋野内侍（拾遺集1184）・染殿内侍（大和物語330）・兵衛内侍（後拾遺集914）・平内侍（元輔集19119）

別当　☆糸所別当（大和物語314）

命婦　右衛門命婦（清慎公集21399）・右京命婦（清少納言集21769）・左衛門命婦（出羽弁25013）・式部命婦（朝忠集19396）・少納言命婦（伊勢大輔集21959）・少弐命婦（拾遺集66）・中将命婦（小大君16815）・内膳命婦（実方集22648）・☆博士命婦（更級日記515）・兵衛命婦（大和物語314）・清子命婦（後撰集1333）・源命婦（元良親王集21126）・靫負命婦（宇津保物語3）

侍従　内膳侍従（実方集22736）

蔵人　越後蔵人（後撰集237）・左衛門蔵人（後拾遺集948）・左近蔵人（元輔集19123）・少納言蔵人（馬内侍集23906）・修理蔵人（小大君集16808）・土佐蔵人（伊勢集18317）

采女　飛鳥采女（拾遺集1221）

などなど、あげていけばきりが無い。同じ官職にいる者が複数以上いる場合は、判別の必要があるので、官職の前に個別の資料を付して、個人を区別する。太政官の官職が多いが、国名・地名・氏名など、場合によっては、清子命婦のように実名による場合もあるようである。それで、集団内での判別の用が果たせれば、十分な訳である。判別のための官職・国・場所などは、父親など近親者に因縁の呼称に拠っていると言われている。おおむねは、それで説明できることが多い。

資料中に☆を付したものは、任官者一員なので、役職を示せば、個人が特定されるもの。糸所とは、縫殿寮附属の所名で、別当は一員。典侍の場合も、内裏女官としての任官者は複数でも、院宮に配属されたものは一員なので、院宮などでは官名を呼ぶだけで十分有効である。これに類した例としては、中宮三役と通称される宣旨・御匣殿・内侍などがいる。

宣旨　大宮宣旨（宇津保物語2）・六条斎院宣旨（後拾遺集1112）・中宮宣旨（朝光集24384）・※中納言宣旨（御堂関白集21639）・※大和宣旨（後拾遺集550）・※御形宣旨（公任集23263）

御匣殿　御匣殿（公任集22941）・土御門御匣殿（後拾遺集142）・御匣殿別当（後撰集・507）

内侍　中宮内侍（拾遺集792）・故中宮内侍（伊勢集18332）

といったところである。一員だから、所属を前に明記すれば事足りるはずなので、※印を付した中納言宣旨・大和宣旨・御形宣旨などの例の方が不審である。御形宣旨は花山院の東宮時代の宣旨らしく、その限りでは御形は不要である。一員の役職でなくても、集団中に該当する者が他にいなければ、孫王君（女王身分、宇津保1）、とのもり君（女嬬身分?・、実方集55781）、宮の君（皇族身分、朝光集24362）、命婦君（命婦身分、堤中納言410）、五節君（五節舞姫経験あり、堤中納言411）といった呼称で十分用を足せている場合もある。さきの表で□を付した命婦乳母などは、乳母中に命婦身分の者がいなかったので、女房呼称として十分成立した。

二　家の女房

女官たる官職の前に、個別に認知されるべき情報を付した場合の女房呼称を、紹介してみたのであるが、この辺は、普通に作品や史料に接していれば、自然に気付くことである。普通にと言えば、女房が登場した時の呼称は、むしろ、そのような女性官職名を伴わない場合の方が普通である。官職の前にある〝情報〟部分であるが、その部分だけの女房名しか見えない場合でも、官職に無縁という訳ではない。たとえば、一条君（大和物語238・拾遺集1062等）は女蔵人であることが確認されているし、官職を伴わない呼称でも、女官身分である可能性は十分にある。逆に、最後まで官職呼称を示し得ない宮仕女性がいることも確実である。後者については、家歌合の参加者を手がかりとして、別に述べさせてもいただいた(3)。須田春子氏は、早くに「本家女房」「本家従女」と認識し、太皇太后「侍執」の無位無官の宮仕女性を、「私的後宮侍女」である「女房」の先蹤として、早くに指摘されていた(4)。山中裕氏も、「道長が個人的に探し、宮仕えさせている女房」の存在と、紫式部がこの部分に含まれていることを、述べておられる(5)。私も、過去にそれに関係する発言をしたことがある(6)。最近時には、吉川真司氏が上の女房・家の女房・キサキの女房と、女房身分の区分について、明快な認識を示しておられる(7)。この辺までは、共通認識として動かないであろう。

角田文衞氏は、後一条天皇側近の高級官女は、御乳母四人・掌侍三人・命婦十一人の計十八人程度と推定された[8]し、吉川真司氏も、天皇付き内裏女房の数は、二十六人（一条）・二十三人（後冷泉）程度と記述されている。一方、中宮女房の総数は、女房と呼ばれる上級侍女だけで、ほぼ廿人程度と、増田氏は推定されている[9]。これらの数字を勘案すると、女官であれば俸禄その他の待遇が朝廷負担の経費になる訳だから、内裏勤仕の女官であれば当然であるが、それ以外の女房についても、正式に官職に任じていない女房に対しても朝廷が経済負担に応じるということは、あり得ないであろう。それでは、後者に関連する官女の内訳は、どのようなものであろうか。上皇・東宮・斎宮・斎院といった院宮には、宣旨・別当・内侍（各一員）といった女官が配属されていることは、分かっている。中宮に、中宮三役と通称される上級女官が配置されていることも、分かっている。朝廷が待遇に責任を持つ範囲は、そこまでであろう。

これに関連して、吉川氏が、興味ある所見を表明されている。天皇后妃でも、女御の時は女房も家女房扱いであるが、立后すると同時に、中宮女房はすべて公式な女官身分を持つことになるという意見である。それなら、ほぼ四十名ほどの人員を擁する中宮女房は、天皇をも凌駕する女官集団になってしまう。員数の問題だけでなく、それは、無理だろうと思う。中宮女房に限って言えば、中宮三役たる宣旨・御匣殿・内侍のほかは若干名の命婦・蔵人・女孺程度が中宮女官の内訳で、他は、中宮を後見する高級貴族の裁量にかかわるもの（家女房）であるとするのが、穏当な判断と思われる。

三　中宮三役

内裏女房以外に、官女と言える存在が、院宮にも配属されていることは、先章でも述べた。中宮に配置された三役と通称される女官について述べておきたい。著名な例が、『小右記』が記録する、関白藤原頼忠女の遵子（円融后）が立后した時のものである。

今夜奉令旨、以藤詮子為宣旨（是皇太后大夫、妻、中宮姉）、以藤原淑子為御匣殿別当（参議佐理妻）、以藤原近子為内侍（信濃守陳忠妻、）
（天元五年三月十一日）

中宮筆頭女官たる宣旨には、中宮には姉にあたる詮子が任じたが、彼女は、大納言源重信の妻であった。御匣殿別当になった淑子は、頼忠兄の敦敏女で、中宮には従妹の関係になる。内侍に任じた藤原近子の父は大納言元方男の陳忠であるが、頼忠家との因縁は明らかでない。この資料に分かることは、宣旨・御匣殿別当には近親の女性、内侍を含めて三人共に妻室の立場にある女性ということである。宣旨・御匣殿の任用にあたっては、少なくも中宮遵子を後見する頼忠家の意向が、反映している。この後の中宮三役がすべてこうだとは言えないにしても、おおむねこの性格を持つ女官であることは、確実に言える。さらに、今一つ注目される性格が、この遵子の立后後最初の入内の時に知られる。

令入車等寄東廊令女房等、糸毛三両、一両宣旨、一両御匣殿、一両内侍（宣旨、御匣殿、其身、不参、以他人令乗車）、檳榔毛廿両（侍従及蔵人以上皆一本、理髪乗、車）、宣旨等人給車、其数云々、
（天元五年五月七日）

計二十三両の牛車が用意されて、先頭の糸毛車三両に、宣旨・御匣殿・内侍が乗車した。中宮女房の序列の通りで異とするところは無いが、問題は、最後の割注部分である。これによると、宣旨・御匣殿は乗車せず、他人を代理として乗車させた。別に言うと、最大の晴行事たるべき入内に、最上層の二人が、供奉していない。用例末尾の記述の解釈は、宣旨等が入内供奉の人車などを提供したと理解して良いのであろうか。であれば、中宮親族と言って良い二人は、自身は供奉せず、入内の行装に努めたということになる。中宮の侍女ではない。中宮後見の縁者である。宣旨・御匣殿の性格が、知られる。宣旨・御匣殿は、名誉職的な立場で、中宮配属女官たる常侍は求められな

い。この性格は、重要と思われる。

ところで、紫式部が仕えた中宮彰子の入内にも、具体的な記述が残されている。

御輿には宮の宣旨のる。糸毛の御車に殿のうへ、少輔のめのと若宮いだき奉りてのる。大納言宰相の君、黄金づくりに、つぎの車に小少将宮の内侍、つぎに馬の中将とのりたるを、わろき人とのりたりと思ひたりしこそ、あなことごとしと、いとどかかる有様むつかしう思ひ侍りしか。（『紫式部日記』）

御輿に、中宮と同車して宮宣旨が乗った。宣旨は、中納言伊陟女の源陟子と注されている。[10]なお、この陟子は、万寿三年（1026）正月十九日に彰子が出家した時、共に出家している。中納言君との別称もあり、白河殿辺の庵に中納言尼と呼ばれて住んでいた晩年まで、山本奈津子氏に周到な報告がある。[11]氏は、この陟子が彰子乳母であったことも報告されている。先に観察した通り、宣旨女房は、中宮と親近な因縁関係のあることが普通である。源陟子の場合は、乳母としてのそれであった。

寛弘五年（1008）十一月十七日の還啓供奉の牛車の二台目は、道長室倫子と新生皇子とその乳母。この少輔乳母は、『栄花物語』（巻八）の記述などから、左衛門佐橘為義妻であることが分かり、乳母であったことも確認される。それに続くのが、大納言君・宰相君・小少将・宮内侍となる訳で、御匣殿が確認されない。すでに補任されていたとすれば、先の遵子の時のように、供奉は遠慮したものであろうか、状況不明である。増田繁夫氏は、宰相君をこれにあてられているが、[12]序列の高さだけで該当させるのは危険と、私は考える。中宮内侍については、東三条院に勤仕して弁命婦と呼ばれていた橘良藝子と言われている。[13]この女性についても、最近に増田氏が考証され、寛弘五年時点の中宮内侍は、藤原惟憲妻の藤原美子（後の近江三位）であると報告されている。[14]道長室の倫子乳母子で中宮彰子の内侍となり、敦成親王乳母になった女性と、述べられている。従うべき見解と思われる。

四　宰相君

紫式部も所属する、中宮彰子の侍女集団の状況も、明らかになりつつある。中宮彰子周辺の女房のなかで、紫式部がどのような立場にあったかは、彼女の文学を理解するうえで、有効な視点を提供すると思われるので、歓迎すべき状況ではあるが、そろそろ資料の整理も必要な時期かとも思う。そういう一つの事例として、宰相君という女房について、私見を述べてみたい。

宰相君については、「大日本史料」所引の「御産部類記」が、御産直後の御湯殿の儀で、

以命婦従五位下藤原朝臣□子令奉仕御湯殿、以源簾子左大弁扶義、朝臣女子也奉仕御迎湯、（伏見宮御記録所収『不知記』）

という記録を残しており、同じく所収『不知記』の他の一本が、「御湯殿奉仕清通朝臣妻、名弁宰相　迎湯大納言君」と記述していることから、大納言君は源扶義女簾子、宰相君は藤氏姓の清通妻で、命婦従五位の位階を有する婦人ということが判明とされた。大納言君については、後に東宮（敦成親王）宣旨となった女性であることが確認されている。[15]宰相君については、御産直前の中宮御簾の中に、中宮母の倫子・内蔵命婦と共に侍す「讃岐宰相君」たる傍証も得て、人物の特定が認められた。中宮彰子の女房の中で、早い時期に人物の認定がされた二人である。この宰相の君について、甚だ迂闊ながら、今頃になって、訂正を要する状況があるのではないかと思うようになった。

宰相君については、紫式部が最も近くに親愛する同僚であったようである。『紫式部日記』冒頭に近い知られた場面でも、心を許した関係が推測できる。

しめやかなる夕暮に、宰相の君とふたり、物語してゐたるに、殿の三位の君、すだれのつまひきあげてゐ給ふ。

年のほどよりはいとおとなしく、心にくきさまして、「人はなほ心ばへこそかたきものなめれ」など、世の物語しめじめとしておはするけはひ、をさなしと人のあなづりきこゆるこそあしけれと、はづかしげに見ゆ。うちとけぬほどにて、「おほかる野べに」とうちずんじて立ち給ひにしさまこそ、物語にほめたるをとこの心地し侍りしか。（四四四頁）

この宰相君を含めて、日記には、少なくとも二人の宰相君が記述されている。寛弘六年（1009）正月三日の敦成親王御戴餅の儀礼場面で、新生御子を抱いて行く道長に御佩刀を持して従う宰相君と、それに続いて中宮上級女房として大納言君・宣旨君に続いて記述される宰相君とである。後者は、「北野の三位のよ」という注記を持っている。紫式部の親友であった宰相君は、どちらの宰相君だろうか。

宰相君登場の場面を順に見ていくと、次のようである。

○自室で紫式部と語らっていた「宰相君」（四四四頁）

※昼寝をしていた「弁宰相君」（四四六頁）

※御産直前の中宮御帳に候する「讃岐と宰相君」（四四九頁）

※御産終わって御湯殿に奉仕する「宰相君」（四五二頁）

※一条帝行幸、若宮を抱き御前に進む道長に御佩刀を持って従う「弁宰相君」（四六五頁）

※敦成親王御五十日に、陪膳に候する「宰相君讃岐」（四六八頁）

○敦成親王御五十日の饗宴の夜、簾内に女房たちと一緒の「宰相君」（四七〇頁）

○十一月十七日、中宮還啓に供奉する「宰相君」（四七五頁）

※寛弘六年正月の若宮御戴餅、若宮を抱いて進む道長に御佩刀を持って従う「宰相君」（四八五頁）

○女房批評の中で、宣旨君と小少将の間で批評される「北野三位の宰相君」（四八六頁）

※寛弘七年正月の若宮御戴餅の陪膳に候する「宰相君」（五〇五頁）
○正月十五日、敦良親王御五十日の饗宴に簾内に候する「宰相君」（五〇八頁）
「宰相君」登場場面を整理してみると、顕著に二つの性格に分かれる。一は、公事場面の中で役割を果たす女官型、一は、女房集団の中にはいるが表面には出ない型。前者が※印で、後者が○印の「宰相君」であることは、あらためて言うまでも無い。弁宰相・讃岐宰相とされる呼称が、おおむね※印の「宰相君」に限られることにも、注意しておきたい。

中宮彰子に二人の宰相君がいたことは、史料からも認められる。萩谷朴氏が詳細にまとめられている[16]ので省略したいが、必要な部分だけを紹介する。

①行成、中宮女房「弁宰相」と対面（『権記』寛弘四年五月廿四日）
②行成、中宮女房「宰相君」と対面（『権記』寛弘五年二月七日）
③命婦従五位下藤原朝臣□子が御湯殿に奉仕（『御産部類不知記』寛弘五年九月十一日）
④御湯殿奉仕の女房は、清通妻の「弁宰相」（『御産部類不知記』寛弘五年九月十一日）
⑤行成、道長邸に参り、命婦乳母と対面（『権記』寛弘六年三月廿八日）
⑥行成、一宮に参り、金吾乳母命婦と対面（『権記』寛弘六年十月十一日）
⑦敦良親王誕生後の御湯殿に奉仕する「宰相乳母」（『御堂関白記』寛弘六年十一月廿五日）
⑧行成、中宮女房「弁宰相」に対面（『権記』寛弘七年八月十一日）
⑨行成、主上御悩を命婦乳母に伝える（『権記』寛弘八年五月廿五日）
⑩後一条中宮威子立后に、帝の乳母「宰相典侍」が参入（『御堂関白記』寛仁二年十月十六日）
⑪道綱危篤を、道綱卿女たる「宰相乳母」に告げ送る（『小右記』寛仁四年九月廿日）

これらを見れば、清通妻で命婦身分の弁宰相君（讃岐宰相とも）と、一条帝乳母となった宰相君（道綱女）の二人の「宰相君」の存在したことが、明瞭である。道長家の子女たちには、中宮彰子に大輔命婦、二女妍子に中務命婦[17]、教通に内蔵命婦、敦良親王に命婦乳母などと、命婦身分の乳母がおおむね配されていたようであり、清通妻たる命婦藤原□子も乳母であることが推測される。中宮御産の御子の湯殿に奉仕というのも、乳母の立場で似つかわしい。果たして、萩谷氏の指摘されたように[18]、寛弘六年（1009）三月廿八日の時点で、中宮女房の「命婦乳母」の存在が確認出来るし（⑤）、⑥⑨の命婦乳母も同じである可能性があり、この「宰相君」は、御産後も中宮彰子乳母として参仕し続けていたと思われる。一方、後一条帝乳母となった「宰相君」がいる。彼女は、⑩⑪で確認されるように、道綱女で名を豊子、典侍身分で「宰相典侍」とも呼ばれている[19]。彼女は、後に江三位・美作三位とも呼ばれ、後一条帝乳母としての生涯を送る。一方は中宮彰子の命婦乳母、一方は後一条帝典侍乳母という経歴で生きた女房とするのが、私の意見である。

　この二人の宰相君を同一人に認定する原因になったのは、『尊卑分脈』の道綱女子を「豊子大江清通妻、定経朝臣母」とする注記であるが、これは、私は、誤記だと思う。『尊卑分脈』は、室町初期の公家洞院公定によって編まれ、その後、系図特有の増補・修正・注記などが加えられたものである[20]。貴重な記載も多いが、全面的には信頼し難い記述も、少なくない。この場合も、残念ながら信頼できない場合に相当する注記だと思う。道綱女豊子と讃岐守妻の身分の落差は自然と思えず、角田文衞氏は宰相君の弁・宰相を手がかりに博捜して扶義の後妻とされたり[21]、萩谷氏は、『不知記』の「命婦従五位下藤原□子」の記載を誤りと認めたりされたけれど[22]、これはやはり、本末転倒ではなかろうか。一級史料と言える『不知記』と『尊卑分脈』の軽重の判断に、疑問があったと思う。『紫式部日記』の人物批評の部分に、「北野の三位のよ」の注記のある宰相君が登場する。これは、今までに触れてきた二人の宰相君とは別人の、第三の宰相君であろうか。宣旨君と小少将の間に位置するほどの立場からいっても、これは考えられない。この宰相君について、日本古典大系本（注釈・秋山虔）補注では、「前出宰相の君とは別人……北野宰相藤原遠度女である」と注されている。北野三位については、この寛弘五年時点で三位であった菅原輔正とも考えられる。萩谷氏は、種々検討した結果として、遠度説を結論としておられるようである。但し、輔正女は寛弘七年には薨去の模様である。(23) 道綱女豊子が婚した最初の夫が藤原遠度で、彼が永祚元年（989）に薨じた後に、道長女彰子の女房になり、宰相君と呼ばれていたという推測をしておくことにしたい。「北野の三位のめ」というのが、日記の初めの表記ではなかったろうか。(24)

宰相君の人物考証については、今述べた萩谷氏説以前から、すこぶる博捜した論証が積み重ねられているが、いずれの所説も、人物評部分以外の「宰相君」は、すべて同一人として、この北野三位関係の宰相君だけを、別扱いしているように思われる。人物評の端緒となった冒頭の宰相君が、中宮の乳母命婦として終始した宰相君で、宣旨君に次いで語られるのが、紫式部とも親しかった宰相君（道綱女）で、後一条乳母となった藤原豊子であるというのが、私見である。かなり単純に割り切って、批判を受ける余地も多分にあるであろうが、最も自然な理解であると考えているので、仮説として提出させていただきたい。今後とも、検証を続けていくつもりである。

五　女房呼称

女房を個別に判別するために女房名なるものが与えられ、その女房名は親族の官職などから、便宜に付けられたというのが、ほぼ常識化している認識である。それはそれで大原則なのであるが、すべてが例外無くそうであろうかという疑問を述べたい。一節では、官女に限定したために、女房名の分析としては、多少の偏りがあった。あらためて、家女房も含めた女房全体の中で、女房名を中心にした整理をしたみたい。次のようである。

※女官名でなく、その便宜呼称の部分（例。近江更衣なら、「近江」）についてである。

《単独》

姓名　江・源・藤・滋野・橘・菅原・良・平

国名　伊勢・出雲・出羽・因幡・伊予・越後・近江・上総・紀伊・若狭・相模・薩摩・下野・周防・駿河・丹後・筑紫・筑前・津・土佐・長門・薩摩・肥後・肥前・備前・常陸・日向・兵衛・兵庫・兵部・美濃・美作・武蔵・陸奥・大和

地名　明石・飛鳥・一条・井手・五条・三条・せが井・染殿・土御門・南院・二条町尻・山の井・

官名　按察・右京・右近・馬・右衛門（衛門）・右衛門佐（佐）・宮内・内蔵（蔵）・監・近衛・小馬・☆五節・宰相・左衛門・左京・左近・式部・☆侍従・少将・少納言・少弐・少輔・進・修理・帥・大納言・大弐・大夫・大輔・中将・中納言・内膳・中務・隼人・弁・民部・木工・靫負

愛称？　菖蒲・今参り・小大君・五節

《複合》

姓名＋官名　赤染衛門・紀式部・江侍従・清少納言・小野小町？

国名＋官名　筑紫五節・加賀左衛門・和泉式部・伊賀少将・加賀少納言・筑後弁・伊予中納言・伊勢大輔・越後弁・上総大輔・三国町？

地名＋官名　ナシ

官名＋官名　弁宰相・弁少将

愛称？＋官名　紫式部・盛少将

平安前・中期の作品・史料から、大雑把ではあるが、一応網羅して整理した。誤解ないように再度述べておくが、

「官名」は、女房名に使用された便宜的な官名（有縁の男性官職）の意味である。いま取り上げようとしているのは、この部分の問題である。

普通に言われているように、親・兄弟・夫といった有縁の人々の官名を便宜に用いて、女房呼称としている場合は多い。著名な例では、古今歌人の伊勢が父親の伊勢守継蔭の官名に拠ってとか、その娘の中務が、同じく父敦慶親王の中務卿によるとか（秦箏相承血脈）、和泉式部の呼称が夫である和泉守橘道貞の任地によるなどなど、この原則が適用できる場合は多い。その女房呼称の官名の根拠が確認できない場合も、それは現在の我々の立場では、資料不足で明らかにできないだけで、条件さえ整えばすべて明快に確認が出来る場合が多いかも知れない。孝標女の継母も、「下りし国の名を宮にもいはるゝに、異人通はして後も、猶その名をいはる」（『更級日記』）というものであった。『源氏物語』にも、こんな例がある。

宰相ばかりの人の女にて、心ばせなど口惜しからぬが、世におとろへ残りたるを、尋ねとり給へるぞ、宰相の君とて、手などもよろしく書き、（蛍、四二一頁）

その認識を前提に置きながらも、たとえば「丹波の守の北の方をば、宮殿などのわたりには、匡衡衛門とぞいひ侍る」（『紫式部日記』）の、匡衡は良いとして、なぜ「衛門」なのかが、私には気になるのである。夫である匡衡は学者の家で武官には無縁だし、父親とされる平兼盛の官歴にも衛門はない。これは、具体的に確認する資料が無いというだけで、他の要素はまったく無いものであろうか。以前から、晴れることのない疑念を持っていた。この際、私見の一端を述べておきたい。

先に、性格が明瞭な史料から入りたい。たとえば、知られた天徳四年内裏歌合では、左右の念人となっている女房の身分が明らかである。

更衣　（左）中将・宰相　　　　（右）弁・按察

典侍　(左) 藤　　　　　　　　　　　　(右) ?橘宰相
命婦　(左) 少弐・右衛門・兵衛　　　　(右) 少納言・右衛門・美濃・越後
蔵人　(左) 兵衛・兵庫・参河・靫負・侍従　(右) 備前・美作・兵部・木工・宮内

また、『左経記』長元九年 (1036) 五月十七日条に記録された、後一条帝崩御で素服を賜った女房十八人の女房呼称の便宜部分は、次のようである。

乳母　先藤・藤・江・菅
内侍　少将・兵部・左兵衛
命婦　左衛門・左京・小馬・侍従・中務・左近・兵衛・小左衛門・式部・兵衛・馬

内裏女房のこのような候名が、それぞれなんらかの因縁に拠っていることは、多分確かであろう。本章冒頭にあげた資料と同様で、確認し尽くせないけれど、姻戚関係のどこかに根拠は持っているものだろう。けれどそれは、内裏・院宮を問わず、家女房にいたるまで、すべてその原則で説明出来るだろうか。

先に整理した女房呼称の官名部分を、官所別に整理してみると、次のようである。

神祇官　ナシ
太政官　大納言・中納言・少納言・宰相・弁・侍従
省　中務・大輔・少輔・宮内・民部・式部
職　坊　大夫・進・左京・右京・修理
寮　馬・小馬・木工・内蔵 (蔵)
府　右近・左近・右衛門 (衛門)・右衛門佐 (佐)・近衛・左衛門・中将・少将・靫負
司　内膳・隼人

太宰府 帥・大弐・少弐

整理に残ったのは、按察・監・五節のみであるが、按察使は陸奥・出羽按察使のみが官職名としてあり、監は、春宮坊の被官に舎人監・主膳監・主蔵監なる官司があるので、その役職名によるのであろうかといったところで、すべての女房の女房名は、それらの官所に勤務する近親者の役職に拠ったとして、解決できそうにも思われるのであるが、実際のところどうであろうか。

具体的に、中宮彰子の女房たちを事例として述べる。筆頭女房たる大納言君については、『御産部類記』所引『不知記』の記載によって、「左大弁源扶義朝臣女子」であることが、確認されている。扶義は、左大臣雅信男で、長徳四年(998)に四十八歳で薨じている。極官は参議。大納言君については、『栄花物語』(巻八)に消息があり、道長室の倫子の姪(兄時通の女)で、源重光男の則理(伊周室の兄)と婚したが離別、中宮彰子女房となって、道長の寵愛も受けたと記述されている。祖父の雅信が、左大臣に至るまでに大納言を経ただろうから、そこまでこじつけるなら別だけれど、それ以外には、大納言という高官に任じた縁者は探しようがない。大納言君に次ぐ立場かと思われる宰相君についても、その父道綱は、寛弘五年(1008)時には大納言だが、正暦二年(991)から長徳二年(996)にかけて非参議・参議と在任した経験は持っている。まだ幼なかった彰子のもとに女房として出仕した時に、父親が参議だったからというのであろうか。官職名が女房名となった時の一つの問題は、極官でない場合には、官職が移動することである。父親が大納言であっても、宰相君で差し支えないのであろうか。紫式部の場合でも、父親の為時が、長徳二年(996)まで二十年間も式部省官人であったけれど、その後は、淡路・越前・越後と国守に任じている。兄の惟規も、この時点では「兵部丞」であることが、日記に明記されている。式部の女房名の由来は、どこにあるのであろうか。

別の角度から、述べてみたい。『源氏物語』に「右近」という女房が登場する。夕顔女房(①134)[25]・宇治中君女房（⑤166）・浮舟女房（⑤278）と、三人の右近である。女房名が、近親縁者の官職に由来するとするなら、近衛府に関係する官人は、さほどに身近なのであろうか。浮舟女房の右近は、浮舟が失踪して、「幼かりし程より、つゆ、心おかれたてまつることなく、塵ばかり、へだてなくてならひたるに」と、かきくどき嘆いている。常陸の国でも、右近という女房で存在したようである。宰相君も、三人ほどいる。夕霧乳母（②16）・秋好中宮女房（③54）・玉鬘女房（④258）の三人である。小宰相君は、女一宮女房（⑤311）。高級貴族の家の女房たちであるが、いずれも参議を近親に持つ女性たちが、そんなに卑近に侍女として存在するであろうか。大輔君も多い。光源氏乳母子（①236）・紫上乳母（①225）・弘徽殿女御女房（③33）・夕霧乳母（④122）・玉鬘大君女房（④269）・宇治中君女房（⑤24）・浮舟乳母（⑤250）など、大輔オンパレードと言ってもよい。おおむね、乳母の女房名のようである。光源氏乳母子の場合は、彼女の父が「王家統流の兵部大輔」であったということだから、女房呼称の原則には合っている。中将君も多い。空蟬女房（①94）・六条御息所女房（①132）・光源氏女房（②23、④197）・冷泉女房（②179）鬚黒女房（③125）・紫上女房（③250）・八宮女房（⑤99）などなど、どこの家でも、中将君がいるという感じである。冷泉女房の中将は、命婦身分である。近衛府縁者がそれほどに多いのかと思うが、近衛中将になれるのは、かなり限られた高級貴族の出身者の資格である。その他、少将君・中納言君・中務君・弁君などの状況も、同様に近いので省略する。

女房呼称を表面的に眺めている範囲では、近親縁者の官職に由来して命名されたという原則を、さほどに抵抗なく受け取れる気もするのであるが、現実の状況を見ていくと、それでは説明し切れないと感じるものがある。それは、どういうものか。まとめの章で、私見を述べることにしたい。

六　侍従という女房

前節の記述の中で、実は、意図的に省いた女房名がある。それは、侍従君である。ついでなので、『源氏物語』中の状況から述べてみる。「侍従」は、末摘花乳母子（②142）・冷泉女房（②179）・女三宮乳母（③367）・浮舟女房（⑤192）・小野尼女房（⑤360）などで、「小侍従」は、雲居雁乳母子（②298）・女三宮乳母子（③303）などである。一見して、乳母、というよりも乳母子の立場に多く重なるように思われる。

他の資料でも、侍従君は多く登場している。侍従君が、『宇津保物語』『落窪物語』『大和物語』『堤中納言物語』などの物語類は勿論、『源順集』『安法法師集』またいくつかの歌合類に、小侍従も『小大君集』『実方集』などの私家集と歌合などに、見える。わざと述べないでいたが、本院侍従は、自らの家集を持つほどに知られた歌人であり、江侍従も母親とともに顕著に知られた女流である。侍従君と呼ばれる女房は、かなり卑近に多数存在している。彼女たちも、近親に「侍従」官職の縁者を持つ女性たちであったろうか。実は、ここら辺が、かなり微妙である。というのは、男官としての侍従は、天皇に近侍し、身辺の世話などに任じる、定員八人（うち二人は少納言兼務）の官人で、「英雄、四五位公達任レ之、又可レ然大中納言兼レ之」（『官職秘抄』）というほどのものであるが、[26]『公卿補任』などを検するに、公卿となるほどの貴族は、ほとんど全員が官人としての初期に、侍従という期間を持っている。しかしその娘が、女房出仕をする時期に侍従であるということは、兼務である場合を除いては、あまり考えられない。現実には、近親が侍従職にあって、女房名としての便宜呼称が侍従になることは少ないと思われる。

それでは、侍従は、女房名ではなく女官職なのであろうか。本院侍従とか江侍従、また春宮侍従（『枕草子』一六四段）と言った呼称は、その可能性を推測させる。益田勝実氏がかつて、自説の根拠とされた、[27]藤原遵子（頼忠女）

の入内記事、先にも掲出したが、再度引用する。

糸毛三両、一両宣旨、一両御匣殿、一両内侍宣旨、御匣殿、其身不参、以他人令乗車、檳榔毛廿両皆侍従及蔵人以上、一本理髪乗車、宣旨等人給車、其数云々、

（『小右記』天元五年五月七日）

この用例からは、女官としての「侍従」の存在が認められる。従って、内裏・院宮に加えて家女房としても卑近に存在する侍従は、女官としての侍従であって、女房名の由来を近親者に求めなければならない女房ではなかったのだと考えることも出来る。ところが実は、女官として実在していることが確認できる史料が、はなはだ稀少という現実がある。関係史料を探すのであるが、なかなか見えない。所京子氏が侍従所の解説で触れられた、(28)

凡侍従女官等厨別当、四年為レ歴、責二解由一、預亦同之、但不レ立二歴限一

（『延喜式』巻十八・式部上）

この史料は、侍従という女官の存在を証明するものなのだろうか。

稀少であるだけでなく、女官職に認めるにはいささか不都合な、次のような状況がある。まず、具体例を紹介する。

侍従乳母　宇津保物語（⑤204）・和泉式部日記（407）・元輔集19165・長暦二年大納言師房歌合（③817）

侍従すけ　義孝集24488

侍従内侍　後拾遺集903・源氏物語（②179）・小右記（長和四年七月廿三日）

侍従命婦　出羽弁25055・後拾遺集（545、小侍従）

などの問題である。侍従が女官職として存在するならば、二重官職になってしまう。侍従乳母の場合は、乳母が官職よりも身分の性格があるので、並んで存在することも奇矯ではないけれど、侍従すけ（＝侍従典侍）とか侍従内侍とか侍従命婦とかは、理屈からいけば不能の形である。しかし、現実にその形が存在する。どのように考えれば良いのであろうか。

先の状況を可能にするのは、侍従を官職と認知しない、乳母と同じような身分呼称と考える方法しか、私の頭には浮かばない。公卿であれば、侍従は、官人としての始発の官であった。いわば〝公卿見習い〟といった性格の官職であった。女房の場合も、まだ年少の場合に、〝女房見習い〟といった立場で女房生活に馴れさせたり、年少の姫君の遊び相手になったり、そういう立場に与えた名称ではなかったか。『紫式部日記』中で侍従呼称を持つ「宮木の侍従」が、「なほ童にてあらせまほしきさまを」（四八九頁）と評しているのは、これに有利な徴証のようである。乳母子などを待遇する場合が多いかとも、思われる。暫時の経過の後に、宮中・院宮なら相応の女官に任じるし、その場合に、侍従身分であったことが、便宜呼称の中に利用されている。女官職を得ない場合は、侍従がそのまま女房名として通用する。そのように推測するのだが、どうであろうか。

従って、院宮でも、家女房としても、侍従身分女房は、一員か、それに近いくらいに少ない。そのように推定される。益田勝実氏は、内裏でも院宮でも、女房集団の過半を侍従・蔵人と推測された。先の紹介のように、中宮女房の場合なら、三役を除く女房のすべて、女房簡の上段に掲出された女性のすべてが侍従と断定された(29)。その根拠が、先の用例の割注部分「侍従及び蔵人以上」の記述である。別稿でも述べたように、この解釈は「以上」の語彙を無視している。素直に読めば、檳榔毛の車廿両に乗車した（二十人以上の）女房が、侍従・蔵人以上の立場にある女房たちであることを示した以外のものでない。有為な知見を種々披露されて教示を得られる部分は多いのに、なぜこのような初歩的なミスをされたのか、判断に苦しむ。中宮の女房簡の上段に掲出された女房はすべて侍従であったと明言されるけれど、その根拠となる史料は皆無である。増田氏は、須田春子氏が取り上げられたことのある「侍執」「侍奉」(30)を、「侍従」の語の淵源のように理解されているが(31)、これらは明らかに「侍女として奉仕した」とする、普通の表現である。侍従という女房を物語類の中に通観された野村倫子氏が、姫君に「侍り従う」女房、近侍といった程度の意味を述べられているが(32)、これも、「侍従」という女官職が存していることも確かなので、普通の語彙として処理して終わることは出来ないと思う。

七　まとめ

平安時代の宮仕女性は、それぞれ女房名と呼ばれる女房呼称を持っていた。特に下級身分の女性を除いては、実名で呼んだり記述したりということは無く、個人を特定できる便宜の呼称によって、区別した。その呼称は、おおむね出身の国や氏姓、近親縁者の官名などによって、便宜に考えられたもので、個人の判別以外の意味を持つことはほとんど無かったが、具体的に検証していると、それだけでは終わらない、女房名そのものになにがしかの意味があるのではないかと思える場合があると感じた。例えば、大納言君・宰相君などという呼称は、これだけの太政官高官を近親縁者に持つ女性はかなり限定されるけれど、そのような立場にどこかで縁を持つというより、中宮女房の中での中心的な立場を、そのような高官の役職を女房にすることによって明示している、そういう場合があるのではないかという思慮を得たりするのであるが、どうであろうか。

今後の考察のためにも、私の見解を明瞭な形で示しておきたい。中宮女房の構成についての、私の理解は、次のようなものである。

女房三役（宣旨・御匣殿・内侍）—命婦・侍従・蔵人—女嬬
（私的侍女）

中宮女房であっても官女になれば、朝廷の女官組織の一部だし、維持し管理する責任が朝廷に生じる。それ以外の部分にどれだけの付加価値をつけるかは、中宮を後見する立場の貴族が、家の意向と財力によって、自発的に行う問題である。その付加価値の中心が、自主的に配属された私的侍女の部分であるというのが、私の見解である。中宮彰子女房のうちの、紫式部を含めた上層侍女がおおむねこれに相当している。彼女たちは、単に中宮女房集団の魅力に後見するためだけに、存在しているのではない。いずれ、主家と実家の繁栄の支援のために、朝廷や親王家の高級官女として出向くために待機しているのだと説明した方が良い。

そういった私的・公的部分の混合した中宮女房集団の中での女房呼称が、単に個人を特定する符号の意味だけであったのかどうか。具体的に言うと、紫式部・和泉式部の「式部」、清少納言の「少納言」をはじめ、衛門・右近・弁などといった女房呼称が、ただ呼称だけでない意味合いを持つことが無かったか。私は、あったのではないかと推測している。その女房呼称を与える段階で、多少の役割認識も与えられたのではないかと推測している。たとえば、大納言・中納言・宰相は上層管理の立場、大輔・衛門・少納言は乳母相当、侍従は乳母子的な側近、右近・中将などは若い女房たち、といった意味合いである。このことは、さらに検証を求められていく問題と思うので、そういう方向予測だけを述べておいて、本章は閉じたい。

注

（1）櫻井秀「中世女官の人文的研究」（「国学院雑誌」十三巻六・七・十号、明39）。
（2）数字は、歌集は旧国歌大観歌番号、散文作品は日本古典文学大系本頁数。
（3）拙稿「紫式部・清少納言の官職と文学」（日向一雅編『王朝文学と官職・位階』竹林舎、平20、所収）。
（4）須田春子『平安時代後宮及び女司の研究』（千代田書房、昭57）。
（5）山中裕「紫式部伝記考—香子説再検討—」（「日本歴史」201号、昭40）。
（6）拙稿「女房と女官—紫式部の身分—」（「国語と国文学」49巻3号、昭47）。
（7）吉川真司『律令官僚制の研究』（塙書房、1998）。
（8）角田文衞「後一条天皇の乳母たち」（「古代文化」二十二巻三号、昭45）。

(9) 増田繁夫「紫式部と中宮彰子の女房たち」(南波浩編『紫式部の方法』笠間書院、2002)。
(10) 日本古典文学大系19『紫式部日記』補注一一八。
(11) 山本奈津子「藤原彰子女房の宣旨について」(『文学史研究』39、大阪市立大学、1998)。
(12) 増田繁夫「紫式部伝研究の現在」(源氏物語研究集成15『源氏物語と紫式部』風間書房、平13)。
(13) 『権記』長保元年九月七日、十二月十一日、二年二月廿五日。なお、長保三年十月十九日にも、女院女房の「弁命婦」の名が見える。中宮彰子の中宮内侍となっても、女院には「弁命婦」の呼称で参仕していたのだろうか？　別人であろうか。一ケ月前の九月五日にも、行成は女院女房の弁内侍に対面している(『権記』同日)。中宮参仕後も、女院女房の立場を継続していたのであろうか。
(14) 増田注(9)に同じ。
(15) 『御堂関白記』長和元年閏十月廿七日。
(16) 萩谷朴『紫式部全注釈』(角川書店、昭46)、上巻八四頁以下の語釈「宰相君」。
(17) 角田文衞『中務典侍』(古代学協会、昭39)。
(18) 萩谷注(16)に同じ。
(19) ついでながら、『権記』寛弘七年正月廿六日条に、「傅殿姫君亡去」の記述があり、除目が延引している。宰相君に該当しないと思うが、参考に記す。
(20) 林陸朗「尊卑分脈」(『平安時代史事典』解説、角川書店、平6)。
(21) 角田注(8)論文。
(22) 萩谷注(16)書。
(23) 『御堂関白記』寛弘七年七月十一日。
(24) なお、『御堂関白記』寛弘六年十一月廿五日の敦良親王誕生後の御湯殿奉仕には、二人の「宰相君」の記載がある。

供御湯宰相乳母傅女子、向湯宰相三位遠度女子、

というものである。私としては、母娘が一緒に奉仕の場面と理解するが、なお後考を俟ちたい。

(25)　日本古典文学大系本、巻数・頁数。
(26)　阿部猛編『日本古代官職辞典』（高科書店、1995）を参看した。
(27)　益田勝実「紫式部の身分（一）」（「日本文学」vol 22・3、1973）。
(28)　所京子『平安朝「所・後院・俗別当」の研究』（勉誠出版、平16）。
(29)　益田注（27）論文。
(30)　須田注（4）に同じ。
(31)　増田注（9）論文。
(32)　野村倫子「侍従考」（『物語研究』第2集、新時代社、昭63）。

Ⅱ 編

俗信

第一章　物　忌

一　はじめに

平安時代の文学作品に、生活背景としての〝物忌〟という状況が、よく描写される。広義の語意としては、他出を控え屋内に謹慎して、危難・災厄などの予防につとめる行為とでも言えるようであるが、上代文献にはさほど用例を見ない。「潜取天香山之埴土、以造八十瓮、躬自斎戒祭諸神」(『日本書紀』巻三、神武天皇)、「諸氏姓人等、沐浴斎戒」(同・巻十三、允恭天皇)などの「斎戒」にモノイミの和訓を見る程度である。この用例にも見るように、モノイミは、神事に接する際の清浄潔斎の行為で、散忌・致忌と通称される謹慎行為を指している。「自大神宮禰宜内人物忌、至諸社祝部、爵一級」(『続日本紀』巻廿二、淳仁天皇)は、そのような潔斎行為に従っている神官を指しているかと思われる。いずれにしても、上代におけるモノイミは、民間での私的な状態は確認し得ないが、公的には神事と密接にかかわる行為と限定して、受け取ってよいように思われる。

平安時代の文学作品にかかわる〝物忌〟にも、神事のための潔斎の意味のそれもあるだろうが、より深い意味を持つものは、先述もしたように、日常生活における危害の予防行為としてのものである。これは、古代中国で成立した陰陽五行説によって日月や十干十二支の運行を考え、国家や社会あるいは個人の吉凶・禍福を占う陰陽思想にもとづく認識で、別種のものである。陰陽道と言われるこの思想は、継体朝に百済から五経博士段楊爾が来朝したのが伝来の始めと説明されているが、律令官制のなかでは中務省所管の機関となった。この頃から、陰陽思想が影響力を持ってきたが、禁忌の乱用などによる政治の形骸化のために意義を失い、藤原摂関家の御用学的性格を帯びて、陰陽道禁忌が公家の有職知識として重んぜられるようになった。平安中期の女流文学の背景は、まさにその宮廷陰陽道の呪法や禁忌が、公私の生活に浸透していた時代に、おおむね重なっている。その平安中期に特に注意しながら、貴族社会における物忌認識と禁忌行動について、できるだけ具体的な観察をしてみたい。

なお、物忌認識と対応行動の全般について、早く、三和礼子「物忌考」という卓論があった(1)。参看されたい。同論文は、物忌習俗の成立は文徳・清和朝頃を上限とするが、平安末期においてすでに変容著しく、室町期の『拾芥抄』では、物忌概念は一新したものになっているので、公家社会における物忌習俗の下限は鎌倉末あたりと述べている。

二　平安前期の物忌

宮廷貴族の有職としての陰陽道は、藤原良房の頃から、その傾向が顕著になったと言われる。良房の子忠平の物忌意識と行動を見るところから、始めたい。忠平の日記『貞信公記』を見ると、物忌は、彼自身よりも主上のそれに関するものの方が多い。

依御物忌不行幸、公卿於八省東廊行事、（『貞信公記』延喜十年九月十一日・伊勢例幣）

依御物忌、廃朝拝、但御南殿、有宴会、（延喜十二年正月一日・朝賀）

今日節不巻御簾、依御物忌也、令奏慶賀、（延長三年正月十六日・踏歌節会）

於議所除目始、作今依御物忌也、（延長三年正月廿六日・除目）

などなど、天皇の物忌のために公事が制約されている記述が、散見される。ただし、どの例でも、場所を変えたり、一部の儀礼を省略したり変更したりで、行事そのものが中止といった処置になることは、ほとんど無い。終例は、二日物忌。後に報告するが、物忌日は、偶数で指定されるのが通例である。「不可離之」なる陰陽、いわゆる兄弟《えと》（干支）を単位とするからである。その他、この日記で物忌と重なっての公事の故障は、旬平座・御斎会内論議・斎宮群行・豊明節会・白馬節会・賀茂臨時祭などがあるが、そのために中止になることはない。斎宮群行では、八省に御出のない天皇に代わって、忠平が別れの櫛を斎王の髪に挿している。賀茂臨時祭では、親王・公卿は、御物忌中でも変わらず御前に召された。『貞信公記』に見る物忌記事では、それが公事遂行に支障がある天皇の御物忌が中心で、しかもそれは、便法によって政務が完全な障害は免れることが出来る程度の禁忌と認識されていたことが分かる。天暦二年（948）四月九日の清涼殿遷御は、陰陽師の「九日」という勘申にもかかわらず、大江維時は御物忌中だけれど、「十一日」が吉日だと主張したりしている（天暦二年三月廿日）。

忠平の私的な物忌の認識も、勿論ある。けれど、

依固物忌不参、今日主上不出御、（延喜十三年正月十九日・賭弓）

中使敦敏来云、不聞食家物忌、除目議始、而固物忌者、令奏云、近日種々本病重発、更不堪、左右宜定申、早令参入公卿定行給、甚可能、（天慶八年三月廿二日）

などのように、「固物忌」による忠平不参のために、公事が滞ることのないように配慮している。後例は、忠平不参でも除目の議は進行されるように進言したものであるが、結局は、右大臣実頼の退出によって停止となった。軽度の物忌なら、参内して奉仕ということも珍しくはない（承平元年二月十九日）。中宮穏子の病危急が伝えられた時は、「破物忌馳参」であったし（天慶二年十月廿三日）、師輔が訪ねて来た時は、「依軽忌呼入談説」ということもあ

る（天慶九年七月廿日）。もともと、この禁忌に対して、さほど神経質ではなかったということのようである。

忠平の子の師輔の場合は、さほどに鷹揚ではない。

　同車左大臣殿後院、雖開門被称物忌之由、仍相公共於北中門辺而拝礼、即参宮催行大饗事、
（『九暦』天暦七年正月二日）

　左大臣依固御物忌、不能申消息云々、（承平八年正月五日）

　太政大臣従十二月廿八日、至于昨日、合八ケ日閉門物忌、仍巳時参殿、（天慶七年正月七日）

というのは、初例の左大臣が実頼、後の二例がともに忠平の物忌であるが、全体的に禁忌認識が強くなっている。(2)
終例のように、八日物忌も生じている。それに合わせて、師輔自身も、

　有荷前事、依当殊固之身忌、閉門戸也、巳時召使来云、大外記清方仰云、使参議以上多申障不参、早可参入者、
　依殊固忌、称罷去他処之由不参入、（承平五年十二月廿五日）

　此間下官暫退、食於宮宿所、依物忌為忌外食也、（天暦七年十月五日）

　往還之間凌大雪、心身不安、加以固物忌之日、通夜難候、仍不参（天慶八年十二月廿日）

のように、禁忌の意識を鮮明に感じるようになっている。初例は、荷前使に参議以上の者が多く支障を申して来ないので、すぐ参入するようにとの天皇の命であるが、師輔は、他出と称して参入しなかった。陰陽の道に通じる高階忠岑によれば、物忌日は殊に神社・山陵への参向は不可ということからである。次例は、物忌の間は「外食」を憚るという禁忌に従っている。終例は、御仏名始の日の記述である。

気が付かれたかも知れないが、後二例は、物忌中なのに出仕している。次例は、前日から物忌で参候できない旨を奏上していたのに、左大臣の物忌のために無理に参内を命ぜられたものだし、終例も、実は、最初からこの日は「固物忌」なので参内出来ないと言っていたのに、支障の官人が多く、荷前神事奉仕の納言が一人もいないという

状態になるので、「為恐公事」て午刻に参内したが、今夜の御仏名までは……というので、不参にして貰ったというものであった。師輔の日記で、この類の記述にいくつか気付く。村上天皇には、自身の物忌日であっても、奏上を聞いたり（承平六年四月七日）、御出されたり（天暦五年十月二日）、この禁忌の認識にさほど敏感でないところがある。意識程度の違いというところであろうか。象徴的な事例が、次のものである。

依固物忌閉門、左近少将伊尹来云、昨夜主上有被仰之事、相会之次可申者、即仰晩頭可来之由、為慎午上也、酉刻召伊尹、申云、昨夜夕召御前、良久被仰雑事、就中皇太子位不可暫曠之由、（天暦四年六月十日）

この年五月廿四日に、第二皇子（後の冷泉天皇）が誕生したが、師輔女安子所生の皇子を早くも東宮位にという村上帝の意志を、師輔に伝えられようとする記述である。師輔は固物忌の状態にあった。それにもかかわらず、主上は、「晩頭」の参内を仰せられた。その時点で、師輔の物忌状態を存知しなかったという可能性もあるが、たまたま四日前の六月六日に、帝の同母妹の康子内親王が、師輔邸で薨ぜられたこともある。その穢の意味でも、師輔の参内は穏当ではないと思われるけれど、主上は、至急の参内を仰せられた。帝は、新生皇子の「不慮之妖」を頻りに心配されているようであるが、それにしても、師輔の禁忌を破ってまでの参内を命じる緊急性が、どれだけあっただろうか。禁忌意識の深浅の差を見る用例と思われる。皇子は、翌七月廿三日に、師輔邸で立太子の儀を行った。

三　平安中期の物忌

平安中期、藤原道長による摂関政治の極盛と、その特徴要素でもある後宮の繁栄と、それを背景とした文化的な隆盛。『源氏物語』を生み出した平安中期は、政治的・文化的にすこぶる特徴的な繁栄を見せた時代であるが、物忌の観点から見ても、その禁忌意識が、特に敏感に受け取られた時代でもあった。当代を代表する貴族の日記、

『御堂関白記』『権記』『小右記』の記述を見ると、きわめて繁多な用例を拾うことが出来る。それらを改めて分析整理して報告すればさらに周到とは思うが、その状況について報告した旧稿があるので、それを利用したい。物忌は、忌み落しや穢払いでなく、災危に対する予防行為であるというところに、本質的な性格がある。

1

物忌がどのように認定されるのか、事実を極めることは、難しい。

依有人夢想、籠居物忌、（『御堂関白記』寛弘八年十一月七日）

今日夢想物忌、仍閉門殊慎、（『小右記』長和四年四月二日）

などは、夢想による場合だが、このような物忌は、実際には少ない。触穢や、坎日・凶会日・往亡日・帰忌日といった暦日の凶も、後に説明するけれども、狭い意味での物忌とは関係しない。天一神・金神などの遊行による方忌も、

昨今物忌、日者為避方忌、到宿越後前司宅、今日帰、（『権記』寛弘四年十二月廿三日）

「方あきなばこそは、参り来べかなれと思ふに、例の六日の物忌になりぬべかりけり」（『蜻蛉日記』中、二四〇頁）(5)

のように、正確には語義を異にするものである。公的私的な忌日といったものも、狭義の意味での物忌日ではない。宿曜物忌・口舌物忌・多武峯物忌・春日物忌といった所見があるけれど、限定的な意味の物忌は、むしろこれらを内容としているようだ。『大鏡』の、

不比等の大臣は、山階寺を建立せしめ給へり。それにより、かの寺に藤氏を祈り申に、この寺ならびに多武峯・春日・大原野・吉田に、例にたがひあやしき事いできぬれば、御寺の僧・禰宜等など公家に奏申て、その時に藤氏の長者殿うらなはしめ給に、御つゝしみあるべきは、としのあたり給殿ばらたちの御もとに、御物忌

をかきて、一の所よりくばらしめ給。

（巻五、二三四頁）

の記事は、一つの事情を明らかにしている。結局、こういった氏寺の怪異(6)や生年の関係による物忌日の認定が、陰陽師の卜占によってなされ、

明年正・二月・九月節中戊己日御物忌、但不中御年、左近陣烏失〔矢カ〕恠、正月一日・十・「十」〔補書〕一二日・二月節中甲乙日、多武岑鳴恠、御物忌、当御年、可注新暦、

（『御堂関白記』長徳四年巻末付記）

御物忌数多抄出書二紙、明年節中待御暦出来書取其日、同以壁書云々、

（『侍中群要』九・御物忌）

といったように、十一月一日の新暦献上頒布を待って、それぞれ物忌日の注記がされたものと思われる。従って、こういった物忌日は臨時的でも不定期でもなく、暦日との関係で、当初からかなり法則性のある配当がなされている。小坂眞二「物忌と陰陽道の六壬式占」(7)の指摘する、「六壬式占」の卜占による指定である。具体的には、同論文を参照されたい。勿論、

にはかなる御物忌の、おもく慎ませ給ふべく申したなれば、

（『源氏物語』椎本、三三九頁）

といった急な場合もあるのだけれど、この場合でも、相応の法則性は否定されない。

2

物忌日がどのように配当されているかを見るには、『御堂関白記』自筆本の具注暦暦注と記事を調査してみるのが便である。ここに、そのうちの寛弘元年（1004）上巻の正月～六月に至る暦注及び記事によって、知られることを報告してみる。なお、具注暦上方欄外に、細字で「御物忌」の注記が相当見られるが、これは本来の暦注でなく、道長の筆によるものとも見られない。記事から確認される道長の物忌日が、ほぼこの「御物忌」に一致するところから、誰かの手で道長の物忌日が注記されたものと思われる。道長自身の記事中においては、物忌は、「物忌」と「御物忌」とに明瞭に区別され、後者は「内の物忌」すなわち一条天皇の物忌日を示すことになっている。以上の

知識に立って、物忌日を整理してみると、

〈道長の物忌日〉

一月三日戊子	一月四日己丑	一月十一日丙申
一月十二日丁酉	一月十五日庚子	一月十六日辛丑
一月廿一日丙午	一月廿二日丁未	一月廿五日庚戌
一月廿六日辛亥	二月二日丙辰	二月三日丁巳
二月六日庚申	二月七日辛酉	二月十日甲子
二月十一日乙丑	二月十四日戊辰	二月十五日己巳
二月十八日壬申	二月十九日癸酉	二月廿日甲戌
二月廿一日乙亥	二月廿四日戊寅	二月廿五日己卯
二月廿八日壬午	二月廿九日癸未	二月三十日甲申
三月一日乙酉	三月四日戊子	三月五日己丑
三月十日甲午	三月十一日乙未	三月廿日甲辰
三月廿一日乙巳	四月一日甲寅	四月二日乙卯
五月十三日丙申	五月十四日丁酉	五月廿三日丙午
五月廿四日丁未	六月三日丙辰	六月四日丁巳

—以上四十二日—

〈一条帝の御物忌日〉

一月廿一日丙午	一月廿二日丁未	三月十六日庚子

（三月十七日辛丑）　（三月廿六日庚戌）　三月廿七日辛亥
―以上六日―(8)

のようであって、実に四分の一に近い暦日が、物忌日と認定されていることが分かる。特に、二月においては、道長の物忌日は十七日と過半にも及んでいる。一方、四月・六月の物忌日はそれぞれ二日と少なく、また、一条帝御物忌の日は、確認されない日も相応に見込まれるが、道長にくらべるとずっと少ないなど、個人によって、月によって、相当に繁閑の差があることを知り得る。

以上の物忌日を観察してみると、いくつかの事実に気付くが、まず、二日あるいは四日というように、必ず偶数で物忌日を持つことである。二月十八日〜廿一日、二月廿八日〜三月一日は四日連続の物忌で、残りは例外なく二日の物忌である。他の資料を見ても、

「明日・明後日かたき物忌に侍るを、」（『源氏物語』東屋、一七八頁）

昨今物忌也、（『権記』長保二年八月七日）

従今日四箇日物忌、（『小右記』寛弘八年二月十二日）

など、用例は無数である。二日、四日、六日というように偶数で連続するのが、物忌日の大原則である。(9)

次に、これらの物忌日の配当が、「節」と「干」との相対的関係で定められていると思われること。寛弘元年正月〜六月の節入は、それぞれ正月七日・二月九日・三月九日・四月十一日・五月十一日・六月十二日だけれども、先の道長の物忌日を、月節と十干との関係で整理し直してみると、

正月節	丙丁	庚辛		※（正月三日、四日の戊己は十二月節の物忌日）
二月節	甲乙	戊己	壬癸	
三月節	甲乙			

四月節
五月節　丙丁
六月節

と、截然とした区分を得られる。この整理で原則に外れる暦日は、三月八日のみである。二月節は、甲乙・戊己・壬癸の日が物忌日とされているのに、二月節最終日である三月八日壬辰に物忌日の注記がないのは理由が分からない。注記洩れでないとすれば、翌九日癸巳が清明三月節の当日であるところから、節をまたがる場合（あるいは他節に入る日の方が物忌重である場合）[10]については、物忌を解消できるということだったのだろうか。同じ原則によって、一条天皇については、

正月節　丙丁
三月節　庚辛

の日が御物忌日と思われるけれど、該当すべき正月十一日・十二日、二月二日・三日、四月七日・八日については、確認されない。『御堂関白記』『権記』などの同日条の記事から、御物忌であったような形跡は伺えるけれど。

物忌日が、「節」と「干」との組み合わせによることについて、前者については、

依月建計之、或依節計之、両説也　（『禁秘抄』下・御物忌）

と述べているから、後には混乱するようになったらしいけれど、『御堂関白記』に見るかぎりでは、明瞭に「節」によっている。後者については、先の『御堂関白記』長徳四年（998）下巻末の付記事や、

御樋殿顚倒御占事、問遣頭辨、書送云……期怙日以後廿日内、及来十一月、十二月節中、並甲乙日也、（『小右記』長和二年七月二日）

などでも「干」を問題にしているから、物忌日を指定する暦注として、十干が密接に関連していることは疑えない。

藤本勝義「源氏物語の物忌」（「青山学院女子短大紀要」40輯、昭61[11]）は、この原則に外れる指定の例を指摘している。詳細に検討すれば、さらに具体的な規定が知られると思う。後の課題としたい。

物忌日の認定に、具注暦の暦注の吉凶が関係するだろうかということが、一応考えられるけれども、事実はそうでないようだ。種々の暦注の配当日と物忌日とを比照してみても、全く一致する場合は一度もない。たとえば、具注暦凡例に「不可遠行」あるいは「不可出行」とする、「往亡」「帰忌」「九坎」「厭及厭対」また最凶日である「凶会」などの暦日と、それが物忌日と重複する場合とを書きだしてみると

	日数	物忌日と重複する日数（内訳）
往亡	六日	一日（四月一日）
帰忌	十四日	三日（正月三日、十六日、二月廿四日）
九坎	十四日	三日（二月二日、十一日、三月五日）
厭	十六日	四日（正月廿五日、二月十九日、三月一日、五月廿三日）
厭対	十五日	三日（二月二日、廿五日、四月一日）
凶会	十七日	三日（正月廿五日、二月廿五日、三月廿日）

のようであって、全く関係がない。また、逆に物忌日の暦注をとってみても、

正月四日己丑　大歳後復出行嫁娶裁衣吉

二月廿八日壬午　大歳位天恩加冠祠祀移徙起土竪柱上梁蓋屋修宅門戸吉

のようにかなりの吉日もあり、この面からも物忌日の認定と暦注の吉凶との関係は考えられない。

他に「慎」とされた暦日が八日ある。記事中に「慎」としたのは四日で、正月四日は「人夢相耳」としているから原因は明らかだが、四月十五日・六月十三日・六月廿三日の事情は分明でない[12]。四月十五日の場合は「絶陰月

殺」という凶悪日が関係しているのだろうか。あとの四日は、上方欄外に「慎」と注記されたもので、四月十二、十八、廿四、三十日と、六日目ごとの四日だが、それぞれ「帰忌厭対」「孤辰九坎厭往亡」「帰忌厭対」「孤辰九坎厭」といった凶日によるものかどうか、確認はされない。配当の仕方などから、とにかく通常の物忌日とは質の違うものであることは分かる。

3

侍臣がその物忌日にあたった場合には、籠居して他行を慎まなければならない。

昨今日物忌籠居、（『御堂関白記』寛弘七年三月十二日）

依例物忌不出行、（『権記』長保四年正月廿七日）

今明物忌只禁外行、（『小右記』長和五年五月九日）

など、物忌日の通例である。但し、物忌に籠るのは自宅に限らず、

三月ばかり、物忌しにとて、かりそめなる所に、人の家に行きたれば、（『枕草子』三〇一段、三一一頁）

殿下昨今御物忌、於他処令忌給、（『小右記』天元五年二月十五日）

のように、他処に於て籠るのも差支えない。他家を利用したり(13)、寺・堂を利用したりすることもあるが(14)、先にも触れたように、方違えとは関係ない。

物忌中には、外人（外宿の人）の来るのを禁じ、

物忌重、不聞外事、（『御堂関白記』長和二年正月廿八日）

今明物忌、閇門、但開東門、宰相中将及以下慶賀人々、来門外、云入慶由、依物忌不能相遇、以書状追謝中将来恐、（『小右記』寛弘二年六月廿日）

母屋の簾垂はみなおろし渡して、「物忌」など書かせてつけたり。（『源氏物語』浮舟、二二一頁）

白き木に立文をつけて、「これ奉らせん」と言ひければ、「いづこよりぞ。今日明日は物忌なれば蔀もまゐらぬぞ」とて、下は立てたる蔀よりとり入れて、さなんとは聞かせ給へれど、「物忌なれば見ず」とて、上についさして置きたるを、

（『枕草子』一三八段、一九三頁）

といった生活をするわけだが、ただ籠居・謹慎するだけでなく、和歌・作文や管絃の宴に時を過ごすこともあり、[15][16]「かえって打ちくつろいだ生活ができた」ということである。[17]

籠居して他行を禁ぜられるから、当然

季御読経初、依物忌不参、

（『御堂関白記』寛弘四年三月十四日）

今明物忌、不参節会、

（『権記』寛弘元年正月十六日）

ということがある訳で、多くの貴族に物忌が重なる場合には、公事に差し支えが生じる場合もある。[18]物忌以前に参内して雑事等あらかじめ処置しておくが、[19]己むを得ない場合には、余人を以て指示を与えたり、[20]門外に留まらせて交渉したりして、[21]物忌の体を守る。

以上は、物忌日の原則的な生活だけれど、実状は、これが厳格に守られているとは、必ずしも言えない。外人を迎え入れたり、相会したりも、さほど厳密には守られず、行動も、

今日物忌、依非重欲参御八講、早旦修諷誦三箇寺、

（『小右記』寛弘九年五月十九日）

雖物忌、令復推依軽、参皇太后宮、

（『御堂関白記』長和二年二月十九日）

雖物忌参院、定御法事事、

（『御堂関白記』寛仁元年五月廿四日）

今日重承召由、相扶病破物忌参入也、

（『権記』長保元年八月九日）

今明物忌、依除目事不憚出行、

（『小右記』永観三年正月廿七日）

のように、諷誦を修して、あるいは覆推の結果によって、さほどに制約を受けていない。

といった例も、珍しくなく、物忌日であることは、絶対的な束縛力を持っていない[22]。下級貴族になるほど、その傾向が強い。「できるだけ守るようにした」といったところが、平安中期貴族の平均的物忌観と言って、ほぼ間違いないだろう。

なお、物忌習俗を遵奉させた凶事の認識が、口舌（兵革）と病事（疾疫）への畏怖であったと、三和氏は指摘されている。私には、さらに個人的感覚と感じられる要素があるが、後考の課題としたい。

4

天皇の御物忌の場合は、一貴族の私的な物忌と違って、公的な意味を持つ故であろう、相当厳密に守られる。天皇が御物忌である時、公事に支障を来さないためには、侍臣は前夜のうちに参内し、宮中に籠らなければならない。侍臣の場合に、外宿の人の来るを禁じると同じ理屈である。

入夜参入大内、依明日御物忌也、（『御堂関白記』寛弘七年三月十四日）

依御物忌籠候上卿右衛門督・権中納言等也、（同・寛弘元年三月十六日）

入夜大外記善言朝臣告送、今明御物忌也、明日可有叙位之議、夜可参宿者、（『権記』長保五年正月四日）

などの諸例が繁見する。御物忌に籠候する時には、丑刻以前に参入しなければならない。

帰家、又参内、依御物忌丑剋参上、（『権記』寛弘元年十二月廿一日）

「あす御物忌なるにこもるべければ、丑になりなばあしかりなん」とて、まゐり給ひぬ。（『枕草子』一三六段、一八九頁）

などはその意である。候宿しない場合は、参内を取り止めるか[23]、あるいは、参内しても御前に参らず南殿に候したり[24]、そのまま退出したりする[25]。公事に奉仕すべき官人が参籠しない時は、他に代役を求めたり、何らかの支障を来すことになる[26]。

天皇が御物忌であっても、決定的に公事に障碍を来すことはない。侍臣が物忌に籠居する邸宅にあたるものが、天皇では清涼殿であるから、

御殿之御簾、毎間付物忌書紙屋紙外宿人不参御前、凡依物忌浅深、堅固時殊重也、主上努々不出御簾外、

（『禁秘抄』下・御物忌）

といった御物忌を実行すると、

依御物忌不出御南殿、

（『小右記』天元五年正月十六日）

件勘文依御物忌不能奏覧、只以詞奏之、

（『権記』長保二年四月七日）

のように、他の殿舎への渡御や奏覧などには支障を来すことになる。公事も、行幸[27]・相撲御覧[28]・小朝拝[29]・論義[30]などのようなものが影響を受けるのは当然として、除目[31]・直物[32]などについても、御物忌のために延引されることがある。

しかし、侍臣の場合と同じく、

雖御物忌、依覆推申軽由、奏後上御簾、

（『権記』長徳四年十二月十六日）

雖御物忌、参大内、承案内、

（『御堂関白記』長和元年七月廿一日）

といったこともあり、

今日御物忌、左府依召参上御前、

（『小右記』寛弘二年十二月廿一日）

御読経結願、雖御物忌、外宿人候御前、

（『権記』寛弘六年三月廿六日）

といったこともあって、絶対的な禁忌となってはいない。禁中が御物忌となる時には前夜のうちに参籠するという大原則も、後には「近代公卿参籠極難叶、仍多不重破之、近代万事如此」（『禁秘抄』下）のように変遷していく。

5

先に報告したように、寛弘元年（1004）正月～六月に至る半年の間に、道長は四十二日もの物忌日を持っている。

それらの物忌日における道長の行動を具体的に観察してみると、

不参節会、右大臣内弁云々、（正月十六日）

候宿所、不他行、（二月廿五日）

依物忌重、史忠国門外進奏報、（三月十日）

など、物忌に籠居していることが明瞭な場合が五日、

尚侍葬送絎絹・雑布・榑等送、（二月十日）

日来所手自書八講料法華経八巻幷開結・阿弥陀・心経等書了、（五月十四日）

のように、他行を慎み籠居していることが伺える場合が十三日、二月二日丙辰・三月廿日甲辰・三月五日己丑のように、全く記事が存しない日（自邸で物忌を果たしていたと言ってよいかと考えられる日）が十五日。記事のない日は、この半年に二十九日あるけれど、物忌日でない十四日のうちの七日は、物忌日の全くない四月節に属するもので、たとえば二月節（物忌日九日、非物忌日二日）の観察によっても、休養日・保養日としての物忌日の一面が思われる。

以上三十三日は、ほぼ物忌の規制に沿って生活された場合だけれども、あとの九日は、

物忌、依覆推軽、内御読経参結願、（五月廿四日）

参冷泉院、内府・御家諸卿等皆来、有拝礼、（正月三日）

の前者の類が二日、後者の類が三日、後者も特に記載はないけれど、前者のように「物忌軽」の判断の上での行動であろう。正月廿一・廿二日は、

自内還出、従明後日可有除書由承仰、明日忌也、可為如何、「明後日御物忌奏」、被仰云、又無日、忌日入夜参入、有何事者、（正月廿日）

ということで、「雖忌日依明日除書事参内」（正月廿一日）し、翌日の除目を執行している。また、二月六・七日に

は、長子頼通が春日祭使を勤めたため、公任・花山院と祝賀の歌を交歓したり、祭使還饗に出席したり、全く物忌日を感じさせない生活である。重要な公事とか一家の慶事となると、物忌の規制にさほど拘泥していない。物忌に服しない結果としての災危は、自らの一身上に及ぶだけだから、主体の意志によって、破られることも往々あるということである。四十二日の物忌日の平均的な観察としては、道長は物忌の禁忌を比較的よく守っている、と言ってよいだろうが。

天皇の御物忌日であることが確認されている六日については、正月廿二日・三月十六日・三月廿七日が、それぞれ除目・仁王会・季御読経初にあたっており、前夜より御物忌に候宿したことが記されており、御物忌の規制が果たされている。正月廿一日は、前述したように、道長自身の物忌日でもあったのだけれど、「忌日入夜参入、有何事者」の仰せで参入、天皇の御物忌は、相当に尊重されている。

6

『蜻蛉日記』の物忌に感じる問題は、作品に見るかぎり、兼家と道綱母との夫婦関係で、物忌が終始厳密に守られていることである。尤も、「終始厳密に」には多少語弊があり、たとえば、結婚当初では、「こゝにものいみなるほどを、心もとなげにいひつゝ」（上、一一四頁）「御ものいみなれど御門のしたよりも」（中、二一七頁）と手紙を交わすこともあったが、後には、「〃けふあすはものいみ〃とかへりごとなし」（下、二八四頁）「ものいみやなにやとおりあしとて、え御覧ぜさせず」（下、二九九頁）のようであって、むしろより厳格になっていったと言ってよく、兼家の心の冷却が読みとられる。先述したように、物忌はさほどに絶対的な禁忌でなく、主体的に破り得る場合も十分ある。ところが、

「方あきなばこそは、参りくべかなれと思ふに、れいの六日の物忌になりぬべかりけり」など、なやましげにいひつゝ、いでぬ。　（中、二四〇頁）

という態度は、終始守られている。兼家がさほどにこの禁忌に厳格であったかどうかは明らかでないが、「忌みのところになん、夜ごとに」(中、二五三頁)ということもあったらしいし、道綱母としても、「昨日は、人のものいみ侍りしに日暮れてなん」(下、三一七頁)と、口実に利用したと見られる場合もあるし、個人としては、融通性のある思考を持っていなかったとは言えないように思われる。にもかかわらず、両者の関係においては、方忌も含めて、かなり絶対的な性格が終始維持されていることの裏には、結婚の当初から、両者の愛情が冷静に終始した一つの証左を見得る。兼家にとっては便宜な性格を持つ物忌が、「今日より四日かの物いみにやあらんと思ふにぞ、すこしのどめたる」(下、二六〇頁)と、道綱母にとって、心慰めの意味を持っていた。両者にとって、物忌は、愛情の緩衝を果たすものであったと言ってよい。だからこそ、「物いみはてん日、いぶかしきこゝ、ちぞそひておぼゆる」(中、二四〇頁)といった道綱母の気持が、その支えをも失った時、「ことしも三夜ばかりにこずなりぬるやう」(中、二四一頁)な絶望を、ひとしお痛烈に感じることになる。兼家と道綱母にとって、物忌の意味は深い。

『源氏物語』における物忌では、宇治十帖(特に、東屋・浮舟)に偏して存する(十九例中十二例)ことと、その巻末の諸例に、

「御物忌二日」とたばかり給へれば、心のどかなるまゝに、かたみに「あはれ」とのみ、深く思しまさる。(浮舟・二四〇頁)

母屋の簾垂はみなおろし渡して、「物忌」など書かせてつけたり。「母君もや身づからおはする」とて、「夢見さわがしかりつ」と、言いなすなりけり。(浮舟・二二一頁)

といった、禁忌を逆用した便宜的な用例の目立つことが注意される。[33] これは、むしろ物忌禁忌の価値否定の精神につながるものだと思う。『枕草子』では、「いと心もとなくおぼゆれど、なほいとおそろしういひたる物忌し果てむとて、念じくらして」(一三八段、一九四頁)のように、多分に平均的な女房の物忌生活であるが、「男などのうち

さるがひ、ものよくいふが来たるを、物忌なれど入れつかし」（一四〇段、一九五頁）と、清少納言らしい不満を述べている。清少納言のような陽性で端的な精神性に安住せず、真に価値ある生命の回復を模索する主体には、

このものいみどもは、柱にをしつけてなどみゆることを、ことしもおしからん身のやうなりけれ。
（『蜻蛉日記』下、二七六頁）

「物忌みける人の、行くすゑいのち長かるめるよしども見えぬためしなり」といはまほしく侍れど、
（『紫式部日記』四九七頁）

のように、複雑で屈折した精神性をもってながめられている。(34)『源氏物語』をはじめとする女流文学の高度な創造が、何故平安中期の時点に達成されたかについては、色々の背景が考えられるだろうが、彼女達に、本当の意味で生きるということを願望し苦悩することを余儀なくさせたという精神史的状況は、疑いなく無視できないだろう。彼女達が、単純に生命の保全行為と言ってよい物忌に対して、皮肉な嘆息をもらしているのは、当然のことであったと言えるだろう。

四　平安末期の物忌

九条兼実の日記『玉葉』の記述を通じて、平安末期の物忌認識の状況を見たい。禁忌の認識は、もちろんある。

昨今物忌也、自摂政之許、大饗日可参向之由、被告示、件日相当堅固物忌、仍申其旨了、
（嘉応二年十二月四日）

大夫史隆職来、依物忌、自門外退出云々、
（安元三年七月十四日）

などのように、他出を憚って、外人を断り、自家のうちに謹慎する行為を見得る。けれど、これが通常の態度とい

うわけではない。物忌中でも、軽度であれば、

物忌也、中御門中納言来、物忌強不堅、仍対面、（承安元年五月四日）

物忌也、左少弁兼光来、雖物忌依軽来入中門、（安元三年八月三日）

と、通常と変わらない対応をすることが多い。禁忌認識の度合いは、全体的に軽くなっている。「物忌堅固」でも、内裏との文書の交換などは、ほとんど支障ない（承安二年十二月二日）。使者が門外に留まって、直接対面しない交渉なら、ほとんど制約を受けないようである（治承五年四月七日）。「閉門禁外人」と言いながら、対面して文書の指示なども行ったりしている時もある（承安二年閏十二月七日）。

右大弁親宗為院御使来、雖物忌、依為勅使呼入之、依疾厚隔簾謁之、（寿永二年七月二日）

物忌も相手次第で、勅使であれば、禁忌の意識も稀薄になる。この日の午後、三人ほどの公卿が兼実の病悩を見舞って来たが、兼実は対面しなかった。「病重之上、為物忌之故也」としている。どちらが、本当の理由だろうか。二日物忌の謹慎で、直前に妻子も引き連れて御堂に参籠しているような状態でも、平家の宗盛からの使者で、今年大嘗会の年の是非を訊かれて、「征伐は罷めるのが正道だが、大事に及ぶ場合はこの限りではない」などと、適当な返事で対応したりしている（寿永二年七月十三日）。外人との対面でも、場合によっては禁忌も無きに等しい訳だから、その他は、どんな対応でもできる。

昨今物忌也、然而寸白発動、殆及大事、仍忽召典薬頭定成、両三所加灸治了、入夜頭中将定能朝臣来、数刻談話、（治承二年十月五日）

物忌也、此日梅宮祭也、依相当吉日、始奉幣帛、（治承三年四月九日）

物忌也、写霊山院横川額、遣申請聖人許、（治承四年八月廿三日）

初例は、寸白の病状がかなり深刻で、苦痛に耐えず典薬頭を呼んだというもの。眼前の痛苦には、物忌禁忌もなに

ほどの価値も持たない。その後、訪問してきた公卿と「数刻談話」だから、どこが「物忌」かと言われそうである。次例は、梅宮祭に始めて幣帛を奉ったというもの。触穢だと極端に神事を忌避するが、物忌なら、自宅籠居さえしていれば、問題ないということらしい。終例も、頼まれていた霊山院の額を書いたので、これを横川に送ったという。物忌の制約は、無きに近い。兼実だけでなく、主上（高倉帝）も、まだ少年（十一歳）のためか、ほとんど禁忌の認識がないようである。

次参内、雖御物忌参御所、依召也、　（承安元年九月五日）

兼実に厳密な禁忌の意識があれば、召しがあっても遠慮するところだろう。他の場面では、御前には参らず、女房を介して仰せを拝している（承安二年六月廿一日・治承二年十一月七日・同十二月四日等）。承安二年十一月十二日の五節は、御物忌を破ってこの日行われた。天皇御物忌に当たれば、公事奉仕の朝臣は前夜から候宿が常であった平安中期の状況からは、考えにくいほどの変化である。

ところで、兼実の日記『玉葉』は、膨大な分量で特徴ある記録であるが、後になると、物忌関連の記述がやや増えてくるように観察される。増加するだけでなく、

昨今物忌也、大将帰堂廊、此第物忌之故也、卯刻帰来云々、　（文治二年五月廿二日）

堅固物忌也、然而依為大事、召能保朝臣、以人伝仰、　（文治二年十一月十九日）

此日、最勝講第四日也、昨日一昨日、依堅固物忌不参也、　（文治三年五月廿七日）

などのように、物忌意識そのものも、やや厳密になってきた印象がある。初例は、兼実が物忌のため、嫡子の右大将良通は、邸内に入ることを遠慮、敷地内の御堂の廊で時を過ごし、卯刻（午前五時）を待って帰第した。卯刻になれば翌日なので、物忌日から外れる。次例は、物忌中だけれども「大事」なので、人を介して消息を伝えたというものであるが、以前であれば、対面さえしなければほとんど支障を記述することも無かった。終例は、当然と言

えば当然の対応、今頃になって通常に復す印象である。主上においても、

今日、依御物忌、於御殿可有御拝、　（文治三年二月廿一日、祈年穀奉幣）

采女但馬、依為御物忌、可参籠之由蒙催、未明参入為称参籠早参耶、　（建久二年五月十二日）

などのように、通常の物忌禁忌の行動になっているように思われる。主上においては、成人してそれなりの意識になったということもあるかと思うが、兼実において、物忌記述が多くなり、しかも尋常の行動が多く見えるようになった背景は、どういうものであろうか。長く右大臣の位置にあった兼実は、文治二年（1186）、初めて摂政に任じて、政務の要路に立った。政界の中枢の自覚と物忌禁忌との関係に、関連するものがあるとすれば、物忌が、それだけ儀礼的な意味のものになったということではないだろうか。九条家に臣従していた藤原定家の『明月記』には、院や主家の物忌の記述はあっても、自分自身の物忌についてのそれは、ほとんど見えない。傍証の一つとなる事実かと考える。冒頭に紹介したように、三和氏も、物忌習俗の平安末期における変容を、早くに指摘されていた。

注

（1）三和礼子「物忌考」（「宗教研究」一四九、1956。『陰陽道叢書1古代』名著出版、平3、所収）。

（2）陰陽道禁忌を宮廷貴族の常識としてこれの有職化に屈指の役目を果たしたのが、『九条年中行事』や『九条殿遺誡』を残した師輔である。村山修一『日本陰陽道史総説』（塙書房、1981）一二七頁、参照。

（3）本章で対象とする陰陽的物忌については、次のような説明がある。「悪夢怪異ある時、卜占等に依り災危を蒙る恐れある場合に、之を避ける為に家内に籠りて謹慎し、斎戒沐浴、身を浄め、触穢を忌み、規定の日限の過ぐるを待つこと」（石村貞吉『源氏物語有職の研究』風間書房、昭39）。

（4）後述するように、怪異についての卜占から、「節」と「干」との関連で法則性をもって暦日に配当される物忌。

（5）日本古典文学大系本の頁数。以下同じ。

(6)『御堂関白記』長徳四年具注暦では、「大原野」「興福寺御塔鳥巣恠」「多武岑鳴」「左近陣烏矢」などと物忌のよるところを注記している。
(7) 古代学協会編『後期摂関時代史の研究』(吉川弘文館、1990) 所収。
(8)(　)は『権記』によって確認されるもの。他に一月十一・十二日、二月二・三日、四月七・八日を御物忌日と推されるが確認はされない。
(9) これが、甲乙・丙丁といった十干の組合せによるものか、物忌日の連結する二日が、火曜・土曜といった七曜の上で必ず共通しているところから、曜日が同じであるという条件によるのか、分明でない。
(10) 連続する二日の物忌日は同質でなく、軽重の差がある。
(11) 藤本勝義『源氏物語の想像力』(笠間書院、1994) 所収。
(12) 六月節丙丁日で、物忌かとも思われるが、六月廿四日(『御堂関白記』同日条)、七月四、五日(『権記』同日条)の行動は、物忌に相応しない。
(13)『御堂関白記』長和二年四月三日など。
(14)『権記』長保五年八月四日など。
(15)『御堂関白記』寛弘七年十月一日など。
(16)『御堂関白記』長和元年十一月七日。
(17) 村山修一『平安京』(至文堂・日本歴史新書、昭32)「禁忌」の項。
(18)『御堂関白記』長保二年正月二日。
(19)『御堂関白記』寛弘七年三月廿一日。
(20)『御堂関白記』寛弘七年十月十六日など。
(21)『御堂関白詑』寛弘七年十一月七日など。
(22)「昨今物忌也、昨忩々思失出行」(『権記』長保二年十二月六日)、「従昨四箇日物忌、思失不忌、仍今日令修諷誦」(『小右記』永観二年三月九日) のようなこともある。

(23)『小右記』天元五年正月二日。
(24)『御堂関白記』長和元年八月廿七日、長保元年三月廿日など。
(25)『権記』正暦四年正月十六日。
(26)『権記』長保二年八月廿八日、『小右記』天元五年正月三日など。
(27)『御堂関白記』寛仁元年八月十一日。
(28)『権記』長徳三年七月廿七日など。
(29)『権記』寛弘四年正月一日。
(30)『小右記』天元五年正月十四日など。
(31)『権記』長保二年八月廿八日。但し、御物忌に「可参候公卿不幾」が直接の理由。
(32)『小右記』長和二年三月廿五日。
(33)これについては、藤本氏に同様の発言があり（注(11)書、所収論文）、中島和歌子「源氏物語の道教・陰陽道・宿曜道」（源氏物語研究集成六巻『源氏物語の思想』風間書房、平13）も触れている。
(34)『蜻蛉日記』の物忌については、李一淑「蜻蛉日記の物忌記事の一考察」（『国文』七十九号、平5）という報告がある。参考。

追記

最近、野口孝子「〝夜〟化の時代」（『古代文化』59巻2号、平19）という論考が、発表された。物忌規定などの表面的な認識を超えて、物忌参籠の生活を具体的に検証・報告されている。研究は、きわめて徐々にではあるが、深化している。最近時のことなので、ここに紹介のみさせていただく。

第二章　方　忌

平安中期の方角禁忌とその対処法は「方塞り」「方違へ」といった語で著名だけれども、その理解は必ずしも完全とは言えないようなので、主な方忌の内容を簡単に紹介した後、記録・作品の個々の事例を解説して、当代の社会と人間の一面の理解に資したいと思う。

一　方忌の種類と内容

方角禁忌として数えられるものは、極めて多数にのぼるけれど、実生活に、影響力を持つ「大将軍」「王相神」「太白神」「天一神」「土公」「金神」「八卦」といった代表的なものだけを紹介し、その他のものについては、実際の事例にあらわれた場合に、その都度触れることにする。

「大将軍」は、俗に「三年塞り」(1)と呼ばれて著名である。同じ八将神の一である「大歳神」の方位(2)（その年の十二支の方位にあたる）によって、

巳午未ノ時　東　　申酉戌ノ時　南
亥子丑　西　　寅卯辰　北

と、大将軍の方位が三年毎に東南西北と順回し、三年間同方角の方忌が継続する故の謂である。「新撰陰陽書云、

大将軍者、太白之精、天之上客、太一紫微宮方伯之神也」（『暦林問答集』）というものだそうであるが、ともかく、この大将軍の方位は「犯レ之者必受レ殃」（『暦林問答集』）ものであって、「向二此方一万事凶」（『簠簋内伝』）「居礎、立柱、上棟、修造、移徙、嫁娶、塗竈、堀井、築垣、出軍、葬埋、起土、百事犯二用之一大凶」（『暦林問答集』）とされている。ところが、よくしたもので、大将軍は、

甲子《日ヨリ》	五日	東宮に遊び	己巳日	本宮に還る
丙子	〃	南宮	〃	辛巳日	〃
戊子	〃	中宮	〃	癸巳日	〃
庚子	〃	西宮	〃	乙巳日	〃
壬子	〃	北宮	〃	丁巳日	〃

のように、中宮及び東・南・西・北宮に遊行して、本宮が不在となる日があるので、その遊行日に、現在の大将軍の方位を避けて行動すればよいということであるから、同一方角が三年間全く塞ってしまうというわけではない(3)。「王相神」は、「大将軍」を月に置きかえた如くで、月によって方角禁忌が定まる。ただし、その月塞りの状況は、

正五九	在レ北	二六十	在レ東	
三七霜	在レ南	四八雪	在レ西、	（『簠簋内伝』(4)）

であったり、また

春三月	東塞	立春正月節	艮王震相	春分二月中	震王巽相	
夏三月	南塞	立夏四月節	巽王離相	夏至五月中	離王坤相	
秋三月	西塞	立秋七月節	坤王兌相	秋分八月中	兌王乾相	
冬三月	北塞	立春十月節	乾王坎相	冬至十一月中	坎王艮相	（『簾中抄』下）

とも記されていたり、異説が併存している。「王相有㆓二説㆒。所㆑謂五行王相、八卦王相是也」（『拾芥抄』下）ということだが、述べるところからも、前者が五行、後者が八卦の思想に拠ることを推される。『拾芥抄』以下の記載から、八卦王相の理解の方が一般的と思われる。王相神の方忌を破れば「其咎及㆓子細㆒」から「王相方、能々可㆓慎忌㆒事也」（『拾芥抄』下）と言われる。「新撰陰陽書云、修治造作起土並凶」（『方角禁忌』）ということだが、必ずしもさほど限定的でなく、大将軍方忌に類似の認識がされているようだ。

「太白神」は、「一日めぐり」（『倭名類聚抄』比止比米久利）あるいは「一夜めぐり」（『簾中抄』）とも呼ばれ、『簠簋内伝』が「日塞之方」と紹介しているように、一日ごとに所在の方位が移動している。旬（十日）ごとに、

一日　卯（東）　二日　巽（東南）　三日　午（南）　四日　坤（西南）
五日　酉（西）　六日　乾（西北）　七日　子（北）　八日　艮（東北）
九日　天　十日　地　（『簠簋内伝』『運歩色葉集』）

と順回する。「宿曜経云、太白所在、出行及一切動用不得触犯避之吉」（『方角禁忌』）であって、「右此方者日之大将軍也、深凶㆑之」（『簠簋内伝』）といった認識であった。

「天一神」は、「中神」（『倭名類聚抄』奈加加美）とも呼ばれ、「天女化身」（同上）だそうである。『暦林問答集』によれば、「春秋命暦云、天一者地星之灵（霊）也、太一者人星之灵也、尤為㆓尊重㆒。倶在㆓天上紫微宮門外㆒、左曰㆓天一㆒、右《ヨリ》曰㆓太一㆒」といったものである。天一神は、

己酉日　六日　乗㆑蚰　丑寅（東北）
乙卯日　五日　〃鮒　卯（東）
庚申日　六日　〃鷹　辰巳（東南）
丙寅日　五日　〃雉　午（南）

辛未日　六日　〃鹿　未申（西南）
丁丑日　五日　〃虎　酉（西）
壬午日　六日　〃龍　戌亥（西北）
戊子日　五日　〃亀　子（北）
（『簠簋内伝』『暦林問答集』）

のように各方位を遊行して、癸巳日天に帰り、十六日間は天上に在る。「天一主㆓戦闘㆒、知㆓吉凶㆒」（『暦林問答集』）であるから、「天一遊行方角、百事犯㆓向之㆒六凶」（同上）だが、特に「戦闘向㆑之弩弓折、産乳向㆑之死傷尤大凶」（同上）である。従って、天一神が天上に在り、「日遊善神下㆓向娑婆世界㆒、居㆓人間宅中㆒」（『簠簋内伝』）である癸巳から戊申に至る十六日間が、天一神禁忌に規制されない善日として利用される(5)。

「土公」とは、「三千大千世界主堅牢大地神也」（『簠簋内伝』）というものであって、「地神」とでも言ってよいものだろうが、この土公も常に地中の本宮に居住するのでなく、暦日によって、地中を出て出遊する。その出入は、

甲子《日ヨリ》　六日　子（北）に遊び　庚午《日ヨリ》　八日　本宮に帰る
戊寅　六日　卯（東）に遊び　甲申　十日　本宮に帰る
甲午　六日　午（南）に遊び　庚子　八日　本宮に帰る
戊申　六日　酉（西）に遊び　甲寅　十日　本宮に帰る
（『暦林問答集』）

のようであるから、この本宮居座の間は犯土・殺生を避け、東西南北に遊行の日を用いるべきだというのである。「但不犯土、至于他事者不忌之」（『方角禁忌』）だから、禁忌の性質は限定されている。土公はまた、四季によって、

春三月者在㆑竈　夏三月者在㆑門

秋三月者在レ井　冬三月者在レ庭　（『口遊』『掌中歴』）

のように所在が変化する。従って、犯土にあたっては、土公安座の地を犯触しない注意が肝要だというのである。「土公」類似のものに、「土府」(6)「伏龍」(7)などがある。

「金神」は、「金神七殺」とも言われる。「金は殺伐を事とす。その数は七つ也」（『仮名暦略注』）の故である。『簠簋内伝』によれば、「右此金神者巨旦大王精魂也。七魂遊行而殺二戮閻浮提諸衆生一。故尤可レ厭者也」と説明されている。「此方より土を取或造作し、又は土蔵を作る等に大に悪し。尤慎ずんばあるべからず」（『仮名暦略注』）と言われ、禁忌を犯せば「殺二七人一、家人不足、隣人慎レ之」（『拾芥抄』）とも言われている。金神七殺の方位は、

甲己歳	午未申酉
乙庚歳	辰巳戌亥
戊癸歳	子丑申酉
丙辛歳	子丑寅卯
丁壬歳	寅卯戌亥

ということであるが、同じ『簠簋内伝』が異説(8)を載せ、『拾芥抄』『方角禁忌』が記すところ(9)（これが一般的理解か）も相違するなど、問題が多い。この金神も、毎月・四季に遊行するが、それは、同じく『簠簋内伝』によれば、

〈毎月遊行〉

甲寅日ヨリ	五日(10)	南
丙寅	五日	西
戊寅	五日	中央
庚寅	五日	北

〈四季遊行〉

春	乙卯日ヨリ	五日	東
夏	丙午	五日	南
秋	辛酉	五日	西
冬	壬子	五日	北

壬寅　五日　東

である。[11] 然るべく遊行日を待って行動すべきことは、大将軍などの場合と同様である。

「八卦忌」とは、遊年・禍害・絶命・鬼吏・生気・養者・天医・福徳・衰日などの方忌の総称と理解してよいか。遊年・禍害・絶命・鬼吏の方位は、「所在当レ避レ之」（『二中歴』）とされ[12]、生気・養者・福徳・天医の方位が吉方であって、それぞれ「求レ利療レ病遷移皆百倍」「宮百事吉」「避レ病迎レ師吉」（『二中歴』）で、衰日については「庶事忌レ之、但修レ善出行宜」（同上）と説明されている[13]。これらの方忌の方位は、

	①	②	③	④	⑤	⑥	⑦	⑧
遊年	離《ミナミ》	坤《ヒツジサル》	兊《ニシ》	乾《イヌヰ》	坎《キタ》	艮《ウシトラ》	震《ヒンカシ》	巽《タツミ》
禍害	艮	震	坎	巽	兊	離	坤	乾
絶命	乾	坎	震	離	坤	巽	兊	艮
鬼吏	坎	震	離	巽	坤	離	乾	兊
生気	震	艮	乾	兊	巽	坤	離	坎
養者	坤	離	艮	坎	乾	兊	坎	離
天医	兊	巽	離	震	艮	坎	乾	坤
福徳	巽	兊	坤	艮	震	乾	坎	離
衰日	寅申	卯酉	子午	辰戌	壬未	丑未	卯酉	辰戌（『二中歴』）

と示されている。この八卦の忌が前述してきた方忌と相違するところは、生年によって①から⑧へ順回することである。一歳（①）から順次進むが、八歳・四十八歳・八十八歳が⑧に当たる時は、とばして次の①に該当させている（その理由は分からない）。八卦忌の更に細部については、『簾中抄』『拾芥抄』を参照されたい。

以上主要な方忌を紹介したが、終わりに簡単な整理をしておきたい。まず第一に、王相神・太白神の方忌の性質は、それぞれ月の大将軍・日の大将軍と言ってよいようなものであること。第二に、『拾芥抄』の

天一・太白、自㆓大将軍・王相・八卦忌方㆒、重可㆓忌避㆒。是件大将軍方等、日数久之故也。

という保憲勘文に見られるように、天一神・太白神の方忌が最も重視されているらしいということ(14)。第三に、土公の方忌は、土公所在の方位の堀井・造門・築垣・塗壁などを禁ずる限定された方忌だけれど、大将軍以下の方忌もほぼ同様の禁忌の上に、移徙・執聟その他を加えるだけで、方忌の内容は、その種類にかかわらず類似していること(15)。第四に、金神については、諸書の説くところが一定せず、内容を把握し難いが、「作㆓犯一舛㆒ 殺㆓七人㆒」(『拾芥抄』)といわれる厳格な規制にもかかわらず、道長自筆の記録が存する現存具注暦の暦注を見ても、大将軍・天一神・土公などの注記はあっても金神の記載が見られないなど、平安中期での認識は明らかでないこと。第五に、八卦忌は、衰日などは比較的よく記載が見られるけれど(16)、他の忌は独立しては殆ど見られないが、八卦忌としての認識は無でなく、相応の理解（小衰・大厄の出向方位忌など）は思われること、などである。

二　方忌の事例

次に、前項の紹介を確認把握する意味で、平安中期の記録から実例を徴して、方忌の認識と対処の状況を、具体的に観察してみたいと思う。なお、章末に付載した六十干支の方忌方位表《付表1》、各人物居住殿邸の年表《付表2》を、随時参考されたい。

大将軍

①中宮欲出従内給、大将軍遊行方、而陰陽師召問所、所申不分明、仍及御出時留給、

（『御堂関白記』寛弘五年七月九日）

中宮彰子が、御産のため土御門邸に退出する記事である。七月九日の干支は「丁卯」で大将軍の遊行方位は東である。土御門邸は、一条院内裏から正東にあたっており、大将軍の方忌に触れる。陰陽師に尋ねたが要領を得ず、結局この日の退出は当日になって中止、七日後の十六日甲戌に改めて退出がなされている。なお、寛弘五年戊申は、大将軍方位は南で、十六日甲戌その本宮（南）に帰っている日で、勿論、東方に移御する土御門邸退出は支障がない（図1）。

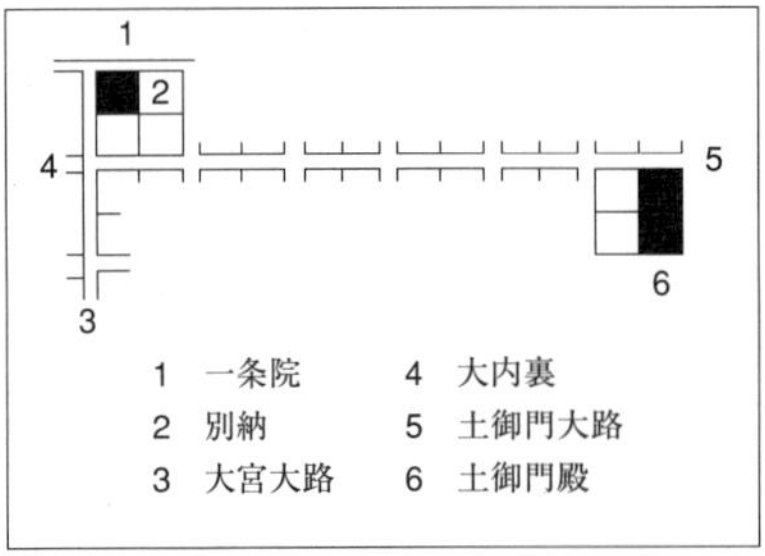

図1

②陰陽師初勘申云、可出御従東門、而只今光栄云、大将軍遊行方也、可出御自西門者、

（『小右記』長和三年四月九日）

三条帝の枇杷第遷幸の記事であるが、この四月九日の干支は「甲子」で、この九日甲子以後十三日戊辰までの五日間は、大将軍の東宮遊行にあたっており、東方への移御は慎まれなければならない。三条帝の在所は、この時、二月九日の内裏焼亡のために、同月廿日以来太政官松本曹司にあったが、東方に位置する枇杷殿への遷御がこの日に決定されたのは、他の暦注による勘申が、前後に適当な吉日なしとしたためだろう。しかし、とにかく東方は大将軍方忌にあたるので、賀茂光栄の意見によって、東門よりの出御を変更し、「俄被壊小門上構」て西門から出て、『小右記』が「経八省東廊東、建礼門前、外記局西道、出御陽明門、更自大宮大路登北、更折東自上東門大路赴東、更折南自東院東大路赴南、入御枇杷殿東面南門」（図2）

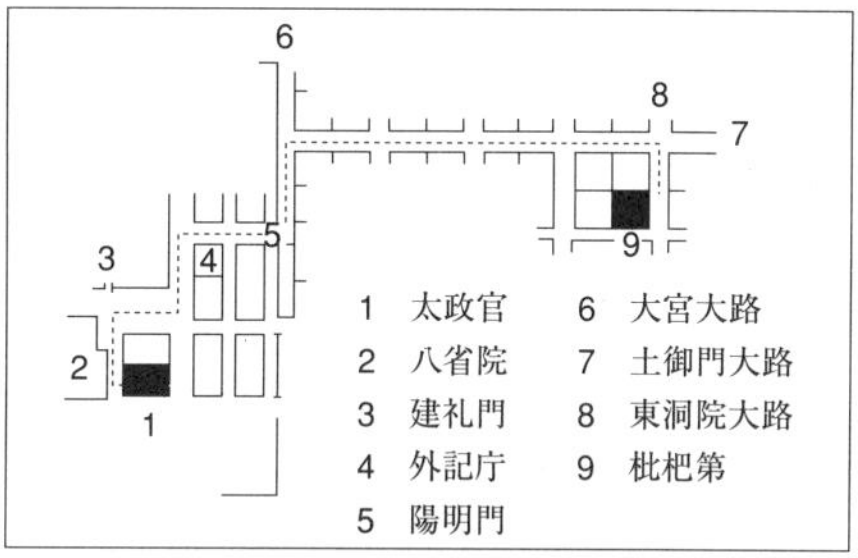

図2

と記すような迂回路を取って、大将軍方忌を回避しようとしている。枇杷殿入御にあたって東面の門を使用しているが、これは「入御之方不可忌給」という陰陽師の意見によった。

③従内出、入夜又参、依有方忌、（『御堂関白記』寛弘八年十一月十一日）

道長が十一月十一日に参内したのは、翌十二日辛巳には、内裏の方が道長邸から方忌の方角になり、当日参内し難いからである。十一日庚辰、十二日辛巳の間に方忌が変わるのは大将軍・太白神だが、太白神は一日東二日巽だから当たらない。大将軍は、十一日庚辰が南十二日辛巳が本宮（寛弘八年辛亥は西）だから、十二日になれば、土御門邸から西行（図4）する参内候宿が不能となるから前日のうちに参入したというのが、この記事の意味するものである。[17]

王相神

④般若寺大仏欲奉移禅林寺有二疑、仍問吉平朝臣、勘云、土用間可忌触土之事、至于被奉度安置板敷上仏者有何事、但王相方可有憚奉動度、乃至冬節之後左右無妨矣、

（『小右記』長和五年六月廿日）

般若寺の大仏を禅林寺に移すにあたっての二疑（土用日にあたり、王相方忌に触れる）についての勘申は、土用については、板敷上に安置すれば問題なく、王相方忌については、冬節を待ちて行えば妨げ無しということである。これは、明らかに八卦王相をさしており、秋三月は西がふたがるから、冬三月（北塞）を待てというのである。小野宮実資邸と般若寺・禅林寺の方位関係は図3のようで、一条西方の般若寺は、大炊御門南の実資邸からほぼ西に位置し、王相方忌に触れている。それで、実資は、この吉平勘文を翌廿一日禅林寺僧房に遣して、冬節後の移動を

決定した（『小右記』同日条）。ただし、長和五年冬節は九月廿八日～十二月卅日だが、移動の時日は、当年後半の記録が存しないため、確かめられない。

太白神

⑤参内、東宮霍乱悩給、依有方忌、入夜罷出、

（『御堂関白記』寛弘元年閏九月廿五日）

内裏の方位が道長邸から塞っていたので、候宿せずに退出したという記事である。土御門邸に対して、内裏は、図4のように正西にあたっているわけだが、この閏九月廿五日丙子は、大将軍は南、天一神は西南、王相神は北で、[18]いずれも該当しない。しかも、翌日は参内候宿しているから、この廿五日と翌廿六日の方忌の事情は、はっきりしている。一日ごとに順回する方忌であるところから、旬毎の五日目従ってこの廿五日に太白神が西に所在する、太白神方忌であることが知られる。太白神方忌は明示されない場合が多いが、寛仁元年（1017）十一月廿五日の賀茂行幸の際の西門御出には、実頼は、太白神方忌のことに触れている。内裏東方の左京北部には、道長家をはじめ多数の貴族の邸宅がたちならんでいた[19]から、この「五の日」には、支障のあることが多かっただろう。

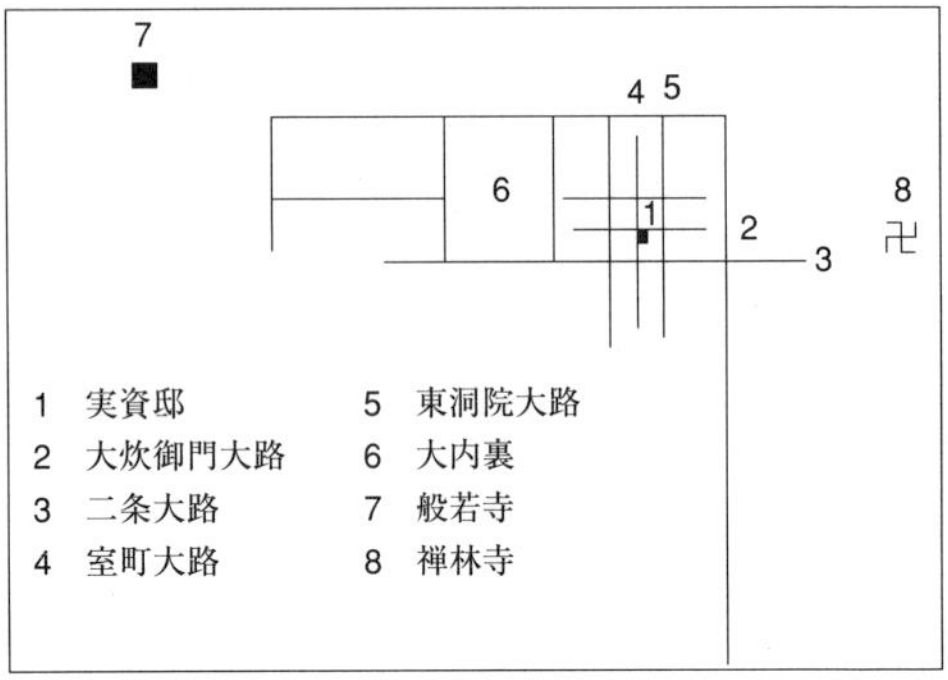

図3

天一神

⑥権大納言云、来月三日中宮可参内給由、吉平朝臣勘申、而見暦従晦日天一在西如何云、召吉平問之無陳所、仍改勘十一月廿八日者、以此由以頭中将奏聞、仰、違方可被参者、忽非可然由奏聞、

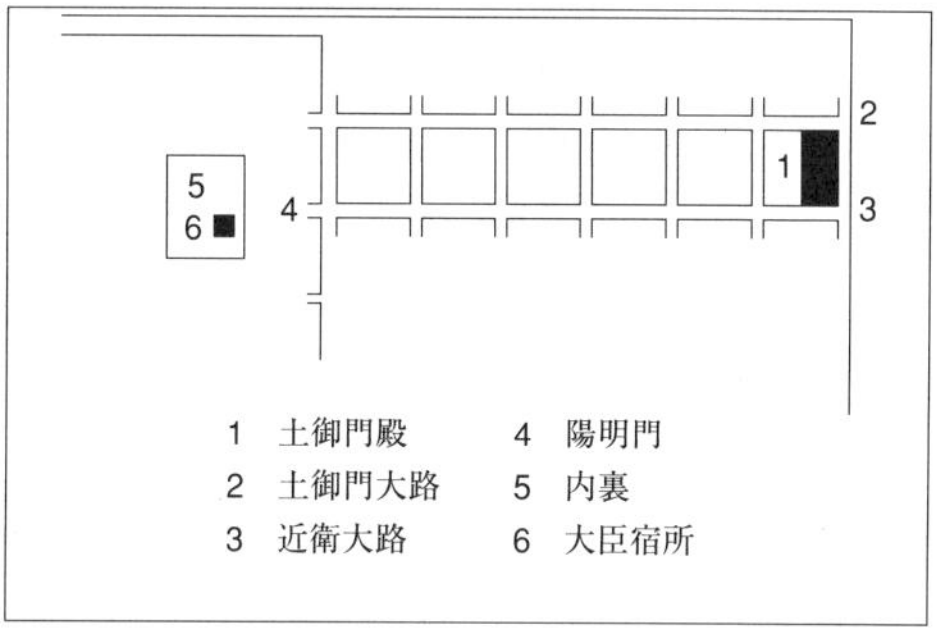

図4

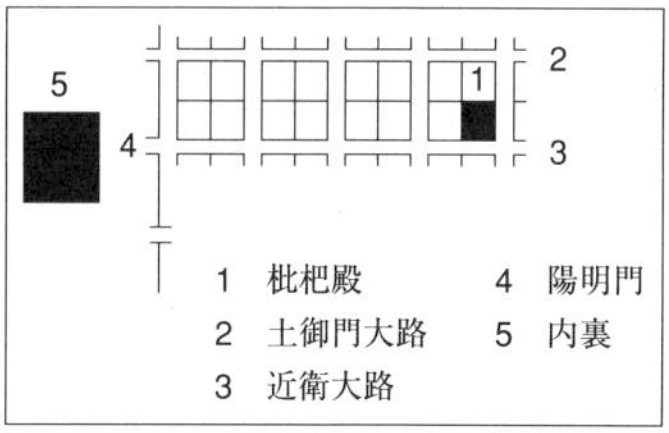

図5

（『御堂関白記』長和四年九月廿六日）

中宮妍子の参内に予定していた十月三日が天一神遊行の方にあたるため、あらためて十一月廿八日に定められたという記事。九月晦日の三十日丁丑は、丁度その日から五日（三十日～四日）が天一神の西方遊行の日に当たっており、妍子の居る枇杷殿からは方塞りになるのは、記事の通りである。延期された十一月廿八日甲戌の日、天一神の方位は西南であって、勿論方忌にあたらない。ただし、参内前の十一月十七日に新造内裏の焼亡のことがあって、この参内は結局なされなかった。用例からは、三条天皇の、方違えをしてでももっと早く参内するようにと仰せがあったが、「忽非可然」と道長に拒否された事情も分かって、興味がひかれる記事である（図5）。

⑦参中宮、還来、依有方忌也、参皇太后宮、候宿、

（『御堂関日記』長和二年二月十日）

道長が中宮妍子のもとに参ったが、方忌にあたるので退出し、皇太后彰子の邸に来て候宿したという記事。中宮妍子は、懐妊して内裏を退出し東三条殿にあったのだけれど、正月十六日焼亡にあい、この時は藤原斉信の郁芳門第にあった。皇太后宮彰子は、枇杷殿である。二月十日壬申には天一神は西南にあり、斉信の郁芳門第は分明でないが、大炊御門大路に面して図6のあたりかとも思われるから、土御門邸から、天一神の方忌に抵触するということだろう。それで、退出して、ほぼ西方に位置する枇杷殿に候宿した。大将軍方位は西、

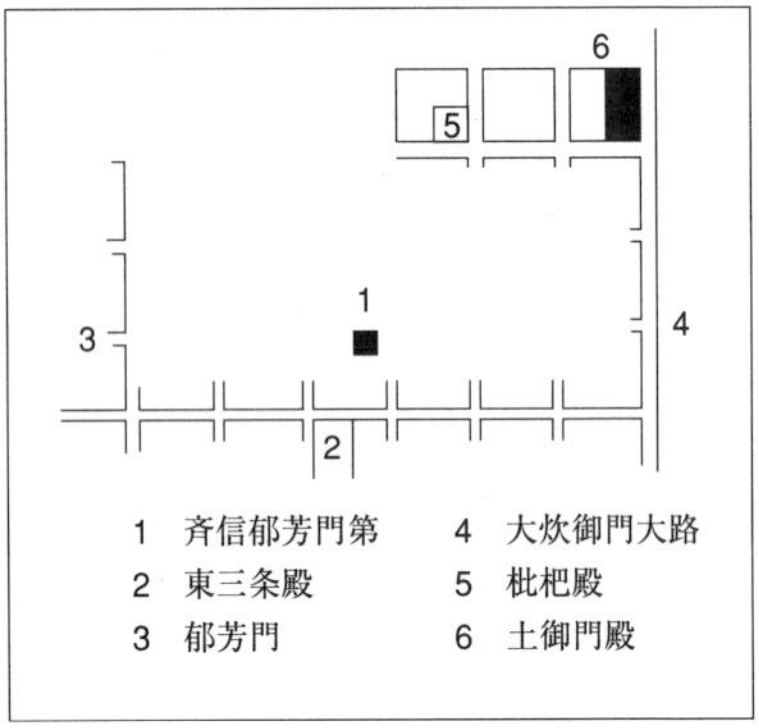

図6

太白神は地である。

付

方違

⑧次又召東宮陰陽（師脱）、令勘「申」入内給、申云、十三日渡東三条給、来月十日御朱雀院、十一日可入内給者、是御忌方并大将軍・王相等方、依有忌也、

（『御堂関白記』寛弘八年六月八日）

一条帝の譲位、三条帝の即位による内裏遷幸日勘申の記事である。東宮居貞親王は一条院東院にあったが、六月十三日同じ一条院に在った一条天皇との御対面儀をすませ、同日東三条殿に移御され、翌月新帝として新造内裏への遷幸を予定された。ところが、七月十一日壬午は、天一神遊行の方位が西北であるから、東三条殿から塞ってしまう。それで、前日の十日辛巳（天一神方忌は西）に、西南の方位にある朱雀院に方違えをして、内裏に入ろうというのである。尤も、この遷幸は、七月八日に一条院葬送があって、「行幸日与彼月甚近」（六月廿九日）になったため、八月十一日に延期された。記事では、大将軍・王相の方忌にもあたるということだが、大将軍は前日（十日）辛巳から本宮（今年は辛亥年だから西）にあり、王相神は秋（立秋は七月一日）だから矢張り西にあり、このことを言っている。また、「忌方」の語がそのまま天一神方忌を指していることも、注意されてよい（図7）。

⑨姫君為入内此夜違方於西京蔵録太秦連理《宅カ》、左府同御、候御共、

（『権記』長保元年十月廿五日）

道長女彰子入内の方違えである。彰子は、同年十一月一日に、一条院にあった一条天皇のもとに入内したが、その入内の方忌のため五日前に方違えをしたのである。十一月一日庚辰の天一神方忌は西に当たっており（大将軍は

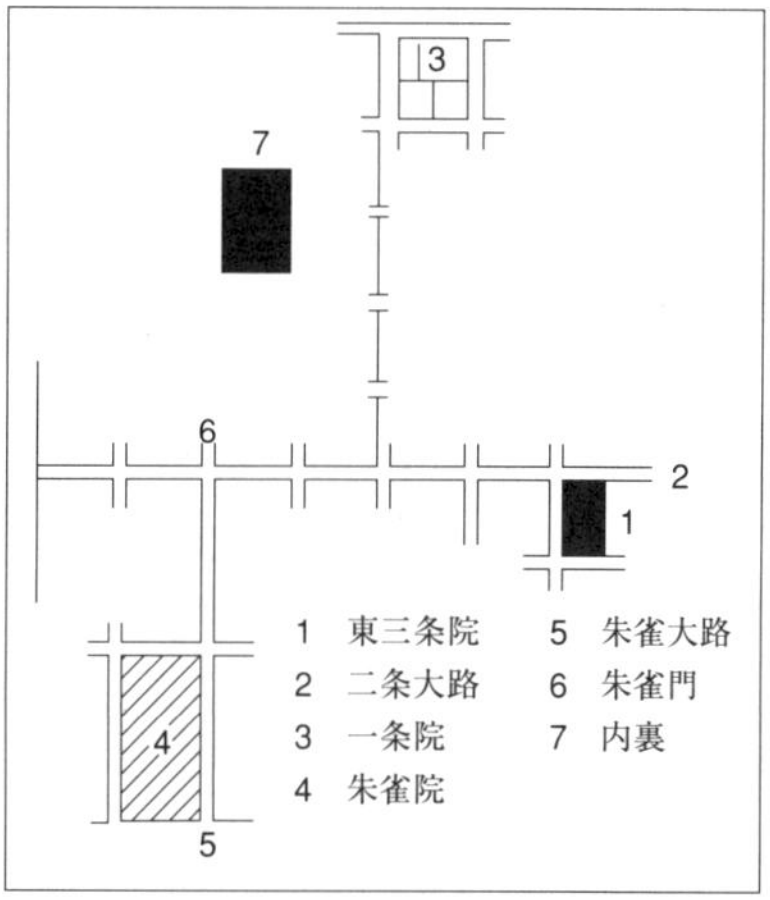

1	東三条院	5	朱雀大路
2	二条大路	6	朱雀門
3	一条院	7	内裏
4	朱雀院		

図7

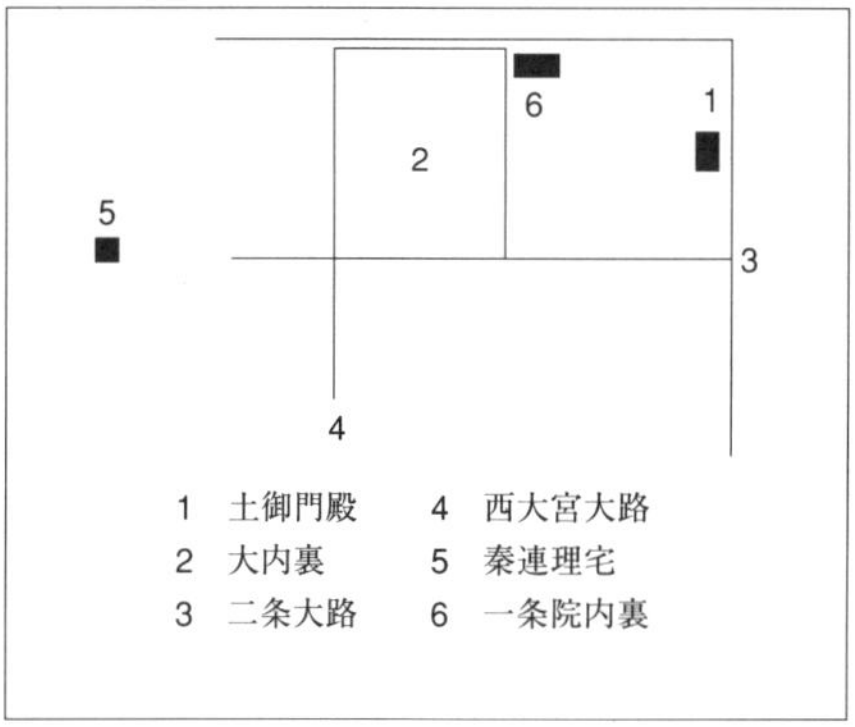

1	土御門殿	4	西大宮大路
2	大内裏	5	秦連理宅
3	二条大路	6	一条院内裏

図8

南、太白神は東）、道長の土御門邸からは塞っている。方違えをした太秦連理宅の所在は明らかでないが[20]、十月廿五日甲戌の天一神遊行の方位が西南（廿二日～廿五日の間）だから、西京でも南部ではなく、土御門邸からは西南西の程にあたる二条あたりではなかろうか。ともあれ、期待を託した長女彰子の入内にあたっての、道長の顧慮の程が思われて面白い（図8）。

⑩尚侍渡一条院別納給、是参太内依有方忌也、

（『御堂関白記』寛弘八年九月十日）

道長次女妍子の三条帝への参内である。実際に新造内裏に参入したのは、一ケ月近く後の十月五日である。十月五日甲辰は、天一神は天上にあって支障ないが、大将軍・太白神が西方に遊行して居て、よろしくない訳である。それで、一条院別納にひとまず方を違え、しかるのちに、西南の内裏に向かって参入したということである。なお、この年（辛亥）は、大将軍方位は西で、この九月十日（南）を最後に、翌十一日辛巳以後十月十二日辛亥まで、全く西方が塞ってしまうので、これが、一条院別納の方違えの期間がこのように長期になった一つの理由であろう。

前二例が天一神の忌によるものであったのに対して、この例は大将軍・太白神の方忌によるものである。方忌にひっかかる時は、こ

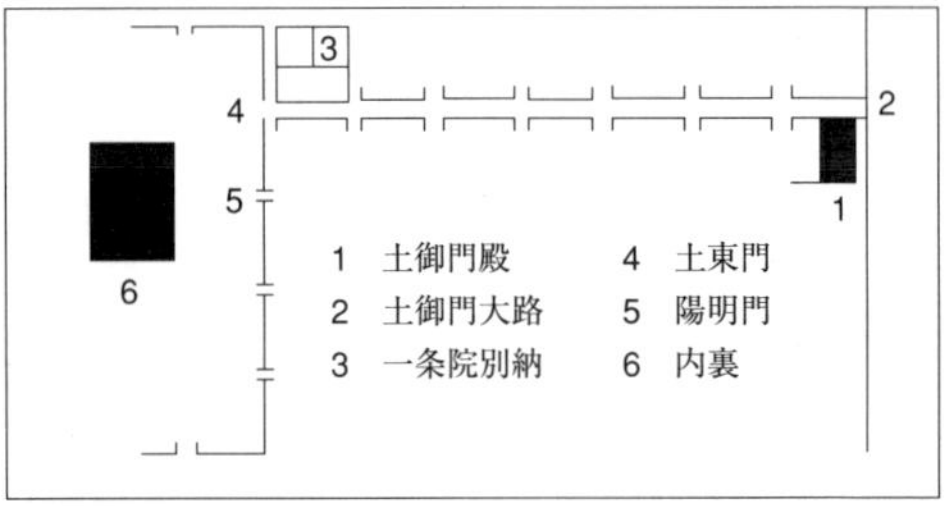

図９

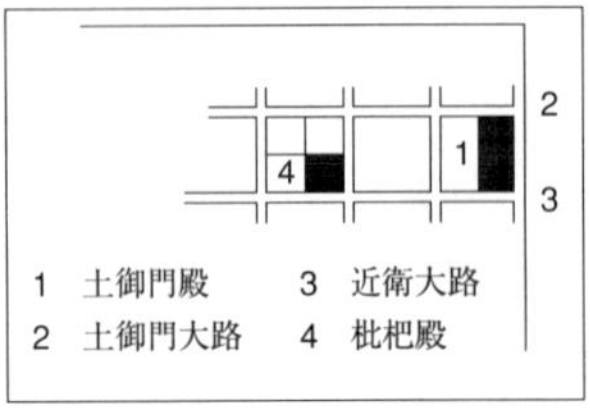

図10

のような処置が求められるのだけれども、実際に参内・出行などに対して「方違へ」などの措置をとらせ得るほどの禁忌認識が定着しているのは、まず天一神・大将軍の方忌[21]程度であったと理解していてよいだろう（図９）。

土公　付　犯土

⑪朝早従土御門女方渡来、是彼所依可犯土也、

（『御堂関白記』寛弘八年三月十四日）

土御門殿に犯土の事があって、室の倫子が正月八日以来金峯山詣の精進のために道長がこもっていた枇杷殿に、渡ってきたという記事である。実は、この忌違えが、土公によるものかどうか、確証はない。三月十四日丁亥の主な方忌は、大将軍が西、天一神が西北、太白神が西南で、これらに抵触したのかも知れないが、他所に修築のことがあるのでなく、土御門の自邸での犯土で、しかも土公が本宮（地中）にあって（三月十一日甲申～廿日癸巳）最も忌むべき日なので自邸を離れた、土公の忌違えと理解して、あげてみたわけである（図10）。

⑫来十八日可墳壇、彼日依遊行方、従今日雅通三条宅宿、

（『御堂関白記』長和二年二月十一日）

犯土が邸外の場合は、方位も確定できるから考え易い。用例は、法興院に堂を築くが、その方角が遊行方にあたっているので、三条にある雅通宅に方忌を避けたというものである。二条大路東外れにある法興院は、土御門邸からは南にあたっており、二

月十八日庚辰の方位は、天一神が西、土公・王相が東、太白神が東北で、いずれも該当せず、これは大将軍遊行の方忌の謂である。二月十一日癸酉の大将軍の所在は本宮（西）だから、まだ抵触しないが、十四日丙子より十八日庚辰まで南が塞り、十一日の「打丈尺」以後工事は継続されるから、この日から方を違えたものであろう。雅通の三条宅の位置ははっきりしないが、四条（長和三年四月二日）とも言われるから、三条・四条の間、法興院からは西南にあたるあたりだろうか（図11）。

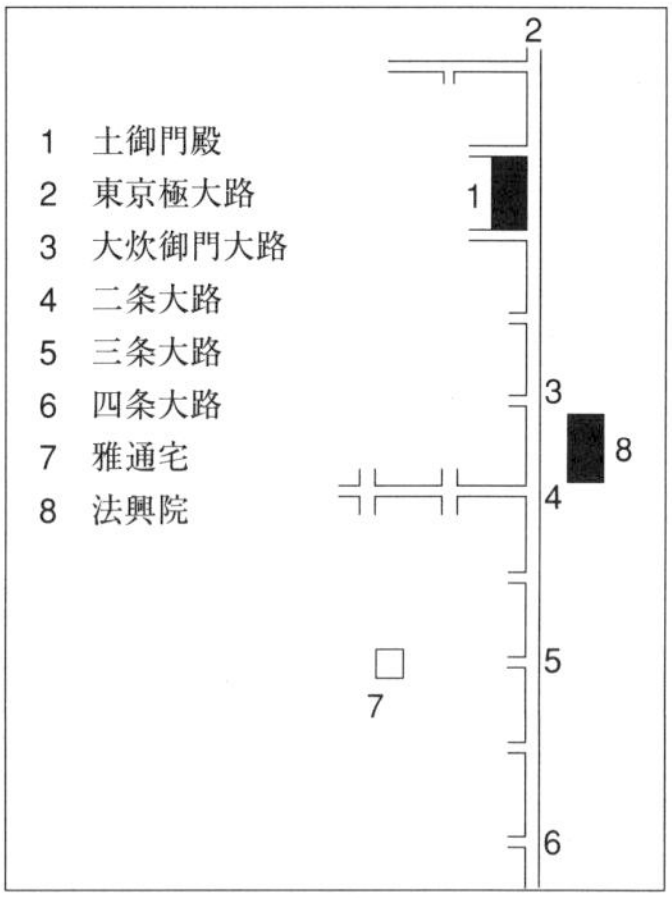

図11

方忌として顧慮される内容は、さほど多岐にわたらず、実際生活のなかで、出行・移徙の類、修築の類などに、特に注意されている。後者は、犯土のこととして、記事が見られるが、この「犯土」のことは、土公の居座・遊行と関連するだけでなく、他の殆どすべての方忌でも顧慮されていて、土公の認識がどれほどのものであったか、少々把握しにくいところはある。

八卦

⑬今日相当八卦、一説大厄日、仍不参除目、　（『小右記』万寿元年正月廿五日）

正月廿五日の内裏除目に、八卦方忌のことによって参入しなかったという、小野宮実資の記事である。万寿元年（1024）は、実資六十八歳だから、八卦は⑤類にあたる。その内容は、禍害（西）、絶命・鬼吏（西南）が一応該当するかと思われるが、用例に記すように、大厄日の認識によるものであろう。⑤類の大厄は、

大厄三十十二日　七日十日廿日 不レ可二西南行一　（『拾芥抄』）

とされている。月も合わず（『簾中抄』[22]「一説月危二月八月いむ七日廿四日」なら合う）、方位も正確でないが、節入後七日目（二月節日は正月十九日）の法則には合致しているから、実資の記す通り、この日は彼の大厄日に当たっていたのだろう（図12）。

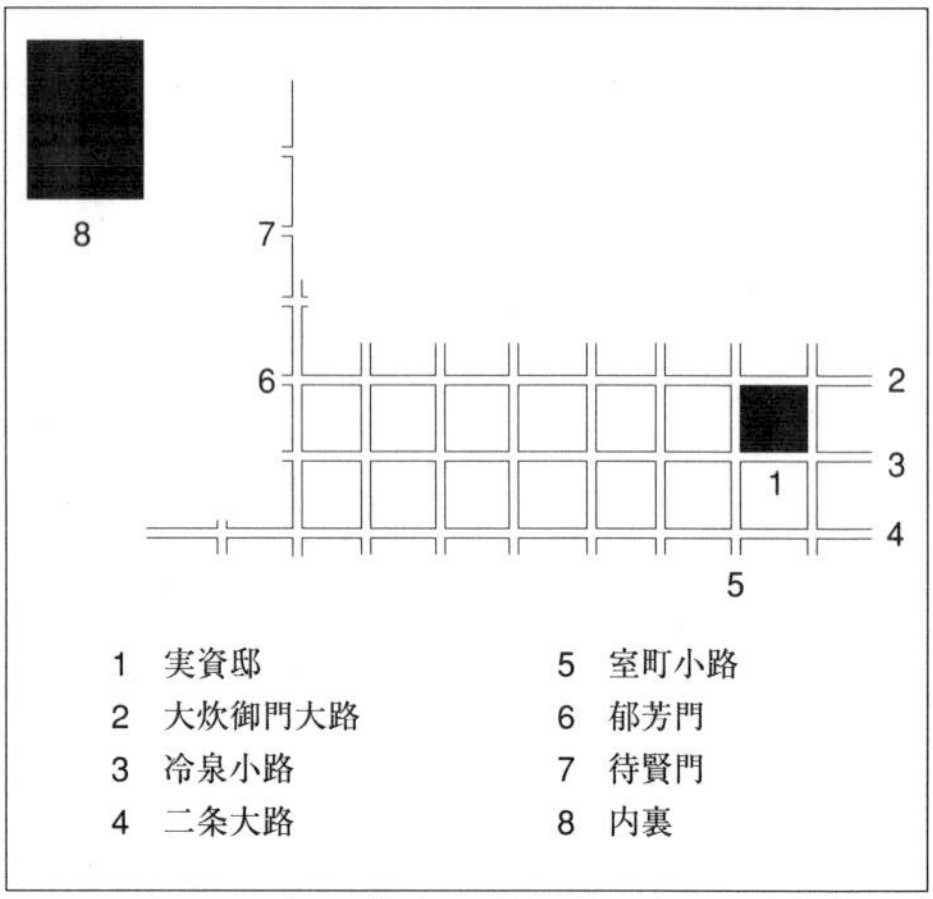

図12

八卦方忌のうち、遊年・禍害・絶命・鬼吏などについても、相応に認識されてはいたのだろうが、その程度は明らかにし難い。「如絶命鬼吏禍害方、指其凶悪以之為重」（『小右記』治安三年九月二日）とか、「絶命禍害方重忌犯土」（同・万寿二年十二月一日）といった記述には、出会う。修造関係の場面で顧慮された禁忌であったようである。八卦忌として注意されたのは、むしろ衰日・大厄の方で、前者は、「来月四日行幸、彼日当皇太后宮八卦御忌日、仍召吉平問日」（『御堂関白記』寛仁元年二月十一日）、「蔵人頭俊賢申上卿云、今日御衰日、被行贈官事無便歟」（『小右記』正暦四年閏十月十九日）などの記述が散見されるが、方忌の感覚ではない。後者は、前例や、『権記』の「八卦忌、不可西南行」（寛弘六年五月廿五日）、また、八卦とは明示しないが、道長自筆の具注暦に往々見られる方忌指定の記述[23]などから、相応の認識が知られる[24]。

以上、方忌の個々の事例について観察してみたのだけれど、はっきり言って、方忌認識が浸透しているのは、大将軍・天一神・太白神くらいのもので、王相神・土公・八卦の方忌認識の程度は、十分には確認し難い。金神は、平安中期の記録に所見がない。村山修一『日本陰陽道史総説』[25]は、「院政下、政治の遊戯化と内乱や政局の動揺が災異報告を激増せしめ……これにつれて新しい陰陽道的禁忌も続々創案され、その可否をめぐっての論議が活発化した。その端的な代表者が金神の方忌みであって」と説明している。明経家の清原氏によって唱えられた金神信仰は、少し後の『中右記』に、「於金神忌者、陰陽道雖不知、近代依被忌所申也」（永久二年八月五日）と述べられるように、ある程度は信仰的な位置も得たが、陰陽家の安倍氏によっても廃棄を主張されるようなものとなり、後には、修験道と合して命脈を保つようなものとなった(26)。

三　『蜻蛉日記』の方忌

次に、平安中期の作品の中から、『蜻蛉日記』を選んで、方忌規制の状況を観察し、また、『蜻蛉日記』作品の理解にも資してみたいと思う。前述したように、方忌の種類はきわめて多様だが、当代の実際生活に十分影響力を持つという点で、大将軍・天一神・太白神に注意して観察し、他は必要に応じて顧慮したいと思う。本文・頁数は日本古典文学大系本に拠っている。

大将軍

①さて、れいのところには、方あしとて、とどまりぬ。（中、二四七頁）

二度目の初瀬詣から帰京の記事である。方角が悪いというので帰宅を見合わせ、宇治で一泊したこの日を、日記は明示していない。二四三頁の忌違えが七月九日の立秋のためと思われるから、それより七、八日して「つゝしむところ」に移り、更に七、八日して初瀬に出発、また、帰京後四日物忌が明いて二度ばかり見えたという七月晦日の記事なども総合して、廿二、三日頃かと思われるが、方忌から観察すると、天禄二年（971）七月廿三日丙辰の記事と推される。というのは、宇治から入京の方位は、北あるいは西北にあたるだろうが、天一神は東（廿二日〜

廿六日）で、太白神の西北・北は廿六日・廿七日で該当しかねるが、一方、大将軍は十九日〜廿三日が北で、廿四日から南になり、あと一日の方忌を避けた意味が判然とする。さらに、「方あし」の表現が、天一神・太白神の「方ふたがる」と相違し、この点でも大将軍方忌が思われる。なお、帰宅後の日記の記事は、物忌の法則から、(27)

廿三日丙辰　　　　　帰宅
廿四日丁巳　　　　　兼家来訪
廿五日戊午〜廿八日辛酉　兼家物忌
廿九日壬戌　　　　　兼家来訪
卅日癸亥　　　　　　兼家来訪(28)

のように、推測できる。

②一日の日より四日、例の物忌みときく。ここにつどひたりし人々は、南ふたがる年なれば、しばしもあらじかし。（下、二七六頁）

天禄三年（972）三月十八日の清水寺参詣の夜（子刻ばかり）に、道綱母邸の隣家に火災があり、早々に帰京し、羅災して道綱母邸に避難した人達は、(29)今年は南ふたがる年だから、廿日にはもう倫寧邸の方に移っていったというものである。三月廿日己卯の天一神方位は西、太白神は地で該当しないが、この方忌が大将軍方忌であることは「南ふたがる年なれば」の表現でも知られる。たしかに天禄三年壬申の大将軍方位は南であるが、他の年でも己卯の日は、大将軍遊行方位は南である。倫寧邸が四、五条のほどであることは日記にある（一五五頁）が、それも恐らく西京で、「宮、ただ垣を隔てたるところ」（一三五頁）の宮は、兵部卿宮章明親王とされているけれども、同じ醍醐帝皇子である源高明との関係が考えられるなら、四条西大宮の西宮領の近辺ではなかろうか。(30)とにかく、倫寧邸が東京であるならば、南ふたがる故に再び移徙する意味がないから、西京の、道綱母邸から西南の方位にあたることは確かだろう。また、この記事からは、喜多義勇氏[31]・柿本奨氏[32]など指摘されたように、火災を起こした隣邸が北隣であったことも知られる。

以上、大将軍の方忌は、日々の生活にさほど厳格に顧慮されていると考えなくてもよいようだが、ともかく三年間にわたって好ましくない方位が認識されている訳で、その度合は、初例の「方あし」の表現がまさにふさわしい程度のものであろう。

天一神

③ことども、れいのごとし。ひきいれに源氏の大納言ものしたまへり。ことはてて、方ふたがりにたれど、「夜ふけぬるを」とて、とどまれり。（中、二〇七頁）

天禄元年（970）八月十日己卯の道綱元服である。道綱母邸の位置は判然とし得ないが、一条西洞院の左近馬場を「かたぎしにし」（一五五頁）ていて、一条北・大宮西の世尊寺あたりにあった伊尹第に「いと近きところ」（二一一頁）だから、大体分かる。そして、兼家が内裏に「参りまかづるみち」（一二二頁）にあったというのだから、大系本頭注の示すように、兼家は当時京極殿あたりに居住していたのだろうか[33]。この八月十日己卯の方忌方位は、大将軍が南、天一神が西、太白神が地で、兼家邸から西方に位置する道綱母邸がふたがっていると言っているのだから、天一神方忌を指すことが明らかである。田中房夫氏が、道綱の元服日を方忌の干支から、柿本氏説を支持して十九日と改められたの[34]は、兼家邸の所在についての理解に齟齬があると思う。

④夜やう〳〵なかばばかりになりぬるに、「方は何方かふたがる」といふに、かぞふれば、むべもなく、こなたふたがりたりけり。（中、二四〇頁）

道綱母が、鳴滝から連れ戻された夜の記事である。この日は、後文の「六日をすごして七月三日」などから、六月廿五日己丑と推定される。この日、大将軍は内に遊び、天一神は北（廿四日～廿八日）に、太白神は西に遊行している。前例から言えば、太白神方忌を指すかとも思われるが、用例⑧から、兼家邸の位置はすでに南方であったことが確かめられるし、「方あきなばこそ」の表現からも、天一神方忌が示唆される。用例⑦の考証を参考。

⑤三日、方あきぬとおもふを、おとなし。（下、二六九頁）

天禄三年（972）閏二月三日の方忌である。三日が方あきぬだから、方塞りは二日壬辰以前が塞っていたという訳である。二日のそれぞれの方位は、大将軍が内（廿七日～二日）、天一神が北（廿七日～二日）、太白神が東南である。兼家がすでに東三条殿に移っていたことは、天禄二年（971）六、七月の方忌（用例④及び⑦）でも確かめられ、天一神方忌（北）を指すことが分かる。「三日、方あきぬ」の表現も、方忌が何日かに渡って連続していたことは推測させて、三日癸巳以後天一神が天上に帰る善日となる天一神方忌の謂であることが、ほぼ明瞭である。

⑥とばかりありて、「方塞りたり」とて、わが染めたるともいはじ、匂ふばかりの桜襲の綾、文はこぼれぬばかりして、堅文の表袴つや〳〵として、はるかにおひちらしてかへる、（下、二八六頁）

天延元年（973）二月三日の程の記事である。二月三日戊子は、大将軍が内、天一神が北（三日～七日）、太白神が南に位置している。前項ですでに明らかなように、一条西洞院の道綱母邸は、東三条院からは正北に位置し、例文の方塞りが、この三日から五日間続く天一神方位を指すことは、明らかだろう。日記も巻末に近い方忌記事だが、恐らく方塞りと知りつつ、午時ほどに来て、とばかりあって「方がふたがっている」と、さっさと帰っていく兼家の行動には、物忌記事から観察したと同様に、形ばかりに結ばれた両者の夫婦関係が、如実にうかがえるようだ。

太白神

⑦かくて、その日をひまにて、又ものいみになりぬときく。あくる日、こなたふたがりたる。（中、二四三頁）

用例④の天禄二年（971）六月下旬から、本例の七月上旬まで、日記の示すところ（大系の解釈）を表示すると、

六月廿五日　方塞り
六月廿六日～七月二日　六日物忌
七月三日～四日　兼家来訪
七月五日　物忌
七月六日　方塞り
七月七日　兼家来訪

のようである。最後の兼家来訪の日を、大系は七月七日としているが、これは七月八日辛丑のことと思われる。というのは、この日、兼家邸で「忌違へに、みな人ものしつる」ということであったが、この忌違えは、七月九日壬寅が立秋の日にあたるところからの、節分違えであると知られるからである。節分の忌違えのこととは、『枕草子』に「節分違えなどして夜ふかく帰る」（三一〇頁）もあり、少し後になるけれど、『とはずがたり』に「節分にてもなし。何の御方違へぞ」（巻一）などもあり、節分前夜に本所を去るもの（『簾中抄』下）であるらしい。また、「あくる日」は、翌日ではなく、直前の物忌を受けて、全注釈の理解のように、物忌が明ける日の意である。これらから、整理し直してみると、後半部は

七月五日～六日　物忌
七月七日　方塞り
七月八日　兼家来訪

となる。こうすると、前の物忌は庚寅から乙未、後の物忌は戊戌・己亥の、それぞれ六日・二日で法則（偶数の法則）に合い、本例の方塞りが太白神方忌（北）であることも判明する。六月廿五日己丑の天一神方忌も、勿論北で

あった。七月七日庚子の他の方忌は、大将軍が西、天一神は天上、王相神は南で、関係ない。

⑧「明日はあなたふたがる。明後日よりはものいみなり。すべかめれば」など、いとことよし。（中、二五二頁）

年時は、天禄二年（971）十二月十六日の程ということである。「明日は」の言い方が、すぐ太白神方忌を推定させるが、用例④⑦によって、すでに天禄二年六月には、兼家邸は東三条殿であったと思われるから、太白神方位が北になるのが翌十七日と、記事にピタリである。十八日庚辰から物忌というが、これも法則に合っている。

⑨十七日、雨のどやかにふるに、かたふたがりたりと思ふこともあり。（下、二六〇頁）

天禄三年（792）二月十七日の記事ということである。十七日戊寅の方位は、大将軍が南、天一神が西、太白神が北である。前文に「八日のほどに、縣ありきのところ」にわたったよしであるから、東三条殿からの方位は西であるが、すでに一条西洞院の自邸に帰宅しているのであれば北である。例文の書き方からは日塞りであることが思われるから、自邸での太白神方忌を指すと理解しておく。とすると、記事は符合するが、前文の記述には、的確でないものも伺える。たとえば、十二日より四日物忌ということだが、癸酉〜丙子の物忌は考えられず、十一日あるいは十三日からの四日物忌であろう。後にも述べるが、日記における方忌・物忌などの記載には意外に正確なものがあるから、このズレは注意してよいだろう。

⑩その五六日はれいの物忌みときくを、「御門のしたよりなん」とて文あり。なにくれとこまやかなり。いまは、かかるもあやしとおもふ。七日はかたふたがる。（下、二六八頁）

天禄三年（972）二月廿七日戊子の方塞りである。廿七日戊子の大将軍は内、天一神が北（廿七日〜閏二月二日）、太白神も北である。天一神・太白神の方忌がいずれも北で、方塞りに該当するけれど、翌廿八日には、兼家が支障なく来訪しているから、天一神の塞りではない。「七日は」と言ったような方塞りは、確認するまでもなく、太白神方忌であることが、ほぼ見当をつけられる。前廿五日（丙戌）・廿六日（丁亥）が物忌であったというのも、法則に合っている。

⑪明くれば、このぬるほどにこまやかなる文みゆ。「今日は方ふたがりたりければなん、いかがせん」などあべし。（下、二七一頁）

天禄三年（972）閏二月十七日丁未である。これも、記事から、太白神方忌の見当がつくが、実際は、北方が太白神遊行の方位になっていることが確かめられる。大将軍方位は南、天一神は天上で、関係がない。前文に、六日（丙申）・七日（丁酉）の物忌のよしが見えるが、閏二月十五日乙巳から三月節に入っており、物忌には関係しない。

⑫又の日は、れいの方ふたがるとしる〳〵ひるまにみえて、御たいまつといふほどにぞかへる。（下、二七六頁）

天禄三年三月廿七日丙戌の方塞りである。すでにお気付きのように、太白神の方位は旬ごとに巡るから、兼家の東三条邸からは、太白神が北方に遊行する七・十七・廿七の日が、方忌に相当することになる。この日、大将軍は南、天一神は西北（廿四日〜廿九日）である。日記によれば、廿一日庚辰〜廿四日癸未が兼家物忌、廿五日甲申・廿六日乙酉が道綱母物忌であったということだが、これも物忌の法則に合致しており、事実の記載は、意外に正確であることが思われる。

太白神の方忌は、前述したように、旬ごとに定まっているから、分かり易い方忌であったろう。日記の前半、兼家がまだ京極殿（?）に在った時期では、「西」従って五日、十五日、廿五日が方塞りとなり、東三条殿に移ってからは、「北」に遊行する七日十七日廿七日が方塞りとなっている。しかも、一日だけの方忌であって、この禁忌の理解と規制は相応に浸透していたと見られる。一日単位の方塞りであることを示す場合は、「この太白神方忌であると、ほぼ見当づけてよいだろう。

不明

⑬さての日をおもひたれば、又南ふたがりにけり。「などかは、さはつげざりし」とあれば、「さきこえたらましかば、いかがあるべかりける」とものすれば、「たがへこそはせましか」とあり。（下、二六九頁）

「さての日」とは、日記に従えば、天禄三年（972）二月廿九日である。廿九日庚寅の方忌は大将軍が内、天一神が北（廿七日～閏二月二日）、太白神が天であって、いずれも該当せずと見なければならない。兼家が道綱母邸にしばらく滞在して、閏二月二日までの天一神の北方遊行に続く、三日癸巳の太白神方位（南）を指すと言った理解でもすれば解釈できるが、普通に考えたところでは、田中房夫氏も述べられたように、解決不能である。廿五、六日続いたという物忌の月日は、法則に反していない。ただ、兼家の邸宅が、道綱母邸からはっきり南の方位にあることを確認できるのは、この記事の取柄である。

『蜻蛉日記』の方忌を整理してみた訳だけれど、注意しておきたいことは、方忌の種類と内容が、「方あし」「南ふたがる年」（以上大将軍）「かぞふれば、むべもなくこなたふたがりたる」「方あきぬ」（以上天一神）「七日はかたふたがる」「明日はあなたふたがる」（以上太白神）といった方忌表現で、ある程度推定されるということである。調査してみると、その推定がほぼ妥当であったことが確かめられる。次に、平安中期の方忌として、実生活に浸透しているのは、「大将軍」「天一神」「太白神」特に後二者であろうということ。これが、『蜻蛉日記』だけの状況でないことは、先に、当時の記録で同様のことを観察していることからも分かる。『蜻蛉日記』作品の問題としては、日記の方忌・物忌などの記事が時日も予期に反して正確で、単に思いつくままの回想の日記とは言い難く、資料性の濃い、あるいは、日次の日記的な性格を看取しなければならないのではないかということ。このような方忌が中巻・下巻に集中していることについても、併せて注意されねばならないだろう。[36]

『蜻蛉日記』の方忌としては、その他、「犯土」（下、二八五頁）・「四十五日の忌違へ」（上、一三五頁）などについても触れねばならず、また、兼家・道綱母ほかの邸宅の位置などについても知るところがあったが、これらについては、別に稿を成すこととしたい。

注

（1）『簠簋内伝』第三「大将軍遊行事」割注、『仮名暦略注』など。
（2）「其方主ㇾ歳。故為二一年之君一。有福最吉方也。更不ㇾ可ㇾ犯二作凶事一」（『暦林問答集』）。
（3）『掌中歴』によれば「随節遊行方」として「春三日在午地、夏三月在酉、秋三月在子地、冬三月在卯地」と遊行日を示すが、これは殆ど行われていないようだ。
（4）王相神方位でない疑いもある。『掌中歴』「青龍家内在方」にも似ている。
（5）寛弘元年具注暦注によれば、そのほか十干の戊及び己にあたる日も、日遊在内の善日とされているが、その日の天一神禁忌との関連は判然としない。
（6）「土府者正月丑取二丑方土一殺二家長、二月己取二巳方土一、三月酉取二酉方土一、皆同上、（中略）土府公之所在、明可ㇾ避ㇾ之」（『暦林問答集』）。
（7）「伏龍者従二立春之日一在二内庭一六十日、従二清明之日一在二門内一百日、従二小暑十一日一在二東垣一六十日、（以下略）」（『暦林問答集』）。寛弘元年（上）具注暦でも清明三月節の三月九日、小暑六月節十一日の六月廿二日などに伏龍の注が見られる。
（8）乙庚歳の「寅卯」と丙辛歳の「午未」が入れ替わる。付表1参照。
（9）乙庚歳は「辰巳」のみ、丙辛歳は「子丑寅卯午未」で、他は同じ。付表1参照。
（10）『拾芥抄』は各六日。
（11）「春丑日　夏申日　秋未日　冬酉日」も金神に触れない間日である（『簠簋内伝』）。

(12) 前三者が特に注意され、「此方、造作・出行・移徙・嫁娶等、万事皆可レ忌レ之。但、禍害・絶命、強不レ忌。又、遊年方仏神二奉仕一之」(『拾芥抄』)と言われる。
(13) 土田直鎮「衰日管見」(高橋隆三先生喜寿記念論集『古記録の研究』続群書類従完成会、昭45、所収)、参照。
(14) 『掌中歴』に、天一神・太白神の方塞夜礼拝頌を載せることも一証。
(15) 続群書類従巻第九百七『方角禁忌』参照。
(16) ただし、「今日依当衰日、不可候除目之由、可申左大臣者」(『権記』長保二年二月廿五日)など、方忌としてではないようだ。土田注(13)論文、参照。
(17) ただし、大将軍方忌がこれほど厳格に生活を規制するかについては疑問が感じられ、用例③は、八卦忌か何かの別の方忌を指す可能性も高い。「一大臣宿所在二宜陽殿東庇一」(『拾芥抄』)だそうだが、ここまで考えることはないだろう。
(18) この年立冬十月節は閏九月十五旨だから、冬節として考える。
(19) 『京都の歴史Ⅰ』(学芸書林、昭45)の「別添地図解説」。
(20) 大蔵録太秦宿禰連雅(連理と同一人)は帰化氏族秦氏の一族で、葛野郡三条大豆田里の邸を買得ている(『京都の歴史1』学芸書林、昭45、四六八頁)。
(21) 特に天一神。太白神方忌の場合は、一日だけのことであり、できるだけ日の方を変更する処置がとられただろうと思う。
(22) 注(23)に触れるように、「西南」と「西」とはあまり区別されていないとも考えられる。
(23) 長和元年具注暦(上)上方欄外に、「忌西行」あるいは「忌西南」という注記が二月十四・廿二・廿八日、五月十六・廿四・廿八日、六月十八・廿六日などに見られる。一方、長和元(1012)年における道長の年齢は、公卿補任によると四十七歳であるから、八卦忌は⑦に当たっている。⑦の小衰・大厄は、『拾芥抄』よると、

小衰三十日二日・十八日・廿六日　　大厄二五八十一月八日・十六日・廿日不レ可二西南行一

で、この年の二月節・三月節は二月七日・五月九日だから、二月・五月の注記はほぼ完全に合致している(二月廿八日は廿六日のはず?)。六月十八・廿六日の「忌西行」は分からないが、六月節入が六月十一日だから、それぞれ八

日目・十六日目には当たっている。『拾芥抄』は六月を大厄としないが、六月に該当されていたのかも知れない（とすれば六月卅日も該当するほずだが注記がない）。問題は残るけれど、八卦忌は間違いないだろう。また、五月十六日は「忌西南」のはずが「忌西行」となっており、他は規則通りだから、結局注（22）のように考えておくほかないようだ。

（24）八卦法の全般に関しては、中島和歌子「八卦管見」（神戸大学大学院文化学研究科「文化学年報」十二号、1993）を参照。

（25）塙書房、1981。

（26）新興宗教である「金光教」は、金神信仰に発するという（『日本歴史大辞典』）。なお、金井徳子「金神の忌の発生」（「史論」二巻十五号、昭29、山下克明『平安時代の宗教文化と陰陽道』岩田書院、平8）、参照。

（27）拙稿「平安中期の物忌について」（「古代文化」二三巻十二号、昭46）。本書Ⅱ編第一章。

（28）「いとふかき山寺に修法せさす」（二四九頁）など兼家から聞くと解した。

（29）むしろ道綱母邸内の北方にあって、隣家の火事で類焼し、母屋の方に移ったのだろうと思う。

（30）高明が配流された安和の変を、「身の上をのみする日記にはいるまじきことなれども」と言いながら叙し、北の方愛宮に長歌を送るなど、道綱母の行為と感懐は、父倫寧邸が高明邸に近辺し、愛宮剃髪の桃園（一条北・大宮西）が自邸のすぐ近くであることを、ある程度背景に考えることができるだろう。

（31）『全講蜻蛉日記』（至文堂、昭40）。

（32）『蜻蛉日記全注釈』（角川書店、昭41）。

（33）角田文衞氏によればそれは誤りで、一条南京極西のもと京極御息所の邸宅に居住とのこと（「道綱母と時姫の邸宅」『王朝の映像』東京堂出版、昭45、所収）。

（34）「道綱元服日考」（新潟大学「国文学会誌」第十五号、昭47）。

（35）村井康彦氏は、『日本紀略』の「太政大臣東三条第高門北掖一宇」から貞元二年四月十九日には兼通が所有しており、兼通没の貞元二（977）年十一月四日以後兼家の手に入った（『京都の歴史』学芸書林、昭45。四六二頁）とされている。同じく『日本紀略』の貞元元年四月廿五日、七月廿六日、十一月二日、二年三月廿六日の記事などによると、兼通邸は堀川院ともされており、少しく不審が残るが、どうであろうか。

(36)　村山修一氏は「当時まだ天一神の方忌は左程重視されていなかった」(「源氏物語と陰陽道・宿曜道」『源氏物語講座第五巻』有精堂、昭44)と言われるが、如何。

付表　1

		大将軍	天一神	土公	金神 —毎月遊行— (〇四季遊行—『拾芥抄』は六日—)	
1	甲子	東	〃	北	〇	王相神（月塞）
	乙丑	〃	〃	〃	〇	
	丙寅	〃	南	〃	西 申酉	本文参照
	丁卯	〃	〃	〃	〃	
5	戊辰	〃	〃	〃	〃	
	己巳	帰	〃	〃	〃	太白神（日塞）
	庚午	〃	〃	入	〃	
	辛未	〃	西南	〃		本文参照
	壬申	〃	〃	〃		
10	癸酉	〃	〃	〃		大将軍方位
	甲戌	〃	〃	〃		
	乙亥	〃	〃	〃		本文参照
	丙子	南	〃	〃		

丁丑	〃	西	〃	
戊寅	〃	〃	東	中央 丑未辰戌
己卯	〃	〃	〃	〃
庚辰	〃	〃	〃	〃
辛巳	帰	〃	〃	〃
壬午	〃	西北	〃	〃
癸未	〃	〃	〃	
甲申	〃	〃	入	
乙酉	〃	〃	〃	
丙戌	〃	〃	〃	
丁亥	〃	〃	〃	
戊子	内	北	〃	
己丑	〃	〃	〃	
庚寅	〃	〃	〃	北 子亥
辛卯	〃	〃	〃	〃
壬辰	〃	〃	〃	〃
癸巳	帰	天上	〃	〃
甲午	〃	〃	南	〃
乙未	〃	〃	〃	
丙申	〃	〃	〃	
丁酉	〃	〃	〃	
戊戌	〃	〃	〃	

金神方位

甲巳（歳）　午未申酉
丙辛　子丑午未
戊癸　子丑申酉
庚乙　辰巳寅卯
壬丁　寅卯戌亥

—『簠簋内伝』異説—

甲巳　午未申戌
丙辛　子丑寅卯午未
戊癸　子丑申酉
庚乙　辰巳
壬丁　寅卯酉亥

—『拾芥抄』『方角禁忌』—

金神四季間日

春　丑日　　夏　申日
秋　未日　　冬　酉日

—『簠簋内伝』—

	己亥	〃	〃	〃	
	庚子	西	〃	入	
	辛丑	〃	〃	〃	
	壬寅	〃	〃	〃	東卯寅
40	癸卯	〃	〃	〃	〃
	甲辰	〃	〃	〃	〃
	乙巳	帰	〃	〃	〃
	丙午	〃	〃	〃	南（夏）
	丁未	〃	〃	〃	○
45	戊申	〃	〃	西	○
	己酉	〃	東北	〃	○
	庚戌	〃	〃	〃	○
	辛亥	〃	〃	〃	
	壬子	北	〃	〃	北（冬）
50	癸丑	〃	〃	〃	○
	甲寅	〃	〃	入	南午巳 ○
	乙卯	〃	東	〃	東（春） ○
	丙辰	〃	〃	〃	〃 ○ ○
	丁巳	帰	〃	〃	〃 ○
55	戊午	〃	〃	〃	○
	己未	〃	〃	〃	○
	庚申	〃	東南	〃	

時塞

子之時者子之方、何其時方可覚也

―『簠簋内伝』―

八卦追補

①小衰正五十二月五十二日廿八日　大厄十月二日九日十七日廿五日不可二北行一

②小衰六十二月十三日廿九日　大厄二七月三八十日不可二北行一

③小衰七月十日十四日廿三日　大厄正五十一月一日五日不可二東行一

④小衰五月十五日廿三日　大厄二三四九月六日十三日十四日廿九日不可二南行一

⑤小衰正六七月十六廿日　大厄三十十二月七日十日廿日不可二西南行一

⑥小衰三四九十月二日九日廿五日　大厄四五十一十二月五日十五日廿五日不可二南行一

⑦小衰三十月二日十八日二十六日　大厄二五八十一月八日十六日廿日不可二西南行一

⑧小衰四十一月四日十一日十七日　大厄三六九月十日廿五日不可二西南行一

―『拾芥抄』―

	辛酉	〃	〃	〃	西（秋）
	壬戌	〃	〃	〃	○
60	癸亥	〃	〃	〃	○

付表2

年／人物	一条帝	彰子	道長	三条	妍子	備考
長保元（九九九）年 己亥	六・十四 太政官 六・十六 一条院 〃	土御門殿 〃 十一・一 一条院	土御門殿 〃	六・十四 太政官 六・十六 修理職 七・八 東三条院 〃	土御門殿 〃	六・十四 内裏焼亡 十一・一 彰子入内
〃二（一〇〇〇）年 庚子	〃 十・十一 内裏	二・十 土御門殿 四・七 一条院 土御門殿 七・廿三 則忠堀河第十・十一 内裏	〃 〃	〃 〃 十二・十三 内裏	〃 〃	
〃三（一〇〇一）年 辛丑	〃 十一・十八 職曹司 十一・廿二 一条院	二・十 奉職朝臣宅 二・廿五 土御門殿 十一・七 内裏 十一・十八 土御門殿 十一・廿二 一条院	〃 〃	〃 十一・十八 縫殿寮 十一・廿二 東三条院	〃 〃	十一・十八 内裏焼亡
〃四（一〇〇二）年 壬寅	〃 〃	〃 〃	〃 〃	〃 八・十四 道綱大炊御門第	〃 〃	
〃五（一〇〇三）年 癸卯	〃 十・八 内裏	〃 十・八 内裏	〃 〃	〃 十・八 内裏	〃 〃	

寛弘元(一〇〇四)年 甲辰	〃　〃	〃　〃	〃　〃	〃　〃	〃　〃	
〃二(一〇〇五)年 乙巳	〃 十一・十五　朝所 十一・廿七　東三条院	二・廿　土御門殿 (?・内裏) 十一・十五　造曹所舎 十一・廿七　東三条院	〃　〃	〃 (十一・十五?) 十一・廿七　東三条南院	〃　〃	十一・十五　内裏焼亡
〃三(一〇〇六)年 丙午	〃 三・四　一条院 〃	〃 三・四　一条院 九・八　土御門殿 九・廿八　一条院	〃　〃	〃 三・四　枇杷殿 〃	〃　〃	
〃四(一〇〇七)年 丁未	〃　〃	〃　〃	〃　〃	〃　〃	〃　〃	
〃五(一〇〇八)年 戊申	〃　〃	四・十三　土御門殿 六・十四　一条院 七・十六　土御門殿 十一・十七　一条院	〃　〃	〃　〃	〃　〃	
〃六(一〇〇九)年 己酉	〃 十・五　織部司 十・十九　枇杷殿	〃 六・十九　土御門殿 〃 十二・廿六　枇杷殿	〃　〃	〃 十・十四　頼通第 十・廿二　雅信一条第	〃　〃	十・五　一条院焼亡〃 〃
〃七(一〇一〇)年 庚戌	〃 十一・廿八　一条院	〃 十一・廿八　一条院	〃　〃	〃 十二・二　一条院別納	二・廿　雅信一条第 〃 十一・廿七　土御門殿	二・廿　妍子入東宮
〃八(一〇一一)年	〃	〃	正・八　枇杷殿	〃 六・十三　東三条院	〃	

辛亥	〈六・廿二　崩御〉	十・十六　枇杷殿	五・二　土御門殿 〃	八・十一　内裏 〃	九・十　一条院別納 十・五　内裏	六・十三　譲位
長和元(一〇一二)年 壬子		〃 六・八　土御門殿 七・八　枇杷殿	〃 〃	〃 〃	正・三　東三条院 四・廿七　内裏 （?・?） 十・十二　内裏	
〃　二(一〇一三)年 癸丑		〃 〃	〃 〃	〃 〃	正・十　東三条院 正・十六　斉信郁芳門第 四・十三　土御門殿 〃	正・十六　東三条院焼亡
〃　三(一〇一四)年 甲寅		〃 三・廿　頼通高倉第 〃	〃 〃	二・九　太政官朝所 二・廿　松本曹司 四・九　枇杷殿 〃	正・十九　内裏 二・九　太政官朝所 二・廿　松本曹司 四・九　枇杷殿 〃	二・九　内裏焼亡

※物詣、行幸ごく短期間の移徙などは除いた。

付記

本章は、『口遊』『掌中歴』『二中歴』『簠簋内伝』『拾芥抄』『暦林問答集』『方角禁忌』など、また、『権記』『小右記』『御堂関白記』『日本紀略』『大日本史料』などを資料とし、『故事類苑』「方技部」・佐藤政次博士著『日本暦学史』（駿河台出版社、昭43）などを参考としてまとめたものである。個々の方忌の細部については、明確にされねばならない課題が山積しており、本報告をもとに、更に深く検証して行きたいと思う。また「蜻蛉日記の方忌」については、田中房夫氏稿（注34）と共通の見解も多いことを断わっておく。

第三章　方　違

一　はじめに

『源氏物語』冒頭の帚木巻、雨夜の品定めの最初の実践編ともいうべき空蟬との交渉が、内裏から正妻葵上のいる大殿邸への方角の忌、従ってそのための方違えが二人の邂逅を可能にしたことは、よく知られている。次の一文である。

①暗くなるほどに、「今宵、中神、内裏よりは塞がりて侍りけり」ときこゆ。「さかし」例は忌みたまふ方なりけり。「二条院にも同じすぢにて。いづくにか違へん、いと悩ましきに」とて、大殿籠れり。「いとあしきことなり」と、これかれきこゆ。（『源氏物語』帚木、八七頁）(1)

もちろん創作活動のことであるから、この方違えについても、源氏と空蟬との邂逅を可能にする設定として、作者に仕組まれたといった説明の方が妥当だが、『源氏物語』にはこのほか、夕顔が五条家に宿ることになった方違えとか(2)、はるかに後のことであるが、異母姉の八宮中君のいる二条院で匂宮に迫られるというあやにくな運命に見まわれた浮舟が、そうそうに退出するのも、方違え所として用意されてあった三条辺の小家であった。

②あさましうかたはなることに驚き騒ぎたれば、をさをさ物もきこえで出でぬ。かやうの方違へ所と思ひて、小

さき家設けたりけり。三条わたりに、ざればみたるが、まだ造りさしたる所なれば、はかばかしきしつらひもせでなむありける。

（『源氏物語』東屋、一七八頁）

これらの方違えが、物語作品の中であっても、当時の現実にあった生活の一面を作者によって利用されたものであることは、言を俟たない。

〝方違へ〟は、中古の作品にしばしば見られる。たとえば次の、『枕草子』の知られた章段、

③方たがへにいきたるに、あるじせぬ所。まいて節分などはいとすさまじ。

（『枕草子』二五段、六四頁）

また、次の、

④「昨日の夜、鞍馬にまうでたりしに、今宵、方のふたがりければ、方違になんいく。まだ明けざらんに帰りぬべし。かならずいふべきことあり。いたうたたかせでまて」

（『枕草子』八三段、一一九頁）

も、よく読まれる挿話のうちのものである。実録作品としての『栄花物語』では、巻四〈みはてぬ夢〉の道兼薨去の場面、関白宣旨を受けたのは、本邸二条殿でなく、もっぱらの御方違所であった、出雲前司相如の中川家においてであった。

⑤粟田殿四月つごもりにほかへ渡らせ給ふ。それは出雲の前司相如といひける人の、年頃かうの、しらせ給ふ関白殿にも参らで、ただこの殿をいみじきものに頼みきこえさせつるもの丶家なり。中河に左大臣殿近き所なりけり。（中略）池・遣水・山などありて、いとをかしう造りたて丶、殿の御方違所といひ思ひたりける家なりけり。

（『栄花物語』巻四、一四七頁）

万寿元年（1024）三年廿二日の法成寺僧房に焼亡のあったとき、道長は、御堂近きあたりに方違えに出かけて眠り込んでいた。(3) 三条帝皇女禎子内親王（陽明門院）が、東宮（後冷泉帝）のもとに入った場面も面白い。

⑥一品宮いみじう、つくしげにおはします。御方違におはしますとぞ知らせ給へりける。大宮のおはしまさぬを、

「ひとりはいかでか」と動かせ給はねど、よろづに聞えさせ慰めたまふ。（『栄花物語』巻二八、二八七頁）

まだ母妍子を慕う幼い一品宮を東宮に入れるのに、「御方違へに」といいくるめて、何とか牛車にのせた。『栄花物語』には、後三条帝の方違行幸などの記事もある。(4)

以上、冒頭の『源氏物語』にあわせて、ほぼ同時期の二作品に見える方違えを紹介してみたが、もちろんこの風習は平安中期の時点にのみ限られるものでない。以前にも以後にも頻繁に知られるものであるが、それらを整理紹介する前に、〝方違へ〟といわれて知られる、必ずしもさほど単純でない風習の内容・性格などについて、必要な考察をすませておきたい。

二　方忌の種類と性格

〝方違へ〟とは、「方を違える」もっと分かり易くいえば「方角の忌を違える」の謂である。従って、方角の忌に各種のそれが観察されるなら、それの対応である方違えの種類も、単一ではすまないものにならざるを得ない。方忌に関しては、その解説をほどこした古書も少なくない。『簾中抄』『口遊』『二中暦』『簠簋内伝』それに『方角禁忌』『拾芥抄』などなど。前章にそれらを方忌別に整理紹介したので、(5)ここでは詳述はさけたいが、以下の報告に不可欠な知識として、方角禁忌としても、

a特に年忌に関するもの　大将軍・金神・八卦
b特に月忌に関するもの　王相神
c特に日忌に関するもの
イ　数日ごとの場合　天一神・土公

ロ　一日ごとの場合　太白神

の整理を、記憶にとどめておいていただきたい。これらの方忌の適用にあたっては、年・月・日の別なくその干支が基準にされる。大将軍・金神については月忌・日忌に関するものもあり、両者の性格に類似性がある。月忌は、だいたい四季ごとの変化であり、このほか時刻による方忌もある。それらの具体に関しても、前章を参照していただければ幸いである。

次に、これらの方忌に対応する方違えを、当時の記録にあたって検証してみると、たとえば**大将軍**については、

⑦可被行土葬礼、又御骨可奉埋円融院法皇御陵辺者、而忘却不行其事、相府思出又歎息、仍御骸骨暫奉安置円成寺、過三箇年大将軍、在西方、可奉移円融院法皇陵辺、（『小右記』寛弘八年七月十二日）

⑧石塔如例以倉賢奉令供養、明日可奉造、而年首初於大将軍方石塔有憚之内、今日吉日、仍所奉造也、（同・寛仁元年十二月卅日）

⑨然而正暦二年、故一条左大臣於朔平門、彼年大将軍在子、不避方忌之由、於是而知、仍於朔平門着之也云々、（『権記』寛弘八年十一月十七日）

⑩入夜雅通到四条家宿、是立法興院堂等、従明日大将軍遊行方也、仍避忌耳、（『御堂関白記』長和二年四月二日）

⑪従今夜宿資高曹司北対乾角、十九日依可立東廊為避大将軍遊行方、（『小右記』万寿二年十二月十五日）

などの事例を見得る。⑦⑧⑨は年忌に関するものであり、⑩⑪は日忌に関するものである。『御堂関白記』『小右記』『権記』に関するかぎり、大将軍月忌についてのものは見られなかった。⑦は一条帝の遺骨土葬、⑧は石塔建造についてで、いずれも犯土造作に類する場合である。築垣(6)なども同種の例。⑨は一条帝の素服に関するもの。他に法事(7)や入内(8)に関連する場合もある。⑩⑪の日忌は、⑩は造営、⑪は廊立についてである。塗壁(9)も同様。他に行幸(10)・退出(11)の時もある。内裏よりの退出にあたっては、当日になって大将軍方忌に気付き、陰陽師等にはかって御

出を延期することもあるし、[12]『御堂関白記』の具注暦注に加えて、「大将軍遊内、天一子、忌夜行」[13]といった朱注も存し、相応に顧慮された模様だが、⑦については、一条帝の遺言が「不可被忌大将軍王相方者也」[14]であったということし、⑨についても結局、「避方忌」との小野宮実頼の説に反して、一条左大臣雅信の例に準じて忌を避けず、朔平門において素服を着たとのことである。大将軍方忌が年忌で、それも同一方角が三年間継続するために、意識が稀薄になりがちで、特に一身上に重要な意味を持つ事柄でないかぎり、軽視あるいは無視ということもあったということであろう。その中で、摂関家の繁栄に重要な意味を持つ女御の入内・退出などに過敏なほどの神経が感じられるのは、興深いことである。

⑫次又召東宮陰陽、令勘申可入内給、申云、十三日渡東三条給、来月十日御朱雀院、十一日可入内給者、是御忌方幷大将軍王相等方、依有忌也、（『御堂関白記』寛弘八年六月八日）

に見られる、三条新帝の内裏遷幸日時の方忌に対する過敏も、それに同質である。

金神については、平安中期の史料にその忌違えの所見がなかった。すこし後の記事になるが、中御門宗忠の日記に、

⑬朝大盤以後行向神祇官、与官掌吉行沙汰行幸事、但打丈尺問道言朝臣処、已従皇居当申方、是金神七殺之方也、仍不可犯土、只可掃治申下知了、（『中右記』承徳二年十一月十五日）

⑭今夕依御方違、可有行幸内裏也、是尊勝寺修理之間、依違御金神方也云々、（同・嘉承二年六月七日）

などと散見される。その関係する事柄は、⑬は神祇官行幸にともなう「打丈尺」のことであり、⑭は尊勝寺修理であったが、他の事例もほとんど同様で、金神方忌の場合、犯土造作のことが緊密に関連していることがわかる。宗忠によって、「以之思之、金神已准大将軍方」[15]ともいわれている。大将軍方忌に類似の意識で受けとられていたようである。

八卦については、

⑮造立八省東廊事、若当御遊年歟、同案内権弁経頼云、問吉平、申云、当南方、但遊年在坤方、忌其方自余方不忌者、以此由申関白、命云、可従彼所申者、余云、八卦文云、遊年方不可触犯者、此事如何、

（『小右記』治安三年八月廿八日）

⑯臨昏右中辨重尹持来可造立偉鑒門日時勘文、不相逢、令伝言云、北方御鬼吏方、而吉平申云、令謝給被立有何事乎、

（同・治安三年九月十九日）

⑰関白云、有此疑、至修補破壊有何事乎者、今見八卦、当御絶命方、先猶被問陰陽寮宜歟……問遣吉平朝臣、申云、絶命禍害方重忌犯土、雖云頽壊築垣、犯土不軽、更不可被犯者、

（同・万寿二年十二月一日）

などの所見があり、それぞれ八卦の遊年・鬼吏・絶命・禍害の方忌に関連して述べており、またいずれも犯土のことに関係している。その意味では、性格は金神に近い。『御堂関白記』自筆本の暦注に加えて散見する「忌西南」(16)「忌西行」(17)などの注記は、同様の注記が『権記』にも存し、「八卦忌、不可西南行」(18)によっても、八卦忌に関係することが明らかだが、どのような基準によるか、具体的な検証はいまなし得ない。(19)

王相神については、早く九条師輔の日記に、

⑱太上天皇遜位之後、不可一日留禁中、而去天慶九年四月禅位之後、上皇猶御弘徽殿、至七月御出於朱雀院、是則依夏三月南方王相也、

（『九暦』逸文、天暦四年六月廿六日）

とあるのが、季によって遊行する王相神の月忌の性格を明らかに示して、分かり易い。前例⑫でも、大将軍などと並んで王相方忌を見せていたが、いずれも天皇・上皇の遷御に関連している。斎宮御禊の日が王相に触れることを気にするのも、(20)遷御と同質の性格か。前例⑦の故一条院埋骨も、王相方忌が関連していた。御匣殿の葬送で、木幡への埋骨も王相方忌を気にしている。(21)般若寺大仏の禅林寺への遷座、(22)道長の造る丈六阿弥仏九体の小南殿から新御

堂への移御[23]も類似の例。偉鑒門の立柱上棟も、王相方忌に触れて問題になっている[24]。年忌たる大将軍・金神・八卦とくらべて、質的にさほどへだたるものでないが、三ケ月ごとに移動する。前三者とくらべれば期限をかぎられた方忌の故であろうが、天皇・院・宮の遷御、仏像の遷座などに関連して顧慮されることが多いのが、いささか相違点として観察されるだろう。

天一神は、日にかかわる方忌であるから、遷御・出行といった生活行動にかかわる性格が、王相方忌よりもさらに強くなってきている。

⑲召使来去、天皇西剋御中院、丑剋之中可還御、是依天一坐西也者、　（『九暦』逸文、天慶三年十一月十八日）

⑳来月三日中宮可参内給由、吉平朝臣勘申、而暦従晦日天一在西、如何云、（『御堂関白記』長和四年九月廿六日）

などである。

太白神は、日ごとにかわる方忌だから、天一神方忌の性格を更に顕著にして、遷御・出行などの日常生活行動にかかわる性格が一層に強い。たとえば、

㉑出従西門 今日太白在西方、而件西門自御所当坤方、又先日勘文注坤門、吉平文高等勘申也、　（『小右記』寛仁元年十一月廿五日）

は、後一条帝の賀茂社行幸の折のことである。後の記事であるが、白河院の日吉社からの還御の折に、方忌に触れるかどうかが問題になったりするのも[25]、その性格からのものである。内膳屋を立つ方位などで問題になることもあるが[26]、そのような例は稀である。

土公は犯土にかかわる方忌であるが、他の方忌においても、特に大将軍・金神などでは、犯土・造作のことが強い禁忌として意識されており、土を掘り動かすことに凶事を感じる意識が強かったようである。土公の所在の規定によれば方角の忌が認識されるようだが、現実には、

㉒参大内、退出、渡頼光朝臣宅、戌時、是従明日依可犯土也、　（『御堂関白記』寛弘七年十一月四日）

と忌を違えて、自邸を離れることが多い。この場合は、方位はさして顧慮されないようだ。犯土の邸に居住したままの場合に、方角の忌が気にされるけれど、この場合は、

㉓可立馬留舎之方事、今吉平朝臣勘申、勘申云、当御鬼吏方也、本条云、絶命禍害鬼吏方三百歩内可忌犯土、而件馬留舎已四百歩外也、不可令忌給者、

（『小右記』長和二年二月廿八日）

など、他の方忌を顧慮されることが多く、土公云々の記述はあまり見ない(27)。

以上述べてきたことは、当代の記録に見られる方忌および方違行動の実際例であったが、方違行動にあたっては、それが何の方忌に触れての方違であるかを明示しない場合が多い。たとえば、本章で活用してきた『御堂関白記』『権記』『小右記』の三書で観察してみるに、方忌および方違とのみ記す場合の用例は、計一〇五例を数える。大将軍とか天一とかの明示をしない場合の例である。もちろんそれは、明示されなくてもどれかの方忌によるものであることは当然で、調べてみれば、その顧慮された方忌を指摘できるはずである。その検証の結果だけを示せば、次のようである(28)。

種類／記事	大将軍	八卦	王相神	天一神	太白神	不明（含犯土）
方忌	8	3	5	12	20	21
方違				7	10	19

結果として、どの方忌に触れての行動であるかを判定できない部分を多く残したのは遺憾であるが、考えてみれば、当代の専門家たる陰陽師の間でも、理解のくい違うことの間々ある複雑さからみれば、いちいちわりきれては、その方が不審かもしれない。ともあれ、この概略の整理の結果は、個々の事例の検証によっては一層に、方忌と方違行動の性格について、知られるものがある。それを整理してみれば、

〔方忌の種類〕	〔方違行動の事項〕
大将軍	造営・修理、入内・行幸
八　卦	造営・修理
王相神	造営・修理、埋骨・葬送、出御
天一神	入京、参内、候宿・帰家
太白神	候宿・帰家、野宮入り、渡御

のようになる。あまり厳密に区分することにはかえって危険があり、この程度の分析で十分と思うが、大将軍・八卦の年忌では、造営・修理などの犯土の禁忌が中心となり、天一・太白の日忌では、入京・候宿・帰家といった出行の禁忌が中心となるといった分析は、確実にできる。中間に位する王相は、年忌の性格に準じて、さらに葬送・埋骨などの折に顧慮される性格を持っている。分類を明らかにし得なかったもののなかにも、この分析結果から逆に見当がつけられるものも、かなりある。これらから言えることは、各種の煩瑣な方忌のすべてに支障なく生活を規律することは、おそらく至難と言えるほどのものがあろうと想像されるけれど、現実生活の上では、局面に応じて意識される方忌も限定されており、我々が想像するほどに煩瑣な思考を要したものでもなさそうだともいえる。

三　方違行動の分析

平安期の人士が、日常生活の局面に応じて、方忌を顧慮し、それに対応した行動をとるとき、それが方違えといわれる方忌忌避の行為になるわけであるが、その忌避行為は、具体的にどういうものであったか、整理してみたい。方忌の所在が変化する場合（出行系統）と変化しない場合（修造系統）とに分けて考えるのが、便利であろう。

〈修造系統の方違え〉

修理・造営が邸内の場合と邸外の場合とがある。邸内である場合には、その修造箇所の方位が忌に抵触しないかどうかが、肝心のところである。

㉔又仰云、長門国司元愷令申云、大垣事可勤仕、而当御忌方坤、仍不能造築者、可問陰陽寮者、

（『小右記』治安三年六月五日）

個人の邸でなく大内裏の場合であるが、長門守元愷の担当する大内裏外周の築地の方位が忌にあたるかどうか、大将軍忌にあたるとかあたらないとか、いや八卦の方忌がどうとか議論される。忌に抵触しなければ修補に支障ないが、忌にあたれば、この場合は工事を延期することになる。工事が長びいて方忌にかかる年あるいは月になっても、中止する必要があるとかないとかの判断も、考慮のうちにある(29)。邸内で方忌に触れる場所の修造にあたる場合、家を移って方違えを果たす場合が当然考えられるが、これにあたる用例が管見に入らない。ほとんどの場合、期日を延期したりすることによって方忌をまぬがれるためであろうが、この方違え行動については、後述する。

修理・造営が邸外の場合、これも期日を移動することによって忌をまぬがれることができるが、年忌においては、特に大将軍などにかかれば、長ければ三年間も工事延期になる。これでは何としても具合が悪いというときに、方違えが実行される。

㉕渡済政三条家、是可立法興院堂、依有方忌也、

（『御堂関白記』寛仁元年四月二日）

㉖来十八日可埴壇、彼日依遊行方、従今日雅通三条宅宿、

（同・長和二年二月十一日）

が分かり易い。㉕は、この四月十九日に法興院御堂を立つとのことだが、これには方忌があり、「来月四日以前可渡他所(30)」との勘申に従っての行動であった。修造などの忌でまず顧慮されるのは大将軍方忌であるが、この寛仁元年（1017）丁巳は大将軍方位は「東」で、これは抵触しない。「来月四日以前可渡他所」との勘申がミソなのだが、

これは王相忌である。すなわち王相は、「夏三月南塞　立夏四月節巽王離相　夏五月中離王坤相(31)」で、夏になれば土御門殿からの法興院の方位「南」が、まともにぶつかる。従って、この年の立夏である四月四日以前に他所に宿し、自邸の所在を変更するのである。済政三条家の所在は確実でないが、三条大路辺であることは確かだから、法興院への方位はほぼ「東北」であろう。㉖は比較的珍らしく、大将軍忌でもこれは日忌の大将軍である。これも法興院の造作に関係するが、その「垣壇」にあたる十八日庚辰、大将軍は南に遊行(32)して、土御門殿よりの禁忌の方位にある。それでこの日から、雅通三条宅への方違えを始めたのである。最も普通に考えられる、大将軍年忌に触れる方違えの実際例が案外に少ないが、これは、およそ三年間にわたる方忌を避けるにはかなり大がかりな方法が必要で、それに触れるような場合を避けたためとも思われるが、

㉗臨昏按察被過云、今日内可向長谷、依有方忌可越年、而帰京日未定、　（『小右記』万寿二年十二月八日）

は、明瞭にその例である。按察大納言公任は、長谷に堂を建てるために今年のうちに長谷にこもり、来年になって帰京するといって出かけた(33)。万寿二年（1025）乙丑は、大将軍方位は南で忌はかまわないが、翌三年丙寅は北塞となり、京内から長谷での立堂は禁忌にかかわるからである。この方違えについては、後に再度触れる。

〈出行系統の方違え〉

出行系統の方違えで普通であるのは、参内・退出における方違えである。

㉘早朝参内、左大臣於陣被定申雑事、依有方忌、不籠御物忌、罷出、　（『権記』長保元年七月廿五日）

㉙参大内、明日使事催行、須候宿、而依方忌退出、　（『御堂関白記』長和元年閏十月十五日）

などは、方忌があるために候宿せずして退出した場合。こういう単純な方忌は、太白方忌によることが普通で、日毎に巡回する太白神の性質で、二条以北に位置することが多い高級貴族の私邸からの内裏の方位は西にあたること

が多く、太白神が西に所在する五日・十五日・廿五日にこの忌にしばしば触れるのは、興味あることである。その日どうしても候宿の必要がある時には、「入夜渡東三条違方、可候内宿也」[34]のように、前夜別の場所に宿泊して方忌を違えて参内する。この場合、道長は翌日早朝に自邸に一度帰宅の後に参内している。方忌が顧慮されるのは、夜間の宿泊だけということである。逆に内裏からの帰宅の場合も同様である。

㉚罷出、夕詣左府、依有方忌、宿僧正車宿、（『権記』長保元年九月十一日）

八月から内裏に候宿し続けていた行成は、この十一日になってやっと内裏から退出したのだが、方忌に触れるために自家にもどれず、「僧正車宿」を宿としたわけである。

㉛従内出、入夜又参、依有方忌、（『御堂関白記』寛弘八年十一月十一日）

によれば、道長は折角退出したものの、方忌を思い出して再び参内候宿ということになっている。ついでに述べれば、参内の折に「五」の日に忌が偏在したのに対して、退出の場合は、逆に太白神が東に所在する「一」の日すなわち一日・十一日・廿一日にこの禁忌に触れがちであるのは、当然のことながら面白い現象である。

参内・退出以外で方忌が問題になるのは、臨時の出行、すなわち寺社参詣への往還の折とか、天皇でいえば臨時の行幸、中宮・女御でいえば参内・退出のときである。これらは、臨時のものであるから、太白方忌は勿論避けるように配慮されているし、その上に数日にわたって方忌が存する天一方忌も顧慮される場合が多い。

㉜従内女方相共伊祐朝臣宅違方、明日欲参法性寺也、（『御堂関白記』寛弘五年二月十二日）

㉝中時許乗舟還来、依方忌留賀茂辺、（同・寛仁元年十月廿六日）

は、貴族の物詣の往還の折の例。寺社参詣のために方違えしながら、翌日自邸に帰ってきたりもする。[35]先例にもあったように、宿泊すれば方違えは形式的には果たしたわけだから、それでもよいのである。天皇の行幸、女御の入内ということでは、三条新帝の入内の折の方違え（東三条殿→朱雀院→内裏）[36]、道長女彰子の入内（土御門殿→西京秦連理宅→一条院内裏[37]）という、著名な例がある。

㉞（院）明後日可令渡寝殿給、仍東対代御方違、　（同・長和五年三月廿一日）

は、枇杷殿に御す三条院が、北対より寝殿に移られるにあたっても、東対への方違えが必要であった例である。廿二日丙寅より五日連続で南塞となる天一神方忌を避けての方違えである。

以上のことを整理すれば、方違えの型は、

〈修造系統の方違行為〉

a．修造を延期あるいは中止する

b．他所に宿泊して忌違えをする　※

〈出行系統の方違行為〉

a．出行を延期あるいは中止する（出行して、もとの場所にもどることも含む）

b．他所に宿泊して忌違えをする

イ、忌違えをしてから出行する

ロ、出行した場所から他の場所に移る

のごとくで、形式そのものは簡単である。ただ、特に※印で示した箇所に関連すると思われるのだが、まだほかに十分には説明されていない方違えの型があって、そのことを理解しようとするのが、実は、本章の課題の主なものであった。

節分方違

前節で方忌の種類を検証し得なかったものの中に、今迄の説明の中では、十分に理解し難い種類のものがある。

たとえば、

㉟男一宮御違方大蔵卿宅、左大殿被候御車後、候御共、

（『権記』長保四年六月廿日）

といった方違えである。一見したところ別段変わったものとも見えないが、調べてみると、一宮（敦康親王）は翌日早朝自邸にもどっており、何に触れて何のための方違えであったか、理解できないものである。更に調べてみると、この六月廿日の翌日廿一日は立秋にあたっており、これがいわゆる節分方違であったことがわかる。この節分方違は、史料にも散見し[38]、すこし以前の九条師輔の日記にも、

㊱明日立春節也、仍向故少納言治方朝臣宅違忌、

（『九暦』承平六年十二月十六日）

などと明示されており、方違えの風習として通常のものであった。用例③もそれであった。この節分方違とは、どういう方忌にかかわるものだったろうか。いささか後の例だが、中御門宗忠の日記に、

㊲今夜節分也、院為御方違渡御近江大津之辺、乍立御車御、上達部被留、殿上人許扈従云々、女院御出雲路辺云々、又乍立御車御云々、大殿関白殿御方違云々、三年大将軍依可在北方、万人方違、

（『中右記』長承三年正月三日）

という記事がある。節分方違が大将軍方忌と関係するものであることは、確実である。さらに、

㊳今夜節分也、仍為避方角宿一条高倉小屋、是依一条之新堂造作事也、従今夜及供養日不可宿五条也、

（『中右記』承徳元年十二月廿四日）

によれば、一条新堂造作のような修造と関連するものであることもわかる。ちなみに、承徳二年（1098）戊寅は大将軍方位が北で、この廿五日（立春）以後、宗忠の五条家からは大将軍方忌に触れる。それを避けて方違えをしたわけだが、そのはじめが節分前夜というのが気になる。この方違えについては、更に一ケ月ほど後の一月廿四日、「今夕宿一条高倉小屋、為避卌五日方忌也」という注記があり、四十五日方違との関連が考慮のうちに入れられそ

うである。同様の句は、翌二月廿五日にもある。一条新堂供養は三月廿四日である。四十五日方違といえば、

㊴節分夜……予相具中将・右少弁、入日野方違、宿経俊阿闍梨南房、是以新堂依可宛北方也、以日野宿所為本所、以此中御門亭渡長女、於毎夜者不可方違之由、陰陽頭所申也、只卌五日方違許也、

（『中右記』大治二年十二月廿七日）

と、ここでも何らかの関連が考慮されそうである。以上述べた三要素（大将軍方忌・修造・四十五日方違）を結びつけて、どう説明できるかであるが、その前に理解の便のために、四十五日方違の問題を片付けておきたい。

四十五日方違

四十五日方違の所見も、古くからある。すでに藤原忠平の日記に、

㊵今月六日居此家、可満卅五日、　（『貞信公記』延喜廿年二月一日）

というのがある。卅五日は卌五日の誤りである。[39] この年の立春は正月七日壬申で、節分から方違えをはじめてはいない。こういう四十五日の方違が、何の方忌によるのかも、

㊶此日入夜高倉殿宮幷殿御方、為御方違渡土御門西小殿給、大将軍卌五日忌也、義綱朝臣、有宗朝臣、季実朝臣、基□等祗候也、

（『水左記』承暦五年九月五日）

㊷今夜中宮又為御方違行啓侍従厨、乍御車御也、鶏鳴之後還御、源中納言、左宰相中将忠、依仰扈従、人々、是京極御堂作事金神方卌五日之中、依違御也、又今夜六条殿御堂例修二月云々、公卿依行啓御幸不被参云々、

（『中右記』嘉承元年二月七日）

㊸大内尤可ㇾ宜、依二一夜之御宿一、更不ㇾ可ㇾ有二方角之禁忌一、今年鬼吏在ㇾ乾、仍卌五日有ㇾ御二宿閑院一者、大内可ㇾ当二鬼吏一〔方〕、仍自二今春一有二御方違一、然者雖ㇾ有二大内之御宿一、不ㇾ可ㇾ塞二方忌一、

（『玉葉』文治二年六日一日）

などによって明瞭である。すなわち、大将軍・金神・八卦の方忌のすべてにかかわるものらしい。言いかえると、[40]四十五日方違は、年の方忌の忌違えであるらしい。しかしまた、金神方忌の場合、四十五日方違でなく「卌五日一度」といっていることも、注意されてよい。四十五日間他所に居住するのでなく、四十五日に一度他所に宿泊するといった四十五日方違も、早くからあった。たとえば、

㊹皇太子自二左近衛府一遷ニ御官朝所一、為レ避二卌五日忌一也、

（『日本紀略』天延三年十一月五日）

も、そうである。皇太子は翌六日甲戌、早くも「帰二御左近衛府一」となっている。これらは結局どういうことかというと、次の、

㊺廿四日、癸卯陰晴不レ定、入レ夜天晴、此日、主上中宮共渡ニ御大内神泉苑一、自二閑院一当二西方一、即主上御忌方遊年也、也、仍於二大内一経二卌五日一、可レ被レ移二御忌一之故也、件日限可レ為二夏節一、仍更以二鳥羽一為二御本所一、可レ有二御方違一也、是則於二王相大将軍方一者、以二本所一移レ忌、於二八卦御忌一者不レ依二本所一、以二一気全宿之所一移レ忌故也、於二大内一経二夏節一御、神泉又当二南方一、可レ有レ憚、是以更可レ渡二鳥羽一也、

（『玉葉』建久二年二月廿四日）

㊻假令、人有二家二一、以二甲家一為二本所一一夜留忌、以二乙家一為二旅所一四十五日留忌、而於二乙家一、空過二四十五日一了、仍已留二其忌一、然者、自二件在所一、大将軍、王相方、犯土造作、可レ憚、為レ之如何、在憲申云、犯土之所為、地人之領者、為二他人沙汰一、行レ之無レ妨、又旅所、縦雖レ付二四十五日之忌一、其後又一夜宿二本所一、件忌即可レ付二本所一、不レ可レ有二二忌一也、於二旅所一、全過二四十五日一、未此後不レ宿二本所一之間、其恐在二旅所一、而更宿二本所一、件忌早移二其所一也、定二置本所一、此故也、若不レ持二本所一之人、一所ニ留二四十五日忌一、又他所同ク宿二四十五日一、移二彼忌一也、於下定二本所一之人上者、他所之忌、極易レ移也云々者、

（『玉葉』承安三年四月八日）

などが、ヒントを与えてくれそうである。すなわち、

大将軍・王相神　忌は本所に所在

八卦・(金神)　忌は一気(四十五日間)全宿の所に所在といったことのようである。大将軍・王相神の忌が本所(本邸といってもよい)にあるのならば、その方忌に触れる場合は、忌を避ける手段に困るが、これを解決するのが本所・旅所という観念である。㊻によれば、本所は一夜宿泊するだけで忌が移るが、旅所には、四十五日留まれば忌がそこに移るということがある。従って、どうにも支障をきたす場合には、他所(旅所)に四十五日滞在することによって方忌を避けられるのである。八卦方忌の場合、一気全宿のことがなければ忌にならないのだから、方忌に触れる時には、一気のうちに適当に一日居をかえればよい。金神も「卌五日一度、金神方忌[41]」とされるから、八卦と並列される性格である。

説明は、ここで節分方違にもどるのが順序だが、節分方違は、大将軍の忌違えの行為であった。その季のうちに犯土造作などのことが予想される場合(予想されなくても、しておくにこしたことはないから)、各季のはじまる前夜から自邸をあけ、他所に忌を移しておくという行為になる。しかし、その翌朝早々に帰邸するのなら、それが本所であれば忌違えが無効になる。従って、節分方違を行う他所、それを本所にしておくという便法が考えられる。中御門宗忠は、「以日野宿所為本所[42]」して節分方違をし、中山忠親は、自邸たる三条邸でなく「今夜為方違向楊梅、件所為本所[43]」といった忌違えを、普通にしている。自邸を旅所としておいても、そこに四十五日とどまれば忌も移ってくるわけだから、今度は四十五日一度の方違えが必要になってきて、八卦・金神の四十五日方違と同様のことになる。煩瑣なことである。

十五日方違

ところで、いままであまり説明の機会のなかった方違えに、王相方忌による方違えがある。用例㊺㊻によれば、大将軍に並列されているが、同様に四十五日方違によって避けられる方忌ではない。はじめに述べると、王相方忌は、十五日方違によって避けられる。本所・旅所などの思考は、大将軍と同じである。残念乍ら、平安中期の資料にはあまり見られないが、中御門宗忠の日記などには、頻繁に見られる。

㊼夕方、為違十五日、行向鳥羽邦宗宿所、（『中右記』元永元年五月十九日）

など。そしてこれが王相方忌によることも、

㊽入夜参内、今夜為御方違、皇后行啓也、為供奉所参内也……其路経東洞院大炊御門堀川、暫乍御車御于本御所寝殿階陰間、鶏鳴以後可令還入御也、是王相十五日不可令□其忌給之故也、（『中右記』天仁元年五月四日）

で明らかである。また、

㊾一日、辛卯陰晴不定、旋薬院使憲基参人、産所押借地法、東西南北十歩之中不可憚云々、但自当時寝所塞方可忌之、近日、東大将軍、[44]西王相等也、但此家非本所、為旅所、仍不満四十五日、若十五日者非此限、又太白方、用心可違之、又随日遊所在、可定母屋庇、（『玉葉』承安三年九月一日）

によっては、王相方忌が性格的には大将軍方忌と変わるところなく、ただその忌違えが四十五日か十五日かの相違だけであることも知り得る。㊾は、この家は旅所であり、四十五日間滞在していないから大将軍方忌は問題ないが、王相の十五日忌には該当するとの趣旨。節分方違が王相神の十五日忌違えである場合も、当然あり得る。[45] 以上述べてきた節分方違・四十五日方違・十五日方違は、いずれも、〈修造系統の方違行為〉のbとして、「他所に宿泊して忌違えをする」に、属するものである。[46]

四　平安期作品に見える方違え

平安時代の文学作品に見える方違行動の場面は、実のところ予想したほどには頻繁でない。出行に関する最も普

通の方違えは、

㊿男の詣でたりける所より方塞がりけり。されば明日までもえあるまじかりければ、方違ふべき所へいにけり。

（『大和物語』附載二、三五九頁）

(51)夜ふけてかへりたまふに、この女のがり行かむとするに、方塞がりければ、おほかたみなたがふ方へ、院の人々類していにけり。

（『大和物語』一〇三段、二八三頁）

などであろう。㊿は、逢坂で邂逅した女性とともに志賀寺（崇福寺）に詣でた男が、方忌のために、心を残しながら寺を後にする、罪な方忌である。(51)の同じく平中の挿話も、女房武蔵とのあやにくな恋の一因となるし、『大和物語』においては、この風習は、恋の不如意の物語の片棒をかつがされている。作品の八九段、修理君に通った右馬頭が「かたのふたがりければ、方違にまかるとてなむえ参りこぬ[47]」というのも、右馬頭が内裏に出仕して近くにありながら、しかも方忌は日中は無関係なのに、顔を出しもしないで他所へ方違えに出ようとする男の薄情さを、一層強調する。監の命婦に通っていた中務宮が、「方のふたがれば、こよひはえなむまうでぬ」と、自宅からわざわざ挨拶してよこしたのに、〝あふことのかたはさのみぞ……〟の返歌を見て、「方ふたがりけれど、おはしましてなむおほとのごもりにける[48]」の愛情を見れば、なおさらである。なおこの方忌は、監の命婦の返歌にあるように、「一夜めぐり」の神、すなわち太白神の方忌である。

(52)かかるに、夜やうやうなかばばかりになりぬるに、「方は何方かふたがる」といふに、かぞふれば、むべもなく、こなたふたがりたりけり。「いかにせん、いとからきわざかな、いざもろともに近き所へ」などあれば、

（『蜻蛉日記』中、二四〇頁）

も、普通の方違思考である。『蜻蛉日記』においては、兼家・道綱母ともに方忌に対する禁忌意識はかなり強く、お互いの承認行動となっている[49]。

53 さての日をおもひたれば、又南ふたがりにけり。「などかは、さはつげざりし」とあれば、「さきこえたらましかば、いかゞあるべかりける」とものすれば、「たがへこそはせましか」とあり。おもふ心をや、いまよりこそは心みるべかりけれなど、なをもあらじに、たれもものしけり。
（『蜻蛉日記』下、二六九頁）

などと、方忌を前提にしてのいさかいにまでなる。その初めは、「方ふたがりにたれど、夜ふけぬるをとて、とどまりぬ」(50)ということもあったのだから、方忌は物忌とともに、兼家にとって、道綱母との関係を緩衝する効力を持つ風俗であった。そのように距離をおいても、結局破局をむかえざるを得なかったのは、本質が変わらなければどうにも仕方がなかったということであろう。男からの方位が方忌になるために、女を迎えに来るのは、『和泉式部日記』の帥宮敦道親王の行動に見られる。(51)

『源氏物語』『枕草子』『栄花物語』の方違えは、冒頭にあらあら紹介したが、今にいたってふりかえってみれば、①に紹介した空蟬と邂逅する紀伊守中河家への方違えの場合、これは中神（天一神）の方忌であった。(52)理屈をいえば、天一神が東に遊行する乙卯日から己未日に至る五日間に、あいにくぶつかったわけである。源氏の里邸二条院も、内裏からは同じ東方で忌を避けられない。二条院の想定位置も説が分かれているが、現在源氏は内裏から里邸を通りすぎて左大臣邸にいるというよりも、同じ二条大路辺ながら、いま訪ねている左大臣邸よりもさらに少し先（東）に所在していると考えた方が自然な気がする。こうして中河家に渡ることになるのだが、「御方違所はあまたありぬべけれど、久しく程経て渡りたまへるに、方塞げてひき違へほかざまへとおぼさんは、いとほしきなるべし」であれば、再び内裏にもどればよいのである。距離的にもはるかに近い。それをあえて方違えさせるところが、物語の設定ということだが。(53)横河僧都が方忌によって小野に帰らず、宇治院に中宿りして浮舟を発見するきっかけになるのも、天一神の方忌である。その他『源氏物語』にはいくつかの種類の方違えが見られる。

54 「女などの御方違こそ。夜深くいそがせ給ふべきかな」
（『源氏物語』帚木、九八頁）

㊺今年よりふたがる方に侍りければ、違ふとて怪しき所にものし給ひし。（『源氏物語』夕顔、一六六頁）

はともに大将軍方忌だが、前者がいわゆる節分方違、後者が大将軍の年忌である。これも理屈をいえば、今年は、西塞となる亥子丑のはじめの「亥」年であるということになる。

㊻「夏にならば、三条宮ふたがる方になりぬべし」とさだめて、四月朔日ごろ、節分とかいふことまだしき先に、わたしたてまつり給ふ。（『源氏物語』宿木、一一五頁）

は王相忌である。王相方忌は、春三月東塞、夏三月南塞。まだ立夏にならぬ四月朔日のうちに、薫は結婚した女二宮を三条宮に迎える。三条宮の位置は、匂宮の住む二条院に隣接して南の宮と呼ばれていたそうだが(54)、女二宮はどこにいたのだろうか。三条宮の方位から考えても、無論内裏でない。三条宮は、内裏からどう見ても南塞にならず、むしろ春三月の方が、東塞で問題になる。女二宮の居住の邸は、その母藤壺女御ひいては祖父左大臣の邸であって、それが三条宮からは北方に所在するという位置関係である。『源氏物語』にはいま一つ、注意される方違えがある。匂宮が浮舟を宇治にたずねるくだり、

㊼「いと恐ろしくうらなひたる物忌により、京の内をさへ去りて、慎むなり。ほかの人寄すな」（『源氏物語』浮舟、一三八頁）

と、従者の時方にいわせる場面がある。これは、正確には方忌に対する忌違えではない。物忌が厳重なために、あえて他所に物忌所をもうけての「所避りたる物忌」(55)である。浮舟が最初に二条院の中君のもとにいたのも、物忌違えと称していた(56)。これらは方違えではないが、居所を去って忌を違えるということで、ここに紹介した。実は、貴族の日記などでも、この種の忌違えと思われる事例もあった。東三条女院の薨去間際にも、御占によって、「惟仲の帥中納言の知る所」に渡るということがある。「所などかへさせ給へれば、さりともなど頼しう(57)」と期待するわけである。同質の忌違えであろう(58)。

物語類の中で、『浜松中納言物語』の、

㊽よろづに語らひあつかひ暮して、こよひは廿一日にて方違ふべかりければ、夕つかた出でたまふほど、山風涼しう吹きたるに、（『浜松中納言物語』三九〇頁）

は、すこし面白い。清水に参詣中の姫君を訪ねた中納言が、方忌に触れるので、心をのこしながら帰京する場面。「こよひは廿一日にて」は、いうまでもなく太白神の東塞の日である。

作品に見える方違えについて、おおむね出行系統のものばかりに触れてきたが、もちろん修造系統の場合の方違えもある。

㊾廿七八日のほどに、土犯すとてほかなる夜しも、めづらしきことありけるを、（『蜻蛉日記』下、二八五頁）

㊿三月つごもりがた、土忌に人のもとに渡りたるに、（『更級日記』四九四頁）

は、修造による犯土の忌違えそのものである。方忌がからんでのものかどうかは、明瞭でない。修造系統の方違えで、作品によく登場するのは、節分方違と四十五日方違である。先述したように、ともに大将軍などの年忌に関係する。節分方違は、冒頭の用例③でも紹介したが、

(61)旧年に節分するを、「こなたに」などいはせて、〝いとせめておもふ心を年の内に春くることもしらせてしがな〟、（『蜻蛉日記』下、三三五頁）

もそれである。大系本頭注の「節分の行事をするのに」は厳密でなく、節分の方違えをするのに、「どうせなら私の家に方違えにいらっしゃい」という、道綱母の誘いの意を明らかにした方が分かりよい。節分方違は、節分当夜他所に外泊し、翌日早暁に帰宅する。日替りの時刻がほぼ寅刻とされるようだから、寅刻になればよいということらしい。他所は、用例㊲のように、車上で夜を越してもかまわない(59)。

いままでに論じられてきたことのあるのは、四十五日方違である。四十五日方違については、

(62)まだきにかくいふ事を知らせじとやおぼしけん、宣ふ様は、「長谷に堂建てんと思ふに、北に当りたればいと恐しければ、かの寺に年の内に行きて、四十五日そこにて過して、来年の二月ばかりなん京に出づべき」などいふ事をの給はせつゝ、

（『栄花物語』巻廿七、二五二頁）

が分かり易い。万寿二年（1025）乙丑の大将軍方位は西、翌三年丙寅の方位は北である。この記事によって、四十五日方違が大将軍方忌および修造（立堂）に関係することも確認できる。来年になると、大将軍方位にかかわって立堂不能だから、今年のうちに長谷に四十五日滞在をはじめて忌を留め、立堂の方忌をなくしたのである。ただしこれは、公任の出家準備の口実だが。これをもって知るに、道綱母の、

(63)そのころ、五月廿よ日ばかりより、四十五日のいみたがへむとて、あがたありきのところにわたりたるに、宮、たゞかきをへだてたるところに、わたり給ひてあるに、みな月ばかりかけて、雨いたうふりたるに、たれもふりこめられたるなるべし。

（『蜻蛉日記』上、一三五頁）

や、従来議論されることのあった[60]和泉式部の、

(64)このごろは四十五日の忌たがへせさせ給ふとて、御いとこの三位の家におはします。れいならぬ所にさへあれば、「みぐるし」と聞ゆれど、しゐてゐておはしまして、御車ながら人も見ぬ車宿にひきたてて入らせ給ひぬれば、おそろしくおもふ。

（『和泉式部日記』四三二頁）

も同様の性質であることは、無論と思われる。『蜻蛉日記』の応和二年（962）壬戌の大将軍方位は南、あがたありきの家（倫寧家）の所在は明確でないが、章明親王家の隣である。『和泉式部日記』の場合、この長保五年（1003）癸卯の大将軍方位は北、帥宮にどういう関係の修造などがあったかは分からない。以前に、この四十五日方違を考えられた吉田幸一氏は、北西（王神）および北（相神）に遊行する王相方忌を避けて、「反対の方角に当る伏見の里へ方違えをした[61]」とされるのは、それでは方忌を継承しており、方違えをしたことにならないのではあるまいか。

方違えであるためには、方忌の対象の両側面のどちらかに移るか、方忌の方向に進んで対象を通りすぎるかでなければ、方忌を解消したことにならないと思う。この四十五日方違も、帥宮敦道親王の居住する南院は東三条南院かと思われるが、[62]また「御いとこの三位の家」は文中の歌によって伏見かと推されており、それらも含めて、その具体的意味・内容は明らかでない。

以上、平安期の方忌認識とそれの対応行動たる方違えについて、史料で検証し、作品場面での性格を、できるだけ正確に理解する作業を試みてみた。いまだあらあらの報告であるが、作品の場面・表現の理解に資するものがあれば、幸いである。

注

(1) 日本古典文学大系本、巻数・頁数。以下作品の巻・章段・頁数は、同大系本のそれである。
(2) 夕顔巻、一六六頁。
(3) 巻廿一、一四〇頁。
(4) 巻卅八、四七九頁。
(5) 拙稿「方忌考」(「秋田大学教育学部研究紀要」第二十三号、昭48) 本書Ⅱ編第二章。
(6) 『小右記』治安三年六月四日条。
(7) 『御堂関白記』長和元年五月廿一日条。
(8) 『御堂関白記』寛弘八年六月八日条。
(9) 『小右記』寛弘八年三月十九日条、同長和四年十月十四日条。
(10) 『小右記』長和三年四月九日条。
(11) 『御堂関白記』『権記』寛弘五年七月九日条。

(12) 同右。
(13) 『御堂関白記』長和元年正月廿日条注記。
(14) 『小右記』寛弘八年七月廿日条。
(15) 『中右記』永久二年四月十二日条。
(16) 『御堂関白記』長和元年五月廿四日条注記。
(17) 同右、長和元年六月廿六日条。
(18) 『権記』寛弘六年五月廿五日条。
(19) 注（5）拙稿の注（23）において、いささか考察を試みたが、詳細は不明。別稿の課題としたい。この方位に関連するらしい八卦衰日については、土田直鎮「衰日管見」（『古記録の研究』続群書類従完成会、昭45）もあるが、方位のことにはあまり触れられていない。その後、中島和歌子「八卦法管見」（『文化学年報』第一二号、1993）が禁忌の状況と関連する事柄について、詳しい考察結果を発表している。
(20) 『小右記』長和二年九月五日条、同九月十一日条。
(21) 同右、長和四年四月五日条。
(22) 同右、長和五年六月廿日条。
(23) 『御堂関白記』寛仁三年十二月四日条。
(24) 『小右記』治安三年九月廿一日条。
(25) 『中右記』寛治七年十月四日条。
(26) 同右、寛治八年十一月二日条。
(27) 叙上の説明にあたって活用した、平安中期の三史料『権記』『小右記』『御堂関白記』に見得た方忌の全用例の内訳は、次のようである。

大将軍　御堂5例、権記2例、小右8例
金　神　なし

八　卦　　権記1例、小右7例
王相神　　御堂2例、小右8例
天一神　　権記1例、御堂1例、小右4例
太白神　　小右2例
土公（犯土）　権記5例、御堂5例、小右20例

(28) 実は、方忌と方違を区別することは、実質的にはほとんど意味がない。方忌としか語句はなくてもおおむねは方違行動をともなっているからである。念のため。
(29) 『小右記』長和三年四月一日条。
(30) 『御堂関白記』寛仁三年三月廿七日条。
(31) 『簾中抄』下。
(32) 『掌中暦』。注（5）拙稿・付表、参照。
(33) 『栄花物語』巻廿七、二五二頁。
(34) 『御堂関白記』寛弘二年八月三日条。
(35) 同右、寛仁三年正月九日・十日条。
(36) 用例⑫。
(37) 『権記』長保元年十月廿五日条など。
(38) 『権記』長徳四年十月九日、長保元年十二月廿二日、寛弘六年十月十一日条などほか。
(39) 忠平は前年十二月廿三日に「為避忌也」とて宮別納に移っており、この二月六日で四十五日を満たすことになる。
(40) たとえば『中右記』永久二年四月十二日条など。
(41) 『中右記』保安元年七月一日条。
(42) 同右、大治二年十二月廿七日条。
(43) 『山槐記』治承三年二月廿七日条。

(44) 天一神のことである。山本利達「紫式部日記覚書―日遊・御物忌―」(「滋賀大学教育学部紀要―人文・社会―」第二六号、昭51)、参考。

(45)『玉葉』治承四年十二月八日条。

(46) 誤触を受けないために注しておくと、上述のことは新発見でも何でもない。『簾中抄』下には〈方違附土忌〉として、

大将軍方　三年ふたかり也おほふたかりと云（中略）

此ふたかりか方にハ土をほり屋をつくり家わたりむことりこうみ仏供養はかをつくことなとみないむへしたゝし方違つれハいます又遊行のあひたハふるきあとをたかへす修理をハする也遊行の程ハこよみにつけたり方違のことハ節分のまへの夜より我家に一夜もとゝまらす又人の家もしハ我家なれと本所にあらさる所にてハ四十五日に二夜たかふへき也

王相方　三月めくりといふ（中略）

これも大偽軍の方のいみのことし方違ハ人の家にて十五日をたかふへし我家の本所にハ一夜もとゞまらすと明瞭な説明を加えているし、『拾芥抄』でもいささか曖昧な表現ながら、同様のことを述べているのである。にもかかわらず、後述のように誤解が生じたりの余地が十分ある状況なので、敢えて再説し実例をもって検証してみたものである。

(47)『大和物語』八九段、二七二頁。

(48) 同・八段、二三五頁。

(49) 注（5）拙稿中の〈蜻蛉日記の方忌〉、参考。本日記の方忌記事の日時は、きわめて正確である。

(50)『蜻蛉日記』中、二〇七頁。

(51)『和泉式部日記』四〇九頁、四三二頁。

(52) この「中神」を「ながかみ」と読むのはどうかとの御質問が、中古文学会発表のさいに迫徹朗氏よりあった。その際に、「そういう称があるとすれば、それは日替りの方忌である太白神に対して数日間単位の方忌である天一神方

忌の期間の長さによるものであろうか」と、私は推測をまじえて応答した。この異称に関しては、『紫名抄』『河海抄』などでの所在を、その後増田繁夫・伊井春樹氏より指摘された。私の応答の是非は不詳だが、ほぼそれでよいかと思われる。ただし、それは確かに異称で、本来の称は「中神《なかがみ》」である。具注暦に「日遊在内」とされるように、屋舎内に所在の神といったところが根拠であろう。山本注（44）論文、参考。

(53)『源氏物語』手習、三四〇頁。
(54)同右・宿木、一〇二頁。
(55)『枕草子』一三九段、一九五頁。
(56)『源氏物語』東屋、一五〇頁。
(57)『栄花物語』巻七、二三二頁。
(58)『今昔物語』巻二十四第六（二八五頁）にも類例。
(59)なお、増田繁夫氏よりその節分方違の方違所の方位・所在が制約があるかないか御質疑を受けたが、それらの具体については現在不詳。
(60)吉川理吉「四十五日の忌と着座の儀」（「国語国文」八巻九号、昭13）、吉田幸一「和泉式部日記における矛盾面解明への一試論」（「国語と国文学」四十巻三号、昭38）など。
(61)吉田注（60）論文。
(62)冷泉院皇子の南院第は、外祖兼家の東三条南院第であり（『日本紀略』寛和二年七月十六日）、二条町尻の辻が近い（『大鏡』巻三、一四九頁）。

付記

昭和五十四年度中古文学会春季大会の発表に際して、小西甚一・三谷栄一両氏より、ベルナール・フランク氏の、“KATA-IMI ET KATA-TAGAE”(Bulletin de la MAISON FRANCO-JAPONAISE, Nouveile Série, Tom V, No. 2-4, 1958, Juillet）なる著述の御教示を受けた。本稿と重複するところが多いかと思われ汗顔の次第であるが、一方また本書の翻訳刊行されることも切に望みたい。

再付記

右に記した書物は、私の発表十年後の一九八九年に、斎藤広信氏の訳で、岩波書店より刊行された。「あとがき」によれば、発表の同年に訳者に依頼があったそうである。刊行直後に、私もこれを入手して、感嘆した。方忌認識とその対応行動について、すでに昭和三十三年の時点で、総合的かつ具体的な研究結果がまとめられていた。汗顔を新たにする次第であるが、紹介も兼ねて、再度付記した。

第四章　触　穢

一　はじめに

日常生活において、吐き気を催すような汚穢的な事物に嫌悪を感じるのは、人間通有の感覚である。見たり聞いたり嗅いだりしたくなく、できるだけ避けて離れていたいと思うのも当然である。人間のこの本能的知覚に、歴史的な変化や懸隔はあまりないように思われるのだが、平安時代の記録・作品に頻繁に見られる〝触穢〟の記述を観察してみると、単に汚穢的な事物を嫌悪するというだけでない、畏怖の観念にもとづく思想と制度が知られる。

平安中期における〝触穢〟の思想は、結論的に言うと、仏教思想によって複合された様相のものであり、本来的な〝触穢〟の感覚は、古代日本人の生活に、原初的に存在するものであったように思われる。この原初的な感覚を、イザナギが亡妻イザナミを黄泉国に迎えにいく、『古事記』（巻上・黄泉国）の有名な記述に、探ってみたい。黄泉国とは、死者の国である。イザナギが、薨じた愛妻イザナミの恋しさに、死者の国にまで赴いて、生者の国に連れ帰ろうとする。夫の愛に感動したイザナミは、万難を排して夫とともにありたいと願い、「しばらくの間、我が姿を視るな」と頼むが、イザナギは待ちかねて覗き見てしまう。覗き見た妻の、腐臭と醜悪の姿。驚いて逃げ帰るイザナギと、追うイザナミの悲しい愛憎。生死の境となる黄泉比良坂でのイザナギ・イザナミの姿は、人間の宿命としての生死を語る。かろうじて死者の国を脱したイザナギは、「吾は、いなしこめしこめき穢き国に到りてありけり。故、吾は御身の禊せむ」と言って、筑紫の阿波岐原で死の国の穢を落とす。

　ここには、人間の絶対的な別離としての死と、その死が形として眼前に見せる醜悪と汚穢が描かれている。これは、人間のいかなる感情も超越する宿命的な現実であるが、死の世界と生の世界をこのように厳然と区別する認識と、その死の世界の穢が〝禊〟の行為によって祓い落とされるという意識、それによって死の畏怖に対する救いの途を見出るという感覚に注意しておきたい。死はまぬがれ得ない恐怖であるが、生の世界にあるかぎりは、死の世界とは隔絶して存在し得る。山野草木をはじめあらゆる自然万象にやどって生の世界の秩序を維持する神の、その意志に添うかぎり、理不尽に死の世界には導かれない。〝穢〟によって、死の世界が不慮に身近になった時、神の助けを借りてその危難から逃れようとするのが、〝禊〟という行為ではなかろうか。したがって、〝穢〟は基本的に死の世界の知覚と言ってよく、それを眼前に表象する肉体的な変容を、〝穢〟と認識するわけである。なお、本章の課題である「触穢」について、総括的には、岡田重精『古代の斎忌』（国書刊行会、昭57）、より具体的には、山本幸司『穢と大祓』（平凡社、1992）という好著がすでに存している。小稿もこれに導かれるところが多い。

　触穢についての規定は、早く『延喜式』に見える。

凡触穢悪事、応忌者。人死限三十日。自葬日始計　産七日。六畜死五日。産三日。鶏非忌限

其喫宍三日此官尋常忌之、但当祭時余司皆忌。

凡弔喪、問病、及到山作所、遭三七日法事者、雖身不穢、而当日不可参入内裏。

凡改葬及四月已上傷胎、並忌三十日。其三月以下傷胎、忌七日。

凡祈年・賀茂・月次・神嘗・新嘗等祭前後散斎之日、僧尼及重服奪情従之輩、不得参入内裏。雖軽服人、致斎幷散斎之日、不得参入。自余諸祭斎日、皆同此例。

凡縁無服殤請暇者、限日未満被召参入者、不得預祭事。

凡宮女懐妊者、散斎日之前退出。有月事者、祭日之前退下宿廬、不得上殿。其三月・九月潔斎、預前退出宮外。

凡甲処有穢、乙入其処〈謂着座、下亦同〉、乙及同処人皆為穢。丙入乙処、只丙一身為穢、同処人不為穢。乙入丙処、人皆為穢。丁入丙処、不為穢。其触死葬之人、雖非神事月、不得参着諸司幷諸衛陣及侍従所等。

凡宮城内一司有穢、下司停廃祭事。

凡触失火所者、神事時忌七日。


（『延喜式』巻三・神祇三・臨時祭）

触穢の規定は、現実の運用に対応して多少は変化するが、(1)これから大きく外れることはない。死穢に触れた場合の三十日を上限として、六畜の死穢に触れれば五日、改葬や四月以上の殤胎（流産）も死穢と同じ日限が定められる。穢はまた死穢にかぎらず、出産や喫宍（肉食）・女性の月事（月経）も穢とされる。生の秩序を乱す（生死の堺にある）出来事だからと説明されるが、(2)現象的に死に近い状態が、死穢に類似の感覚を与えるとも考えられる。火事も穢とされるが、これも生命の恐怖感からなのか、血の赤から連想される嫌悪感からなのか、断定しにくい。(3)いずれにせよ、基本的には、死穢の嫌悪につながる意識であろう。

穢の伝染についても、かかわりの程度に応じた認識規定を示しているが、現実にはなかなか判定が難しく、後世の貴族たちの議論も多くはこれにかかわる。また神祇諸祭の斎忌期間に僧の参内を禁じているのは、仏教そのものを穢と認識する古来の思想を反映しているが、仏法盛行のなかでは変容せざるを得ず、平安中期の社会においては、神祇的な穢感と仏道的な穢感とが、混在している。(4)触穢とはいっても、実際に目で見て確認される現象でないし、また、現実生活での経験的な実感として、禁忌感覚が稀薄あるいは懐疑的になるということも十分考えられる。従って、平安時代において普遍的に認識される触穢感であるが、我々の推測よりは、限定的（神祇関係）・個別的（個人感覚）な要素もあるらしいことは、最初にことわっておきたい。

二　平安前期の触穢

触穢については、「平安初頭以降、祭祀並びに奉幣を停廃する記事が多くなり、とくに貞観以降その事例が著しくなる」と、説明されている。(5) 時期的に今少し経過するが、醍醐・村上朝頃の認識状況を見てみたい。『延喜式』の規定に沿った事例をまず確認してみる。

左近衛府少将曹司犬、咋入死人頭肩片手、仍彼府立三十日穢札、而御修法所童不知穢、用件府井水、其穢交及内裏、沙汰有、被定七箇日穢。

（『日本紀略』天暦元年二月十七日）

死穢である。飼犬が死体を咋えて来たために、左近衛府庁全体が穢に触れた。三十日穢として、札を立てた。厳密な処置である。御修法奉仕の僧に従っていた童が、事情を知らないで府の井水を使用したために、乙穢となった内裏は七日穢とした。これも、厳密な処置。

右兵衛陣前、裹袋置落胎、為三十日穢。

（『日本紀略』天徳三年二月十三日）

「落胎」とは、死産の胎児であろうか。死体を入れた裹が門前に置かれていたために、三十日穢と認定された。同じ落胎でも犬の場合は、「三日穢」（同・天暦三年八月九日）である。穢の期間を明示した用例は、この時期ではあまり多くないが、上記の例を見る限りでは、相当厳密に認識されていたように思われる。内裏内で血痕が見られただけで、卜占のことがあり、神今食が延期された（同・延喜十二年六月十一日）。犬の死体が見られても、論無く行事中止（同・延喜十年六月十一日）、内裏内で犬の産があっても触穢と認識された（同・天暦二年九月十八日）。

八十嶋祭延引、内裏触来丙穢、明日可為穢限、然者、祭使進発可有穢内、仍被延也。

（『日本紀略』天暦元年十一月廿四日）

「丙穢」とは、前日廿三日の賀茂臨時祭の際に馬が斃れ、その穢が内裏に及んだことを言っている。明日が「穢限」というから、三日穢である。臨時祭に奉仕の官人が触穢（乙穢）の状態で内裏に帰参したので、内裏が丙穢になったという、過敏な認識。動物の死体でも、六畜以外なら、顧慮の対象にならないらしい。狐の死体が見つかった時は、「不可為穢」とされている（同・延喜五年三月十一日）。

状況が穢の状態にあると認識された場合は、公事儀礼であれば、中止・延期あるいは臨時の方法で対処される。次に、『貞信公記』で個々の事例を見てみる。

行事	年時と対処	原因
◎行事中止の場合		
神今食	延喜十一年六月十一日	※穢の詳細は不明
廣瀬龍田祭	延喜十一年七月四日	※穢の詳細は不明
園韓神祭	天慶八年十一月廿日	死穢
◎行事延期の場合		
月次祭・神今食	延喜十二年六月十一日↓十五日	※穢の詳細は不明
賀茂臨時祭	延喜七年十一月廿四日↓廿八日	死穢・十月十七日に天皇外祖母薨去
伊勢例幣	延喜十二年九月十一日↓十七日	※穢の詳細は不明
祈年祭	延喜十九年二月四日↓四月三日	産穢
神今食	延喜十九年六月十一日↓廿六日	犬死穢
大原野祭	延長三年二月四日↓十六日	犬死穢

◎臨時処置を行う場合

季御読経結願　　延喜十一年七月十二日　大極殿↓南殿　　死穢・八省死穢、衆僧参入せず。
神今食　　延長四年十二月十一日　↓諸司　　※穢の詳細は不明
大原野祭女使　　承平元年二月一日　治子↓明子　　※穢の詳細は不明（恐らく月経）
祈雨二社　　承平元年五月廿三日　奉幣↓なし　　※穢の詳細は不明
天変祈禱二十二社　天慶二年十二月十五日　奉幣↓なし　　※穢の詳細は不明

見たように、比較的軽微に認識される神社祭などは中止されることもあるが、おおむねは時日を延期し、あるいは臨機の変更処置によって、行事が遂行されるように努められている。穢の除去のために、時に「大祓」がなされるが（天慶元年六月十一日・承平元年二月七日）、これで穢が消去されたということではないようである。

触穢が私事である場合は、

依犬死穢、不参陣中、是依頼内仰、（延喜十一年十月廿九日）
於南門外礼拝、依有家中犬死穢、不入寺中、（延長二年七月九日）

のように、内裏への参入、他所への立ち入りを、遠慮する。それに違反した場合、

元幹・善衡触穢参入過状、可令明法博士勘申之事、仰左大弁、（延長五年十二月十□日）

と、処罰の対象になる。従って、

受領吏過限不赴任之者三人之状、勅曰、依穢赴任二人免之、（延長二年七月廿三日）

のように、赴任時期を過ぎて在京している場合も、穢の理由であれば容認される。穢は、現在の伝染病のように、他に被害を及ぼす迷惑行為だからである。

臨時幣欲奉伊勢、而納言以上或病或有障不参入、仍大納言雖有俄穢、猶参陣外、
（『西宮記』所引、承平七年十二月十一日）

は、伊勢大神宮臨時奉幣であるが、種々の障のために奉仕の公卿がいない。大納言扶幹が、急遽穢の身で参入、「陣外」において処理した。許される限度の対応である。

穢の状態であることを認知していなかったために、結果として、穢状態の原因となる場合がある。自身が穢の状態で、宮中に参入などの場合である。穢の認識として、先にも触れた「丙穢」とされるものである。

触死穢人、交入陽成院、而院人不知参入大内、仍十三日以前神事皆停止、以後日可行。（延喜十九年十一月八日）

右大臣家従昨死穢入交、而不知彼家人入内裏、其穢廿五日所満者。（延長五年二月五日）

ともに、死穢に触れた人が他所に入り、それを知らない他所の家人（乙穢）が、別所に赴くことによって発生した「丙穢」である。現実問題として、そのような状況は卑近にあり得るが、これをそれほど過敏に認識しては、公私につけての障害がむしろ生じ兼ねないと思われる。しかし、平安前期における触穢意識は、極めて厳密である。(6)

ついでに、藤原師輔の場合を見て、終わりにしたい。

陰陽寮井女童落入死、其穢又及宮中、七月十四日穢満也。（『九暦』天暦三年六月十四日）

宮中は内裏の意。内裏外で生じた穢であるから、内裏はせいぜい「乙穢」の場所かと思われるが、きっちり三十日穢を規定している。延長二年（924）十二月の「奏御体御卜」は、本来一日より「斎卜」すべきものであるが、死穢に触れた人が内裏に参入したために、日を改めて廿三日に奏した。私人としても、

殿大饗、左大臣依室家穢不参向。（『九暦』天慶六年正月十日）

摺袴奉内、下官依丙穢不参、後聞、祭宣命依納言等。（『九暦』天慶二年十二月一日）

と、厳しい触穢認識のもとに、行動している。『九暦』に見る師輔の例では、「依失火穢、乍立帰去」（承平五年十二月十日）と、「火穢」を明記したものが珍しい。

三　藤原道長と触穢

物忌や方忌が、自分一身のみにかかわるのに対して、〝触穢〟は、自分の穢が他に伝染するという特徴を持っている。触穢にも、いろいろの種類があるが、最も普通に知られるのは、死穢である。死体に接触したり、同じ屋内にあったりすることによって、その身に死の穢が及ぶと考える。以下、藤原道長における触穢行動を、彼の日記『御堂関白記』から見てみたい。

道方朝臣来云、内有穢定、家宿所下有死人、八九歳許童也、所々喰犬者。被申右府云可難五体不具者。令申云、有身、難五体不具云、三十日被穢定了云々。（長保元年九月八日）

内裏の家宿所の下から、死体が発見された。八、九歳ばかりの童の死体で、所々犬に喰いちぎられている。犬が持ちこんだ死体のようだが、その場所は完全に死穢に汚染されたことになる。用例に「五体不具」の語が散見するが、これは死体の存欠の状態で、忌の日数の判定が変わるからである。五体不具の規定は『延喜式』のうちには無いが、「穢の合理化・感覚化の現象」(7)として、その後は最も頻繁に議論された、穢の認識例である。用例の場合、五体に身も付いていたことで、不具の判断は出来ず、死穢の規定通り「三十日の忌」と決定したと言っている。

死体は、発見されるまでにどれだけかの時間を経過しているから、理屈を言えば、犬が死体を運びこんだ時から穢が始まっていたわけだが、何時からと明確には言い難い場合が普通だし、遡ってまで考えると触穢の範囲は殆ど判断不能になる。それで、これはいかにも便宜的だが、触穢は、穢が発見されたその時に始まると考えて、死体の発見時にその場にいた人と、その後にそこに出入りした人のみが触穢の状態になる。だから、二日後には御前で作文会が催され、四日後の十二日には道長も西山辺を逍遥した後に院に参り、馬場殿の和歌会に参加したりしている。

しかし、十八日の季御読経は触穢が理由で延引となっている。神事・仏事にかかわる場合は、特別に厳格に判断される面がある。

人間だけでなく、六畜（馬・牛・羊・犬・豚・鶏）の死穢は、五日忌と規定されている（『延喜式』神祇三）。次は、道長が犬の死穢に触れた場合である。

女一宮御対面。参午上内間、依祭使事、渡枇杷殿。参内次下見間、有犬死。依之参陣外、令申此由。大原野祭来月一日也、依之不能参入。（寛弘元年正月廿七日）

参内の途中で枇杷殿に寄って、床下に犬の死体を発見した。そのために、「陣外」まで参ってそのことを報告し、来月一日の大原野祭にも参入不能の旨を奏した。夜になって、天皇からの仰せが里邸の道長のもとに届けられた。この例から、触穢の状態になっても、屋外にある限りは、内裏に行っても、「陣外」で用件を伝える分には支障がなく、互いの交渉も格別制限されることはない。しかし、大原野祭に奉仕するのを憚るのは、前例のごとく、神事・仏事にかかわるからである。道長は、この穢を三日後の三月一日に東河に出て解除し枇杷殿に渡っているが、大原野社には触穢を憚って奉幣は遠慮している。

触穢は、死穢のほかに、血を見ることも穢としてこれを忌む。出産や女性の月経を穢とするのも、その理由からである。

仰事、有産穢、廿七日御読経仁王経也、依穢改法華経如何者。令奏云、尤宜事、可令奉仕法華経奏由了。入夜件出産女、日来八月中件女候也。希有事也。（寛弘元年五月十五日）

宮中で出産のことがあったが、すでに八月と言いながら候していたとのことで、道長も「希有のことなり」と驚いている。しかし、産の穢は比較的軽く「七日忌」とされている。廿七日は、すでに忌の期間は終わっているが、季御読経の仁王経を法華経に変更する処置を取った。仏事なので慎重に配慮したのである。一条帝の処置に、道長も賛成した。潔斎して準備していた寺社参詣を、犬の産穢によっても道長は留めている（長保元年八月廿七日）。穢は、神事・仏事と格別深くかかわる禁忌である。(8)

穢が発生した時には、自邸であっても帰らず、当然ながら穢を避けることに努める（寛仁元年八月十二日）。しかし、やむを得ず穢に触れた時は、他に影響を及ぼさないために、「簡」を立てて、穢の所在を明らかにする。

欲参内間、随身所下只今申有犬産由。令立簡。（寛弘六年九月廿七日）

依有土御門犬死触穢、所々立簡。又依一条院来、同立之。（寛弘八年九月廿四日）

後例は、土御門殿で犬の死穢が発生したために、同殿に触穢の簡を立てたが、道長が触穢の状態で一条院に来たこともあって、一条院にも同じく簡を立てたと言っている。簡を立てるとともに、〃假文〃を奉り、公務を辞退して謹慎する（寛弘六年十一月八日）。

簡を立てるのは、穢のこれ以上の拡散を防ぐ予防的な行為で、物忌簡に似ているが、物忌の場合と同じく、穢の状態を解消するには、河原に出て解除のことを行う。

依有犬産触穢、出東河解除。（寛弘八年三月二日）

解除は、個人として穢を消去する方法であるが、それが公式の儀礼として行われるものが、〃大祓〃と呼ばれるものらしい。ただし、それは「穢一般の除去を目的として行われるのではなく、中祀以上の国家的祭祀の挙行が妨げられた場合に限って行われる」ものであると、山本幸司氏は指摘されている。(9)

触穢の状態になった時には、穢の拡散を防ぐために他との接触を避け、やむを得ない場合にも屋外で用務を伝えて、穢の伝染に注意する。これは、自己の為ではなく、朝廷を含めた他への、公的な性格もある注意義務である。

修理大夫通任は、死穢に触れた身で式部卿敦明親王の逍遥に供奉し、各方面から批判された（長和四年閏六月廿六日）。朝廷行事に奉仕する末端の官人は勿論、行事の中心的な立場の者でも、触穢が理由の支障は、隠しているとむしろ罪に問われる行為である。

臨時祭使頼光朝臣申触穢由、仍申奉仕公信朝臣由。（長和元年十二月十七日）

神今食申可参左兵衛督由、而只今申触穢由不参者。仰云、入夜有障、以宰相行例如何……奏聞此由、有被免、以右大弁令行。（長和四年十二月十一日）

このような類例は無数である。目に見えないものだけに、また意図的に穢を生じさせることも容易に出来るだけに、どれだけ本当に触穢の状態であるか、追及のしようがない。触穢は、特に中下級貴族の公的生活における合理的な口実になっていた事情も、推測できる。

道長は、その日記に見るかぎり、公私の生活の別なく、触穢にかなり忠実に対しているように思われる。

外記実国持来内案。依触穢不見、示可被行由返送。……日来依有触穢不他行内、昨日雖有所慎外人来。出東河解除、女方同之。参大内、着左丈座令申文。（長和元年二月廿五日条～三月一日）

といった態度が通常である。穢に触れた認識があれば、外部との折衝を極力避け、他行を慎んで屋内にのみ居し、出行にあたっては河原に出て祓をし、といった予防・解除の行為を当然としている。中心の位置にいる為政者だけに、その影響するところも大きく、格別注意を払うといった要素もあるであろうが、それ以前に、日常生活における禁忌認識を、無条件になんらの懐疑もなく素直に受けとめるという心性があったように思われる。日常生活に頻繁に、しかも突然に発生する触穢のために、公事が支障をきたすことは再々であったが、どのような事情の時でも、触穢の禁忌は忠実に守って、批判の言辞はかつて洩らしたことがない。

四　藤原実資と触穢

師輔以来の九条流の家系である道長の触穢認識に対して、小野宮流故実の系譜にある藤原実資の認識は、結論的に言えば、さらに厳格なものがある。彼の日記『小右記』の記述に観察してみる。

参院之間下部来云、今日有犬死穢云々、仍不参入之。（永観二年十一月十六日）

去夜有牛斃穢、穢迄十三日、仍行幸以前不可参内、随又不可行行幸召仰事。（長和三年五月十日）

「穢」の存在する場所への参入を回避する。これは、議論以前のことである。自身が穢の状態にあれば、さらに無論のことである。下人が産穢に触れて、自身は「丙穢」という状態でも、公事に「依転展穢、不能承従」と返答する（長和五年閏六月三日）。避けられない伝達の任務がある場合は、

依触穢徘徊大門辺、以懐信朝臣達左将軍。（寛仁二年閏四月十七日）

中将雅通来、依犬産穢、乍立相逢。（長和二年七月廿二日）

のように、戸外に出て来て貰ったり（前例）、邸内に入っても、庭前で佇立して（後例）、用務を果たす。物忌の場合と同じように、居住の場所への立ち入りが無ければ、対応不能という状態ではないようである。後例は、触穢状態の時には通例の、「立ち乍ら」という対処法。焼亡も穢なので、紀伊守忠信邸が焼亡した時は、西隣の道長邸に参詣した実資は、「乍立退帰」している（長保元年十二月一日）。

触穢の状態にある時は、出行だけでなく、諸種の行為が規制される。寺社への参詣を遠慮して、代参とする場合（寛弘八年三月十二日）、ただしこれは、道長の行為事例である。擬階奏の文書が朝廷から届けられても、触穢中なら署名は遠慮する（寛弘九年四月三日）。新任受領が赴任の挨拶に来ても、触穢中は、どういう理由でか、禄を与え

ることも出来ない（治安四年二月十一日）。この例では、新任国司の讃岐守長経が庭上に、実資が打橋の所に坐って、暫く談話したりしている。触穢中には改元の例が無いということで、是非が問題になった時、実資は、論無く反対を表明している（長元五年七月廿八日）。住吉走馬を牽引しようとした時、右馬寮が、「牛斃穢に触れているので、野飼の馬を代わりとしたい。それにしても、調鞍も触穢になっているがどうしようか」と上申してきた時、「真偽知り難い。後日尋問する」などと答えたり、神経質なほどに細かい（天元五年六月廿九日）。

実資自身は、物忌認識があれば、

出三箇日假文　触犬死穢之假、（永観三年二月六日）

去夜有犬産之由、今朝女房申也、事已有実、仍令立札訖、（寛弘八年九月廿六日）

のように、犬の死・産のような場合でも、ただちに「假文」を奉り、「札」を立てる処置をする。「假」の申請は、三日あるいは四日が通例。自分が触穢でなくても、河頭で除服したりしたら、「重服幷触穢人不可来」という札を立てたりする（長和四年四月六日）。自身は、それほどに潔癖であっても、目に確認し得ない現象は、口実に使われることも多い。先にも紹介したが、

乍有所労布袴参入者、但触穢事不申左右、大略不実歟、（長和三年十二月廿八日）

今日白馬列見、而馬寮申触穢由者、内々云、寮依無饗料、偽称穢由者、（寛仁元年十二月廿八日）

などということが、卑近にある。当然、予想されることである。

触穢は、死穢にかかわるものが多い。

参内徘徊殿上口之間、蔵人永信走来云、南殿橋下有死人頭、是下人所申者、差永信令見、帰来云、死人頭有実、但半破頭也、其色白、久時頭歟者、暫不披露計也、不可為穢、新頭全者、謂五体不具、可為七ケ日穢、今此頭半破、又非新頭、仍不可為穢歟、随案内可進止者、（長和四年七月廿七日）

この日発見された、南殿橋下の頭骨は、すでに時日経過して白骨化、しかも全体を存しない。蔵人永信は、穢としないで処理したらと、実資に指示を仰いだ。実資は、道長に報告無しでは後の責を負うとして、道長の指示に従うべしとした。結局、触穢として、来月二日の伊勢使発遣は延期の処置がなされた。その二日には、道長と同所の皇太后宮北陣中に、犬が死童を喫え入るという別の死穢が生じた。こちらは、三十日穢とされた。人骨の程度の判定は、結構微妙なところもあるようだが、全体として軽く判定する傾向になってきたようである。実資は、質問に次のように答えている。

穢事定不似往昔、近代只以無一手若一足、被定五体不具為七日穢、古者不然、雖五体不具、背骨相連、猶為三十日穢、（長和五年六月十九日）

左衛門陣に焼亡のことがあって、柱を曳いていた雑人の一人が、転倒した殿舎の下で焼死した（長和三年二月十日）。この穢のために、月内の祭は不能かどうかという道長の諮問に、公任は、「不為穢」と言った。実資は、「延長以後猶為穢」と答えた。「延長以後の近代の例としても」の意であろうか。実資には、極力往昔にこだわりたい気持がある。寛仁三年、実資の子の参議資平が伝えて来た。身に丙穢の状態であるが、摂政頼通から今日の梅宮祭に参仕すべしとの命が来た、いかにすべきかとの問であった（寛仁三年十一月九日）。実資は、無論祭に支障の生じる旨を報答するように指示したが、結局「今日許、丙穢不可忌」ということで、饗所に向かうことになった。山座主宣命事に奉仕する少納言三人が皆故障、信通は触穢で三十日假を請うていたが、道長は、「更不可忌触穢、早可参入」と命じた（寛仁四年七月十七日）。触穢の意識は、道長と実資の間においても、疎隔が生じつつあった。

資平云、明日諸社使依穢延引、其穢者、参議通任家有死穢、而通任着座式部卿宮、宮右大臣同家、参議兼隆不知案内参右府、次左府、内誡雖無指穢、猶不清浄之上、左大臣行件事、已為触穢、非無事恐、延日被行可宜由、（長和五年閏五月廿七日）

諸社奉幣使の発遣が延期になったとの記事である。その事情は、通任家に死穢があったのに、通任が式部卿宮邸に赴いた。右大臣顕光邸でもあったので、参議兼隆が右大臣を訪ね、ついで左大臣道長のもとに参上したので、道長も触穢の状態になった。ために、道長が行事にあたっていた諸社祭使の件は延期となった。以上のようなものである。穢の程度は、通任（甲あるいは乙）→式部卿宮・右大臣（乙あるいは丙）→兼隆（丙あるいは丁）→道長（最悪でも丁）と思われるし、「丁入丙処、不為穢」（『延喜式』）であるから、ほとんど穢の認識は不要かと思うが、神事には格別厳格に対処される。現実問題として、これほどに穢の経路を追求するなら、日常の生活そのものにも支障が生じ兼ねないのではないかとも思われる。

万寿二年（1025）八月五日、道長四女嬉子（東宮尚侍）が、後産が無いままに薨じた。産穢もあるが、そのまま死穢にもなり、「諸卿悉触穢」の状態になった。「天下又無不穢云々、僧俗皆為甲乙来着座」「尚侍穢悉遍満」の状態であるから、厳密な穢の判定は、むしろ日常に支障を来すほどのものではなかったろうか。邸宅内ではないが、一般的には、

北辺大路汙穢物甚多者、……近日京中死人極多、出置路頭、疫癘方発、京畿外国病死者多云々、（長和四年四月十九日）

近日疫死者不可計尽、路頭死骸連々不絶、（長和五年六月十日）

といった状況のなかで、単に形式の固執に近い触穢認識が、いつまで有効な意味を持ち得るだろうか。認識を固執して、厳密な触穢行動で対処しようとしても、と言うより、厳格に対応しようとすればするほど、現実には対応不能の触穢状態に直面せざるを得ない。せいぜいが、「臨時二十二社奉幣」「非常赦」といった方途で対応するしかない(10)。形式的であったにせよ、触穢の認識が貴族の生活行動の中心的要素であり得たのは、平安中期を中心として、さほどに長くは渉らない期間であったと思われる。

五　九条兼実と触穢

平安末期の状況を見てみたい。九条兼実の日記『玉葉』の触穢の記述は、膨大な日記の分量に比べれば少なめである。兼実自身の触穢の意識は、平安中期のそれと比べれば稀薄だが、当代においては厳密な姿勢であるように見える。

自今日、犬産之穢、（承安元年二月十一日）
次参摂政許、而五体不具之穢云々、仍自門外（不下車）、中入退出、（承安二年二月十八日）
犬咋入人足生足也、仍自今日七ケ日、為五体不具穢気、（治承四年十二月廿日）
大将方穢、今日満七日了、（元暦元年正月廿四日）

のように、疑問なく対処している。初例は、その後三日間記事が無いし、六畜産死三日の規定が守られている。「五体不具」は、以前に報告したように、平安中期に卑近に認識された触穢で、期間七日。終例は、触穢七日だから、右大将良通（兼実嫡男）のもとに、五体不具に属する穢があったと思われる。兼実自身、摂政家が触穢と聞くと、門外で車を廻らして帰家したり、犬が人間の足をくわえて来たりすれば、ただちに五体不具、七日の触穢として対処している。自家が触穢のときは、

自去夜、有五体不具穢、仍立札、（寿永二年二月三日）
自院御方より人来曰、自今朝、犬死穢出来云々、仍閉中門、不通人之間、同到、文庫上立屋内、有生骨其長八寸許、人脛骨云々、両穢一時、深足為恐、（安元元年十月二日）

のように、札を立てたり、隣接の異母姉・皇嘉門院御所が触穢と聞くと、ただちに中門を閉じて不通とするなど、

支障の生じない処置をした。頭弁光雅が諮問に来た時は、重事のためか、触穢中の兼実が広廂を下りて、対応している。来訪者が「立ち乍ら」というのはあるが、主人の方が庭上に下りるのは如何。

兼実自身は、前代の道長・実資などには及ばないが、それなりの触穢感覚は持っていたけれど、時代の認識には、かなり変化したものがあった。

入夜民部卿成範来、余謁之、件人触院穢了云々、而無左右入来、不足言也、（元暦二年六月廿二日）

大将欲参之処、有触丙穢之事、仍不参、行幸之後有仗議云々、依丙穢難参社頭之由申院、被仰路頭可供奉之由、（元暦二年六月十六日）

前例は、触穢の状態で来訪した成範が、何の躊躇もなく入ってきたのに、思わず啞然としたものである。後例は、閑院第への還幸に、良通が丙穢なら、路頭のみ供奉せよと命じられたという記事。初斎宮のことを命ぜられた親経が、犬死穢によって奉仕不能を述べたら、代わりの弁官はいないから、穢の期間が過ぎて奉仕の任にあたるようにと、指示が返ってきた（文治二年八月十七日）。先に、触穢中の兼実が庭上に下りて対応した例を紹介したが、兼実自身にも、具体的な触穢行動では迷うことがあった。

小児頭在西壺、是五体不具、七ケ日穢也、然而、近日天下皆有穢気之疑、諸人不参詣神社、仍不及立札、（治承五年二月廿三日条）

天下に穢気あり、神社に参詣する家人もいないからとして、札を立てるのを省略した。兼実自身も便宜に走ったというよりも、対応に迷うことが多かったということであろうか。安元三年（1177）四月廿八日、樋口富小路辺に発した火が、内裏を初めとして、平安京の市街を舐め尽くした。兼実は、「焼亡の穢は七ケ日という規定だが、焼死の輩多く穢が京中に充満している。どのように判定するか」と諮問を受けるが、承暦の例と同じでないなどと言ったりしながら、結局「占卜」に結論を託している（安元三年五月一日）。良通の家に穢物（三十日穢）があり、家人が兼実邸の「縁上」に立った件では、穢の判定をし兼ねて、明法博士などを呼んで勘申させ、漸くに、穢は七日、場所は不穢の結論を得た（寿永二年十月廿一日）。流産の穢の伝染で、家中丁穢かと懸念した時も、法家・神祇官に重ねて問状を発し、どの方面からも「無丁穢」の回答を得て、漸く安心を得ている（承安五年七月十日）。要するに、一般的な穢の感覚は、故実の家あるいは為政者の立場としての意識を持っているが、確たる認識には欠けるものであったように思われる。

社会全般に触穢についての認識も知識も稀薄になっていた。承安二年（1172）七月七日の法勝寺結願に、後白河法皇の御幸が無かった。南都の僧等が関白家の産賀に参り、その身のまま法勝寺に参ったので、法皇は産穢三十日を忌まれたという事情。産穢は最大でも七日、感情的な背景もあると思うが、穢の認識も、融通無碍に対応されている。産穢と言えば、放生会奉仕の弁官親雅も、産穢三十日忌の内として故障を申してきた。兼実は「公家の法に無し」として反対したが、「先例あり」として通った（文治五年八月七日）。これも、それほどに触穢の意識が厳密であったからと言うより、むしろ逆に、稀薄あるいは口実の背景の方が推測される。

又定経申云々、大内記称犬産穢之由云々、　（文治三年九月十日）

自明日可為神事、仍催家実之処、称触穢不参、　（文治三年十一月三十日）

なども、同様。

明日行幸延引、依穢中、賢所不可渡御之故云々、　（治承三年十二月廿七日）

の触穢には、時忠が「構出事歟」という、疑惑の噂があった。触穢の畏怖感は稀薄に、便宜の感覚の方が強くなっていたようである。住吉社神主長盛が、天王寺の濫行による寺社近辺の死体の穢を訴えたところ、明法は、路頭の穢は社壇に及ばずと勘申した（文治三年四月十六日）(11)。道路死骸の汙穢などもいちいち認識したら、触穢の規定も処置も判定不能になるだろうから、やむを得ない形式的見解であるが、このようなところからも触穢規定の観念化・

形骸化が進んでいったのではないかと思われる。

六　平安文学と触穢

文学作品に表現される触穢は、現実生活における状況を知らせて、興味深いものがあるが、この面でも、死穢とのかかわりを問題にする場面が、圧倒的に多い。まず著名な作品である『源氏物語』から例を拾うと、

「たゞ、おぼえぬけがらひに触れたる由を奏し給へ。いとこそ、たいだいしく侍れ」（『源氏物語』夕顔）

「えいき侍らじ。すゞろなるけがらひに籠もりて、わづらふべき事」（『源氏物語』手習）

先例は、鴨川畔のなにがしの院に連れ出した夕顔の死にあった光源氏が、「重病の乳母を訪ねて不慮の死穢に触れ」などと言っている場面。数日を経過した後に聞いたことであるが、「神事なるころ」を憚って、参内を遠慮していたなどと弁解している。頭中将は、庭上に「立ちながら」見舞いの言葉を述べている。触穢は、神事とかかわりにおいて最も注意される。後例は、横河の僧都の妹尼の一行が、宇治院で浮舟を発見した場面。行旅の途中で死穢に触れて、宇治院に足留めされる心配を、下人は訴えている。得体の知れないものを部屋に運び込んだことが問題なので、死骸であっても川岸に放置されて関知しなかったことであれば、特に支障はなかったという穢の空間の認識にも、注意しておきたい(12)。

御禊の日、犬の死にたるをみつけて、いふかひなくとまりぬ。（『蜻蛉日記』下）

道綱が賀茂祭の祭使に任命されていたのに、御禊の日に自家に犬の死体を見て、祭使の役目が中止になった。先述したように、穢は神事には重大な支障になるから、祭使の役目を奉仕できなかったのは残念だが、事実を知りながら役目を遂行したりしていれば、そのことの方が咎められる。触穢が理由であれば、どのような緊急の職務であっ

ても、辞退が容認されて責められることはない。

神事のみならず、宮中公事への奉仕も、私的な外出でさえも、穢に触れた身であれば、遠慮することが望ましい。穢の伝染が懸念されるからである。

「物詣は、けがらひいできて、とどまりぬ」（『蜻蛉日記』中）

五条にぞ少将の家あるに行きつきてみれば、いといみじうさはぎのゝしりて門さしつ。死ぬるなりけり。消息いひいるれどなにのかひなし。（『大和物語』一〇一段）

前例、兼家はどこの寺に参詣の予定だったか不明だが、急な穢のために中止した。後例、親友の季縄少将が重病と聞いて駆けつけた公忠だが、すでに死去ということで、対面できなかった。対面すると、公忠の公務にさしつかえるからである。消息は言い入れても家屋内に立ち入らなければ、穢に触れないとするのは、そういう時の便宜の認識である。

かくてあるほどに、たちながらものして日々にとふめれど、たゞいまはなにごゝろもなきに、けがらひのこゝろもとなきこと、おぼつかなきことなど、むづかしきまで書きつゞけてあれど、（『蜻蛉日記』上）

とかく聞えさせて、上の御前出でさせ給へれば、殿は土に立ゝせ給ひて、（『栄花物語』巻十二）

前例は、母の死に放心状態にある道綱母を見舞う兼家だが、道綱母が触穢であるために、毎日のように庭上での挨拶のみで辞去せざるを得ない。後例は、道長室倫子の母穆子が薨じた場面。嘆き悲しむ倫子をようやくに離し、道長は庭上に降りて、妻倫子と言葉を交わす。「立ちながら」というのが、触穢を避ける通有の方法である。先の『源氏物語』夕顔の例で、光源氏は、見舞いに来た頭中将に、「立ちながら、こなたに」と庭上での対面を指示している。

家族であっても、死穢に触れることは、出来るだけ避ける。(13) 宇治八宮の姉妹の、姉の薨去の場面、中の宮の、「おくれじ」と思ひ惑ひ給ふさまも、ことわりなり。あるにもあらず見え給ふを、例のさかしき女ばら、「今は、いとゆゆしきこと」とひきさけたてまつる。（『源氏物語』総角）

同様の場面、こちらは母親の薨去だが、『蜻蛉日記』には、

われはものもおぼえねば、しりもしられず、人ぞあひて、「しかじかなん、ものしたまひつる」とかたれば、うち泣きて、けがらひも忌むまじきさまにありければ、「いとびんなかるべし」などものして、立ちながらなん。（『蜻蛉日記』上）

のような記述がある。触穢を避けることに、さほど神経質に顧慮しないでよい道綱母のような下級貴族の方が、家族中でかえって落ち着いて追悼の日々を過ごすこともできる。

三十日の御忌はてぬれば、「今はかしこにわたり給ひね。子供恋ひ聞ゆ」との給へば、「今いくばくにもあらず。御四十九日はて、渡らむ」との給へば、（『落窪物語』巻四）

三十日が死穢の期間。『源氏物語』夕顔巻で、夕顔が薨じた後に、光源氏が廿余日の病悩の後に、「けがらひ忌み給ひしも、ひとつに満ちぬる夜」とか、蜻蛉巻で、浮舟の行方不明の事情を訊く時方（匂宮の使者）に、女房の侍従が「この穢らひなど、人の忌み侍る程過ぐして」とかも、日にちは明示しないが、死穢の三十日であることは、説明の必要も無いだろう。触穢は人間だけのことではない。道綱母の母が薨去した際に、僧侶が袈裟をかけてやってそのまま臨終を迎えたので、袈裟が穢に触れることになった。中陰の後に、その袈裟を僧に返す場面が、『蜻蛉日記』（上巻）にある。

死穢に続いては、産穢の記述を良く見る。

「このごろ、こゝにわづらはるゝことありてえまいらぬを、昨日なん、たひらかにものせらるめる。けがらひもやいむとてなん」（『蜻蛉日記』上）

かしこには、常陸の守、立ちながら来て、「折しも、かくて居給へることなむ」と腹立つ。（『源氏物語』蜻蛉）

「さばれ、罪は後に申思はむ」と覚して、まかせ奉り給程に、御身よりたゞ物も覚えぬ水のさと流れ出づれば、（『栄花物語』巻五）

前例は、道綱母の嫉妬してやまない町小路の女の出産の穢のために来訪できにくい旨、兼家が言ってきた場面。理由が理由だから、道綱母の感情は更に激さざるを得ない。中例は、浮舟の母親が三条家で惑乱しているところに夫の常陸守が来て、娘の出産の時に母親がいないことを責めている場面である。彼は、浮舟の死は知らない状態だから、この「立ちながら」は、自家の産穢での行動と理解できる。後例は、一条帝女御元子（顕光女）の異様な流産の記述である。穢と明示はないが、太秦参籠中に産気づき、急なことで寺を汚す罪も顧慮していられなかったという事情で明瞭。次の『更級日記』の例などは、産穢の存在を知っていなければ、気付きにくい。(14)

乳母なる人は、おとこなどもなくなして、堺にて子産みたりしかば、はなれて別にのぼる。

夫と死別したうえに、一行からも産穢のために離れて、ひとり別に上京する乳母。恋しくてたまらない孝標女が、僅かの対面でも出来たのだから、産穢には、さほど厳重な禁忌意識はなかったようにも思われる。しかし、后妃の出産にあたっては、必ず里邸に退出し、(15)さらに『紫式部日記』に見るように、屋内にあっても出産時には北廂に場所を移したなどのことは、産穢の認識が形式にうかがえる例であろう。(16)

血を見るのを忌む感覚も、産を穢とするのと似た感覚だろう。女性における生理的な出血も穢と認識される。

おのが君の唯一人おはするに、いみじく思ひて、「俄にけがれ侍りぬ」申してとまれば、（『落窪物語』巻一）

「よべより穢れさせ給ひて、いと口惜しき事を、思し嘆くめりしに、今宵、夢見騒がしく見えさせ給ひつれば、（『源氏物語』浮舟）

どちらも、石山寺参詣だが、どちらも月経を嘘の口実にしているのが面白い。前例は、落窪姫君が一人残るのを可哀想に思う、侍女あこぎの嘘。後例は、匂宮に宇治川対岸に連れられた浮舟の嘘。嘘でも、寺の参詣に憚られた事情は確認される。

けがれなどせば、あすあさてなどもいでなむとする物をと思ひつゝ、湯のこといそがして、堂にのぼりぬ。

（『蜻蛉日記』中）

は、すでに参籠中の身である。参籠中にその状態になれば、一時的にでも退出せざるを得ない(17)。

触穢については、述べてきたような記述が諸作品に散見され、ほぼ規定に添った状況であることが分かるが、なお良く見ていると、それと若干ずれる実際の認識を推測させる記述も見得る。

暁には、殿（ガ詮子ノ）御骨懸けさせ給ひて、木幡へ渡らせ給ひて、日さし出でゝ帰らせ給へり。

（『栄花物語』巻七）

殿の御前、御殿籠らぬまゝに、（嬉子ノ遺体ノ）うちおはしましつる御車の前板といふ物に押しかゝりて、何事にかあらん、うち泣きて泣く泣く宣はせつつ明させ給ふ。

（同・巻二六）

どちらも道長の悲嘆の描写で、触穢の意識など感じようもない記述になっている。前例の、詮子の遺骨を首に懸けたのは、実際は兼隆であることが分かっているから（『権記』長保三年閏十二月廿五日）、記述そのものは誤っているけれど、その事情と関係なく、触穢の認識が相対的に稀薄になっている状態ということもあり得ただろう。

次例などは、稀薄などという質のものではない。

前一条院の御即位日、大極殿の御装束すとて人々あつまりたるに、高御座の内に髪つきたるもの、頭の、血うちつきたるを見つけたりける、

（『大鏡』巻六）

時もあろうに天皇即位の日、所もあろうに天皇御座の内に、血の付いた頭があった。事実とすれば、悪質な妨害と

言うべきことであろうが、兼家は、行事の報告を耳に入れず、即位の儀式を強行したという。『大鏡』の語り手は、「さればなでうことかはおはします」と結んでいる。触穢などという認識は、眼中にない。説話作品になると、もっと徹底している。

女遂ニ病重ク成テ死ニヌ。其後、定基悲ビ心ニ不堪シテ、久ク葬送スル事无クシテ、抱テ臥タリケルニ、日来ヲ経ルニ、口ヲ吸ケルニ、女ノ口ヨリ奇異キ臭キ香ノ出来タリケルニ、（『今昔物語』巻十九第十）

後に寂照上人と呼ばれる大江定基の発心を語る説話であるが、触穢の状態を恐れない人間には、なんの価値も制約もないということであろうか。一般庶人には、顧慮のない認識であったということではない。同じ作品は、鐘堂での頓死を装って、寺の鐘をまんまと盗んで逃げた男達の話も、伝えている。里人達が、触穢の三十日間、恐れて鐘堂に近づかず発見が遅れたという話は（巻二九第十七）、庶人の触穢感覚も語っている。

次の挿話は、もっと興味深い。

隣なりける人、俄に死けるに、この厚行、とぶらひにゆきて、その子にあひて別の事どもとぶらひけるに、「この死たる親を出さんに門あしき方にむかへり。さればとてさて有べきにあらず。門よりこそ出すべき事にてあれ」と云を聞きて、厚行が云やう「厚行がへだての垣をやぶりて、それより出し奉らん。かつは、生きたりし時、ことにふれて情のみありし人なり」（『宇治拾遺物語』巻二ノ六）

触穢と方忌のぶつかり合いだが、厚行は、自家をあえて死穢に触れさせようとする。家人の猛反対は言うまでもない。気が狂ったかと非難するが、彼は頑として応じない。「いたく物忌、くすしきは人といはず。恩を思知り、身を忘るゝをこそは人とはいへ。天道も是をぞめぐみ給ふらん」と、高言してやまない。これらの話を見ていると、俗習としての触穢の感覚は、身分の高下を問わず、普遍的に存在しているようであるが、一方では、意志的にそれを超克する精神も、徐々に芽生えつつあったとでも言えようか[18]。それが個人の意識の違いに多くかかわっているのは、現代ともさほど径庭のない現象と言えるだろう。

最後に、仏教的な触穢観について、触れておきたい、先述の大江定基の発心譚にも見るように、仏教においては、触穢を必ずしも嫌悪しない。というより、嫌悪の仕方が違うと言った方が良いだろう。仏教においては、現身をすでに穢と認識する。だから、死体が腐乱し異臭を発する汚穢の姿は、現世の姿にほかならず、それを嫌悪する心が、浄土を願望する心になるのである。

元興寺ニ返トテ、奈良坂山ヲ通ルニ、道ノ辺ニ髑髏有テ、人ニ被踏ル。道登此レヲ見テ哀ビノ心ヲ□シテ、従者ノ童ヲ呼ビテ、此ノ髑髏ヲ取テ木ノ上ニ置セツ。（『今昔物語』巻十九第三一）

塵埃の間で現世の痛苦を受けていた髑髏は、いま道登の恩を得て来世に赴くことが出来た。仏教においては、現世そのものが、穢なのである。死後の世界を穢と認識し、その穢に出来得るかぎり遠く離れていることを願う日本の原初的な触穢観とは、根本的に相違するが、両者が曖昧に混在する状況が、平安時代の触穢観をいささか分かりにくくしている面があるかと思う。

注

（1）『新儀式』『九条年中行事』『北山抄』などの規定にも若干の変容が見られる。後代のものでは『拾芥抄』（巻下・触穢部）、参照。

（2）「この二つの生理的現象が人生の始期と終期という決定的な意味をもち、そのため社会集団の場において、対人関係の平衡を乱し体制の転化をもたらす異常な危険な事象であることに起因する」（岡田重精『古代の斎忌』国書刊行会、昭57）。このような考えは、成清弘和『女性と穢れの歴史』（塙書房、2003）によれば、メアリ・ダグラス（塚本利明訳）『汚穢と禁忌』（思潮社、1985）の考えによるものらしく、波平恵美子『ケガレ』（東京堂出版、昭60）、山本幸司『穢と大祓』（平凡社、1992）などにも、この影響が見られる。

(3) 火穢も、岡田注（2）書は「不規定的・無制約的な火」の危険が、「触穢の契機」になるからと説明している。

(4) 岡田注（2）書、二五九頁。

(5) 岡田注（2）書、一七四頁。

(6) 「八世紀末から九世紀にかけて、律令貴族たちが死穢をはじめ諸種の禁忌を急速に増幅させ累積架上させた」（高取正男『神道の成立』平凡社、1979）とか、「おそらくは九世紀に淵源し、十世紀に入って延喜年間を一つの画期として、ますます錯綜し肥大化をとげた王朝貴族のケガレの概念」（大山喬平『日本中世農村史の研究』岩波書店、1978）とか言われているけれど、これは、触穢だけでなく、様々の生活禁忌にも認められる傾向であり、藤原摂関家による有職政治の要素ともなった認識と思われる。

(7) 岡田注（2）書、二六〇頁。

(8) 用例は無数であるが、仏事に関しては、穢の禁忌を克服しようという動きが後には生じるという指摘がある（山本注（2）書、二六〇頁）。

(9) 山本注（2）書、一八五頁。

(10) 岡田注（2）書、二二六頁。

(11) 山本注（2）書（五四頁）は、『猪熊関白記』承元元年八月二十二日条の類例をあげられ、「路・橋・荒野・河原」などの「解放された空間」では、穢物に直接触れない限り穢にはならないことを述べられている。西垣晴次「民衆の精神生活―穢と路」（『歴史公論』一〇一号、1984）にも、同趣のことが報告されている由。

(12) 道綱母の石山詣にも、「河原に死人もふせりとみきけど、おそろしくもあらず」と、恐怖は感じても屋外では触穢の感覚はないらしい。また、『宇治拾遺物語』では、殿上間で蔵人が頓死した時、「ありとある殿上人・蔵人、ものもおぼえず、物おそろしかりければ、やがて向きたる方ざまに、みな走りちる」と述べながら、遺体を運び出す折りには、「あるかぎり、東陣に」見物に集まったともいう（巻十ノ八、二九七頁）。穢の認識の空間性は、検討の必要がある。

(13) 穢は、「親子あるいは夫妻のように、通常もっとも近いと考えられる親族の間でも、直接的接触の有無によってのみ触穢か否かが判断される」（山本注（2）書、八八頁）ので。

（14）岡田注（2）書（三二三頁）にも指摘がある。

（15）『源氏物語』桐壺の更衣の退出、『枕草子』『栄花物語』に見る道隆女定子の退出、『紫式部日記』に見る道長女彰子の退出など、用例無数。

（16）なお、この時の中宮彰子の北廂移御については、「日遊」方忌を避けたものとの報告もある（山本利達「紫式部日記覚書」、「滋賀大学教育学部紀要—人文・社会—」二六号、1976）。

（17）少し後になるが、『禁秘抄』では「女房月障凡自始憚七箇日」（巻上・神事次第）と、日限が明示されるようになる。岡田注（2）書（三三四頁以下）参照。

第五章　卜　占

近代科学の発達は、人間にとって不可知な部分をかなりに縮小したけれども、説明不能の事柄や現象は多くある。それらを完全に偶発的な現象と把握するしかないと認識するならそれでもよいけれど、それらも我々の知り得ない何かの因縁によって起きているものであるかもしれないし、将来のこともどこかに暗示されていることがあるかもしれないという考えも、捨てきれない。捨てきれないというより、そういう説明不能の現象や将来に、時間と空間を超えた知覚を得る可能性を、願望として持っていたい気持が、人間にはある。

古代にいたるほどに、大自然への順応が人間の生きていく知恵であった状況では、五感として知覚し得ない部分に冥々の意志を感じることは、知能的動物としての人間の願望というよりも、生命を持つ動物としての生存のための知恵であった。自然界のあるいは人間社会のさまざまな現象に、人間を超越した存在の意志を汲みとって、自らの生き方の方途を知ろうとするのである。その過程を分析すれば、現象と卜占と祈禱の三段階があるかと思われる。人間に何かを暗示すると思われる現象の認識があって、その現象が何を意味しているかを知ろうとする卜占の行為があり、卜占に示された内容に対しての実現や変更や排除を希望する祈禱の行為がある。本章においては、このうち卜占の行為を課題としたい。

いま述べたように、自然と人間社会の暗示を知って、それに順応して生存の途を知ろうとする態度は、古代にいたるほど深刻であり真摯であった。国家的な事柄であっても、というより国家的重大時であるほど、超越した存在の意志を的確に知る必要があるのである。一個人の生死にとどまらず、人間集団全体の運命を決することになるからである。古代の官制が、神祇官と太政官という二大官制で構成され、祭祇と行政とがともに国家を統治する組織としてあることの意味は、あらためていうまでもない。すでに平安期も過ぎた時点であるが、こういう卜占もあった。

後鳥羽院御位すべらんと思食たりける比、七日御精進ありて、毎夜石灰の壇にて神宮の御拝ありて、土御門院と光台院の御室俗名長仁親王とて御座す、継体いづれにてかおはしますべきとくじをとらせ給たりければ、土御門院なるべしととらせ給ぬ。（『五代帝王物語』四条）

国家の首長たる天子の選択においてさえも、冥々の力の意志は、どのように理性的な議論よりもまさって、籤占によって示されるのである。個々に生きる人間が、自身の運命が自分の知覚を超えた意志によって定められた人生を歩んでいること、過去現在未来にわたるその運命が、自身では知覚し得ない何かの暗示に示されていることを信じる気持は、現代よりも間違いなく深かったのであろう。平安時代の文学を支える思想の一つである卜占について、できるだけ作品に即しながら、観察してみたい。

一　公式卜占

古代社会において、卜占は重要な意味を持っているので、早くからその例を見ることができる。国土草創のはじめにおいて、伊邪那岐・伊邪那美二神が、

「今吾が生める子良からず。猶天つ神の御所に白すべし」といひて、即ち参上りて、天つ神の命を請ひき。爾に天つ神の命以ちて、布《ふ》止《と》麻《ま》邇《に》邇《に》卜相ひて、詔りたまひしく、「女先に言へるに因りて良からず。亦還り降り

て改め言へ」と、のたまひき。
（『古事記』上、五五頁）[1]

と、早くも卜占の記事が見える。天の御柱を廻って声をかけあった時に、女である伊邪那美命が先に声を出したために、良からぬ子が生まれたというのである。この占は太占《ふとまに》という占法であって、鹿の肩骨を波波迦《ははか》の木で焼いた形で占をしたものであったという。天照大神が天石屋戸に籠ったときにも、[2]垂仁天皇の御子本牟智和気王が啞であった時に、出雲大神が「我が社を天皇の宮殿のごとくに修理すれば物を言えるようになるであろう」と夢告する場面にも、[3]この占法が見える。後者が、夢告が出雲大神の御心であることを占によって知るところは、後に述べる相と占との関係を知らせて注意される。

占法は、肩の肩骨は長さ四、五寸幅三、四分ほどで、焼かれてあらわれた図によって占を行うもののようだが、忌火で焼いた錘で突いて、通るか否かによって占するものもあるらしい。この後、これはすぐ亀甲にかわるのだから、前者が本来であろう。『万葉集』に、

武蔵野に占へ肩焼き真実にも告らぬ君が名卜に出にけり
（巻十四、三三七四番）

というのも、太占によるものらしい。日本古来の占法と見られているが、中国古代にも同様の占法があり、影響を受けたものであるかもしれない。

古代国家において、祭祀をつかさどる神祇官が行政組織たる太政官に拮抗する位置を与えられていたことは先述した。その長官である神祇伯の職掌の中に、「卜兆」のことが規定されている。卜兆といっても、長官自らあたるわけでなく、配下の卜部二十人が執行するらしいが、この場合は、鹿の肩骨にかわって亀甲が用いられるようになっている。まず墨で亀甲に図を書き、その後に焼いてあらわれた形によって占する。その亀甲を、卜形《うらかた》と称している。その卜形を判ずるに五行思想を用いることがあり、太占に、中国式の占法を合しているらしい。神祇官の公式な占法として、平安期を通じてよく知られている。『万葉集』に、

卜部をも八十の衢も占問へど君をあひ見むたどき知らずも
（巻十六、三八一二番）

とあるのも、前の長歌に「占部坐せ、亀もな焼きそ」とあるから、亀卜をさしているようだが、ほかにも、

かなふやと亀のますらにとはゞやな恋しき人を夢にみつるを
（『堀川百首』夢、師時）

思ひあまりかめのうらへにこと、へばいはぬもしるき身のゆくへかな
（『夫木和歌抄』二七・雑、公朝）

などと、歌に知られるところがある。

神祇官公式の卜占であるが、一年を通じての亀甲の使用は五十枚をもって限りとし、紀伊・阿波・土佐国などから、納めさせていたようである。(4) 神祇官によるこの亀卜の年中行事化されたものに、「御体御卜」がある。**御体御卜**は、毎年六月と十二月の朔日から卜占のことをはじめ、それぞれ十日以前（と言ってもほとんど十日に決まっている）に、以後半年間の天子の身体に注意すべき日を占って、奏上した。「御体御卜奏」といい、恒例の行事である。行事次第を、『延喜式』は次のように記している。

其日平旦、預執二奏文一、納二漆函一置二案上一候二於延政門外一、即副已上、執二奏案一、進二大臣一、大臣昇二殿上一、宮内省入奏、訖出召二神祇官一、称唯伯与二副若祐一、昇レ案入置二庭中一、勅曰、参来、伯称唯共昇レ案、置二殿上簀子敷上一、中臣官便就二版位一、自余退出、内侍取二奏文一奉、御覧了、勅曰、参来、中臣官称唯、就二殿上座一、披二奏案一微声奏、勅曰、依レ奉行之、大臣称唯、次中臣官称唯退出、闈司昇レ殿撤レ案置二庭中一、神祇官昇出　（巻一・神祇一、卜二御体一）

「於保美麻《おほみま》」と称され、『江家次第』第七・御体御卜に、さらに詳しい記事がある。『公事根源』によれば、(5) 白鳳四年に始められたという。

軒廊御占は、朝廷における恒例あるいは臨時の卜占である。恒例のものには、斎宮・斎院卜占(6)や大嘗会国郡卜定(7)その他があり、臨時には、自然界の天変地異や不吉な現象などにあたっての公式卜占が、この軒廊御占によって行われる。軒廊とは、この場合紫宸殿から宜陽殿に至る渡廊の称で、この東第三間以西に、神祇官が奉仕して行う。

卜占が行われる場所には、あらかじめ掃部寮によって座が敷かれ、水（主水司）・火（主殿寮）・坏（大膳職）も用意されており、神祇官の卜部氏が中臣氏を具して着席、卜占を行う。ただし、子亥戌日は卜占および殺亀を禁じ、庚辛日に亀の殺損を行い、黄昏の卜は不可とし、また卜占のための亀の種類や所在などにも、種々指定がある。『江家次第』巻十八・軒廊御卜に示すところを参看されたい。軒廊御卜は、陰陽寮とともに軒廊に同時に候して行うものだから、儀式次第については、陰陽寮の式占を述べるさいに、再度説明をしたい。なお、古代の御占の形態・方法などについては、小坂眞二「古代・中世の占い」（『陰陽道叢書(4)特論』名著出版、1993）が総合的かつ詳細な報告をしている。参看されたい。

二　民間卜占

朝廷における公式卜占としての亀卜のほかに、民間にさまざまな占いが行われただろうことは、想像は容易であろう。『八雲御抄』には、

あし　いし　いは　ゆふけとふ　心の　山すげ　歌　はひ　かめのこうの　ゆふけ　かど　つじ　みち　道ゆき　（巻三下・人事、占）

と、多数の称をあげている。平安時代にも例の知られる分かり易い例をあげてみると、次のようなものがある。

〈米占〉

きねがとるそのくましねに思ふこと　見つてふかずをたのむばかりぞ　（『俊忠集』占恋）

「くましね」とは、精米のこと。精した米二粒三粒と別々につつんでおき、神意を伺ってとる。三粒あったら、願いを満つという。

〈**飯占**〉

禅師善珠、命終はる時に臨みて、世俗の法に依りて、飯占を問ひし時、神霊、卜者に託ひて言はく、「我必ず日本の国王の夫人丹治比の嬢女の胎に宿りて、王子に生まれむとす。吾が面の黶《ふすべ》着きて生まれむを以て虚実を知らむのみ」といふ。

（『日本霊異記』下巻、第三十九）

竹管を釜中に入れて煮調えて後に取り上げ、管中の粥の充ちぐあいで判断するというが。

〈**夕占**〉

この御母〔時姫〕、いかにおぼしけるにか、いまだわかうおはしけるおり、二条の大路にいでゝ、ゆふけとひたまひければ、白髪いみじうしろき女のたゞひとりゆくがたちどまりて、「なにわざし給ふ人ぞ。もしゆふけとひたまふか。なにごとなりとも、おぼさんことかなひて、この大路よりもひろくながくさかへさせ給ふべきぞ」とうち申しかけてぞ、まかりにける。人にはあらで、さるべきもの丶しめしたてまつりけるにこそ侍けめ。

（『大鏡』巻四・兼家、一七〇頁）

こぬまでもまたましものをなか〳〵に　たのむかたなきこのゆふけかな

（『後拾遺集』巻十二・恋、読み人知らず）

黄楊櫛を持って三辻に向かい、「ふなどさへゆふけの神に物とへば　道行く人ようらまさにせよ」と再三度誦し、堺を作り米を撒き櫛歯を三度鳴らす。その後に堺内に来た人の言語によって、吉凶を判断する。辻占・道占に近い。

〈**道占**〉

恵心僧都、往生ノ事心本ナク不審ニ覚エテ、道占トハントテ、造道四塚ノ辺ニテ、雨ノ降リタルニ、スコシ高キ所ニ立チテ見給ヘバ、老翁ノ、アシキ道ヲスベリ〳〵歩ミキテ、僧都ノ立チ給ヘル処ニ来リテ、「極楽へ参

リタリ」トゾ云ヒケル。　（『十訓抄』巻十本、三九八頁）

黄楊櫛を持って四辻に出、道祖神を念じて我が思うことの叶うやいなやを問い、その辻へ最初に来た人の言葉によって吉凶をうらなうという。

〈**石占**〉

あふことをとふ石神のつれなさに　わがこゝろのみうごきぬるかな　（『金葉集』巻八・恋、前斎院六条）

石神のうちにをとはん此くれに　山ほとゝぎす聞くや聞かずや　（『久安六年百首』夏、公能）

道祖神に祈り、神社内に置かれた石の軽重によって吉凶を判断するという。

〈**橋占**〉

去比、女房土佐余実母姉、問二入内事成否於一条堀川橋一余不レ知レ之、二度、始日曰、心ニ思ハム事不レ叶ト云コト有ナムヤ、後日云、任レ理テ申サム叶ハテ有ム□権事アルコト也。　（『台記』久安四年六月廿八日条）

今は隙なく取頻らせ給へども、御産ならず、二位殿心苦しく思ひ給ひて、一条堀川戻橋にて、橋より東の爪に車を立てさせ給ひて、橋占をぞ問ひ給ふ。十四五計の禿なる童部の十二人、西より東へ向かって走りけるが、手をたたき同音に、〝榻は何榻国王榻、八重の潮路の波の寄榻〟と、四五返うたひて橋を渡り東をさして、飛ぶが如して失せにけり。　（『源平盛衰記』第十）

一条戻橋は、昔安倍晴明が式神十二神将を橋下に呪し置いたところという。それで、この橋で吉凶を問えば、式神が善悪を示現するというのである。

〈**歌占**〉

恵心僧都、金峰山ニ正シキ巫女有ト聞テ、只一人令レ向給テ、心中ノ所願ウラナヘトアリケレバ、歌占ニ〝十万億ノ国々ハ、海山隔テ遠ケレド、心ノ道ダニナホケレバ、ツトメテイタルトコソキケ〟ト占タリケレハ、渧泣シテ皈給云々。

（『古事談』第三）

用例によれば、予言あるいは託宣を歌で示したもののようで、あまり卜占の意味がない。『長秋記』長承二年七月七日条によれば、男女七人の百首歌を合せて一巻として納め置き、明年七夕に至って占うという。後者の方が、占らしい。

〈**籤占**〉

しはすのほどよりは、としあけなんまゝに御くらゐゆつりまうさせ給へき事なと御さたあるよしきこゆ。かた〳〵御うらにも一宮とぞ侍なる。

（『源家長日記』御鳥羽帝譲位）

先に紹介したのも同内容である。早くには、有間皇子が謀反にあたって、蘇我赤兄などとともにくじ占を行ったということもあり、神意を知るに有効な方法とされている。『五代帝王物語』には、北条泰時が、鶴岡八幡宮の神意をくじに伺って、後嵯峨帝の即位を決める記述もある。

〈**字占**〉

大入道殿〔兼家〕為二納言一之時、夢過二合坂関一、雪降関路悉白ト令レ見給天、大令レ驚天、雪ハ凶夢也ト思天、召二夢解一欲レ令レ謝テ令レ語給ニ、夢解申云、此御夢想極吉夢也、慥以不レ可レ有レ恐、其故ハ、人必可レ令レ進二斑牛一、即人令レ進二斑牛一、夢解預二纏頭一也、大江匡衡令レ参、此由有二御物語一、匡衡大驚テ、纏頭可二召返一、合坂関者、関白関字也、雪者白字也、必可レ令レ到二関白一、大令レ感給、其明年令レ蒙二関白宣旨一給也。

（『江談抄』第一・大入道殿夢想事）

用例のように、いかにもこじつけな夢判断である。

〈**夢占**〉

是も今は昔、伴の大納言善男は佐渡国郡司が従者なり。彼国にて、善男夢に見るやう、西大寺と東大寺とをまたげて立ちたりと見て、妻の女にこのよしを語る。妻のいはく、「そこのまたこそ、さかれんずらめ」とあはするに、善男おどろきて、よしなき事を語りてけるかなとおそれ思ひて、主の郡司が家へ行きむかふ所に、郡司きはめたる相人なりけるが、日比はさもせぬに、殊の外に饗応して、わらうだとりいで、対ひて召しのぼせければ、善男あやしみをなして、我をすかし上せて、妻のいひつるやうに、またなどさかんずらんと恐れ思ふ程に、郡司がいはく、「汝やんごとなき高相の夢見てけり。それによしなき人に語りてけり。かならず大位にはいたるとも、妻いできて、つみをかぶらんぞ」といふ。しかるあひだ、善男、縁につきて、京上して大納言にいたる。されども犯罪をかうぶる。郡司が言葉にたがはず。（『宇治拾遺物語』巻一ノ四、伴大納言事）

堀河摂政〔兼通〕のはやりたまひしときに、この東三条殿〔兼家〕は御官どもとゞめられさせたまひて、いとからくおはしまし、ときに、人のゆめに、かの堀川院より箭をいとおほくひんがしざまにいるを、いかなる事ぞとみれば、東三条殿にみなおちぬとみけり。よからずおもひきこえさせたまへるかたよりおはせたまへば、あしきことなとおもひて、殿にも申しければ、おそれさせ給ひて、ゆめときに問はせ給ひければ、「いみじうよき御ゆめなり。よのなかの、この殿にうつりて、あの殿の人のさながらまいるべきが、みえたるなり」と申しけるが、あてざらざりしことかは。（『大鏡』巻四、兼家）

夢が、その人間の過去から将来にわたってのいろいろの予言のはたらきをしていることは、よく信じられていた。ただし、夢が明瞭な形で具体的な指示をすることは少なく、その夢の内容についての判断、すなわち夢解きあるいは夢合せといわれる形での卜占が行われるのである。この夢については、後章で再述する。

三　科学的卜占

述べてきたところは、おおむね日本古来の、多少通俗的でもある卜占の仕方であるが、継体朝の百済よりの五経博士の貢上にはじまった陰陽道関係の知識の伝来は、大陸よりの新知識による科学的卜占を移入した。特に推古天皇十年（602）十月、百済僧観勒が渡来して、暦本をはじめ天文・地理書や遁甲・方術書を献上したのが、具体的始発となったようである。そしてこれが、朝廷において、太政官の中に陰陽寮を立て、天文・暦数・卜占・漏剋などのことを分掌する基礎となった(8)。

中国より伝来の科学的卜占のはじめは、『周易』による**易占**がよく知られたようだ。『江談抄』は、宇多法皇が易博士愛成に周易を学んだことを伝えている(9)。漸時行われなくなったが、識者の間には尊重されており、『台記』には、藤原頼長が少納言通憲から習い伝えられる記事がある(10)。この時、易は五十の後に習うべしという俗伝があって、これを気にした頼長が、陰陽師泰親を招いて泰山府君祭を行い災危を祓ったことを伝えるのは、面白い記事である。

易は卜巫による将来的予言であり、『易経』は、六十四の象徴的な符号「卦」と、その卦の説明である「卦辞」とから成っている。六十四卦は、陰--と陽一の二種の「爻《こう》」を三本ずつ組み合わせた八卦を、さらに上下に組み合わせて成るものであり、それぞれ「卦辞」「爻辞」によって予言が示されることになる。占法は、五十本の筮竹の操作によって、最下段の爻から順番に決めていき、最終的に䷿とか䷾とか䷄とかいった六十四卦の一の形を得て、将来が判断される(11)。筮竹によらず銭によって卦を得る「銭占」は、唐代にも日本の近世にも見られるが、平安時代は知られない。

易占の実例は、藤原頼長の例が明瞭である。

陰陽師安部泰親来曰、通憲疾病、余問曰、筮吉否、対曰、遇二兌☱之レ坤☷一、余占曰、不レ死、病必愈矣、非二唯病之愈而已一、又逢二君之恩一、而勿レ憂巳、今所レ動四爻、仍以二兌坤両卦大意一、占レ之、就中逢二君之恩一、偏拠二坤卦之意一、

（『台記』天養元年五月九日条）

『宇治拾遺物語』（巻一の八）にも「易の占の上手」が登場するが、実体があまり述べられない。『太平記』（巻十二）には、後醍醐帝が船上からの帰京を、最終的には自らの易占によって定められるという記事がある。易占について注意すべきは、「これら儒者・僧侶の行う易占は、あくまで内々の諮問であって、正規の職務ではなかったということ……大事の占申に及ぶこともあったが、神祇官・陰陽寮両官の軒廊御卜による正規の卜占に比して、密々の諮問であったこと」（小坂前掲論文）である。

易占が、一部の知識階級にはよく尊重されながらも、一般にはあまり行われなかったのに対して、**式占**は、神祇官の亀卜と並んで、陰陽寮において公式の占法として用いられ、よく記録に見られる。式占とは、式盤を用いる卜占の謂で、六壬・太乙・雷公・遁甲の四種の占の総称である。

太乙式は、北天にあって兵乱・禍災・生死のことをつかさどる霊妙な星、太乙星の八方遊行の位を求めて吉凶を占うもの、星占の一種といえる。

太一式於八省院修、

（『貞信公記』天慶二年五月十六日条）

参関白殿〔頼通〕、令御覧故滋岡川人奉持太一式盤二枚陰一枚陽一枚、件盤前年陰陽頭文高語次云、故川人太一式盤、故道光宿称伝領、常奉安置家中、是霊験物也、尚在或法師許之由云々、

（『左経記』長元元年四月五日条）

雷公式は、どのような占法か具体的でないが、太一式とともに朝廷にのみ行われる卜占であって、私家においてこれを行えば、徒一年の形が課されることになっていた[12]。遁甲式は、奇門遁甲とも称され、これも同種の占星術であるが[13]、用例も具体的なものを見難い。

式占のなかでもっとも一般的なものが六壬式であり、天盤の十二神と地盤の十二支と合して四課三伝の法を立て、五行の生克を考え、兵戦及び万事の吉凶を占うという。この占法の理論も難解だが、具体的な用例を見ると、

一昨子剋一宮御方天井上有投多瓦礫之声、甚奇怪也、承女房仰、即書占方、問遣大炊頭許、占云、五月七日庚辰、時加子（見怪日時）、勝先臨亥為用、将天后、中大吉、天空、終伝送、騰虵、御行年寅上、従魁朱雀、卦遇傍茹絶紀、推之、国家可慎御歟、期怪日以後卅日之内、及来六月十日節中、並丙丁日也、何以言之、四下剋上法曰絶紀、亡其先人必有孤子、章曰、臣事君、子事父、今背下賊上為絶紀、臣害其君、子害其父、男妨父、女妨母、故曰、亡其先人、是謂孤子之故也、至期慎御、兼被行攘灾法、無其咎乎、

（『権記』寛弘八年五月九日）

占二吉田社司言上怪異吉凶一（十一月十九日申時御祭、奉レ開二御戸一鑰舌破損不レ被レ開レ）

十一月十九日丙申、時加レ申、大衝臨レ戌、為レ用、将裳、中伝送、将六合、終大吉、将大陰、卦遇二元首一、推レ之、依二神事不浄不信一所レ致歟、公家可レ慎二御薬事一歟、期怪日以後廿日及明年二月九日節中壬癸日也、何以言レ之、辰上及終将太陰、御年上見二天空一、主二不浄不信一、又大歳及二日上一、帯二河魁螣蛇一、是以レ主二御薬事一之故也、至レ期慎御無二其咎一歟、

陰陽博士兼因幡権介賀茂朝臣宗憲

永久元年十二月十八日

助兼主計助権暦博士賀茂朝臣家栄

（『朝野群載』第十五・陰陽道、六壬占）

などがある。生年にも関係があるらしく、卜占の結果によって、以後の慎みの日（物忌日）が勘申される。これらのように、陰陽寮によって軒廊御卜にもっぱら用いられた卜占である。六壬式占については、小坂眞二「物忌と陰陽道の六壬式占」（『後期摂関時代史の研究』吉川弘文館、1980、所収）が、同「陰陽道の六壬式占について」（「古代文化」38巻7〜9号、昭61）と合わせて、ほぼ完璧な考察をされている。

ここで、先にも述べた**軒廊御卜**について、陰陽寮の側から再述しておきたい。さまざまの怪異によって、朝廷より卜占の命があると、神祇官とともに下僚をひきいて参入、日華門から入って、軒廊座につく。陰陽寮の座は、第一間以西（東上北面）。卜占の勘文は、神祇官の勘文の筥を借りて、提出する。禁中触穢によって、軒廊においての卜占が不能であれば、神祇官は本官において、陰陽寮は陣腋においておこなう。神祇官と陰陽寮の卜占が相違する時は、官の占を用いる(14)。神祇官の卜占が不能のときは、まず陰陽寮のみ奉仕するが、六壬占も子日を忌日としており、両方不能の場合は後日に延期。先にあげた例は、軒廊御卜の折の陰陽家の勘申のようだけれども、次に、神祇官の亀卜も含めて、軒廊御卜のわかり易い例をあげる。

召二神祇官陰陽寮官人於軒廊一、有二旱魃御卜一、令レ占二申艮巽坤乾神社山陵成レ祟之由一、即可レ実二検深草柏原等陵一之由、召二仰検非違使一、

（『日本紀略』天暦三年六月廿一日）

神祇官　卜物怪事

問伊勢豊受太神宮、去七月廿六日子時許、正殿幷東西宝殿為大風顛倒怪歟

推之天下有疫病若兵革事歟、卜合灼乎

斎　院　宮　主　直

宮主少祐伊岐宿禰則政

権大副大中臣朝臣輔宣

長暦四年八月十日

七月廿六日己卯、時加子、八月節等去臨卯為用将天后中微明将六合終大衝将自虎起遇龍戦類曲直、推之奉為公家無咎、天下有疾疫兵革事歟、期怪日以後卌五日内及来九月明年五月六月節中並甲乙日也、而以言之日上得吉将卦遇類、以是奉為公家無咎、用起老気終帯白虎以是主有天下之疾疫、大歳上見金神卦遇龍戦、皆是主兵革之故也、且於怪所祈致祈禱、兼且至期被塡灾禍、自銷天下無為歟、

長暦四年八月十日

少属大中臣貞良
允　中　原　恒　盛
助兼丹波介大中臣為俊
権助兼主税助安倍時親

（『春記』長暦四年八月十日）

公式の卜占は軒廊御卜として行われるけれども、それほどでもない怪事の場合は、陰陽師を蔵人所に召されて、卜占のことを奉仕させる。[15]

召二主計頭吉平於蔵人所一、被レ占下鹿入二内裏一之事上、占二中御薬火事一

（『日本紀略』寛仁元年十月十六日）

といった、些細な事柄である。なお、卜占に「覆推の制」ということがある。占事の内容による分担関係ということらしい。「諸司公事間で陰陽師が占った占事の中に大事に及ぶものがあれば、天皇に奏上し勅問によって卜部が再占する」（小坂眞二「卜部と陰陽道—覆推の制をめぐって」「歴史手帳」十七ノ一、1989）ということであれば、卜部氏優位の卜占制度ということであろうか。

四　天文暦法

推古天皇十年（602）に、百済僧観勒によって献上された諸書の中には、**天文・暦法**にかかるものもあり、よくいえば科学的な天文学・暦学の途がひらかれ、陰陽寮のうちには、天文博士・天文生も常置された。彼等の任務の大部分は、天文自然の異変をいち早く観察することであり、その観察に風雲の前兆が見られる時、早速に奏上した。天文の変異は重要な現象と見られており、儀式書にも臨時公事として定められている。[16]天文密奏とよばれるもので、

頻繁に用例が見られる。自然界においても人間界においても、何らかの変事が起きるときには、その前兆としての異変がかならずあらわれているはずだという確信があるのである。

今ハ昔、朱雀院ノ御代ニ、天慶ノ比、天文博士、「月、大将ノ星ヲ犯ス」ト云フ勘文奉レバ、此レニ依リテ、「左右近ノ大将重ク可慎」ト云ヘリ。（『今昔物語』巻廿第卅三）

さてみかどよりひんがしざまにゐていだしまいらせ給に、晴明が家の前をわたらせ給へば、みづからの声にて、手をおびたゞしくはた〳〵とうつなる。「みかどおりさせ給ふとみゆる天変ありつるが、すでになりにけりとみゆるかな。まいりて奏せん。車に装束せよ」といふ声をきかせ給ひけん、さりともあはれにおぼしめしけんかし。（『大鏡』巻一、五二頁）

前例は、勘文にもかかわらず左大将仲平は慎まず、心配して上京した奈良の法蔵僧都に、年も若く永く朝廷に仕えるべき右大将実頼を思って自分は慎まぬのだと語って、感激させるという肝心の話が続くのだが、長くなるので後は省略した。

天変は何らかの変事の前兆だから、凶事をさすことが多い。この中でももっとも凶兆となるのが、「三星合」の天変である。

コノ春三星合トテ大事ナル天変ノアリケル。司天ノ輩大ニヲヂ申ケルニ、ソノ間慈円僧正五辻ト云テシバシアリケル御所ニテ、トリツクロイタル薬師ノ御修法ヲハジメラレタリケル修中ニコノ変ハアリケリ。太白・木星・火星トナリ。西ノ方ニヨヒ〳〵ニスデニ犯分ニ三合ノヨリアイタリケルニ、雨フリテ消ニケリ。又ハレテミエケルニ（中略）イカバカリ僧正モ祈念シケンニ、夜ニ入テ雨シメ〴〵トメデタクフリテ、ツトメテ「消エ候ヌ」ト奏シテケリ。ソノ雨ハレテ後ハ、犯分トヲクサリテ、コノ大事変ツイニ消エニフリ。サテホドナクコノ殿ノ頓死セラレニケルヲバ、晴光ト云天文博士ハ、「一定コノ三星合ハ君ノ御大事ニテ候ツルガ、ツイニカラカイテ消候ニシガ、殿下ニトリカヘマイラセラレニケルニ」トコソ、タシカニ申ケレ。

（『愚管抄』巻六・土御門、二八九頁）

三星とは、太白星（金星）・歳星（木星）・熒惑星（火星）のことで、この三星が近接するのは、きわめたる凶兆だというのである。

大自然の悠久なる運行は、いやでも人間の及びがたい宇宙の原理とでもいったものを、感じさせないではいられない。それが、大変事の起きる時には、必らずその前兆を示していたとの確信になるのだけれど、その宇宙の原理が、そこに生きている生物としての人間に、宿命的な何かを与えていないはずはないという考え方も、当然に生じる。宿曜道と呼ばれるものがある。星宿の運行に基づく、個人の運勢判断である。従来は、宿曜経という経典によってと説明されていたが、実のところは、唐の曹士蔿という人物によって作られた符天暦という暦が根拠になるものらしい。日延という僧が、村上天皇の天徳元年（957）に、符天暦と同時にその術を行う者を伴って、帰朝した。これを学んで受け継いだものが、宿曜道であり宿曜師であったと、桃裕行氏は説明されている（「宿曜道と宿曜勘文」、「立正史学」三九号、1975）。個人的レベルの天文道とでも言うべく、おおむね、栄達とか薨去とか家族とかの個人的な運命の予言が、その勘文の内容になる。

宿曜に、「御子三人。帝・后、かならず並びて生まれ給ふべし。なかの劣りは、太政大臣にて位をきはむべし」と、勘へ申したりし、「中の劣り腹に、女は出で来給ふべし」とありしこと、さしてかなふなめり。

（『源氏物語』澪標、一〇六頁）

よく知られた、『源氏物語』中の記述である。宿曜道の伝来がさほどに近時のものとすれば、『源氏物語』の想定された時代を推測させる徴証ともなる。宿曜道の実態については、桃氏の学問を継承した山下克明氏が、詳細な考察をされており（『平安時代の宗教文化と陰陽道』岩田書院、1996）、近時、中島和歌子氏も「源氏物語の道教・陰陽道・

宿曜道」（源氏物語研究集成六巻『源氏物語の思想』風間書房、平13）で、詳細な報告をされている。

早朝槌鐘之後入堂、講問官掌徳堪来、自壇下進一封書、披見、是仁宗師所送宿曜勘文也、今於堂前披得此書、当時向後吉凶知之、誠是祖考之告之、伽藍護法諭之也、中心非無所恃耳、（『権記』長保元年十月十六日）

登昭トイフ宿曜師、大殿（師実）ヲサナクオハシマシケル時、宿曜ノ勘文ニ、十九ニテ大臣ニナリ給ベシト勘タリケルニ、ハタシテソノマ、十九ニテ大臣ニナリ給ニケリ。宇治殿感ジ給ケリ。又シゲヲカノ川人ガ勘文ニ、貞観以後壬午ノトシ聖人ムマルベシトイヘリ、コノトシ大殿ムマレ給ヘリ。（『続古事談』第五・諸道）

同じ天文道といいながら、宿曜道はもっぱら僧侶が学び保つという特徴もあり、その故か、天文暦道と宿曜道とは、日月蝕勘文でもしばしば食い違った予測をして、争論している[17]。主に興福寺を拠点とした僧によって実践された宿曜道は、院政期には公家祈禱の一角を担って活動したが、室町初期の応永頃を最後にして、活動が見られなくなる（山下前掲書）。宿曜道の終焉である。

九星術も占星術の一種で、五行思想に八卦を結びつけた五行易の思想である。五行（木火土金水）は天に現れて陰陽に分かれ十干（甲乙丙丁戊己庚辛壬癸）となり、地の六気が陰陽に分かれて十二支（子丑寅卯辰巳午未申酉戌亥）となる。十干十二支が相合して循環する中で生まれ育つ人間の生活は、当然その十干十二支の支配を受けるとされる。

生年月日の干支を本命の年月日として慎むのは、この考えによるものである。

今朝江帥匡房卿送消息云、今日御上表如何、戊午殿下御本命日也、不宜於辞諸事由、所存思給也者、以此消息覧殿下、仰云、陰陽頭道言朝臣所択申之日也、可問此旨者、（『中右記』嘉承元年七月廿九日）

関白忠実の初度上表の日だが、この日「戊午」が忠実の本命日にあたっており、どうかという匡房の消息である。また、『中右記』の著者宗忠自身も、自分の「壬寅」の本命日には、慎んで念誦につとめている[18]。藤原忠平も、本命日にはつねに本命祭を修して、除祓につとめている。(19) そのほか、その年月日の干支によるさまざまの禁忌を記した例は多いが、説明はそれぞれ暦注とか方忌とかの項に譲りたい。

最後に、年齢についての災危の思想に、いわゆる厄年という考え方がある。

ことしは、(紫上ハ)三十七にぞなり給ふ。見たてまつり給ひし年月のことなども、あはれに思い出でしたるついでに、「さるべき御祈りなど、常よりもとりわきて、今年はつゝしみ給へ(中略)」など、の給ひいづ。

(『源氏物語』若菜下、三五七頁)

明年重厄卌九也、就中相当三合年之上、又有閏月、是厄運之人弥可慎之由、陰陽助家栄所談也、仍始小祈、以寛智律師幷寛証君斉俊三人、従今日明年一ケ年間毎日北斗呪千遍令祈念、　(『中右記』天仁二年十二月廿四日)

前例は、紫上の三十七歳であるが、その前に藤壺も三十七歳で薨じ(薄雲)、後には宇治八宮の薨去の時は、「宮は、おもく慎み給ふべき年なりけり」(椎本)と記述され、四十九歳の大厄と解釈されている。直前に、大君廿五、中君廿三と示しているから、明記しなかっただけで、四十九の厄年はほぼ明瞭。後例は、宗忠の四十九歳の厄年。当時の寿命平均から、男性四十九・女性三十七が、もっぱら厄を認識させた年齢と思われる。長保二年(1000)に崩じた一条帝皇后定子(道隆女)は廿五歳。懐妊の徴候あった時も、「今年は人の慎むべき年にも有」などと、述べられていた(『栄花物語』巻六)。

厄年の思想の根拠は明解でないらしい。中国にもあったようだが、その「陰陽的起源は明らかでない」と説明されている(村山修一『日本陰陽道史総説』塙書房、1981)。とりあえず、『拾芥抄』の示すところは、次のようである。

厄年　十三　二十五　卅七　四十九
　　　六十一　七十三　八十五　九十七

と記しているけれど、根拠がはっきりしない。『二中暦』(第九)が記す「行年人神」の考えをとった方がよいようである。「人神」は、人体内に所在して、病気の治療にあたっても、蛭や灸もその場所を避けるとのことで、場所は一日ごとに移動する。行年人神は、その人神が心（ムネ）に所在する年（一・十三・廿五・卅七・卌九・六十一）ということである。

岡田重精氏が紹介されている例に、『文徳実録』嘉承三年（850）五月四日の嵯峨太皇太后（嘉智子）の薨去伝の中で、高麗使都蒙が「三十二有厄」と予言していたというものがある。村山氏の指摘されたものでは、道長が、長徳四年（998）（三十三歳）・寛弘四年（1007）（四十二歳）の厄年で、除厄攘災のために金峯山参詣を計画したというものがある。そして「男は四十二、女が三十三を大厄」と記されているけれど、これは、先の『拾芥抄』が示した年齢に該当しない。『拾芥抄』に続いて記述された「太一定文」の年齢のうちにはある。「男の四十二、女の三十三」の大厄というのは、現在でも通用しているポピュラーな認識でもあるらしいので、古く高麗使が予言したということに合わせ、中国での厄年認識なのであろうかとも推測するが、確かなところは不明である。

五　まとめ

以上、卜占と言われるような事柄を、全般にわたって観察してきた。全体に関して言えることは、人間は、過去から現在にいたる道筋を見得るように、現在から未来への姿を見通したい、切なる願望を持っているということである。卜占についての数多の話が、その卜占の有効であったことを賞讃する内容になっているのは、そう信じたい、そうであって欲しいという人間の願望を語っている。そのように確かであったことを信じて、いま自分になされた卜占の予言を信じる気持を持ち得るからである。しかし、そのようにまでして卜占を確信したい願望を持つということは、卜占の予言を絶対的に信じる気持を、経験的には感じ得ない部分があるということでもある。『続古事談』に、次のような文章がある。

本文ニ云ク、ウラハ十ニシテ七アタルヲ神トス、泰親ガウラハ七アタル、上古ニハヂズトゾ鳥羽院仰ラレケル。
（第五・諸道）

この「本文」がどういう典拠か知らないが、経験的には、当時の人でも卜占の絶対性には、その程度の実感しか持ち得ていないのである。

人間が、人間の知能の測り得ない、宿命的な何かによって定められた人生を歩んでいるのかもしれないという思いには、誰しもふと駆られることがある。自分の感情や願望と無縁に、冥々の力によって導かれているのではないかと感じることがある。果て〳〵に導かれてはじめて自分の宿命のあるところを知るのが常であるけれど、それをいま知りたいという願望を持つ。知ることによって、それが幸福な将来なら希望を持ち、不幸な未来ならそれを避けるために必要な処置を講じる。理屈であるけれども、本心は、人間にとってその人生に絶対に動かせない部分があって、それを宿命と表現するとしたら、その宿命と卜占を、信じたい気持と信じたくない気持がある。人間がどのように努力してもどのようにも変化しようのない宿命を知るということは、いわば絶望を知るということでもある。だから、もし宿命が存したとしても、それは人間の浅慮な卜占では、完全に推し得るかどうかわからないと考える。卜占の有効を確認しようと念じながら、一方その不信を思うことによって救われてもいるのである。

一般的に科学的知識と認識の薄かった時代においてほど、超自然的な現象に畏怖し、卜占という非科学的な態度に盲目的に依拠するというように考えがちだが、卜占に託すものが重ければ重いほど、その懐疑と不信の気持も、たとえば道綱母に見られるように強いものもある。いずれにせよ、卜占が人生にかかわる性格は現代の人間と比すべくもないが、信頼と懐疑は案外便宜的に使い分けていたのではないか、という気もする。

注

（1）頁数はすべて日本古典文学大系本による。
（2）上巻、八一頁。
（3）中巻、一九七頁。
（4）『延喜式』巻三・神祇三、亀甲。
（5）『公事根源』六日、御体御卜。
（6）『江家次第』巻十二・神事、斎王卜定事。
（7）『太平記』巻二十一、南帝受禅事。
（8）村山修一『日本陰陽道史総説』（塙書房、昭56）二六頁以下。
（9）『江談抄』第六、寛平法皇受二周易於愛成一事。
（10）『台記』康治三年二月十一日条。
（11）中国の思想第7巻『易経』（徳間書店、昭40）ほか参考。
（12）『職制律』第三。
（13）村山注（8）書、三四頁。
（14）『禁秘抄』下巻、御占。
（15）同右。
（16）『新儀式』巻四、『西宮記』巻二、『侍中群要』巻七、『禁秘抄』下巻、各「天文密奏」の項。
（17）『百練抄』長寛二年五月十五日条ほか。
（18）『中右記』寛治八年閏三月一日、同五月二日条ほか。
（19）『貞信公記』延喜十八年十二月一日、同十九年六月五日条ほか。

第六章　相と夢

一　相

人間の運命が、人間に生まれることから始めて、超越した冥々の力によって、定められた途をたどらされていると考えて、その運命が、その人間を絶対的に他と区別する個としての身体に、何らかの表徴を示しているのではないかとするのが、観相の考え方である。観相の挿話も、数多見られる。

その頃、高麗人のまゐれるが中に、かしこき相人ありけるを聞し召して、宮のうちに召さんことは、宇多の帝の御戒めあれば、いみじう忍びて、この御子を、鴻臚館に遣はしたり。（『源氏物語』桐壺）

桐壺帝が、光源氏を相人に見せて、将来を相させたという話である。この相は、顔を含めた容姿全体の相であるが、同じく桐壺帝が試みたという倭相との区別は、よく分からない。相人が外人であるか日本人であるかだけの違いで、異国人にそういう異能の雰囲気を感じやすかっただけのものであろう。基経の子、三平とも言われた時平・仲平・忠平の顕栄を予言したのも、狛人であった（『大鏡』巻六）。早くより顕信の出家を予言した実成は、「よき人はものを見給ふなり」（『大鏡』巻五）が根拠であり、伴善男の出世と破滅を予言したのは相人の噂高い郡司であったし（『宇治拾遺物語』巻一ノ四）、俊房・顕房兄弟の顕栄の差を予言したのは盲目の相人であったし（『今鏡』第七）、後に左大臣となった藤原公継は、母親が「侍ほどの身分のもの」と偽って見せたところ、評判の「播磨の相人」は、「いかにも大臣の相をはします」と首を傾げた（『古今著聞集』巻七第九）。先天的な霊感があって、常人にない感受能力があったということなのだろう。

次も、知られた話である。

又、その頃、いとかしこき巫女侍き。賀茂の若宮の憑かせ給ふとて、ふしてのみものを申ししかば、打ち臥しの巫女とぞ、世人つけて侍りし。大入道殿に召して、もの問はせ給けるに、いとかしこく申せば、（中略）後々には、御装束たてまつりて、御冠せさせ給ひて、御ひざに枕をせさせてぞ、ものは問はせ給ける。

（『大鏡』巻四）

賀茂神が乗り移ったと言われる巫女がいて、その霊験の能力に心服した兼家は、正装して巫女に膝枕をして、予言を聞いたという。登照という僧も、容姿を見、声を聞いて、命の長短・身の貧富・官位の高下を相して違うことが無かったというが（『今昔物語』巻廿四第廿）、これも、特異な感受性のなせるものであろう。

能相の結末を伝える話は、多い。

①太皇后、姓橘氏、諱嘉智子、父清友（中略）清友年在二弱冠一、以二良家子姿儀魁偉一、接二対遣客一、高麗大使献可大夫史都蒙見レ之而器レ之、問二通事舎人山於野上一云、彼一少年、為二何人乎一、野上対、是京洛一白面耳、都蒙明二於相法一、語二野上一云、此人毛骨非レ常、子孫大貴、野上云、請問二命之長短一、都蒙云三十二有レ厄、過レ此無レ恙、其後清友娶二田口氏女一、生レ后、延暦五年為二内舎人一、八年病終二於家一、時年三十二、験レ之果如二都蒙之言一、

（『文徳実録』嘉承三年五月五日）

②東北院の菩提講はじめける聖は、もとはいみじき悪人にて、人屋に七度ぞ入たりける。七たびといひけるたび、検非違使どもあつまりて、……「此たびこれが足きりてん」とさだめて、足きりに率て行きて、きらんとする

程に、いみじき相人ありけり。それが物へいきけるが、此足きらんとするものによりていふやう、「こと人、おのれにゆるされよ。これは、かならず往生すべき相あるなり」といひければ、……やんごとなき相人のいふ事なれば、さすがに用ひずもなくて、別当に、「かゝる事なんある」と申ければ、「さらばゆるしてよ」とて、ゆるされにけり。

（『宇治拾遺物語』巻四ノ六）

③故女院の御修法して、飯室の権僧正のおはしまし、伴僧にて、相人の候しを、女房どものよびて、相ぜられけるついでに、「内大臣殿はいかゞおはす」などといふに、「いとかしこうおはします。天下とる相おはします。中宮大夫こそいみじうおはしませ」といふ。（中略）こと人を問ひたてまつるたびには、この入道殿をかならずひきそへたてまつりてまうす。「いかにおはすれば、かく毎度にはきこえたまふぞ」と言へば、「第一相には、虎の子の深き山の峰をわたるがごとくなるを申したるに、いさゝかもたがはせたまはねば、かく申はべるなり。このたとひは、虎の子のけはしき山の峰をわたるが如しと申なり。御かたち・ようていは、たゞ毘沙門の生き本みたてまつらんやうにおはします。御相かくのごとしといへば、誰よりもすぐれたまへり」とこそ申けれ。いみじかりける上手かな。あてたがはせたまへることやはおはしますめる。

（『大鏡』巻五・道長）

④九条大相国浅位の時、なにとなく后町の井を、立ちよりて底をのぞき給けるほどに、丞相の相みえける、うれしくおぼして帰たまひて、鏡をとりてみ給ければ、その相なし。いかなる事にかとおぼつかなくて、又大内にまいりて彼井をのぞき給に、さきのごとく此の相みえけり。その後しづかに案じたまふに、鏡にてちかくみるには、その相なし、井にて遠くみるには其相あり、この事、大臣にならんずる事とをかるべし、つゐにはむなしからじと思給けり。はたして、はるかにほどへて成給にけり。

（『古今著聞集』巻七第九）

右のような観相の話は、枚挙にいとまがない。①例は、高麗大使が献じた大夫史都蒙が、まだ少年であった橘清友（皇后嘉智子の父）を見て、子孫大貴なるも、三十二歳の大厄を相したというもの。はたして予言の通りであったという。②例は、後に無縁上人と呼ばれる高徳の僧となった盗人の聖人譚。③例は、飯室権僧正慈忍の伴僧で、相人で知られた者がいて、この僧が、道長に「虎の子の深き山の峰を渡るがごとき」第一相を感知して、将来の予言をしたというもの。これも、道長栄花が実現して後のこじつけ話。④例は、藤原伊通が、内裏の井戸水に映る相が、手許の鏡では見えないことを、遠くてはいずれ太政大臣の位が実現すると、みずから相したというものである。これも一言で言えば牽強付会と評しても良い話かと思う。この種の用例は、いくらも見得る。

これらの挿話に気付かれることは、その観相がなにかの理論によったものでなく、おおむねは、かなりに主観的な印象判断であるということと、そのほとんどが、その度に解説したように、現在から過去をふりかえってのものであることとである。現在目前に確認されている事実から、その予言が早くにされていたことを語るのは、観相の神秘性・有効性を伝える意味はあっても、過去の確認では、相として意味があるとは言えないのではなかろうか。観相の本質からいって、それは将来の予見でなければ、価値が無い。けれどもまた逆に、観相の記事とか挿話とかいうものは、それが実現された時に感嘆されて記録されるものであり、意味不明の観相の事例が記述されて伝えられることは、もともと存在しにくい形ということも言える。その意味では、次の例などは、面白い。

太宮のいまだをさなくおはしましけるに、北政所ぐしたてまつらせたまて、かすがにまいらせたまひけるに、おまへのものどものまいらせすへたりけるを、俄につじかぜのふきまつひて、東大寺の大仏殿の御前におとしたりけるを、かすがの御まへなる物の、源氏の氏寺にとられたるは、よからぬことにや。これをも、そのおり、世人申しゝかど、ながく御すゐつがせ給は、吉相にこそはありけれとぞおぼえ侍る。（『大鏡』巻六）

藤原道長の娘彰子（一条帝中宮）が、母親と一緒に興福寺に参詣した時、神前に供えた供物が、辻風に吹きあげられて、東大寺の大仏の前に運ばれた。興福寺は藤原氏の氏寺、東大寺は皇室祖先の寺である。誰もが、藤原氏にとっての凶相と考える。その後の推移を見ると、これは吉相の示現であったと、『大鏡』作者は記述している。この出来事が事実かどうか、それはあるいはどうでもよいことかも知れないが、一見凶兆かと思われる出来事だと、世人がささやき合ったが、その後の経過を見ると、吉兆と受け取るのが正しかったという挿話である。藤原氏の繁栄は、絶対的な将来として予言されていたのに、世人はみせかけの表象にだまされていたのだと、観相の困難と面白さを語るふりをしながら、本来の主題である藤原氏の繁栄が運命的に定められていたのだと、『大鏡』の主題に沿って語っている。ただそれだけのことであった。多少は語りにひねりが入れられただけで、それ以前に紹介した相にかかわる話と、質的には変わることはない。観相の記述や挿話が、たいていはその結果とセットで語られる。言わば、結果に対する「こじつけ」以上のものでない。観相挿話の価値の差異は、結局、「こじつけ」話に多少の根拠があったのかどうか、どの段階で作られたかという違い程度のものである。

観相が、結果時点でなく、別に言えば、予言の価値を持つ時点でなされたものとして、次のような例を見た。

此次予問云、明年五□宿曜勘文云、寿限也、如何、実俊答云、聞言談声六十四五以後也、明年強不可有歟、又欲見手足者、令見左右手左足之処、答云、先以此官欲終事全不可候歟、今又可昇進也、以之推之、及六十四五後可有命恐□、聞此事所悦恐也、件実俊自本相人也、天下衆人皆信受云々、予又問云、関白殿今明年御慎重者、如何、答云、自本年来候彼殿、能々奉見之処、貴相第一也、御寿命余六十給之後可有恐歟、聞此事心中所欣悦也、　（『中右記』元永元年八月七日）

日記『中右記』を残した藤原宗忠が、観相の達人である実俊との応答を記述したものである。宗忠は宿曜勘文によれば、明年が命終の年だと言われていた。記述を整理すれば、次のようである。

①宗忠の寿命は、元永二年（1119）五十六歳を限りとなすこと（宿曜勘文）
②宗忠の死は、六十四、五に及んで後にあること（実俊の相）
③宗忠の官は、権中納言を極官とせず昇進があること（〃）

④関白忠実も、寿命は六十に余るまであること（〃）

結局、宗忠は正二位右大臣にまでのぼり、保延七年（1141）八十歳で薨じている。関白忠実も、後に保元の乱に関与したが、応保二年（1162）に薨じたのは八十五歳であった。以上でも分かるように、宿曜勘文も実俊の相も、かなり漠然とした予言でありながら、僅かに③の予言を該当させるにとどまっている。その③も、「官は○○に至る」といったものでなければ、該当したとは言いにくいであろう。宿曜も相もあたらないということを強調することが本稿の趣旨ではない。将来的な予言ということでは、そこに合理的な根拠がなければ、当てになるものではないということを言っている。現代の科学から言えば、あらためて強調するほどのことでもない。にもかかわらず、作品に頻繁に記述される観相挿話は、物事の将来はどこかに暗示されているはずだ、それをいかにしても知りたいと願う人間の普遍的な感覚のもとに、豊富に記述し残された。ただ、そういうことであろう。

この時代においても、観相の科学といったものはあった。『源氏物語』に、

宿曜に、「御子三人。帝・后かならずならびて生まれ給ふべし。なかの劣りは、太政大臣にて、位をきはむべし」と勘へ申たりし。（澪標）

に記述された「宿曜勘文」である。この宿曜については、先例にもあったし、前章でも触れた。この『源氏物語』の例でも、この予言が十分に果たされていないのは、興味がある。第一部に限って言えば、帝（冷泉帝）が秘密の形でも一応実現しただけであるし、第三部宇治十帖まででも、夕霧の太政大臣は実現していない（早蕨巻で左大臣）。「所詮、相は相」という感覚が源氏作者にあったのかどうか分からないが、注意される記述である。

特別に験力を持った異能者、予見能力のある宿曜理論、どちらかに絶対的な信頼を託すというものがないとしたら、納得できる「相」は、あくまで可能性の判定ということになるだろうか。少し後代になるが、『徒然草』に次のような記述がある。

御随身秦重躬、北面の下野入道信願を、「落馬の相ある人なり。よく〳〵慎み給へ」といひけるを、いと真しからず思ひけるに、信願馬より落ちて死ににけり。道に長じぬる一言、神のごとしと人思へり。さて「いかなる相ぞ」と問ひければ、「きはめて桃尻にして、沛艾の馬を好みしかば、この相を負せ侍りき。いつかは申し誤りたる」とぞ云ひける。

（『徒然草』一四五段）

迷妄の禁忌や俗信に支配されたなかで生活していたかのように推測される古代・中世においても、経験的にではあるが、将来を科学的に推測する態度を観察し得る。相とは可能性、これをこそ、本当の意味で「相」と評せるものであろう。

二　夢

前節において、意図的に説明を省いたが、この時代の人が最も「相」の要素を感じたのは、「夢」である。夢想ということばで、日記などには頻出する。土居光知氏の紹介によれば、「心理学的に考えると、夢とは無意識の奥底にひそんでいる、感覚、感情、願望、思考、過去の体験、記憶などが意識の表面に浮び上ってくる現象」（『無意識の世界』研究社、昭41）だそうである。実感として言えば、まったく何の脈絡も無いと思うことも少なくないが、それは別にして、平安時代の作品・史料に見える夢を、できるだけ具体的に整理して報告につとめてみたい。なお、最近時、藤本勝義氏も同様の報告をされた（『王朝文学と夢・霊・陰陽道』、『王朝文学と仏教・神道・陰陽道』竹林舎、平19）。考察は重なる部分があるが、許容されたい。

1　魂の交流としての夢

「夢」の認識として、現実の肉体から浮游した「魂の世界」とでもいった認識が、あったように思われる。「魂の世界」の行動だから、現実には不能の願望なども、夢の中では実現する。

思ひつゝぬればや人の見えつらん　夢としりせばさめざらましを　(『古今集』恋二)

うたゝねにこひしき人をみてしより　ゆめてふ物はたのみそめてき　(同)

いとせめてこひしき時は　むばたまの夜の衣をかへしてぞきる　(同)

お馴染みの、小野小町の歌である。「魂の世界」だから、願望がありさえすれば、現実の制約とは関係なく、心は通うのである。

御忌の程、いと〳〵あはれに悲しき事多かり。中将君、思ひ寝に寝たる夜の夢に、女君の見えければ、中将殿、

夢のうちの夢の宿りに宿りして我身は知らで人ぞ恋しき　(『栄花物語』巻十六)

北の方であった行成女を病気で失った後の、道長男長家の愁嘆の場面である。良少将と呼ばれた色好み良岑宗貞は、女房に、「夢に見ゆやとねぞ過ぎにける」と返した(『大和物語』一六八段)。逢う約束の前に、「夢の中でも」と逆に心情を表現したのは、口先だけのことではあろうが、なんとも巧妙。心が通っていれば夢に現れる訳だから、夢中に現れないのは、気持が薄いということになる。『源氏物語』宇治八宮の大君は、「かく、いみじく物思ふ身どもを、うち捨て給ひて、夢にだに見え給はぬよ」と、薨じた父親をうらめしく思っている(総角)。

夢中に現れるのは、必ずしも希望して現れる訳ではない。心に屈託することがあって、その意志が無くても、心の状態が通じてしまうこともある。

わざとつらしとにはあらねど、かやうに思ひ乱れ給ふけにや、かの夢にみえ給ひければ、うち驚き給ひて、い

かにと、心さわがし給ふに、
（『源氏物語』若菜上）

女三宮が降嫁して後、紫上は、ことにそれで思い悩むという風でもないうわべだったが、心の底の思いが、相手に通じてしまうのである。

現実生活の中で伝達不能の事実が、夢の形で告げられるというものがある。事柄の性質上、一方的な告知になる。

二条殿には北の方、日頃たゞにもおはせぬに、「この度は女君」と夢にも見え給ひ、占にも申つれば、殿いつしかと待ちおぼしつるに、
（『栄花物語』巻四）

本尊ノ御前ニシテ申サク、「我ガ命ヲ可終キ所ヲ示シ給ヘ」ト懇ニ祈リ請フニ、夢ノ中ニ、「一人ノ小サキ僧有リ、形チ端厳也、来リテ此ノ僧ニ教ヘテ云ク、……月ノ廿四日ハ此レ、汝ガ命ヲ可終キ日也」ト告ゲ給フト見テ、夢悟ヌ。
（『今昔物語』巻十七第十四）

前例は、御子の誕生を女児と予知したもの。現在なら、夢によらずとも分かるが……。後例は、死の時の予知を仏に祈願した。

夢に見るやう、清水の礼堂にゐたれば、別当とおぼしき人いで来て、「そこは前の生に、この御寺の僧にてなむありし。仏師にて、仏をいとおほく造りたてまつりし功徳によりて、ありし素性まさりて、人と生まれたるなり」
（『更級日記』）

前世あるいは後世を、夢で知る例も多い。同じく、前世が御寺の僧であったと知らされる夢（『今昔物語』巻十四第十二）、『更級日記』の中にも、侍従大納言の御むすめが猫に転生している夢を見るという、知られた話があった。

前世・後世関係の話をもう一例。

而ル間、浄覚ガ夢ニ、死ニタル父ノ別当、極メテ老耄シテ、杖ヲ突テ来テ云ク、「我レハ仏ノ物ヲ娯用ノ罪ニ依テ、鯰ノ身ヲ受テ、大サ三尺許ニシテ、此ノ寺ノ瓦ノ下ニナム有ル。……明後日ノ未時ニ、大風吹テ此ノ寺

倒レナムトス。汝ヂ童部ニ不令打シテ、桂河ニ持行テ可放シ」

（『今昔物語』巻二十第三十四）

父親が鯰に転生した男の話。浄覚はこの夢告にもかかわらず、鯰を煮て食べ、骨を喉に立てて死んだ。著名な藤原保昌の郎党の一人が、母親が鹿に転生しているという夢告を得ていたのに、それを忘れて射殺しまい、悔い悲しんで出家したという話もある（『今昔物語』巻十九第七）。夢は、説話には常用の語りの手法。

いさゝかまどろむともなき夢に、この、手馴らしゝ猫の、いとらうたげにうち鳴きて、来たるを、この宮にたてまつらんとて、わが率て来たるとおぼえしを、何しにたてまつらんと思ふほどに、おどろきて、いかに見えつるならむと思ふ。

（『源氏物語』若菜下）

密通した女三宮の懐妊が、この猫の夢で暗示されたというものだが、柏木が「いかに見えつるならむ」と不審に思っているように、咄嗟に了解しにくいが、夢は、このように、伝達不能の事実が伝えられる有力手段である。決して交わることのない冥界とでも、夢の中でなら交渉が可能である。交渉と言うより、冥界からの一方的な伝達の形が、通例であるが。

いたう困じ給ひにければ、心にもあらず、うちまどろみ給ふ。かたじけなき御座所なれば、たゞより居給へるに、故院、たゞおはしましゝさまながらたち給ひて、「など、かくあやしき所には、ものするぞ」とて、御手を取りて、ひき起て給ふ。「住吉の神の導き給ふまゝに、はや舟出して、この浦を去りね」と、のたまはす。

（同・明石）

「いかなる所におはしますらん。さりとも、涼しきかたにぞと、思ひやりたてまつるを、さいつ頃の夢になん、見えおはしましゝ。俗の御かたちにて、世の中をふかう厭ひ離れしかば、心とまることなかりしを、いさゝか、うち思ひしことに乱れてなん。たゞしばし、願ひの所を隔たれるを思ふなん、いとくやしき。すゝむるわざせよと、いと定かに仰せられしを」

（同・総角）

前例、源氏に須磨浦からの退去を命じた夢中の桐壺帝は、その後、朱雀院の夢中に現れて、「御気色いと悪しうて、にらみ聞えさせ給ふ」であった。後例、薨去した宇治八宮は、現世の心の乱れ（二人の娘の心配）のために、願っていた浄土に達していないことを、ただ一人の知友であった宇治山寺の阿闍梨の夢中に現れて告げ、後世の供養を依頼した。陽成天皇が崩御の後、法事の願文に「釈迦如来の一年の兄」と記述したのが、「後世のせめ」になっていると言って、人の夢に現れた（『大鏡』巻二）とか、後少将と呼ばれた義孝が母親や親しかった実資の夢に現れて、極楽に転生していることを示したとか（『大鏡』巻三、『今昔物語』巻廿四第三十九）、この種の話も多い。

中宮の御夢に、いと若くおかしげなる僧の、いとあてやかに装束たるが、立文を持て参りて、「これ」と申せば、「いづくよりぞ」とあれば、「殿ゝ御文」と申せば、喜びて御覧ずるに、「下品下生になんある」と侍御消息なれば、宮の御前、「いと思はずに。さやは」との給はせければ、この僧、「いかでか。かうまでもおぼろげの事には候はぬ物を」と申すと、御覧じければ、殿ばら、「さば往生せさせ給へるにこそ」と、

（『栄花物語』巻三十）

藤原道長が薨去の後、極楽浄土の下品に至ったという記述である。菅原道真は、北野社頭に詣でている人の夢に現れて、自分の詩の訓を教えた（『今昔物語』巻廿四第廿八）。天人が夢中に降下して、琵琶の秘曲を伝授した（『夜の目覚』巻二）というのも、冥界との交流を語る話ではある。

夢中に現れる人物が、人間でなく神仏の場合、これは託宣とも呼ばれる。

読師ニハ誰人ヲカ請ズベキト思食シ煩ケルニ、天皇ノ夢ニ、止事无キ人来テ告ゲテ云ク、「開眼供養ノ日ノ朝、寺ノ前ニ先ヅ来ラム者ヲ以テ、僧俗ヲ不撰ズ、貴賤ヲ不嫌ズ、読師ニ可請キ也」ト告グト見テ、夢悟メ給ヌ。

（『今昔物語』巻十二第七）

今は昔、比叡山に僧ありけり。いと貧しかりけるが、鞍馬に七日参りけり。夢などや見ゆるとて参りけれど、

その百日といふ夜の夢に、「我はえしらず。清水に参れ」とおほせらる、と見ければ、あくる日より、又清水へ百日参るに、

（『宇治拾遺物語』巻六ノ六）

前例は東大寺開眼供養の読師について、後例は一身の願望について、それぞれ神託を受けたもの。後例は、さらに賀茂社にまでたらい回しされて、それでも一身に祈念したので、富裕の結果を得たという。「猶ながく物まうでは すべきなり」という、説話の教訓。神仏の託宣は、寺社の創建にかかわるものが多い。志賀寺（『今昔物語』巻十一第廿九）、長谷寺（同・第三十一）、清水寺（同・第三十二）、鞍馬寺（同・第三十五）、北野天満宮（『天満宮託宣記』）など。

その頃伊勢の託宣などいひて、「藤氏の后おはしまさぬ。悪しき事なり」とて、内大臣殿の御匣殿参らせ給べしといふ事出で来て、

（『栄花物語』巻三十四）

治承四年六月二日、福原にみやこ遷ありけるに、同十三日、帥大納言隆季卿、新都にて夢見侍けるは、大きなる屋のすきたるうちに、我ゐたり。ひさしのかたに女房あり。ついがきの外に頻になく声あり。あやしみてとふに、女房のいふやう、「これこそみやこうつりよ。大神宮のうけさせたまはぬ事にて候ぞ」といひけり。すなはちおどろきぬ。

（『古今著聞集』巻三）

どちらも伊勢大神による託宣であるが、前例は、後朱雀天皇の後宮に藤原氏の后がいないのは具合悪い、という託宣。道長女の嬉子が流行病で薨じたためであるが、裏事情が推測される。託宣などというものは、本来そのようなもの。後例は、平家による福原遷都に、明神が女房に示現して、不快の意志を表明したという。これも、公家一統のひそかな願望。同書には、賀茂大明神が仁和寺辺の女の夢に現れて、「天下の政不法」に慨嘆し、日本国を去って外国に行くと告げられたという話も、記述されている（巻一）。

2　予言としての夢――文学作品における――

現世の、あるいは現世と来世の魂の交流である夢のほかに、この時代の人に基本的に認識されたのが、予言としての夢である。『更級日記』は、その作品中に多数の夢記述を持つ作品であるが、先に紹介した二例を除いて、他はすべて、作者の将来を予言する意味のものである。最も明瞭な例を、あげる。

頼むこと一つぞありける。天喜三年十月十三日の夜の夢に、ゐたる所の屋のつまの庭に、阿弥陀仏立ち給へり。（『更級日記』）

作者が記述した最後の夢である。庭上に阿弥陀仏が出現する夢を見て、すでに人生晩年の作者は、浄土への願望をこの夢に託した。希望的観測である。『更級日記』の夢は、ほぼ、この予言の夢であるが、その予言がすでに結果になっている（おおむね、予言に従った努力をしなかったので、実現しなかったという結果の）夢である。「天照御神を念じ奉れ」という夢を見て、夢解きは、「人の御乳母して内わたりにあり、帝きさきの御かげに隠る」と合わせたが、「そのことは一つかなはでやみぬ」と歎じている。孝標女が、夢そのものの予言性に疑問を感じているのか、夢解きの合わせに不信を感じているのか明瞭でないが、夢と現実の乖離をのみは、実感を持って受けとめている。『更級日記』の場合、一々の夢の予言の明瞭過ぎるのが、この日記の特徴であるが、これには、彼女の夢への不信感と作品としての虚構性、両様の要素を感受できるように思う。夢というものは、本来、意味を判定しにくいことが、本質である。脈絡が無いのが、むしろ自然である。

その意味で、『蜻蛉日記』の、

五月に、みかどの御服ぬぎにまかでたまふに、さきのごと「こなたに」などあるを、「夢にものしくみえし」などいひて、あなたにまかでたまへり。（上巻）

七日八日ばかりありて、我はらのうちなる蛇、ありきて肝をはむ。これを治せむやうは、面に水なむ沃るべきとみる。これもあしよしもしらねど、かくしるしをくやうは、か丶る身のはてをみきかん人、夢をも、仏をも、もちいるべしや、もちゐるまじやと、さだめよとなり。（中巻）

などのような記述の方が、真実らしい。作者自身が判別つきかねているように、意味するところは明瞭でないが、作者道綱母の人生に予言的なものであろうと、彼女自身が前提的に認識していることは、十分に知られる。ところが、

「いぬる五日の夜の夢に、御二手に、月と日とをうけたまひて、月をば脚のしたに踏み、日をば胸にあてていだきたまふとなん見てはべる。これ夢ときに問はせ給へ」といひたり。（下巻）

の夢は、いかにもおもわせぶりである。作者は、夢合せする者がたまたまやってきたので、他人の夢として合わせさせると、予期した通り、「帝をわがま丶におぼしきさまのまつりごとせん物を」と、判じた。実はこの夢は、作者自身が見たものではなく、石山寺に参籠した時に出会った僧に、祈禱を依頼して得た夢であった。それで、この意図的な明瞭性の意味が分かる。ほぼ同類のそれとして、次のような夢例が伝えられている。

「まだいと若くおはしましける時、夢に、朱雀門の前に、左右の足を西東の大宮にさしやりて、北向きにて内裏をいだきて立てりとなん見えつる」とおほせられけるを、御前になまさかしき女房のさぶらひけるが、「いかに御またいたくおはしましつらむ」と申たりけるに御ゆめたがひて、かく子孫はさかへさせ給へど、摂政・関白えしおはしまさずなりにしなり。（『大鏡』巻三）

記事の人物も、道綱母の夫兼家の父、師輔にかかわる挿話である（類例、伴大納言についての挿話、『宇治拾遺物語』巻一ノ四）。夢のこのような素朴な予言を伝える話は、実に多い。『源氏物語』の著名な例を紹介するだけに、とどめる。

わがおもと、生まれ給はんとせし、その年の二月の、その夜の夢に見しやう、「身づから、須弥の山を、右の

手に捧げたり。山の左右より、月日の光さやかにさし出でゝ、世を照らす。身づからは、山の下のかげに隠れて、その光にあたらず、山をば、広き海に浮べきて、小さき舟に乗りて、西のかたをさして漕ぎゆく」となん、見侍りし。（若菜上）

明石入道が、隠遁に際して、娘の明石上にあてた消息のうちの記述である。明石上そして今上天皇の女御になっている孫娘の将来を予言した、夢想である。

3　予言としての夢―公家日記における―

『源氏物語』を初めとする和文の作品の例ばかりを紹介しているが、夢想例が豊富なので利用しているだけであり、男性貴族に夢想の記述が少ないという訳ではない。道長・実資・行成の日記からも、用例を引く。男性貴族にも、夢の予言の感覚はあるが、将来のことと言うより、眼前の表徴の性格が強いという共通性はある。道長の場合は、

依有慎所不参御斎会、人夢相耳、（『御堂関白記』寛弘元年正月八日）

右衛門督示云、中宮参大原野給事如何、或者夢相有告云々、而今年有旱魃事、仍於参給大事也、故停給也、令占筮可一定、（同・八月廿二日）

前者は、ある人の夢相が伝えられて、道長が公事への参入を中止したというもの。自身で見た夢の凶想によって行動する場合もあるが、他人が見た夢で行動する場合が案外多い。後者は、これも或者の夢相によって、中宮の大原野社参詣を中止した。陰陽師の占によっても確認して、参詣延期を決定した。夢想は、公的な行事にも影響を持つほどのものになっている。炎旱の日が続いた頃、一条天皇が庭上で降雨を祈られた翌朝、飲酒の夢をご覧になったというので、道長は「雨下るの徴か」と奏した（同・七月十一日）。果たして午後、雷声、小雨あったというが、偶

然の現象だろう。

実資の場合も、夢想の告によって参内を中止するとか（『小右記』永観三年六月十五日）、「夢想不静」によって、諸寺に諷誦させるとか（同・万寿二年三月五日）、謹慎の表徴という一般的に認識の例外ではないが、瑞想と認識する傾向もある。

今暁有優吉夢想、忠仁公御物伝得之事也、事多不注而已、又先年夢見忠仁公御事、已及両度、亦前年夢見給貞信公累代純方玉御帯、（『小右記』寛弘八年二月十九日）

早朝寂圓上人来、語去夜夢想事、諸神褒誉下官之由也、（同・寛仁元年十一月七日）

前例は、藤原良房の御物を給わったとかの夢想で、それ以上の具体的な内容は省いている。良房が夢想に現れるのは二度目、その男忠平から累代の帯を拝した夢も、別に見たことがある。実資には、奇瑞と感じられる夢であった。後例、寂圓上人が伝えたのは、諸神が実資のことを褒賞しているという夢。実資のなにを褒めているのか知らないが、神の言葉を僧が伝えるというのは、どういうことだろう。いずれにしても実資には、自分の願望を反映するような態度がある。菅原道真に太政大臣を追贈すべしとの夢を見て、内大臣道兼にこの夢告のことを語った（同・正暦四年閏十月廿日）。道兼は、深く感じるの気あったという。旬日の後に、追贈のことが実現しているから、夢の効験は、なかなかのものである。

吉につけ凶につけ、行成の夢告への態度は、重いものがある。内裏で参会した右中弁が、比叡山で参籠中に、行成のために「吉想」を見たと言えば、「仏法霊験也」と悦び（『権記』正暦四年七月十九日）、「今日以後五位已上可亡者六十人、汝在其中」との夢告を得ると、畏怖しながらも神明の援助を祈念したりしている（同・長保三年五月廿一日）。しかし、近日のうちに薨去することはなかったし、「可辞蔵人頭之趣」の夢想を見たことを記述しても（同・長保元年八月十九日）、結局は蔵人頭職辞任のことはなかった。結政の儀が終わる前に、座上で仮眠、夢中に権中将からの消息を得て、それに出家の素志が述べてあった。退出の後、権中将に出会ってそのことを話すと、彼は、「正夢也」と答えた（同・長保三年二月三日）。夢中に小野道風が現れ、行成に「可授書法」と告げた夢を見たこともある（同・長保五年十一月廿五日）。行成にとって、夢は、信頼を託しながらも、一抹の疑問も抜けないもののようである。故一条院の御忌に籠もっている時に、朝臣の間に争論のことがあり、近信朝臣の発言に立腹した行成が、手にした燈台で近信の面を打ったとか、その後に現れた僧が、近信は世の大事だから、陵轢してはいけないとか、意味不明の夢を見たりしている。行成は、「此夢此夜二寝之間見、仍為備忽忘挑燈書之、時鶏已鳴矣」と、メモしている。夢というものは、本来そのようなものであるが、そこには何かが表象されている、それを知り得ないのは、こちら側がそれだけ啓示に鈍であるだけのことなのだ、としか考えられなかったのであろう。

平安末期になると、夢想を予言と感覚する傾向は、さらに顕著かと思われる。ただし、平安中期の公家貴族のような、眼前の災危の予兆といった禁忌的認識ではなく、将来を表徴するような、先に中期の女流の作品に見た、吉兆に似た予言である。

去夜夢、到家長重輔等中、件党取出供御、罷御盤食之間、家長取鳥足與之、予取之見鷹足也、甚長、人会尺之不食歟、似無興、仍食之後、思出精進之由後悔、語家長令驚、但心中又思夜宿也、朔日奉幣何事在乎、即夢寝了、今朝思之吉想也、鷹足者即書帛、述愁達於天子、蒙其賞者也、今得之、心中本望達叡聞、悉可成就耳、表忠臣之心、蒙聖主之恩、何疑在、（『明月記』建仁二年八月廿九日）

夢中に家長が与えてくれたのが鷹の足で、定家はこれを食した後に精進の間であったことを思い出し、後悔した。ところが、翌朝になってよく考えてみると、これは吉想であった。我が心中が叡聞に達して、願望が叶うという予告ではないかと、無理に確信しようとしている。内蔵頭に任官するという夢を見て、この官を去る時は貫首（蔵人頭）が例だから吉夢と思って、日記に記録したことがある。「後年見之無答、虚夢歟」と追記している（同・正治元年七月十二日)。そんなものである。無理にも、吉相を見ようとする態度がある。建仁元年十二月廿二日の除目に希望を託す定家は、旬日以前に日吉社に参籠、祈念を続けていた。その時に見た夢は、父母と雑談していたら、母親が紫宸殿・貞観殿を遊覧したいと言って席を起った。定家が供に従って起ったと思ったら、そこは山里の家で、鳥籠が置いてあった。定家が鴨を取って入れたが、籠の穴が大きくて鴨が逃げないかと思っているところに、犬が入ってきて見つけて追い出した(同・建仁元年十二月十一日)。得体の知れない滅裂な夢であるが、定家は、「早遂亜相之望、即可拝夕郎耳」の吉夢だと、無理にこじつけた。後に思うに、「夢想已虚、是忌相歟」と言っている。もともと吉も凶もないものだけれど、なにかの予言であった思いだけは消さない。

平安末期の執政藤原兼実は、実に、夢想の人である。政局の転換期、激動期、彼がなすことは、物忌・触穢などの禁忌を守り、神仏に祈願し、神託に激動の情勢を占い、夢想に自らの運勢を悟る。行動することによってではなく、ひたすら動かざることが価値である政治家。夢想は、彼にとっての支えの要素であった。政局の要路に近づくにつれて、その態度が鮮明になる。彼の日記を見ると、初期、夢想の記述に気付くことが少ない。治承・寿永、平家政権が流動の様相を見せ始めた頃から、頻繁に用例を見るようになる。彼にとっての夢想は、身辺の謹慎を求めるような凶兆のそれは、ほとんど見ない。おおむね、「今暁、女房為余見最吉夢、可信云々」(『玉葉』治承三年十二月八日)、「今暁有最吉夢、宿業魔界併消滅之祥也」(同・寿永三年二月十二日)などのように、吉夢を強調するものである。その中でも、

去夜或者夢云、自大唐、笠之鰭ニ様々ノ物ヲ彫付タル旗、数流ヲ付タリ。同色也。件笠自南北サマへ持向云々、余案之、為藤氏之一門、全非可怖、其故、自南赴北笠、春日大明神為護氏之人、令入洛給也。笠是三笠山之義也、為平家頗る不吉歟、其故、白旗入洛之条、非無其恐歟、
(『玉葉』治承四年十一月五日)

大将送札云、去夜夢想、春日大明神告仰云、不審申事余運事、日来之間中、心疑之、乞其告云々、更不可有疑、即夢中思之、信伏無極

云々、幼少之心底思此事、尤可憐々々、此夢又可信々々、（同・寿永二年八月十八日）

治承四年（1180）といえば、この年四月に以仁王の変、六月に福原遷都、八月に頼朝挙兵という、いよいよ動乱の幕明けの年である。南都焼き討ちもあったこの歳末、数流の旗を付けた笠が、南から北に運ばれていく夢を見た。兼実の解釈では、これは、動乱の中で藤原氏一門を守護するために、春日大明神が入洛されたことを示すもので、藤原氏はまったく安泰なので心配は無用という託宣だとの理解。強弁というか、我田引水というか、自己中心丸出しの解釈であるが、夢に予言、それも吉なる表徴を見る態度が鮮明である。後例も、非運を嘆じていた兼実に対して、神の加護を明示する兆が、嫡子の右大将良通の夢想に示された。感涙する兼実、私には空しく思われる姿であるが、ひたすら神託と夢想が支えの公家貴族の志向が鮮明である。この年九月十一日の暁、兼実室の夢中に現じた人が、「兼実は大職冠之後身」、であると告げたという。まさに願望の表象。

今暁、女房見霊夢、委細不遑筆端、事趣非啻此所悩一事、払一切怨敵、可成就大願之由也、殊勝々々、其中有珍重事等某別紙、雖末代法験尤新、可貴々々、（同・元暦元年十月十四日）

仏厳聖人語曰、去頃有夢想事、着赤衣之人、来彼聖人房。謁聖人曰、今度大地震、依衆生罪業深重、天神地祇成瞋也、依源平之乱、死亡之人満国、是則依各々罪障、報其罪也……爰赤衣人語聖人云、為彼御沙汰指下官也、被行此法者、天下帰正、禍乱不起、祈禱可彰験者也、（同・元暦二年八月一日）

前例、霊夢の内容は書かず、「大願」の中身も示さない。しかし、後例、赤衣の人が「兼実が政務の中心になることによって、天下正しきに帰す」と明示したという夢想によって、内容は鮮明である。兼実は、これを法皇（後白河）に注進した。この年十二月廿八日に、兼実の執政が実現した。兼実は、夢想の予言が顕現したと信じたであろう。

4　夢想の処置

夢というものは、我々も経験的に実感しているが、まことに不可思議、意味不明な内容であることが、むしろ普通である。この時代の人は、そして現代の人でも、多少は半信半疑で、その夢には、なにかの理由があるのではないかとの感覚も、捨て切れない。平安中期では、眼前の災禍の兆と認識する感覚が普通であったが、見てきたように、平安末期には、世相や人生の予兆といったものに、変わっている。それは確かに変化ではあるけれど、予言の意味では変わらない、夢想への態度である。それにしても、夢想の示す予言は、ほとんどの場合、明瞭な形では示されない。従って、夢想の予言の正確な内容を知るための、「夢合せ」「夢解き」、場合によっては「夢占」といった手続きが必要になる。ある種の霊力を保持する人間だけには、正確な認識が可能な能力が備わっていると考えられている。先述した道綱母の場合も、石山寺参籠の時の夢を、「夢解き」に解かせていた。

さま異なる夢を見給ひて、合はするもの召してとはせ給へば、およびなう、思しもかけぬすぢの事を、合はせけり。（『源氏物語』若紫）

夢見給ひて、いとよくあはするもの召して、合はせ給ひけるにも、「としごろ、御心に知られぬ御子を、人のものになして、聞し召し出づることとや」ときこえたりければ、（同・蛍）

前例、光源氏との密通の結果が、藤壺懐妊の現実になった。それを示現した夢が、具体的にはどのような夢であったかは、記述されていない。後例の、内大臣（かっての頭中将）が見た夢も、一見意味不明に見えるものであったのだろう、夢解きを召して、判ぜさせた。その結果、藤壺懐妊（前例）と、内大臣には未知の女子の存在（後例）とが、それぞれ見えた。

夢というものは、本来、脈絡を辿り難いものである。

いかならんと思ふ夢を見て、おそろしと胸つぶるるに、ことにもあらず合せなしたる、いとうれし。

そのときは、夢ときも、巫女《かんなぎ》も、かしこきものどもの侍しぞとよ。堀河摂政のはやりたまひしときに、この東三条殿は御官どもとゞめられさせたまひて、いとからくおはしまし、ときに、人のゆめに、かの堀川院より箭をいとおほくひんがしざまにいるを、いかなるぞとみれば、東三条殿にみなおちぬとみけり。よからずおもひきこえさせたまへるかたよりおはせたまへば、あしきことなとおもひて、殿にも申ければ、おそれさせ給て、ゆめときにとはせたまひければ、「いみじうよき御ゆめなり。よのなかの、この殿にうつりて、あの殿の人のさながらまいるべきがみえたるなり」と申けるが、あてざらざりしことかは。（『大鏡』巻四）

前例は、不吉そうな夢を見て、不安に思いながら夢解きに訊いたところ、無難な回答を得て清少納言はホッとしている。平安中期では、夢想はおおむね凶兆の認識だから、この時代の女性の普通の感覚を記述している。後例、おそらく後の創作話だが、一見凶兆の夢が、霊能者が真実を見通せば、吉兆であったという。眉唾というか、ものも言いようと言うか、それだけ、本来は滅裂という夢の本質を示す話ではある。(1)

先に、師輔の夢に女房が不用意な発言をして、本来の吉兆を損じたという例を紹介したが（『大鏡』巻三）、凶事の予言と確認された夢は、それが実現しないように、「夢違へ」の行為が必要になる。(2)これも『大鏡』に、道長男の顕信の出家に関して、

高松殿のご夢にこそ、左の方の御ぐしをなからよりそりおとさせ給と御らんじけるを、かくてのちに、これがみえけるなりけりとおもひさとめて、「ちがへさせ、いのりなどをもすべかりけることを」と仰せられける。（巻五）

という挿話が伝えられている。作り話めいた雰囲気だが、ともあれ、その行為で、凶事の実現を妨げることが出来るとするところが、同じ予言でも、「相」と異なるところであろう。甚だしきは、個人の予言たるべき夢を買い取

（『枕草子』二七六段）

るということさえ出来る（『宇治拾遺物語』巻十三ノ五）。

注

（1）孝標女も、「天照御神を念じ奉れ」という夢を見て、夢解きは、「人の御乳母して内わたりにあり、帝きさきの御かげに隠る」と合わせたが、「そのことは一つかなはでやみぬ」と歎じている（『更級日記』）。孝標女が、夢そのものの予言性に疑問を感じているのか、夢解きの合わせに不信を感じているのか明瞭でないが、夢と現実の乖離をのみは、実感を持って受けとめている。

（2）凶夢を違えるには、「からくにのその、みたけになくしかもちがへをすればゆるされにけり」と誦し、また、「南無功徳　須弥厳王如来」と唱えること廿一反、「悪夢着草木　吉夢成宝王」と、東方に向かって水をそそぎながら三反唱えれば、咎は無いそうである。またあるいは、桑の木の下で、凶夢を見たことを言って、上述の誦を行えば、咎を免れるそうである（『簾中抄』下）。夢違えの一法だが、どれだけ実践されていたかは不明。

付記

ごく最近に、倉本一宏『平安貴族の夢分析』（吉川弘文館、平20）という著書が刊行された。平安中期の女流日記・公家日記に記載された夢を中心に、平安貴族の実像を興味深く追求されている。本稿の記述に参看する余裕は無かったが紹介しておきたい。

第七章　俗　信

一　鬼・神・天狗

平安時代の人々の、怪異的な存在についての感覚を見てみたい。まず、知られた異能の存在である鬼について。『源氏物語』には、次の十例ほどの記述がある。

①南殿の鬼の、なにがしの大臣をおびやかしけるためしを思し出でゝ、（夕顔）
②「御心こそ、鬼よりけにもおはすれ。さまはにくげもなければ……」（夕霧）
③「なかばなる偈教へけん鬼もがな。ことつけて投げん」（総角）
④「かやうの朝ぼらけに見れば、物いたゞきたる者の、鬼のやうなるぞかし」（東屋）
⑤いみじき仇を鬼に作りたりとも、おろかに見捨つまじき、人の御有様なり。（浮舟）
⑥「鬼や食ひつらむ。狐めくものや、とりもて往ぬらん。」（蜻蛉）
⑦「心憂かりける所かな。鬼などや住むらん。」（蜻蛉）
⑧「鬼などの隠し聞ゆとも、いさゝか、残る所も侍るなる物を」（蜻蛉）
⑨「鬼か、神か、狐か、木魂か。かばかりの験者のおはしますには、え隠れたてまつらじ。名のり給へ〳〵」

（手習）

⑩「鬼のとりもて来けむ程は、物の思えざりければ」（手習）

これらを整理してみると、

イ　激しい憎悪・瞋恚・嫉妬などの感情を持つ　②

ロ　人間を拉致したり食べたりする　①⑥⑦⑧⑩

ハ　恐怖させるような異形の形相に頭上の異物（角カ？）がある　④⑤

ニ　仏道には対立するが退治される存在　③⑨

『源氏物語』の鬼は、およそこのような存在であると、指摘は出来る。

他作品の用例を見てみると、

○ある時は、風につけて知らぬ国に吹き寄せられて、鬼のやうなるもの出できて殺さんとしき。

（『竹取物語』蓬莱の玉の枝）

○ゆくさき多く夜もふけにければ、鬼ある所とも知らで、神さへいといみじう鳴り、雨もいたう降りければ、あばらなる蔵に、女をば奥にをしいれて、おとこ、弓籙を負ひて戸口に居り。

（『伊勢物語』六段）

○みちのくの安達の原の黒塚に鬼こもれりと聞くはまことか

（『大和物語』五八段）

○いとあやしくて、さぐらせ給に、毛はむく〳〵とおひたる手の、爪ながく刀のはのやうなるに、「鬼なりけり」と、いとおそろしくおぼしけれど、

（『大鏡』巻二）

共通要素としては、普段は人の近づかない場所に住み、体に毛が生えたり、剣のような爪であったりの異形の姿で、人間を殺して喰うといったものらしい。『大和物語』の例だけが、この「鬼」は黒塚に住む「娘」を指しているというのだが、すぐ後にその「娘」に求婚する話にもなるし、解釈しにくい[1]。

『倭名類聚抄』（巻二）は「和名於爾」と指摘し、「隠」の字音の訛として、「鬼物隠而不欲顕形故俗呼曰隠也」と説明している。ということは、中国に存在した「鬼」と「隠」が移入される時に、その観念を一緒にして、鬼の訓に「隠」の音「オン→オニ」を採用したということだろうか。少なくも、『倭名類聚抄』の編者は、そう認識しているように見える。その後に掲出される「餓鬼」（ガキ）・「瘧鬼」（エヤミノカミ）・「邪鬼」（アシキモノ）・「窮鬼」（イキスダマ）などでは、「おに」という訓が示されていない。

「鬼」の初例は、『出雲風土記』（大原郡阿用郷）の「此処山田佃而守之、爾時、目一鬼来而食佃人之男」であるが、この「鬼」が「おに」であるかどうかは、確認されない。その後の『万葉集』（巻二・一一七番）や『日本書紀』（神代紀）では「もの」と訓じているし、後の『日本霊異記』『今昔物語』でさえも、和訓「もの」で紹介されている。平安中期の「おに」と中国伝来の「鬼」との接合を考える前に、日本古代における「おに」と「もの」の関係が説明されるべきかと思う。日本古来の「おに」は、「物に隠れて、姿を顕現しないもの」、姿は見えないが、なにか異様な霊力を持つ存在。それが「おに」なのだから、古来の文献が、得体の知れない「もの」としか表記出来なかった理由が分かる気がする。(2)

ベルナール・フランク氏は、日本古代においては「おに」は存在せず、悪しき神であるモノが、平安時代になってから、日本人の宗教的表象として、その概念が成立してきたものだと説明している。(3)その後に、陰陽道と仏教の相乗的影響を受けて発展していったものだと述べている。「おに」が定義するものは、基本的に人神（ジンシン、人の魂）・鬼（キ、死者の魂または魔性の霊）・魔（マ、悪事を働く魔物）の三のいずれかであると、結論している。魔は、仏教的な意味合いのもののようである。先に『源氏物語』の鬼の整理をした時に、「仏道には対立するが退治される存在」としての鬼を、指摘した。フランク氏の分類される「魔＝マ」である。しかし、我々の常識としては、対立するのではなく、仏とは違う形で、仏道を擁護し仏道に導く意味の鬼がいる。極楽浄土への憧れと地獄への恐怖は、仏道の表裏である。この仏道世界の鬼が「キ」ということだろうか。馬場あき子氏によると、鬼の系譜を分類すれば、次のようである。①日本民俗学上の鬼。鬼の最古の原像。②修験道に結びついた山伏系の鬼。③仏教系の邪鬼。④放逐者・賤民・盗賊などの、凶悪な無用者系譜の鬼。⑤怨恨・憤怒・雪辱などの情念が形姿した変身系の鬼。日本古来の邪悪自然神な要素が、道教・仏教・修験道などと接合しながら、概念を変遷させていったもののようである。

仏教世界の鬼が、仏典に登場するのは当然であるが、作品としては、おおむね説話作品に登場する。平安時代の鬼について、最も豊富な資料は『今昔物語』である。この作品に登場する鬼は、

漸ク程ヲ経テ、死ニシ人起居テ妻子ニ語テ云ク、我レ、死ニシ時、忽ニ猛ク恐シキ大鬼二人来て、我ヲ捕ヘテ広キ野ニ将出デ、追ヒ持行ク間、一人ノ小僧出来レリ。形チ荘厳也。此ノ我ヲ捕ヘタル鬼共ニ宣ハク、「汝ヂ鬼共、此ノ法師ヲ免セ。我レハ此、地蔵菩薩也」ト。二人ノ鬼、此レヲ聞テ、地ニ跪テ、法師ヲ免シ畢ヌ。

（『今昔物語』巻十七第二五）

のように、死とともに地獄に連行していく、地獄の邏卒、閻魔王の使いというところが、第一イメーである。異形の姿で、現世に住みついてもいる。

然レバコソ鬼ノ来リテ人ヲ噉フ也ケリト思ヒテ、弥ヨ慎テ、身ヲ固メ呪ヲ誦シテ居タルニ、

（『今昔物語』巻十四第四）

人間を食べ、深山の山寺とか、古橋の下とか、廃屋とか、墓穴の内とか、また葬送の場面には必ず所在している。身の丈八尺ほど、漆を塗ったような黒い肌で、額に角が一つ、目も一つ、剣のような歯が上下に牙のように出、毛むくじゃらの手に刀の刃のような爪、赤い浴衣を着て腰に槌を出す、これが鬼に継承される第二イメージである。極楽の相対としての地獄に対して、恐怖と忌避の感情を起こさせることを、もっぱらの目的として描写されている。

『源氏物語』を初めとする物語作品における鬼が、このような「キ」の鬼の感覚にかけ離れているわけではないが、冒頭に紹介した諸例は、地獄・極楽といった感覚は稀薄に見える。その意味で、物語作品における鬼は、おおむね日本古来の「おに」と理解して良いかと思えるが、それよりも注意すべきは、夕霧巻で、夕霧が妻の雲井雁の心性を評したような、瞋恚・嫉妬といった内面の要素であろう。フランク氏の言われる「人神」だろうか。「鬼の様なる心」「鬼の心」と言った心の表現である。(4) 染殿の后に執着した葛城山の聖人は、宿執の炎によって鬼に化した。邪悪・冷酷・慳貪・無慈悲などの心が、外面を、鬼の姿に変えた。山河、沼沢といった未開の自然に住みついているらしい『源氏物語』の「鬼」には、日本古代のモノの印象がある。手習巻で「鬼か神か」と問いかけているのは象徴的である。『倭名類聚抄』は、神の和訓の一つに「おに」をあげている。鬼は、日本古代においては、神と類似の存在なのであり、そういう古代感覚を『源氏物語』は、記述の中に残しているということである。近藤喜博氏が述べられる、「鬼の成立してくる根本的な要因を、風雨・雷電・地震・火山活動の如き、自然現象の猛威の場にこれを認めようとするのであって、巨大なエネルギーを伴う破壊とその恐怖の中から、鬼が変幻してくる成立要因を考え(5)」るという理解は、ほぼそれに重なると思われる。

また、**神**という存在がある。ただし、原始的な自然信仰の性格を、まだ色濃く漂わす存在としての神である。(6)

「鬼か、神か、狐か、木魂か。かばかりの天の下の験者のおはしますには、え隠れたてまつらじ」

（『源氏物語』手習）

浮舟が、横河僧都に見つけられた場面であるが、鬼とか木魂とかと同列の、怪異の存在でもある。

「其水ノ上ヨリ来ラム物ヲ、鬼ニマレ、神ニマレ、寄リテ抱ケ」ト云ヒ置テ、

（『今昔物語』巻二十第十）

という用例もある。変化した姿は、鬼も神も見分けがつかないものであるらしい。同じ『今昔物語』に、佐渡国の

住人が難破してある島に流れ着き、大柄な、鬼かと思う住人に取り囲まれて、食べられるかと恐怖したら、食事など出してくれた後、風向きが変わって本国に帰ることが出来て、「然レバ鬼ニハアラデ、神ナドニヤ有ラムトゾ疑ケル」であった。外見の異様さは、鬼も神も同じ。超越した能力も同じながら、内面の心が、違う。いわば、人間の心の善悪・正邪の、それぞれ片面の姿を言っているように思われる。

鬼と神は、それぞれ単独に語られるのではなく、「鬼神」といった熟語の形の用例が、すこぶる多い。

様々ノ異類ノ形ナル鬼神共来ル。或ハ馬ノ頭、或ハ牛頭、或ハ鳥の首、或ハ鹿ノ形、如此クノ多ノ鬼神出来テ、各香花を供養シ、（『今昔物語』巻十三第一）

僧、女ヲ見テ、恐ジ恐レテ、「若シ、此レ鬼神カ。人无キ山ノ中ニ此ノ女出レリ」（同・巻十四第七）

「我レコソ此道ニ取テ世ニ勝タル者ナレ。然レドモ幼童ノ時ニハ此鬼神ヲ見ル事ハ无カリキ」（同・巻二四第十五）

などを見ると、「鬼」とはほとんど修飾語の類で、素朴な自然神のうちで、やや怪異性を持つものを言っているようである。終例の神も、賀茂忠行が祓をした時に出てきて、食膳に着いた「人の形」様のものである。女性の姿である場合もあれば、初例のように、馬・牛の頭といった、異様な姿もあるが、危害性も怪奇性もさほど無い。勿論、信仰性もさほど無い。『宇治拾遺物語』（巻十三ノ三）に、左京職の下級官人が、「まよはかし神」に憑かれて、一晩中徘徊させられた話を記述する。神とは、そのような、ある種単純で人間生活にも密着した霊力のようなものである。その霊力への畏怖が、万物を支配する意志としての神に崇められていくわけであり、原始的な神性と本質的には相違するものでない。当面の目的とする『源氏物語』の神は、先述の鬼や後述の天狗と同じく、仏教的色彩を多くは反映しない、自然神的な感覚のもののように思われる。

似た存在に、**天狗**というものがある。最初の所見は、『日本書紀』舒明天皇九年（637）二月朔の日の大流星が東から西に雷のような音を立てて流れ、これを中国から帰国したばかりの僧旻が、「非二流星一、是天狗也」と奏したというものである。ただし、この天狗の訓は「アマツキツネ」というものである。中国における天狗は、「地上に災禍をもたらす大奔星」であったそうである。知切光蔵氏によれば、「天狗」は、その後平安朝初期まで二百数十年の間、まったく所見を見ないそうである(7)。その間、天狗の存在がまったく皆無であったわけではなく、原始山岳信仰における山神・山霊と言った、形象のない霊魂として信仰されていたらしい。平安時代の天狗は、天狗説話史としては、原始の姿がやや変化した第二期にあたり、仏教界の権威の末端である僧侶を誑かしたり、人を遠方に拉致したりの所業はあるが、まだ姿の形象は無かったと、説明されている(8)。

次のような用例がある。

事の心、おし量り思う給ふるに、「天狗・木魂などやうの物の、あざむき率てたてまつりたりけるにや」となん、うけたまはりし。　（『源氏物語』手習）

白河殿とて宇治殿の年頃領ぜさせ給し所に、故女院もおはしまし丶が、天狗ありなどいひし所を、御堂建てさせ給ふ。　（『栄花物語』巻三九）

前例は、別の場所では、「鬼か神か狐か木魂か」と言っているし、後例の、廃屋に鬼が住むというのも通例の感覚だし、鬼と天狗の相違は、この場面だけではつきにくい。思想史的には、鬼が仏教にかかわる存在で、天狗が、道教の神仙思想に根拠がある、そういった説明ができるものかと思われる。

今ハ昔、天竺ニ天狗有ケリ。天竺ヨリ震旦ニ渡ケル道ニ、海ノ水一筋ニ、

諸行無常　是生滅法　生滅々已　寂滅為楽

ト鳴ケレバ、天狗、此ヲ聞テ大ニ驚テ、「海ノ水、何デカ止事无キ甚深ノ法文ヲバ可唱キゾ」ト怪ビ思テ、「此ノ水ノ本体ヲ知テ、何デカ不妨デハ有ラム」ト思テ、水ノ音ニ付テ尋ネ来ルニ、震旦ニ尋ネ来テ聞ニ、猶同ジ

様ニ鳴ル。（『今昔物語』巻二十第一）

天狗は、結局、法文の声に従って海を渡り、日本にまで来た。そして、比叡山横河に至り法文の声を聞いて一念発起、この山の僧となることを願って死し、生まれ変わって僧になったという。山河を飛来し跋渉し、人や鳥の姿に変身したりの能力を持つが、仏法の前には、排除される無力な道化的存在として語られることが多い(9)。仏法へのかかわり方は、鬼は退治され、天狗は帰依させられる。その程度の違いがあるかと感じられる(10)。

寺社の堂に住みついたりのほかは、比良山・伊吹山などに通うことが多い。『今昔物語』に、北山の山中で迷った木こりたちが、舞い踊りながら出てきた尼たちを、「天狗ニヤ有ラム、亦鬼神ニヤ有ラム」と息をつめて見ている記述がある。仏教説話という形であるが、

『今昔物語』の天狗は、それまでの天狗のイメージを全く一変させて、新しい天狗を創造し、展開してくれた。（知切光蔵『天狗の研究』原書房、2004）

という、天狗史上の転換があった。自然山岳神と言ってもよかった平安中期頃までの天狗が、仏教と出会って、仏法に屈服し退治され、仏の道に目覚めて帰依するといった転換が『今昔物語』に代表される仏教説話でなされた後に(11)、天狗は、修験道に出会って再度の転換をする。修験道は、伝えられる役ノ行者以来の古来の山岳宗教の歴史があり、仏法の〝法〟に対して、〝行〟を重んじる民衆宗教としての流れを持っていた。仏法に退治されて駆逐される天狗像に対して、山岳修験道との結びつきは、本来の自然信仰の復権と表現した方が良いだろう。こうして、愛宕山・比良山・鞍馬山・彦山・白峯・大山・羽黒山・大峯などの深山に住み、人身に足は鳥で左右の手が羽という天狗の形姿が、記述されるようになり、赤鼻と柿衣の山伏姿への定着を見た。『源氏物語』の描写する天狗は、現代の我々がすぐ思い浮かべるものとは全く隔絶する、ごく素朴な自然神段階のそれであったことを確認しておきたい。

二　暦注吉凶

平安中期の藤原道長の日記は、具注暦の行間に自筆されているが、具注の形式には、あまり変化が無いらしい。陰陽道研究の嚆矢とも言うべき斎藤励『王朝時代の陰陽道』（芸林舎、大4。覆刻版、昭51）は、正倉院文書中の天平勝宝八歳具注暦断簡を紹介しているが、道長時代のそれにやや凶日の追加がある程度で、内容はほぼ同じと言ってよい。これらの暦注に、平安期の古記録などに見える吉凶日が記述されている。整理してみれば、次のようである。

○年吉凶

革命革令・庚申年・当梁年・三合危・厄年

○月吉凶

厄月・忌避月・五月生

○日吉凶

血忌日・帰忌日・往亡日・坎日・厭日厭対日・凶会日・八龍日・四廃日・陰陽将日・道虚日・五墓日・没日滅日・重日復日・三宝吉・七日忌・歳下食・庚申・衰日・八卦

○時吉凶（12）

○方角忌を内容とする日時歳月吉凶

八将神・金神・太白・歳徳・天一・王相・土公・遊年・八卦忌・生気死気・滅門・鬼門

このうち、方角禁忌に関するものは、おおむね別章で述べたところなので、ここでは、方角に関係しない吉凶の指定の部分について、見てみたい。ただし、本節の目的は、作品の生活環境としての日時吉凶なので、作品の記述から帰納していく形を取りたい。(13)

○月吉凶

〈洗髪〉

「今日過ぎば、この月は日もなし。九・十月には、いかでかは」（『源氏物語』東屋）

匂宮邸で、中君が洗髪しようとする。匂宮と浮舟を出会わせる著名な場面だが、九・十月は洗髪不可という。なにか信じ難いが……。

○日吉凶

〈葬送〉

なが〳〵こもり侍らんも、便なきを。明日なん日よろしく侍れば、（『源氏物語』夕顔）

この十一日にぞ、吉日なりければ、それにとかくし奉らせ給べし。（『栄花物語』巻二五）

前例は頓死した夕顔の葬送を、後例は、流行の赤裳瘡に罹って死んだ小一条院女御寛子（道長女）の葬送。

〈髪剃〉　甲戌・甲酉・甲午、吉日（大系）

「久しうそぎ給はざめるを。今日はよき日ならむかし」（『源氏物語』葵）

若紫の髪が伸びたので、髪剃をと言っている。日に合わせて、時刻を暦博士に勘申させた。髪剃は、「二月四月六月十一月十二月よし、うしとらむまの日よしとりの日もよし」（『簾中抄』下）ということである。

〈出立〉

「たゞ、のたまはせんまゝに」ときこゆ。よろしき日なりければ、急がしたて給ひて、（『源氏物語』澪標）

十九日、日あしければ、ふねいだささず。（『土佐日記』）

初例は、冷泉院宣旨であった人の娘が、源氏の娘明石姫君に仕えることになり、今日が吉日ということで、京から出発した。

〈爪切〉　子日、凶日。

爪のいとながくなりにたるを見て、日をかぞふれば、けふは子日なりければ、切らず。

（『土佐日記』）

逆に、爪切に吉日は、「手のつめ丑寅　足のつめ寅午」（『簾中抄』下）だそうである。寅日なら、手足の爪を同時に切れる。

〈卜占〉　子日、凶日。

承平三年十二月十日壬子、云々、須召神祇官給上以下史生以上卜文、而依子日不令占、

（『西宮記』巻四）

何故か、子日は卜占を忌む。

〈奉幣〉　甲午、吉。

かの人は、すぐし聞えて、又の日ぞ、よろしかりければ、御幣奉る。

（『源氏物語』澪標）

きさらぎの三日、はつうまといへど、甲午最吉日、つねよりもこぞりて稲荷詣にの、しりしかば、

（『大鏡』巻六）

明石女御の住吉社参拝。前日には源氏が参詣、この日は「よろし」だから次吉か。後例は、『大鏡』の語り手の大宅世継が、稲荷に参詣した記述。吉日のなかでも、甲午は最吉という。

〈魚食〉

今日は凶しき日、明日は八日なれば、九日のつとめて、関白殿より、さま〴〵の魚ども持て参りたれど、

（『栄花物語』巻二九）

「七日」は魚食を忌む日なのか。或いは、病床の故か。確実なところは不明。

〈除服〉

「御服も、この月には脱がせ給ふべきを、日ついでなむ、よろしからざりける。十三日には、河原へ出でさせ給ふべきよし、の給はせつる」（『源氏物語』藤袴）

大宮の喪に服していた玉鬘が、その喪服を脱ぐ。その除服の日も、吉凶がある。

〈出仕〉　坎日、凶日。

「よろしき日などやいふべからむ。よし、ことぐしくは、何かは。さ思はれば、今日にても」（『源氏物語』常夏）

御乳母の二位も、坎日に参り始められたりけるとかや。（『今鏡』第二）

前例は、近江君が姉の弘徽殿女御への出仕の日を訊いたもの、後例は、白河院乳母親子の初出仕の日が、坎日であったという。逆に、その程度の認識でもある。

〈儀礼〉　彼岸、吉。坎日、凶。

十六日、彼岸の初めにて、いとよき日なりけり。（『源氏物語』行幸）

正月一日、坎日なりければ、若宮の御戴餅のこと停まりぬ。（『紫式部日記』）

三日までおはしますべけれど、日次の凶しければ、二日の夜さり帰らせ給へば、（『栄花物語』巻十九）

初例は玉鬘の、終例は皇太后妍子所生の皇女禎子内親王の、裳着。目出度い儀礼だが、彼岸の初日は、吉日という。彼岸は、春分・秋分を中日として、前後三日間行われる彼岸会のこと。彼岸の日が、どうして吉日になるのか不明。次例は、悪日で知られた坎日なので、戴餅の儀礼が中止。目出度い儀礼だから余計に、ということであろう。終例、禎子内親王の裳着に渡御した太皇太后宮彰子の帰館は、理由が分からない。凶日ならその前から認識があったと思うが。

〈婚姻〉　彼岸、吉。坎日・九月、凶。

①廿八日の彼岸の果てにて、よき日なりければ、人しれず心づかひして、いみじく忍びて、ゐてたてまつる。（『源氏物語』総角）

②坎日にもありけるを。もしたまさかに、おもひ許し給はゞ、あしからん。（同・夕霧）

③「あさて許、よき日なるを、御文たてまつらむ」となん、のたまひつる。（『蜻蛉日記』下巻）

④「今日よき日なり。円座かい給へ。ゐそめん」など許かたらひて、（同右）

⑤「この月とこそは、殿にもおほせはありし。廿よ日のほどなん、よき日はあなる」とてせめらるれど、（同右）

⑥今日吉日なればとて、絹・綾などもて参り……廿三日なれば、残の日も侍らぬなり。（『栄花物語』巻二八）

⑦今夜吉日也トテ、此ノ娘ノ乳母子ナル者合セツ。（『今昔物語』巻二六第五）

婚礼の関係は、昔も今も、吉凶の認識に敏感である。①は、薫が匂宮を宇治に伴い、ひそかに中君との通婚を意図を意図している。これも、彼岸が慶事にふさわしい例。②は、落葉宮との事実上の婚姻が成るとすれば、「坎日はどうか」という夕霧の心配。③④⑤はいずれも、道綱母養女に対する遠度の求婚。頻りに吉日を選んで、成立を意図しているが……。⑥は禎子内親王の東宮入内。今流に言う大安吉日は当然の顧慮だが、なぜか九月は忌月のようである（『源氏物語』藤袴・東屋）。

〈入学〉

保延五年六月十九日、依為入学吉日、平調入調習畢。（『古今著聞集』巻六）

左大臣頼長の伝である。笙の笛を時秋に習い始めた初日。

〈誕生〉　坎日、凶。

この帝、坎日に生れさせ給ひたるとぞ聞えさせ給ひし。（『今鏡』第二）

白河院誕生の日である。吉凶はあっても、これは選びようがない。坎日は、一般的な凶日である。

〈弔問〉

「今日よりのち、日ついでなど、あしかりけり」など、人聞きにはのたまひて、

「たゞ思ふ事は、いとなめげに臥しながら御覧ぜん事を思ふなり。さらば吉日して」との給はす。

（『源氏物語』夕霧）

（『栄花物語』巻三十）

前例は、落葉宮の母御息所の薨去を聞き、その弔問の凶日にかかわらず、小野の山荘を訪ねる。後例は、道長が薨去の前に、孫の帝・東宮の行幸を受ける場面。病者と薨去後とは、凶日の認識は相違するかも知れないが。

〈建立〉

「後の世の、御すゝめともなるべき事に侍りけり。いそぎ、つかうまつらすべし。暦の博士の、選び申して侍らむ日を、うけ給はりて」

（『源氏物語』宿木）

宇治八宮薨去後、山荘を山寺辺に移築して、御堂を建立しようという修築日の吉凶。

〈縁組〉

「この十九日、よろしき日なるを」とさだめてしかば、これむかへにものす

（『蜻蛉日記』下巻）

「この宮は幸おはしける宮なり。宝の王になり給ひなんとす」とて、吉日して参り初めさせ給へり。

（『栄花物語』巻一）

前例は、道綱母が、志賀里からの養女を迎える場面。後者は、冷泉帝皇后の昌子内親王が、村上帝八宮永平親王を養子に迎えようとする場面。

〈任官〉

「さらば、今日吉日なり」とて、院になしたてまつらせ給。

（『大鏡』巻二）

うち揺ぎ傾き思ふ人々世にあるべし。さ言ひしかど、吉日しての、しる物か。

（『栄花物語』巻十四）

前例は、小一条院が東宮退位して上皇になる場面。事前に道長が暦を見た時は、「今日あしき日にもあらざりけり」であったが……。後例は、尚侍威子の立后の記述。道長の娘二人が后に並ぶことが、種々取り沙汰されたと言っている。院や立后が任官と同列に扱えるかどうか分からないが、吉凶が厳重に判定されることには、変わりがない。

平安期の作品に見られる日時の吉凶関連の記述を、あらあら拾ってみたが、それぞれの吉凶の認識の根拠が示される場合は、少ない。推測出来る範囲で、吉凶認識の根拠も推測してみたが、厳密な比定の努力はあまり意味が無いかも知れない。理由の一は、吉凶は凶の認識が優先する傾向があり、吉の根拠となる規定があるというより、「凶日ではない」ことが吉日の理由になる、そのような場合が通常であることが多い。理由の二として、吉凶の指定は多くても、陰陽師や有職政治家のようにその認識と行動に職業的な意味がある立場を除けば、煩瑣な吉凶指定は、現実生活に必要でないという状況がある。理由の三は、その延長として、個別の吉凶規定よりも、漠然とした吉凶日の認識の方が、現実の生活に反映されることの方が普通であった、というようなところであろうか。用例を整理してみれば、たまたま彼岸・甲午・子日・凶会日・坎日といった吉凶日の根拠を見得るが、現実の感覚はその程度と言って、さほどに粗雑な結論でもないのではないかと感じる。

ことに人に知られぬもの、凶会日。

（『枕草子』二六一段）

ある人のもとに生女房のありけるが、人に紙こひて、そこなりけるわかき僧に、「仮名暦書きてたべ」といひければ、僧「やすき事」といひて、書きたりけり。はじめつかたはうるはしく、神ほとけによし、かんにち、くゑにちなど書きたりけるが、やう〳〵末ざまになりて、あるひは、物くはぬ日など書き、又、これぞあればよく食ふ日など書きたり。

（『宇治拾遺物語』巻五ノ七）

前例は、著名な凶日の「凶会日」を、清少納言は、「ことに人に知られぬもの」と書いた。凶会日は、「百事勿用之、尤凶也」（『暦林問答集』）とされる悪日であるが、干支によって年間八十日以上の指定があり[14]、毎朝暦を見て確認でもしなければ、とても覚え切れない凶日である。そのためにかえって、名のみはあっても生活実感の無い凶日になっている。後例に、「かんにち・くゑにち」と出る「坎日」が、凶会日と並ぶ凶日であるが、これも「挙百事也」（『暦林問答集』）と言われている。

正月一日、坎日なりければ、若宮の御戴餅のこと停まりぬ。

（『紫式部日記』）

これも、各月毎に一支、年間で三十日程度の指定になるだろうか[15]。この坎日・凶会日が凶日認識の代表であるが、ともに、一般的な「百事凶」という内容であるところが、前述した吉凶認識の状況を、よく反映していると思う。現在の我々の、吉日と言えば大安か次善の友引、悪日の仏滅はとりあえず敬遠といった感覚と、庶民的なレベルではそんなに遠くなかったのではないかと、あらためて憶測する。

三　俗信

根拠となるような思想的背景が、ある場合もない場合もあるだろうが、日常的な生活の中で、慣習的に受けとめられている俗信がある。年中行事や儀礼的なものも含めて、作品中に見られるものを、広く紹介したい。配列は順不同である。

事忌あるいは**言忌**（『源氏物語』紅葉賀・絵合・初音・藤裏葉・若菜下・柏木・早蕨・浮舟、『紫式部日記』、『更級日記』、

その場の状況にふさわしからぬ言動。例えば、正月元日その他のめでたい場面での涙や愁嘆の話題、結婚後の事柄の忌（「あだ」などの言葉・「長恨歌」などの素材）、消息内容の悲しみの記述。『源氏物語』（早蕨）では、匂宮に迎えられて二条院に向かう直前の場面で、薫や女房たちが、亡き大君についての話題を意識して避けている。『紫式部日記』の例は、内裏に追い剝ぎが出た場面。異様な出来事に遭っても、騒ぎ立てることは忌むとした。同種の事例の誘発を恐れる意味か。同日記では、日常生活の中での不用意な発言について言う例もある。若い女性には、七夕の話材も「ゆゆし」と受けとられた。凶事は、連鎖反応を忌避して、極力口にしないように努めたり、婚儀や五十日儀礼など、感激の場でも涙は慎む（『栄花物語』）。

（『栄花物語』巻四）

忌詞　（『大鏡』四、『詞花集』十、『延喜式』第六、『二中暦』第十三）

前項に関連して、斎宮・斎院など、また大嘗祭神事に関係するような場所で、汙穢を避けるために言い替えられる言葉。仏教関連の言い替えが多い。嗚→塩垂、血→汗、仏→中子、経→染紙、寺→瓦葺、死→奈保留、病→夜須美など。

亥の子餅　（『源氏物語』葵、『二中歴』第五）

十月の初亥日に食する餅。万病を防ぎ、無病息災を祈るという。また猪の多産に因んで、子孫繁栄の意味もあった。内裏では、大豆・胡麻・栗・柿など七種の粉を合わせて作り、内蔵寮から献上した。

十歳過ぎての雛遊び　（『源氏物語』紅葉賀）

雛は、簡略な紙人形の遊具で、平安時代は、幼児の雛遊びが盛んであったというが、年齢が十歳過ぎては忌みの感覚が生じた。もとは魔除けの意味で、幼児のそばに置き、最後は祓をして川に流したというから、宗教的な意味があった。なお現今の、三月三日の雛祭りは江戸時代からの慣習。

季のはての婚儀（『源氏物語』玉鬘）

季節の終わりの月の結婚。『源氏物語』の例は、三月（春季の終わりの月）だからと婚礼を延期する。これを「田舎びたる」とも評しているから、当時の全体的な感覚ではなさそう。

子の日（『源氏物語』初音、『大鏡』道長・下、『貫之集』、『元輔集』、『拾遺集』雑春）

正月の初子日。この日には小松を引き、若菜を摘んで延命を祈った。また、野辺に出て遊宴をする風習もあった。この時代、貴族・庶人を問わず、公私を問わず、初春の行事として、盛んに催された。用例も無数。

奇数月の祝事（『源氏物語』藤袴・東屋）

正月・五月・九月は、祝賀に属する行事は忌むという。理由不明。『源氏物語』（藤袴）の例は、玉鬘の初参内。（東屋）の例は、三条の小家の浮舟のもとに薫が忍び入る場面。「明日から節分で冬（十月）になるから」と、なんとか慰めている。

卯槌《うづち》（**卯杖**とも）（『源氏物語』浮舟、『元輔集』、『枕草子』二五段、『西宮記』正月・上）

長さ三寸巾一寸四方の桃の木に穴をあけ、長さ五尺程度の十～十五本の組み糸を通して垂らした飾り。正月上卯日に糸所などから献上した祝賀の槌で、内裏昼御座御帳の南西角の柱に掛け、邪気を払う具とされたという。『源氏物語』の例は、宇治に隠れ住む浮舟のもとから、義姉の中君のもとに、所生の若君にと言って献上されている。貴族の家などでも風習になっていたらしい。

薬玉《くすだま》（**続命縷**・**長命縷**とも）（『枕草子』三九段、『小大君集』、『紫式部集』）

中国より伝わる風習。麝香などの薬草を玉にして錦の袋に入れ、五色の糸で飾り長く垂らした。五月五日の端午の節に室内に掛けて邪気を払い、延命を祈った。平安内裏では、端午の節から九月九日の重陽《ちょうよう》まで、夜御殿の御帳の柱に架けられた。

来た手紙をそのまま返すこと　（『源氏物語』浮舟）

『源氏物語』の例では、匂宮との関係を仄めかした薫の手紙を見て、もとのように封して、「所違へのやうに見え侍れば」と言って返そうとしている浮舟に、女房が「ゆゝしく忌み侍るものを」と制めている。

落忌《としみ》の食膳　（『蜻蛉日記』上巻）

精進落としの食事。『蜻蛉日記』では、初瀬参詣からの帰途、宇治まで到ると、精進落としの食膳の用意がされていた。兼家が手配したものであろう。

言寿《ことほぎ》　（『蜻蛉日記』中巻）

祝賀の場面で、ことさら祝賀の意味を言葉に表現して示すこと。『蜻蛉日記』では、年頭の祝言として、「天地を袋に縫ひて幸を入れてもたれば思ふことなし」という恒例の言寿歌に加えて、道綱母は、「三十日三十夜を我もとに」と願望を口にした。言葉の霊力の信仰と言っても良い。日記は、なぜかこの祝言を「こといみ」と表現している。忌み言葉を発しないことと、願い言葉を発することは、質的に同じということだろうか。

恵方詣《えほう》　（『蜻蛉日記』中巻、『御堂関白記』長和四年正月九日）

年始に、八卦の生気あるいは養者の方位に所在する寺社などに参詣する風習。二・三月になされることもあり、家族を伴う場合もあり、行楽的な要素もあったらしい。形式的な意味の方が強いか。

※桃裕行「平安時代の恵方詣」（『日本歴史』91号、昭31）

中島和歌子「平安時代の恵方詣考」（『古代文化』45巻3号、平5）

菊の綿　（『紫式部日記』、『枕草子』十段、『伊勢集』、『中務集』）

重陽の節に関係した俗信。この日の朝、菊に覆って、朝露に濡れた綿で身体を拭うと、老年を拭い去るという俗信があった。貴族社会の、慣習的な、あるいは遊戯的でもある行事。

一人、月を見る（『源氏物語』夕顔・宿木、『紫式部日記』、『竹取物語』、『更級日記』、『枕草子』二九二段、『夜の寝覚』巻二）

月光を嘆賞すること自体は、必ずしも望ましからざる行為とも見えないが、一人、月光の中での物思いの姿には、不吉な予感が感じられたらしい。特に、女性のそれは。『竹取物語』のかぐや姫に、「月の顔見るは忌むこと」と制した意味合いは分かるが、『更級日記』では、荒れた板屋に射し込む月光が、薨じた姉が残した幼児の顔を照らしているのを、不吉に感じている。明るい月光は、魂の飛翔を誘うような、そんな感覚らしい。『源氏物語』（夕顔）・『夜の寝覚』の例は、八月十五夜。眩しいほどの月光は、異質な事態も予感させる。『枕草子』は、ひたすら懐旧の思いを誘う要素を記述する。

鬼やらひ（追儺）（『蜻蛉日記』下巻、『源氏物語』紅葉賀・幻、『栄花物語』月の宴）

中国から伝来の風習。大晦日の夜に、大舎人が扮した鬼を、殿上人たちが桃弓・葦矢で追い立てて、宮城の諸門から追放する。宮中恒例の行事であるが、貴族の家でも行い、京内でも順次京外に向けて、鬼は追い払われていったらしい。

※廣田律子『鬼の来た道』（玉川大学出版部、1997）

粥杖（『枕草子』三段）

望粥《もちがゆ》の御膳の望粥を炊く時に用いた木。これで、女性の尻を打てば、産に恵まれるとの俗信。望粥は、正月十五日の恒例行事。粥は、米・粟・黍・胡麻など七種の穀類を煮る。『枕草子』の例、新婚家庭の場面であろうか、女性たちが互いに隙をうかがい合ったり、ついでに男までも打ったりの記述がある。

人魂（『更級日記』、『台記』天養元年五月廿六日）

浮游する火。現今でも見られる現象。私にも、少年の頃の体験がある。墓地近辺で見かけられることが多いので、死者の魂そのものの移動と、感じられていた模様。『更級日記』の例は、夫の肉体から抜け出た魂で、死を予知させるものであったと、後になって気付いている。人魂を見た時には、「たまは見つぬしは誰ともしらねども結びとどめつしたがえのつま」と誦して、着ている衣の褄の端を結ぶ（『簾中抄』下）。『拾芥抄』では、男は左の褄、女は右の褄と、細かいこと。なんらかの防御行為の意味か。

蛇のたたり（『大鏡』巻四）

動物の中でも、蛇は、そのグロテスクな姿から、格別呪性が感じられたようである。『大鏡』の例は、蛇を虐待したので、頭に腫れ物を生じて薨じた、蛇の祟りを記述。

物事を深刻に悩む（『狭衣物語』巻一、『源氏物語』浮舟）

忌むというより、仏教的には「罪」にあたる。『狭衣物語』では、飛鳥井女君が、入水直前に、乳母から「物いたく思ふは、忌むなるものを」と、しきりに説いている。何事につけ、精神衛生上でも、望ましくはない。『簾中抄』（下）では、養生の一として、「人はいたくやすらかなるべからず。つねに物をすべし。また、いたくくるしくは思ふべからず。いづれもあし」とする。平穏であってはいけない、心配をしてもいけないとは、なかなか難しい。

夢の内容を、夜語る（『源氏物語』横笛）

夢の内容を迂闊に語ると、吉兆であったのが変じたりなどのことがある（前章参考）。「夜語らない」ということは、夢を見た直後にということで、迂闊に口にしないということとほぼ同意味か。『源氏物語』の例は、夕霧が、柏木遺愛の笛を吹いたその夜に、柏木が夕霧に現れた場面に関しての、光源氏の発言。夢を語ってはいけない日がある。月ごとに「正月未戌　二月巳申　三月申酉（以下略）」（『簾中抄』下）といった指定であるが、『陰陽雑書』の指定と小異。ここまで神経の細い人もいないのでは?。ともあれ、見た夢は他人に語らないのが無難。

夢解きと夢違へ　（『蜻蛉日記』巻上、『更級日記』、『大鏡』巻三）

凶夢を見た時は、「からくにのその、みたけになくしかもちがへをすればゆるされにけり」と誦し、また、「南無功徳　須弥厳王如来」と唱えること廿一反、「悪夢着草木　吉夢成宝王」と、東方に向かって水をそそぎながら三反唱えれば、咎は無いそうである。あるいは、桑の木の下で、凶夢を見たことを言って、上述の誦を行えば、咎を免れるともある（『簾中抄』下）。夢違えの一法だが、どれだけ実践されていたかは不明。『蜻蛉日記』では、「ちがふるわざもがな」と言っている。少なくも、そういう感覚はあった。

鬼門　（『拾玉集』）

平安末期の天台座主慈円が、家集『拾玉集』のうちに、「わが山ははなの都の丑寅に鬼いる門をふさぐとぞきく」と詠んでいる。中国古代の『山海経』などに、東北の方角に「鬼星の石室」があるとか、「鬼が出没する」とかの伝説があり、陰陽道が禁忌とする方角認識と結びついたものらしい。鬼門の説は、平安後期頃に発生した伝承のようである。

百鬼夜行　（『大鏡』第三）

『暦林問答集』に、「忌夜行者、名百鬼夜行日、但忌時不忌日、今案、子時忌之、是子陰陽之始終、故此時不可行、遠近皆死亡」とある。忌夜行が、子刻の忌となり、百鬼夜行の時間と畏怖されることになったもの。夜行日時は、『口遊』に「子子、午午、巳巳、戌戌、未未、辰辰」（子日は子刻、午日は午刻……）と記載されている。運悪く百鬼夜行に遭遇した時は、「加多志波也恵加世々久利邇加女留佐介手恵比足恵比我恵比邇介里」と呪文を誦せば、難を逃れるそうである（『二中歴』第九）。

※伊藤昌広『百鬼夜行譚』（怪異の民俗学④『鬼』河出書房新社、2000）

馬場あき子『鬼の研究』（三一書房、1971）

七日の物忌（『今昔物語』巻十九第九）

病みついて七日目を特に忌む。「物忌籠居、件物忌小児悩後依当七日」（『御堂関白記』長和四年九月六日）。七日は暦道禁忌の一ではあるが、あまり類例を見ない。

五月の忌（『宇津保物語』藤原君、『大鏡』一）

人のいましむる五月。「五月不沐浴髪」（『権記』寛弘六年五月一日）という記述もあり、「いとど五月にさへむまれてむつかしきなり」（『大鏡』巻一）という用例もある。理由不明だが、五月はなにかと支障の多い月の模様。

韮食（**古美良・太太瀰良**とも）（『古事記』神武）

韮は、特殊な呪力を有する食物とされていたらしく、「僧尼令」にも、韮を含む五辛が、飲酒・食宍とともに禁制とされている。平安中期では、「至韮不忌髪事」（『小右記』万寿元年四月六日）とされていたが、仏僧の忌が世俗にも拡大されてきたらしく、平安末の兼実の日記では、「今年九月上旬可服韮、彼忌限内不能念仏」（『玉葉』元暦元年八月十五日）のような記述が見えたりする。『拾芥抄』では、僧侶には禁制であるが、俗人は忌まずとしているし、また、その忌避も、「臭香の限り」としている。今日の、餃子食に似た感覚のようである。

灸治（『玉葉』承安二年五月十五日・九月十六日など）

兼実の日記に、散見。灸治の後、三日あるいは七日の忌が、論議されたりしている。灸治の際の出血が、禁忌の認識に通じたらしいが、ほぼ、神事にかかわる場合のみの忌憚として処理されている。おなじ日記に、針治療を問題にされた場合もあるが、灸治と同じ感覚によるものであろう。『陰陽雑書』（六十・六十一）には、日人神・日神の所在の灸刺を禁じて、頗る緻密な指定がある。

※新村拓『古代医療官人制の研究』(法政大学出版会、1983)

願を立つ (『竹取物語』、『土佐日記』、『源氏物語』澪標)

神仏への祈願。「和泉の国までと、たひらかに願たつ」(『土佐日記』)。現代でも変わることのない神仏への祈願であるが、「願を立つ」という行為は、願が叶えられた時に、その礼としての参詣(**願果たし**)とセットになったものである。『源氏物語』で、明石から帰京した光源氏が、「願どもはたし給ふべければ」と住吉社参詣をする。好例である。

庚申 (『元輔集』、『枕草子』九九段、『源氏物語』東屋、『大鏡』巻三)

庚申信仰。人の体内には三戸虫という虫がいて、庚申の日に体内から出て天に昇り、天帝にその人の罪状を報告するという。当夜は眠らないでいると、三戸虫も体内から出られず、災難を免れるという俗信。平安時代には広く信仰されており、詩歌管弦などの遊興を催したりして、睡魔から逃れる手段などにした。『口遊』に言うところでは、「彭侯子、彭侯子、命児子、悉入窈冥之中、去難我身」という呪文を、庚申の夜ごとに勤勉に誦していれば、「三尸永去、万福自来」ということである。

悪日の沐浴 (『九条殿遺誡』)

沐浴は、すべからく善日を選んで行うべし、ということである。悪日のうち、特に下食日が要注意とされている。下食日とは、天狗星(流星)が地上に下って食を摂る日というものらしい。六十日に一度、年に六日ある。この日沐髪を行うと、鬼(天狗星)が頭を舐めるので、髪が抜け落ちてしまうという(『倭名抄』)。うっかり下食にあたったら、「妙善王　金著女　追杖鬼　彦尾鬼　波羅々鬼」の誦を唱える(『口遊』時節門)。沐浴時に鐘声を聞くも忌むらしく、この時にも、定まった誦文がある(『簾中抄』)。

方塞の誦文 (『拾芥抄』上)

煩瑣な方忌規定があるが、うっかり禁忌を犯した場合は、災難を避けるためには、方忌神の方角を礼拝しながら誦文を唱える。天一神方塞の場合は、「大徳威徳功徳自在通王仏」と頌し、「己酉に下り　癸巳に上り　角六方五」などと誦す。太白神方塞の場合の誦文は「一明心者　一明福者　万明心者　千万福者　急々如律令」だそうである（『口遊』時節門）。

くしゃみの嘘（『枕草子』二八・一八四段）

中宮定子が清少納言に「我をば思ふや」と聞いて、少納言が「いかがは」と答えた途端に、台盤所の辺で大きなくしゃみした。くしゃみは虚言の証拠ということになっている。誦文を唱えていてくしゃみをするのも、いい加減な祈禱で効果を疑う。現在では誰かが噂ということになっているが。

女の学問（『紫式部日記』）

女の学問は幸を薄くする、賢女は幸福に遠い。俗信ではないが、世間に伝わる気分である。本当かどうか。女は、漢字で書かれた経典さえも忌み、紫式部は「一」という文字さえ書かないように努めた（ふりをした）。

衰日（『貞信公記』天慶九年六月七日、『御堂関白記』長和二年三月九日ほか）

個人的な悪日である。生年による生年衰日と年齢による行年衰日とがある。行年衰日は八卦の思想によるもので、年齢に応じて六日ごとに指定される凶日。あまり煩瑣に過ぎることもあって、日常的にはさほどに意識されていないが、公事儀礼の遂行などのために、天皇・高級貴族の衰日が認識される例は多い。

※土田直鎮「衰日管見」（高橋隆三先生喜寿記念『古記録の研究』続群書類従完成会、昭45）

厄年（『源氏物語』薄雲・若菜下、『栄花物語』巻六）

『源氏物語』では、女主人公藤壺と紫上が、ともに三十七歳で「つゝしませ給ふべき御年」と言われている。藤壺は薨じ、紫上は重病に悩んだ。『拾芥抄』（下・八卦）に、「厄年十三 六十一　二十五 七十三　三十七 八十五　四十九 九十九」といった規定があり、合致している。俗に男四十二、女三十三の厄年とは相違するようだが、どういうことだろうか。同じ八卦の思想で、厄月厄時の指定もある。厄日の指定が衰日ということだろうか。

※岡田重精『古代の斎忌』(国書刊行会、昭57)
中島和歌子「源氏物語の道教・陰陽道・宿曜道」(源氏物語研究集成六巻『源氏物語の思想』風間書房、平13)

四　動物

俗信と言えるかどうか、平安時代の人々の、**動物**への感覚も述べておきたい。結論的に言うと、現代の感覚とほとんど相違することがない。

この時代においても、人間の意識にいちばん近いのは、**犬**である。『枕草子』(九段)の翁丸の話は、いかにも変わらない犬の描写をするが、著名なので、あらためて紹介はしない。

此ノ狗、此ノ児ノ臥タル所へ只寄ニ寄レバ、「早ウ、此ノ狗ノ、今宵此児ヲバ食テムト為ル也ケリト」見ルニ、狗寄テ児ノ傍ニ副ヒ臥ヌ。吉ク見レバ、狗、児ニ乳ヲ吸スル也ケリ。児、人ノ乳ヲ飲ム様ニ糸吉ク飲ム。
(『今昔物語』巻十九第四四)

此奴ハ何ニ喰付タルニカ有ラムト見ル程ニ、空ノ上ヨリ器量キ物落ツ。狗此ヲ不免サズシテ喰付タルヲ見レバ、大キサ六七寸許有ル蛇ノ長サ二丈余計ナル也ケリ。
(同・巻二九第三二)

前例は、犬が、生後間もない赤ん坊を、自分の乳で養っていたという話である。後例は、大蛇が上方にいるのを知らず、木の空で休もうとしていた主人を、犬が吠えたてて救ったという話である。この時代でも、狩猟(同・巻二九第三四)や、番犬(同・巻三十第四)として普通に使われているし、人間に身近な動物である。人間の女性を妻としている犬とか（同・巻二一第十五）、主人であった小童の命日には魚鳥を食べない犬とか（『古今著聞集』巻二十）、慈覚大師円仁が唐土で危難を救われたとか（『宇治拾遺物語』巻十三ノ十）、主のために猿と闘う犬とか（同・巻十ノ六）。

御堂関白殿、法成寺を建立し給て後は、日ごとに、御堂へ参らせ給けるに、白き犬を愛してなん飼せ給ければ、いつも御身をはなれず御供しけり。ある日例のごとく御供しけるが、門を入らむとし給へば、この犬、御さきにふたがるやうにまはりて、うちへ入れたてまつらじとしければ、「何条」とて、車よりおりて、入らんとし給へば、御衣のすそをくひて、ひきとゞめ申さんとしければ、（『宇治拾遺物語』巻十四ノ十）

結局、陰陽師安倍晴明を召して占わせて、道長を呪詛する厭物を発見した。堀河左大臣顕光が仕組んだこと、という話になっている。中納言紀長谷雄の家に、常に築垣を越えてやって来て尿をしていく犬がいた。長谷雄が怪しんで陰陽師に吉凶を尋ねたところ、某月某日に家の内に鬼が現ずるであろうと、占った。その後は、犬が鬼に間違えられるという笑話仕立の話で、特別な意味合いもないが、「犬尿下」には怪異性あるいは予言性といったものがあるらしい（『二中歴』第九）。人間に身近な、人間の生活に最も密着した動物であることは、今も昔も少しも変わらない。前世が犬であったなどの話も多い。

犬と同じく、身近なのは**猿**である。身近で人間に近い。

足利左馬入道義氏朝臣、美作国より猿をまうけたりけり。そのさる、えもいはずまひけり。入道将軍の見参に入たりければ、前能登守光村につゞみうたせられて、まはせられけるに、まことに其興ありてふしぎなりけり。（『古今著聞集』巻二十）

舞を舞う猿である。僧が読誦する法華経を聴いて、経典の書写に協力する猿。その猿は、経典聴聞の功徳によって人間に転生、国守となって猿のいた寺を訪ねて来るという後日談になっている。

承久四年の夏の比、武田太郎信光、駿河国あさまのすそにて狩をしけるに、むらざるを野中に追い出して面々に射けるに、三匹をばころし、三匹をばいけどりにしてけり。そのさるどもを、家に帰て、いけざるをばつなぎて、そのまへにしにたるさるどもをきたりけるに、一匹のさる、しにたるさるをつく〴〵とまもりて、其さるにひし〳〵といだきつきて、やがてこれもしにゝけり。（同・巻二十）

狩猟で射殺された猿に抱きついて自らも死んでいった猿の話である。美作国中山神社の神体として祀られながら、人間の生け贄を求めるという不埒な猿もいるが（『今昔物語』巻二六第七）、人間感情に近い動物として、語られている。

昔も今も、邪悪・慳貪・醜悪の代表は、やはり**蛇**である。用例は枚挙の遑がない。

其後、弟子、師ノ遺言ノ如ク坊ノ戸ヲ開ク事无クシテ見ルニ、七日ヲ経テ、大ナル毒蛇有テ、其坊ノ戸ニ蟠レリ。弟子此レヲ見テ、恐ヂ恐レテ思ハク、此ノ毒蛇ハ必ズ我ガ師ノ邪見ニ依リテ、成リ給ヘル也ケリ。（『今昔物語』巻二十第二四）

奈良の馬庭山寺という山寺に住んでいた僧の話である。僧は、自分の死後三年の間は、坊の戸を開かないように、弟子に遺言した。死後に様子を見ていると、坊の戸の辺に、大きな毒蛇がとぐろを巻いていた。壺屋のうちには、銭三十貫が隠されていた。毒蛇は、吝嗇の師が転生したものに違いなかった。このような転生譚ならまだ理解できるが、比叡山の无空律師は、貧窮のため、死後に弟子に煩いをかけるのを心配して、天井裏に費用の銭を隠し置いて、それを告げるのを忘れて死んだ（巻十四第一）。ひたすら念仏して極楽疑い無しと信じていた身が、蛇の身を受けることになった。それも納得しかねるが、六波羅蜜寺の僧講仙は、ひたすら念仏に他念無かった身が、小蛇に転生した。坊の前の橘を愛着したためである（巻十三第四十二）。西ノ京の形貌端正、心性柔和の女人は、短命に薨じただけでなく、小蛇の後世を得た（巻十三第三）。庭花の美しさを嘆賞して、他に心を移すことが無かったからである。釈然とはしかねる挿話である。

「汝、前世ニ毒蛇ノ身ヲ受テ、信濃国ノ桑田寺ノ戌亥ノ角ノ榎木ノ中ニ有リキ。而ルニ、其ノ寺ニ、法華ノ持者シテ、昼夜ニ法華経ヲ読誦シキ。蛇、常ニ此持者ノ誦スル法華経ヲ聞キ奉リキ」

（『今昔物語』巻十四第十九）

信濃国の盲人の話。蛇の身であったが、たまたま榎木の中にいて、法華経の読誦を聞いておかげで、人の身に生まれることを得た。ただし、空腹で、仏前の灯油を舐めたために、盲人になった。蛇身の仏罰を得た身が、たまたま読経の声を聞いたために、転生を得た。法華経利生譚というのであろうか、説話関係に卑近の話柄である。相撲人海恒世が水辺に立っていて、河中の大蛇に尾を巻きつけられて、引き合いになったという話は、単純に大蛇の強力の挿話で、蛇説話としては珍しく邪気が無い（『今昔物語』巻二三第二二話）。

蛇の特性として、男女の愛欲にかかわる話が多い。急な尿意を催した女が、築垣に向かって用を足していたところ、築垣の穴にいた蛇がたちまちに愛欲を起こしたという（『今昔物語』巻二九第三九。類例、巻二四第九）。いかにも即物的な情交記述であるが、蛇の陰性と結びついた発想である。

又此僧彼女に合宿して、ことゞもくはだてけるが、その女をこそするに、本妻をする心ちにおぼえければ、（中略）この愛物の女也。又すれば本妻をする心ちなり。なを恐ろしくおぼえければ、はひおりたりけるに、五六尺ばかりなるくちはな、いづくよりかきたりつらん、件のかしらにあやまたず食いつきたり。

（『古今著聞集』巻二十）

嫉妬に狂った本妻が蛇と化し、愛人と交わった後の男根に食いついたという話。性愛の嫉妬と執着の思いが、蛇身に象徴されている。熊野参詣の若僧に愛着し、大蛇の身となって追って道成寺の梵鐘を取り巻いた女の執着の話は著名（『今昔物語』巻十四第三）。古今東西、蛇が好印象で描写されることはない。

これほどに、邪悪・嫌悪の象徴に見られる蛇であるが、神社の神体そのものが蛇であったり（美作国高野社、『今昔物語』巻廿六第七）、命を救われた蛇が美麗の女に変身、竜宮城のような自邸で饗応して、恩を報じるといった少数例も無いでもない（『今昔物語』巻十六第十五）。

狐の〝変化の物〟のイメージは、古代からのようである。

日暮レテ夜ニ入リヌレバ、其ノ辺近キ小屋ヲ借テ将テ行テ宿ヌ。既ニ交臥シテ、終夜ラ、行末マデノ契ヲ成シテ、夜更ケヌレバ、女、返リ行クトテ、男ニ云ク、「我レ、君ニ代テ命ヲ失ハム事疑ヒ无シ……」

（『今昔物語』巻十四第五、『古今著聞集』巻二十）

朱雀門辺で出会った美麗の女と一夜明かしたが、別れの際に、女は、自分が死んだら法花経を書写供養して後世をとむらって欲しいと言う。女の言葉を信じない男は、持った扇を記念に女に与える。翌朝来てみると、果たして若い狐が、扇を顔に覆って死んでいたという。なにか情緒を感じさせる話でもある。家の者が留守の間に、家の前を通行する美女と出会い、女の家まで行って愛情に満ちた月日を過ごしていた、という話もある。行方不明になっていた男が痩せ衰えて現れた後に、蔵の下を探すと、多くの狐が逃げ去ったという（同・巻十六第十七）。狐が化けるのは、なぜか妙齢の美女。それはそれで楽しい。

聖武天皇の頃に、狐を妻とした人の四代の孫に、美濃狐と呼ばれる大力の女がいた（同・巻二三第十七）とか、三条天皇の御時に、石清水行幸に供奉していた官人が、狐などの験じた迷ハシ神に騙されて、同じ道を何度も往来したとか（同・二七第四二）、五位の者に芋粥を饗応せんとして敦賀に下る利仁将軍につかまって、敦賀までの使いをさせられる三津辺の狐だとか（『宇治拾遺物語』巻一ノ十八）、矢で甲斐国の館の侍に腰を射られて逃げていた狐が、侍の家近くになった時には人の姿になって家に火を付けて報復したとか（同・巻四ノ一）、特別害をなす訳でもない、どこか愛嬌のある姿が感じられる。狐が内裏に入りこんで、清涼殿御読経座の机上に登ったりして、陰陽師に占わせといったこともある（『日本紀略』正暦五年四月三十日）。狐が鳴いたり尿下を見たり（『二中歴』第九）、御劔緒を咋断したりも（『貞信公記』天慶九年五月十八日）、変事として卜占の対象になる。少なくも狐関連は、吉事にはならない。『源氏物語』（手習）に、「狐は変化するとは、昔より聞けど」の記述がある。紹介したように、女人に変化したり、人に取り憑いたりという話はあるが、悪事と言うより悪戯に近い。その程度の感覚だろうと思うけれど。

注

（1）馬場あき子の解釈によると、「反世間的、反道徳的世界に憎まれつつ育つ美の概念」（『鬼の研究』三一書房、1971）だそうであるが。

（2）馬場氏は、「『鬼』字との出会いをもった『おに』が、『かみ』『もの』から分離し自立しはじめるにあたって、しだいに独自の形態を獲得してゆく」と述べられている。小松和彦氏は「『おに』は大和言葉で、鬼という漢字があてられる以前から、大和言葉を使う共同体で用いられていた言語記号であった」（怪異の民俗学4『鬼』解説、河出書房新社、2000）と述べられている。ともに、『倭名類聚抄』の外来語説に対する、日本古来の存在を前提とされている。私もどちらかと言えばその感覚なのであるが、『倭名類聚抄』がオニという訓の成立事情を説明する記述であるところに、棄て難いものも感じる。尤も、日本古来の言葉の、たとえば「草」がクサであり、「雲」がクモであることを説明したような記述はむしろ無いのが普通なので、『倭名類聚抄』のオニの説明の方が、異例であり胡散臭くも感じる。

（3）ベルナール・フランク、仏蘭久淳子訳『風流と鬼』（平凡社、1998）。

（4）「心の鬼」は、『蜻蛉日記』（巻下）・『紫式部集』（40番）・『源氏物語』（葵）以下に用例が見る。田中貴子『百鬼夜行の見える都市』（新曜社、1994）は、この「心の鬼」を綿密に追求して、目に見えない鬼が目に見える存在に変化し、目に見えるようになった鬼が、さらに多様な変貌を遂げていくとして、その様相を説明されている。ただし、本章冒頭に紹介した『源氏物語』用例でも、「鬼」にはすでに何らかの形状が感じられているようだし、「心の鬼」ではない自然界の怪異（目に見えぬ霊的な存在）である「鬼」も、存在していたように思われる。神・鬼も含めて、日本人の原初的信仰についての総合的な考察は、枢要な一つの研究課題と思われる。

（5）近藤喜博『日本の鬼』（桜楓社、昭50）。

（6）同じくベルナール・フランク注（3）書によれば、「カミたちの本性は、一般的に見て善でも悪でもないが、現状に満足しているか怒っているかにより、人間に対して好意あるいは悪意を持って接する」「その怒りは祟りという形で発現するが、人間がその原因に気付いて禍根を除けばたちまち終息する」、そのようなものであるという。

（7）知切光蔵『天狗の研究』（原書房、2004）。

（8）五来重「天狗と庶民信仰」（新修日本絵巻物全集第二七巻『天狗草紙・是害房絵』角川書店、1978）。知切氏も「ともあれ、舒明朝以来、平安中期に到る二世紀に余る長期間、鳴かず飛ばずで、埋もれていた天狗が、文芸の世界に次々と取りあげられて、登場するに到ったことは（中略）平安中期の頃の一般常識として、そうした天狗が受け容れられていたと見てよく、天狗は埋もれていたのではなく、一般人の中にそうした相で浸透していっていた」（注（7）書、一〇五頁）と言われている。

（9）「天狗は、単に仏法に対立する存在ではなくて、仏法に屈服することを強いられている」（森正人『今昔物語集の生成』和泉書院、1986）。

（10）鬼と天狗の違いについて、馬場あき子氏は、「たとえば〈鬼〉は、生活にまみれ、現実に血の通った怒りや怨みをてことして存在したが、〈天狗〉はその存在自体に生活性がなく、その行為も焦点があいまいで、激しさがない。したがって〈鬼〉の叙情傾向は、時に〈あはれ〉につながるが、〈天狗〉はむしろ〈をかし〉の世界をもっている」（注（1）書）という説明をされている。抽象的ではあるが、説得性のある理解と思われる。

（11）岡見正雄「天狗説話展望」（新修日本絵巻物全集第二七巻『天狗草紙・是害房絵』角川書店、1978）。

（12）時吉凶については、小坂眞二「具注暦に注記される吉時・凶時注について」（『民俗と歴史』17号、1985）という、極めて詳細な報告がある。参照されたい。

(13) 古記録なども含めた日時吉凶の記述は、『口遊』、『陰陽雑書』を初めとする各陰陽書、また金井徳子「金神の忌の発生」（「史論」二、1954）、中村璋八『日本陰陽道書の研究』（汲古書院、昭60。三三四頁）、山下克明『平安時代の宗教文化と陰陽道』（岩田書院、平8。二七二頁）などに、整理された記述を見る。さらに『古事類苑・方技部』に網羅的な記載がある。暦日注記からの吉凶記述は、それらに譲りたい。

(14) 煩瑣を厭わず紹介すれば、次のごとくである。

正月　辛卯三陰　庚戌陰錯　甲寅陰錯
二月　己卯陰道衝陽　乙卯陰錯　辛酉陰錯
三月　甲子乙丑丙寅丁卯絶陰　戊辰単陰
　壬申狐辰　庚辰陰位　甲申行狼　丙申了戻
　甲辰陰錯　戊申狐辰　庚申陰錯　癸亥絶陰
四月　戊辰絶陰　己巳陰錯絶陽　辛未狐辰　癸未狐辰
　乙未行狼　己亥陰陽衝破　丙申歳博　丁巳陰錯
　戊午歳博　己未陰錯狐辰　丁未陰錯了戻　癸亥陰陽交陰
五月　丙午陰陽倶借　壬子陰陽衝撃　戊午陰陽倶錯
六月　己巳陰陽倶錯　丁未陽錯　癸丑陽破陰衝　丁巳陰錯
　戊午遂陳　己未陽錯　丙午遂陳
七月　乙酉三陰　甲辰陰錯　庚申陽錯
八月　己酉陰道衝陽　乙卯陰錯　辛酉陽錯
九月　丙寅狐辰　甲辰陰位　戊寅狐辰　庚寅行狼
　辛卯絶陽　壬辰癸巳甲午乙未丙申丁酉絶陽
　戊戌単陽　壬寅了戻　庚戌陽錯
十月　乙丑狐辰　己巳陰陽衝撃　丁牛狐辰　戊戌絶陽

丁巳陰陽交破　己丑狐辰　己亥絶陽　辛丑行狼
壬子歳博　癸丑陰陽交破
霜月　戊子陰陽倶錯　丙午陰陽衝撃　壬子陰陽倶錯
雪月　戊子遂陳　丁未陽破陰衝　癸丑陽錯　壬子遂陳
癸亥陰錯

（『簠簋内伝』巻第三）

※　以上、各月の干支該当日がすべて「凶会日」。

(15)　これも同じく紹介しておくと、次のごとくである。

辰・丑・戌・未・卯・子・酉・午・寅・亥・申・巳　謂之九坎

（『口遊』）

※　以上、正月から順に各月の該当日がすべて「坎日」。

付記

まことに汗顔の極みであるが、校正の最終段階で、服部敏良『平安時代医学史の研究』（吉川弘文館、昭30）において、その第一章「平安時代文化の医学的検討」２《陰陽道》の標題のもとに、各種の「迷信」を、その根拠である天文・暦・動植物・方忌を基準として整理されている記述を知った。本書のⅡ編に重なる構成内容であるので、紹介しておきたい。さらに、玉上琢弥『源氏物語評釈』別巻二（角川書店、昭44）に所収の「評釈事項索引」中に「俗信」（二九七頁）という標目のもとに、索引の形で示されたものがあることにも気付いた。本章で述べ得なかった興味深い知見があるので、これも紹介しておきたい。なお、上記二書を参看しながら、当代作品・史料と陰陽・暦・故実書などの記述も含めた総合的な報告を、後日あらためてなしたいと考えている。

付章　『源氏物語』の〝罪〟について

平安時代人の〝罪〟の意識について、『源氏物語』の表現の中から考えてみたい。この問題については、多屋頼俊「源氏物語の罪障意識」(1)という論文があり、包括的には論じられている。ただ私が不満に思うのは、〝罪〟についての多義的な解説が、結局のところ〝罪〟というものの本質を、拡散あるいは稀薄にするところがあり、それが時には誤った理解を生じさせてもいるように、思われる点である。多屋氏の論文は、『源氏物語』の多様な注釈史を踏まえてなされたものであり、そういう方向での整理も当然あるけれど、もっと求心的な理解が必要な場合もあるように思われたので、あえて源氏物語における罪障意識というものを、私の立場から考え直してみた。なお多屋氏以前に、重松信弘『源氏物語の仏教思想』に、より指針とすべき包括的な分析があるが(2)、同様な疑念を感じているので、あえて私見を明らかにしてみた。

一　罪の認識

〝罪〟という語が持つ本質的な性格を述べる前に、序論的なことを述べてみたい。類例はいくらでもあるが、理解の容易のために、多屋氏のあげられたものを紹介すると、

①ここにて、はぐくみ給ひてんや。蛭の子がよはひにもなりにけるを、罪なきさまなるも、思ひ捨てがたうこそ。

②をさなき人の、心ちなきさまにて、うつろひ物すらんを、罪なくおぼし許して、うしろみ給へ。たづね給ふべき故もや、あらんとぞ。（松風、二一二頁）[3]

③よろづの罪をも、をさをさたどらず、おぼえぬ物の隙より、ほのかにもそれと見たてまつりつるにも、我が昔よりの心ざしの、しるしあるべきにやと、（若菜上、二五七頁）

④なほ、こなたに入らせ給へ。らうがはしきさまに侍る罪は、おのづからおぼし許されなん。（同、三〇九頁）

⑤わが、常にせめられたてまつる罪さりごとに、心苦しき、人の御もの思ひや出でこむなど、安からず思ひ居たり。（柏木、三〇頁）

（末摘花、二四九頁）

他にも類例をいくつかあげて、これらを「さまざまの罪」として、まず紹介しておられる。①は「けがれなき、無邪気な」、②は「咎なく」、③は「欠点」、④は「失礼」、⑤は「責任」というような解釈を、それぞれされている。文脈に沿ったという意味では、何の疑問も感じないのであるけれど、問題は、文脈が自然に通じるということでなく、その解釈が〝罪〟という意識の、どういう求心的なところから派生しているかということの正確な認識であるように、私には思われる。従って私の専らの関心は、これらの〝罪〟の性格が、どのような共通の根を持っているのか、どのような同心円の内に所在しているのかという方向に、向かわざるを得ない。

そのことを述べ始める前に、これは後の考察のヒントにもなるので、『源氏物語』の罪についての多屋氏のその後の整理を、紹介しておきたい。多屋氏は、「一　さまざまの罪」のあと、「二　法的な罪」「三　不孝の罪」「四　仏教と絶縁する罪」「五　執着の罪」「六　宿世の罪」として、分析整理しまとめの文章を添えられている。言ってみれば、二以下の罪が性格の明瞭なもので、一は、その他のものをまとめて先に紹介しておいたという体のものである。私は、この一から六の分析整理は、具体的ではあるけれど、均質な次元での整理になっているかどうか、

〝罪〟の本質からの分析でなかったために、「さまざまの罪」という枠外をもうけざるを得なかったのではないかと感じている。先の五つの用例のうち、③④は、説明が容易であるように思われる。③は女三宮の不用意な欠点ということだし、④は病床の失礼ということだし、通常の常識や状態でないということである。通常の状態でないことが、何故罪になるのか。それは、人間の望ましい状態に反するからである。そう考えると、②の、朱雀院が女三宮の「心ちなきさまにて、うつろひ物す」という、望ましくはない状態も「罪なくおぼし許して」という依頼になって、これも質的には近い用例になる。しかし、①の用例についてみると、この「罪なきさま」は、「無邪気でかわいい」と、むしろ望ましい状態をさして言っており、同質の表現と思えない。また⑤の、源氏にしきりに手引きを責めたてられることは、望ましいこととも望ましくないこととも、即座には答えにくい。

この程度の観察をしておいて、〝罪〟という語に、辞書はどのような定義を与えているか、見ておきたい。国語辞書として最も詳しい、小学館版の『日本国語大辞典』は、次のような五の語義を示している。

1　規則、法則を犯し、その結果とがめられるべき事実。またそのような行為に対する責任の観念をいう。
2　罪を犯したために受ける制裁。罰。刑罰。しおき。
3　他人に不利益や不快感などを与える行為によって、怒り、恨み、非難、報復などを受けるようなこと。人に対して、悪い事をした事実、またはその責任。
4　人、あるいはものごとのとがめるべき点。短所。
5　よこしまな気もち、考え、欲望など。また、そのために迷い苦しむこと。

この解説は、かなりに未整理だと思う。1のなかは、更に分類して、神祇・信仰上の禁忌、法律・道徳・習慣などの社会的規範、天・国家・上長などの権威、仏教の戒律、キリスト教の神との関係、これらにたいする無視・反抗・逸脱の行為を、罪と説明している。2の刑罰は、罪の広義的な意味で今は除外してよいし、3・4・5は、ともに人間社会の倫理・道徳の規範ひらたく言えば常識に、反したり逸脱したりするもので、1の法律・道徳・習慣に関連して説明できる。結局のところ、罪とは、「人間社会の規範・道徳に反しまた逸脱する思念・行為」とでも言っておけば、すべてをふくむ説明になっていると思われる。

こう考えれば、多屋氏の整理された罪は、法的な罪か仏教的な罪か、そのどちらかとして、すべて説明できるように思う。犯した規範が、法的なそれか仏教的なそれかにすぎないと考えれば、『源氏物語』の罪について、特別な検証も必要ない事柄のようにも感じられるのであるが、特に仏教的な罪の認識において、この時代は顕著な深刻さを見せており、そのことの再認識が、この時代の思想把握にあたって肝要なことと思われる。

二　仏法と罪

平安時代において仏道に親しむことは、貴族の好ましい品性であり、教養でもあった。『源氏物語』においても、光源氏は仏道に導かれる生活を早くから祈念し、紫上の薨去後は嵯峨の御堂にあって、晩年を好ましい求道のうちに過ごした。理想の平安貴族として、当然のことである。光源氏の子で、父亡き後の物語の主人公である薫も、幼くより彼岸への憧れの心が深く、折りにふれて現世の無常を嘆じていた。物語の主人公として、当然に描かれる人物像である。その他の登場人物も、おおむね皆、仏の道に心を寄せて、出家を望んだり、それが叶わずにいまだ現世に苦しんでいたりという人間像として、描かれている。したがって、仏の道を願うことが、罪として記述されることはありえない。

まだいと行く先遠げある御程に、いかでか、ひたみちに、しかは思したゝむ。かへりて罪ある事なり。

（手習、三八七頁）

横河僧都が、浮舟を説得している場面である。出家を願うのは好ましい心性であるが、生半可な気持では、後に後悔したり、出家者にはあるまじき行為があったりして、かえって罪となることがあるからと、いうのである。結局、出家は「三宝の、いとかしこく褒め給ふ事なり。法師にて、聞え返すべきことにあらず」という、僧都の内心の思慮によって、浮舟の出家が叶えられる。なお、「かへりて罪ある」というのは、浮舟を思い止めさせようとする僧都の詭弁である。後に、自分で「一日の出家の功徳、はかりなきものなれば」と明言していることでも分かる。薫も、浮舟の出家を後に聞いて、「罪軽めてものすなれば、いとよしと、心安くなん」と、語っている。仏道の心を形にした出家は、誰にとっても、どういう状態であっても、好ましいものなのである。

従って、人が仏道に寄せる心の障害になることは、罪の行為となる。

おはせし世の御ほだしにて、おこなひの御心を乱りし罪だに、いみじかりけむを、かの世にさへ、妨げ聞こゆらん罪のほどを、苦しき心地にも、いとゞ消え入りぬばかり思え給ふ。

（総角、三九九頁）

いずれも、宇治大君が父八宮の仏道への障害になったことを、罪深い身だと悲しんでいるのである。この仏道の妨げは、大君が積極的ななにかの行動をしたというものでない。生前においては、二人の娘の行く末を思って、なかなか出家を実行出来なかった父に対し、薨後においては、父が言い残したような生活をできず、空にさ迷っている父の魂が、娘の身を案じて浄土にも赴きかねているであろう、そのことを、大君は、〝消え入りぬばかり〟罪と感じているのである。

なにがし、このしるべにて、かならず罪得侍りなむ。事の有様は、くはしくとり申しつ。今はたゞ、御身づから、立ち寄らせ給ひて、

（夢浮橋、四二三頁）

まして、いとはかなき事につけてしも、重き罪得べきことは、などてか思ひ給へむ。

（同、四二四頁）

どちらも、浮舟の還俗に関するものである。横河僧都は、好ましい出家を実行している浮舟に対して、たとえ還俗のすすめではなくとも、出家している彼女の心を乱すことについて、かならず罪を得るであろうと、言っている。薫は、自分自身が仏に寄せる深い心を持っているのだから、どうして出家している浮舟の心を乱すようなことをするだろうか、と言っている。薫がどのように言っても、浮舟の仏心に波紋を起こし、結果としてその仏心の障害になるであろうことは明瞭で、そういう罪を得ることは避けられないだろう。

仏道に心を寄せることが好ましい心性で、その障害になることが罪になることは、了解できるけれど、平安時代においては、仏道に背を向けることも、罪深い行為になる。

ものの いと心細くおぼされければ、罪ふかきほとりに年経つるもいみじうおぼして、尼になり給ひぬ。（澪標、一一三頁）

多屋氏が、「仏教と絶縁する罪」として示されたものである。仏道は、好ましい品性というにとどまらず、人間として行うべきつとめという認識が、すでにある。仏道に心を寄せないのは、すでに悪であり、人間としての正常な感覚を失った心性なのである。ここに、仏道への心がすでに社会的な倫理規範となっている状態を、見ることができる。

三　現世の罪

仏道への思想が社会的に横溢していたとしても、誰もが出家して僧になれるわけでないし、また出家は非社会的行為であるから、好ましい出家者のみでは社会そのものを維持できなくなる。従って、出家を好ましくは思いながらも、現実生活にも穏健にかかわるという、教養的・貴族趣味的な仏道実践が、実際には最も好ましく受け入れられたのであろう。ところで、仏道への思念とは、一言でいって、どういうことだろう。膨大な経典を備えた仏道の教えも、これは私の素人考えなのであるが、結局は、生物であるかぎり免れることのできない生老病死の苦、これは現世に生きるかぎりは誰も避け得ないものであるが、生まれ変わった来世においては、この四苦のない永遠の世を念じることができる。しかしそれは、来世に生まれ変われさえすれば誰もが導かれる世界ではなく、現世においての〝生〟が、そのときに問われることになる。その永遠の生である浄土の世界、それをひたすらに欣求する姿勢、現世の生は、ただそれに尽きる。だから、その姿勢を形に示した僧になることは最も尊いし、仏法僧を崇め敬うのは次に尊い行為になる。

　このような浄土欣求の姿勢は、それがより鮮烈であろうとすれば、相対的に現世の〝生〟の価値を否定するものになる。現世は、来世に生まれ変わるために存在するものであるから、来世のために現世を否定する、その心が純粋であればあるほど好ましい〝現世の生〟ということになる。少なくとも平安時代の仏道思想は、そうである。『枕草子』に、「思はん子を法師になしたらんこそ心ぐるしけれ。ただ木のはしなどのやうに思ひたるこそ、いとほしけれ[4]」という文章がある。法師は木石同然で、何の感情も持たないものだと思われているのが、可哀想だというのである。しかしこれは当然のことで、ひたすらに来世をのみ希求する姿勢を形に示した僧であれば、現世のことがらに何の感興を持たないのは当然で、同情されるのが心外だという理屈にはなる。紫式部も、日記に「世の厭はしきことは、すべて露ばかり心もとまらずなりにて侍れば、聖にならむに懈怠すべうも侍らず[5]」と、述べている。来世希求の姿勢は、現世否定の姿勢と、相対的に関連するのである。

　こうして、仏道を好ましく慕う態度の度合は、現世のもろもろの事象に、いかに無感情でいられるかによって測られ、現世においてできるだけ無感情でいられる状態に身をおくことを、好ましいとされたのである。薫の生が、もっとも好ましく語られる所以である。したがって、現世の事柄に心を動かすこと、喜怒哀楽の感情にとらわれることが、仏道において好ましくない態度であるという意味において、これが〝罪〟と認識されることになるのである。

猶、われだに、さる物思ひに沈まず、罪などいと深からぬさきに、いかで亡くなりなん。（総角、四四一頁）

かゝるかたちにては、さまたげ聞ゆべきにてはあらぬを、この世にては、いふかひなき心地すべき心惑ひに、いとゞ罪や得らん。（宿木、五四頁）

前例は、宇治大君のせめて自分だけは男女の愛憎に思い悩むようなことなく死にたいという願いで、後例は、尼姿の女三宮が、薫まで出家するようなことになれば、自分は仏道の罪を得るような惑乱をするにちがいないと言って、薫の出家を止めているもの。どちらも、喜怒哀楽に深く動かされる感情を、〝罪深く〟ととらえている。

現世の喜怒哀楽の感情にとらわれるのは、当然に罪が認識されるものであるけれど、そのような感情を他人に与えることになるのも、同様に罪の行為である。

道すがら、とまりつる人の心苦しさを、いかに罪や得らんとおぼす。（薄雲、二二一頁）

しばしも見えぬをば、苦しき物にし給へば、心ちの、かく限りにおぼゆる折しも見えたてまつらざらむ、罪深く、いぶせかるべし。（若菜下、四一七頁）

前例は、明石姫君をともなって二条院にいたる途で、大井の河辺に残った母親の感情を思って、自分はどんなに罪を得ただろうと、源氏が思っているもの。後例は、病に臥した柏木が落葉宮のもとから両親の家に帰ろうとして、幼くより可愛がって育ててくれた両親に、死に際の姿も見せないで死んだら、どんなに嘆き悲しんで罪を得ることになるだろうからと、説得しているもの。これらは、そのような罪深い感情に駆られているのは、自分でなく相手なのだけれど、そのような罪の感情を惹きおこさせたのが自分であるという意味で、罪を感じざるを得ないものである。

人間の感情が、いかにしても激しく揺れ動くものは、親子兄弟の肉親の愛情においてのものである。この例をいま、明石上や女三宮などに見た。しかし正直なところ、人間の愛憎が、最も鮮烈に燃えたつものは、男女の情愛の感情である。これは、生物としての宿命というべきものであろう。

わが罪のほど恐ろしう、あぢきなき事に心をしめて、生けるかぎり、これを思ひなやむべきなめり。（若菜上、一八八頁）

これは、いと似げなき事なり。恐ろしう罪深きかたは、多うまさりけめど、いにしへのすきは、思ひやり少なきほどのあやまちに、仏・神もゆるし給ひけん。（薄雲、二四四頁）

官位など言ひて大事にすめる、ことわりの愁へにつけて嘆き思ふ人よりも、これや、今すこし罪の深きはまさるらん。（宿木、四九頁）

初例は、源氏が初めて道心らしきものを覚えたもの。なにがし僧都の説法を聞きながら、藤壺への思いが内心に消しがたく存在し続けるであろうことを自覚して、わが罪を恐ろしく感じている。次例は、いま感じている前斎宮への恋慕に対して言えば、かつての藤壺への感情ははるかに激しかったと、源氏が回顧しているもの。恋慕の感情の深さを、どちらがより罪深かったかという表現で、示している。後例は、世人が心を尽くす官位などのこと。これは消費生活しか持たない貴族にとって、名誉的なものでなく死活にかかわる問題である。だから、これらに目の色を変えて執着するのは、むしろ正当な執着であるけれど、仏道においてはこれは罪になる。そのような罪には無縁な薫が、大君にそして中君にと恋情のしがらみから脱し得ない。有閑夫人の遊びのような恋は、同じ執着でもいま少し罪が深いであろうと、薫は感じている。

男女の愛執は、おそらく誰にとっても、終生無縁ではいられない感情であろう。男にとっての女、女にとっての男。雄にとっての雌、雌にとっての雄。その執着は、どちらの性にとっても同じであろうと思われるのだけれど、仏道においては、女性を特に罪深い存在と認識している。それは、女性が特に感情的であって、愛執の罪を負いやすいということもあるだろうが、別な認識にもよっているようである。

いひもて行けば、女の身は、みな同じ罪深きもとゐぞかしと、なべての世の中いとはしく、（若菜下、三八五頁）

女こそ、罪深うおはするものにはあれ。すゞろなる眷族の人をさへ、惑はし給ひて、空言をさへせさせ給ふよ。（浮舟、二二五頁）

前例は、女性の執着の深さを罪深いと言っているとも解釈できそうだけれど、〝罪深きもとゐ〟（原因・理由）と言っている点で、自分が罪深くなる原因になっていると言っていることが分かる。用例は、紫上の病床に故六条御息所の死霊が現れて、源氏が嫌悪している場面である。後例は、匂宮が浮舟のもとに忍んできたために、あちこちに偽りでもって取り繕わざるを得なくなっている状況を、そのような偽りをさせる根源にあるという意味で、女の身は罪深いと言っているのである。(6) いうまでもなくこれは、男の立場からの発想である。同様に、女にとって男が罪深いという発想もあって不思議でないけれど、それは見られない。のみならず、

女人のあしき身を受け、長夜の闇に惑ふは、唯かやうの罪によりなん、さるいみじき報いをも、受くるものなる。（夕霧、一一三頁）

に見るように、女の身に生まれていること自体が、罪によって〝あしき身〟を受けた結果だというのである。かなりに女性蔑視の思想であるが、これは、女性において愛執の感情がとりわけ深いということのほかに、仏道が男性の立場から発想された思想であることを、残念ながら認めておかなければならない問題であろう。

四　執着心

いま、愛執の罪によって、女人の〝あしき身〟を受けるという例を紹介したけれど、これは、現世に対する前世の考えである。来世の極楽浄土を実現して、天上の世界に住んでいるなら、現世に生まれていることはないのだから、現世に人間に生まれていること自体が、極楽往生できなかった結果である。そのなかでも女人に生まれたのは、前世でとりわけ愛執の罪を犯した結果だというのである。

いで、あな憎や。罪の深き身にやあらむ。陀羅尼のこゑの高きは、いとけおそろしうて、いよいよ死ぬべくこそおぼゆれ。（柏木、一四頁）

このことによりてぞ、女君は、うらめしく思ひ聞えける。我が御身をも、罪軽かるまじきにやと、うしろめたく思されけり。（御法、一七四頁）

病床の柏木が、尊いはずの陀羅尼の声を恐ろしく苦痛に感じる。これは、前世で仏縁に遠い身であったということかもしれない、柏木はそう思惟している。後例は、紫上の出家の願いが許されず、この世で出家もできないで薨じるとは、このような生涯を送るように罪重く生まれついているのであろうかと、紫上が嘆いている。これらは、前世からの宿縁として定められていることだから、今更どう変更しようもない罪重き人生なのである。自分の人生が、そのように罪重く定められていることは、その状態に置かれて初めて分かることであり、どの状態が最終的な形であるかは、死にいたるまで確たる認識は持ち得ないであろう。自分が、どのように避けようとしても避け得ずに呻吟していることを自覚して、そのような状態を余儀なくされていることを、その不可解さを前世の罪によって定められた宿業と理解するのである。多屋氏の紹介された、ことさらに、徒歩よりと定めたり。ならはぬここちに、いとわびしく苦しけれど、人のいふままに、ものもおぼえで歩みおはす。いかなる罪ふかき身にて、かかる世にさすらふらむ。（玉鬘、三四三頁）

も、その好例である。(7) しかし、「宿世の罪」とするほどの重いものではないと、私は思う。前世の状態から前世を推測するから、運命的に感じるというに過ぎない。

前世ではなく後世である来世を考えても、事情は同じようなものであるが、前世の罪は現世に人間には生まれる程度の応報を得ているのだからさほど深刻でないけれど、来世は現世の罪によってどのような報いを得るか分からないのだから、恐怖感は倍するものがあるようである。

世の中に、ありと聞こし召さむも、いと恥ずかしければ、やがて失せ侍りなんも、又この世ならぬ罪と、なり侍りぬべき事。（賢木、三八七頁）

物の怪の罪、救ふべきわざ、日ごとに法花経一部づつ、供養ぜさせ給ひ、何くれと尊きわざせさせ給ふ。（若菜下、三八六頁）

すぎ給ひにけんいにしへざまの、思ひやらるゝに、罪軽くなり給ふばかり、行ひもせまほしくなむ。（橋姫、三四七頁）

初例は、藤壺との対面の機会を得た源氏が、愛執のあまりに恋い死んで、往生もならぬ魂として浮遊するのであろうと、かきくどいている場面。恋慕に狂う源氏はもちろん、そのような執着を与えた藤壺も、仏道の罪を免れないであろう。この時代の人には、恐ろしい脅迫である。藤壺が「むくつけきまで」と感じ、「さすがにうち嘆き給ふ」所以である。次例は、紫上の病床に出た故六条御息所の霊のために、その魂を静め往生できるように、経供養を営んでいるというもの。終例は、自分の本当の父が柏木だと知った薫が、愛執のなかで死んだ柏木の罪が、少しでも軽くなるように仏事などを行いたいと思っている、というもの。

いずれも、現世での執着のさなかで死んだ魂に、死後の苦しみをいっそう深く恐怖している。死後の世界は、現実に認識することが絶対にできないだけに、我々が子供の頃に地獄絵に畏怖したように、恐れおののく心情は、強烈であったようである。そして、仏道に寄せる心、いわゆる道心の本質は、この現世への執着心を棄てること、これにつきる。仏を崇め、経典を重んじ、僧を尊ぶ、それらは仏道の行いとして求められる態度である。それらの〝欣求浄土〟の態度に対して、現世執着の心は、〝厭離穢土〟に反する感情である。しかも人間の心は、人間であろうとすればするほど、愛執に苦しむものである。それを罪とするなら、罪に無縁に生きられる人間はいないだろう。〝欣求浄土〟の行為は、努めれば可能な功徳であるが、〝厭離穢土〟の執着心は、彼岸への往生を妨げる〝罪〟である。しかも人間の心は、この罪に離れて存在することは、きわめて困難である。ここにおいて道心をさまたげる〝罪〟とは、ほとんど〝執着心〟と理解してよい。そしてこの時代の人が〝罪〟と表現するとき、法的な場合を除いて、それは仏教の罪すなわち〝執着心〟をいっていると了解してよい。

五　『源氏物語』の罪

平安時代の人の〝罪〟の意識を、そのように明瞭に認識するとき、『源氏物語』の読解にあたっても、折り折り気付くことがある。たとえば、

おとゞ・北の方おぼし嘆くさまを、見たてまつるに、しひてかけ離れなん命の、かひなく罪おもかるべきことを、思ふ心は心として、（柏木、一一頁）

という罪を、「親に先だつ不孝の罪」というような理解はしない。親より先に死ぬことについて、「親をおきて亡くなる人は、いと罪深かなる物を」という表現も別にあるが、これは「先だつ」ことが問題なのでなく、「先だつ」

ことによって親が得る、あまりに深い悲嘆の感情を問題にしているのである。親が死ねば子は悲しむだろう。しかしそれは、人間の自然の理なのだから、ほどほどには静まるだろう。しかし、愛情をかけた子が、親に先だって死んでいくときの親の感情は、あらためて言うまでもあるまい。出来ることなら、年老いた自分が身代わりになりたいと願わない親は、少ないであろう。「子が先だつ」罪は、そのように悲嘆を味わわせることによって、浄土往生を妨げる執着心を与えたという、そういう罪である。そういう意味で「不孝の罪」と表現されているのであれば、それでもよいけれど。

また、次のような表現もある。

かやうならむついでにもや、はかなくなりなむとすらんなど思ふには、惜しからねど悲しうもあり、又いと罪深うなる物をなど、まどろまれぬまゝに、思ひ明かし給ふ。（宿木、六四頁）

匂宮と夕霧六君の婚儀のさなか、中君は妊娠の悩みのなかにいる。短命の一族だから、この際に命を失うかもしれないと、不安な状態でいる。このときの「罪深う」は、出産のおりに甍じることを言っているようだけれど、これも、生まれてくるはずの小さな生命を失うことを、いっているのではない。母親として、子供を産み育てる喜びも感動も、すべてを奪いとって、この世に思いを残して死ぬ、その当然の執着の深さを、罪深く感じるものである。

つぎは、みずから選んだ死の場合である。

罪いと深かなるわざと思せば、軽むべき事をぞすべき、七日〳〵に、経・仏供養すべきよしなど、こまかにの給ひて、（蜻蛉、三〇五頁）

忽然と姿を消した浮舟を、薫は宇治の山荘にきて、偲んでいる。浮舟は、眼前の急流にみずから身を投じて、死を得たらしい。そういう死を、「罪いと深かなるわざ」と、述べている。仏教では自殺を禁じてはいない。死そのものは、浄土への旅立ちであるから、非難することではない。浄土往生を願望して、焚死したり餓死したり、あるいは南海に舟出したりといった話も、よく伝えられている。(8) 問題は、その死のありかたである。浮舟の死は、懊悩の一つの形であった。現世の執着そのものであった。これ以上、罪深い死はない。罪深い魂の思いを、少しでも軽くすることができるようにと、仏事などをねんごろに営むのは、薫のいまのせめてもの愛情である。

これは、物語始発の頃の著明な場面である。

いで、あなをさなや。いふかひなう、ものし給ふかな。おのが、かく今日・明日におぼゆる命をば、何ともおぼしたらで、雀したひ給ふほどよ。罪得ることぞと、常に聞こゆるを、心憂く。（若菜、一八五頁）

幼くあどけない少女若紫が、いたずらな少年が雀を逃がしたと、祖母に訴えるのを、たしなめている言葉である。少年少女の時に、生物を愛育した経験は、誰にもあるもので、籠に飼っていた雀を逃がされた少女の心情は、よくわかる。その少女に、尼君は「生き物を捕るのは罪を蒙る事ですよと、何時も言っているのに」と説教しているように、大系本は注しているけれど、これも誤解である。自由に生きている動物を人間が飼育するのは、動物の本性には反して、多分褒められはしない行為だろうと思うけれど、これはそういう倫理観によるものではない。(9) 愛らしい小鳥を無性に可愛がる心の執着を、好ましくないと常々教えているのにという意味である。勿論小鳥にかぎることでなく、また少女に尼君の教えが納得されるはずもないけれど。

これは、物語の根幹にもかかわる場面でのものである。

いと奏しがたく、かへりては、罪にもやまかりあたらむと、思ひ給へはゞかる事多かれど、しろしめさぬに罪重くて、天の眼おそろしう思ひ給へらるゝ事を、心にむせび侍りつゝ、（薄雲、二三二頁）

侍従といひし人は、ほのかにおぼゆるは、五つ六つばかりなりし程にや、にはかに胸をやみて亡せにきとなむ聞く。かゝる対面なくは、罪重き身にて、すぎぬべかりけることなど、の給ふ。（橋姫、三三四頁）

どちらも、実の親が誰であるかを知らなかったというものである。大系本は、前例に「実父である源氏を臣下として御置きなさる」ことを、後例に「実父を知らない」ことを、それぞれ罪として、説明している。

前例の説明は、いかにも後からさかのぼった解釈で、冷泉帝が夜居僧都から実親を知らされた直後から、源氏への帝位をしきりに思慮しているらしい態度からの、類推である。もし、実父の光源氏を臣下としていることが絶対的な罪にあたるのであれば、冷泉帝は、光源氏の帝位あるいは自らの譲位を、何がなんでも実行しなければ、事柄の解決は不能である。それなのに、帝が源氏の意向を打診して辞退されると、今までの思慮をすっかり忘れて、後に源氏の太政大臣そして准太上天皇を実現するだけで、平然としている。それに、親を臣下とするということは、摂関政治というものは、母親をはじめ祖父・伯父などの外戚を臣下とするのが基本構造だから、こういった構造自体が罪と認められなければならないことになってしまう。ということは、親を臣下とするといったような儒教的な倫理観によるものではないということである。実の父が源氏である秘密を知らないのが〝罪重くて〟というこの罪は、後に「よろづの事、親の御世より始まるにこそ侍るなれ。なにの罪ともしろしめさぬが、恐ろしきにより」と述べているように、天変地異がしきりに起きる冷泉帝の御世を、いかなる失政によってこのような災異があるのか、帝が日夜苦慮されている、その感情自体の罪と、事実をお教えしないことによって、そのような罪を帝に与えている僧都自身の罪とを、指している。〝天の眼おそろしう〟と言っているから、むしろ僧都自身の罪の意識の方だろう。〝かへりては、罪にもやまかりあたらむ〟の罪は、真実を帝が知ることによって、今度は自分が不義の子であることで新たな悩みを得るのであろう帝の罪を、そのような罪を与える自分の罪と認識する僧都の意識である。大系本のように、「曲事を奏上の罪過」[10]といったものではない。

後例の、薫の柏木が実父であると知らなかったという罪も、知っていたとか知らなかったとかの問題ではない。〝罪重き身にて、過ぎぬべかりけること〟と言っているように、実の父を知らなかったために、その実親がこの世に残した宿執の故に、いまだに中有にさ迷っているだろう魂を静める何らの手立て（供養）も行わなかった罪深さであり、また、真実を知らないでいたら、そのような実父の宿執の因となり果となっている自分自身の罪を軽める行為を何もなさないで、罪深い身で平然と過ごしているであろうことを、慄然として思っている、そういうものである。後に「心苦しうてすぎ給にけむいにしへざまの思ひやらるゝに、罪軽くなり給ふばかり行ひも、せまほしくなむ」と、薫は思慮している。

最後に、冒頭に紹介した用例のうち、未解決の用例①⑤について、説明を追加しておきたい。用例①は、明石姫君が愛らしく成長していることを源氏が紫上に説明している場面で、姫君の姿を「罪なきさまなる」と表現している。これは、姫君の心になんの邪気もないということではない。勿論邪気があるわけでないが、これは、現世での愛らしい姿から、前世での行為が「罪なきさまなる」と推しているというものである。近接した箇所に「罪かろくおほしたて給へる[11]」とあるが、参考になる。用例⑤の方は、源氏が末摘花に会いたいとしきりに責めたてるので、命婦が困ってつい手引きしたのを、源氏が責めたてる「罪さりごとに」と、表現したものである。これも、源氏の執着の罪、それに関与した自分の罪、当面の罪深さを逃れる一時しのぎにという意味で、解釈できる。源氏の立場を権威的なものに考えるなら、法的な意味での責任逃れという解釈も、できる。

六　愛執の罪

以上述べてきたことは、〝罪〟という語の意味するものは、社会的な規範の枠外にはずれることによる罪、これを法的な罪とするなら、それ以外の罪は、仏教的な意味での罪に限られる。仏教的な意味での罪も、社会全般が欣求浄土に向かうのを規範としている前提に立てば、これも、規範の枠外にいることを罪と認識するわけだから、広義には、人間集団の規範に外れるという意味で説明できる[12]。けれど、これは当面の問題でないので、これ以上の追及はしないでおきたい。

仏教的な〝罪〟は、人間が実際に罪と実感して認識するのは、来世へのひたすらな心を鈍らせるという意味での、現世の執着として喜怒哀楽の感情に尽きる。平安時代人にとっての〝罪〟とは、ほとんど現実生活における愛執の感情そのものの謂であると、言ってよい。現実生活の愛執の感情を恐れながら、しかし、まぎれもない人間の生の喜びである生の執着から脱し得ない。そこに、終生罪の意識から解放されず、罪の意識とともに生きる人間の姿が見えるように、思われる。

注

(1) 源氏物語講座第五巻『思想と背景』（有精堂、昭49）。
(2) 『源氏物語の仏教思想』（平楽寺書店、昭42）第四章第四節。
(3) 本文・頁数は、日本古典文学大系『源氏物語』（一～五）による。以下同じ。
(4) 『枕草子』（七段）、四八頁。
(5) 『紫式部日記』、五〇一頁。
(6) そのことを明瞭に示す例が、椎本・三四七頁、総角・三九九頁などにも見られる。
(7) 類例、夕霧・一〇五頁。
(8) 重松氏は、「水死という異常死は、罪を深くするという。これは人の命を尊ぶ仏教で、不自然に自己の命を断つことを重い罪とする思想を、そのまま表している」（注（2）書、三七七頁）と、言われている。私は仏教思想についての明確な認識を持っていないけれど、多少疑問を感じている。
(9) 本当に「雀の自由を束縛することが罪を造るという、仏の大慈大悲の精神が、動物にまで及ぶもので、まことに愛情細やかな思いやり」（重松注（2）書、三七〇頁）であろうか。
(10) 薄雲・二三二頁、頭注10。

（11）松風・二〇二頁。類例、常夏・二九頁。
（12）類例、若菜下・四〇〇頁。

Ⅲ編　地　理

《女房日記の地理》

第一章　『蜻蛉日記』の邸宅

『蜻蛉日記』は、藤原倫寧という傍系藤原氏の家系の受領貴族の娘、兼家の第二婦人となって通称道綱母とよばれた女性の日記である。この日記についての正確な理解、ひいては作者道綱母の人間把握に資する目的で、日記の地理的な記述の部分について、可能なかぎりの考察を試みたい。

一　左近馬場片岸の道綱母家

倫寧女が、藤原摂関家の嫡流兼家を婿として迎えた頃に住んでいた家については、その所在に関する資料が、日記中にある。知られた記述であるが、はじめに紹介する。

たのもし人は、この十よ年のほど、あがたありきにのみあり。たまさかに京なるほども、四五条のほどなりければ、われは左近のむまばをかたぎしにしたれば、いとはるかなり。かゝるところも、とりつくろひ、かゝはる人もなければ、いとあしくのみなりゆく。（上巻、一五五頁）(1)

父親の倫寧は、「左近のむまば」をかたぎしにする家を、道綱母の住家として譲り、自らは「四五条のほど」に所在の家を、本邸として居住していたものらしい。左近馬場とは、左近衛府に所属する馬場で、右京に所在した右近馬場に対して、左京一条西洞院辺に設けられていた馬場である。(2)『枕草子』（九九段）には、清少納言たちが、賀茂の奥にほととぎすの声を聞こうして牛車に乗って出かけた時、「馬場といふ所にて、人おほくさわぐ」といった描写でも出てくる。たまたま、五月五日の真手結の当日であったらしい。馬場だから、細長く埒が設けられているが、『本朝世紀』寛和二年（986）三月十日条には「被下左近馬場改南北、幷五月節可有宣旨」という記事があり、この時点で、東西の埒が南北に改められたらしい。『蜻蛉日記』の冒頭は天暦八年（954）だから、馬場は東西方向であった時点ということになる。一条大路に沿って大宮から西洞院（約五〇〇m）に設置と説明されているが、(3)一条南西洞院東の「入江」を「左近馬場南」としたり、一条通の小川から西洞院の「西之口町」を「左近馬場西口」としたり、(4)不明な部分が残っている。左近馬場の位置と形状についても、明確には判明していない。

不明の部分は残るが、道綱母家が一条西洞院辻付近に所在という事実は、日記の記述から動かない。考えてみれば、一条西洞院とは、賀茂祭に見物の牛車を立てる一等地だった。この殷賑の場所のどの辺に所在したのだろうか。日記には、

かくてたえたるほど、わが家は、内裏よりまいりまかづるみちにしもあれば、夜中あか月と、うちしはぶきてうちわたるも、きかじとおもへども……さななりときく心ちは、なにかは似たる。（上巻、一一三頁）

といった記事がある。道綱母家が、兼家邸から内裏への往還の途中の道に面していたことが分かる。左近馬場を「かたぎし」にして、道に面した家の前を内裏の往還に用いるとなれば、この道は一条大路である。一条南で大宮から西洞院の間というのが、素直な推測であろう。「かたきし（片岸）」の語彙については、手持ちの国語辞典（小学館版、昭48）は、①川などの片岸・②崖・③隣地などと説明し、②③にはこの『蜻蛉日記』の記述を用例としている。②の用例は、道綱母が石山寺に参籠した時に、社殿の対面する向かいの崖、鹿が現れてきたところの場面である。これから、向かいの意味を汲み取れるなら、多少のヒントになるか。

後のことであるが、遺児道綱が、源頼光の女婿になって、その一条家に居住したことが知られている。鮎沢寿氏

は、「道綱の母の一条邸は、源頼光が住んでいた一条邸と同位置にあった」と結論し、『中古京師内外地図』を参考にして、頼光邸を「一条南油小路西」に推定されている。(5) 角田文衞氏は、道綱母が兼家から提供された家に移っていった後、道綱母の兄長能と親しい縁で、源頼光がこれを入手し、後に道綱が頼光女に通うようになって、再び道綱の住居する邸宅になった、という推定をされている。(6) 従って、『蜻蛉日記』に見える道綱母の最初の居宅は、鮎沢氏が言われた頼光家、北辺二坊五町（一条南堀河東）に所在と結論された。後に増田繁夫氏は、左近馬場に接しており、賀茂祭の行列の通る一条大路に「車に乗ってわざわざ祭見物に外出してきた」らしい日記の記述の条件から、「堀河東で、一条大路よりやや北付近」といった想定をされている。(7)『本朝世紀』の記述のように、左近馬場の埒が、まだ一条大路の北に東西に存していた時期であるとすれば、増田氏の想定は、馬場に重ならないか。馬場よりも北で大路に離れるとすると、東方に所在の家から内裏出仕する兼家のコースに当たる必要がないし、鮎沢・角田説の方が無難と判定せざるを得ない気がする。

道綱母家が、賀茂祭使の行列する一条大路に接して存在することについて、次例などは否定的徴証とは考えなくても良いのではないか、といった感覚はある。

このごろは四月、祭見にいでたれば、かのところにもいでたりけり。さなめりとみて、むかひにたちぬ。まつほどのさう〲しければ、橘の実などあるに、葵をかけて、

あふひとかきけどもよそにたちばなの

といひやる。やゝひさしうありて、

きみがつらさをけふこそはみれ

とぞある。（上巻、一五三頁）

兼家正妻の時姫が、道綱母家近辺に車を立てる。道綱母邸では車を出す必要もないほどに門前なのに、見物の牛車

を出して時姫の向かいに立てる。地理的状況を勘案すれば、時姫が「きみがつらさを」と言う実感が伝わってくる気がする。そういった興味深さであるが、うがち過ぎであろうか。

先の例によって、兼家邸が一条大路東方の見当もつく。兼家は、後には東三条殿や二条邸（法興院）を邸とするけれど、この頃居住の邸は、一条東方にあった。普通に考えられるのが、親の師輔が所有していた家であるが、角田氏によれば、師輔は、一条第・桃園第・坊城第・東一条第・九条第の五邸を有していたとされる。このうちの東一条第が候補として有力と思われるけれど、角田氏は、それは兼通が伝領、兼家居住の邸は、根拠不明ながら、一条南京極西と推定しておられる。(8) 黒板信夫氏の推測によれば、兼家五男の道長に、一条南高倉東に所在の一条邸がある。(9) これが、道長室の倫子を経由する旧雅信邸でないのなら、旧兼家邸であった可能性がある。いずれにせよ、兼家邸は、一条大路のかなり東方、高倉から京極辺にあったらしい。

二　兼家邸隣宅

ところで、道綱母は、康保四年（967）冬の頃、兼家邸近くに転居した。

かゝる世に、中将にや、三位にやなど、よろこびをしきりたる人は、ところどころなる。いとさわがしければあしきを、ちかうさりぬべきところ、いできたりとて、わたして、のりものなきほどに、はひわたるほどなれば、人は、おもふやうなりと思ふべかめり。しも月なかのほどなり。（上巻、一六〇頁）

文意は必ずしも明瞭と言い難いが、一応上記のように解釈しておきたい。この年の晦日には、道綱母居住の家の西対に、貞観殿御方が退出してきた。怤子といい登子といい、兼家一条邸は、同母妹の里邸になっている。道綱母家の位置について、角田氏は、兼家本邸が「御門にて、車立てり」と見られるほどに至近の位置にあること、天禄三年（972）三月十八日に焼亡した南隣の「督の殿」邸が、右衛門督斉敏邸であること、人が流されるほどの川音を立てる流水が西洞院川のそれらしいことなどから、道綱母が居した場所は、北辺三坊一町（一条南西洞院東）と認定されている。(10) 兼家自身は、一町南の三坊二町を居宅として、正妻時姫とともに住している。あれこれ辻褄が合う推定であり、納得出来る推測かと思われるが、増田氏は、兼家邸を二条西洞院の東三条院と認識し、道綱母の居宅は、南隣の南院という推測をされている。(11) 兼家の正妻時姫の居宅は、東隣の鴫院という推測でもある。後にも述べるが、いずれ東三条殿が兼家所有の第となるけれど、この時点での領有を証明する資料に恵まれない。同母兄兼通家とする不利な材料さえもあり、今の時点では、増田説を通説とはしにくいであろう。

翌年五月に、再度登子が内裏から退出してきた時には、道綱母が「さきのごと、こなたに」と誘ったが、夢見が悪かったと言って、登子は「あなたに」退出した。あなたとは、兼家本邸とも言うべき家で、角田氏によれば、一町南の隣邸である。この家の所在については、

またの日、こなたかなた、げすのなかよりことといできて、いみじきことどももあるを、……我はすべて近きがすることとなり、くやしくなどおもふほどに、いえうつるとかせらるゝことありて、我は少し離れたる所にわたりぬれば、（中巻、一七三頁）

またの日は、大饗とての、しる。いとちかければ、こよひさりとも心みんと、人しれず思ふ。車のをとごとに胸つぶる。（中巻、二一一頁）

といった用例がある。前例によれば、安和二年（969）二月一日の右大臣師尹家と中納言兼家家との闘乱事件の影響で、暫時別の場所に移ったと言っている。用例部分にはないが、「いっそ元の家に帰りたい」というようなことを呟いてもいる。右大臣師尹の家は、小一条殿（近衛南東洞院西）のようであるから、数町の隔たりがあり、「すべて近きがするなり」に似つかわしくはない。後例は、天禄二年（971）正月五日の右大臣伊尹家大饗の記述である

が、門前の牛車の音ごとに「胸つぶる」思いをしている。伊尹家は一条北大宮西と言われるから、これも四町ほどの隔たりがある。日記の記述の、伊尹家のざわめきが伝わって来そうな描写が、これもぴったりとは感じにくい雰囲気ではある。

その他の関連記述では、「さての日をおもひたれば、また南ふたがりにけり」（下巻、二六九頁）からは、兼家邸との方位がほぼ南北となっている。兼家は、今は二条南西洞院東の東三条邸を本邸としているようだから、この方位は合っている。天禄三年（972）三月十八日に清水社に参詣したが、その深夜、はるか「乾」の方向に火を見た。焼亡のところは「督の殿」だという。築垣を隔てたばかりの隣家である。周章して帰宅してみると、自邸は辛うじて類焼をまぬがれていた。この「督の殿」の位置が確認されれば、道綱母邸も確認されるが、残念ながら、「督の殿」が誰であるか、したがってその家の所在がどこか、確定する資料は、今見えない。日記には、天延元年（973）二月五日、同四月廿三、四日頃の、近火の記述もある。後者は、角田氏が指摘された『平親信卿記』に、明証がある。同記によれば、この廿三日、前越前守源満仲の邸宅が放火されて、土御門北半町ばかりが、西洞院から烏丸まで焼亡した。角田氏はまた、兼家の正室となった時姫（中正女）の邸宅について、『拾芥抄』東京図の左京北辺三坊二町の「泰親・清道」は「安親・清通」、すなわち時姫の父中正から安親に伝わったものと、結論されている。[12] 角田氏自身が推定された道綱母邸南の一町である。そして、兼家は天禄元年の一月までは、ここを本第としていたと言われている。すこぶる鋭敏で示唆的な考察であるが、とすれば、兼家は、第二婦人たる道綱母を隣家に居住させて、いわば妻妾同居みたいな婚姻形態を実行していたのであろうか。私には、所見を加えられる資料も意見も無いので、一応これを了解して先に進みたい。

三　縣歩きの家

道綱母から言えば実家にあたるのだろう、父親倫寧の本宅にあたる家がある。

そのころ、五月廿よ日ばかりより、四十五日のいみたがへむとて、あがたありきのところにわたりたるに、宮、たゞかきをへだてたるところに、わたり給ひてあるに、（上巻、一三五頁）

「四十五日忌違へ」とは、大将軍などの年忌みを避ける方法の一つで、四十五日間他所に留まって、自宅に忌みが及ばないようにするものである。普通は、家屋を新築したり修造を加えたりする予定のある時に、実行する場合が多い。この場合の事情は不明だが、道綱母は、父親の家に、その忌違えをした。宮とは、当時兼家が任じた兵部省（兵部大輔）の長官、章明親王（醍醐帝皇子）のことである。倫寧家の隣邸が、章明親王縁故の家らしい。道綱母は、実家という気安さもあって、しばしば利用している。

この家の所在については、先に紹介した一文に、「四五条のほどなりければ」という記述があった。四、五条という中京あたりは確実だが、他の傍証として、

□もいとちかきところなるを、御門にて、車立てり。「こちやおはしまさむずらん」など、やすくもあらずいふ人さへあるぞ、いとくるしき。（中巻、二一五頁）

西の京にさぶらふ人々、「こゝにおはしましぬ」とて、たてまつらせたるとて、天下のもの、ふさにあり。（中巻、二二八頁）

などを見ると、西京（右京）のように思われる。前例は、冒頭に欠文があるが、近隣の□（西宮カ＝筆者注）の門前に、兼家の車が留まり、道綱母方ではこちらの方にも寄られるかと、期待半分で気を揉んでいる。そういう文意と

理解できる。兼家が訪問する理由のある家とは、どこであろう。兼家邸を里邸としていた忯子・登子などの線も考えられる。後例は、道綱母が西山の山寺に籠っている時に、「西の京」から見舞いの品が多く届けられたという記事である。古典大系注は高明後室の愛宮（兼家妹）として、愛宮が「事件の後一時桃園に移り、尼となり、この頃西の京に住む」と説明している。この「西の京」とは、太宰府に配流された源高明の旧地、四条北朱雀西に存したという西宮邸のことである。『平安京提要』（山田邦和執筆）の記述によれば、右京一坊十二町すなわち四条北壬生西と比定している。こう考えると、先に、この隣家に縁故があって章明親王が臨時に住んだことも、同じ醍醐帝皇子との関係で理解できる。道綱母の父親の倫寧家は、四条大路を隔てた南町に所在と一応推定しておきたい。ところで上記の用例、高明が左遷された頃、桃園に籠った愛宮との贈答など、道綱母と親しい関係も推測出来るから、愛宮と理解しても良いが、「西の京にさぶらふ人々」と言っていることに注意して、「道綱母の実家の人々から」と解釈する方が自然かと思われる。

先述もしたが、天禄三年（972）三月十八日の夜に、近隣に火事があった。羅災した人々が、命からがらという状態で、道綱母邸に移ってきていた。その人々も、今年は「南ふたがる年」なので、すぐ「縣歩きのところ」に移動していった。この資料からは、焼亡があったのは北隣、道綱母家に避難してきた人々は、火災にあった家に住んでいた人々か、あるいは類焼した邸内の建物に居住していた人々、といった推測が出来る。火災が北方というのが少し不審だが、ともあれ、急いで縣歩きの家に移っていった。縣歩きの家が左京の四、五条辺であれば、同じ南塞がりになって、忌みが解消されない。ここでも、右京所在がほぼ妥当な推定と思われる。ところが、その家が、間もない六月頃に「なくなった」。「なくなった」とは、どういう意味であろうか。古典大系頭注は「受領赴任か改築のため」と説明している。事情は不明だが、その後に出産のことがあったとも述べているから[13]、まったく消滅した訳ではない。

四　東三条殿

安和二年（969）の三月晦日の頃、道綱母は病悩の床にあった。手当はしてもなかなか快方に向かわずという状態であったが、兼家は、潔斎の最中というので、はかばかしくも訪ねて来ず、心細い折であった。

あたらしきところつくるとて、かよふたよりにぞ、たちながらなどものして、「いかにぞ」などもある。

（中巻、一七六頁）

「たちながら」というのは、触穢を避ける行為である。庭上から、言葉だけをかけて行ったが、新しき所を作る途中で立ち寄ったものである。大系本頭注は、「東二条の法興院造営をさすか」としているが、これは、年代的にも方位的にも不審である。兼家の本邸として知られる東三条殿へ、一条東から西行、西洞院辻で南に折れる。丁度その途次にあたる。日記の記述を見れば、この「新しきところ」が完成したのは、翌天禄元年（970）初めのことである。この時に新造されたのが、東三条殿と思われる。増田氏も、この時に改築と理解されているが、闘乱事件のために、修復の必要が生じてと説明されるのであろうか。その改修が一応終了して、

人は、めでたくつくりかがやかしつるところに、明日なむ、こよひなむとののしるなれど、我は思ひしもしるく、かくてもあれかしになりにたるなめり。

（中巻、一八六頁）

新築の東三条殿には、正室として時姫が迎えられたらしい。新築の東三条殿へと述べたけれど、実は、このあたりの事実が確認されない。東三条殿は藤原良房の邸宅として始まり、その後、基経―忠平と伝領し、陽成・宇多上皇の御所となったりした。醍醐帝の皇后が基経女の穏子で、その縁で、醍醐帝第四皇子重明親王居住の邸ともなったらしい。その後は、『日本紀略』貞元二年（977）四月十九日の「太政大臣東三条第」の記述から、兼家の兄兼通邸

と解されている。『蜻蛉日記』の記述が、用例の通り天禄元年（970）頃のこととすると、兼家邸とは、史料的には裏付けられない[14]。ただ、兼通邸としては二条南堀河東の堀河殿がよく知られており、現実には、兼家居住の第であったのではと、推測する向きもある。後のことであるが、東三条殿は、永観二年（984）に焼亡、永延元年（987）に新造の記述が見えるが、その際は兼家邸であることが明記されていた。史料的に決め手を欠く憾みはあるが、安和（968～70）頃には兼家の所有となっていたと認識しておきたい。新造された東三条殿に、道綱母は、迎えられなかった。道綱母の側室としての立場が、形式的には定まった時点である。

ひくれて、「かもいへみにおはしつれば、御かへりもきこえで、かへりぬ」といふ。「めでたのことや」とぞ、心にもあらでいはれける。（下巻、二八〇頁）

兼家のもとに行く道綱に、ついでのことで書信を託した。兼家は「かもいへみに」行くと慌ただしくしていたので、道綱は、手紙を渡しそこねて帰ってきた。母親は、「目出たいこと」と、心にもあらず呟いた。

五　西山のみ寺

応和二年（962）の五月下旬から、縣歩きの家に四十五日忌違えをしていた道綱母は、七夕近い頃に病悩気味となり、加持も試みがてらということで、いつも参籠している山寺に向かい、清新の気に触れて心身もやや爽やかな気分を得た。けれど同じ山寺で、翌々年の秋、母の死に遭った。後の天禄二年（971）正月の伊尹家大饗、二月の兼家の新しい愛人、三月縣歩きのところに忌違え、四月蛇が肝をはむ夢を見る、五月自宅門前を兼家が無視して通過、それらの衝撃で出家への感情も持った道綱母が、山寺に入った。

さて思ふに、かくだに思ひいづるもむづかしく、さきのやうにくやしきこともこそあれ。なをしばし身をさりなんと思ひたちて、西山に、れいのものする寺あり。そち物しなん、かの物いみはてぬさきにとて、四日、いでたつ。
（中巻、二一八頁）

六月四日のことである。『蜻蛉日記』は、なぜか年時の記述が明示される。この後、さまざまの曲折はあるが、道綱母の山籠りは、月末まで続く。この西山の御寺について、日記には寺名を明記しないが、諸書に、鳴瀧・般若寺と解説されている。

般若寺は、もとは大江玉淵の山荘であったが、観賢（853～925）に付して寺としたものらしい。観賢は讃岐の人であるが、聖宝に見出されて南都に至り、東大寺で兼学の後に仁和寺別当となり、この般若寺に住したと伝えられている（『醍醐寺縁起』）。観賢は、宇多院出家の時の戒師であって、帝の崇敬の念厚く、墳墓も宇多御陵に接して存するほどの親しさであった。聖宝は東大寺の住僧であったが、石山寺に赴く山上に堂を建立、これが醍醐寺（上醍醐）となっている。醍醐の地は、醍醐帝母方の宮道氏の住地であり、下醍醐は、帝の発願によって整えられた。南都にも般若寺が所在するが、南都・醍醐・宇多野（仁和寺・般若寺）は、宇多・醍醐・聖宝・観賢・玉淵らの関係とともに、密接な繋がりが推測され、それはそれで興味深い。宇多帝母である光孝后班子も、この鳴瀧辺に葬られた。(15) 安和元年（968）にこの地に詣でた実頼と師尹は、師尹が村上山陵に赴く時に、実頼は般若寺に参詣している。(16) それまでの状況を推測すれば、藤原摂関家と親密の地域とは感じにくいが、なぜだろうか。頼忠女の遵子（円融后）も、崩後、当寺東北の隣地に葬られている。竹居明男氏の解説によれば、玉淵の後に般若寺を継いだ朝綱が実頼と親しく、檀越となって、以後頼忠から実資とこの関係が継承されたということである。(17) 同氏は、観賢の門流で当寺に住した元杲が、道綱母の父倫寧と義兄弟にあたる縁で、般若寺・小野宮流・倫寧家の近い関係も述べておられる。確かに、道綱母は亡母の薨去の折も含め、折々にこの「西山の御寺」に来ており、この天禄二年（971）七月の、一ケ月余に及ぶ居住は、普通の物詣による参籠では、とても認められない状況である。ただし、大弐高遠が「よもこころみがてらに般若寺といふ所に一年ばかりすぐし、ほどに、法師になりぬるなめりといひければ」(18)といった記述も見える。そのような参籠が可能な山寺でもあったのであろうか。この般若寺は、すでに平安時代に衰退が始まり、近世では「今其ノ寺礎へ計ソ残レル」という状態になっている(19)。

般若寺の状況を、日記によって理解してみる。資料となるような記述は、次のようである。

①歎きあかしつゝ、山づらをみれば、霧はげに麓こめたり。（上巻、一四二頁）

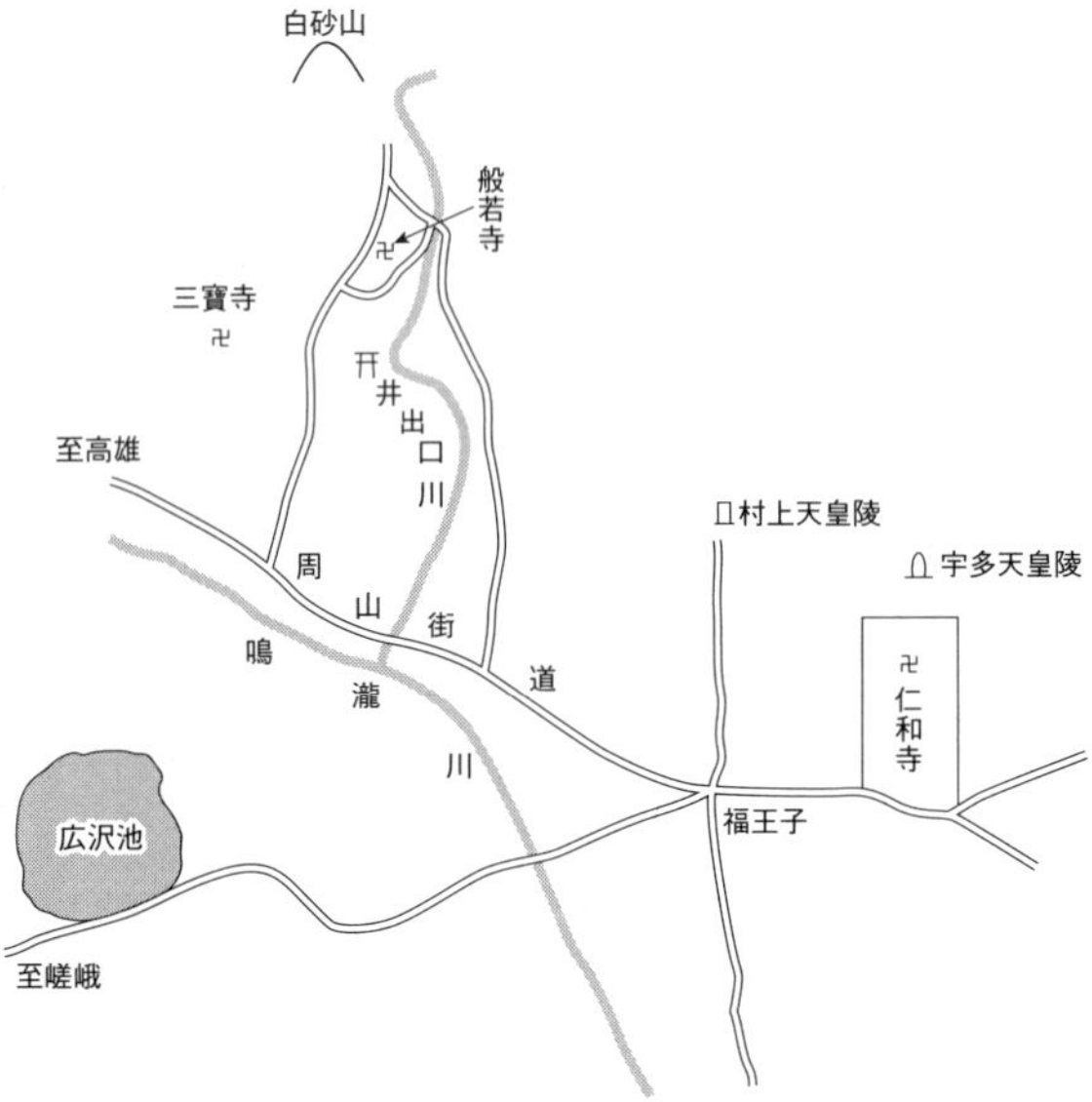

般若寺　近辺図

②堂いとたかくてたてり。山めぐりて、ふところのやうなるに、（中巻、二三一頁）

③大門のかたに「おはします〳〵」といひつゝ、……一丁のほどを、石階おりのぼりなどすれば、ありく人こうじて、（同）

④山かげの、くらがりたるところを見れば、蛍はおどろくまでてらすめり。（同、二三四頁）

⑤夕暮れの入相のこゑ、茅蜩のね、めぐりの小寺のちいさき鐘ども、我も〳〵とうちたゝきならし、まへなる岡に、神の社もあれば、（同、二三五頁）

⑥鳴瀧といふぞ、このまへより行水なりける。（同、二三四頁）

これらを見れば、まず、門前が鳴瀧で、大門があり、一丁（120 m）ほどの石段が続いている。御堂は高く造ってあり、周囲を山にかこまれて、「ふところ」のような場所。別文に、「めぐりて山なれば、ひるも人や見んのうたがひなし」といった記述がある。霧がたちこめて、蛍が多く飛ぶのは、川水が近いということだろう。

というような予備知識を持って、候補とされている鳴瀧般若寺辺を徘徊してみた。現在も町名になっている鳴瀧般若寺町は、鳴瀧川支流たる井出口川西岸一帯で、西南斜面の小高い一帯は造園業者の敷地内となっており、往時に相応の大寺が所在した面影は偲ぶべくもない。ただし、前述の六の条件は、ほぼ満たした地形にはなっている。谷川の水音は絶えずひびき、霧と蛍の季節には、さもあろうと思われる地形ではある。堂が周囲の山にかこまれて、ふところのようなという状況も、ほぼ叶えている。支流である井出口川を本流の鳴瀧の名で呼んだとしても、事実に相違と指摘するほどのものではないだろう。井出口川の西岸沿いの道が参道としたら、一条大路末路（現・周山街道、府道162号線）から御堂までは二町ほどはあろうかと思うが、坂道の途中に大門があったとすれば、一丁ほどの石階を想定するのも、不自然でない。平安時代でも一帯は小寺が散在したようであるが、現在でも、般若寺町にこそ存しないが、三寶寺・順興寺・法蔵禅寺を始め、数多の寺が所在する一帯になっている。「まへなる岡に神の社もあれば」だけが、該当の存在を見つけにくいが、角田氏の示された般若寺址地形図[20]の該当場所辺（参道中途辺になると思うが）に稲荷祠があったとすれば、それを「神の社」とする可能性も無いこともないかも知れない。ただし、現在では稲荷社址も確認不能である。寺と違って、村落共同体の信仰の中心として、神社は比較的自然な存続を見るものである。その意味で、それなりの神社を見得ないのが、寺地想定にあたっての、最も大きい難であるかも知れない。

実を言うと私は、県道から三寶寺への参道に入り、坂道の突き当たりに所在する地形が、「堂いとたかくて」とか「めぐりて山なれば」とかの記述にも叶う地形で、三寶寺そのものは近世に建立を見た寺であるが、般若寺の故地を利用した寺ではないかという、主観的な感覚を最初は持った。そのようにでも考えなければ、それなりの大寺であった「西山の御寺」の痕跡が、まったく影も形も見えないとは、不自然に過ぎるとも感じていた。三寶寺・順興寺など所在の寺地から、すぐ東の山陰の東面が、般若寺所在の想定場所であるが、前述のように、丁度その御堂想定地のあたりが、造園業者の敷地になっている。その敷地と般若寺町の住宅地の境となる道路の端に、いくつもの石像物が無造作に並んだり重ねられたりしていた。そのなかに、中央部に人口的な窪みを持つ、いくつもの岩石があるのに気付いた。素人目にも、それらが、それなりの建築物の礎石であることが、明瞭に理解された。これが、造園業者の敷地あるいは新興住宅地の整地作業の中で、取り出されたものであるなら、相当な規模の寺の存在は容易に想定される。角田氏の考証に沿っての現地踏査に過ぎないが、現段階では、この推定意見に全面的に従いたいと考えている。

鳴瀧川

般若寺辺遠望（前方白砂山）

般若寺址辺（路傍の石像物）

六　広幡・中川の家

夫兼家との愛情の結末を語る『蜻蛉日記』の終章の舞台は、鴨河原に近い。

うつりにけりと思ものから、うつし心もなくてのみあるに、すむところはいよいよ荒れゆくを、ことすくなにもありしかば、人にものして、我が住むところにあらせんといふことを、我たのむ人さだめて、今日明日、ひろはた、なかゞはのほどにわたりぬべし。

（下巻、二九一頁）

広幡とは、京極東で、近衛大路末。中川と鴨川の間、現在の寺町荒神口辺と解説されている（『平安時代史事典』）。この地に所在の祇陀林寺は、広幡寺と通称されている。広幡中納言とも呼ばれた源庶明の邸宅跡で、女系に伝領された邸を女婿の顕光が、僧仁康に寄進して天台の末寺となった、と説明されている。この地にあった顕光の「広幡家」については、長徳二年（996）に群盗の被害を受けたなどの記録がある[21]。長保二年（1000）にはすでに広幡寺の通称がある[22]。現在の上京区松蔭町（鴨沂高校南、歴史資料館北）辺に所在と言われるが、現在の河原町丸太町上ル東の桝屋町・出水町辺に、広幡寺遺址とされる説明板を見た記憶がある。近日探訪してみたのだが、消え失せていた。この辺の地理に関しては、ほとんど岸元史明『平安京地誌』以外の考察を見ない[23]。岸元氏は、貞観五年（863）頃から広幡辺に邸宅の進出が始まったとされている。為頼の住家とか[24]、七日関白と俗称される道兼が、関白宣旨を受けたのが、病悩で移御していた出雲前司相如の中河家だった[25]。「左大臣殿（道長邸）近き所なりけり」などの所見もある。荘厳寺などという社寺の存在も知られる[26]。『源氏物語』（帚木）の紀伊守中川家なども、すぐ想起される。地域は、一条末〜二条末の間で法成寺のすぐ南と説明されている。

中川は、京極大路を南流して、京極川とも通称される川であるが、この二条以北の呼称とも言われている。中川に関しても、岸元氏の詳しい考察がある。氏によると、鴨川西堤の西は、六条以北までは、堤東と同じように河原があり(27)、そこを通じている中川からの取水によって、堤西の部分は営田が許可されていたとのことである(28)。三条から南は牧地で、例の知られた崇親院などの私有地であったので(29)、中川（＝京極川）は、『河海抄』の言うように、二条辺で鴨川に落とされていたが(30)、後には直進して六条辺で鴨川に流入するようになったと、言われている。中川は、初め鴨川から取水していたが、ある時期から東洞院川の上流（＝今出川）を一条から東流させ、中川に注がせたものとも説明されている。解説の妥当性を判定する能力は私に無いが、すこぶる明快な説明である。この理解を、一応前提としておきたい。

八月廿よ日よりふりそめにし雨、この月もやまずふりくらがりて、此中川も大川もひとつにゆきあひぬべくみゆれば、いまや流るゝとさへおぼゆ。（下巻、三一九頁）

先の岸元氏の理解に立てば、道綱母家の東に所在の鴨川堤が、濁流にはさまれて今にも決壊、東西の川筋も一つに流れ合いそうな場面が、目に浮かぶ。今はもはや、夫の感情とも関わることのない人生を、あらためて実感しているのであろう。倫寧のような受領層貴族が別邸として所有するような家の所在地域であったらしいことは、『源氏物語』空蟬の中川家などでも知られる。

山ちかう、河原かたかげなるところに、水は心のほしきにいりたれば、いとあはれなるすまひとおぼゆ。（下巻、二九二頁）

この用例を見れば、河原にごく近いあたり。兼家が、晩年に営んだ二条院（法興院、二条京極末）も、指呼の間に望める位置である。河原町二条上る東の法雲寺に、法興院遺祉との説明板がある。「河原かたかげ」とは、鴨川堤に接して、片方は河原という意味だろうか。春日小路末（丸太町上ル）辺が、似つかわしい想定に見えるが、どうであろうか。道綱母は、長徳元年（995）五月二日にこの家で薨じた(31)。兼家との愛憎に終始した人生の終章の舞台が、その兼家邸をつねに望む場所にあることは、道綱母の心象を語る風景と感じてしまうが、どうであろうか。道綱母の広幡辺居住も、大きく言えば、兼家影響下の事柄であった可能性もある。

注

（1）日本古典文学大系『蜻蛉日記』、巻・頁数。以下同じ。
（2）『平安時代史事典』（角川書店、平6）「左近馬場」解説。
（3）『山城名勝志』巻二下。
（4）『京都坊目誌』上京第十三。
（5）鮎沢寿『源頼光』（吉川弘文館、昭43）。なお、道綱が、後に頼光家に居住していたことについては、『小右記』長和五年二月十日条に明証がある。
（6）角田文衞「道綱母と時姫の邸宅」（『古代文化』十七巻四号、昭41）、『王朝の映像』（東京堂出版、昭45）所収。
（7）増田繁夫『右大将道綱母』新典社、昭58）。増田氏説に関連するところがあるかどうか、「一条大宮辻列見、年来例也、而御一条院之間、依無便宜、於左近馬駐南列見、斎院供奉之者、於大宮路下馬、到堀河橋東、更騎馬即宣旨也」（『権記』長保二年四月十一日）という史料がある。参考のために記録した。
（8）角田注（6）論文は、一条大路南東京極大路西の旧藤原褒子邸を推定している。
（9）黒板伸夫『摂関時代史論集』（吉川弘文館、昭55）。
（10）角田注（6）論文。
（11）増田注（7）論文。
（12）角田注（6）論文。なお、時姫は、天元三年（980）一月十五日に薨じた（『小右記』目録第廿一）。
（13）下巻・二九四頁。
（14）『国史大辞典』（吉川弘文館、平2）「東三条殿」解説（吉田早苗）は、「冷泉天皇女御となった長女超子の里第にあてるためか、安和二年（969）東三条殿を新造し、天禄元年（970）移った」と記述している。根拠となる史料を示して欲しかった。もしかしたら、日記の記述から逆に推定されたものではないだろうか。

(15)『日本紀略』昌泰三年三年四月四日。

(16)同・安和元年二月廿三日。

(17)注（2）書「般若寺①」解説。

(18)『大弐高遠集』（新編国歌大観）9番。

(19)『山城名勝志』巻八。

(20)角田文衛「般若寺と道綱の母」（注（6）書、所収）。なお、この論文は、般若寺の経緯と地理の状況について、詳細な考察をされていて、本稿が加え得た知見はほとんど無い。参看されたい。

(21)『小右記』長徳二年六月十四日。

(22)『権記』長保二年四月廿日。

(23)岸元史明『平安京地誌』（講談社、昭49）。

(24)『為頼集』24279番・詞。

(25)『栄花物語』巻四。

(26)『権記』長保二年九月十日。

(27)鴨川堤は、賀茂下社西堤から六条以南までに至っていたらしい（『権記』長徳四年十二月四日）。この堤は、虚構の設定ながら、夕顔の遺体を鳥辺野に送って、心地惑いながら光源氏が自邸までに辿った道でもあるが（『源氏物語』夕顔）、現実には、洪水によって決壊などの記述が、折々見られる（『権記』長徳四年九月一日、長保二年八月十六日など）。

(28)『類聚三代格』所引寛平八年四月十三日太政官符によれば、鴨河堤西のみならず、堤東も合わせて、水陸田廿二町百九十五歩の耕作が許可されている。

(29)『類聚三代格』所引延喜元年四月五日太政官符にも、崇親院所領五町が確認される。

(30)『河海抄』巻二。
(31)『小右記』長徳二年五月二日。

第二章　『枕草子』の邸宅

清少納言が記述した『枕草子』に見える邸宅について紹介するというのが、本章の主旨である。清少納言は、初出仕したと言われる正暦四年（993）から、皇后定子が崩じた長保二年（1000）までのおよそ八年の間、皇后に近侍する女房としての生活を送っている。従って、皇后に親近した状況を記述する『枕草子』に見える邸宅は、皇后定子の公的な生活空間であった内裏と、私的な生活空間である皇后の里邸が、当然に中心となる。その間にあって、清少納言自身も実家に里下がりした時期もあるので、それに関連する記述も見られないかということも考えてみたい。

一　内裏

清少納言が一条天皇の中宮定子の女房として出仕した時、中宮が御所としていたのは内裏後宮で、

宮の職へ出でさせ給ひし、御供にまゐらで、梅壺に残りゐたりし、（八三段）[1]

と記すように、凝花舎（別称、梅壺）と呼ばれる殿舎であった。初出仕して間もない頃、夜が明け切らないうちに自分の局に戻って、格子をあげると、向いの登花殿との間は「立蔀ちかくてせばし。雪いとをかし」[2]であった。登花殿には、中宮定子の妹で東宮（後の三条天皇）妃の原子が入っていた。[3]清少納言など女房たちの局は、細殿と呼

ばれる端近の廂の間であった。沓の音が夜中聞こえたり、関白道隆が、居並んだ子息たちに見送られて、黒戸から北の陣に向かったりするのを、目前に見たりした。(4)

職御曹司は、内裏の建春門から陽明門に向かう路に南面して所在した、中宮職附属の役所である。常時使用もされず老朽の建物のようであるが、長徳元年（995）十月十日に中宮遷御のことがあって、中宮に縁の深い建物になった。最初の遷御は、父道隆の服喪の意味であったようだし、二度目の長徳二年（996）二月廿五日の遷御は、四月四日の二条宮遷御のための方忌違えであったようだが、(5)同年の政変の後、翌年六月廿二日に明順二条邸からここに入られて、常の御所になった。剃髪した中宮が内裏に入ることを許されなかったからである。清少納言の局は西面にあった。(6)中宮が職御曹司を御所とされていた時に、若い女房たちがはしゃいで、夜の闇にまぎれて建春門あたりまで路上徘徊したりという場面の記述があるが、(7)この明るさは、職御曹司が臨時の御所であった頃の描写ではなかろうか。

長保元年（999）六月十四日の内裏焼亡の後、一条天皇は、避難していた太政官庁から一条院に遷幸された。中宮定子も、生昌の三条邸を一時的な御所とされた後、長保二年（1000）二月十二日に、夫帝のいる一条院に入られた。この一条院は、一条大宮院とも呼称され、一条南大宮東に東西二町の邸宅であって、東側一町は、東町・東院・別納とも呼ばれていた。もともとは一条摂政と呼ばれる伊尹の邸宅であったが、その後、弟の為光を経て、長徳四年（998）以降東三条院詮子が居所とされていた。思いがけず内裏焼亡のことがあって、母妃詮子が一条帝御所として提供され、初期の里内裏として知られる邸第になった。『枕草子』には、

一条の院をば今内裏とぞいふ。おはします殿は清涼殿にて、その北なる殿におはします。西東は渡殿にて、わたらせ給ひ、まうのぼらせ給ふ道にて、前は壺なれば、前栽植ゑ、笆結ひて、いとをかし。（二四五段）

と記述されている。清少納言の局は、中宮御在所である北殿の東廂にあって、内裏の東門に直面して所在して

いた。(8) 太田静六氏による復原図(9)をここに紹介しておく。

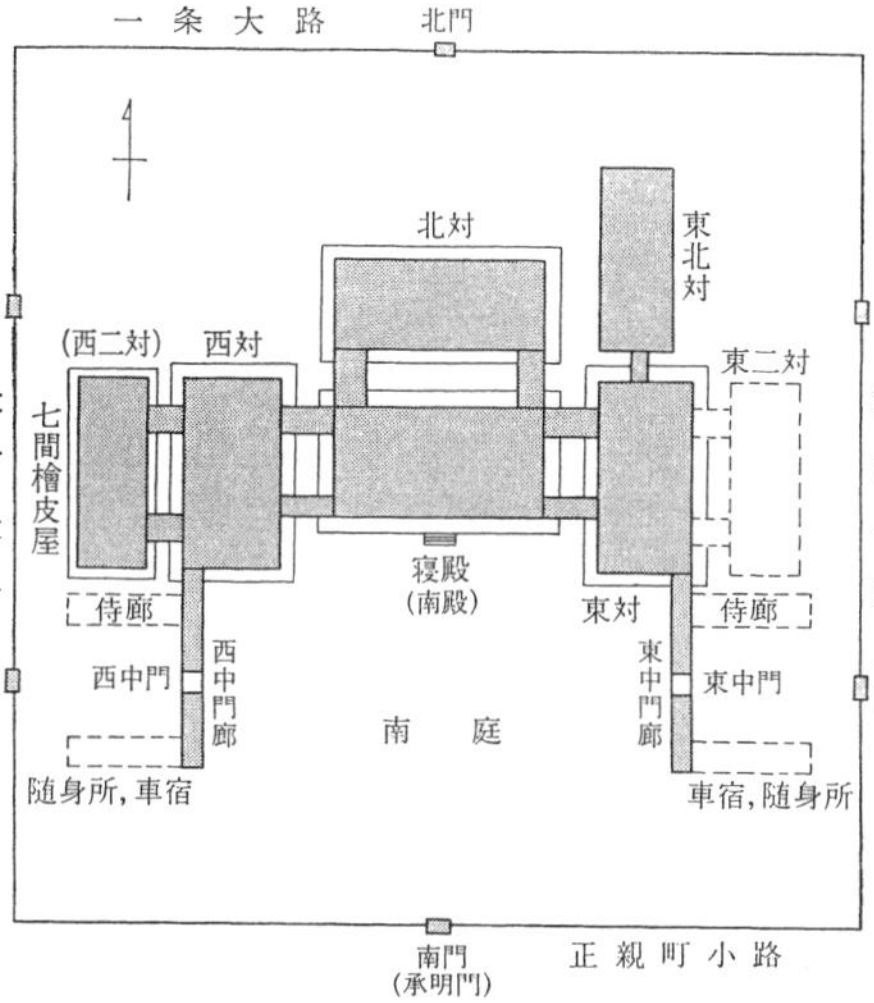

一条院想定後原図（太田静六氏作成）

二　二条宮

正暦五年（994）二月廿一日に催された、法興院の積善寺供養のために、中宮定子は、事前に二条宮に退出された。『枕草子』は、「二月一日のほどに」と記している。深夜の遷御の後、朝、清少納言は記述している。

つとめて、日のうららかにさし出でたるほどに起きたれば、白う新しうをかしげに造りたるに、御簾よりはじめて、昨日掛けたるなめり。御しつらひ、獅子・狛犬など、いつのほどにか入りゐけんとぞをかしき。……小家などいふもの多かりける所を、今造らせ給へれば、木立など見所あることもなし。ただ、宮のさまぞ、けぢかうをかしげなる。（二七八段）

この二条宮は、邸宅の改築あるいは増築としてなったものでなく、小家など密集した地域をつぶして、この時点で、まったく新築の邸第として造られたものであることが分かる。実は、この二年前にも、中宮定子が二条宮に遷御されたという記録がある。

今日、中宮自内裏遷御新造二条院。（『日本紀略』正暦三年十一月廿七日条）

この「新造二条院」が焼亡に遭ったという記録はなく、今また、清少納言は、新築間もない、木の香もするような邸宅に入っている。同邸でないとすれば、この両第は、並立して二条大路辺に存したと推測しなければならない。

『栄花物語』に、

彼二条の北南と造り続けさせ給しは、殿のおはしまいし折りかたへは焼けにしかば、今は一つに皆住ませ給しを、この帥殿の御下りの後、程無焼けにしかば、此御子なども生れ給ふべかりしかば、平中納言惟仲が知る所有けり、それにぞ女院など仰られて住ませ給ける。（巻五・浦々の別）

という記述がある。これによれば、道隆在世中に一部焼失、長徳二年（996）四月の政変で、伊周などが流された後に、残りも焼亡した事実が分かる。『栄花物語』のいう「かたへ」は、『小右記』の、次の記述によって、「内府住家之南家」と理解される。

午時許火見南方、……内大臣家者、乍驚乗車馳向、内府住家之南家（関白新造所）及び鴨院（冷泉院御在所也）、参関白殿、詣春宮大夫家、依最近也、（長徳元年正月五日条）

「北南と造り続け」られた邸は、どちらも、名義的には内大臣伊周の邸であった。この「南家」は、一年前に、清少納言が新築のすがすがしさを味わった「二条宮」である。関白殿は中宮の父道隆。道隆が東三条南院を居としていたことは、約一年前の焼亡の記録の「南院（摂政家也）」の記述に明瞭である。[10] 焼け残っていた「内府住家之北家」は、『小右記』の「向権帥家、（中宮御在所也、謂二条）北宮」[11] の記述から、「二条北宮」と称される中宮定子の里邸になっていた。この邸が、政変の際に検非違使たちに包囲されて、中宮定子が剃髪にいたるという悲劇の舞台となった。『日本紀略』が伝える、

今夜、東三条院東町、世号二条宮、焼亡、（長徳二年六月八日条）

の消息は、『栄花物語』が伝えた内容と、よく重なっている。このあたり、角田文衞氏の示された見解に、[12] ほぼ全面的に賛成である。

角田氏は、また、

殿などのおはしまさで後、世の中に事出で来、さわがしうなりて、宮もまゐらせ給はず、小二条殿といふ所におはしますに、なにともなくうたてありしかば、ひさしう里にゐたり。

（一四三段）

の「小二条殿」を、二条北宮に同じという理解をされている。『枕草子』が、別の部分では「二条宮」と明示しながら、「小二条殿といふ所」とする表現が気になるが、結論的には、見解を支持したい。宮内庁図書寮本「とり所なきもの」段にも、「小二条殿　東三条之東町、今鴨院也、世称二条宮」の傍注がある。

二条北宮が焼亡に遭って、中宮は、近隣の外舅の宅に移った。

今暁中宮焼亡、右兵衛督・弼同車馳参、右大臣以下諸卿参会冷泉院院号也、次参中宮御在所明順朝臣二条宅、次左兵衛督・宰相中将同車、訪故右府北方、依近々也、

（『小右記』長徳二年六月九日条）

中宮が遷御した明順宅は、二条北堀川東に所在と推定されている(13)。同じく実資の記述は、中宮が、乗車の余裕もなく、侍男などに抱き抱えられるようにして、二位法師（高階成忠）宅に移り、その宅から漸く乗車して明順朝臣宅に遷ったという事情を伝えている。成忠宅は、二条北西洞院東で町小路に面し、中宮北宮からは、二条大路をはさんで向かい合う位置にあった(14)。増田繁夫氏は、二条北東洞院西の道長邸である二条殿が「小二条殿」とも呼称されているから、先にあげた例文は、「中宮は一時明順宅に難を避けた後にこの小二条殿に移ったのであろう」と推測されているが、多少疑問がある(15)。

二条北宮の焼亡によって、中宮が里邸とする邸宅が無くなった。長保元年（999）八月九日に、中宮が、大内裏で居所とされていた職御曹司から、中宮大進生昌の三条邸に退出されたのは、『枕草子』にも知られる記述である。

大進生昌が家に、宮の出でさせ給ふに、ひんがしの門は四足になして、それより御輿は入れさせ給ふ。北の門より、女房の車どもも、また陣のゐねば、入りなんと思ひて……檳榔毛の車などは、門ちひさければ、さはり

てえ入らねば、例の筵道しきておるるに、いとにくくはらだたしけれども、いかがはせむ。（八段、四八頁）

当日、道長が人々を引き具して宇治家に出かけ、「似妨行啓事」と実資が批判を示した折のものである。生昌邸の所在は、角田文衞・萩谷朴両氏によって押小路南・東洞院東と推定されている。(16)『拾芥抄』に「竹三条」と記される邸宅であるが、長保元年八月の遷御の際には、東門を四足門にして、(17)「それより御輿は入らせ給ふ」と記述されている。この地であれば、大路に面するのは西門であり、どうして高倉小路に面した東門を正門として使用したのか、疑問無しとしない。中宮御所となった生昌家は、『枕草子』には今一度、「三条宮」という呼称で登場する。菖蒲節の記述なので、長保二年（1000）五月五日の記述と思われる。皇子敦康御産の半年ほどの後、皇女媄子を懐胎して悩まれていた頃である。中宮は、御産とともに、その障害でこの邸で崩じた。思わぬ歴史の舞台となった中層貴族の家である。

三　その他の邸宅

『枕草子』に見える貴族の邸宅およびそれに準ずる建物としては、他に、小白河殿・東三条殿・一条殿・京極殿と雲林院・知足院・斎院などがある。

小白河殿は、

小白河といふ所は、小一条の大将殿の御家ぞかし。そこにて上達部、結縁の八講し給ふ。世の中の人、いみじうめでたき事にて、「おそからん車などは立つべきやうもなし」といへば、露とともに起きて、げにぞひまなかりける。（三五段、七六頁）

と記述されている。記述の通り、『本朝世紀』寛和二年（986）六月廿日条に、小一条大将済時の邸宅で催された結縁八講を確認できる。

従去十八日至廿一日限四箇日、右近衛大将藤原済時卿於白河被行八講、諸卿毎日被進向、（同日条）

中宮定子のもとに出仕した時からも数年以上遡る時点の挿話で、八講に参会した貴顕たちと女車の歌のやり取りなどの場面が明るく描写されている。小白河は白河と略称し得るが、地域的には現今の北白河にあたると、萩谷氏は記しておられる。(18) とすれば、大白河(19)と記述される白河は、現今の今出川通以南を指すということであろうか。増田氏は、忠平から師輔に伝領された白河殿（現今の岡崎辺に所在）に対して、後に付近に建てられ師尹から済時に伝えられた邸宅を小白河殿と理解されている。(20)

二条南西洞院東に所在の東三条院は、藤原氏累代の邸宅として知られており、良房から基経・忠平と伝えられた。宇多天皇は、后が基経女温子であった縁で、この邸を譲位後の仙洞とされたが、その後は、重明親王（醍醐帝皇子）・兼家と伝えられた。『枕草子』の記述時点では、南北の邸は別個に存しており、南町は南院と称される邸宅であった。兼家の後に東三条院を伝えられたのが道隆であるが、その邸は、もっぱら南院であった。中宮定子が「南の院におはします頃」という記述があるが、南院は、正暦四年（993）三月三十日に焼失している。ほぼ一年後の正暦五年二月廿一日の法興院積善寺供養の際にも、「南の院の北面にさしのぞきたれば」との記述がある。この二つの「南の院」を、増田氏は東三条院南院ではなく、「二条南宮」とされている。(21) 私も、その可能性の方があると思う。(22)

一条殿は、中宮の女房たちが、賀茂の奥にほととぎすの声を聞きに出かける場面に出てくる。

人もあはなんと思ふに、さらに、あやしき法師、下衆のいふかひなきのみ、たまさかに見ゆるに、いとくちをしくて……、一条殿の程にとどめて、「侍従殿やおはします。ほととぎすの声聞きて、いまなん帰る」といはせたる。（九九段）

一条殿は、一条南大宮東に所在の為光旧邸で、現在は、その六男公信が居住。文中に見える「侍従殿」である。このほととぎす散策の途次に、一条西洞院の左近馬場も登場し、明順朝臣の家も出る。祭の頃を思い出す道ということであるから、大宮大路末を南下して戻って来ている。この邸が間もなく、東三条院詮子の所有となり、里内裏の一条大宮院となったものである(23)。

京極殿は、例の雪山の段に出てくる。職の御曹司が御在所であった時に、相当の降雪があり、御曹司の庭に大きな雪山を築いた。折しも一条天皇からの使いがあり、使者の忠隆が、発言する部分である。

「けふ雪の山作らせ給はぬところなんなき。御前のつぼにも作らせ給へり。春宮にも弘徽殿にも作られたり。京極殿にも作らせ給へりけり」（八七段）

清涼殿の前庭でも、春宮や女御の殿舎でもと言ったついでに、第一の執政者道長のところでもと、その邸宅京極殿（土御門南京極西）の名が出た。道長邸となった当初は、土御門南京極西一町で、土御門殿あるいは上東門第と呼ばれていた。太田静六氏によれば、南北二町の大邸宅になったのは、長保元年（999）に新造の馬場殿で競馬が催された頃ということで、この頃は、京極殿は一般的な呼称ではない(24)。それで、増田氏はこの段の執筆を寛弘以降かと推測されている(25)。道長邸ではあるが、初めは一条帝の生母である東三条院詮子が御所とされることが多く、その薨後は、道長の長女彰子の居所となることが多かった。南一町を拡充したあたりで、京極殿という呼称が使われるようになったもののようである。

法興院は、

関白殿、二月廿一日に法興院の積善寺といふ御堂にて一切経供養ぜさせ給ふに、女院もおはしますべければ、二月一日のほどに、二条の宮へ出でさせ給ふ。（二七八段）

という記述で、登場していた。他にもう一度、翌長徳元年（995）正月に、中宮定子の妹原子が東宮妃となって参入した時に、中宮から妹の姿を見たかと訊かれて、清少納言が「積善寺供養の日に後ろ姿を少し」と答えたところに出てくる。『拾芥抄』には、

法興院　二条北京極東、本号東二条（兼家公家）、二条関白伝領　（巻中）

と記されている。ここに所在した盛明親王邸を別業として改築、永延二年（988）に新造第として、円融院の御幸を仰ぎ、馬場殿で競馬などのことがあった(26)。この頃は兼家居所の二条第と呼ばれている。正暦元年（990）に兼家が病を得て出家した時に、第を寺として積善寺と号した(27)。兼家第全体を法興院（二条院あるいは東二条院とも）と称し、積善寺はその御堂の呼称と思われる。『枕草子』の記述は、正暦五年（994）二月廿日に積善寺で一切経を供養した折のものである。法興院内の南半に位置していたらしい。

雲林院・知足院・斎院は、大宮大路末に、近接して所在している。

祭のかへさ見るとて、雲林院・知足院などのまへに車を立てたれば、ほととぎすもしのばぬにやあらん、なくに、いとようまねび似せて、木だかき木どもの中に、もろ声になきたるこそ、さすがにをかしけれ。（四一段）

祭のかへさ、いとをかし。昨日はよろづのうるはしくて、一条の大路の広うきよげなるに……、今日はいとよくいそぎいでて、雲林院・知足院などのもとに立てる車ども、葵かづらどももうちなびきて見ゆる。……なほあかずをかしければ、斎院の鳥居のもとまで行きて見るをりもあり。（二二二段）

どちらも、賀茂祭の翌日、「祭のかへさ」と呼ばれる、賀茂斎院が紫野の本院御所に還御の場面の記述である。還御のコースは、上賀茂社から大宮大路末を南下してくるだけのことであるが、賀茂祭の晴儀に対して褻の儀式とも言える、見物中心の行列である。紫野斎院の所在地については、角田文衞氏に詳しい考証があり、安居院大路北大宮末路西のほぼ方一町の地域で、現存する七野社はその旧蹟であることを証明されている(28)。大宮末路に面して東門および鳥居が存していたことも、史料に明瞭である。雲林院は、淳和天皇の紫野離宮に始まり、元慶の頃に寺院と

なったが、池水の風趣に恵まれ、春は桜花の名所とされた洛北の名勝である。知足院は、延喜の頃に草中より見出た仏像を安置した小堂に由来するらしい。関白忠実が居所として有名になったが、これは後のことである。雲林院や知足院は、斎院御所の北に大宮末路に面して所在するので、その大門前あたりが見物の適地となり、見物の牛車などが立ち並んで、通過の後には、斎院鳥居前あたりまで追いかけたりした。用例に見る通りである。別の機会に作成した関係図を、ここに示しておく。(29)

紫野斎院関係図

四　清少納言の家

『枕草子』に見える邸宅について報告するというのが、本章の目的であるが、作品の著者である清少納言自身の家についても、述べるべきであろう。

里にまかでたるに、殿上人などの来るをも、やすからず人々いひなすなる。いと有心に、引き入りたるおぼえはたなければ、さいはんもにくかるまじ。（八四段）

里にても、まづ明くるすなはち、これを大事に見せにやる。（八七段）

などに見る「里」、すなわち清少納言の実家であるが、実のところ、所在を明確には確認されない。六角富小路辺という説があるようだが、これは、同母の兄弟致信の小宅が同地にあったことを、根拠とするもののようである。[30]「大路近なる所」がこれに該当するか定かでないが、三条大路に一町の地なので、合致しないこともない。根拠不明ながら、『雍州府志』が、「中御門と春日通の間、万里小路西面」を清少納言宅跡とする所説を伝えている。ともあれ、殿上人たちが比較的容易に訪ねて来れる場所なので、内裏あるいは二条宮といった中宮御所に、遠くは離れない場所とは推測できる。

知られた一つの資料がある。知友であった赤染衛門が記述したものである。

元輔が昔住みける家のかたはらに、清少納言住みし頃、雪のいみしく降りて、
隔ての垣もなく倒れて見わたされしに、
跡もなく雪ふるさとの荒れたるをいづれ昔の垣根とか見る　（『赤染衛門集』158番）

『新古今集』や近くは三田村雅子氏など、「赤染衛門の家が旧元輔邸の隣にあり……清少納言の住む家が見渡さ

れた[31]」という状況での詠歌と解釈している。私も、微妙な要素はあると思うが、一応支持したい。そして、これから先は想像の部分であるが、ここに出る赤染衛門家（匡衡）が大江家に伝領されていったとすれば、大江家代々の書物を収蔵していた二条高倉邸あるいは三条北西洞院東の故地が、それと関係するものがあるかも知れない[32]。二条高倉であれば、現在は道長の二条殿の占有地でもあるのでこれは除き、元輔旧家でもある清少納言家は、赤染と同じ三条北西洞院東一町のうちにあったかという想像をここに記述しておきたい。

清少納言が、中宮出仕から離れた晩年の居所については、手がかりがある。

清少納言が月輪にかへりすむころ

ありつゝも雲間にすめる月のわをいくよながめて行き帰るらむ

（『公任卿集』23334番）

という記述で、これを根拠として、角田氏は、皇后定子の鳥辺野陵の南に隣接する紀伊郡月輪の地を、清少納言の晩年隠棲の地と推定された[33]。その推定に基づき、隠棲地に近い泉涌寺山内町の泉涌寺境内に歌碑も建立されているが、この「月輪」は、京都盆地西北の葛野郡愛宕山腹の地であると、萩谷氏によって主張された[34]。

清少納言の父元輔が、洛西桂に山荘を持ち、これを隠遁の地としていたらしいことは、『元輔集』の、「八月ばかりに、桂といふ所にまかりて」とか、「山里なるところに住み侍りて」などの詞によって知られる。別に、「月の輪」山荘で、元輔も含めた歌人たちが、ここで歌会を催したりしたことも、記述がある。

月の輪といふ所にまかりて、元輔・恵慶など共に庭の藤の花をもてあそびて、よみ侍りける

大中臣能宣朝臣

藤の花盛となれば庭の面におもひもかけぬ浪ぞ立ちける

（『後拾遺集』第二、152番）

この歌会のことは、『能宣集』にも記述があり、その詞中の「致頼朝臣の月ごとに」は「棟世朝臣の月の輪」が正しいとの見解が、三田村雅子氏によって示された[35]。これは、その通りであろう。しかも、藤原棟世と言えば、清少

月輪寺辺経路略図

納言との間に婚姻関係があった男性であり、棟世が舅の元輔のために、月輪山荘を歌会の場として提供した事情は、十分に推測できる。この「月輪山荘」について、後藤祥子氏は、萩谷氏の愛宕山月輪寺説も、「聖の住む地であり厭世隠遁の場」としては格好であるが、「宮廷女流の籠る所とは思われない」として、難色を示しておられる(36)。実際、愛宕山頂にも近い地理状況を見ると、この難色は尤もどころではない。

「月輪」の「げつりん」から「月林寺」を導き、比叡山西坂本を、月の輪と比定されたのは、無理な推定とは思わない。法輪寺が頻繁に「ほうりん」と記述されたりもしているし(37)、実頼の月林寺が曼殊院西北辺に所在して、月輪殿旧跡として残っている(38)。けれど、この説にも、この地を「月の輪」とする呼称が他に存しないという弱点があり、萩谷・後藤氏が岸上・角田説否定の根拠とした、「月輪」が、月輪関白兼実との縁になる平安末以前には存しないという、同じ批判を受けることになる(39)。

やや視点を変えて述べてみる。たとえば、「月輪」が、月輪関白と称される兼実が居住したために生まれた地名ということがあるだろうか。兼実近親の事例のみを辿っても、法性寺殿（父忠通）・宇治左大臣（叔父頼長）・六条殿（長兄基実）・松殿（次兄基房）・九条内大臣（長子良通）・後京極殿（次子良経）・光明峯寺殿（孫道家）など、煩を厭ってこれ以上は省略するが、ほぼ例外なく、居所の地名が人名呼称になっている。兼実自身も、後法性寺殿と呼称されてもいる。もしも、月輪殿が、例外的に先行して成立しているとするなら、その「月輪」成立に似合う背景が、著名な事件として知られてでもいなければ、通称も成立の仕様がない。[40]ということは、法性寺辺の兼実別業所在地が、地名「月の輪」であったという理解になる。議論を元に戻すようで恐縮であるが、「月の輪」紀伊郡説も成立すると考えている。

最後に、邸宅としての記述ではないが、『公任集』記述をめぐっての想像を述べさせていただきたい。「清少納言が月輪にかへりすむころ」を、三田村氏の教示に従って、清少納言の棟世との復縁を示すと理解すると、「ありつゝも雲間にすめる月のわをいくよながめて行き帰るらむ」の解釈は、どんなものになるのであろうか。三田村氏自身が示されているように、「スキャンダラスなものへの皮肉」を感じざるを得ないであろう。老者との復縁を揶揄するかのような贈歌を、公任ならずとも、一介の男子が、なすであろうか。しかも、当人である女性に対して……。実は、この歌は、例文の後にさらに四首の歌を続けており、公任の歌に返歌しない清少納言の態度をめぐって、「答えろ」とか「答えられないのを分かって欲しい」とかのやりとりを交わしている。これは、清少納言の私的な行動ではあるが、公的な意味合いのある贈答と考えるべきであろう。東宮を春宮とするに対して、中宮を秋宮と呼称するのは、よく知られている。[41]中宮定子のもとから、旧夫棟世の月輪山荘に退出している清少納言に対しての、公任の問いかけであろうというのが、私の想像である。例の長徳二年（996）の政変の後に、清少納言は、中宮のもとを離れて有縁の家に籠った。「雲間にすめる月」は中宮定子を指している。「悲劇の渦中にある中宮のそばにあって、今こそ親愛する主従としてお仕えすべきではありませんか」という、心のこもった公任の忠告である。秋の宮と月の輪と、縁語仕立てに仕立てながらも、公任の心情を深く表現している。それに対して、清少納言は答えられない。最終的にも「こはいとほしきかたにわけかし」と、相手の推量にまかせるような応答しか出来なかった。その後の、清少納言の再出仕の行動は、中宮が送ってきた「山吹の花びらただ一重」によるものだけではなかったのではないか、というのが私のもう一つの想像である。

注

（1）日本古典文学大系『枕草子』の頁数。以下同じ。
（2）一八四段。
（3）一〇四段。
（4）一二九段。
（5）八三段。
（6）二七五段。
（7）七八段
（8）二九二段。
（9）太田静六『寝殿造の研究』（吉川弘文館、1987）。
（10）『小右記』正暦四年正月廿五日条。
（11）『小右記』長徳二年四月廿四日条。
（12）角田文衞「皇后定子の二条の宮」（『古代學』十五巻四号、昭44）。
（13）朧谷寿・角田文衞「平安京」（角川日本地名大辞典『京都府下巻』、昭57）。陽明文庫本勘物は「冷泉北町尻西」と記述する。
（14）注（13）解説に同じ。町尻面に面して、北半は通任家らしいので、成忠家は南半、二条大路を隔てて二条北宮に向かい合う位置に所在と思われる。
（15）和泉古典叢書1『枕草子』（和泉書院、1987）補注二一八に示された見解は、小二条殿の所在について、東三条院東町と二条南東洞院東と二条北東洞院西と、混乱が見られる。資料錯綜して、やむを得ぬ次第とは思うが…。『日本紀略』正暦五年八月廿八日条に記す「内大臣第小二条」も、東三条院東の二条宮を指す可能性がある。なお、小二条殿については、川本重雄「小二条殿と二条殿」（『古代文化』三十三巻三号、昭56）が参考になる。
(16) 角田注（12）論文、萩谷朴『枕草子解環二』（同朋舎、1981）七〇頁。
(17) 生昌邸の四足門について、それが実際である、あるいはデフォルメであるなどの説が出ている。前者は、安藤重和「枕草子〝大進生昌が家に〟の段をめぐる史的考察」（『国語国文学報』三十九集、昭57）、後者は、浜口俊裕「〝枕草子〟回想的章段におけるデフォルメ」（『日本文学研究』23号、昭59）。
(18) 萩谷注（16）書、三二三頁。
(19) 『御堂関白記』寛仁二年三月廿九日条。
(20) 増田注（15）書、補注三二一。
(21) 増田注（15）書、補注一七六・三六〇。
(22) その場合でも、鴨院は冷泉院御在所であったので、鴨院同所とは認め難いのではないだろうか。
(23) 『拾芥抄』中・諸名所部第二十。詮子御所となった経緯は、『権記』長徳四年十月廿九日の記述に知られる。
(24) 太田注（9）書、一五三頁。
(25) 増田注（15）書、二七二頁。
(26) 『日本紀略』永延二年十月廿七日条。なお、中京区河原町二条上ル清水町に、法雲寺という寺が存し、寺域を法興院の旧地と伝えている。二条末京極に存して不審はないが、法興院域が鴨川西に限定されるものかどうか、検討を俟ちたい。
(27) 『日本紀略』正暦元年五月十日条。
(28) 角田文衞「紫野斎院の所在地」（『古代文化』二十四巻八号、昭47）。
(29) 京都文化博物館調査研究報告第15集『雲林院跡』（京都文化博物館、2002）一九四頁。
(30) 岸上慎二『清少納言』（人物叢書、吉川弘文館、昭37）五一頁。
(31) 『新古今集』第十六・雑上。三田村雅子「月の輪山荘私考」（『並木の里』第六号、昭47）、『枕草子　表現の論理』（有精堂出版、1995）所収。

(32) 仁和寺所蔵『京都古図』(川口久雄『大江匡房』吉川弘文館、昭43、一一六頁に紹介)。
(33) 角田文衛「晩年の清少納言」(『王朝の映像』所収、東京堂出版、昭45)、同「清少納言の生涯」(『王朝の明暗』所収、東京堂出版、昭52)。
(34) 萩谷朴「清少納言の晩年と〝月の輪〟」(「日本文学研究」二十号、昭56)。
(35) 三田村注(31)論文。
(36) 後藤祥子「清少納言の居宅」(「国文目白」二十七号、昭62)。この論文において、萩谷氏の月輪愛宕説の重要論拠であった月輪寺が、比叡山西坂本の月林寺に由来することを指摘された。
(37) 「ほうりんにまうでたまふる、あらしの山にて」(『公任集』139番)、「ほうりに、ためもとほうしまうであひて」(同364番)など。
(38) 『拾遺都名所図会』(巻一)。
(39) 根拠のないものだろうが、目に触れた記述を一つ紹介しておく。法興院東南に弥勒堂が所在していたが、ここに月輪殿の別業があり、月輪の字名を残していたそうである(『山城名跡志』巻四)。
(40) たとえば「悪霊大臣」「松宵小侍従」などといった、著名な事件・事柄が背後になければ、通称も成立の仕様がないのではなかろうか。
(41) 「皇后宮　秋宮」(『拾芥抄』中・唐名大略)。「秋の宮の御腹にはただ一品内親王ばかりものし給ふを」(『増鏡』村時雨)。

第三章　『和泉式部日記』の地理

『和泉式部日記』という作品の内容を、大雑把に言うと、和泉式部とその恋人敦道親王との、二人だけの恋の交渉としての歌のやりとりに終始すると評しても、よいだろう。従って、作品を理解するためには、背景となる風景よりも、二人の心理の推移を繊細に綿密にたどることが、最も肝要なことだと思われそうである。しかし、多少結果から見た言い方にもなるけれど、作品の舞台となっている地理的空間が、きわめて限られていることが、逆に作品の質を規定するにかかわるものがあり、けっして軽視し得ないものがあるように思われる。どのように軽視し得ないものがあるか、拙いながら説明に努めてみたい。

一　東三条南院

作品の地理的空間は実際として、敦道親王と和泉式部二人が住む邸宅が中心になることは当然であるが、このうち敦道親王については、和泉式部との交渉の初期にあたる、日記の長保五年（1003）の頃、彼が東三条殿と呼ばれる邸宅に居住していたことが、明瞭である。この東三条殿という邸宅は、彼だけでなく、彼の二人の兄（居貞・為尊親王）にとっても、その母超子にとっても、また超子（兼家女）の夫である冷泉院にとっても、因縁の深い邸第であるので、それまでの東三条殿について、解説を加えるところから始めたい。

東三条殿は、早くは藤原良房の第として見え、それが忠平・兼家と、藤原摂関家の裔に継承されてきた邸宅であることは明らかであるが、太田静六氏は、忠平と兼家の間に、醍醐帝皇子である式部卿重明親王が居住した時期も、指摘していられる(1)。この時代の邸宅の伝承は、女子に伝えられるのを普通としていたから、忠平から重明親王に伝えられた事情は、忠平女で重明親王の室となり、斎宮女御と呼ばれた徽子を生んだ女性を間において考えると、自然な伝承経路が推定できる。邸宅の第一の継承資格者は、この徽子であるが、事実は、重明親王の後室となった登子(師輔女)に渡っていたもののようである(2)。重明親王室である忠平女が逝去した後に、後室の登子に夫の重明親王が所有権を委譲したように思われるけれど、その辺の事情は明瞭でない。登子の所有となったこの邸も、後の事実から推測すれば、同母兄の兼家に伝領されるような事情になったようである。その事情についても、確かな推測は出来ないけれど、『蜻蛉日記』には、兼家と登子の親近した関係を推測させる記事がある。

貞観殿の御かた、この西なるかたにまかで給へり。（上巻、一六〇頁）

登子は、兼家第を里邸として内裏から退出しており、師輔の薨後、兼家は登子の親代わりになるような立場であったらしい。しかし、この兼家第は東三条殿ではないらしく、その後に、「あたらしきところつくるとて、かよふたよりにぞ、たちながらなどものして(3)」とある、この〝あたらしきところ〟にあたるものと推定される。日記によれば、安和二年(969)五月の程のことである。この〝あたらしきところ〟に、兼家が移転するのも、日記に「人は、めでたくつくりかがやかしつるところに、明日なむ、こよひなむとののしる(4)」という記事で、確認できる。天禄元年(970)初めの頃である。兼家は、登子の親代わりになって自邸を里邸に供したり、一方、登子が伝領した東三条殿を譲り受けて、改築を加えて自第としたもののようである。『蜻蛉日記』からは、このように推測できるけれど、史料に確認できるものがない。東三条殿が兼家の第であることが確認できるのは、永観二年(984)三月十五日の東三条殿焼亡の記事(5)が、初見であるが、実は、その前年八月十六日の居貞・為尊親王の御読書始めが、「南亭」

で行われているのは、(6)これは東三条院南院を指すと思われて、ここまではほぼ推定できる。それ以前の史料として知られているのは、貞元二年（977）四月十九日の『日本紀略』の記事であるが、この「太政大臣（兼通）第」というのは、その直前に「太政大臣閑院第」という記事もあるし、『大鏡』にみえる記事などからも、これは、なにかの間違いで、むしろ兼家第を証左する史料ではないかと思われる。(7)

こうして、七年間の空白はあるものの、ほぼ、天禄元年（970）以後の兼家第としての東三条殿を知ることができた。兼家第であるということは、その女である超子（冷泉院女御）や詮子（円融帝女御）の里邸であるということでもある。貞元元年（976）三月の居貞親王の誕生を始め、超子腹の為尊・敦道親王、天元三年（980）六月の詮子腹の懐仁親王の誕生も、すべて東三条殿においてのものであった。

正月に、庚申出で来れば、東三条殿の院の女御の御かたにも、梅壺の女御の御かたにも、若き人々「年のはじめの庚申なり。せさせ給へ」と申せば、「さば」とて御方々皆せさせ給ふ。（『栄花物語』巻二、八三頁）

というのは、有名な院女御超子頓死の記事である。これは、天元五年（982）正月の事件であるが、これも姉妹が東三条殿に揃っていた時のことである。ただし、後に懐仁親王が東宮になって入内するのが南院からであり、(8)円融上皇も「東宮女御詮子の東三条南家に渡御」(9)したりのことがあり、詮子の里邸は、主に南院とされていたようである。それに対して、兼家は東三条本邸に住して、特に超子が遺した三人の親王の養育に、特別注意を払っていたようである。

大殿は、院の女御の御男御子達三所を、皆懐にふせ奉り給へるを、二宮は東宮に居させ給ひぬれば、今は三・四の宮を、いみじきものに思ひきこえさせ給へるに、あるがなかにも東宮と四宮とぞ、類なき物に思ひきこえ給へる、（中略）かくて御禊になりぬれば、東三条の北面のついぢ崩して、御桟敷せさせ給ひて、宮達も御覧ず。（中略）あなめでたと見えさせ給ふに、東三条の御桟敷の御簾の片端押し上げさせ給ひて、四宮いろいろの御衣どもに、濃き御衣などの上に、織物の御直衣を奉りて、御簾の片そばよりさし出でさせ給ひて、「や、大臣こそ」と申させ給へば、摂政殿「あな、まさな」と申させ給ひて、いとうつしう見奉らせ給ひて、うち笑ませ給へる。

（『栄花物語』巻二、一〇六〜七頁）

寛和二年（986）の記事ということで、四宮こと敦道親王は、この時六歳である。この三人の皇子を、兼家が特別に愛寵したことについては、次のような記述もある。

この三人のみやたちを、祖父殿ことのほかにかなしうし申たまひき。よの中にすこしのこともいでき、雷もなり、地震もふるときは、まづ春宮の御方にまいらせ給て、舅の殿原・それならぬ人々などは、「うちの御かたへはまいれ。この御方には、われさぶらはん」とぞ、おほせられける。

（『大鏡』巻四、一七二頁）

兼家の東三条殿にとって、永延二年（988）七月廿一日の新造が、一つの転機になるものであったらしい。「東三条殿の西対を清涼殿づくりにして」というのも、この時のことであろうが、そういう改造のことでなく、翌年九月の兼家二条第（後の法興院）新造[10]によって、兼家の本邸とすべきものが、東三条殿でなくなったことが、重大なことと思われる。兼家の本邸が二条院になったあと、東三条殿本邸は、冷泉院皇子達の居邸であるほか、円融帝女御詮子の里邸となり、南院は、永祚元年（989）以後、兼家の嫡子道隆の邸とされるようになった。しかし、兼家が全く南院と縁がなくなったというのでなく、その後も折々に利用しているし、特に、永祚元年（989）十二月廿日の任太政大臣大饗は、南院において盛大に催されている。正暦元年（990）七月に兼家が薨じて後は、南院は完全に道隆邸と認められたようで、長女定子の立后もこの南院においてであるし、道隆自身も、長徳元年（995）に、四三歳でこの南院で薨じている。[11]

道隆薨後の東三条殿は、東三条女院詮子の御領と認められていたけれど、彼女自身はかなり早くに東三条殿を離れていたらしい。長徳四年（998）に一条大宮院に遷御したときも、それ以前は「年来、道長の土御門殿・一条殿」[12]にあったと説明されている。その前年・前々年正月の東三条女院への朝覲行幸も道長第であった可能性が強い。東三条殿の所有権は、叔母詮子に自邸を提供した道長に移っていたようだが、現実には、冷泉院とその皇子達が専ら居住していた。それも、本邸の方は、もっぱら東宮居貞親王の御所とされ、為尊・敦道親王は南院にあり、それには父冷泉院も一緒であることが多かったようである。行成の『権記』には、この時期、東宮・冷泉院・為尊親王・敦道親王を合わせて訪問する記事が散見する。為尊親王は長保四年（1002）に薨じるけれど、彼はその半年以上前から南院を出ていることが確認される。敦道親王の方は、父院とともに南院にいたようである。冷泉院が南院にあったことは、同年十二月に南院で御仏名を行われていることでも確認され、寛弘三年（1006）の南院焼亡で、北隣の本邸の方に遷御されるなど、長期的に認められる。敦道親王も、式部が帥宮邸に迎えられた折りに、「上は院の御方にわたらせ給ふとおぼす」（四〇九頁）とか、寛弘元年（1004）の正月に、すでに帥宮のもとに入っていた式部が、冷泉院の拝礼に参集した貴族達を見る場面など、南院居住が確認できる。この年四月に、道長が帥宮と同車して冷泉院に参る記事が『御堂関白記』に見えるが、これは、道長の土御門第競馬の見物に来て南院に帰る帥宮を、送っていったものである。日記の時点においては、和泉式部の相手である帥宮敦道親王の邸が東三条南院であったことは、ほぼ確実に推定できる[13]。

東三条本邸を御所としていた東宮居貞親王は、長保四年（1002）八月に道綱の大炊御門邸に移御され、道長の二女妍子を妃とした縁で、道長の枇杷殿を御所とされたりすることが多く、東三条殿との関係は、いささか稀薄になった。そして、東宮に御所を提供した道長が、寛弘二年（1005）二月十日に、この本邸を改築して移り[14]、ようやく道長邸としての実質を見せてきている。しかし、先にも言ったように、南院はもっぱら冷泉院と敦道親王居住の邸であって、この状況は、寛弘四年（1007）の親王薨去の時までかわらない。すでに、日記の後のことでもあり、東三条殿についての説明は、この辺でとどめたい。

二　和泉式部の家

和泉式部家の所在を確認は出来ない。しかし、作品研究に資し得る程度に、位置の推定くらいは出来るように思われる。その手掛りとなる最初のものは、和泉式部が越前守大江雅致女であり、母平保衡女が太皇太后宮昌子内親王乳母であって介内侍と呼ばれた女性であったこと、はじめの夫が橘道貞であったことなどの事柄である。[15]そのことに関係して、次の二つの記事が、注意される。

太皇太后宮自資子内親王家自東洞院大路西辺、三条坊門北辺也。、遷御本宮三条坊門南、高倉東。　（『日本紀略』正略元年十月四日）

太皇太后宮昌子内親王崩年五十五、在位三十五年。於権大進橘道貞三条宅崩給也。　（同・長保元年十二月一日）

先の記事は、冷泉院皇后の昌子内親王が、滞在されていた資子内親王家から自邸に還御されたというものだけれど、昌子内親王邸の位置が確認されて注意される。もっとも、この三条坊門南・高倉東という比定はなにかの間違いで、角田文衞氏が説明されたように、正確には三条坊門北・高倉東（三条四坊七町）の位置である。[16]後の記事は、その昌子内親王の崩御の記事であるが、その崩御された家が、先の本宮でなく、橘道貞三条宅であったというものである。このあたりの事情は、次の記事によってもう少し詳しく分かる。

御存生之時仰云、御悩之間依陰陽家中、避本宮遷御権大進道貞宅、道貞雖為宮司、非旧仕之者、依病避宮之間、暫以移住、若有非常、極可不便、　（『権記』長保元年十二月五日）

道貞は、太皇太后宮権大進という職にあり、一応「宮司」であるけれども、「非旧仕之者」といわれている。『小右記』の同年九月廿二日条に、和泉守橘道貞を「権大進」に任じられるよう申請のあったことが伝えられている。太皇太后昌子内親王が道貞宅で崩ぜられた時、道貞は国司の任期中であり、在京していたかどうか分からない。昌子内親王の御遺体を石蔵観音院に移送した時も、大進雅致朝臣が燎を執って車前に前行する姿は伝えるけれど[17]、家主であり権大進でもある道貞の姿が一向に見えない[18]。実の所この家は、雅致の家に同所なのである[19]。

宮御書被賜尼君許、其御書云、両三年御悩不平、御占頻勘可他処之由、心有所憚、口未出言、然而苦悩之間、不思人難、大進雅致宅去宮不遠、若度彼宅如何者、即令啓云、雅致是宮司、但有御下﨟宅之難歟、須以被宅為宮御領、相次改板門屋、造四足門、移御何事之有也。　（『小右記』長保元年十月十二日）

戊剋寄御車 絲毛、侍長以下候御車轅。 東対東面 今暁渡御、須自西門出御、然而依有方忌不出給。　（同・十月廿五日）

昌子内親王の崩御以前は雅致宅と言われ、崩御の後は道貞宅と言われる矛盾を、従来の説は、娘婿の道貞の宅を雅致が借りていたというような説明で、解決しようとしている。しかしこれには、疑問点の方が多い。第一に、借りていても雅致が住んでいるのなら、雅致宅とするのが普通ではなかろうか。褒賞の時になって、急に道貞宅というのは、おかしい。第二に邸宅というものは、伝領の普通の形は、親から女婿へというのが通常であり、女婿から借りたというのは自然でない。

　この二重の不自然は、雅致から道貞に伝領したと普通に考えると、雅致女和泉式部と道貞との結婚の時期が、丁度この前後であるし、事情はかなり自然に推測出来るのではないだろうか。増田繁夫氏は、「雅致が婿の道貞のために、自分の屋敷を道貞の名義に替えたのではないか」と、推測されている。昌子内親王が雅致邸に遷御されるにあたって、「下﨟宅に御す」の難があり、雅致宅を宮の御領とすることで、問題を解決しようと考えた。しかし、崩御のときも道貞宅と明示されているし、献上されることはなかったらしい。自邸に太皇太后宮を迎える条件として、女婿の道貞に「臨時御給を給う」という恩顧が要請されたようである。宮は、そのことを在生の間に承知されていたという[20]。女系中心のこの時代の結婚は、現在の養子入婿に近いから、雅致としては自分自身のことよりも、愛娘と結婚して一女（後の小式部内侍）も儲けている婿道貞のことを、顧慮する気持が強かったのではあるまいか。

主人である宮が崩御された後の臨時給の申請には、道貞の左大臣道長に親近する立場が大いに働いており[21]、権門に親近する女婿道貞には、雅致の嘱望するところ大なるものがあったように思われる。増田氏はこれについても、「(道貞ガ)財産があり、天皇の乳母の姉妹がいて、道長家に出入しているという権勢に近い人であったから、この和泉との結婚は、父の雅致が望んだものであったか」と、説明されている。

このように思慮してみると、和泉式部の父大江雅致の邸は、太皇太后宮の崩ぜられた道貞邸に同所であったと判定してよいかと思われるけれど、この邸の位置については、宮の本邸(三条坊門北・高倉東)から遠からざる位置であったことと、「三条宅」とされるから[22]、二条大路以南・三条大路以北に所在することくらいしか、明瞭でない。但し、宮の他所への遷御にあたって、日時を安倍晴明に勘申させたところ、「廿九日戊刻」と勘文を奉り、実際には「廿五日戌刻」に遷御されたことは、方忌の関係から、遷御の方角を察知させる手掛りとなるものがある。出行系統の方忌は、天一神・太白神に関わることが普通で、廿九日戊寅は天一神が西で太白神が天、廿五日甲戌は天一神が西南で太白神が西であり、いずれにしても「西方」ついで「西南方」が、忌避すべき方位としてある[23]。ということは、雅致邸は、宮の本邸から北・東・南の方角に所在していたらしいと言うことである。北は二条大路まで一町の余裕しかなく、隣家というべき状況だから、「去宮不遠」の表現には不適かと思う。従って、残る可能性の中から東北の二条大路辺を、一応念頭においておきたい。

このようにして、大江雅致邸のおおよその検討はついたように思われるのであるが、日記の和泉式部家が、この父邸に同じであるかどうかについても、確実に同所と断定出来るわけでもない[24]。これについては、日記の、

またの夜おはしましたりけるも、こなたには聞かず。人々かたがたに住む所なりければ、そなたに来たりける人の事を、「車侍り。人の来たりけるにこそ」と、おぼしめす。(四一〇頁)

猶かくてやすぎなまし、近くて親はらからの御ありさまも見きこえ、又昔のやうにも見ゆる人のうへをも見さ

だめんと思ひたちにたれば、（四三三頁）

などによって、親兄弟が一緒に住んでいる邸と思われるから、同所と認定して、不自然でないと思う。また、

昼つかた、川の水まさりたりとて人々見る。宮も御覧じて、「たゞ今いかゞ。水見になん、行き侍る。

おほ水の岸つきたるにくらぶれどふかき心はわれぞまされる

さは知りたまへりや」とあり。（四〇七頁）

という表現によっては、この邸は鴨川辺に比較的近いかと思われ、これは、先の推定の結果とも合致する。以上によって、雅致邸すなわち和泉式部家の所在を、昌子内親王御所から東方にあたる二条京極辺に推定したい。

実は、私の和泉式部家の位置推定の作業は、だいたいこの辺でよしとしていたのだけれど、増田氏は、最近「和泉には、弾正宮との間に子があったのではないかと想像[25]」されている。その小児が、長保二年（1000）秋に「富小路家」に生まれているとされるのは、私の推定位置にも重なってくるものがある。同氏は、式部と一緒に育った妹について、彼女が有家妻であり、後朱雀帝中宮嫄子に仕えて、中宮内侍あるいは山井中務と呼ばれた女性であることも、指摘されている。〝山井〟というのは地名で、三条坊門北京極西の地の称である。一方、和泉式部が橘道貞との間に儲けた小式部内侍は、教通の妾となって静円を生むほか、範永の妻ともなって女子を儲けている。範永の母は永頼女であり、小式部内侍を迎える前の妻は永頼の子能通女である。『拾芥抄』には、「山井殿」について、「永頼三位家、信家卿通頼卿」と説明している。二条南の万里小路・富小路辺が、和泉式部とその娘小

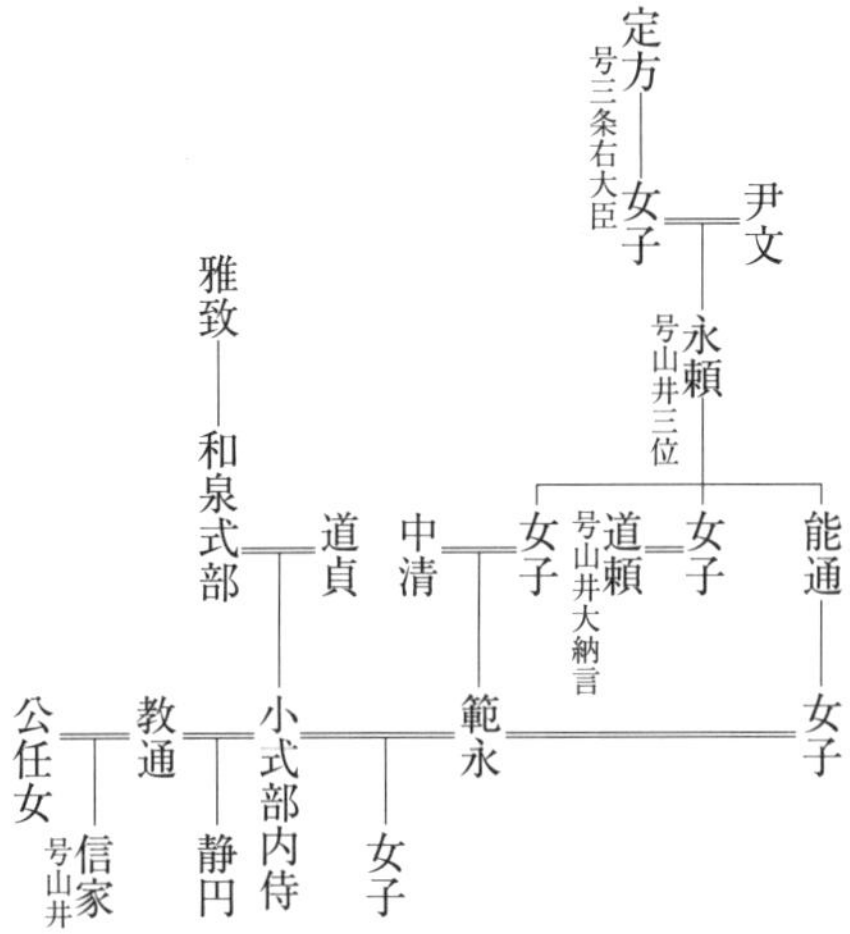

式部内侍にとって、すこぶる因縁の深い居住空間であったらしいことは、確実に認められるだろう。

ところで、和泉式部の夫であった橘道貞には、「二条宅」と呼ばれる邸があった。

依召詣左府、帰宅、與右中弁同車也（日者寄住道貞。朝臣二条宅也）　（『権記』長徳四年十一月三日）

一方、『御堂関白記』の長保元年（999）七月十八日条にも、道長の嫡子頼通（幼名・田鶴）が、病悩によって道貞家に移った記事がある。これは、雅致邸とは違うもともとの道貞邸と思われる。『権記』の同年八月廿九日条に「丞相近日坐讃岐前介美職二条宅也」という記事がある。「近日」をどれくらいに推定できるか問題であるが、左大臣が借りた家が、そう頻繁に変わるとも思えない。この奉職（美職は誤り）宅は、父清延が実資から買得た邸[26]で、二条南・東洞院西に所在したと思われる。[27]一方、長徳二年（996）の頃、二条北東洞院西には、源相方から道長の二条殿となった邸の所在が、明らかである。[28]道貞宅は、少なくともその近辺である可能性が強い。はるかに後のことであるが、同族の相模守橘以綱が二条北・東洞院東角に邸を所有していることが確認されているし、[29]かりにこの辺を推定しておきたい。

三　四十五日忌違えの家

『和泉式部日記』は、だいたいが敦道親王と式部との和歌の往返によって構成されており、作品の舞台も、敦道親王の東三条南院と二条京極の近辺と思われる和泉式部家とをほとんど動くことがないのであるが、ただ一箇所、次のような記述がある。

このころは四十五日の忌たかへさせ給ふとて、御いとこの三位の家におはします。れいならぬ所にさへあれば、「みぐるし」と聞ゆれど、しひてゐておはしまして、御車ながら人も見ぬ車宿にひきたてて入らせ給ひぬれば、

おそろしく思ふ。　（四三二頁）

すなわち敦道親王は、長保五年（1003）の晩秋から初秋の頃、四十五日の忌違えのため、南院以外の場所に住まれたというのである。しかしこの記事について、「四十五日の忌違へ」と「御いとこの三位」の内容が、明瞭でない。「四十五日の忌違へ」は、大将軍・金神・八卦といった年単位の方忌（特に大将軍）にかかわるもので、おおむねは修造系統の忌みに該当し、出行系統の場合はよほどに大々的な移転の場合である。[30]この場合は何のための方違えか不明であるが、出行系統であれば、この年十月八日の新造内裏への天皇・東宮入御が関係あるかと思われ、修造系統であれば、鴨院[31]や東三条殿[32]の修造などが関係あるか、あるいは南院邸内の何らかの造作であるか、などが考えられるけれど、詳細は不明である。ともあれ、長保五年（1003）癸卯、翌寛弘元年（1004）甲辰の大将軍方忌の方位は北であって、北方に何らかの忌避すべき要素があるのは確実である。

「御いとこの三位」は、帥宮の父冷泉院の兄弟の子に、従三位右兵衛督源憲定（為平親王男）がいるが、寛元本・応永本では「三位中将」とされているし、この時代はだいたい母系制の時代であるから、御母超子の弟にあたる道兼の子の、従三位右中将兼隆と考えてよいかと思われる。[33]年齢も、敦道親王の廿三歳に対して兼隆十九歳であり、親近した関係にあったとしても自然である。ところでその兼隆の邸であるが、これは、幸いなことに次のような明証がある。

午後依召参御堂、頃之、関白殿・内府・民部・宮権大夫被参候、被定宮可御出所、有御卜主計頭吉平奉仕御卜、一所左衛門督家、東之院ヨリハ東、大炊御門ヨリハ南角ナル所、推之吉　（『左経記』万寿三年六月十七日）

長保五年から廿年も後の記事であり、絶対的な証拠とは出来ないけれど、ほぼ妥当と判断して良いのではなかろうか。この兼隆家を、日記の帥宮の、

ねぬる夜のねざめの夢にならひてぞふしみの里をけさはおきける　（四三二頁）

の歌から、はるかに伏見の地に所在を推定する向きもあるようだが、(34)これは無理と思う。第一に、「三位の家」と呼ぶのは京内の常住の邸宅に自然な言い方であり、第二に、これほど長期にわたる忌違えに、はるかに洛外の別業に住むのは不自然であり、第三に、「御いとこの三位」も邸内に居住するような洛中の仮住まいだから「明けぬれば、やがてゐておはしまして」と気を遣っているもののようだし、第四に、先の方忌からいっても北方に忌みがあるのに、南方の伏見の方角に向かったのでは忌みの解消にならない。このように、いくつかの不自然な矛盾点を指摘しなければならない。南院から東方に、式部の家に比較的に近い兼隆邸を認識すると、すべての不自然さがなくなるだけでなく、忌違えに賭けるところのあった青年敦道親王の心情も知られて、興味深い事情が感じられる。

四　まとめ

以上のように、『和泉式部日記』の作品の舞台は、せいぜい東京二条大路の東西を往還するほどの世界であり、貴族の限られた生活圏の中でも、さらにせまい範囲に限られている。図で示せば下図のようであるが、作品の世

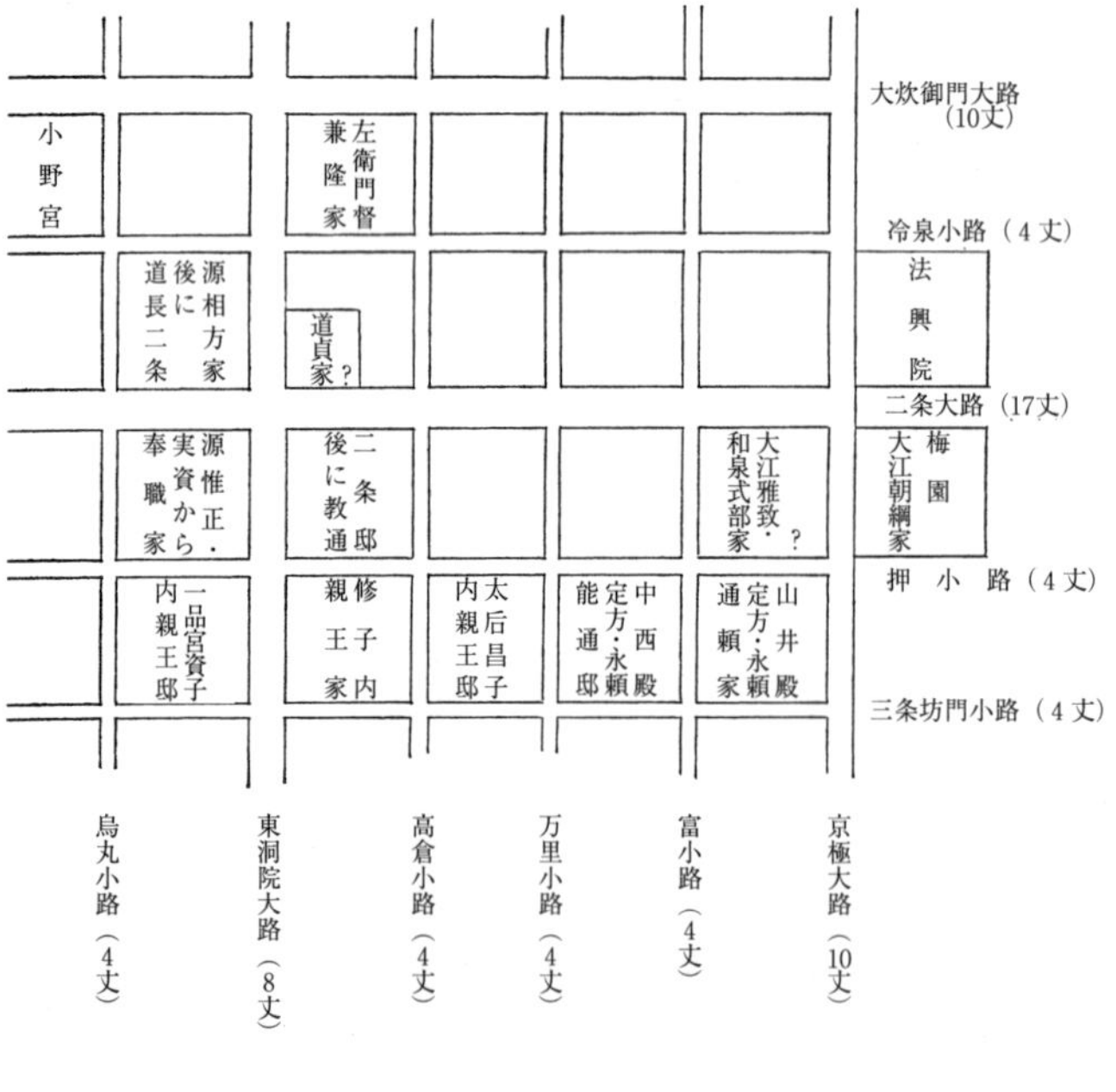

界がこのように狭隘であることには、東宮の弟宮敦道親王の立場が、大きく関係しているだろう。日記にも、

「世の中は、けふあすとも知らずかはりぬべかめるを、殿のおぼしおきつることもあるを、世のなか御覧じはつるまでは、か丶る御歩なくてこそおはしまさめ」　（四〇八頁）

と、乳母に語らせているように、状況によっては、尊位を践む可能性もある身であり、親王自身が嘆く以上に、所狭き身の上であったと思われる。そういう帥宮であるから、この時代の最も目立った大通りであった二条大路が、親王にとっては、ようやくに徘徊できる限界であったのである。

帥宮の、祭のかへさ、和泉式部の君とあひ乗らせ給ひて御覧ぜしさまも、いと興ありきやな。御車の口の簾を中よりきらせ給ひて、我がかたをば高うあげさせ給ひ、式部が乗りたる方をばおろして、衣ながう出ださせて、紅の袴にあかき色紙の物忌いとひろき付けて、つちとひとしうさげられたりしかば、いかにぞ、物見よりは、それをこそ人見るめりしか。　（一七三頁）

二人が、物見高い群集の目に、二人の愛情をことさらに誇示したわけではないだろう。二人は、というより特に帥

宮は、そういう表通りの愛情しか知らず、和泉式部は、そういう帥宮に自分の一身を託して、どのような状況も避けることがなかったというだけのことであったのだろうと思う。光源氏が六条御息所と交渉を持った六条京極や、夕顔を見出た五条の陋屋などは、帥宮には推測もしかねる世界の光景であった。もし和泉式部が、二条大路辺に住む女でなかったら、兄弾正宮と艶名を馳せた女にどんなに誘惑を感じることがあっても、お互いの世界は、交わることなく終わったであろう。

注

(1) 「東三条殿の研究(1)」(「建築学会論文集」二一号、昭16。『寝殿造の研究』吉川弘文館、昭62、所収)。
(2) 角田文衞『日本の後宮　余録』(学燈社、昭48)によれば、「藤原寛子」という女性。
(3) 中巻一七六頁。
(4) 中巻一八八頁。
(5) 『日本紀略』同日条。以下、東三条関係史料については、付表を参照されたい。
(6) 「太上皇第三親王始読御註孝経、左少弁菅資忠為博士、上皇御南亭、親王等進出庭中拝舞」(『日本紀略』同日条)。
(7) 角田文衞『王朝の映像』(東京堂出版、昭45)二九四頁。
(8) 『日本紀略』永観二年八月廿七日条。
(9) 『小右記』寛和元年二月廿日条。
(10) 『日本紀略』永延二年九月十六日条。
(11) 「入道関白藤原朝臣道隆薨南院」(『日本紀略』長徳元年四月十一日条)。
(12) 『権記』長徳四年十月廿九日条。
(13) 清水好子氏は、「そこは東三条の南院で、寝殿(正殿)には宮の父冷泉院がお住まいである」(王朝の歌人6『和泉式部』集英社、昭60、一〇一頁)と、説明。

(14)『御堂関白記』同日条。
(15)『中古歌仙三十六人伝』。
(16)角田文衞「太后昌子内親王の御所と藤壺の三条宮」(『古代文化』二八巻三号、昭51)。
(17)『小右記』長保元年十二月二日条。
(18)『小右記』長保元年十二月十二日条には、道長が道貞を使いとして実資に命を伝えている記事がある。在京していたとしても、昌子内親王に親近した立場にはいないようである。
(19)角田注(16)論文。増田繁夫『冥き道　評伝和泉式部』(世界思想社、昭62)六五頁。
(20)『権記』長保元年十二月五日条。
(21)山中裕『和泉式部』(吉川弘文館、昭59)三八〜九頁、参照。
(22)『日本紀略』長保元年十二月一日条。
(23)この方忌については、『小右記』同日条の記事によっても確認できる。
(24)山中氏は、同所ではないと断定されているが、理由は示されていない(注(21)書、一〇頁)。
(25)増田注(19)書、八二頁。
(26)『小右記』正暦元年十一月二日条。吉田早苗「藤原実資と小野宮第」(『日本歴史』350号、昭52)。
(27)『権記』長保元年十二月廿四日条。
(28)『小右記』長徳二年七月廿日条。杉崎重遠氏は、同じく『権記』長保元年十二月一日条の記事から、道長の二条殿と奉職邸を同一と考えられている(「源奉職二条宅考(1)(2)」、「明星大学研究紀要」十二・三輯、昭51、52)。
(29)『中右記』永長元年五月一日条。
(30)拙稿「方違考」(『中古文学』二四号、昭54)、本書Ⅱ編第三章。
(31)『権記』寛弘元年三月十日条。
(32)『御堂関白記』寛弘二年二月十日条。
(33)吉田幸一「和泉式部日記における矛盾解明への一試論」(『国語と国文学』四十巻三号、昭38)、山中注(21)書・

九四頁、その他。
(34) 円地文子・鈴木一雄著『全講和泉式部日記』(至文堂、昭52) 二六四頁語釈、藤岡忠美校注『和泉式部日記』(日本古典文学全集、小学館、昭46) 一三二頁頭注など。

敦道親王・東三条殿関係資料

天元四年(九八一)　？　敦道親王誕生(紀)
天元五年(九八二)　一・二八　女御超子薨去(小)
一一・一七　内裏火災(紀)
一二・二五　堀河院に遷幸(紀)
永観元年(九八三)　八・一六　居貞・為尊親王南亭で読書始め、冷泉院御幸(紀)
永観二年(九八四)　三・一五　兼家の東三条殿火災、円融帝堀河院に東宮閑院に在(紀)
八・二七　花山帝即位　懐仁親王東宮になり南院より入る(紀)
一〇・五　円融上皇、朱雀院に御幸(小)
一一・二八　資子内親王、三条宮に還御(小)
一二・五　朝光、閑院に在(小)
寛和元年(九八五)　一・五　居貞・為尊・敦道親王、宗子内親王の藤壺に詣ず(小)
二・二〇　円融上皇、東宮女御詮子の東三条南家に渡御(小)

寛和二年（九八六）
五・二　冷泉皇女尊子内親王薨去（小）
九・一九　円融法皇、円融院に遷御（紀）
一・一三　資子内親王、出家（紀）
六・二三　花山帝、花山寺に遷幸出家。一条帝受禅（紀）
七・九　皇太后詮子、兼家東三条第より入内（紀）
七・一六　居貞親王、兼家南院第で元服し東宮になる（紀・桑）

永延元年（九八七）
一二・二〇　一条帝、円融院に行幸（紀）
二・七　中宮遵子、実資二条家より四条宮に還御（紀）
七・二一　兼家、新造東三条第に移る（紀）
八・二〇　皇太后詮子、兼家の東三条南第に移御（紀）
一〇・一四　一条帝、兼家東三条第に行幸（紀・桑）

永延二年（九八八）
九・一六　兼家新造二条京極第にて饗宴（紀）
一〇・二七　円融法皇、兼家新造二条第に御幸（紀・桑）
一一・七　二条第にて兼家賀算（紀）

永祚元年（九八九）
二・二三　道隆家は、兼家の南院（小）
八・一三　兼家、南院に渡る（小）
九・八　兼家、南院に渡る（小）
一一・二一　為尊親王、南院東対で元服（小・紀、二条第？）
一一・二二　伊周、南院西対で元服（小・紀）

一二・　二　為尊親王、四品に叙し冷泉院に参る（小）

一二・二〇　兼家、南院で任太政大臣大饗（小）

正暦元年（九九〇）

一・二五　道隆女定子入内（紀）

五・一〇　兼家、二条第を仏寺とす（紀）

七・　二　兼家薨去（卿・紀）

一〇・　五　中宮定子、故兼家の南院で立后（小）

一〇・二三　中宮定子、東三条院より内裏に還御（世）

一二・　三　皇太后詮子、職御曹司より東三条院に還御（小・世）

一二・一三　皇太后詮子、東三条院より職御曹司に移御（紀）

正暦二年（九九一）

六・一五　太皇太后詮子、東三条院に遷御（紀）

九・一六　太皇太后詮子出家、院号東三条院（紀）

一一・　三　東三条女院、道長第に入御（院）

一一・　？　済時女娍子、東宮に入る（紀）

正暦三年（九九二）

四・二七　一条帝、東三条女院の出御門殿に行幸（権・紀・桑）

一一・二七　中宮定子、新造二条院に遷御（紀）

正暦四年（九九三）

一・　三　一条帝、東三条女院に行幸（権、土御門殿・紀）

二・二二　敦道親王、南院で御元服（権・小・紀）

二・二三　敦道親王、四品・帯劔（権）

三・三〇　道隆の東三条南院焼亡（権・小・紀）

正暦五年（九九四）

一・　三　一条帝、東三条女院に行幸（権、土御門殿・紀）

二・一三　中宮定子、東三条院に行啓（紀・世）

二・二〇　積善寺供養、中宮・東三条院・為尊親王・敦道親王など参加（紀・世）

八・二八　伊周、小二条第で大饗（紀）

一〇・　二　道隆、東三条第において逆修仏事（紀）

一一・一六　道隆、東三条南院に遷る（百）

長徳元年（九九五）

一・　九　鴨院・二条院焼亡、冷泉院東三条第に遷御（小・紀）

一・一九　道隆女原子、東宮に入る（紀）

一・二八　内大臣伊周、関白道隆の南院で大饗（小）

四・一〇　関白道隆、南院で薨去（紀）

長徳二年（九九六）

一・　五　一条帝、東三条院に行幸（小）

四・二四　中宮定子二条宮に遷御、伊周・隆家左遷（小）

六・　八　東三条東町の二条宮焼亡（小・紀）

長徳三年（九九七）

一・　二　一条帝、東三条院に行幸（紀）

四・二四　惟仲の閑院家に盗（紀）

六・二二　一条帝、東三条院に行幸（紀）

長徳四年（九九八）

九・　一　道長、土御門殿に在（権）

一〇・二四　行成、冷泉院に参る（権）

一〇・二九　東三条女院、年来土御門殿・道長一条殿にあり、今日一条院に遷御（権）

長保元年（九九九）

一二・一五　行成、冷泉院に参る（権）
二・二〇　道長、土御門殿に在（堂）
三・一六　一条帝、東三条院女院の一条院に行幸（堂・世）
六・一六　内裏焼亡により、帝一条院に遷御（紀・世、一条女院・桑）
七・一　東三条女院、道長土御門殿に遷御（権）
七・八　東宮（居貞）、修理職より東三条殿へ（小）
七・九　行成、冷泉院に参り、弾正宮に詣ず（権）
八・九　中宮、職御曹司より平生昌邸へ移御（権）
八・二九　道長、近日奉職二条邸に在（権）
一一・一　道長女彰子入内（小・紀）
一一・二　冷泉院、東三条院に移御（小）
一一・二七　東宮（居貞）、東三条殿に在（権）

長保二年（一〇〇〇）

一・三　道長、東宮・冷泉院に参詣（権）
一・九　東三条女院西対に火事。女院は時に土御門殿に在（権）
二・一〇　女御彰子入内、道長月来奉職二条邸に在（権）
二・一四　道長、土御門殿に移る（権）
三・五　東三条女院、土御門殿に渡（堂）
六・九　東三条女院、兼資邸に遷御。道長、土御門殿に移る（権）
一〇・一一　一条帝、新造内裏に還御（紀・桑）

一〇・二二　行成、東宮・冷泉院に参る（権）
一二・二　東宮第一王子敦明読書始め。東宮、時に東三条殿に在（権）
一二・七　東宮・弾正宮、帥宮、東三条殿に在（権）
一二・一三　東宮、東三条より内裏に入御（紀）
一二・一五　東三条女院第の惟仲邸焼亡。女院、道長土御門殿に遷御。皇后定子崩御（紀・権・小・百・桑）

長保三年（一〇〇一）

一二・二三　東三条女院、一条院に遷御（権）
二・一〇　東三条女院、三条院に遷御（権）
二・一二　道長、土御門殿に在（権）
三・一六　一条帝、東三条院に行幸（権）
九・九　中宮彰子、道長土御門殿に出御（権）
一〇・八　東三条女院、道長の土御門第に渡御（権）
一〇・九　東三条女院四十賀で、一条帝土御門第に行幸。弾正宮為尊親王、富小路家に御す（権・桑）
一一・二　東三条女院、東院に移御（権）
一一・二二　内裏火災により、帝一条院に遷御。東宮、東三条第に御す（権・紀）
閏一二・一六　東三条女院御悩により、行幸（権・紀）
閏一二・二二　東三条女院、行成の東院第で崩御（紀・桑）

長保四年（一〇〇二）

一・七　為尊親王、東院に在？（権）

二・一四　内大臣公季、閑院に在（権）
三・二〇　為尊親王、石井より文佐中御門邸に遷る（権）
六・　五　為尊親王、病により出家（権）
六・一三　為尊親王薨去（権・紀）
八・　三　東宮女御原子、東三条東対にて薨（権）
八・　八　敦道親王、南院に御す。盗あり（世・権）
八・　九　行成、帥宮に参る（権）
八・一四　東宮、東三条院より道綱大炊御門第に遷御（紀・世）
一二・一九　冷泉上皇、南院で御仏名を行う（権）

長保五年（一〇〇三）
二・二〇　頼通、枇杷第で元服（紀・世）
一〇・　八　帝、一条院より新造内裏に遷御。中宮、東宮も入御（紀）

寛弘元年（一〇〇四）
三・一〇　鴨院北門立柱（権）
四・二五　通長土御門第競馬（権）。道長、帥宮と同車し冷泉院に参る（堂）

寛弘二年（一〇〇五）
一・二〇　道長枇杷殿新造（小）
二・一〇　道長、東三条新第に移る（堂）
二・二〇　中宮彰子、道長の土御門殿に出御（小）
四・二〇　道長、枇杷殿に在（権）
四・二三　敦道親王、河陽に赴く（小）
八・一三　宮上（？）鴨院に移御。道長東三条第に赴く（権）

寛弘三年（一〇〇六）

九・　一　道長、土御門より東三条第に帰る（権）
一一・二七　冷泉院陳政宅に移御（小）。内裏火災により、帝・中宮東三条第に遷御。東宮南院に遷御（権・堂・小・紀・桑）
三・　四　帝一条院へ、東宮枇杷へ遷御（権・堂・紀）
三・一四　冷泉上皇、三条院より南院に還御（権・紀）
三・一八　行成、帥宮に参る（権）
八・一九　道長、小南第に移る（堂）
九・　八　中宮彰子、道長の上東門第に行啓（堂）
九・二二　帝・東宮、道長の上東門第に行幸（堂・紀）
一〇・　五　冷泉上皇御所東三条南院焼亡、東三条殿に遷御（権・堂・紀）
一一・　五　東宮、道長の枇杷第に在（紀）

寛弘四年（一〇〇七）

三・　三　道長上東門第に曲水宴（堂・紀）
四・二五　敦道親王、三品に叙す（堂）
一〇・　二　敦道親王薨去（権・堂・紀）

※略称　紀（日本紀略）、世（本朝世紀）、桑（扶桑略紀）、権（権記）、小（小右記）、堂（御堂関白記）、卿（公卿補任）、百（百練抄）、院（院号定部類記）。

第四章　紫式部越前往還の道

紫式部は、父藤原為時が越前守に補任されて任地に赴任した時に、越前下向という、生涯一度の長旅を経験している。行旅の様子は、さほど詳細とは言えないが、『紫式部集』に採録された自詠にうかがえる、都と異なる雪に埋もれた北陸の風土、嶮岨な山河を越えての行旅は、作家としての紫式部の心の原風景をなすものがあったであろう。彼女の旅の状況を、できるだけ具体的に把握しておきたいという感情のもとに、些少の考察をしたい。ただし、すでに少なからぬ研究の集積があり、私見がそれに加え得たものはほとんどなく、研究の現状の報告にとどまっていることについて、寛恕を得ておきたい。

一　往路

越前下向の途次における、地名を明示した最初の詠は、次のものである。

あふみの海にて、みおかさきといふ所にあみひくを見て
みおの海にあみひくたみのてまもなくたちゐにつけて宮こ恋しも
（『紫式部集』21792番、旧国歌大観歌番号、以下同じ）

ここに示された水尾崎が、早くに西井芳子氏が報告されたように(1)、湖西の高島郡高島町水尾郷の地であることに間

明神崎（手前浜辺は鴨川河口近江白浜）

勝野津近景（漁舟の姿は変わらず）

違いはない。水尾山の山稜が湖水に落ち込むように突出した崎が水尾崎である。現在明神崎と呼称されているこの崎には、湖水中に鳥居のある白髭神社が所在し、その域内にこの詠歌の石碑がある。大津から北行している国道161号線も、この崎を通り過ぎるとにわかに視界が開ける。湖西一の大河安曇川河口に形成された沖積平野であるが、明神崎を迂回した途端に、前方の鴨川河口が湖上に突出して、その間に湾曲した湖岸をなし、国道161号線で琵琶湖と隔てられた内は乙女ケ池と呼ばれる内湖になっている。この内湖は、洞海沼と呼ばれた入江であったそうだが、この湾曲した湖岸が、勝野津と呼ばれる古代における湖西最大の停泊地であり、物資の集散地であった。この辺の地理的形状は、田中新一氏の報告の通りである。[2] 紫式部も、この湾曲した湖岸の水尾湊に停泊した舟で一夜を明かし、鴨川河口辺での土民の漁のさまを見、遥かな湖水を望んで、早くも郷愁の思いを抱いたもののようである。五、六月は河口を遡上する鮎漁の最盛期である。

又いそのはまにつるのこゑごゑになくを

いそがくれおなし心に田鶴そ鳴くなが思ひいつる人やたれそも

（『紫式部集』21793番）

「いそのはま」とは、多少矛盾した表現である。磯も浜も、水辺の呼称であり、磯が岩礁の水辺、浜が砂浜の水辺を指す表現であるから、磯の浜とは、互いに相違した形状を組み合わせた呼称になる。この疑問が解決される見解は後述するが、この「いそのはま」を地名と見る解釈が、以前から行われていた。米原町磯に比定する解釈である。昭和四十八年刊の南波浩校注『紫式部集』（岩波文庫）に「滋賀県坂田郡米原町磯の浜辺」と明記しているが、早く地誌類にも通行しており、現地にも石碑が建てられている。紫式部の越前下向の道について、始発的な研究をされた角田文衞氏もこの解釈によって、「船はなにかの用事でこの入江に碇泊したか、あるいはその近くを通った」と説明された。(3) この見解については、久保田孝夫氏が紙幅を費やして、琵琶湖の最も湖上距離の長い場所での横断の可能性を否定された。(4) 私も、この点については賛したい。久保田氏は、後述するが、紫式部の越前からの帰途のルートを琵琶湖東岸沿いと考えられている。いそのはまに「鶴」が鳴いている状態は春夏のそれとは思われず、晩秋の頃と思われる詠歌内容が、紫式部の帰途の季節に合致していると考えられたからである。『紫式部集』における歌順の時間的配列の否定が前提になる。

『紫式部集』の歌の配列について正面からこれを論じた伊藤博氏は、家集前半部は原則的に年代順配列となっていると結論されている。(5) 現在問題になっている「いそのはま」の詠についても触れ、①「磯は岩石の多い水辺を指す普通名詞として多用される語」であること、②なじみの薄い地名には「〜といふ」表現が付いているようであること、③鶴も厳密に「鶴」を指すか不明だし、万葉歌中には夏の季節に鶴を詠じた歌のあること、などを述べて、これを還路の詠とする必要のないことを述べておられる。実は、同内容の意見はこの以前から出されていて、井上真理子氏が①②の意見を、(6) 竹内美千代氏も同じ①②の内容をさらに精細に報告している。(7) 私が贅言を費やすまでもなく、すでに解決済みの問題と言ってよいであろう。ごく最近、安藤重和氏は、「つる」をめぐるこの詠作が、「越前下向時の夏の詠作」との考察を発表しておられる。(8) 紫式部は、家集にあるように、水尾崎から湖岸伝いに塩津に至った。

海津大崎の岩礁（前方に竹生島）

小弁の歌一首
高島の阿渡の水門を漕ぎ過ぎて塩津菅浦今か漕ぐらむ
（『万葉集』巻九、1734番）
あぢかまの塩津をさして漕ぐ船の名は告りてしを逢はざらめやも
（同・巻十一、2747番）

湖岸は、次第に砂礫の形状を呈するようになるが、桜の名所となっている海津に至ると、まったく岩礁の湖岸となる。磯の浦との呼称に似つかわしい。

海津大崎からは、指呼の間に、葛籠尾崎と竹生島、その間に伊吹山の山嶺が遠望されるが、次の詠は、大浦・菅浦を伝って塩津の入海に入っていくあたりでのものであろう。

ゆふだちしぬへしとて、空のくもりてひらめくに、
かきくもり夕立波のあらけれはうきたる舟そしづ心なき
（『紫式部集』21794番）

湖岸は屈曲しており、塩津湾に入る葛籠尾崎を目指していけば、やや陸地を離れての航行となる。北湖の湖面は青く深く、雷鳴とどろくなかでの、竹葉の水面に浮かぶにも似た洋上の小舟に、式部が「しづ心なき」感情でおびえたのも、当然のことと推測される。

紫式部が塩津で下船して、ここからは陸路越前への旅程をたどったことは疑いない。

塩津山といふ道のいとしげきを、しつのをのあやしきさまどもして、なほからき道なりやと云をきゝて、
しりぬらむゆきゝにならすしほつ山よにふる道はからきものそと
（『紫式部集』21795番）

深坂越（深坂地蔵辺の山道）

塩津から敦賀に至る道は、古代の官道ではないが、日本海側にぬける最短の陸路として、よく用いられていたらしい。官道としての北陸道は、海津から愛発関を通って敦賀に至るものであるが、越前以北の物資は、敦賀から山越えして湖北の要衝塩津に運ばれ、湖上の水運によって湖南大津に集積された。塩津越と呼称され、深坂峠を越える旧道を、現在もたどることができる。深坂峠を越える急坂は、後に迂回して新道野峠を越える道が切り開かれた。新道野越は、ほぼ現在の国道8号線のルートである。ここら辺の状況は、『近江伊香郡志』や久保田氏・藤本氏の記述にすでに詳しく説明されている。(9) 紫式部以前にも、

笠朝臣金村、塩津山にして作る歌二首

大夫の弓上振り起せ射つる矢を後見む人は語り継ぐがね

塩津山うち越え行けば我が乗れる馬そ爪づく家恋ふらしも

角鹿津にして船に乗る時、笠朝臣金村の作る歌一首

（『万葉集』巻三、364〜6番）

のように、この塩津越によって敦賀に至る旅程をたどったことが確認される用例があり、紫式部が、この同じ道筋によって越前国府に至ったと考えるのは、納得される理解である。

上述の理解を穏当としながらも、ここで、あえて一つの異見を述べてもおきたい。実際に、この深坂峠を越える道をたどってみた時に感じるのは、この深坂峠を塩津山とするのは、湖岸からの距離が離れ過ぎてはいないかという疑問である。笠金村の記述によってほとんど疑問の余地がないのであるが、素朴な疑問である。根拠は不明ながら、『角川日本地名大辞典』（滋賀県）は、この塩津山について、次のように説明している。

伊香郡西浅井町と余吾町の境界を構成する福井県堺の行市山（659m）から南に伸び、藤ケ崎に至る延長約7㎞の山系（300~600m）を総称して塩津山という。

この説明では、深坂峠は塩津山から少し外れる。実は、塩津の上陸地点から距離を隔てずにこの山系を越える道があった。一は、塩津の上陸地点からすぐ山手に入り、足海峠を越えて余呉湖北浜の河並に出る道、洞寿院路と通称される。今一は、下塩津神社の社前から山越えをして池原を経て北国街道の新堂・今市辺に出てくる道である。遅越と通称される峠道である。これらの山越えの方が、似つかわしい印象はある。しかし、この山越えをしたとしても、越前に越える北国街道（東近江路）は、中世以降に開かれた道と言われている。(10) となれば、紫式部の越前への道は、やはり既述の深坂峠越えとするしかない。

ところで、浅井・朝倉・柴田氏などの活躍によって歴史の表舞台に登場した北国街道であるが、この道が、本当に中世以降にしか見えない道なのかどうかについては、多少の疑問を持っている。たとえば、平安末の源平の争乱の時に、次のような記述があった。

東路には、片山春の浦、塩津宿を打過て、能美越中河虎杖崩より、還山へぞ打合たる。(『源平盛衰記』巻廿九)

木曾義仲が挙兵して、追討の軍勢が、大挙して北陸道に押し寄せた時のものである。平家の軍勢は、西路は、今津・海津から荒乳中山を越え、敦賀から木ノ芽峠越で帰山に至り、東路は、片山（賤ケ岳南麓湖岸）・春の浦（飯浦?塩津東湖岸）・塩津宿を過ぎ、能美越（栃の木峠越）をして虎杖から帰山に至ろうとしていた。帰山は両路が合流する地点（現在の今庄）から西の山並の総称のようである。木曾義仲の軍は、両路の合流地点の北側に燧城を築き、日野川の河川を堰き止めて水を湛え迎撃したという記事である。これによれば、東路をとった平家軍は、明らかに栃の木峠を越える現北国街道を辿って進撃してきている。進軍にあたって緊急に切り開くのでは行軍の間には合わないだろうし、すでに知られた山越道があったことは推定してよいように思う。(11)

問題は、それをどれだけ遡るかである。ここでも、

笠朝臣金村の伊香山にして作る歌二首

草枕旅行く人も行き触らばにほひぬべくも咲ける萩かも

伊香山野辺に咲きたる萩見れば君が家なる尾花し思ほゆ

（『万葉集』巻八、1532・3番）

が気になる。前に引いた折りと同じ旅程の詠と見れば伊香山（賤ケ岳辺）を越える必要はないし疑念が残る。湖西から陸路湖北を経て美濃路に赴く例などもあり、近江東岸から山越えして越前にいたる峠道の存在も、一筋の糸のようだが可能性を推測しておきたい。

次は、越坂峠を越える塩津越えの若干の疑問である。紫式部は、「塩津山といふ道のいとしげきを」と表現していた。この「しげき」を、草樹が繁茂した夏季の山中を表現した表現と理解されているが、古来、越前以北の物資の経路として、往来の人も多い街道が、山中とはいえ「からき」と表現するほど通行に支障するとは思えない。これが樹木繁茂の状態であるとすれば、それを難儀に思うほどの小径であろう。次に、敦賀津に宿泊して、角田文衞氏の言われるように、気比大神宮に詣でたり、松原客館に滞在していた宋人たちに注意したり、また、久保田・藤本両氏が推定されるように、敦賀津から海路航行して杉津に至り、山中越でようやく国府の地に至るという経験をしたとすれば、どれほどに鮮明な旅の印象を式部の心に残したかと想像されるのであるが、それらについて、まったく記述がない。彼女は、本当に、これらを経由する旅をしたのであろうかというのが、素朴過ぎる疑問である。私も、通行の解釈には従うこととするが、一分の可能性の指摘の記憶だけは残しておきたい。『紫式部集』の次の詠の解釈と、多少はかかわるところがあるからである。

塩津山の次に位置する詠は、次のものである。

水うみにおいつしまといふすさきにむかひて、わらはへのうらといふ

うみのおかしきを、くちすさみに、

おいつしましまもるかみやいさむらん波もさはかぬわらはへのうら

（『紫式部集』21796番）

紫式部の越前往還途次の地理に関して、もっとも議論の多い部分である。一番の問題は、「おいつさき・おいつしま・わらはへのうら」、それらの地名の確認ができないことである。「沖つ島」に関して、南波浩氏が指摘された蒲生郡所在の沖島説が有力とみなされ、それをめぐっていくつかの見解が示されているようだけれど、それらについては、越前からの還路に触れて述べることとし、ここでは、往路、塩津山を越える前後の記述として解釈を試みてみたい。通説としての塩津山を越える道筋であり、かつ、詠歌の時間的配列の原則に立つなら、「わらはへのうら」と呼称されるものは、敦賀湾の海岸の描写以外の可能性はない。気比の松原から見渡す入海の海面は、日本海の風波を避けて、歌の表現に似つかわしい印象も持つのであるが、詞書に「水うみに」とする前提は否定できないから、上陸した塩津近辺の湖岸と見るほかない。岩礁が連続する湖北の湖岸のなかで、陸地に入りくんだ塩津湾の形状は、ことさら穏やかに隔てられた湖面を見せている。角田氏が「この砂洲と入江を外にしては求めえない」と早くに断言しておられるが、(12) 現地を望見すれば、その感はいよいよ深くなる。

洲とは「土砂が高く盛りあがって、河川・湖海にあらわれた所」とのことである。これが崎となった形状を示している地形は、これを塩津湾内に求めえないなら、舟が葛籠尾崎と竹生島の間を通って入っていく奥琵琶湖の湖岸に求めえないだろうか。あたかも湾口の形状を示している葛籠尾崎に対面する東の湖岸は、賤ケ岳の山系が切れて、東山麓を南にくだっていた余呉川が湖水にそそぎ込む川口にあたり、まったく洲崎の形状を呈している。その地名は尾上で、尾上湊・朝日湊とも呼称され、湖岸はひをが崎とも呼ばれている。(13) 尾上は小江の転で、遠江里とも呼ばれたという。(14)「おいつさき」といささか近似したところもある。一つの指摘としておきたい。

ところで、水尾崎から北湖の湖岸を通り、葛籠尾崎をめぐって塩津湾に入ろうとすれば、湖上に浮かぶ竹生島の楚々たる形姿は、いやでも目に入る。宇多院が麗姿に打たれ、平経正が幽玄の姿を嘆じた竹生島は、現在、我々が北湖の湖岸から望んでも、指呼の間に湖上に浮かんでいる。景行天皇十二年八月廿四日に湖水俄に甚燃、一夜にして湖上に出現の島とも言われている(15)。周辺の湖底遺跡の存在も知られており(16)、根拠のある伝承とも思われるが、神霊を感じさせる孤島の形姿に、紫式部が一言も触れないのを、私は不思議に感じる。松室仲算は童子仙となって孤島に遊び、「神となる誓の海の広ければ深くぞ頼む沖津島姫」と吟じたという(17)。ひときわ穏やかな塩津湾と、塩津湾口に位置して湾内を守るかに見える神の島を、それぞれ「わらはべの浦」「しまもる神」と表現した可能性も考慮の余地があると思う。

塩津浦（波静かで穏やかな湖面）

さらに今一つ、興味をそそられる伝承がある。先にも紹介した、遅越と呼ばれる塩津山越道の途中に所在する下塩津神社の由来に関しての話である。神社の説明板によれば、「人皇十五代応神天皇が塩土老翁の神徳を知り二人の皇子に、塩土老翁の神霊を祀る事を命じられた。茲に二皇子、淡海の集福蘇翁に命じ下塩津の郷、集福寺小松山小稲森に社祠を建て塩土老翁の神霊を鎮祭させて下塩津神社と称え奉った」とのことである。塩土翁とは、記紀の海幸山幸神話や神武東征神話に登場する、潮路を掌る神と説明されている。応神天皇は、皇太子の時に越の国に赴いたとき、角鹿の気比大神と名を交換し誉田別神と呼ばれるようになったとの記述もある(18)。塩津の地が琵琶湖北の洋上交通の拠点たるをうかがわせるにたる伝承である。塩津浜の湖岸には塩津神社があり、これも塩津翁を奉祀している。応神天皇が派遣された二皇子と因縁があることだろうか。角田氏が「おいつしまといふ州崎」を想定されたのは、この湖岸の塩津神社を考慮されてのことであったのだろうか。塩津神社は、塩津集落の中央を通過して敦賀に至る塩津海道の起点になっている。「しまもる神」と塩津翁、「わらはべの浦」と塩津浦の関係は、かなりに相関があるように思われる。

上述してきたところの解釈は、前歌の塩津山を越坂峠越と理解する時、時間的配列を前後して解釈しなければならない問題があった。[19] 塩津山越を、賤ケ岳山系の山越と見ることが出来るならば、原則から外れない解釈は可能である。たとえば、先に紹介した、塩津浜からただちに山に入り、現在北陸本線の余呉トンネルが通っているほぼ真上を越えて、余呉湖の北浜に下りる、丹生の谷路あるいは洞寿院路とよばれる山越道である。この道を経由するならば、急坂の山越道と「塩津山といふ道のいとしげきを」の表現も似合い、さらに、振り返れば眼下の塩津湾、山越道を下りていけば、静謐で神秘的な余呉の湖畔、どちらも、「波もさはかぬわらはへの浦」の表現によく似合う。「あふみの海」を航行してきた紫式部が、ここで事新しく「水うみに」と表現したのも、納得ができる。余呉湖は、『風土記』では伊香の小江と記され、『能因歌枕』では余呉浦と記述されていた。しかしこれらは、古代に、賤ケ岳に続く山系の東に、現在の栃の木峠を越える北国街道に相当するルートの山越道が存在していたという事実を前提とする。幻の仮説とするしかないだろう。

越前国府への行旅の旅程は、塩津山を越えて敦賀津に至って一泊、翌日、五幡山または木ノ芽峠を越え、その後は、やや平坦になった北陸道を辿りながら、武生の国府に至ったと推定されている。[20] 五幡山を越える海岸沿いの道は、杉津（水運利用なら敦賀―杉津。この可能性もある）を経て大谷浦辺から山中峠を越えて今庄に到る。現在の県道207号線に近い。帰山を越える道は、越坂から鉢伏山頂の木ノ芽峠を越えて今庄に至る急峻の道。[21]『紫式部集』に記述が無いので、どちらとも比定しかねるが、山塊を越えて新道から今庄を経由したことはほぼ確実。今庄からは、現在の国道165号線（旧北国街道）の西を並走していた旧北陸道を北上し、約十六㎞北の国府の館に至った。[22] 旧北陸道は、藤岡謙二郎氏の推定によれば、日野川の流水を避けて西の山麓沿いの道を官道とし、今庄・鯖波・国兼・大塩・白崎・塚原から妙法寺・千福・沢を経由、高瀬から国府に至るものであった。都においては想像も及ばなかった嶮岨の山河を越え、ようやくに平坦の道に安堵しながら歩む紫式部の内心が思いやられる気がするのであるが、越前国府への旅のなかでもっとも難関であったに相違ない部分の記述が欠落しているのが、私には不思議である。帰路の旅程のなかに、「帰山」を越える記述が出てくるのが唯一のものであるので、それに関連して後に考察してみたい。

二　府中

日野川堤より遠望（手前が村国山、前方に霞んで見えるのが日野山）

越前国は敦賀・丹生・今立・足羽・大野・坂井の六郡からなるが、国府は丹生郡に所在していた(23)。丹生郡には、賀茂・野田・丹生・岡本・泉従省・可知・朝津・三太の八郷が存していた。角田氏は、丹生駅がおかれた丹生郷を国府の所在地とされている。現在の武生市を中心とする地域がそれに相当する。武生は日野川の流域沿いに存して洪水の難にもあいやすく、古くからの中心地として兵禍にも見まわれることが多かったが、国府所在地としての痕跡は、市街地の地名によくとどめており、これも早く角田氏によって詳細な考察がされていた(24)。府中・北府はもちろん国府そのものも町名に残している。ただ、あまりに明瞭な痕跡は、町名を過去の歴史に依拠して後世に便宜命名したということもあるだろうし、全面的に依拠して地域を限定するのには、若干の危険もあるかと思う。その意味で、同氏が、幸町もまた元来国府町であったと指摘されるのは、いっそう説得力を感じる。木下良氏の推定によれば国分寺付近(市役所西)[25]、根拠不明ながら地元で紫式部居住と言われているらしいのが、国分寺東南の本興寺地[26]、どれも、地域的に大差は無く、近辺に総社大神宮も存していることでもあるし、おおまかには疑問がないところと思える。たまたま私の訪ねた、上総国・和泉国でも、国司の執務する国衙と総社は、近接して所在と推定されていた。従って私に特別の意見はなく、次のようなことが、些少の疑問としてある程度である。

藤岡謙二郎氏は、丹生駅を国府所在地西南約二kmにある「馬塚」に推定されているが、それと国府との関係はどうなのであろうか。駅家と国府は、だいたいこの程度に近接して所在するものなのか、ほぼ同所であるべきものなのか、どうであろうか。西方の山麓を北上してきたとされる北陸道が、やや方向を変えて国府推定地の中心を通過する経路となるのも、通常のことであろうか。国府推定地は、洪水のおそれのある日野川流域にわざわざ近接して所在するものになっており、ここら辺は疑問の余地はないのであろうか。近世の北国街道の立場から見れば、ごく自然なルートとなっているとは思うが……。さらに今一つ、

暦にはつ雪降るとかきつけたる日、目に近き火のたけといふ山の雪、
いとふかく見やらるれば、
こゝにかくひのゝ杉むらうづむ雪をしほの松にけふやまがへる
（『紫式部集』21797番）

は、紫式部の国守の館での詠であり、国府が日野山近くに所在していることの明証でもあるが、ＪＲ武生駅西の国府推定地から見れば、日野川を挟んで東に所在する村国山の方がはるかに身近く望見されるという問題もある。名に高き日野山を詠みこんだというだけで、疑問の必要はないことであろうか。これらが、国府所在地の確定にあたって、私が、些少のひっかかりを感じることがらである。大きくは異とするものはなにもない。

三　還路

ふりつみていとむつかしき雪をかきすてゝ、山のやうにしなしたるに、人々のぼりて、猶これをいでて見給へといへば、
ふる里にかへる野山のそれならば　心や行くとゆきもみてまし
（『紫式部集』21799番）

紫式部は、やはり都人であった。はるばると山野を越えてたどった越路なのに、年余も待たず、都への郷愁に耐えがたい感情になっている。いやむしろ、越前への道の都度都度にその感情は見せていた。彼女にとって、父の任国越前への旅は、いったい何であったのか。あの『源氏物語』の作者にしては、いささか果断に欠ける態度である。翌長徳四年（998）十月から十一月の頃、紫式部は、帰京の旅に発った。

宮このかたへとて、かへる山こえけるに、よび坂といふなるところの、いとわりなきかけみちに、こしもかきわづらふを恐ろしと思ふに、さるの木の葉の中よりいとおほくいできたれば、
ましも猶をちかた人に声かはせわれこしわぶるたにのよびさか
（『紫式部集』21849番）

「たにのよび坂」は、一本は「たこのよび坂」となっている。「たにの」ではほとんど無意味に近い表現だから、「たこの」に従うべきであろう。

紫式部が「心や行く」と勇んで越えた「かへる山」とは、どこであろうか。紫式部のみならず、北陸から帰京の途にある古代の旅人が、望郷の思いを託して眺め、かつ越した山である。

こしへまかりける人によみてつかはしける　きのとしさだ

かへる山ありとはきけど春がすみたち別れなばこひしかるべし
　　（『古今集』巻八、370番）

あひしれる人のこしのくににまかりて、としへて京にまうできて、
又かへりける時によめる　　凡河内　みつね

かへる山なにぞはありてあるかひはきてもとまらぬなにこそありけれ
　　（同、382番）

寛平御時きさいの宮のうたあはせの歌　　ありはらのむねやな

しらゆきのやへふりしける帰山かへるがへるもおいにけるかな
　　（同・巻十七、902番）

類例は多いが、特定の山を限定するものでない。都人には、北陸道の往還に越えることを避けられない険阻な山越えとのみ、広く認識されている山であった。『大日本地名辞書』には、「又還山につくる。鹿蒜村二屋により杉津浦に至る山路を云ふ歟、古の北陸道之に経由す」とし、鉢伏山を帰山の高峰と理解している。

帰山が敦賀から越前国府方面に北陸道をたどる時に越えざるを得ない東方の山塊の総称であることは明らかである。この山塊を越える道が、天長七年（830）に木ノ芽峠越道が開かれてから(27)、このルートがもっぱら利用されるようになったことは確かなようだけれど、杉津から山中峠を越えて今庄に至る旧来のルート（五幡越）も、併用されていた(28)。その以前から言えば、元比田から山中峠を経ず、東方の尾根を辿って、大谷坂・菅谷坂・瓜生野・大塩から国府にいたる〝まぼろしの北陸道〟が存したようである。これらは、上杉喜寿氏の指摘するところであるが(29)、上杉氏はまた、紫式部が難渋した「たこの呼び坂道」は、「府中・白崎・春日野・具谷・河内を経、〝たこ坂〟を越えて大谷浦に至る道」と明示されている。河野村の地名「たこ谷」「たこ坂」が根拠ということであるが、河野浦の呼称も、越前国府の外港としての「国府の浦」から転じたということであれば(30)、武生国府から海岸線に出る主要ルートであろうと思うし、現在の国道8号線に沿う道筋であることも、これを支持する方向での痕跡かと思われる。

新しくルートを切り開かれた木ノ芽峠越は、敦賀から今庄に至る道筋を、分かりやすくかなり短縮したものだけ

に、その険阻は旧来の道筋を超えるものであった。杉津に越える山中越が併用されたのも、海岸線を登り下りして迂回するが、その分やや平坦で通行困難の度合いが少なかったからである。この木ノ芽峠越と呼び坂について、『福井県南条郡誌』の「此よびさかは越坂なるべし」との記述を手がかりにして、近時「越坂」説が唱えられている。越坂は、木ノ芽峠から六㎞ほど西方の集落で、葉原・田尻から樫曲に越える旧道に沿って所在する。久保田孝夫氏も可能性を支持されたが、藤本勝義氏はより積極的に越坂説を主唱された[31]。氏は、葉原から樫曲への山間の道をたどってその急坂を実感し、「帰山を越えたにもかかわらず、もっとすごい難所が待ちかまえていて〝越しわぶ〟った」という感覚を、強調しておられる。実践的な考察の労を多とするけれど、私は、越坂説を支持するには迷う。

山中峠（至元比田と立札、人跡なく雑草が繁茂）

木ノ芽峠山頂（峠の茶屋は今に残る）

木ノ芽峠の山道（左手は谷川）

敦賀から今庄に向かう時、越坂から西北方に海岸へ向かえばその地点が五幡で、東北方に鉢伏山山頂に向かえば木ノ芽峠になる。いわば、越坂は、五幡越と木ノ芽峠越との分岐点に位置する集落である。どちらの道を通るとしても越坂を経由しなければならないが、どちらの道をたどっても、山中峠あるいは木ノ芽峠の険阻と比較して、越坂の方が通行困難な山道ではない。また、越坂を越える道がそれほど険しいのであれば、現在のように瀨河内から樫曲に山麓をめぐる道をたどれば良いわけで、山中を越える道のみが旧道として存したとは、付近の地形からいって推測しがたい。要するに、よび坂＝越坂説そのものと、藤本氏の辿った北陸道旧道＝越坂道の両方に、いささか不審を感じるのである。

「かへる山こえけるに」は、自然に理解すれば、「かへる山を越えた時に」以外の解釈は不自然である。「こえけるに」と過去の助動詞「けり」があるから、「かへる山を越えた後に」などと解釈できるとは、こじつけの理解と思う。紫式部が感じた「いとわりなきかけみち」は、かへる山を越えた時の最大の難所を越えた時の記述に相違なく、それは、五幡越でも木ノ芽峠越でも、越坂がその地点にはあたらない。私も、木ノ芽峠越の実地踏査を行ってみたけれど、この道を輿で越えるのは、そうとう困難と実感した。急傾斜もあるし、片側が谷に崩れかけた細道もあるし、輿を使っては通行不可能ではないかもしれないが、徒歩でゆっくり注意して通行する方がはるかに楽である。後に明治天皇の巡幸で木ノ芽峠越をされた時は板輿であったというが(32)、至上の高貴の身分であり、しかも屈強の駕輿丁たちに懸命に奉仕されてのもので、比較にはならない。半世紀ほど前の道綱母は、唐崎詣に早朝鴨川を徒歩で渡った。受領程度の娘の旅でも、つねに輿あるいは牛車をのみ使用したと考える必要はない。

しかし、現実に、紫式部は「よび坂」の辺を、「こしもかきわづらひ」ながら、「かへる山」を越えている。これは、紫式部一向の帰京の途での最大の難所であった「よび坂」も、逆に「こしもかきわづらひ」ながら越えられる程度の難所であったことを指しているものではないだろうか。このように思考をめぐらすと、上杉氏の指摘された、武生国府から外港たる河野浦への道をたどる道が、いちばん妥当性を帯びてくるように思われる。「たこの呼び坂」は、この道の最大の難所であった。ようやくにこの坂を越えて海岸に出て、ここから五幡越の道に合流したか、舟運によって敦賀津まで至ったか、私の想像は後者であるが根拠となる資料はない。

敦賀津から山越えして近江に至り、琵琶湖岸の往路に同じ塩津から乗船、帰途もまた舟運によったようである。

水うみにて、いふきの山の雪いとしろくみゆるを
なにたかきこしのしら山ゆきなれていふきのたけをなにとこそみね
（『紫式部集』21850番）

伊吹山は、塩津浦から漕ぎ出したとすると、湾の出入り口辺に所在している竹生島辺からはすぐ東方である。「天候さえ具合よければ、琵琶湖の南端からでも見える」。乗り合わせたタクシーの運転手は、質問にそう答えて、むしろ琵琶湖の北方の方位を指さした。湖西地区に居住する私も、その後は、折々注意して伊吹山を望見する機会を得ている。伊吹山は、琵琶湖の東岸を航行していて初めて山嶺を仰ぎ見ることができるという山ではない。用例は、紫式部一行が舟運によって琵琶湖を航行している以外のことを語るものではない。

奥津島山全景（湖上どこからでも遠望）

ところで、ここに、往路でも触れた、
水うみにおいつしまといふすさきにむかひて、わらはへのうらといふうみのおかしきを、くちすさみに、
おいつしましまもるかみやいさむらん波もさはかぬわらはへの浦
（『紫式部集』21796番）

の問題がある。この「おいつしま」について、南波浩氏は「近江八幡市の北

方の奥津島。今の沖島の東方対岸にある州崎。奥津島神社がある」と注された。[33]この注が正しければ、当然、紫式部の帰途は琵琶湖東岸に沿っての航行によったことになる。

久保田氏は、文政七年版の「近江国大絵図」や『角川日本地名大辞典』所載の「近世交通図」・奥島周辺の明治26年測図などを紹介して、奥島が内湖となっている状態を示しておられる。このことは大中の湖干拓事業として知られる著名な事実であるが、これが決め手になる根拠かどうかには疑問を抱く。東岸を航行して、湖西と比べて遠距離となっているルートを、内湖を経由してさらに遠距離にするのは、自然な発想ではないと思う。原田敦子氏は、朝妻（坂田郡米原町）から大津への航路の中継点の位置にあり、紫式部もこの奥津島辺で仮泊したかと推測されている。[34]朝妻湊は古代に知られた要港であるが、これは主に東国の物資の湖上輸送の拠点であって、北陸道との関係は緊密でない。湖東航路を辿ったとすれば、塩津からの距離を考えれば、朝妻・奥津島に各一泊と考えるのが自然だが、都近くなって旅程を増やすというのも自然でない。

琵琶湖のほぼ中央の湾曲部に位置する沖島と湖南アルプスと呼称される奥島の形姿は、琵琶湖上に漕ぎ出した時から、往路でも還路でも常に視界のうちにある。[35]

淡海の海沖つ島山奥まけてわが思ふ妹が言の繁けく　（『万葉集』巻十一、2489番）

風わたるにほのみづうみ空晴れて月影きよしおきつ島山　（『続千載集』巻五、483番）

のごとくである。それが、今初めて望見されたように、「おいつしま」と表現されるのも不自然である。安藤重和氏は、奥津島姫命が筑前の沖の島から琵琶湖の沖ノ島ついで大島に勧請された経緯を詳細に考究されているが、[36]舟行のどの場面でも視界にある沖ノ島・大島の「おきつ島山」の風姿は、[37]勧請の趣旨の通り琵琶湖上航行の安全を守る神というにふさわしく、「わらはへの浦」の波静かを守るようなスケールの神ではないと思われる。

一般的に湖上の航行は、湖岸の官道に平行した形で行われるらしいが、[38]その点で見ると、古代の北陸道が湖西を走り、琵琶湖岸の港が、「湖北では塩津・海津・大浦・菅浦、湖東では朝妻・野洲の湖、湖西では勝野津（香取の浦、真長の浦）・木津・阿渡の水門（小川津）・平浦（比良の湊）・和邇の船瀬、湖南では志賀の津（大津）・大津（浜大津）・栗津」と言われているように湖西に集中している事実[39]は、西岸航行に可能性を示す。また、

湖上、船人の曰く、春夏は伊勢南風なり。秋冬は乾風也。春夏は船をやるに東浦よし。秋冬は西浦よしといへり。伊勢南といへるは東南の風のこと也。暁より日の出までに南風あるを勢多風といふ。

（『近江輿地志略』巻五、湖水）

とも言われている。冬季における琵琶湖東岸航行には、かたがた否定的な資料である。このあたり、事実の究明は更に必要であるが、今のところ、紫式部は、一年半前にたどった同じ湖西の岸近くを航行し、大津に上陸して都に入ったという経路を、考察の前提にしてよいのではないかと考えている。

注

（1）西井芳子「三尾崎について」（「古代文化」六巻六号、昭36）。
（2）田中新一「紫式部集羇旅歌の地名考証―おいつ島を中心に―」（「椙山女学園大学研究論集」三十号、平11）。
（3）角田文衞「越路の紫式部」（『紫式部とその時代』角川書店、昭41、所収）。
（4）久保田孝夫「紫式部越前への旅」（「同志社国文学」第18号、昭56）。
（5）伊藤博「紫式部集の諸問題―構成を軸に―」（「中央大学文学部紀要」63号、平1）。
（6）井上真理子「紫式部集の地名―磯の浜をめぐる詞章の問題―」（「愛文」第16号、昭55）。
（7）竹内美千代「紫式部集補註―いそのはま・たづ考―」（「神戸女子大学紀要」二号、昭46）。
（8）安藤重和「〝いそのはまにつるのこゑごゑなくを〟に関する考察―紫式部集試論―」（「名古屋大学国語国文学」100号、平19）。

（9）久保田注（4）論文、藤本勝義『源氏物語の人ことば文化』（新典社、平11）。

（10）山尾幸久「古代近江の歴史的特徴」（立命館大学人文科学研究所編『琵琶湖地域の総合的研究』文理閣、1994）。

（11）「同十一日ハ、義貞朝臣七千余騎ニテ、塩津・海津ニ着キ給フ。七里半ノ山中ヲバ、越前ノ守護尾張守高経大勢ニテ差塞ダリト聞ヘシカバ、是ヨリ道ヲ替テ木目峠ヲゾ越給ヒケル」（『太平記』巻十七）といった用例もある。

（12）角田注（3）書。伊藤博氏も、近時の『紫式部集』注釈において、「おいつしま」を「行路の順から考え塩津川（現在の大川）が形成した州崎と入り江を当てるべきであろう」とされている（新日本古典文学大系『紫式部集』、1989）。

（13）『近江輿地志略』巻八十四・浅井郡早崎村（歴史図書社、昭43）。

（14）吉田東伍『大日本地名辞書』（冨山房、昭44・増補版）。

（15）『近江輿地志略』巻八十七所引『先代旧事記』『本朝年代記』など。

（16）小江慶雄『琵琶湖水底の謎』（講談社、昭50）に詳述されている。

（17）『近江與地志略』所引『故事拾遺』。

（18）『日本書紀』巻十・誉田天皇。

（19）伊藤博氏は「山越えの途次、塩津湾を望見した折りの歌であろう」と注されている。そう推定できるならいちばん自然だが、現実の深坂峠の地理的状況からは、まず無理な解釈とせざるを得ない。

（20）角田注（3）書。

（21）『福井県史』（福井県、平5）は、今一つ、水路で水津以北の甲楽城《かぶらき》に上陸して国府に到るルートも、記述している。「敦賀—甲楽城」の船便については、『宇治拾遺物語』（巻二）にも用例を見る。

（22）藤岡謙二郎『古代日本の交通路Ⅱ』（大明堂、昭53）。

（23）『倭名類聚抄』巻五。

（24）角田注（3）書。

（25）木下良・武部健一『完全踏査古代の道』（吉川弘文館、2004）。

(26) 本興寺自身は、室町時代に尼崎に建立された法華宗寺院の末寺で、越前国国衙と何の関係も持たない。国衙と国司居住邸との関係もとりあえず不明であるが……。
(27) 『類聚国史』（天長七年）。
(28) 二屋集落の説明板。
(29) 上杉喜寿『歴史街道』（安田書店、平4）。
(30) 角川日本地名大辞典『福井県』（角川書店、昭64）「河野」の項。
(31) 久保田注（9）論文・藤本注（9）書。ただし、上杉注（29）書は、『南条郡誌』の越坂比定そのものが、理由は不明だが、誤りであったと述べている。
(32) 上杉注（29）書、三六七頁。
(33) 南波浩校注『紫式部集』（岩波書店、昭48）。同『紫式部集全評釈』（笠間書院、昭58）には、さらに詳しく述べる。
(34) 原田敦子「紫式部集の配列―越前往還の旅をめぐって―」（「大阪成蹊女子短大研究紀要」二八号、平3）。
(35) 遠望の可能性については、田中注（2）論文や山本淳子「心の旅―紫式部集旅詠五首の配列―」（「日本文学」45巻12号、平8）も述べている。
(36) 安藤重和「おいつ島考―紫式部集の一考察―」（後藤重郎先生傘寿記念『和歌史論叢』和泉書院、平12）。
(37) 真下厚「近江の古代文学」（注10書）。宮畑巳年生「竹生島と長命寺」（藤岡謙二郎編『びわ湖周遊』ナカニシヤ出版、昭55、所収）。
(38) 栄原永遠男「湖上交通のにぎわい―瀬田と大津の盛衰―」（岡田精司編『史跡でつづる古代の近江』法律文化社、昭57、所収）。
(39) 山尾注（10）論文。千田稔「湖の道」（藤岡注（37）書、所収）も湖北・湖西の湖上交通について述べている。

第五章　『更級日記』の旅と邸宅

一　上総国府

東路の果て、上総国の国守の娘が語り始める日記である。冒頭部はあまりにも著名なので、省略するとして、いよいよ父親の帰任の途、出発に先立って、暫し他所に居した。

門出したる所は、めぐりなどもなくて、かりそめのかやゝのしとみなどもなし。簾かけ、幕などひきたり。南ははるかに野の方見やらる。ひむがし西は海近くて、いとおもしろし。(1)（四八〇頁）

長途の旅行の前には、別所に居を移し、そこから再出発することがある。方角の忌ほかの陰陽的な禁忌に関連する行為である。都近くの寺社なら前日から、長途の旅行なら相当の日数、他所に「門出」する。(2)『蜻蛉日記』でも冒頭近く、父親の倫寧が陸奥国赴任の前に別所に移って過ごす記述がある。地名は「いまたち」と、日記には記録してある。ただ時を過ごすだけの居所なので、幔幕をめぐらした程度の仮屋である。都の内なら所有の別家とか、知り合いの家とかを利用するが、この場合は国府を出れば相応の場所を求めにくかったのであろう。

孝標女がそれまで過ごした上総国府の所在地は明らかでないが、近隣に所在したはずの国分寺・国分尼寺は、近年の発掘調査によって、位置確認がされ現地に復原されている。市原市の、現在市役所が所在する台地上に、市役

上総国分寺址

所を挟むような形で所在している。この台地の東・北に接する形で所在する古代道（偶然ながら国道297号線にほぼ重なる）も、発掘確認されている。国府が近辺に所在したことは疑いないが、具体的には、近隣の惣社・村上地区、郡本・市原地区、能満地区と諸説あって、確定し難い状況らしい(3)。惣社とは、国内諸神を合祀して国府近辺に作った社であるし、すぐ南を西流する養老川の旧河道から、平安時代の建物群遺構が発見されたりということもあるので、惣社・村上地区を国府所在地と一応認定しておきたい(4)。過日、現地確認に訪れた際は、小湊鉄道の上総村上駅から歩いた。私の少年時代に存したような、鄙びた駅舎を出ると、東北方向に市原台地が横たわり、水害などの災害にも安心な地勢という条件は、一目で確認された。台地の麓の森と見えたのが、惣社とされる戸隠神社で、そこから東北に、国分寺・尼寺が所在、その向こうに、先述の古代道が南西方向に走っている。

孝標女が門出した「いまたち」は、国府の西方である。「ひむがし西は海近くて」の「西」は了解出来るが、「ひむがし」は考えにくい。厳密に東西が海という地形を見つけるのは、困難である。養老川の河口近く、東西の河流が大きく迂回している地点を考えれば、設定可能かも知れない。「ゆふぎり立ちわたりて」というのは、川辺に似つかわしい。その場合でも、「南ははるかに野の方」というのだから、養老川の川筋よりも南ということになるのだろうか。このあたり、現地不案内の者には推測困難である。市原市教育委員会が発行した『市原の歩み』（昭48）は、郷土史家落合忠一氏の「いまたち」＝惣社・天神台説を紹介している。地図を見ても現地を確認できないが、国府所在地に近接した設定になっているように思われる。日記の記述はあきらかに海岸近くであるので、その点が少し気になる。

上総国府の西に、海岸線に沿う官道が所在した。「いまたち」に門出して二日後、上総介菅原孝標の一行は、いよいよ京に向けて出発した。海岸線に沿った官道は、現在の県道24号線（千葉鴨川線）にほぼ重なるものと思われる。この道を北上し、国堺を越えて、下総国「いかた」が最初の宿泊地であった。注釈書はおおむね、かつて池田郷と称した千葉市寒川辺としている。翌日は、真野長者が住んだという跡辺を通過した。舟で渡った川中に、大きな柱が四つ、残っていた。

朽ちもせぬこの河柱のこらずは昔のあとをいかで知らまし

この状景は、都川が急角度に曲がる位置に所在した、古代の河曲駅（現在の千葉県庁付近）のものであろうというのが、郷土史家高松恵二氏の意見である(5)。

その夜は、くろとの浜といふ所に泊まる。片つかたはひろ山なる所の、すなごはるばると白きに、松原茂りて、月いみじうあかきに、風のおともいみじう心細し。（四八〇頁）

注釈書は、「くろとの浜」を上総国君津郡黒戸として、作者の記憶違いかとも注する。実在地名があると、すぐそれに引かれ過ぎるのは疑問。月日を明記する態度から見て、根拠のある記述と見たい。描写から見て、片方ははるばると続く海浜の宿営である。『更級日記』は、海岸線の官道（現在の道で言えば、ほぼ国道14号線、通称千葉街道に相当）を北上する。先の高松氏の意見では、海老川河口の船橋大神宮の所在地辺。「くろど」は壟戸で、船着場の意味とされる。

翌日は、武蔵国に入った。

しもつふさの国と、武蔵との境にてあるふとゐがはといふがかみの瀬、まつさとのわたりの津に泊まりて、夜ひと夜、舟にてかつぐ物などわたす。（四八一頁）

市川渡（左JR鉄橋、右市川橋）

「ふとゐ川」は太井川、現在の江戸川の下流域の称という。「まつさと」は松戸、江戸川左岸にあり、下総国府と常陸国府を結ぶ交通上の要衝というのが通説であるが、京に帰る道筋としては、北方に迂回した感じになる。渡河のために、上流のこの地点まで迂回する必要があったのだろうか。やや不審を感じながらも、私も一応従おうかと迷っていた時に、先述来の高松氏の所説に出会った。氏は、「まつさと」は「松原の中の里」が原義で、市川を指すとされる。下総国府が、市川の国府台地に存したことは知られているが[6]、この古代官道は、すぐ南の市川砂洲という帯状の微高地を走っている。これが江戸川に達した地点を、渡河したと理解されている。現在は、JR線・京成線の鉄橋に挟まれて国道14号線市川橋が架かり、間断なく車両が通過している。松戸に向かう松戸街道は、江戸川直前に分岐して北に向かっている。写真撮影のために堤防に立ってみると、河筋のやや湾曲した北方が、市原台地に似た情景で、国府所在地の地勢の共通性があらためて感じられた。高松氏は、最近になって明らかになってきた、北小岩と隅田を結ぶ古代直線道路の存在も前提として、江戸川を渡河する「まつさと」の渡しの場所を、この市川橋上流付近に推定された[7]。私も見解を支持したい。この渡しで赴任地からの見送りの人たちと別れ、いよいよ本格的に、京への西上の道を辿った。

武蔵国は、葦荻といった植物が、馬の背以上も生え茂った野の中を、はるばると辿って行った。途中に所在したはずの浅草寺についての記述はなく、野中に所在した「竹芝といふ寺」のことが記述され、現在の港区三田台町、済海寺のことと注されている[8]。済海寺は元和元年（1615）創建の浄土宗寺院で「竹芝といふ寺」ではあり得ないが、この地近辺という比定は、不自然ではなさそう。松里から竹芝寺に至る路について、木下良氏作成の駅路を中心と

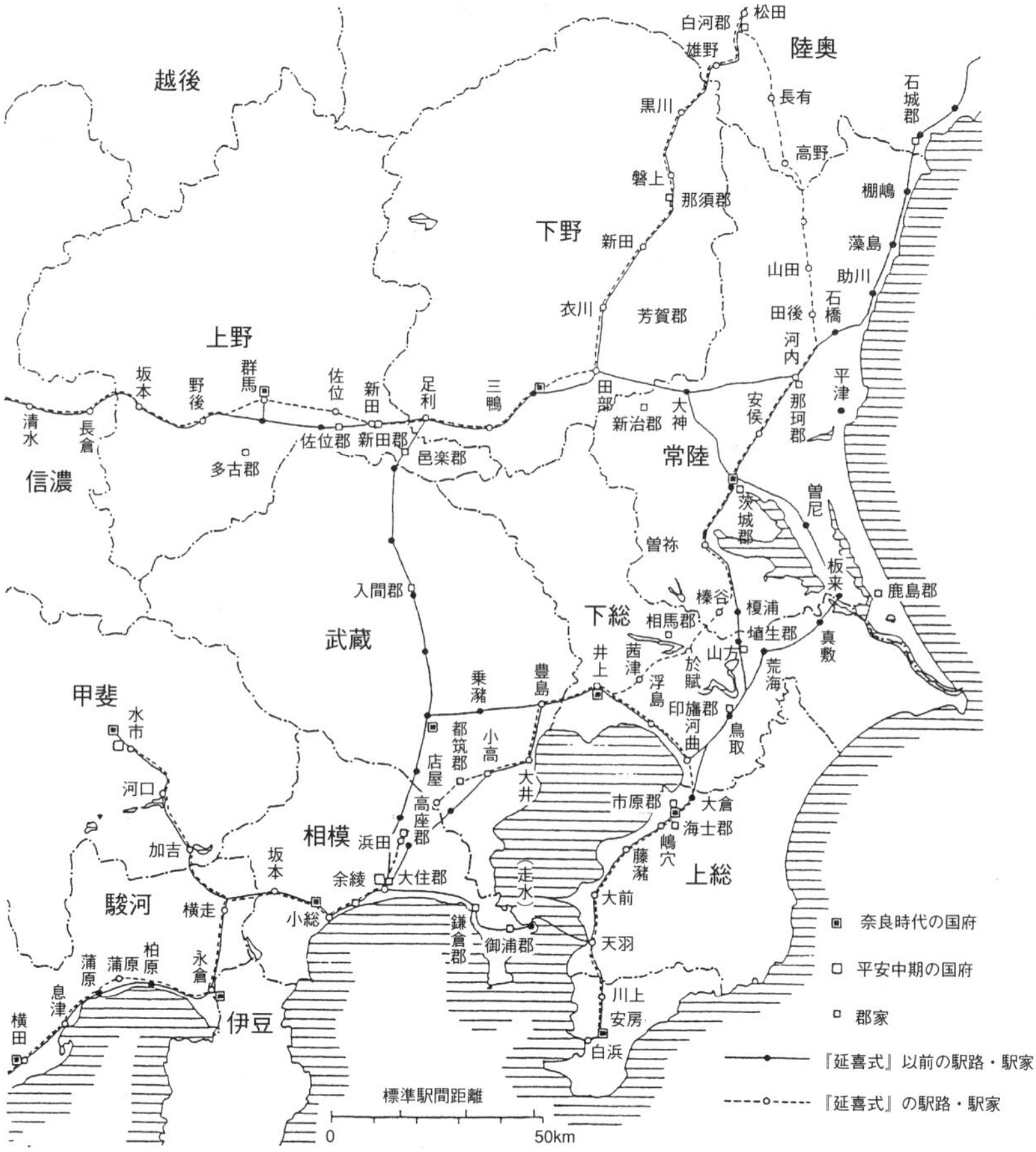

坂東・山東の古代交通路想定図（木下良氏作成）

した古代道図（「総説・神奈川の古代道」、『神奈川の古代道』所収、藤沢市教育委員会、1997）を拝借して、参考に供する（前頁）。

野山、葦おぎのなかをわくるよりほかのことなくて、武蔵と相模との中にゐてあすだ河といふ。在五中将の「いざこと問はむ」とよみけるわたりなり。中将の集にはすみだ河とあり。舟にて渡りぬれば、相模の国になりぬ。（四八四頁）

「中将の集には……」の部分は、注記の混入かも知れない。いずれにせよ、武蔵と相模の国境をあすだ河（すみだ河）とするのは、明瞭に誤りと思われるが、孝標女に手控えの記録があったとすれば、このあたり再検証の必要があるようにも思われる。実は、孝標女は隅田川と多摩川の渡河の記憶を混同したのかなどと内心想像しながら、草稿の段階ではこのように記しておいたのであるが、郷土史家武内廣吉氏に、「このあすだ川は当時大井川（いまの大岡川）の河口で、〝あすた〟は〝めいだ〟と転化し、今は〝まいた〟（蒔田）と呼んでいる。そのころの大岡川の河口は、永田耕地の辺りまで入江になっていて、河口は広く船で渡したものと思われる(9)」という所説のあることを知った。検討に値する意見と思われるが、私には追加すべき知見が無いので、紹介のみ。

二　足柄峠越

相模から駿河へ、東海道の最大の難所、箱根越にかかる。箱根越の道は、時代を追って数次の変遷がある。平安時代頃には、箱根山の外輪を迂回する足柄峠越が、普通のルートだった。

足柄山といふは、四五日かねて、おそろしげに暗がりわたれり。やう〳〵入りたつふもとのほどだに、空のけしき、はか〲しくも見えず。えもいはず茂りわたりて、いとおそろしげなり。ふもとに宿りたるに、月もな

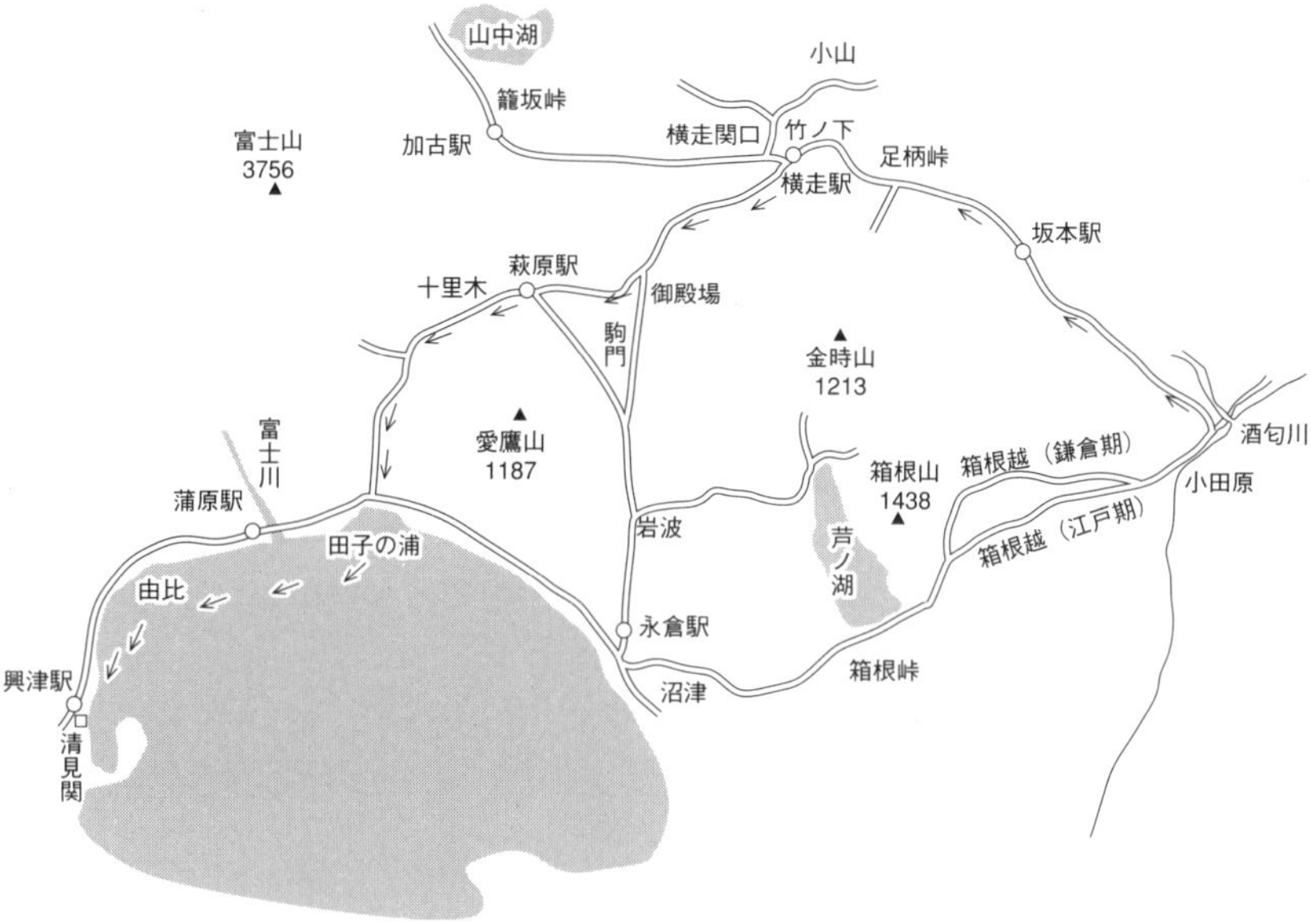

足柄峠越え関係図

く暗き夜の、やみにまどふやうなるに、あそび三人、いづくよりともなく出で来たり。

（四八五頁）

小田原の手前、下流で酒匂川となる狩川の水流に沿う道、現在で言えば、伊豆箱根鉄道大雄山線に平行して北上する道筋であったように思われる。「四、五日かねて」は、間違いと言えば簡単だが、足柄峠を越えて駿河湾に達する旅泊は四、五日を要しており、後年の記憶として見れば、理解できる要素もある。富士の樹海に相当するような樹林の中の道が数日続いた記憶が鮮明に残っていたものではなかろうか。

「ふもと」は足柄峠の東麓の関本（坂本駅）辺であろう。後に述べるが、西麓の横走駅とともに峠の東西に位置して、それなりに殷賑の場所であったと思われる。日記中にも名の見える難波（江口）や神崎のように、それなりに旅宿のある場所でないと、遊女が活動する環境がない。少女であった孝標女の目には、遊女たちが「さばかり恐ろしげなる山中」に消えて行ったような記憶であるかも知れないが、事実は、さほどの

足柄山上遠望（晴れていたら、眼前に富士の麗姿）

ものでなかったであろう。知られているように、東海道の箱根越は、初め足柄峠越の道として開かれた。延暦十九年（800）以後の富士山噴火で足柄路が閉ざされて箱根道（箱根新道）が出来た。その後間もなく足柄路が復活し、通行の旅人も多く、足柄関も置かれた。現在の小田原から三島を通過する箱根路に対して、足柄峠越は、はるかな迂回路である。それなのに、この旧道は、なぜ廃れることなく続いたのか。足柄峠が、東海道ではなく東山道の要衝であったことに、理由がある。相模から甲斐国に向かう要路としての足柄路の重要性は、この地域の経済・交通としては、箱根にまさるものがあったようである。孝標女の記述を、荒涼とした山路での不思議な体験として受け取るのは、事実に反するだろうと、私は考えている。

早暁、孝標女一行は関本辺の宿所を発った。山上の峠では、足がすくむ畏怖感と同時に、東の国を後にする感懐も味わったのではなかろうか。

まだ暁より足柄を越ゆ。まいて山の中のおそろしげなる事いはむ方なし。雲は足のしたに踏まる。（四八六頁）

足柄峠は、南の金時山（標高1213ｍ）と北の矢倉岳（標高870ｍ）との間を抜ける峠である。「雲は足のしたに」は過剰な表現だが、少女にはそれほどの鮮烈な印象を残した。私も、過日、念願の足柄峠に立つ経験を得た。西方に対面しているはずの富士は、中腹から上は雲に隠れ、金時山・箱根山（1438ｍ）に続く山系を南に望見し得るのみであった。孝標女も、確実に同じ光景を目にしている。足柄峠から、西麓のJR足柄駅辺に下ってくる道は、峠からやや北に下った辺からの尾根道にあったと推定されている。「向方ルート」と呼称されているこの道は、山頂に近い部分の山くずれで、徒歩での通行も不能になっているが、尾根道を辿る古道の特徴にも合っており、ほぼ間違いない道筋と思われる(10)。私が利用したのは、地蔵堂川に沿った西麓から山上に向かう県道78号線であったが、古代の道は、このような谷合いの道は通らない。

からうじて、越えいでて、関山にとどまりぬ。これよりは駿河なり。横走の関のかたはらに、岩壺といふ所あり。えもいはず大きなる石のよほうなる中に、穴のあきたる中より出づる水の、清く冷たきこと限りなし。

（四八六頁）

横走関は、駿河国駿東郡横走郷（『和名抄』）に所在の関と言われている。「とどまりぬ」は、宿泊の意味か、休憩の意味か判然としないが、日記本文からは、宿泊と考えるのが自然のように見える。『静岡県史』は、横走関を御殿場市駒門《こまかど》の関屋塚辺に比定、岩壺を近隣の駒門の風穴に該当させ、駒門から北上三kmほどの柴怒田辺に横走駅を想定している。足柄峠の西麓から駒門までは十三km程度であるかと思われるので、一日の行程としてさほど不自然ではない。

駒門風穴（溶岩窟、岩壺とは違うと思うが）

私も、横走駅・関の所在地について、専門外のことで、ある意味自由な想像をめぐらしそれなりの感触を得ていたが、足柄峠の現地踏査の折に、御殿場市立図書館を訪ねて、関係資料の紹介を受けた。地元では、実に丹念に多くの考察が積み重ねられていることも知ったが、結論的にはいまだ確定を見ていない。多くの検証をいちいち紹介するのも煩瑣に過ぎるので、御殿場市教育委員会発行「地方史研究」5号掲載の齋藤泰造「横走駅と横走関考」(1996) に代表して貰って、研究史のおおまかな把握をしておきたい。氏の紹介によれば、代表的な見解は、次のようである。

ア　金田章裕氏説（『古代日本の交通路』大明堂）

裾野市御宿付近で黄瀬川を渡り、横走関・岩壺の比定は県史に同じ。横走駅は、関のすぐ北側。ここから北上する道が、柴怒田辺で甲斐路・足柄路に分岐する。

イ　天野忍氏（『静岡県歴史の道・別冊』静岡県教育委員会）

裾野市岩波付近から黄瀬川岸を北上、横走駅（永原追分）に至る。甲斐路はここで分岐、足柄路は足柄街道に沿って進み、竹ノ下の通称「宿」に至る。ここが横走関の所在地で、宿の裏山が「関山」。

この両説に対して齋藤氏の意見は、次の通りである。

柴怒田までの経路は、金田説に同じだが、横走駅は、柴怒田からさらに北上、「深沢小字内山から通称柳壺を通り、市営東グラウンド」辺。『更級日記』にいう関山は、足柄峠から下った道が鮎沢川を渡り、再び登ったあたり（深沢小倉南交差点辺）で、関の所在もその近辺。駒門の風穴付近は当地より十一㎞程度で、次の宿泊地。(11)

金田氏が南方の駒門付近、天野氏が小山・竹ノ下付近に想定したのに対して、齋藤氏は、天野氏説に対してはやや西方で、関の方をむしろ東に想定されているように思われる。このあたり、通称など、地図上での細かい地名確認ができないので、多少の誤解があったら容赦いただきたい。

私も、考えをめぐらした結果として、齋藤氏の意見にほぼ同調したい。まず、一つの理由は、足柄駅が東山道の駅ということである。この道が、甲斐国加古駅から足柄峠を越えて相模国坂本駅という順路上の駅であるならば、籠坂峠から下ってきた道が、大きく南に下って、あらためて北上するような駒門辺などは候補としての資格を欠いている。さらに、諸国の駅馬が、普通は五～十疋であるのに、横走駅は廿疋、坂本駅が廿二疋であるのは、足柄峠越を意識したものであることが明瞭である。都近くの山崎駅・鈴鹿駅でさえ廿疋で、第一の難所の認識によるものであろう。駅の所在が、東麓の坂本に対比される西麓辺であったろうと推測するのは、ごく自然である。次に、関の所在地であるが、おおむね駅と離して所在させる意味もなかろうし、「横走」という同じ呼称ということもあるが、「関」というものの性格からも、ほぼ近辺に所在して自然であろう。関所は、逢坂・鈴鹿・愛発など山越の要衝に設置されることが普通である。後の承久の乱の際に、初め、箱根・足柄関を塞いで都からの軍勢を阻止しようとする防御策を考えたりしたらしいが、関が、そのような軍事的拠点として足柄峠に設けられるのは分かる。しかし、山上に足柄関があり、山下に横走関があるというのは、自然でない。現在、足柄山の北麓を、東名高速・国道246号線・JR御殿場線などがほとんど平行しながら通過しているのは、富士・箱根山系を比較的平穏に越えられる地域はここしかないことを、雄弁に語っている。横走関は、この間道を抜けるのを監視する目的で設置された関であろう。従って、関の所在地は、加古駅から足柄峠に向かう東山道と黄瀬川沿いに北上したきた旧246号線が交錯するあたりが、最も似つかわしい想定地と思われる。小倉野から深沢城（これは戦国時代の遺構である）に至るあたりを想定しておきたい。

ところで、あらためての疑問であるが、孝標女の一行は、すでに箱根路も開かれており、この道をたどれば、ざっと見ても二十km以上も短縮、二泊程度は節約できそうなものなのに、なぜわざわざ足柄路に迂回する道を取ったのであろうか。実は、私も若い時に、鎌倉期の箱根越(12)（浅間山・箱根山の山頂辺を経由する）をたどる経験をしたことがある。尾根をたどる道なので険阻ではあったが、足柄峠越とさほどに径庭があるとも感じない。孝標女一行が足柄峠のルートを選んだ理由として、甲斐国に越える幹線道路として、現在想像する以上に通行者の多い道であったこと（遊女の出現がなにより雄弁に語る）、従って山賊などの危難から多少でも安心であることなどのほかに、今一つ重要な要素があったと思われる。富士山麓を通過した後の『更級日記』の記述は、清見関―田子の浦―大井川―富士川と、順序は逆になるが、田子の浦以西の地名しか出ない。これは、黄瀬川沿いに南下したなら通過したであろう永倉駅（現・長泉町）から沼津あたりの記述が省略された結果であろうか。私は、そうではないと推測する。この地域の東海道には、海岸線を経る海道と、愛鷹山の北麓を経る十里木越えのルートがあったらしい[13]。孝標女一行が通過したのは、後者の道ではなかったろうか。足柄峠踏査に赴いた時、富士川の河口辺からナビを設定したら、この経路（おおむね県道24号線・国道469号線に重なる）が距離優先のルートとして出てきた。すなわち、足柄峠下から最短の距離ということである。箱根山を足柄峠で越えて、富士山麓を田子の浦に南下するルートは、慣用的にかなり知られていた道筋ではなかったろうか。「田子の浦は浪高くて、舟にて漕ぎめぐる」とあるので、この浦で小舟に乗船、富士川河口もそのまま通過して、興津駅辺で上陸と推定してみた。清見関は関所なのだから、上陸して通過しなければならないかと推測しただけで、たいした根拠はない。

三　孝標女の家

菅原孝標の家については、日記に明示がある。はるばると東路の道を辿って、京都に帰った時の記述。

①いと暗くなりて、三条宮の西なる所に着きぬ。（四九〇頁）

この邸宅は、「三条宮」なる邸の西隣と分かる。

ひろ〴〵と荒れたる所の、過ぎ来つる山々にもおとらず、大きに恐ろしげなるみ山木どものやうにて、都の内とも見えぬ所のさまなり。（同）

とも描写されている。国守の邸としては、荒廃はしているが、かなりの地所を占めていると見える。次に根拠となる資料は、同じく日記中の、

②春ごとに、この一品宮をながめやりつゝ、

さくと待ちちりぬとなげく春はたゞわが宿がほに花を見るかな

という記述から、「一品宮」邸の桜花を望見できる場所にあったことが分かる。これらのことは、角田文衛「菅原孝標の邸宅」(14)の冒頭にも紹介してある。角田氏はまた、邸の広壮の様子から、方四十丈（一町）を占めたとも推測されている。受領層では四分の一町が限度とされているから、これが正しければ、分不相応の邸宅であるが、確かなところは不詳である。角田氏はまた、この邸宅は「かへる年の四月の夜中ばかりに焼亡してしまった」と述べられているが、これは、孝標女が当時長期に渡って東山に滞在したことを、「焼亡にあって」と推測された模様である。長期に渡って自宅を離れることは、四十五日の方違といったこともあり、これを焼亡と結論するのはやや早計かと思うし、仮に焼亡のことがあったとしても、自宅がその後他所に移動はしていないことを前提として考えたいと思う。

③そのあか月に京をいづるに、二条の大路をしも、わたりて行くに、先に御あかし持たせ、ともの人々浄衣すがたなるを、そこら桟敷どもにうつるとて、行きちがふ馬も車も、徒歩人も、「あれはなぞ、〳〵」とやすからず言ひ驚き、あざみわらひ、あざける者どもあり。（五二二頁）

の記述にも、やや参考になる部分があるか。三条に所在する家から鴨川東の大和大路を通って行くのに、わざわざ北に迂回しないだろうとも推測されるから、孝標邸は三条でも二条に近い位置と想定するのが、自然であろう。

さて、そのまず三条宮であるが、普通に「三条宮」と呼称される邸宅は、

太皇太后昌子内親王家　　三条坊門南高倉東
資子内親王家　　三条坊門北東洞院西

である。『日本紀略』正暦元年（990）十月四日条に、昌子内親王（朱雀皇女、冷泉皇后）が資子内親王（村上皇女）家より自邸に帰った旨の記事である。ただし、孝標女の記述する頃では、両内親王ともに数十年以前に薨じている。資子内親王家の方は、『小右記』長和四年（1015）八月廿七日条に、定輔が購入して至尊に献じて後院とした記事

があり、これが三条院となった模様である。『御堂関白記』寛仁元年（1017）正月廿五日条に、この三条院を禎子内親王の所有とする旨を父院が仰せられたとの記述があり、同二月廿七日条では近辺（三条町尻）に火事があって道長が参入したとの記事がある。(15)

述べてきたのは、①および②を同時に満たす条件の位置を求めて思考を進めていたものである。昌子内親王はすでに存命しないけれど、これを『更級日記』の「三条宮」と想定してみた場合、孝標家の所在は、三条坊門南東洞院東となる。用例②の一品宮は、さきほどから述べている禎子のことであるが、三条院をこの場所から望むと、東洞院大路を挟んで斜め辻向かい（西北方）になる。『源氏物語』でも、薫の三条邸から北隣の匂宮邸の桜花を眺めたりする記述がある。桜花などは南庭に植樹されているであろうから、孝標家からの方位もごく自然と思われる。なお、角田氏は、御物本『更級日記』の定家書入れ「長和二年正月廿七日新一品宮自按察遷竹三条宮」によって、「三条宮」を、『拾芥抄』に「押小路南東洞院東」に所在とする「竹三条宮」と決定しておられるが、この「新一品宮」は一条皇女の修子内親王のことと思われ、この書入れは、修子内親王が昌子内親王旧邸を御所として移られたという記事として読むべきである。それに、「遷竹三条宮」と読まれた資料は、影印本で確認すれば、明瞭に「遷給三条宮」と読める。これらを勘案して、菅原孝標家の所在は三条坊門南東洞院東と、断定して良いかと思う。後に二条里内裏ともなった教通邸（二条南東洞院東）に近接していること、先に推測した二条大路近くという想定、角田氏が推測された一町の規模など、不明の部分は残すものの、前提としてはほぼ疑問のない結論であると考える。

四　東山なる所

「かへる年」というから翌年と思われる。定家本の注記には、「万寿元年、若二年歟」とある。孝標女は、この年の四月末日頃から暫く、「東山なる所」で過ごす体験をする。八月に入っても、まだ滞在している。四ケ月以上にも渡る滞在の理由は不明であるが、忌違えとしては長期に過ぎるので、病気の転地療養か、あるいは、角田氏推定の自宅焼亡によるか、そのあたりの事情が推測される。

四月のつごもりがた、さるべきゆへありて、東山なる所へうつろふ。みちのほど、田の、苗代水まかせたるも、うへたるも、何となくあおみ、おかしう見えわたりたる。山のかげくらう、前ちかう見えて、心ぼそくあはれなるゆふぐれ、水鶏いみじうなく。

たゝくとも誰がくひなの暮れぬるに山路をふかくたづねては来む

（五〇〇頁）

三条坊門東洞院辺の自宅から、この地に移ってくる道々、苗代に水を張って苗を植え付けていた田は、鴨河原か五条大路末辺のそれであろう。

京へかへり出づるに、わたりし時は水ばかり見えし田どもも、みな刈りはてにけり。

苗代の水かげばかり見えし田の刈りはつるまで長居しにけり

（五〇二頁）

この長期滞在の理由は明瞭でないが、滞在場所は「東山なる所」と明記していた。用例直後に、「霊山近き所なれば、詣でておがみ奉るに」という一文があった。霊山とは、霊山釈迦堂とも呼称され、宇多法皇の御宇に紫雲に乗って下って来た尊像を安置のために建立した寺と伝えられている。寺地は、『拾芥抄』が「清水寺北法観寺東」と明示している。法観寺は別称八坂寺、この寺の仏舎利塔は「八坂塔」と通称されて著名で、現存している。法観寺南を東西に走り清水に至る道（松原通）は、旧五条大路末路である。旧法観寺の寺域は確認できないが、現在の位置から正東の方位に、霊山正法寺が所在している。正法寺の寺地はやや高台になっている。眺望の良いことは、西行詠の詞書「雪の朝霊山と申所にて眺望を人々詠けるに」(16)によっても分かる。

この東山の仮寓地について、さらに日記の記述を拾ってみる。近くの霊山に詣でた時に、「いと苦しければ、山寺なる石井に寄りて」と記していた。「山ノ井」は『顕注密勘』に、「東山霊山のかたはらに山の井といふ所あり」として、『山城名勝志』（第十四）は、『源平盛衰記』の清水寺炎上の記事に拠って、「按霊山与清水寺之間渓歟」と注している。すぐ近隣（清水寺か）から「念仏する僧のあか月に額づくおとのたうとく聞ゆれば」によく叶っている。私も現地を訪ねたことはあるが、清水寺と霊山との谷間で、山際との空地はどれほども無かった。東の山腹からは渓流が流れ出ていて、「山ノ井」の呼称は、流石と思われた。山合いの谷間の情景は、次の文章によく描写されている。

八月になりて、廿よ日の暁がたの月、いみじくあはれに、山の方はこ暗く、瀧のをとも似る物なく眺められて、

思ひ知る人に見せばや山里の秋の夜ふかき有明の月　（五〇二頁）

八月仲秋明月の頃である。月光は、山陰に刻む陰影の方がむしろ深い。西方の谷間の入り口のみが開け、夕日がけざやかに射し入る形状であったこと、別文にある。

北側の山上は、すぐ霊山と思われるが、寺域はフェンスに阻まれて、直接に寺に通じる道があったのかどうか。現在なら、産寧坂と通称される西の道に出て、北に二年坂を通って至るという迂回道しか存しない。東の山腹を回って至る道があったかどうか、確かめられないが、東山の尾根道は現在も北は三条通で途切れる将軍塚まで続いている。「山寺なる石井に寄りて」に惹かれると、東の山腹の渓流横から辿る道を推測したくなるのであるが、現状では未詳である。ともあれ、孝標女が仮寓した「東山なる所」が、清水と霊山に挟まれた、山ノ井と通称される谷間の地であったことも、ほぼ明瞭である。『山城名勝志』（第十四）によれば、勧勝寺（通称山井寺）が所在して、勧勝寺谷と呼称された地である。孝標女の滞在も、この山寺での参籠の形であったのかも知れない。日記に、桜の花盛りに訪ねる約束をして果たさなかったことで、尼と歌を交わす記述がある。赤染衛門にも桜花をめぐる贈答があり、桜花の興趣の地とひそかに思われてもいたようである。

五　初瀬詣と和泉への旅

孝標女が、「今は、昔のよしなし心もくやしかりけりとのみ、思ひしりはて」て、長谷寺参詣に都を出たのは、永承元年（1046）十月廿五日のことである。この日は、前年に践祚された後冷泉天皇の大嘗会御禊が催されるということで、二条大路は桟敷と見物に向かう人々で、騒然としていた。このあたりの一文は先に記述したので、省略する。良頼兵衛督家の門前を過ぎる時に、「月日しもこそ多かれ」と冷笑されたことも述べている。

道顕証ならぬ先にと、夜深う出でしかば、立ちおくれたる人々も待ち、いと恐ろしう深き霧をも少しはるけむとて、法性寺の大門に立ちとまりたるに、田舎より物見に上る者ども、水の流るゝやうに見ゆるや。すべて道もさりあへず、物の心知りげもなき怪しの童べまで、ひき避きて行き過ぐるを、車を驚きあざみたること限りなし。（五二三頁）

法性寺は藤原忠平の創建した寺で、鴨川東に九条から南、大和大路東に広大な寺域を占めた寺である。現在の東福寺は、その故地の一部を継承している。その門前は、『源氏物語』でも『蜻蛉日記』でも、宇治・大和に向かう時の、始発的な位置に意識されることが多い。大和への道は、現在の本町通がJR奈良線を越えたあたりから、やや東南に分岐して、極楽寺・嘉祥寺などが沿道に所在する道を、山越えにかかる。

宇治川東、現在の府道7号線にほぼ重なる道を、南下する。「宇治の渡り」では、渡舟がなかなか岸に着かず、時間を空費した。宇治橋は、川の急流のために、存在しない時も往々である。『源氏物語』では、薫が初瀬から帰ってくる浮舟一向が橋を渡ってくるのを見た場面があるから、橋は存在した。『蜻蛉日記』の道綱母は、渡船によっている。時間の空費は、孝標女に宇治十帖の姫君たちを想起させて、感懐の時間となった。関白頼通領所の宇治殿を見て、夕刻近く「やひろうち」で軽食。この山は高名の「栗駒山」ではないかということで急ぎ山越え、「贄野の池」辺で、漸くに宿を求めた。栗駒山は、宇治市南東部の丘陵の総称と言われている。栗隈郷は、現在の宇治市大久保・広野辺で、その東部の丘陵、現在運動公園とか植物公園とかの緑地に整備されている中心を、山越道が走っていたように思われる。(17)贄野池は、同じく『平安時代史事典』によれば、「東の山地から西流し、木津川に入る南谷川の北岸に出来た後背湿地」ということで、現在の綴喜郡井手町多賀に所在と説明されている。(18)初瀬に詣でた清少納言に、水鳥の鮮明な印象を残したり、(19)以仁王の戦死の地であったり、(20)ポイントになる地名のようである。栗駒山を「越えはてゝ」から、数㎞以上の行程が少し気になるが、一応従っておきたい。

翌朝は、大和街道（現在のおおむね奈良街道）を南下、東大寺を経て、「山のべといふ所の寺」に宿した。木津川を渡って奈良に入る道については、増田繁夫氏に明快な解説があるので、借用したい。(21)

吐師《はぜ》からそのまま南下して平城京内裏の背後に出る「歌姫越、和州郡山道」と泉橋寺の辺りで木津川を渡って一の坂（市坂）から般若坂を経て、東大寺の背後に出る「和州街道、奈良道」の二つがある。一般には前者が歌姫越え、後者は奈良坂越えと呼ばれている。そして、平安時代の文献に京から奈良に入る道としてよく名が見える「奈良坂」は、木津から市坂を経て東大寺の西の大路へ出る途中のものを指す、とするのが通説である。

「通説である」と述べられても、増田氏自身は、般若坂を通る道は「平安貴族にはあまり利用されなかった」という認識なので、この孝標女のルートも、西の歌姫越を通ってと理解されているように思われる。『蜻蛉日記』の道綱母の初瀬詣の記述で、「飛鳥に御灯明たてまつ」って宿りとした寺が元興寺らしく、(22)孝標女が「東大寺に寄りて」行った経路に重なるし、孝標女のコースも道綱母と同じと考えて自然とは思われる。道綱母は、「けふも寺めくところにとまりて」と記述している。孝標女の「山のべといふ所の寺」と同所かどうか明瞭でないが、参詣道での宿泊地の常宿化は自然に考えられる現象で、同所でなくても同地域である可能性は高い。

昔はせに詣づとて宿りしたりし人の久しうよらでいきたりければ、
（『貫之集』八）

初瀬に詣づる道に奈良の京に宿れりける時よめる
（『古今集』巻十八）

さてかの初瀬に詣でて、三条より帰りけるに、飛鳥本といふ所に、あひ知れる法師も俗もあまたいできて、「今日、日はしたになりぬ。奈良坂のあなたには、人の宿給ふべき家もさぶらはず。此処に泊らせ給へ」といひて、門並べに家二つを一つに造りあはせたる、おかしげなるにぞとゞめける。
（『大和物語』異本）

初例は、貫之の著名な〝人はいさ〟の詞書であるが、常宿のようなものは知られるが、場所は示していない。次例は、奈良の京内ということで、現今の中心市街地に近い雰囲気である。終例は、「飛鳥本」と地名を明示し、まさに元興寺周辺である。結局、初瀬参詣に慣例の中宿りとなっている「寺めくところ」は、元興寺近辺とだいたい結論して良いように思われる(23)。偶然かどうか、元興寺の所在する奈良市中院町辺は、現在でも寺院が多く散在する地域になっている。少し気になるところは、孝標女が、「むげに荒れはてにけり」と所懐を洩らした「いその神（＝石上神宮）」の後に、「山のべといふ所の寺」に宿ったとしているところである。石上神宮からなら、逆に戻ることになるので、この想定は成立しない。大系本が「山辺郡二階堂村井戸堂のあたり」とする所在比定が、根拠不明ながら、おおむね妥当になる。現在の天理市近辺である(24)。伊勢にも、初瀬に参詣した時に、「初瀬へ詣づとて山のべといふわたりにて」（『後撰集』巻十九）の記述がある。「宿った」とは書いていないけれど。このあたり、なお検証の余地がある。

翌日は、初瀬参詣道となっている古道を南に、初瀬川に沿って御寺に至った。この古道について、孝標女にも伊勢にも「山の辺」が出てきたので、奈良の自然道路として知られる、奈良盆地東山麓を南下する「山の辺の道」(25)がすぐ念頭に浮かぶが、平安時代の貴族の初瀬参詣道は、この道ではないらしい。その少し西にほぼ平行する南北の道、現在の県道169号線にほぼ重なる、いわゆる「上ツ道」が、平安京からの初瀬参詣道とされている(26)。この上ツ道は、葛城の二上山付近から三輪山南に通る横大路（丹比道とも）に接し、さらに南は山田道を経て飛鳥に至る古道である、孝標女は、

初瀬川などうち過ぎて、その夜御寺に詣で着きぬ。（五二四頁）

と言っている。二度目の参詣の際も「初瀬河わたるに」と記している。上つ道を横大路まで辿って、それから長谷寺に向かうとすると、一度初瀬川（大和川上流）を渡河した後に、横大路から東に向かい、再度初瀬川を渡ることになる。長谷寺は、初瀬川北方だし、渡河の苦労なしに達することは出来るので、このあたりの記述も、検討の余地がある。

上ツ道から三輪山麓をめぐって長谷寺に向かう入り口に存していたのが、椿市である。長谷寺参詣の宿坊のような場所で、『蜻蛉日記』（上巻）にも『源氏物語』（玉鬘）にも記述があるが、『更級日記』にはなぜか書かれない。前夜宿した「山の辺といふ所の寺」が距離近いので（確かに天理辺からなら、さほど遠距離ではない）、椿市で休息する必要が無かったのであろうか[27]。このあたりも、分明でない。椿市の場所は、三輪山西南麓の桜井市金屋の地が比定されている。初瀬街道の入口にあたり、海石榴市観音が所在したりする金屋は、椿市に似つかわしい気もするのであるが、この比定には、今一つ絶対的な根拠が無い。金屋は、崇神天皇の磯城瑞籬宮址で志貴神社が所在したとは説明されるが、「市」の名でも推測されるように交易の地であり、「海石榴市の八十の衢に[28]」が示すような諸道の交わる要衝の地と言うには、少し不似合いな印象を、正直なところ免れない。奈良・飛鳥地方の古代道などを踏査されている真神原風人（＝ハンドルネーム[29]）氏は、①横大路や磐余道（山田道）などは金屋を通らない、②推古天皇十六年に隋国の使者斐世清が海石榴市に上陸して宮都に向かったと記録にあるが、南の豊浦宮に行くのに大和川北岸に上陸するのは不審である[30]、③金屋は山の辺の道の最南部であるが、この山の辺の道は史跡を繫いだ東海自然歩道で、古代の官道とは考えられない、などの理由から、椿市＝金屋説を否定しておられる。氏によれば、本来の椿

市は三輪恵比寿神社の西方、後に「三輪の市」の呼称で知られるあたり、最古の官道としての山の辺の道も、ここを南北に通じて存在した（丁度ＪＲ三輪駅辺を通過する）と推測しておられる。

初瀬川は、通常は水量浅く、川中の岩石の方が目立つ渓流である。長谷寺に参籠三日。出発の日の朝、稲荷から「しるしの杉」をたまわる夢を見た。その夜は、寺を出たのが早暁であったので、「奈良坂のこなた」まで来て、宿をとった。この奈良坂も、増田氏は、歌姫越の道であったとされている。「般若道でも盗人は活躍したが、それよりも有名なのは奈良坂の盗賊」ということで、盗人の気配に終夜緊張した『更級日記』に似つかわしくはある。奈良の旧都に向かう時、「やまとのくににまかりける時、さほ山にきりのたてりけるをみて」（『友則集』1951番）とか、「初瀬へまうでける道に、さほ山のわたりにて」（『拾遺集』484番）とか、佐保山を越える記述がしばしば見られる。佐保山は、奈良盆地の北に、いくらか東寄りに所在して、般若越の方が近いかと思われるが、歌姫越で奈良に入ったあたりに所在の法華寺から東大寺に至る道が、佐保路と呼ばれている。道綱母の二度目の初瀬詣であるが、ようたての森↓むつかしげなる宿院↓春日と辿る道が佐保路に相当する印象があり、二度ともに宇治路経由であるが、増田氏の指摘されたように、「加波多河原」（紙幡河原）―「ははその杜《もり》」間の「藪の渡し」で木津川を渡河して、という参詣順路であったようにも感じられる。[31]「加波多河原」は、孝標女が初めの参詣の時に宿した「にへ野の池」にほぼ重なり、蟹幡寺の所在でも知られる。蟹幡寺の所在地は、京都府相楽郡山城町綺田（かばた）であるが、この綺田ほか、史料には苅幡・加幡・蟹幡などと表記されている。周辺に、綺田の地名とともに、藪浦・渡り戸といった地名もあり、この辺が木津川の渡河地点であったのだろう。孝標女が、二度目の参詣の時に記述する「ははその杜」は、木津川西岸、現在祝園から棚倉に向かう県道71号線に架かる開橋の西詰やや南に存している。開橋からやや下流の玉水橋にかけてのあたりで、渡河したようである。

孝標女の、二年ほど後の再度の初瀬詣。季節も、晩秋の頃らしい。「ははその杜」では、紅葉が見頃だった。「ははその杜」辺は、木津川の水流が西から北に方向を変えるあたりであるが、渡河地点でもありことさら印象深かったものであろうか。この時も、帰途は「例の奈良坂のこなたに」宿をとって、翌日、「藪の渡し」を経て帰途についたもののようである。『蜻蛉日記』の二度目は、木津川の増水のために舟に乗ったままかなり下流まで、「宇治ちかきところまで」行ってから、上陸している。これは、先の渡河地よりさらに北、孝標女が最初に宿営した多賀辺であろうか。後世、「岩田の渡し」という呼称が見える。同時代の藤原実資の初瀬詣は、桂川岸の高畠（鳥羽）から乗船、石清水社辺からは徒歩で行ったが、帰途は木津川で乗船、高畠で上陸している。(32)藤原行成も初瀬参詣をしているが、宇治から往復二泊三日で往還している。(33)騎馬での行程とは言いながら、男性貴族にとってはその程度の旅程であった。

和泉の国に下ることがあった。孝標女の兄定義が和泉守になって任国にあり、それを訪ねていったものらしい。

さるべきやうありて、秋ごろ和泉に下るに、淀といふよりして、道のほどのおかしうあはれなること、いひつくすべうもあらず。（五二九頁）

船旅らしい。淀津は、巨椋池の西、桂川と木津川が合流して淀川となったあたりの津。平安京の外港としての役割を果たしていた。地形の変化があって、正確な位置比定はし難いが、乗船したのは、鳥羽造道を南下して「淀ノ津」で乗船したものではあるまいか。美豆・美津とも呼ばれている。

たかはまといふ所にとゞまりたる夜、いと暗きに、夜いたうふけて、舟のかぢのをときこゆ。とふなれば、遊女の来たるなりけり。（五二九頁）

高浜は、「角川日本地名大辞典」の記述によれば、摂津国島上郡・島下郡に二所知られる。前者は、水無瀬の南十町ほどの淀川右岸（現島本町）で、対岸の楠葉に渡す高浜渡しで知られている。後者は、安威川と神崎川の合流点

（現在の吹田市高浜）辺で、河川交通と街道が交差する要衝の地と説明されている。停泊している船に、舵の音をさせて遊女が舟を寄せてくるなどは、遊女で知られる江口・神崎が近隣の、後者が似つかわしい。別に作成した略地図のように、和泉国府への海岸線の航行には、少し迂回する感じはある。江口は、文字通り難波江への出口であり、淀川の河尻でもある。現在、江口・高浜・神崎は、神崎川に沿って所在しているが、「上古は大物浦より、東北江口里、南は福島・浦江・曾根崎より、北は神崎川まで一面の大江なり(34)」と言われている。略地図は、神崎川が海岸線で、江口が難波江の出口の理解で、一応作成してみた。難波江中には多くの島々があり、島々に架け渡した橋が長柄橋と説明されているが、そのあたり具体的に提示困難なので、省略した。一日の行程なので、孝標女は停泊地の高浜のみを記述するが、『淀川両岸一覧』で知られた地名を拾ってみると、鵜殿・大塚渡口・芥川・三島江・柱本・鳥飼・江口・柴島・長柄渡・川崎浜などがある。孝標女の旅程は、淀川から難波江そして住吉と、岸辺を伝う舟旅であった。後の後鳥羽院の熊野御幸では、石清水八幡社参詣の後に乗船、「クボ津」で下船して、以下天王寺・住吉大社を通って一路南下する陸路を通っている。窪津は、淀川河口付近に位置

淀津周辺図（大村拓生「鳥羽殿と交通」より）

和泉国府址（総社東の公園内）

し、その水運と熊野街道の接点となる船津で、現在の東区石町辺。大阪城のすぐ西辺である。陸路を通らない孝標女の一行は、そのまま海岸に沿って航行した。窪津から南へ、天王寺・住吉大社を経る陸路（現在の谷町筋を南下する国道16号線にほぼ重なる）も、海岸線に沿って存したから、現在の大阪市街はおおむね海の中と言ってもよい。

翌日夕刻には、住吉の浦を航行、

　空も一つにきりわたれる、松の梢も、海の面も浪のよせくるなぎさのほども、絵にかきてもおよぶべき方なうおもしろし。

　　いかにいひ何にたとへて語らまし秋のゆふべの住吉の浦

（五二九頁）

摂津国住吉郡、住吉神社の所在する辺の海面を言う。海岸線を南下して、和泉国に至った。和泉国府は、現在の和泉市府中町に所在。ちなみに和泉国府までの孝標女の旅程図を作成してみると[35]、参考図のようである。

季節が冬になって、帰京の途に着いた。

　冬になりて上るに、大津といふ浦に、舟に乗りたるに、その夜、岩もうごくばかり降りふゞきて、神さへなりてとゞろくに、浪のたちくるおとなひ、風のふきまどひたるさま、恐ろしげなること、命かぎりつと思ひまどはる。

（五三〇頁）

大津とは、和泉国和泉郡、大津川河口の港である。小津とも書く。紀貫之も、土佐国から帰京の際に、この港に入っている。暴風雨にあって、舟も岡に引きあげ、五、六日を待ち過ごした。石津を目指して漕ぎ出していたら、海の藻屑と消えていただろうと、国人たちは口にした。石津は、和泉国大鳥郡、現在の堺市石津町。石津川河口の港で、この地名は、『土佐日記』の記述にも残っている。

荒る丶海に風よりさきに舟出して石津の浪と消えなましかば

（五三〇頁）

石津の浪に消えていたら……。孝標女は、どのような思いを、表現しようとしたのだろうか。参考に、『土佐日記』に見える帰途の地名を辿ってみると、沼島・多奈川・和泉の灘・黒崎の松原・箱の浦・小津の泊・石津・住吉・難

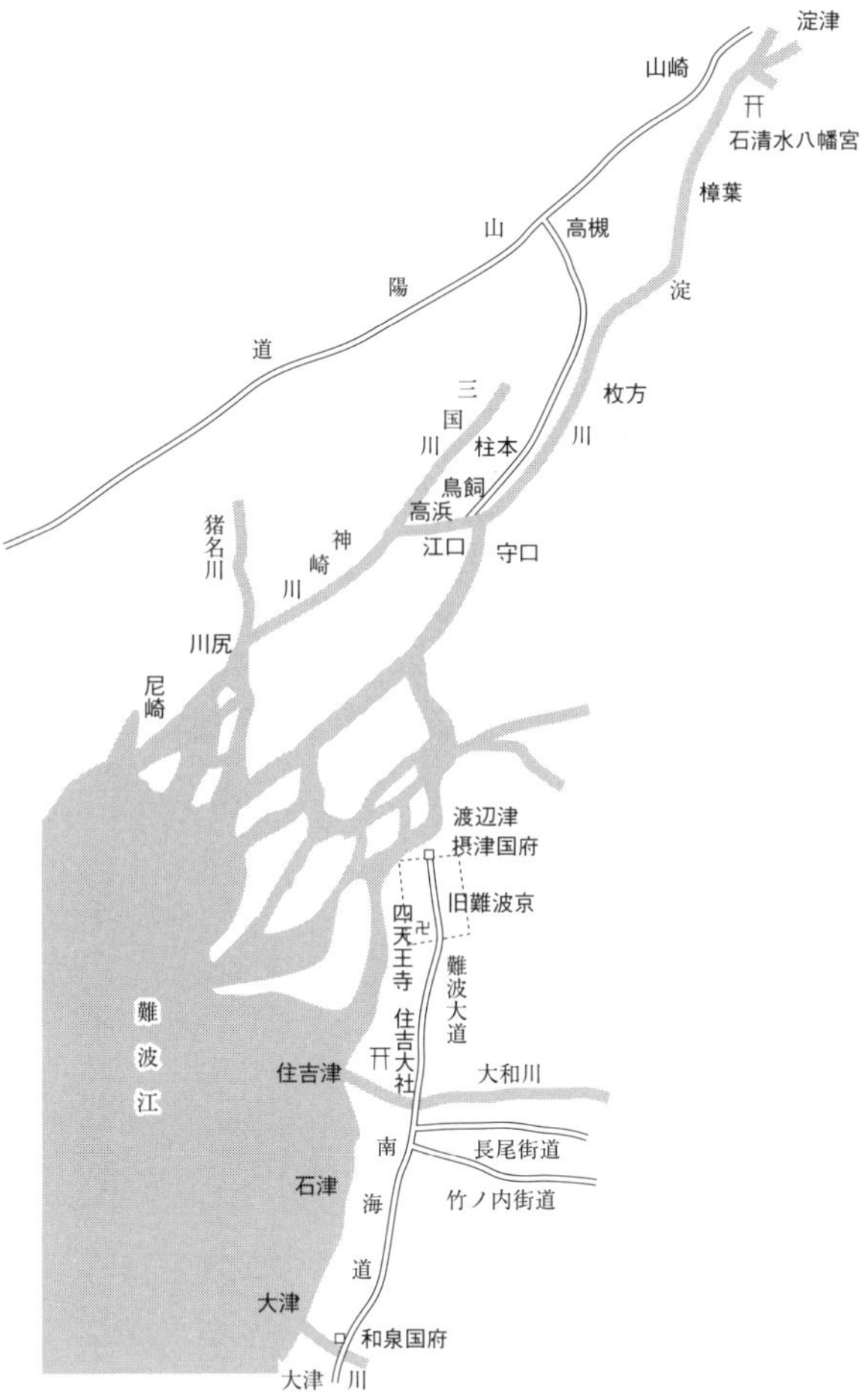

和泉国府往還関係図

波・河尻・鳥飼の牧・和田の泊・渚の院・鵜殿・石清水八幡宮・山崎橋・相応寺・京、のようである。ほぼ一世紀を隔てるが、同じく綱手に引かれて淀川を遡る帰郷の旅である。

注

（1）日本古典文学大系『更級日記』の頁数。以下同じ。

（2）例えば、『土佐日記』では、十二月廿一日に「門出」して、乗船地の「土佐国長岡郡大津」の地に、廿七日の船出まで滞在したりしている。風待ちの意味もあるかと思うが。

（3）『市原の歩み』（市原市教育委員会、昭48）の整理による。他に、類書もすべて同様の報告をしている。結論までは至っていない。

（4）吉田東伍氏は惣社から布目瓦が出土している事実から（『大日本地名辞書』冨山房、明33）、大森金五郎氏は惣社と近辺の地名から（「上総国府所在の研究」、「史蹟名勝記念物調査報告」第八輯、千葉県、昭6）、木下良氏は国分寺との位置関係から（『国府』教育社、昭63）、藤岡謙二郎氏は歴史地理学に基づく調査から（『国府』吉川弘文館、昭44）、郷土史家伊藤恣氏は惣社と村上の地勢から（「上総国府所在地」、「市原地方史研究」第一号、市原市教育委員会、昭41）、それぞれ惣社・村上地区を国府有力地に想定された。（注（3）書の整理による）。

（5）高松英二・インターネットホームページ「更級日記紀行」。

（6）木下良・武部健一『完全踏査古代の道』（吉川弘文館、2004）。

（7）正確に言うと、やや上流国府台付近。武蔵国豊島郡から下総国府への古代道上で、江戸川東岸が、令制の井上駅（＝後の松里）で、明治初年には木造の橋が架橋されていたが、後に、江戸川直前で北側にカーブ（現在の松戸街道）していた千葉街道を直進させた時に、現在の市川橋が架橋された由。松里の対岸の小岩（江戸時代には小岩市川関所が所在）からは、南西日本橋方面に向かう街道と、北の大道（古代直線道）・水戸に向かう街道と、Yの字に分岐していたとのことである。（以上、注（5）高松英二氏私信）。

（8）竹芝寺の比定については、神田明神近くに存した日輪寺が、その後身という説もあるらしい。浜松地方の地誌にも、竹芝長者の伝説があるそうで、近藤喜博氏は、湖辺の渡渉地点などに見られる伝説とも説明されている（『日本の鬼』桜楓社、昭50）。

（9）武内廣吉『武州久良木岐郡地名考』（まほろば書房、1995）。

（10）山羽孝「足柄峠の古道探索・向方ルート」（インターネット・ホームページ「道・鎌倉街道上道―埼玉県編―」）。

（11）駅の所在地を深沢小倉野辺とする説は、早く、皆川剛六「横走駅及び横走関の研究―位置の問題―」（『歴史地理』六十四巻三号、昭9）にも示されていた。ただし、皆川説における関の想定地は「永原追分」辺で、駅から四km程度離れる距離。

（12）岩崎宗純『中世の箱根山』（神奈川新聞社、1998）二二頁。

（13）田代道弥『箱根八里』（神奈川新聞社、1991）が解説する中期の足柄路（平安時代）である。本書は、御殿場から黄瀬川沿いに南下して三島に至って沼津を経る経路を、平安から鎌倉時代にかけての頃に始まる後期足柄路と説明している。

（14）角田文衞「菅原孝標の邸宅」（『王朝の映像』所収、東京堂出版、昭45）。

（15）「丑時許未申方有火、依院近参入、三条大路与町尻也」（『御堂関白記』寛仁二年二月廿七日条）。

（16）『山家集』（上・冬）。

（17）「この地域は広野とも称し、奈良街道の分岐点にもあたっていた」（『宇治市史1』四五三頁。宇治市役所、昭48）。右の解説によれば、宇治橋を渡ってそのまま直進、現奈良街道に接する辺か。平成二十年正月十三日に催された、京都地名研究会第21回京都地名フォーラムにおける発表、齋藤幸雄「栗隈をめぐる歴史と地名」の報告内容も、ほぼ近い想定であった。私は、宇治橋を渡ったところからやや迂回しながら南に、大谷山・折居神社辺で田原道と分岐、山中を正道官衙遺跡南辺に降りてくる道を想定していたのであるが、そういう古道の痕跡も無いのであれば、無理とするしかない。

（18）『蜻蛉日記』には「にへのの池、いずみがはなどいひつゝ、鳥どものゐなどしたるも、心にしみてあはれにをかし」（巻上）と記述されている。

(19)『枕草子』三八段。

(20)『平家物語』巻四。

(21) 増田繁夫「平安京から南都への道―淀路―」（高田昇教授古稀記念『国文学論集』和泉書院、1993)。

(22) 永井義憲「飛鳥井考」(「大妻国文」1号、昭45)。達日出典「長谷詣考」(「京都精華学園研究紀要」一四輯、昭51)。

(23)「初瀬へまうでける道にさほ山のわたりに宿りて」(『拾遺集』巻八・能宣、484番)、「初瀬にまでて帰るに、日くれぬれば佐保山の麓にやどりて」(『恵慶集』24011番）など、佐保山辺に宿す記事も折々見られる。広くは、元興寺辺と解釈してもよいかと思われる。

(24) 赤染衛門が初瀬に参詣した時に「きのとの」という所に宿っている（『後拾遺集』巻十八)。木殿・城殿と呼ばれた地名が橿原市に所在、喜殿とされる地名が天理市にある（角川日本地名大辞典『奈良県』)。前者は、橿原の飛鳥川西辺らしいので、この「きのとの」には該当しにくい。後者は、名阪国道が天理市を通過する南辺に所在。これは、初瀬参詣道とされる上ツ道より、むしろ中ツ道に近い。その程度の難はあるが、孝標女の「山のべの寺」の候補の一つになると思われる。

(25) 藤岡謙二郎編『古代日本の交通路Ⅰ』(大明堂、昭53)。

(26) 角川日本地名大辞典『奈良県』「上ツ道」。なお、その西方に南北に平行して存在する中ツ道・下ツ道との間隔は、それぞれ「令制」四里、西端の下ツ道の北端は、平城京の朱雀大路になるそうである（木下良編『古代を考える古代道路』吉川弘文館、平８)。

(27)『小右記』正暦元年九月八日条に「午終到椿市、令交易御明・燈心器等」とするように、また『源氏物語』(玉鬘)に「大御あかしの事、こゝにてし加へなどする程に、日暮れぬ」などとするように、単に休息的な意味だけでなく、長谷寺参詣・参籠の事前準備としても、椿市の宿に寄るのが通常のようでもあるが。

(28)『万葉集』巻十二、2951・3101。

（29）「海石榴市はどこ?」（インターネットホームページ「飛鳥三昧」）。
（30）ただし、『日本書紀』の記述は、「遣二飾騎七十五匹一、而迎二唐客於海石榴市衢一」とあるのみで、唐使が大和川を遡行して椿市で上陸という記述とは、理解しにくい気がするのであるが、どうだろうか。
（31）『蜻蛉日記』の初度の参詣が、「橋寺に泊まって、翌朝いづみかわ（木津川）を渡って」というのを見ると、これは佐保山東方の市坂越（現在のほぼ国道24号線）と見る方が自然のようであるし、いちがいに断定しにくい。
（32）『小右記』正暦元年九月五日～十二日。
（33）『権記』正暦四年正月十二日～十四日。
（34）『淀川両岸一覧下』（柳原書店、昭53）。
（35）伏見義夫「上代における淀川と大和川」（「史窓」19号、1961）、足利健亮『考証・日本古代の空間』（大明堂、1995）、『大阪府史』第2巻・古代編Ⅱ、（大阪市、平2）などを参考にしながら、あらあら作成したが、疑問点も多い。特に、孝標女の旅程とは関係しないが、摂津国府北の堀江に存した長柄橋から江口に到る道も陸路として存したと思うが、多島海状であった難波江が、どの段階でどのように陸地化したのかが不明で、このあたりの研究解明が俟たれる。

《旅と山越えの道》

第一章　稲荷山周辺

木幡山越え

稲荷山頂に奉祀される稲荷三社は、東山山稜を越える古道に接し、大和古道における三輪山および三輪神社に比せられるものがあると思う。ともに山岳信仰の霊地とされるところも、共通性がある。稲荷山は、山城盆地を出るあるいは入る峠道に存して、往還の人が、感懐をいだいて仰ぎ見たものではなかったろうか。平安時代の文学地理の側面から、稲荷社周辺を考えてみたい。

一　法性寺辺

『源氏物語』宇治十帖のうち、東屋巻につぎのような描写がある。

近きほどにやとおもへば、宇治へおはするなりけり。牛など、ひきかふべき心設けし給へりけり。河原すぎ、法性寺のわたりおはしますに、夜はあけはてぬ。若き人は、いとほのかに見たてまつりて、めで聞こえて、すずろに恋ひたてまつるに、世のつつましさも思えず。君ぞ、いとあさましきに、物も思えで、うつ伏し臥したるを、「石高きわたりは苦しきものを」とて、抱き給へり。（中略）山深く入るままにも、霧たちわたる心地し給ふ。うちながめて寄り居給へる、袖の重なりながら、長やかに出でたりけるが、川霧に濡れて、御衣のくれなゐなるに、御直衣の花のおどろおどろしく移りたるを、おとしがけの高き所に見つけて、ひき入れ給ふ。

（『源氏物語』東屋、一九三頁）(1)

物語の最後の女主人公である浮舟を、薫大将が三条の小家から宇治にともなう場面である。二人の乗った牛車は、鴨河原から法性寺前を通り、山道にかかっている。石の多い山道を、車は難渋しながら進んでいる様子である。法性寺の名は、『源氏物語』にはもう一度登場する。浮舟巻で、浮舟が宇治にいることを知った匂宮が、深夜宇治に赴く場面である。この時は、法性寺辺までは車で、山道にかかるあたりから馬で越えている。

法性寺辺が、洛中から南都方面に向かう、最初のポイントになっているらしいことは、他の作品の記述からも分かる。『蜻蛉日記』では、長谷寺参詣のために、法性寺辺に門出をし、翌早暁に出発して午刻頃に宇治に着いた。(2)多少は人家があって宿泊も可能であったようだ。『更級日記』の例は、このあたりを具体的に描写して、好例である。

道顕証ならぬ先にと、夜深う出でしかば、立ちおくれたる人々も待ち、いと恐ろしう深き霧をも少しはるけむとて、法性寺の大門に立ちとまりたるに、田舎より物見に上る者ども、水の流るるやうにぞ見ゆるや。すべて道もさりあへず、物の心知りげもなき怪しの童べまで、ひき避きて行き過ぐるを、車を驚きあざみたること限りなし。

（『更級日記』五二二頁）

法性寺の大門は、延長七年（929）に藤原忠平の五十賀斎会を催した折の記事にも確認される。(3)法性寺は、鴨河東・九条南に、大和大路に西面して存在していたようだから、西門にあたるのだろうか。(4)法性寺辺からいよいよ山道にかかるので、遅れた者を待ちながら見物している。永承元年（1046）、後冷泉天皇大嘗会御禊の見物のために、洛中に入ろうとする群集でごったがえす様子がよく分かる。法性寺大門のあたりは、山城盆地の出入り口にあたり、往還の者たちで混雑する「辻」にあたっていたのであろう。

法性寺の南に接して所在するのが、稲荷社である。先の例に見れば、山中に入りかけたところということになるが、稲荷社の摂社田中明神がある。和泉式部が稲荷社に参詣しようとした時に、時雨に会って田中明神の辺で田を刈っていた童に「あを」というものを借りたところ、後日、童は、

時雨するいなりの山のもみぢ葉は青かりしより思ひそめてき

（『古今著聞集』一七七頁）

と、恋歌をよこしたという話がある。『十訓抄』によれば、「田中明神の西の程」というから、田中明神は、大和街道のやや東方に位置していたのであろうか。平安時代の稲荷詣は、この田中明神の辺、法性寺の南境のあたりから登るものであったらしい。用例に見たように、往古の大和街道もこのあたりから山道にかかるが、稲荷山に登る急坂は、牛車などで越せる道ではない。稲荷社への参詣道とは分岐して、稲荷山西山麓を辿って丘陵を越えていくものであったと思われる。

二　大和街道

ところで、稲荷社周辺を考古学の立場から解説されたものに、久世康博氏の「稲荷社とその周辺の考古学的知見」(5)という有益な報告がある。それによれば、稲荷山麓の道は、大和に通じる幹線道路たる大和大路と、山科勧修寺から丘陵地帯を越えてくる大岩街道が合流する、「辻」に当たっていたと言われている。久世氏は古社寺跡を有力な徴証として、古道を推定された。稲荷山から、その南の深草にかけてのあたり、多くの社寺が存在していた。龕前堂廃寺（伴善男創建報恩寺）・深草寺（秦氏創建）・貞観寺（藤原良房創建）・極楽寺（藤原基経創建）・嘉祥寺（文徳天皇創建）などがあり、これらが「大岩街道に集中して建立されている」ことに注意して、山科に向かう大岩街

道と大和に通じる伏見街道を推定、稲荷社前面の道路に、両道の接点である「辻」を指摘された。久世氏は、大和に至る街道を伏見街道と呼ばれているが、これはやはり大和街道と称すべく、伏見に通じる街道としての伏見街道は別に考えるべきではないかと私は考える。すなわち、稲荷山西南麓の道路は、大和街道・伏見街道・大岩街道が合流する要衝となっていたであろうという推定である。

木幡関と呼称される古関がある。「八科峠の南二町許、六地蔵堂西北の山上一町余」[6]辺に所在したという。

宇治路行く末こそ見えね山城の木幡の関を霞こめつつ
（『頼政集』27430番）

遠からぬ伏見の里の関守は木幡の峰に君ぞすへける
（『新後拾遺集』1037番、家隆）

実在の古関を見て詠ずるものでなく、歌枕の世界に活用した古関の映像であるが、存在の徴証にはなると思う。「南より至る所は、六地蔵の地を北の山上に通り、西北に至る」古の往還道であったが、近世すでに消滅していた。秀吉伏見築城の時に、東北方から城を見下ろす形になるために、古い峠道を廃し、六地蔵から藤森社南に出る現在の道に変えたという。後者の「現在の道」が府道六地蔵下鳥羽線と呼ばれる墨染―六地蔵を結ぶ道路であろうから、「東北方から伏見城を見下ろす」峠道とは、すぐ北の日向山山頂近くを越える道になるであろう。秀吉によって破壊されたという通り、道として辿り得るものはなく、日向山を越え、深草大亀谷大谷町辺に降りてくる道であるかと推測するが、定かでない。秀吉が伏見近くにあった寺院を移したという即成就院・御香宮の故地、街道中に南北に渡したという浄恵橋などの所見があり、往還道入り口の奥山（現京都教育大グラウンド辺）は、猿丸大夫が住したところと伝える。猿丸大夫が住したとの伝えで知られるのは、逢坂越の道であるが、同じように京より出る往還の大道の路傍に逸話を伝えるのは、偶然ながら故あることかと思う。なお、竹村俊則『新撰京都名所図会』は、木幡越を、伏見北坂につながる道と想定、秀吉の伏見築城の際に迂回する新道が作られたと説明している。[7]

三　木幡山

木幡里について、現在のＪＲ奈良線木幡駅から東に、多数の陵墓の所在する木幡の印象が、我々には先入観として強すぎるように思う。木幡里は、もともと宇治郡小栗栖郷に属し、「山科郷古図」によると、桃山丘陵南部地域に木幡山・木幡堺・木幡堺西の三里名が記されているそうである（8）。これは、『山州名跡志』が、

凡そ木幡と号するは、八科峠より南なり。西は六地蔵堂の西の山上の谷を限り、東は日野西の界を限り、南は宇治橋の北爪を限る也。此の四至上古の定なり。今云う所異なり。　（同、巻十二）

と言うところに、ほぼ一致する。藤原道長が、寛弘二年（1005）に創建した木幡寺鐘銘に、「左青龍、右白虎、前朱雀、後玄武の勝地なり。四方城に似て、百里絶えず」と記した大江匡衡の願文の意味を、現今の木幡の感覚で解釈すると、間違いをおかす。「木幡山は」というように、深草東、木幡峠・関山ともいわれる木幡山そのものを主語とする表現であった。東青龍とは山科川、南朱雀とは巨椋池、西白虎とは大和街道、北玄武とは大岩山・大日山・稲荷山などの東山山陵を指すものであった。従って、「元慶の太政大臣昭宣公（基経）の宣すらく、永く一門埋骨の処となさん。爾来氏族弥よ広く、子孫繁盛し、帝后必ず此の門より出で、王侯相将済々たり」の記述も、不審はない。法性寺から深草辺にかけて、藤原冬嗣・藤原乙春（基経母）・藤原基経・藤原忠平・藤原実頼・藤原実資など歴代藤原氏の墓がある。冬嗣以下の眷族の多くが眠る深草山を背景にしての表現であったと思えば、この願文の意味は自然である（9）。

『栄花物語』巻五「浦々の別れ」において、配所に下ろうとする伊周が、前年に薨じた父道隆の墓所を訪ねる場面がある。

それより木幡に参らせ給へるに、月明けれど、此のところはいみじうこ暗ければ、その程ぞかしと推し量りおはしまいて、かの山近にてはおりさせ給ひて、くれぐれと分け入らせ給ふに、木の間より漏り出たる月をしるべにて、卒塔婆や釘貫などいと多かる中に、「これは去年の此の頃のことぞかし。されば少し白く見ゆれど、その折から人々あまたものし給ひしかば、いづれにか」と尋ねまいらせ給へり。そこにては、万を言ひ続け、ふしまろび泣かせ給ふけはひに驚きて、山の中の鳥けだ物、声をあはせて鳴きののしる。

（同・巻上、一六四頁）

眼前に見るような描写だが、ほぼ虚構といってよい表現である。道隆が木幡に葬されたことも確認されない。浄妙寺辺であれば、宇治から京都・大津に向かう大道の辻近い里であり、むしろ途次の稲荷から深草辺の情景に似つかわしい。

入りもてゆくままに、霧りふたがりて、道も見えぬしげきの中を、分け給ふに、いと荒ましき風のきほひに、ほろほろと落ちみだるる木の葉の露の、散りかかるも、いと冷やかに、人やりならず、いたく濡れ給ひぬ。（中略）「山賤のおどろくもうるさし」とて、随身の音もせさせ給はず、柴の籬を分けつつ、そこはかとなき水の流れどもを、踏みしだく駒の足音も、なほ忍びてと用意し給へるに、かくれなき御匂ぞ、風にしたがひて、主しらぬ香とおどろく、寝ざめの家々ありける。

（『源氏物語』橋姫、三二一頁）

物語作品である『源氏物語』の方が表現が正確で、前半が木幡山越え、後半が木幡里辺の描写であろうと思う。願文は木幡山を多武峰に擬し、妙楽寺に擬した新立道場を山下に建立して木幡寺と称した。現在の浄妙寺旧跡の位置は、「山下」と言うには、少し離れ過ぎる感覚はある。永暦元年（1160）太政官符によれば、浄妙寺の寺領は、「東は大路を限る、西は伏見坂紀伊郡堺を限る」(10)と言っており、現今の推定地は東に寄り過ぎて不審には感じるが、事情はよく分からない。大和街道が山科川を渡る橋を櫃河橋と称し、東の醍醐道・南からの宇治道と合流する辻の地蔵堂には、小野篁が安置した地蔵菩薩を安置して、六地蔵の名称となった。

木幡山については、用例は無数である。

御使いは、木幡の山のほども、雨もよに、いと恐ろしげなれど、さやうの物怖ぢすまじきをやえり出で給ひけん、むつかしげなる笹の隈を、駒ひきとどむる程もなく、うち早めて、片時に参りつきぬ。

（『源氏物語』椎本、三五〇頁）

大将軍には、左近衛督知盛、（中略）都合その勢二万八千余騎、木幡山うち越えて、宇治橋のつめにぞ、おしよせたる。

（『平家物語』巻四、三〇九頁）

木幡山有り明けの月に越え行けば伏見の里に衣うつなり

（『壬二集』12626番）

南方面から入京の幹線道路なので、軍記などの実録作品に用例が多い。

近世の「京師内外地図」などを参照すると、法性寺大路と南北に平行して走る、大宮大和大路なる道を見得る。法性寺大路末に「此の道、伏水に至る」と注され、大宮大和大路末には「木幡山及び大宮道□□□等を経て大和に至る」と注されている。伏見が繁栄する城下町となっている時の地図だから、伏見への大道が記されるのは当たり前だが、先に久世氏も示されているように、稲荷南辺で分岐する道の一として、伏見に向かう道があったことも確かである。

「伏見」の名称は、早く『万葉集』にも見えるし、(11)桓武天皇の御陵が、伏見山南麓柏原野に営なまれているのも自明のことである。後のものであるが、源平の争乱の際に、洛中に向かう源氏軍の進撃を、『源平盛衰記』は、「櫃河をうち渡り木幡山深草里より入るもあり、或いは伏見山月見岡をうち越えて法性寺一二橋より入るもあり」と記述している。平治の乱の時は、常盤御前が幼い義経などを連れて伏見の叔母家に逃れており、人家が形成されていた。その以前、院政期にも、橘俊綱の伏見家、花園左大臣有仁の伏見山荘など、別荘地・離宮の地として著名であった。平安中期頃に、この方面に向かっていた古道は、宇治川岸の伏見津から宇治へ、巨椋池を通り木津川を経由して南都へという、舟運のルートの意味の方が大きかった。寛弘元年（1004）九月廿一日、藤原道長は、舟中で連句を楽しみながら宇治に向かい、翌日も舟運で帰洛している。[12] 道長の曾孫にあたる忠実は、祖父頼通（道長息）の忌日法要を宇治で営み、翌日伏見津に上がって京に向かった。[13]

四　稲荷還坂

寿永二年（1183）七月廿五日、源氏入京に抗しきれず、平家一門は、六波羅・西八条などの邸第を焼き払い、都を落ちていった。平安末の執政九条兼実は、妻子を連れて法性寺家に避難していた。西下していった武士の一部が引き返し、最勝金剛院を城郭にして一戦に及ぶとの噂が流れ、兼実は、法性寺の家からさらに日野辺に向かおうとしたが、すでに源氏の軍勢が木幡山に至っていたため、やむなく稲荷下社辺に宿した。はからずも稲荷社参詣をなすことになり、「機縁というべし」と兼実は記している。源氏の軍勢が、大和街道を京上して通過していった後に、日野辺に避難しようと考えていた。[14]

稲荷三社への参詣は、『蜻蛉日記』に道綱母が記しているように、下社・中社・上社の順に巡る。徒歩に馴れない貴族女性には、なかなか苦しい参詣道のようである。清少納言は、次のような記述を残している。

稲荷に思ひおこしてまうでたるに、中の御社のほどわりなう苦しきを、念じのぼるに、いささかくるしげもなく、おくれて来とみる者どもの、ただ行きに先に立ちてまうづる、いとめでたし。二月の午の日の暁にいそぎしかど、坂のなからばかりあゆみしかば、巳の時ばかりになりにけり。やうやう暑くさへなりて、まことにわびしくて、など、かからでよき日もあらんものを、なにしに詣でつらんとまで、涙も落ちてやすみ困ずるに、四十余ばかりなる女の、壺装束などにはあらで、ただひきはこえたるが、「まろは七度詣でし侍るぞ。三度までは詣でぬ。いま四度はことにもあらず。まだ未に下向しぬべし」と、道にあひたる人にうち言ひて下りいきしこそ、ただなる所には目にもとまるまじきに、これが身にただ今ならばやとおぼえしか。

（『枕草子』一五八段、二一〇頁）

この記述などを見るに、三社参詣の人々は、登る人、下る人、混雑しながら行き合うている様子が分かる。

稲荷山行きかふ人は君が代を一つ心に祈りやはせぬ

（『伊勢集』18312番）

稲荷山尾上に立てるすぎすぎに行きかふ人の絶えぬけふかな

（『源順集』18956番）

など、「行きかふ」といった表現が普通に見える。ところがある時期から、登る道、下山の道が別になるような変化が生じている。下山の道は、「還坂」などと通称されている。藤原頼長の稲荷参詣も「帰路、帰坂を用う」(15)と明記し、『閑居の友』という説話作品の中にも、

近頃、稲荷の返り坂に、崖の上にあやしの薦一つうち敷きて、年いと老いたる入道ただ一人ゐて、西に向かひて夕日をおがみて、さめざめと泣くあり。

という記述が見える。頼長の表現から推測すると、帰路は必ず「還坂」を通るというものでもなかったようだ。『山城名勝志』に、「今熊野より稲荷山に詣ずる路、今、車坂と曰う。是れ古の順路なり」(16)と注する。京都大学所蔵の「法性寺御領山指図」によると、稲荷山三峰より発する流れの南の道に、「帰り坂と号す。一に還と作る」として、名称が見える。稲荷山からの流れに添った道は、私も二十余年も以前に辿って山科・大石神社辺に越え、その近さに驚いたことがある。山科越えのために流れを渡らず、山上への道に向かえば、佐野大和氏が、稲荷山経塚から「そのまま北に降りて行けば、その渓は自然に北西に向かって開け、約一粁にして右に泉涌寺、左に東福寺を望む扇状地に出る。即ち月輪の地である」(17)と説明された道を、逆に辿ることになるのであろう。

その還坂とは、現今のどの道にあたるのであろうか。『山城名勝志』が引く「定家卿文書」には、俊成墓所を「東は上の稲荷帰り坂の通り南への谷を限りてなり。北は稲荷の帰り坂の道を限りてなり」と述べている。今一つ分明でないが、帰り坂の道は、俊成法性寺墓所より北の位置に当たっていた、それは確認される。この記述、『中古京師内外地図』の指定を信用できるものとすれば、先述の流れに添って下った道を、白鬚神社辺からほぼ西方に、兼実墓の南、仲恭天皇陵・月輪南陵の北を通る道になる。町名も深草車坂町であり、種々符号するところがある。「京都府史蹟名勝天然記念物調査報告[18]」が比定するのも、この道である。『山城名勝志』の「古の巡路なり」の注記が正しいとすれば、道綱母・清少納言などが参詣したのも、この道からということになる。近藤喜博氏も「僅かに残るこの路をミユキミチとも呼び、稲荷信仰史の上からは貴重な賽路であった[19]」と説明されている。

私も、一日、この道を探査に出向いてみたが、この道は、渓流に添う道ではなく、四つ辻から尾根道を東福寺に下る道であると、確信した。「纔かに残る」などというものでなく、バイクが麓から登ってくるような道で、歴史の痕跡をあらためて思った。この道の変遷は、山麓に現在の社地が定められたことと関係があると思われるし、この辺の考証は、後日にあらためて報告の機会を得たい。

五　民間信仰

稲荷山は、京・大和を結ぶ大道の、山城盆地への入り口にあたり、往還の人々は、感懐をもって見上げたことであろう。二つの都が大道で結ばれる以前から、稲荷・深草周辺は早くに開発され、稲荷社と結びつけられる秦氏より以前に、土着の豪族による自然信仰の対象になっていたらしい[20]。京都盆地西北の愛宕山、南東に位置する稲荷山、自然信仰の対象になるのも自然だが、稲荷山の場合、二つの都を結ぶ大道の要衝に聳え、都鄙貴賤雑多な人々に仰がれ、素朴な信仰対象になったために、あらゆる民衆信仰の要素を、柔軟に取り込むことになった。修験道・神道・顕密仏教に観音信仰など、あらゆる要素が入り込み、既成宗教の立場から言うと、〝得体の知れない〟民衆信仰の中心になった。しかしそれが、稲荷社が、古代から現代までの時代の盛衰と無縁に、繁栄を続ける要因となった。稲荷信仰が、民衆の活力である性格は、今後も変わることがないであろうが、そのことを述べようとするのが、本稿の趣旨ではない。

稲荷社の民衆信仰の一面について、述べておきたい。先に紹介した伊勢の歌の場合、八十賀屏風歌の歌で、東宮御息所（基経女穏子）の長寿を祈る内容が、明瞭である。

二月初午稲荷詣

うち群れて越え行く人の思ひをば神にしまさば知りもしぬらむ

（『貫之集』17605番）

稲荷によみて奉りける

稲荷山みつの玉垣うちたたき我がねぎごとを神もこたえよ

（『後拾遺集』1168番、恵慶法師）

などは、祈りの具体的内容は不明ながら、個人の現世利益的な願望と思われる。『蜻蛉日記』の道綱母の祈りの内容も不明ながら、夫兼家との愛情問題であることは推測出来る。

初瀬にて、前のたび、稲荷より賜ふしるしの杉よとて、投げいでられしを、出でしままに稲荷に詣でたらましかば、かからずやあらまし。

（『更級日記』五三二頁）

の孝標女の願望は、彼女の人生の安寧にかかわるものであった。初瀬信仰と重ねられることからも分かるように、稲荷信仰の内容は、現世利益の観音信仰に変わらないものであった。二月初午の例祭日の日は、

如月の三日、初午といへど、甲午最吉日、つねよりもこぞりて、稲荷詣にののしりしかば、父の詣で侍りしともにしたひ参りて、

（『大鏡』巻六、二五一頁）

今ハ昔、二月ノ始午ノ日ハ、昔ヨリ京中ノ人稲荷詣トテ参リ集フ日也。（『今昔物語』巻二八、五二頁）

などと記される。さながら、現今の正月の初詣の雑踏を、想像させるような場面である。

注意されることは、そのような群集雑踏の場で、稲荷参詣に新たな要素が加わっていったことである。先の和泉式部の参詣の折に、田を刈っていた童が、突然に感じた恋心を訴えた、そのような雰囲気が稲荷詣の要素の一つになっていったことである。先の『今昔物語』の例も、近衛の舎人たちがガールハントに来た話で、舎人茨田重方が声をかけて口説いた女が、彼の妻であったという失敗譚である。都市に群衆が集まる場所には、歌垣的な場が自然に出来る。貴族社会においては右近馬場で近衛官人の騎射が行われる五月五日の「引折の日」がそれにあたるが、京中庶民にとっての歌垣の場は、庶人群衆する二月初午の稲荷詣であった。民衆の素朴な欲望を背景にするだけに、気取りがなく露骨な歌垣であった。

　稲荷に詣でたる瀧のもとに、女手洗ふ

稲荷山山下水をすくひあげて君さへかげにならべつるかな

　かへし

山川の流るる水の早ければむすぶばかりのかげもとどめじ

　又かへし

あかずして別るる今日にむすぶ手の雫ならねど濁らざりけり

（『元真集』20460〜2番）

　又同じ閑院の三君に稲荷に詣でてあひ給ひて、宮は知り給はぬを

　女は知り奉りて帰り聞えける

ぬばたまの闇にまじりて見し人のおぼつかながら忘られぬかな

　など聞こえてあひにけり。さて、宮

埋もれ木の下に嘆けど名取川こひしき瀬にはあらはれぬべし

（『元良親王御集』21176・7番）

『元真集』においては、男と女はその場で歌を詠み交わし、『元良親王御集』においては、元良親王を見かけた女が、後に女の方から言いかけて、男女関係を結んでいる。いかにも下町風の気取らないやり取りで、歌も詠まない庶人たちの間での求愛の様子は、まさに歌垣の夜そのものであったろう。類例は無数である。愛宕山に対する稲荷山、賀茂社に対する稲荷社、右近馬場の騎射に対する稲荷詣。山城盆地に建設された、天皇家を中心とする都の、公家中心の文化・倫理・娯楽に対して、庶民のそれが、明るく行動的に発露されている。稲荷信仰は、庶民のエネルギーの顕現と言ってよい。

六　木幡山越道

上田正昭氏編纂の「探訪古代の道」第二巻『都からのみち』[21]に、次のような記述部分がある。

平安京の成立と共に、右記古北陸道の途中、現在の宇治市六地蔵のあたりから北西を指し桃山丘陵を斜断して深草に出、そこから北上して平安京に達する道筋が極めて重要な意味を持つことになる。いうまでもなくその道は、宇治を経由して平安京と平城京を直結する道になったからである。

（同書、一二四八頁）

この道は、秀吉による伏見築城の際に影響を受けて、消滅した。しかし、木幡山を越える大道の存在が、歴史の表面から消えることはない。その峠道が山城盆地に入ろうとする、その入り口に所在していた、稲荷山。往還の人々が、貴賤を問わず仰ぎ見、信仰の念を抱いて参詣した稲荷社。この山城盆地南東隅の地域を、文学地理的関心から考察してみようとするものであったが、分明にし得ざる多くの部分を残した。今後の検証課題としたい。

注

（1）巻数・頁数は、日本古典文学大系本による。以下同じ。
（2）『蜻蛉日記』上巻、一六四頁。
（3）『扶桑略記』廿四、醍醐、延長七年九月十七日条。
（4）杉山信三氏は「南門」とされている（『院家建築の研究』吉川弘文館、昭56、三四三頁）。「東門」の所在も認められるが（『中右記』天仁二年十一月十日）、大門ではないのだろうか。
（5）「朱」三十九号（平８）掲載。
（6）『山州名跡志』巻十二。
（7）巻５・洛南、八〇頁「木幡ノ関跡」の項。
（8）角川日本地名大辞典『京都府上巻』「木幡」の項。
（9）林屋辰三郎氏は、その木幡浄妙寺に関する精細な論考「藤原道長の浄妙寺について」（『古代国家の解体』東大出版会、昭30）の中で「建立に関する疑問」として述べておられるけれど、鐘銘の表現が、深草を西北麓とする木幡山についてのそれとすれば、疑問は残らないのではなかろうか。
（10）『平安遺文』古文書編、3093。
（11）巻九、1699番。
（12）『御堂関白記』同日条。
（13）『殿暦』天仁二年二月十四日条。
（14）『玉葉』同日条。
（15）『台記』久安六年四月廿六日条。
（16）『山城名勝志』巻十六。
（17）「山城国稲荷山の経塚について」（「朱」三十三号、平１）。
（18）第九冊（京都府、昭９）五〇・九六頁。

(19)「稲荷の初午について—稲荷信仰の研究（一）」（『国学院雑誌』59巻4号、昭33）。
(20)井上満郎「秦氏と京都」（『朱』三十五号、平3）。
(21)法蔵館、昭63。

稲荷詣の道

稲荷社の殷賑は昔も今も変わらないけれど、平安時代の参詣の様相にはかなりの違いがあるように思われる。現代と違う稲荷詣を、特に参詣道の視点から説明してみたい。

一　稲荷三社

最初に、平安時代のごく初期の用例を紹介する。

①　二月初午稲荷まうでしたる所
　ひとりのみ我が越えなく稲荷山春の霞のたち隠すらむ　（『貫之集』1721番）[1]

②　同じ二年左大臣殿の五郎の侍従の屏風の絵、稲荷詣
　春霞たちまじりつゝ稲荷山こゆるおもひの人しれぬかな　（同、1755番）

③　稲荷山越えたるところ
　稲荷山行きかふ人は君が代を一つ心に祈りやはせぬ　（『伊勢集』1831番）

④　二月初午、稲荷の社に詣づる人に

稲荷山尾上に立てるすぎすぎに行きかふ人の絶えぬけふかな

（『源順集』1895番）

①から③までは、明瞭に屏風歌と推測される。④の詞がやや不審だが、これも『源順集』の前後の配列から見て、（大納言源高明家）屏風歌とほぼ推測される。ということは、稲荷山あるいは稲荷詣の場面が、歌枕的な形で早くに認識されていたということである。平安京と旧都とを結ぶ幹線の要路に位置する稲荷山（あるいは稲荷社）であり、また山容は都からも望見されるところでもあるし、屏風歌の題材となって不思議はない。ただ、この四首の歌に共通に感じられることであるが、場面は稲荷山を越えていく人の群れを描いており、これから、旧都に至る古道として稲荷山を越えていく道があったのかと私はひそかに想像したことがあった。確かに、稲荷山から山科方面に下る道は存するようであるが、頻繁な往来道としては流石に想定しにくい。その推測は棄てることにしたが、稲荷社参詣の場面が、「稲荷山を越える人の群」として定着している事実は認めなければなるまい。現在でも、稲荷社の本殿を参拝した人の相当数は、稲荷山を参拝の順路としているだろうから、不思議に感じる表現でもないと思えるが、現在の形で言うと、本殿の部分を除いて、山上の四ツ辻から三ノ峯あたりの参詣の姿をのみ詠み出しているような印象がある。

今度は、散文の例をあげてみる。

⑤小野宮の南面には、御もとゞり放ちてはいで給ふことなかりき、そのゆへは、稲荷の杉のあらはに見ゆれば、「明神御らむずらんに、いかでかなめげにてはいでん」との給はせて、いみじくつゝしませ給ふに、

（『大鏡』八五頁）

⑥稲荷に思ひおこしてまうでたるに、中の御社のほどわりなうくるしきを、念じのぼるに、いささか苦しげもなくおくれて来とみる者どもの、たゞ行きに先きに立ちてまうづる、いとめでたし。二月の午の日の暁にいそぎしかど、坂のなからばかりあゆみしかば、巳の時ばかりになりにけり。やうやう暑くさへなりて、まことにわ

びしくて、など、かゝらでよき日もあらんものを、なにしに詣でつらんとまで、涙も落ちてやすみ困ずるに、

（『枕草子』二一〇頁）

⑤は、藤原実頼が、小野宮（大炊御門南烏丸西）の自邸にいる時でも、遥かに稲荷山が見えるので、稲荷明神に遠慮してくつろいだ姿では南面に出なかったという話。稲荷山の山上に稲荷の神を感じていて、現在の山麓の稲荷本社は意識されていない。⑥は、清少納言が稲荷社参詣をはたした描写であるが、ひたすら山道に困惑している図である。この直後に、四十余歳ほどと思われる女が、「私は今日七度詣をするのだ」と往来の人に語りながら過ぎていくのに出会って、あきれながら羨望するという記述が続いている。これも、稲荷詣がひたすら、〝山越え〟のイメージで記述されている。⑥の例で「中の御社」「坂」という語が出てきた。「中の御社」というからには、「上の御社」「下の御社」も当然あるだろうと推測するが、事実もその通りである。これも、有名な例をあげる。

⑦九月になりて、「世の中をかしからん。ものへ詣でせばや。かうものはかなき身の上をも申さむ」など定めて、いと忍びあるところにものしたり。一はさみの御幣に、かう書きつけたりけり。まづ下の御社に、

いちじるき山口ならばこゝながら神のけしきもみせよとぞおもふ

中のに、

稲荷山おほくのとしぞこえにけり祈るしるしの杉をたのみて

はてのに、

神がみとのぼりくだりはわぶれどもまださかゆかぬ心こそすれ

（『蜻蛉日記』一五六頁）

この道綱母の記録に明らかである。この「下の御社」を現在の本殿と理解するならば、「山口ながら」と表現するにも一応合致しているようにも感じられる。とすれば、中の御社・上の御社はどこに想定すれば良いのだろうか。稲荷社の「三つの社」についてはよく知悉されており、用例も多く存する。

山上遠望　帰坂上、荒神峰やや西辺からの遠望。樹木が繁茂して、平安京を遠望できるのはここだけ。山上三峯からは、地形的に眺望不能。

⑧　稲荷山にまうであひて侍りける女のものいひかけ侍りけれどいら
へもし侍らざりければ　　　平　定文
稲荷山やしろの数を人とはゞつれなき人をみつとこたへむ
（『拾遺集』1211番）

⑨　二月初午に、稲荷詣
神のとくみつの社に祈りすと今日より君が栄え行くべき
（『忠見集』2061番）

⑩　稲荷に歌よみて奉るとて、しもの社に
稲荷山みつの玉垣うちたゝきわが願言を神も答へよ
（『恵慶集』2396番）

これらの「三つの社」は、現在の本殿を「下の御社」として、それをふくめて「三つの社」と表現されているのであろうか。それなら問題ないのであるが、事実はどうもそのようでない。

⑪　稲荷山の影の池に映るを見てゐしの君よませ給ひけるに人々よむ
池の面に影を映せば稲荷山三つのみ垣に波やよすらむ
（『安法法師集』2408番）

この例によれば、池の水面に稲荷山が映っているのであるが、それを〝三つのみ垣に〟と表現している。素直に解釈すれば、三つの社は山上にあることになる。実際に、たとえば『延喜式』に「稲荷神社三座」とするのは山上にある三つの峯に鎮座する神であるらしいと普通に推測される。祭神は、諸説錯綜するところがあるようだが、次の説明に従っておきたい。

⑫上古ニハ、三座ノ神三所ニ別レテ、上ノ社・中社・下社トイヘリ。祭ル所、上ハ土祖神、中ハ倉稲魂、下ハ大山祇女也。件ノ地山上ニシテ乾ヨリ卯辰ノ間ニ亘ッテ、三峯ニ双ビ立ツ。上ノ社ハ頂上ニアリ。中ノ社ヨリ凡ソ二町、中ノ社ト隔ツルコト二町余ニアリ。

（『山州名跡志』巻十二）

山上三峯の位置関係も、説明と合致している。

⑥例に見られた「坂」の表現にも注意したい。現在の本殿裏から山上に至る道を「坂」と表現することは不可能ではないと思うが、平均した坂道でないことと屈折した状態、さらになにより、山腹からの登坂であるので、現今のような鳥居の列は無くても、樹木は適当に日を遮っていたはずである。旧暦二月だから現在でもせいぜい四月頃の季節に、炎天の下を長途坂道を喘ぎながら登っている清少納言の表現は、現今の状況にはいささかそぐわない印象がある。

⑬稲荷の坂にても、この女ども、見たてまつりけり。いと苦しげにて、御むしをしやりてあうがれさせ給ひける御すがたつき、さしぬきの腰ぎはなども、

（『大鏡』巻三、兼通女の稲荷詣）

などでも同様である。これについては、後に再度触れたい。

二　稲荷下社

ところで、平安時代の稲荷詣の描写で、現今の位置関係を背景にして妥当に推測できる用例もある。たとえば、

①　稲荷の社の歌合せに社頭のあしたの鶯

まろねして帰るあしたのしめのうちに心をとむる鶯の声

（『建礼門院右京大夫集』）

は、稲荷社において催された歌合せの歌である。このような催しがなされるためには、会合あるいは宿泊も可能な

社殿が必要であり、これを山上の三峯周辺には推定しにくい。

②　稲荷にこもりて祈り申すこと侍りける法師の夢に社のうちよりい

ひ出し給ひける

ながき世の苦しきことを思へかしなに嘆くらむかりの宿りを

（『後葉集』雑三）

では、社殿のうちに参籠している。稲荷坂の急坂に困じて社家の家に宿泊したという記述も、『大鏡』にあった。(2)

これから考えるに、平安時代の時点において、山麓に社殿を有する状態であったことも、ほぼ確実かと思われる。

③　神無月初瀬に詣づるに稲荷の下の御社にてみてぐら奉る

ことさらに祈りかへらん稲荷山けふは絶えせぬすぎと見るらん

（『相模集』）

平安後期の女流歌人相模は、初瀬詣の途次において、「稲荷の下の御社」に紙帛を奉っている。わざわざ稲荷の坂を登った山上ではなく、紙帛を献じたのは、山麓の「下の御社」のようである。とすると、現今のような形ですでに山麓に社殿が存在したことを認めなければならない。そしてそれが「稲荷の下の御社」であるとすれば、前節において見た上中下の三座との関係はどうなるのであろうか。実は、先に引いた『山州名跡志』がすでに、

④稲荷宮　同山ノ麓ニ在リ。鳥居　西向本柱ニ丹塗リ、凡ソ当国木柱ノ鳥居ノ中是レ其ノ第一也。

（『山州名跡志』巻十二）

右のように記述していた。現今の形状にほぼ一致している。同書は、「上古ハ」という前提で三峰への鎮座を述べている。また、

⑤いなりの上の社は、今の社の奥十八町ばかり山中也。

（『枕草子春曙抄』巻八）

⑥此の三社の跡、今の社の奥十八町ばかり山中にいたりて、三社二町ばかりづゝ相隔るとぞ。

（『稲荷神社考』下巻）

などの記述を参考に出来るとすれば、上古の山上の三座の神が、山麓の社殿を「下の御社」とする三社に、どこかの時点で変わっていったという事情を推測せざるを得ない。その明瞭な例を、次に紹介する。

⑦稲荷に詣ず。先づ下社に於いて幣を奉り祝を申す。還祝無し。但し榾の葉を献ず。余榾を取り笏を副えて退下、僕従に給う。次いで歩行、中社に参る。祝を申して榾を献じ僕に給う。先の如し。御前を渡る、本の方に帰らず。上社に参る。奉幣等の事又同じ。御前を渡り後より退出。本路を経て下社に至る。乗車、未の刻禅定院に着く。

（『台記』久安四年七月十一日条、頼長稲荷春日社参詣）

右の例によれば、頼長は車で下社に着き、奉幣の後に〝歩行〟して中社・上社に参詣した。下社から中社までの間は、「路遠し」のため「上下社間の歩行に時刻を推移」しては、同日のうちの春日社参詣が不能となるので、上社参詣を躊躇したことが、同月二日の頼長の日記に記述されていた。この事情からして、この「下社」は現今の社殿を想定してよく、「上社」は土祖神を祀る山上一ノ峯所在の宮と思われる。とすれば、「中の御社」は、三ノ峯・二ノ峯奉祀のどちらかの宮と推定されるが、山上の「下の御社」が山麓に奉祀されて遷ったと推測するなら、倉稲魂を奉祀する二ノ峯の宮と考えるべきであろう。「本の方に帰らず」御前を渡り、上社も「御前を渡り後より退出」も、現今の状況に合う。さらに「本路を経て下社に至る」は、四ツ辻から本社背後に降りてくる現在の参拝路を指しており、かたがた符号することが多い(3)。

頼長は、今一つ重要な記述を残している。

⑧稲荷に参詣、田中・四大神両社幣、之に加え奉る。中社・上社同じく以て参詣。田中の幣、下社に於いて奉幣の時取り加う。四大神の幣、中社に於いて奉幣の時取り加う。帰路、帰坂を用う。

（『台記』久安六年四月廿六日条）

田中社は、稲荷山麓の境外摂社である。近隣によって下社の奉幣に加えた。四大神社への奉幣を中社のそれの時に加えたということは、下社と田中社の関係に類似するものがあるということだろうか。この参詣の時は、頼長は「帰坂」を用いて帰路についた。前例における「本路」と合わせて、後にふれる。

それより以前、藤原宗忠の記述が参考になる。宗忠は、天仁二年（1109）十一月十日に稲荷社参詣をした時、下御社→若宮社→阿古萬千→八幡（遥拝）→谷中小社→中御社→上御社→田中明神の順に奉幣した。(4)下御社・八幡に大一捧、中御社に大二捧、上御社に大一・小一捧の幣帛を奉ったほかは小一捧の奉幣であり、稲荷五座の認識がほぼ知られるとともに、山上三峯に対する下社がほぼ山麓の「下御社」となっている状況を知らせる史料とおもわれる。

稲荷社史のなかで特筆されるのは、天皇行幸が恒例化されたことであろう。その初めは、後三条天皇の延久四年（1072）三月二十六日で、この日天皇は稲荷・祇園両社に行幸された。この時の経路の詳細は記述されないが、寛治五年（1091）十月三日の堀河帝行幸(5)や天承元年（1131）三月十九日の崇徳天皇行幸(6)などの、比較的詳細な記述を見ると、ほぼ山麓の社殿での御拝・舞楽にとどまっていることが分かる。次は、後鳥羽院御幸の記述である。

⑨稲荷に御幸。鳥居内に於いて御禊了りて入御。御奉幣了る。命婦に御幣了りて還御。

（『明月記』建永元年八月十六日条）

この記述に見るところでも、「鳥居」といい「命婦社」といい、現今の本社への参詣のみで、還御されている。これは御幸の場合なのでやや異例とすべきかもしれないが、山麓の下社参詣で了とする意識も次第に普通の傾向となっているように思われる。それに関して注意されるのが、増田繁夫氏も触れられた「稲荷伏拝」の場所である。(7)増田氏は、『台記』久安四年（1148）六月三十日及び『山槐記』保元四年（1159）三月三日の例を紹介されたが、どちらからも宇治路に沿っての所在が推測される。藤原定家の記述するところによれば、春日社参詣の途次、「稲荷伏拝辺に於いて替馬に乗り」(8)としているが、同じく定家が春日社からの帰途「稲荷鳥居前に於いて下馬」(9)の記述を参考にすれば、下社の鳥居辺の所在が推定される。後鳥羽院が参詣した時は、下向の前に「鳥居下に於いて御宝殿の方に向きて祈念せしむ[10]」であった。現今の本社前鳥居辺に「伏拝所」があり、山上三社への参拝はここで代替されるという参詣の形も出来ていたのではないか、という推測をしておきたい。

御幸道〈帰坂〉途中　両側から樹木が頭上を覆う。

御幸参拝所辺　この辺に至ると樹木が途切れ急坂ではなくなる。

三　稲荷坂

山上三座への参詣が、山麓に遷った下社から山上に至る参詣に変わり、さらに山麓の下社を本社として山上を遥拝するのみで了とするように変遷した過程を、一応説明してきた。その結果としても、釈然としない部分が残る。清少納言の参詣における「中の御社」「坂」、道綱の母の参詣における「下社」「中社」「上社」、これらを、どの時期の参詣と認識できるかについて、依然としてまだ不明瞭な印象が残る。

前節において、藤原頼長の二度の稲荷詣を紹介した。その際に、帰途は「本路」の場合と「帰路」の場合と、それぞれ違っていた。本路は、ほぼ現今の山上への参詣道と思われるが、それでは帰路とはどの道であろうか。実は、この帰路については、文献に記述があった。「還坂」または単に「坂」とも通称されるが、『山城名勝志』は、次のように説明している。

①坂、今ニ車坂ヲ曰ウ。東福寺ノ東南ヨリ三峯ニ至ル坂路也。

古、稲荷行幸ノ車此ノ路ヲ経ルト云々。又田中社、古、此ノ路ニ在リト云々。
（『山城名勝志』巻十六）

東福寺の背後、現在の伏見区深草車坂町の仲恭天皇御陵辺から、丁度稲荷山の稜線を登るような形で、山上の三峯に至る道がある。長い傾斜が続く坂路であるが、簡易舗装もされている。現在の参詣道と比べると、石段の無い坂路である点と距離的にはやや遠いかと思われる点が相違するだけで、登山道としての優劣はあまりない。往古、「行幸ノ車此ノ路ヲ経ル」の記述も、現在この簡易舗装の道を軽トラックやオートバイが登ってくる状況から、納得できる。現在でも「ミユキミチ（御幸路）」と通称され、坂の中途に「御幸参拝所」と呼ばれる場所が所在する事情も、明らかになってくる。ただしその場合、後三条天皇に始まる稲荷行幸は、現在の山麓の本社ではなかったことになるし、御幸参拝所までの参詣とすれば、ここから山上までさほどの困難を要しない距離であるから、三峯までになぜ至らないで了えるのだろうかといった疑問点が残る。今後の検証に俟ちたい。

重複するけれど、『山城名勝志』は、次のようにも説明している。

②還坂、東福寺、今熊野ヨリ稲荷山ニ詣ズル路有リ。今、車坂ト曰ウ。是レ、古ノ巡路ナリ。（中略）花山法皇清少納言ナド猶山上ヘ詣デ給ウ事、旧記ニ分明ナリ
（『山城名勝志』巻十六）

これによれば、この坂は、御幸路というだけでなく、古くは稲荷参詣の巡路であり、清少納言の参詣に描写された坂は、この道の情景であったということである。花山法皇の稲荷参詣の記述は今のところ見得ないが、清少納言が長坂を喘ぎながら登る描写は、たしかにこの坂道が似つかわしい。『山城名勝志』は、一節用例⑬であげた兼通女が登る〝稲荷の坂〟や、兼昌が「堀河百首」に詠んだ「おそくとく宿を出でつ丶いなり坂のぼればくだる都人かな」の〝いなり坂〟も例としてあげ、次例も還坂の用例として紹介している。

③閑居友云。ちかころいなりの坂に岸のうえにあやしの菰ひとつうちしきて年いと老ひたる入道た丶ひとりゐて西にむかいて夕日をおかみてさめざめと泣くあり。
（『山城名勝志』巻十六）

この坂は、方位としては西北に向かって下っており、老人が西に沈む夕日を見て泣くという描写も、まったく自然である。この坂道について、『山州名跡志』（巻十二）も「旧社ニ至ル道ニアリ」として、「堀河百首」（巻十六）・『枕草子』の用例をあげている。『都名所図絵』（巻三）の稲荷社の図でも、山麓の社殿の、丁度この坂道が所在する稜線に「いなり坂」の注記がみえる。また、佐野大和氏が「朱」（三十三号）での論文中[11]に挿図として入れられた「法性寺御領山指図」（京都大学所蔵）には、同氏の指摘の通り、東福寺に下りてくる山道が描かれ、「号帰坂、一作還」の注記がある。また、東福寺所蔵文書のうち、久安六年（1150）十一月廿六日付太政官符には、最勝金剛院の四至のうち「南限還坂南谷」の所見があり、俊成の墓域と隣接している。

『山城名勝志』の還坂の項に引く「定家卿文書」なる文書には[12]、「俊成卿御墓山林の事」について、次のように説明している。

④ひがしは上のいなりのかへりさかのとをり南への谷をかきりてなり。北はいなりのかへりさかのみちをかきりてなり。

（巻十六）

四ツ辻辺　ここより右の山頂を迂回する道に山頂三峰がある。往古の中ノ社は、この辺〈正面石段上、荒神峰田中社辺〉に推定したい。山麓車坂町辺からの距離は600m程度。

東も北も「いなりのかへり坂」が境となるのは一見不審な表現であるが、さいわい俊成墓は現存しており、その位置関係を見れば納得できる。俊成墓は、『拾遺都名所図絵』に「東福寺塔頭南明院にあり」とされるが、現在も、伏見区深草願成町の住宅地内に所在している。稲荷山の二つの稜線の間にやや入り込んだ状態で、東から東北にかけて稲荷坂が所在する稜線を間近に見る位置にある。佐野氏が掲載された「法性寺御領山指図」では、右下の判別不能に近い細

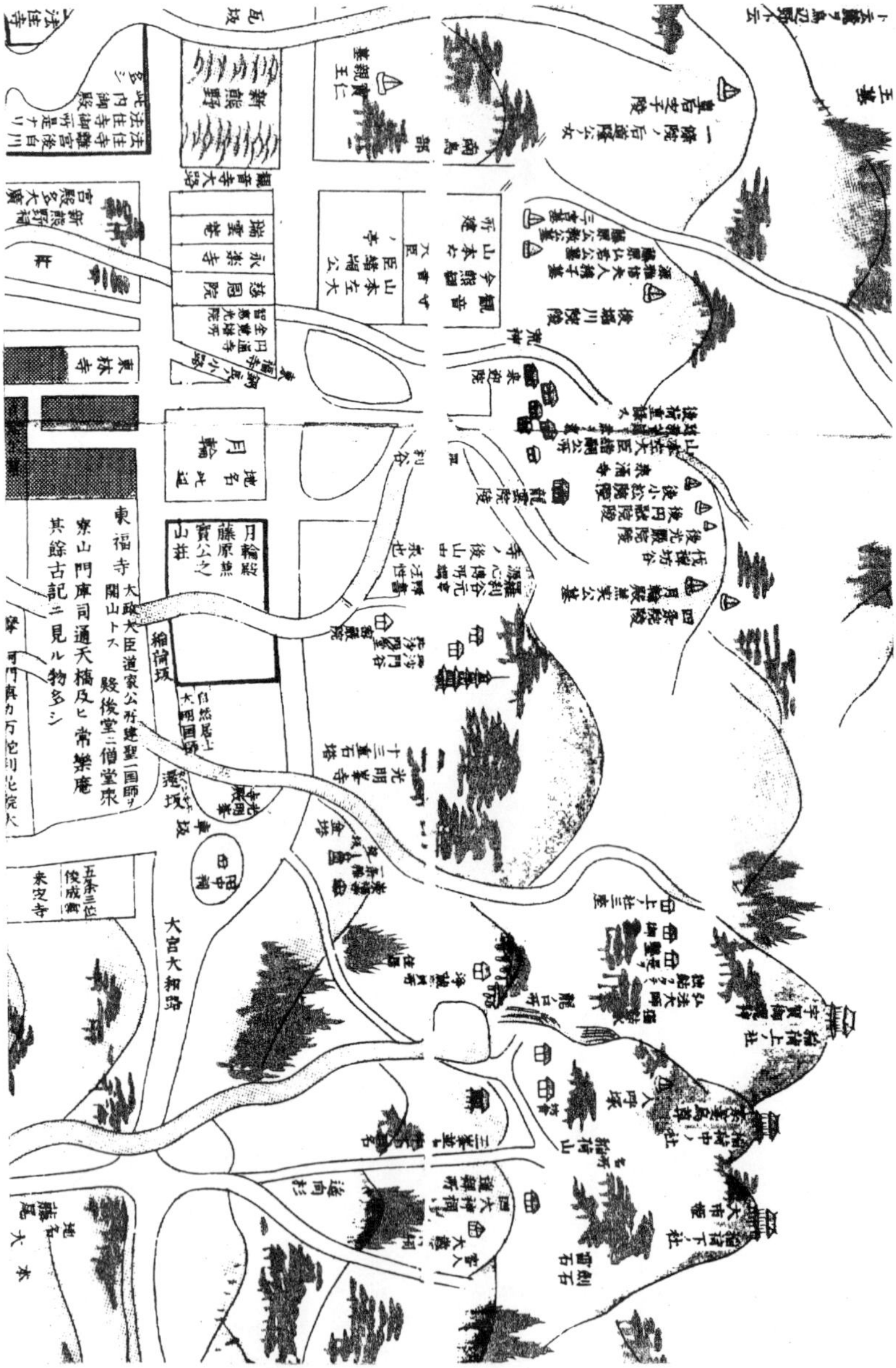

稲荷坂・還坂（『中古京師内外地図』〈『故実叢書　三十八巻　中古京師内外地図』明治図書出版より〉）

字が、「今按俊成墓」という注記である。これらの位置関係を見ても、稲荷山上四つ辻から東北に稜線を辿って下りてくる道が、頼長が二度目の参詣の後に帰路として使った「帰路」であり、稲荷詣の古の巡路であった道にほぼ間違いない。

実は、この「帰路」を使う平安時代の参詣路については、すでに早く近藤喜博氏に指摘があった。

今日は稲荷大社の裏手よりお山に登るのであるが、清少納言をはじめ当時の初午詣の人々は、平安京の方面よりの参拝者であって、いずれも東福寺よりイナリ山へ上っていった。いまでも細い路が御膳谷へ通じていると云ふ。時の経過のまゝに多少の曲直はあっても歴朝の行幸も奉幣も、この路によられたのであって、僅かに残るこの路をミユキミチとも呼び稲荷信仰史の上からは貴重な賽路だった。

（「稲荷の初午について—稲荷信仰の研究(1)—」（「国学院雑誌」59巻4号、昭33）

御膳谷へ通じる道でなく、この辺は多少の修正を要すると思うが、大筋において近藤氏の指摘の通りで、小稿もただその論証を試みようとしたものに過ぎない。

平安時代の稲荷詣にまつわる次の挿話も、有名である。

⑤和泉式部しのびて稲荷へまいりけるに、田中明神の程にて時雨のしけるに、いかゞすべきと思ひけるに、田刈りける童の、あをというものをかりてきて参りにけり。下向のほどにはれにければ、このあを、かへしとらせてけり。さて次の日、式部はしのかたを見いだしてゐたりけるに、大きやかなる童の、文もちてたゝずみければ、「あれは何ものぞ」といへば、「此の御ふみまいらせ候はん」といひてさしをきたるを、ひろげて見れば、

しぐれするいなりの山のもみじ葉はあをかりしより思ひそめてき

とかきたりけり。式部あはれと思ひて、このわらはをよびて、「奥へ」といひて、呼びいれけるとなむ。

（『古今著聞集』巻五）

田中社は、現在も「稲荷社北五町許[13]」に本町通りに面して所在している。現在の地理関係を背景にすれば自然な表現になるが[14]、田中社の本来の位置は、「一説ニ旧地此ヨリ東南ノ方也[15]」とも言われている。実は私は、旧説の方に関心を寄せている。というのは、どれだけ信憑性を置けるかは不明だが、稲荷坂に関して興味をそそられる『中古京師内外地図』によると、丁度この稲荷山への登り口辺に「田中祠」が比定されており、和泉式部の挿話によく合致すると思われるからである。先に紹介した宗忠の稲荷詣では、宗忠は「帰坂下」に於いて先達を見送り、下山の後に田中明神に奉幣した。その後、「法性寺東大門前」に於いて乗車、帰家したと言っている。藤原忠平が創建し、天徳二年（958）の焼亡の後に道長によって再建された法性寺の位置関係については、史料を博捜された杉山信三氏でさえ「あきらかでない」と言われている[16]。「法性寺東大門前」の路が法性寺大道（現今の本町通）との前提で考慮すると混迷するが、稲荷山に登る「帰坂」の坂道が法性寺東面を南北に通じていたと考えれば、疑問は残らない。法性寺の寺域は、忠平・忠通墓所との位置関係その他から、現今の東福寺西の本町十七丁目辺を想定するのが、最も自然と思われる。従って、宗忠が参拝した田中明神も、旧地に所在のそれであったと一応理解しておきたい。

『中古京師内外地図』のさらに興味深いことは、この田中祠が所在する地「車坂」から北上する道を「稲荷坂」とし、「還坂」とも注記している点である。すでに稲荷山の稜線を抜けているが、地形は西北に緩傾斜しており、現在のように東福寺によって広大に占有されず、山野を抜ける道の状態であれば、「稲荷の坂」とされる坂道は、山中に限定される必要はない。ここで先に「今熊野ヨリ稲荷山ニ詣ズル路」との『山城名勝志』の説明が思い出される。今熊野辺から東山を山科に越えていく道が滑石越であり、南に稲荷山に登っていく長い坂道が稲荷の坂と呼ばれていたということである。

四　行幸路

往古、今熊野から稲荷山への坂道が通常の参詣道であったらしいことを推定したのであるが、その傍証となるべき具体的な例がなかなか見得ない。参詣そのものが目的であり、その途次の記録は私的には特別な意味がないということだと思う。後三条天皇によって稲荷社行幸が慣例化された後には、その公的記録として経路が具体的に記された史料もいくつか残っている。それを見ると、例えば、寛治五年（1091）十月三日の堀河帝行幸の経路は、

①堀河殿→堀河南→三条東→東洞院南→五条東→万里小路南→六条東→河原→稲荷社

であり、天承元年（1131）三月十九日の崇徳帝行幸は

②土御門烏丸殿→近衛東→東洞院南→三条東→京極南→河原→稲荷社

であった。①例は、白河院が六条殿桟敷で見物のため異例ながら万里小路を通行したので、本来の経路としては五条あるいは六条を東に通るものなのであろう。②例は、京極を下って渡河しているようであるが、地点を示していない。①例と同じであれば、五条あるいは六条であろう。しばしば日吉社参詣をした藤原定家は、降雨などで粟田口路が悪い時はよく五条橋（清水橋とも。現在の松原橋）からククメ路（渋谷越）を利用して山科に越えている。[17]日吉社への途次蓮華王院（三十三間堂）辺を通ることもある。[18]蓮華王院から瓦坂を通って滑石越になる。

このどれかの道を東に来て、東山山麓を南行する帰坂に入るという事もあるだろうが、行幸の経路は、おおむね鴨河原のうちを南下して法性寺大路に入り稲荷社に至っているようである。現今の社殿（下の御社）のみの参詣でよいのであれば、そのほうが平易な道であろう。この辺の地形は、鴨河の流路から東は、鴨河も西側こそ護岸の必要があるが、漸高していく東方は特別に堤防を設ける必要がない。河筋も次第に低位の西に移動していったのであ

ろうから、東の河原とも称し得る草原の中に路が出来て、それが恒常的な通行路となる経過は十分に推測できる。中山忠親は、忠通室宗子薨去の報を得て法性寺に参る時、「九条河原に於いて」関白忠通の車に出会っている[19]。

帰坂がミユキミチ（御幸道）との別称を持つと言うことは、後三条天皇によって始められた行幸の初期には、東山山麓を南下する稲荷坂が参拝路であった可能性を考慮させるし、行幸の恒例化とともに「下の御社」を現在地に遷し、河原から法性寺大路を利用する参詣路が普通となったというように、一応の仮説を立てておきたい。法性寺辺の地理的変遷が確認されれば、推測の是非にいささかの手がかりを与えるかと思う。

注

(1) 国歌大観（角川書店、旧版）歌番号、以下同じ。
(2) 『大鏡』巻六、世継翁の稲荷詣。
(3) 『台記』久寿元年四月九日条。
(4) 『中右記』同日条。
(5) 『中右記』『為房卿記』同日条。
(6) 『長秋記』同日条。
(7) 「蜻蛉日記に見える稲荷山・稲荷の神」（「朱」第四十一号、平10）。
(8) 『明月記』建仁三年七月十六日条。
(9) 『明月記』正治元年二月廿三日条。
(10) 『後鳥羽院御記』建保二年五月廿日条。
(11) 「山城国稲荷山の経塚について」（「朱」三十三号、平1）。
(12) 「南明院所蔵弘安二年浄如寄進状」とのことである。
(13) 『山城名勝志』巻十六。

(14)『十訓抄』の「田中明神の西のほど」の表現では、現今の位置では説明しにくくなる。

(15)『山州名跡志』巻十二。

(16) 杉山信三『院家建築の研究』(吉川弘文館、昭56) 三七一頁。

(17)『明月記』建仁二年五月十三日条、同六月廿一条など。

(18)『明月記』正治二年十一月三十日条。

(19)『山槐記』久寿二年九月十四日条。

第二章　東山周辺

山麓の道

往古、洛南稲荷社への参詣道は、稲荷山頂から西北に仲恭天皇九条陵辺に下ってくる道であり、『枕草子』や『蜻蛉日記』の記述にも知られる稲荷坂はこの坂道を指すものであって、帰坂（あるいは還坂）とも通称されていたものであることを、別に述べた。(1) 取り立てた新見というわけでなく、帰坂が往古の参詣道であることは、近世の地誌にも指摘があった。(2) そのなかで、とりわけ有り難かったのは、山頂から平安京洛外に続く道として明示してくれた、一枚の地図であった。それが、『中古京師内外地図』（以下、内外地図と略称する）と呼ばれる、一種の歴史地図である。(3) 寛延三年（1750）に森幸安という人物によって作成された図で、竹居明男氏の解説によれば、「諸文献に基づいて、応仁の乱以前の名所旧跡を記載」するものであるが、「考証は必ずしも緻密ではないので注意を要する」(4) 地図ということである。実は私も、帰坂の初見以来、興味津々で眺め続けているのであるが、見れば見るほど混乱してきて閉口する部分もあり、竹居氏の言われる「注意を要する」性格を実感している。しかしまた一方、『拾芥抄』以来の歴史地図であり、しかも洛外の古道・寺社・邸第・陵墓などを明示する唯一の地図として、捨て難い魅力から容易に解放されないで困惑しているところでもある。本章においては、同地図に明示される、帰坂から北へ四条辺にまで至る東山山麓の道について、些少の考察を試みてみたい。

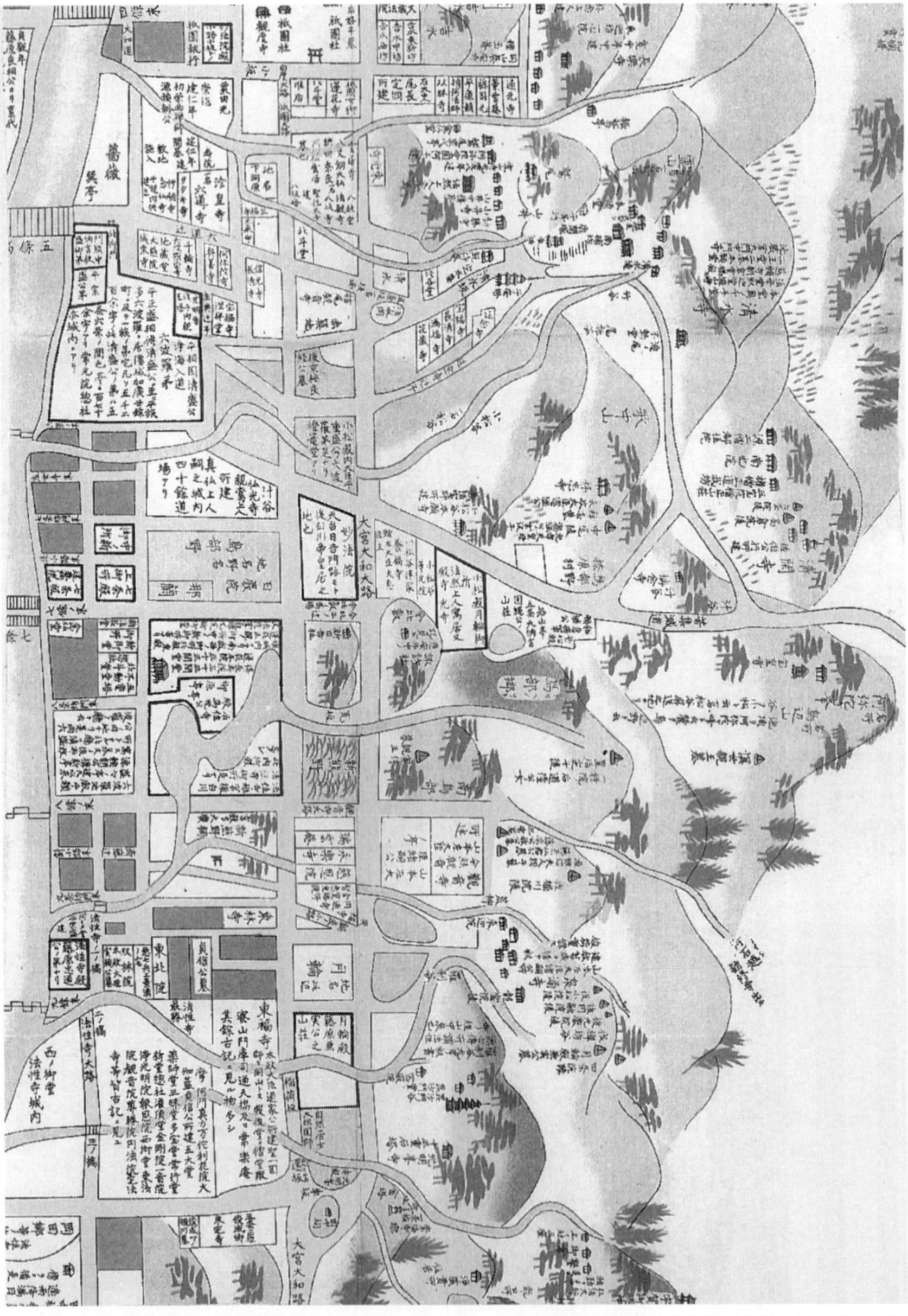

『中古京師内外地図』（部分）〈『故実叢書　三十八巻　中古京師内外地図』明治図書出版より〉

一　法性寺東道

内外地図によると、稲荷坂を山麓に下ったところに「田中祠」なる祠があり、道は、月輪殿の東西を北上する二つの道になる。西の道に、車坂（現地名あり）から帰坂また稲荷坂の明記がある。同図によれば、この西の道は、東福寺には東道にあたるが、平安時代には東福寺はもちろん存在せず、平安前期以来藤原摂関家の別業となっていたこの地には、法性寺（藤原忠平創建）が所在した。この法性寺創建の由来を記したのが、次の挿話である。

①さてやむごとなくならせ給ひて、御堂たてさせにおはします御車に、貞信公はいと小さくて具し奉り給へりけるに、法性寺の前わたり給ふとて、「て、こそ、こ、こそよき堂どころなんめれ。こ、にたてさせ給へかし」ときこえさせ給ひけるに、いかに見てかく言ふらんと覚してさし出で、御覧ずれば、まことにいとよくこそ見えければ、幼き目にいかでかく見つらん、さるべきにこそあらめとおぼしめして、「げにいとよき所なめり。汝が堂を建てよ。我はしかじかの事のありしかば、そこに建てんずるぞ」と申させ給ける。さて法性寺は建てさせ給ひしなり。（『大鏡』巻五・藤氏物語）(5)

昭宣公藤原基経が極楽寺を建てるために大和大路を南に赴いた時、同車していた忠平が、途中の法性寺辺の地に目を留めて、父親に御堂の建立をすすめた。極楽寺を建てることを予定していた基経は、「お前が成人した後に、お前の堂を建てたら良い」と答え、それが忠平による法性寺創建となったという話である。この法性寺が、東福寺の前身で、先の用例によっても、大和大路に面して所在することがほぼ確認される。(6) 大和大路は法性寺大路（現本町通り）と推定するのが通説であるが、私はひそかに疑問を抱いている。一応通説に従い、法性寺大路（現本町通り）を南下していく途中の話と理解して次に進む。

大和大路における法性寺辺は、実は、交通の起点となるような位置にあったために、作品にも幾度となく描写されている。『更級日記』の孝標女は、初瀬詣に出る時に「法性寺の大門」辺で、洛中に入ってくる群衆に出合っている。この大門は、法性寺大路に西面する「西大門」と推定されるが、次の史料によれば、「東大門」の存在も知られる。

②山より下りて後、田中明神社に参り奉幣。法性寺東大門前にて乗車。午の刻、家に帰る。

（『中右記』天仁二年十一月十日）

すなわち、法性寺は、東西に南北の路を持っていて、その東の路が稲荷坂から下り、北上する道かと思われるのである。現東福寺域内を西流して三ノ橋に至る羅刹谷には、通天橋・臥雲橋の二橋が架かって知られているが、臥雲橋を通過する道は、そのまま道長が建てた五大堂の趾と言われる同聚院の門前を通る。貞信公忠平は「法性寺外艮の地」に埋葬とのことであるが、[7]忠平墓が泉涌寺山内悲田院の山腹に所在したのは明瞭であるから、その西南の方位に当たる同聚院と五大堂との方位関係は全く合致している。忠平創建の法性寺は、後に道長が五大堂を建てた地に、ほぼ重ねて想定出来るのではあるまいか。

悲田院眺望　忠平・忠通墓の存した悲田院山上辺より西北京都市街を一望

二　法住寺殿東道

北上する道は、一橋から来迎院（現泉涌寺）に至る観音寺大路と交錯する。後年の地図であるが、杉山信三氏の示された旧法性寺地域付近図によってみると、[8] 観音寺大路から北に向かう道は、西から順に、蓮華王院（三十三間堂）西側を南下してきた大和大路、熊野神社東を北上していく道、さらに泉涌寺門前から北の谷に降りて行く道、以上の三の道がみられる。しかし、さらに年代を遡った地図、たとえば「天明六年京都洛中洛外絵図」[9] をみると、熊野神社東面の現東山通に相当する道は存在しない。大仏殿・養源院東の道がそれかとも思われたが、その道は養源院南（三十三間堂南道）辺から東南に向かい、観音寺大路と鋭角に交わる道となっている。すなわち、旧法性寺地域付近図に示す三の道のうち、もっとも東の道である。それもその筈、東山通は、明治四年に馬町～七条間の妙法院境内地を上地して公道として、[10] 大正二年に電車を通じ、今熊野の故地は明治三十九年に至って、この地を縦断する道路となしたものなので、[11] それ以前は存在していなかった。

　道長の五大堂辺から、忠平・忠通などの墳墓があった悲田院西麓を北にめぐると、住宅地のなかで道も定かでなくなってはいるが、泉涌寺門前に出る。その地点からやや西北に、天明六年絵図は道を記している。この間の道の痕跡となる資料は、次のようなものがある。

　東山泉涌寺へ御葬礼（中略）御路次、仙洞ノ西ノ門室町ヲ南へ、一条ヲ東へ、烏丸ヲ南へ、鷹司ヲ東へ、万里小路ヲ南へ、二条ヲ東へ、京極ヲ南へ、東大路大和大路也ヲ南へ、今熊野ノ落橋ヲ東へ、両社ヲ南へ、坂下ヲ南へ、鍋良小路ヲ北へ、観音寺大路ヲ東へ、又南行シテ泉涌寺ノ大門へ、路ノ程ハ侍所警固ヲ申ス。

（『良基公記』応安七年正月廿九日）

　字栩の森の北より東瓦町に至る間に小渠あり。橋を架す。此所渓谷にして自ら坂路を為す。是を御所坂と云ふ。

（『京都坊目誌』第卌一）

蓮華王院東坂は瓦坂あるいは日吉坂と呼ばれ、滑り石を越えて山科への道の入り口にあたっている。滑石越の道は、後年瓦坂南の谷を隔てた南の丘上を走るルートが開かれて、それが今熊野東辺に至った坂道を御所坂と呼ばれた。

今熊野社辺を経由して、法住寺殿御所にいたる坂の意であろう。このように東山を越える東西の道が山腹を西に下っていたが、それを南北に横切る道が存在しただろうか。後白河院の法住寺御所に「東面外垣南門」や「東四足門」などの記述が知られるから、[12]御所東を南北に通じる、かなりの幅の道が存在したと推定するのは自然である。この道は、法住寺御所南辺から現在JR東海道線が走る谷を越えて（法住寺御所の池に注ぐ小川に架かる橋も越え）、蓮華王院南門から日吉坂に至る道と合して観音寺大路へ向かう道となったと、一応推定しておきたい。

泉涌寺門前から北谷に降りた道は、剱神社から中尾山陵の傍を過ぎ、谷を横断して真っ直ぐ北に向かう道も存したと思われる。明治二八年（1895）の「京都古今全図」によれば、[13]妙法院・智積院西側の道（現東山通）とともに、東側にも、今日吉神社との間に南北に通じる道が見える。その方位は、中尾山陵から北に谷を越える道にほぼ一致している。国鉄東海道線がまだ東山トンネルを通らず、稲荷停車場から深草を経由した山科・大津のルートであった時代である。現JR東海道線の線路を横断して、通行禁止の橋が架かっているが、これは、この南北の道の痕跡ではないだろうか。この道は、現在京都女子大学と京都女子高校との間を北へ、三島神社のところで馬町通りに合し、僅か西の、清水・大仏道の分岐を示す道標の場所から西北に谷を下り、西大谷へと続く道になっている。

馬町通は、清閑寺門前から山科へ越える渋谷越の道でもある。道筋の理髪店老店主の話では、子供の頃の道幅は現在の約半分（数m）で、現在幹線道路となって昼夜車の往来が絶えない国道1号線は、渋谷越が東山を越える辺で合流する細い山道であったとのこと（『山城名勝志』によれば、〝滑谷〟と呼称）。清閑寺も、その辺に高倉天皇陵墓に隣接して所在する。東山トンネルの辺は、国道1号線によって東山丘陵が断絶しているが、以前に乗り合わせたタクシー運転手の話では、将軍塚から阿弥陀ケ峰に至る山道はよく散歩したという。北の三条通の粟田越についても言えるが、山越の道は、馬車・鉄道・自動車といった交通手段の変化とともに、交通の容易のために、谷のように掘り込まれている。同種の地理状況の共通の特徴なので留意しておきたい。建春門院平滋子が摂津三島社に安産

馬町通石標　渋谷街道途中、三島神社西20mほど。北方の小松谷に降りていく小径に立つ。是より北へ西大谷、西へ大佛。

JR東山トンネル　前方の山は阿弥陀ヶ峰。JRの線路で堀り下げられているが、本来は手前陸橋のレベルに谷川。谷の左に沿って瓦坂。

祈願をして高倉天皇を生み、この渋谷越の途中に招致したのが三島神社である。高倉天皇中宮建礼門院徳子（清盛女）も安徳天皇誕生にあたって安産を祈った。北側の谷が小松谷。小松殿とも通称された平重盛が、自らの領有の地内に社殿を造営したものであろうか。内外地図は、渋谷街道が現在の東山通と交錯する辺を、平重盛第趾としている。

明治四年に妙法院境内道を上地して公道とし現東山通のもとになった由であるが、「天明六年京都洛中洛外絵図」によれば、すでに現東山通にほぼ重なる大道が、大仏殿・養源院と妙法院・智積院との間に記されている。同図は、その道が渋谷街道に至って慈宝院なる寺院にぶつかり、道が閉ざされている形状も記している。閉塞した場所に南北の道を通じたのは明治三十三年（1900）で、その後さらに道路を拡幅し、大正二年（1913）に至って電車を開通して、東山通となった(14)。

三　祇園大路

現在五叉路となって交通頻繁な東山五条（五条坂）から北へ、東山通から斜め西北に下っていく道がある。これを進み松原通につきあたったところに、六道珍皇寺が所在する。ここが六道の辻、辿ってきたこの道を、六道大路と呼称した。

六道の辻。轆轤町と新し町の間を南に至る丁字形の所を云ふなり。其南を六道大路と称す。古は六波羅蜜寺の所有地なり。（『京都坊目誌』第廿一）

六道の辻から僅か東、北上する道がある。「元禄十四年実測大絵図」によっても、六道珍皇寺の東を北に向かう道が明瞭である。安井神社東を北上する道であり、早くは宮の辻子と通称されていた道があった。

建治三年正月廿七日、為拝堂登山。御行粧（中略）路次、宮ノ辻子北行、五条坊門西行、大和大路北行、四条東行、祇園中路北行、三条東行、今朱雀北行。翌日社頭拝賀。（『天台座主記』第五・道玄僧正）

この道は、現在の八坂通にいたって建仁寺塔頭により閉ざされ、北に進めない。建治（1275~78）は、建仁の後七十余年後の年号であるから、この時すでに宮ノ辻子を北に直行出来ない形状となっていたのであろうか。後述するが、現東大路は近代に至って開かれた道らしいので、現在の東大路の西に所在して、後に消滅した南北路であると理解しておきたい。

現松原通は旧五条大路末であるが、同時に、清水に通じる清水坂としても知られている。清水寺から西に下ってくる道は、南に二つの間道があった。

八月九日、山門の大衆下洛すと云ふ。云々。寺僧今は防ぎ戦ふ力なし。本尊を負ひ坊舎を捨てゝ、延年寺赤築地二つの間道へぞ落行ける。（『源平盛衰記』巻二）

比叡山の僧兵と戦って破れた清水寺の僧たちが、背後の二つの間道に敗走した。どちらも現西大谷辺に降りてくる道であるが、延年寺辻子は清水寺西門から西大谷に至る通称大谷道、赤築地は現在遊行前町の市営駐車場辺の地名で、清水二丁目からここに降りてくる五条坂が赤築地辻子である。延年寺辻子入り口辺の小松谷に、内外地図は後京極良経公墓と記入するが、良経が埋葬されたのは、法性寺東の谷間である小松谷なので[15]、これは全くの誤伝である。内外地図には、信憑性を欠く部分が多々存する。

清水寺からの間道は、背後の清閑寺に至る山道も、知られる。歌の中山と通称される道である。

山門大衆追手搦手二手ニツクル。（中略）大関、小関、四ノ宮河原ヲ打過テ、苦集滅道ヤ清閑寺、歌ノ中山マデ攻寄タリ。（『源平盛衰記』巻二）

赤築地坂の道は清水坂を横切って北上し、西北方に八坂法観寺辺に降りていく。八坂通と通称。その降り口の坂が、産寧坂（三年坂とも）である。産寧坂を降りた辺から東に入って行って霊山近くに至る辺が、山の井と呼称される場所であった[16]。清水谷また山の井谷とも呼ばれた。

四月晦日がた、さるべき故ありて、東山なる所にうつろふ。道の程（中略）水鶏いみじく鳴く。

たゝくとも誰か水鶏のくれぬるに　山路を深くたづねてはみん

霊山近き所なれば、詣でゝ、拝み奉るにいとくるしければ、山寺なる石井によりて、手にむすびつゝのみて、この水の飽かず覚ゆるなどいふ人のあるに、

奥山の石間の水をむすびあげてあかぬものとは今のみや知る

といひたれば、水のむ人

山の井のしづくににごる水よりもなほ飽かぬ心ちこそすれ

帰りて、夕日けざやかにさしたるに、京のかたものこりなく見やらるゝに、

（『更級日記』）

霊山は、山の井谷を隔てて清水寺に対する位置に所在。現在の正法寺は、その霊山寺の遺址の一部。元慶八年（884）に光孝天皇の勅願により造営された。

寺は、壺坂、笠置、法輪。霊山は、釈迦仏の御すみかなるがあはれなるなり。

（『枕草子』二〇八段）

雪のあした、霊山と申すところにて眺望を人々よみける、　西行法師

たけのぼる朝日のかげのさすまゝに都の雪は消えみきえずみ

（『山家集』7517番）

八坂通が現東山通に至る前に、八坂法観寺辺から北に祇園南鳥居に至る道が、下河原通である。祇園社は本来南面する神社であり、南鳥居が正門にあたる。南鳥居をめざして北上する道が、祇園社の本来の参詣道であり、東山山麓の南北道であったと思われる。内外地図には、百度大路・祇園大路と記されている。中古、衰退していた霊山寺が弘和年間（1381～84）に僧国阿によって中興された時、足利義満によって敷地安堵の教書を発せられたが、その四至は、北の雲居寺谷、南の清水谷は当然として、西は大道を限るとしている。この大道は、現東山通ではなく、この祇園大路のことである。[17] ただし、祇園大路は、祇園社西参詣道（四条大路末）の発展とともに、現四条通に相当する道の呼称ともなっているようである。

下河原通北方　往古の祇園大路。大路北つきあたりに祇園社南鳥居。

祇園大路（下河原通）を北に向かう。東の山麓を占める高台寺は、後に豊臣秀吉夫人が造営居住した第であり、平安時代以

前には雲居寺の寺地であった。この西面中門の地が、雲居寺旧門址といわれている。雲居寺は、承和四年（837）に菅野真道が桓武天皇の冥福を祈って建立した寺で、八坂東院とも呼ばれた。八坂寺に境界を接し、八坂寺別院のような形勢を呈していたからである。応和（961～64）の頃、説話作品などで知られる浄蔵法師がここに居住している。

応和四年十一月十八日に、大法師の云はく、命終の時至るといへり。同じき廿一日酉剋、東山の雲居寺において、正念乱れず、西に向ひて遷化せり。瑞相太だ多し。春秋七十四なり。（『拾遺往生伝』巻中）

雲居寺の瞻西上人の房にて歌合し侍りける時よめる。藤原道経

ふみしだき朝ゆく鹿や過ぎぬらんしどろに見ゆる野路の苅萱（『千載集』243番）

南から清水・霊山・雲居寺・祇園社と、祇園大路東に立ち並んでいた。白河院の祇園社御幸の折に目をとめられ、召し出されて寵愛を受けた祇園女御の住家は、祇園大路が祇園社に達する南鳥居の近辺にあった(18)。現在、祇園女御塚と伝える地が、鳥居西南、双林寺（平安初期創建）の西にある。

祇園社西鳥居の西は、早くから石階段で知られていたようである。

祇園社百首　藤原俊成

霧の内にまづおもかげの見ゆるかな西の御門の石のきざはし

この通称「石段下」から南への道、いわゆる東大路通は、早くから開通した南北道ではない。中央の軌道敷を電車が走る電車道として、大正元年（1912）以降に整備された道である。

明治三十三年市会の決議に依り、西大谷より松原広道間に新道を開く。之を新広道通と称す。大正元年九間幅員に拡張し、同十二月二十五日電車を開通す。之より東山通と改称す。（『京都坊目誌』第廿一）

東山通は明治三十三年新に開通し、辰巳町に接続せしが、大正元年之を拡築し、同年十二月二十五日電車を通

ず。（同）

六波羅蜜寺・安井神社東の南北道は、現東山通道の開通・拡幅整備とともに、用途を失って消滅したものかと思われる。

四　祇園中路

八坂神社は、古来祇園社あるいは祇園感神院と呼称されていた。陽成天皇の元慶（877〜85）の初めに、藤原基経がこの地に精舎を建てて、観慶寺感神院と号した。円融天皇の天禄元年（970）に、現代にまで続く祇園御霊会が始められ、後三条天皇の延久四年（1072）に稲荷社とともに天皇行幸が始まるなど、著名の神社である。本殿・拝殿ともに南面し、南楼門および鳥居も南に下河原通に面している。[19] 本来、南面を主とする社殿であったが、京師の人々の参集とともに、四条大路末が参詣道として賑わうようになったものと思われる。一の鳥居が四条京極に、二の鳥居が四条大橋東詰に所在していた。下河原通に面してあるのが三の鳥居である。

四条大路末の参詣道としての定着とともに、西門が表正面のような形になっていった。

寛元元年正月四日。去夜、祇園西大門大路の在家、南北両面地を払いて焼亡す。西は橋爪に及び東は今小路に至る。南は綾小路の末を限り、数百家に及ぶ。（『百練抄』巻十五）

ここにいう大路は、四条大路末の祇園社西門に至る大路と思われる。この両面が地を払いて焼亡したのだから、今小路は祇園社西門のごく近くを南北に通じる道であろう。祇園社は、大正元年（1912）に市電東山線の軌道敷設のために五十余坪を供用し、西門の地を東に後退させたというから、現在の石段下の広域な道路上が、本来の祇園社西門の所在地であった。[20]

これに近接して、南北に通じる道は、先述来の六道珍皇寺東を北上してきた道である。この道は、次の例によれば、六道辺では宮の辻子、北になると、祇園中路と呼称されていたようである。

盛重検非違使にて候けるが、…煩なくからめとりてかへるに、盛重思やうは、六波羅に刑部卿忠盛居られたり。其傍を過ばうばはれなんず。おこの事に成なむと思て、すゞろなる法師を捕へて、おかし者に成して、そなたにやりつ。真の者は人少にて祇園中路と云方より忍やかに遣りてけり。（『古今著聞集』巻十六）

今夜、祇園中道、五条坊門以南焼亡す。六波羅蜜寺同じく以て焼亡と云々。（『吉記』寿永二年七月廿九日条）

両例とも、地理的には合致する。下河原路通を祇園大路と呼称するにも照応している。この祇園中道は、先にも紹介した次例によれば、四条大路末を横断して北に三条大路末にまで通じていた。

建治三年正月廿七日、為拝堂登山。御行粧（中略）路次、宮ノ辻子北行、五条坊門西行、大和大路北行、四条東行、祇園中路北行、三条東行、今朱雀北行。翌日社頭拝賀。（『天台座主記』第五・道玄僧正）

「天明六年京都洛中洛外絵図」によっても、祇園中路は大路を横断して北に向かっている。本図より以前の、「寛保元年京大絵図」によると[21]、横断してすぐ北の地点に「こつほり丁」の記載がある。『京都坊目誌』によれば、八坂神社西門前北へ林下町に至るまでの祇園北門前町の「こっぽり」と呼ばれた地は、大正元年に於いて道路を拡幅して東山通とし、北丸太町より南七条に通じる電車を開通、「こっぽり」の称は自然に廃されたと説明している[22]。先出の「今小路」は、この通称「こっぽり」を指すかとの説も紹介している。

現在、石段下から斜めに円山公園北を通り、知恩院前・青蓮院前を通過して三条通りに出る道があるが、近世の諸図には見えない。知恩院・青蓮院といった、祇園社東の山麓を広壮に占拠する寺院は後代のもので、それ以前においては、大谷と呼ばれる葬送の原野であった。

皇太后（妍子）万寿四年九月十四日うせ給ぬ。（中略）祇園の東大谷と申てひろき野はべり。そのかたになんおはしますべきなり。

（『栄花物語』巻二十九）

平安末、慈円僧正が住んだ吉水も、山麓の涌き水に由来した地名であるというし、東の山際には延暦年間（782〜806）からの長楽寺が所在するが、その間は、茫々たる原野であった。真葛が原とは、いかにも言い得た呼称と感じられる。

百首歌たてまつりし時よめる　　前大僧正慈円

我が恋は松を時雨の染めかねて真葛が原に風騒ぐなり

（『新古今集』巻十一、1030番）

五　山麓の道

平安時代、稲荷社参詣道は、稲荷山上から西北の尾根を現在の東福寺背後に降りてくる道であった。これが帰り道（還路）と呼称される道として残り、現在においても日常的に利用される道としてあることを、別に述べた[23]。本節は、その還路が山麓に下りきった後に、どのような経路で京洛に至るかに、関心を持って追求を試みたものである。稲荷山を下った地点を還坂と明示した内外地図によれば、さらに西に至って法性寺大路（現本町通）を北上する経路がある。これは、観音寺大路一橋辺に至って、鴨川河原を通るか、やや東の河堤（現大和大路）を通るか、選択の余地があるが、ほぼ確実に想定される道筋の一である[24]。

ところが内外地図は、むしろ東福寺の東に、北に向かう二筋の道を記している。その西の道に、「稲荷坂」の記入があるが、これが、月輪殿と東福寺との間を通ることを思えば、本稿が辿った、東福寺内臥雲橋を渡り同聚院前を通過する道筋にほぼ想定してよいかと思われる。内外地図によれば、この道はほぼ直進して北に向かい、法住寺殿東・妙法院西を通過するから、現在の東大路に相当すると推定されるのであるが、述べてきたように、後に電車道として拡幅整備された東山通を、ほぼ現在の道筋で確認することは出来ない。「天明六年京都洛中洛外絵図」を見ると、途中で遮断される部分はあるが、北上していく道を確認できるものもある。報告したように、現東山五条辺からやや西北に六道珍皇寺にぶつかり、その東を北に向かう道（六道大路・宮の辻子・祇園中路）である。現東大路のもととなったと思われる道も部分的に確認できるけれど、これが祇園社に至った箇所に祇園大路と明示しているのを見れば、下河原通との混同があるように思われる。内外地図の混同の問題はさて措くとして、当面の課題としての稲荷社から北上する道は、法住寺殿東から六道珍皇寺東を通過し、祇園中路と呼称されて祇園社西を三条大路末に至る道として、一応報告しておきたいと思う。

本節の趣旨はほぼそれで良いとして、今一つ気になることは、内外地図が、稲荷坂を降りた地点から、このルートに平行したもう一つの道を設定していることである。実をいうと、現東福寺の背後を悲田院山麓をめぐる道があるある市民講座でこのあたりの話をした時に、東福寺裏に竹藪の道があり、そこから稲荷山への道も確認できたという話を妙齢の婦人から聞いたことがある。その部分は良いとして、さらにその北に向かう道として、内外地図が示すような正北の道を想定することは、地形的にも困難である。渋谷街道までは、先述した剱神社・中尾陵辺から今日吉社横を通過して西大谷への道を考えるしかない。この道が妙法院東を渋谷街道に達する辺に、内外地図は「大宮大和大路」と注記している。実は、それに符号する記載として、『京都坊目誌』に次のような記述がある。

大宮大路　今の日吉社の旧地、瓦町の間、古へ南北に通ずる道路あり。（第廿七）

今日吉社の旧地は、現在の社殿から東南、瓦坂東辺と推定されているが、それと瓦町の間に南北に通じる道路があり、それを大宮大路と呼称されたと伝えている。それにしても、この「大宮」とは、なにを指しての呼称であろうか。この道が北上して、南を正面として配置された祇園社にぶつかる祇園大路（下河原通）に結びつくものであれば、大宮とは祇園社の謂ではなかろうか。ひとまず、そのように推定しておきたい。

その大宮とは別に、問題は今一つ、「大和大路」の表現である。大和大路は、建仁寺西・六波羅西・大仏殿西・蓮華王院西を南下する道で、現在も呼称が残る道であるが、「大宮大和大路」の表現は、それに対して、その東を平行して南下し大和に至る道の謂ではなかろうか。内外地図によれば、その道は、稲荷坂下において還坂と合流する。この地点にも、内外地図は「大宮大和大路」の記載をしている。法性寺大路に平行して南行し、竹の下道を通り、木幡山等を経て大和に至るとされている。道綱母や孝標女が初瀬詣に辿り、虚構作品であるが、薫や匂宮が宇治に通うのにたどった、山越の道である。[25] 大和大路の東に、祇園社から南に大和に向かう東山山麓の道があった、このような推定述べて、一応の結論としておきたい。

注

(1)「稲荷詣の道」(「朱」四十四号、平13)。本書Ⅲ編一章。
(2)『山城名勝志』巻十六。近くは竹村俊則『新撰京都名所図会』巻五・洛南(白川書院、昭38)「稲荷坂」の項。
(3)故実叢書、所収。
(4)『平安時代史事典』(角川書店、平6)「中古京師内外地図」の項。
(5)頁数は日本古典文学大系本の、歌番号は旧版国歌大観のそれである。
(6)法性寺については、杉山信三『院家建築の研究』(吉川弘文館、昭56)に詳細な報告がある。参照。
(7)『日本紀略』天暦三年八月十八日条の貞信公葬送の記事など。なお、西田直二郎『京都史蹟の研究』(吉川弘文館、昭36)、参照。
(8)『京都府史蹟名勝天然記念物調査報告』第九冊(京都市、昭3)所収。
(9)『慶長昭和京都地図集成』(柏書房、1994)所収。
(10)『京都坊目誌』第廿八・二三六頁。

(11)『京都坊目誌』第三十一・五四八頁。
(12)『玉葉』安元二年三月四日条。
(13)注(9)書に同じ。
(14)『京都坊目誌』第廿八・三三五頁。
(15)京都大学蔵『法性寺古図』、参考。
(16)『京都坊目誌』第廿八・三七三頁。
(17)『義経記』巻四・一五二頁、『言継卿記』天文十四年七月十一日条などに「祇園大路」の呼称があるが、これは八坂神社西門から西の現四条通を指している。
(18)『平家物語』巻六・祇園女御
(19)国宝『祇園社絵図』(八坂神社蔵)、参照。
(20)『京都坊目誌』第廿九・三九〇頁。
(21)注(9)に同じ。
(22)『京都坊目誌』第廿八・三七九頁、第廿九・三八四頁。
(23)拙稿注(1)論文。
(24)稲荷参詣あるいは旧都大和への道筋は、法性寺一橋辺までのルートは、だいたい五条あたりより南の辺で鴨川を渡り、河原の中を南下して法性寺辺から普通の通行道にあがるというのが、通常のコースと思われる。
九条川原―法性寺　(『山槐記』久寿二年九月十四日)
稲荷―川原―三条　(『明月記』承元元年十月廿四日)
のような例が散見される。
(25)拙著『源氏物語の研究』(望稜舎、昭61)。小山利彦『源氏物語と風土』(武蔵野書院、昭62)が、宇治へのルートとして候補にして想定された道筋にも、無論重なる。最近、藤本勝義氏は、旧巨椋池の水深を迂回するために、小栗栖に下る道(後の、いわゆる明智越)を比定する意見を出されている(「木幡山から宇治へ」、『源氏物語の背景研究と資料』武蔵野書院、平13)。

大和大路

三条大橋東詰から南下する道は、三条～四条間では縄手通、四条から南が大和大路通と呼ばれている。呼称の通り、旧都の所在する大和に至る道である。洛外の大路であったこの道をたどってみたい。

一　建仁寺西通

大和大路について、『山州名跡志』は次のように解説している。

三条大橋ノ東爪ヲ南ニ至ル街ナリ。是レ大和街道ナリ。同街四条ヨリ北二条ニ至ル町ハ寛文年中ニ開ク所ナリ。（巻四・愛宕郡）

四条より北、現在縄手通と呼ばれる殷賑の街路となっている道は、近世の寛文年間(1661～73)の開通ということなので、これ以上言及しない。

四条以南においても、寛文年間は大和大路にとって期を画した時であったらしい。手許に平成十年四月七日付朝日新聞(夕刊)があるが、紙面は、建仁寺周辺の開発や整備に関する多量の絵図・文書類が発見されたことを報じている。写真版で紹介されているのは、寛文の大改修と呼ばれる鴨川護岸工事の、以前と以後の図である。説明の記事は、次の通りである。

寛文年間の一六六九年ごろにあった大規模な護岸工事(寛文の新堤)を機に、鴨川の東岸地域の市街地化が急速に進んだ。今回見つかった絵図のうち万治三年（一六六〇年）の絵図には、寛文の新堤以前の鴨川が四条周辺で幾筋にもわかれ蛇行した様子が描かれている。周辺に人家はほとんどない。鴨川がたびたびはんらんを繰り返したという記録とも一致する。それが、元禄十一年（一六九八年）の同地区の絵図では、鴨川の東に沿って堤が築かれ、畑に道路が通り、住宅地も描かれている。音羽町や大黒町など、今も残る町名が登場するほか、現在の南座付近には「芝居」と書かれた建物もある。京都の花街の一つ宮川町周辺はまだ畑が広がり、開発が進んでいなかったこともうかがえる。

大改修前後の絵図に明瞭なように、建仁寺西の大和大路を鴨川東岸として、それより西は鴨河原のうちにあった。改修後の図を見れば、河原の内にも若干の道筋が出来ているが、これが、新道通・宮川町通などと呼称される道となったようである。鴨川内の形状については、後に再度触れる。

大和大路四条　（大和大路起点）

大和大路の四条下る東に仲源寺という寺がある。治安二年（1022）に僧定朝の建立といわれる。本尊地蔵菩薩は始め四条橋辺の田間の土中にあり、畔の地蔵とも呼ばれたが、雨止地蔵・目疾地蔵の通称で知られる。人家が少なかった時に、行人が驟雨を堂に避けたのが通称の由来である。四条南の河原中島には、晴明塚と称される古塚もあった。五条橋中島に所在した法城寺は民間陰陽師の一大拠点であったそうだから、その痕跡であろう[1]。建久元年（1191）に頼朝が上洛した時、「河原を南行」して六波羅第（池殿）に入っている（『吾妻鏡』建久元年十一月七日）。現在の大和大路に相当する道もまだ無く、すこし西の河原道を経たということである。現今の流水のあたり河原道を辿れるような中島が所在したのであろう。

二　六波羅

大和大路松原の辻辺、『山州名跡志』には「前瀬崎（ぜぜがさき）建仁寺町松原ノ辻四辺ヲ云フ。此ノ所往古鴨川原封境ナリ」とある。大和大路が、ほぼ鴨川堤に相当する証かと思う。その辻西南に北御門町という町名があり、『山城名勝志』は清盛の六波羅第の北門に由来すると説明する。その西には西御門町という町名があり、それぞれ清盛の六波羅第の旧跡を伝えるかとの推測を可能にするが、現在町名から簡単に推測するのは危険がある。

平氏の六波羅第については、次の記述が有名である。

六波羅殿とての、しりし所は故刑部卿忠盛の代に出し吉所なり。南は六波羅が末、賀茂河一町を隔て元は一町なりしを此相国の時造作あり。家数百七十余宇におよべり。是のみならず、北の鞍馬路（私注、延慶本は倉町。この方が正しい）より始て東の大道を隔て、辰巳角の小松殿まで、二十余町に及び造作したりし一族親類の殿原、郎党眷属の住所に至るまで、こまかに是をかぞふれば五千二百余宇の家々、

（『平家物語』長門本・巻十四）

平氏一門が占めた六波羅の中心は、清盛第であった泉殿と呼ばれる邸第であったが、南一町のところに、池大納言と呼ばれた頼盛の池殿があり、門脇宰相と呼ばれた教盛（清盛弟）の邸が惣門脇にあったと言われている。それらは、池殿町・門脇町というように、それぞれ現在の町名に痕跡を残すと説明されているが、これまた現在町名と結びつける前に、やや慎重な思慮が必要と思われる。

清盛第であった泉殿に隣接して所在していたと思われる六波羅蜜寺について、次の記述がある。

空也聖人鴨河ノ東岸ニ堂ヲ建テ、金字大般若経ヲ供養ス。

（『扶桑略記』応和三年八月二十三日）

同じ事実を、『日本紀略』は「鴨河原に於いて金字般若経を供養す」と伝えている。六波羅蜜寺は鴨河原でないとしても、鴨河岸近くに存在していた。平家の時代から二世紀も前の状況である。この表現に従えば、六波羅蜜寺はほとんど鴨河堤に接して所在かと推測されるけれど、現在の位置は、一町ほどは東に寄っている。もとは鴨川堤以東が寺域であったが、現今の寺域まで縮小したとするのも一つの考えである。清盛の六波羅第の所在が堤東とすれば、堤以東を占めていた六波羅蜜寺の寺域が、清盛の六波羅第によって西半を侵されたという説明をすることになる。今のところ、この推定を前提として記述を進めたい。

清盛の泉殿と、頼盛の池殿は、平氏の六波羅第を代表する邸宅であって、治承四年（1180）には、後白河・高倉両上皇の御幸を同時に仰いだ。

大和大路松原　（五条大路末）

新院御幸ノ事、六波羅頼盛卿家号池殿、法皇御幸、御輿六波羅入道大相国亭号泉殿、

（『山槐記』治承四年十一月廿六日）

この両第がほぼ一町を隔てて南北に所在していたことも、同じ『山槐記』治承二年（1178）十一月十二日条の記述から確かめられる。現在の池殿町は、大和大路より半町ほど東、六波羅蜜寺の西南にあたっている。地形的に見ると、大和大路から東南にやや低地に向かうと感じられる広い道（六波羅裏門通）があり、六波羅蜜寺所在の場所が高台になっていて、池殿の由来である池の所在を想定できる地形である。六波羅蜜寺の西南に、後世「鎧の池」と呼ばれる古池が存したそうである（『京都坊目誌』第廿一）。まさにその痕跡であろう。その場所を池殿内の池の所在地として、西に建造物を推定し、その北一町を隔てて、五条大路末（現松原通）南に、清盛の泉殿が所在したと

しておきたい。通説は、松原辻西南の、大和大路西である。後に述べる総門の位置も考慮し、堤西は実質鴨河原となる地形も考慮して、右のように述べておきたい。治承二年（1178）十一月十二日に、泉殿で安徳天皇が誕生された時、後白河法皇は「西面北門」より臨幸されたし、「日来所閉之小門」である東門を開かせたなどの記述がある。泉殿は、西を晴れとする邸第で、鴨河堤（大和大路）に面して所在したものではないかと考える。

六波羅蜜寺は、南北に門があり、北門を惣門として松原通に面していた（『古事談』第五）。明治四年（1871）に境内を上地されて南北に道を通じたが、その際に南北の両門ともに撤廃された（『京都坊目誌』第廿二）。境内地は、もとは六道大路まで及んでいたと言われている。六道大路とは、小野篁を祀る珍皇寺の門前から南に、現在の東山五条交差点に通じる道のことである。現在の六波羅蜜寺正門の東門に通じる道の松原通の角に、「六道の辻」なる小さい石標があるが、明治四年（1871）の南北門撤廃とともに、東の大路から移されたものではあるまいか。

平氏が六波羅辺に居住し始めたのは、清盛の祖父正盛以前からのことのようである。平凡社版・歴史地名大系『京都市の地名』に、天永三年（1112）、正盛が珍皇寺の寺領を借りた時の請状が紹介されている。別称正盛堂と呼ばれた常光院がその跡地と言われている。常光院の所在は明確でないが、次の記述が参考にはなる。

今夜祇園中路、五条坊門以南焼亡、六波羅蜜寺同以焼失、又一日所焼残故正盛朝臣常光院焼亡云々、

（『吉記』寿永二年七月廿九日）

数日前に、平家が都落ちしていき、さしも権勢を誇った六波羅第も多く焼亡した。その際に焼け残っていた常光院が、祇園中路の火事で、六波羅蜜寺とともに焼失したというものである。祇園中路とは、珍皇寺東の祇園社に向かう南北の道であるが、その南半の火事で六波羅蜜寺とともに焼失したということは、常光院の位置は、六波羅蜜寺東で、六道大路に東面するものではなかったかと推測される。清盛の泉殿のうちに「常光院総社」(2)・「常光院塔」(3)が所在する記事はある。常光院にかかわるものを泉殿内に勧請したもので、本来の常光院そのものを示すものではな

いと理解する。

平家の六波羅第に、「惣門」と呼ばれる門の所在が知られている。

　此の宰相と申すは、入道相国の弟也。宿所は六波羅惣門の内なれば、門脇の宰相とぞ申しける。

（『平家物語』巻二）

この惣門について、「東に向かって開かれ」たものであるとか、「西に向かいて鴨川原に通じる」ものであるとか、理解が一定していない。東門説は門脇町（現多聞町）の町名からの類推であり、西門説は、『平治物語』の六波羅合戦の描写を根拠とするようであり、今一つ明確と感じにくい。東面の門とすれば、六道大路に面して開かれていたものであろう。平家の六波羅第の始めである正盛堂に近く、因縁は感じられるものがあるが、裏門の印象がある。さらに、その惣門を出て大路を隔てて重盛の小松殿が所在というのも、どうであろうか。対して、西門であれば、政治的にも軍事的にも六波羅第の正門といった印象はあるが、根拠となる記述が無い。惣門と呼称するものであれば、六波羅第が面する大路に開かれたものであろうが、古来知られた通行路は、清水寺に向かう五条大路末であり、清盛の泉殿の北に、この大路に北面して開かれた門という推測を提示してみたい。なお六波羅第を綜合的に検証された高橋昌明氏は、「惣門といい南門といっても、門ばかりで塀のない可能性も考えられる」と言われているが、結局のところは「戦国時代の城下町の総構えのような」状態を結論とされている(4)。私は、打ち消された方の可能性にやや惹かれる。

五条大路末には、六波羅蜜寺と六波羅第とが東西に並んで接していた。六波羅蜜寺の正門がこの北門であったことは、先に紹介した。六波羅第の大路を挟んだ北側には、知られた愛宕念仏寺が所在し、その東隣には珍皇寺が築地を並べ、大路に向かう南面の大門を開いていた(5)。清盛の六波羅第の正門の位置を推測すれば、これらの知られた寺社に並んで五条大路末に開かれた門が最も似つかわしく思われる。西上する源氏の軍勢に追われて平家が都落ち

珍皇寺

していった時、六波羅の惣門に落首の札が貼られたという（『平家物語』巻七）。六波羅第を代表する場所であり、その位置を五条末大路に面する北門とするのは、穏当な推測ではあるまいか。六波羅第北門の向かいは愛宕念仏寺であり、「六波羅総門向堂」の別称を持っていたという[6]。現在の松原警察署の所在地であり、その正門は矢根門と通称されているそうで、門脇宰相教盛邸の門であったと伝えられている由[7]。これは、教盛第の門が移築されたというよりも、教盛邸が、平氏一門の六波羅第惣門たる北門辺にもともと所在して、門脇の通称もここから発したものではないかと、ひそかに想像している。町名の弓矢町も、なんらかの関連があるかないか。

平氏の六波羅地域は、南は七条辺にまで達していた。

　五月七日ほのぼのと明くるほどより（中略）、七条大橋を東さまに七手に分けて、旗を指し続けて六波羅を指して雲霞の如く攻め入るに、面を向ふ者なし。（『増鏡』月草の花）

延慶本『平家物語』の「南門は六条末賀茂川一丁を隔つ」に従えば、南は六条末となる。後述するが、六条末南河原に、高倉帝が東宮であった時の「七条河原御所」（西殿・下御所とも）が存したようであるから、南門は六条末と推測される。川筋から一丁を隔てるというのは、実質的には、後述する河原道ということになるが、これは六波羅地域の西南隅にあたるから、大和大路口とするのが穏当のように思う。鴨川東堤である大和大路は、六波羅殿・法住寺殿の邸第に取り込まれて、交通路としての機能は殆ど欠いていたとも思われるが、惣門・南門を通じる道路は存していたとも推測される。泉殿・池殿の配置などからも、可能性は高いかと感じている。

三　法住寺殿

六波羅の南は、七条大路末にあたり、平安中期において貴紳の邸宅地となることもあったが、おおむねは洛外寂寞の地と言ってよい状態であった。この地が、平氏の六波羅地域の発展とともに、平氏と協調し、その権勢にも支えられた後白河院の御所として、平安末期の流動する歴史の表舞台に登場することになった。後白河院は、まだ在位中に法住寺域に御願寺を造営、行幸された。その途次のコースは、八条末から河原を東北に赴き、八条坊門末の西門から入御されている。現在の塩小路通、三十三間堂南の道である。[8]また、同所に存した寵臣信西入道の故地を中心として後院を造営し、応保元年（1161）四月十三日に遷御された。法住寺殿と呼称される。周辺十余町を取り籠め、堂宇八十余を破壊し、衆人の怨みをかいながら造営したものであるが[9]、その広大な敷地内に、法住寺南殿・七条殿・蓮華王院・最勝光院などの御所・御堂を作り、今熊野社・今日吉社などの社殿も配置した。

七条殿は、法住寺南殿の北、現在、国立京都博物館の所在するあたりで、後白河院が法住寺殿を後院として遷られた応保元年（1161）、その同じ年の八月、法住寺西御所・七条上御所などと呼ばれる、院の移御の場所となっている。東御所・上御所・下御所などの呼称もあるが、整理すれば、上御所・東御所が七条東殿、下御所・西御所が七条西殿ということになる。七条西殿は、国立博物館から大和大路を隔てた西に所在していたように思われる。川本重雄氏は、七条殿内の殿舎の類焼を因として七条東殿・西殿改築がなされ、両殿を合した七条殿が造営されたが、さらに、養和元年（1181）十二月に新御所が完成し、上皇が移御された。この新御所の西は、もと七条殿の馬場があったところで、現在は大路となっている、などのことを説明された。[10]この大路こそが、現大和大路ではないかと、私は推測する。

大和大路馬町　（西方河原方面に傾斜）

後白河院は、最初に遷御された法住寺殿の改築造作を行って、仁安二年（1167）正月十九日に再度遷御された。法住寺南殿と呼ばれた御所で、寿永二年（1183）十一月十九日に木曾義仲の夜襲によって焼亡するまで、南殿が後白河院常住の御所となった。翌年正月六日に、この御所に、東宮（高倉）の朝覲御幸があった。

自御所北面大路、経川原南行、入御法住寺西楼門、

（『兵範記』仁安三年正月六日）

東宮御所は「七条河原」であった。そこから北面大路に出、河原を南行して法住寺殿西門に至っている。北面大路とは六条大路末のことであろう。東宮の昨年来御所としている「七条川原」が七条西殿で、方広寺西の大和大路を隔てたあたりかと思われる。このあたり、大和大路の西側傾斜が特に著しく、鴨川堤と思われる痕跡を見せている。「川原」とは、西殿西面の川原を南北に通じていた通行路のことで、これは、ほぼ現在の本町通と推測される。川原道を南行、八条坊門小路末を東行、法住寺西四足門に到った。上皇は時に「東殿」を御所とされていたが、朝覲の儀は法住寺南殿に整えて東宮を迎えた。(11)

長寛二年（1164）には、蓮華王院が建設された。現今の三十三間堂である。道長の法成寺、鳥羽院の得長寿院などに比すべき、御所併設の御堂としてである。

千体の千手観音の御堂造らせ給ひて、天龍八部衆など、生きてはたらくと申すばかりにぞ侍る。

（『今鏡』巻三）

造営供養されたのは長寛二年（1164）十二月十七日、後白河院が法住寺殿を後院と定めて遷御されてから三年の後、

大和大路七条　（左前方、蓮華王院）

法住寺南殿が造営される三年前のことである。もともとは、法住寺殿を東に、御堂蓮華王院を西に配し、七条大路末に北面して東西に配置の予定であったが、仁安二年（1167）改築造営の法住寺南殿は、位置をやや南に移動したようである。先の仁安三年（1168）の御幸例でも見るように、八条坊門小路が南殿の西四足門に通じるような位置になっている。寿永二年（1183）に木曾義仲による法住寺殿襲撃事件があって院御所は焼失したが、蓮華王院は類焼を免れた。再建後の南殿がやや距離を隔てたことが幸いしたのであろうが、ほぼ半世紀後の建長元年（1249）の火災によっては、五重塔や千体仏もろともに焼亡した。しかし間もなく造仏と御堂再建が計画され、文永三年（1266）に完成供養を見ている。現在の蓮華王院は、この文永再建時のものである。

蓮華王院において特筆すべきは、法住寺殿の現在に残る遺構として、創建当時の情景を再現する格好の建造物という価値のうえに、法住寺殿の位置関係を推測する動かない指標としての価値である。その西面築地の外を南下する大和大路が、鴨川堤に相当することは、再三述べてきた。蓮華王院西側の発掘調査において、現在の道路よりやや西に至る部分までの道路面と大路西溝が確認されている[12]。蓮華王院を中心に、次に述べる最勝光院も含めた法住寺殿全体の位置関係を想定してみれば、次頁図のようになる。

後白河院の女御であった建春門院平滋子の御願によって、御堂最勝光院が建てられた。上棟は承安二年（1172）二月三日。上皇が法住寺南殿に最終的な居所を定められた後に、建春門院も、自身の御堂建立を思い立ったようである。南殿の南は、東方阿弥陀ケ峰辺からの流水が流れ込んだ池になっており、池の東岸は、今熊野社の社殿が占めていた。最勝光院はその苑池の西側に、今熊野社と向かい合って建てられていた。池に面して「北釣殿」があり、

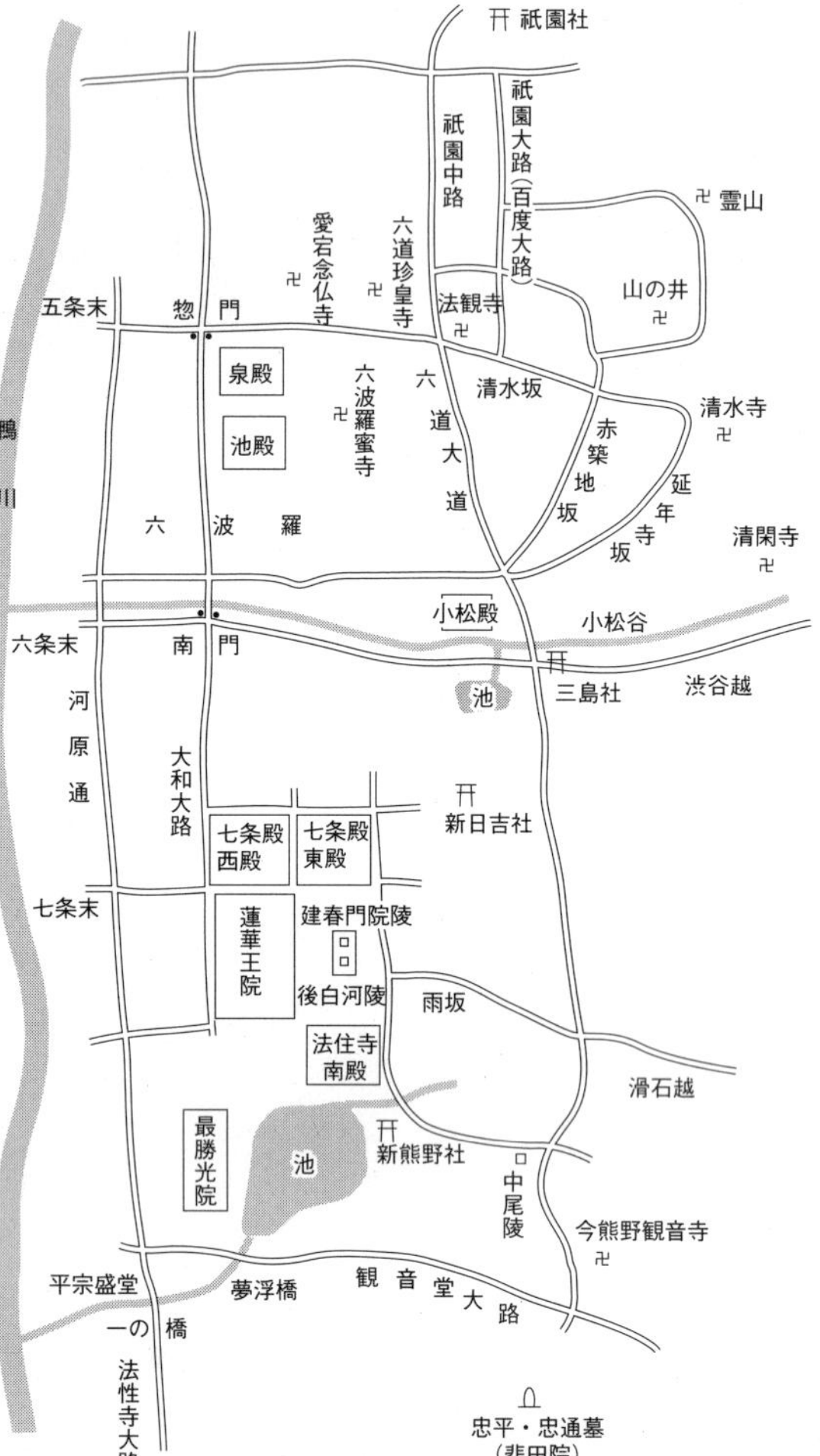

六波羅・法住寺辺想定図　（章末コメント、参照）

北と東で池に接する御堂であった[13]。前年に、上皇と建春門院は揃って宇治に御幸されている。最勝光院は、宇治平等院の東山の地での再興を意図されたものであった。南殿と最勝光院の間は約二町（二四〇ｍ）の由だから、現在一橋小学校が所在するあたりではあるまいか。苑池は、現在のＪＲ線の軌道辺から南、町名でいえば今熊野池田町、大谷中・高校のグラウンド辺を広く占めていた。最勝光院の造営供養は、翌年十月廿一日。

此日、新御堂供養也名最勝光院、建春門院御堂也、余依院宣書額銘、……参新御堂入自南門、已被打額板了、

（『玉葉』承安三年十月廿一日）

兼実が院宣によって書した額銘板が南門に打たれていたということは、この御堂が南門を正門とし、その南門は南の大路である観音寺大路に向かって開かれていたということである。[14] 杉山信三氏による復元図[15]を見ても、平等院とその苑池の形状をよく模したものであることが分かる。安元元年（1175）、建春門院は、さらにこの御堂南に御所を建てて移御された。御堂南門から観音寺大路に至る辺の空閑地を利用して建てられたものと思われる。御堂と同じく東方を晴れとする第であった。建春門院は、その新御所移御の一年後に、この地に崩御された。最勝光院そのものも、嘉禄二年（1226）火災にあって消滅した。次は、焼失を惜しんだ定家の記述である。

夜火果而是最勝光院云々、予雖非可縁之身、幼稚之昔、眼前見彼草創之時、築壇被引地、雖未出仕、耳聞供養厳重之儀、……五十四年之後、眼前見化煙之光、悲嘆塡膺独嗚咽、土木之壮麗、荘厳之華美、天下第一之仏閣也、惜而可惜、悲而可悲、

（『明月記』嘉禄二年六月五日）

四　九条河原から法性寺大路

三条から南、現在大和大路と呼称されている道を南に辿ってきた。この道は、鴨川東堤でもあり、洛東地域を画するラインであることは明らかであるが、南北の通行路として通常のものであったと理解するのは間違いのようだ。南北の通行路としては、その約二町西に平行してあった河原道がもっぱら利用されていた。現今の本町通にあたる。七条通を東に向かって歩行してみると、七条橋からやや下り、本町通の西一筋あたりで底となって、これから後は東山丘陵への坂道となって漸高していくことが容易にわかる。鴨川の川筋は、西に低い地形から、ややもすれば水流は西方に向かおうとするが、平安京東京極大路が鴨川堤となって、都城への浸食をふせいでいる。東方は、自然

地形の上から、防災のための必要性はさほどない。本町一筋西辺の低地を流水の痕跡と認められるとすれば、分流の地域も、せいぜいはその辺であり、東堤にまで水難の及ぶ懸念はほとんど無かった。東堤どころか、通常の流水から約一町を隔てた河原道においても、通常時においては水難の懸念はまったく無かった。東堤どころか、人家の密集から離れて展望がきき、牛車で十分通行可能な[16]、現今のバイパスに近い幹線交通路の性格を帯びるものになっていた。

河原道は、北は大炊御門、南は観音寺大路まで確認できる。大炊御門より北は、一条河原で僧兵を防いだり、一条・土御門・近衛河原で七瀬御祓があったりのことはあるが、南北の河原道の明証がない。前大臣が侍一人を供にして鷹司河原を通行中に盗賊にあって衣服を剝ぎ取られたという記事があるが[17]、単に渡河を試みていたものとも見られる。後の例であるが、新田義貞が比叡山から下って足利尊氏軍と戦闘する場面、「五条川原へハツト追イ出サレ」「七条川原ヲ下リニ」「三条河原へ颯ト引テ[18]」などと、鴨川原を戦場にする記述が頻繁に出るが、これも、進軍ルートになるような大道が存在してこそのことと思われる。河原道の南は、観音寺大路辺で南下してきた東堤道と合流し、大和大路となる。次は、後鳥羽院の稲荷御幸還御のコースである。

最勝光院面出河原、川東北行、自大炊御門入御京極殿南門、（『明月記』建仁三年八月三日）

九条兼実が法性寺殿から九条殿に至る時に、「自観音寺方出川原」の記述がある。文暦元年（1234）八月十一日の後堀河院葬送の列も、「六条ヲ河原ニ出テ、最勝光院南ヲ観音寺大路」（『明月記』同日）に至るものであった。建仁三年（1203）十一月、後鳥羽院が南都に御幸された時は、「六条東河原、大和大路、深草、木綿山[19]」といったコースで、「大和大路」の呼称が正式に見える。

先例でもあったように、宇治あるいは南都方面に向かう時は、六条大路末辺から渡河して河原道に入るのが普通であった。六条大路末には浮橋も設備された[20]。他に浮橋の所見があるのは九条大路末で[21]、要路とされる渡河地点には、浮橋が架橋されていた。常設の架橋が見られるのは五条大路末の清水橋のみである。

甚雨洪水、東洞院北行、五条東自清水橋ククメ地路也、

（『明月記』建仁二年五月十三日）

承元二年（1208）五月、新日吉社小五月会に臨幸された後鳥羽院が、甚雨のなか、清水橋を渡って還御されている。「洪水、尊卑渡清水橋」と記述されている。[22] 甚雨洪水の時に専ら清水橋が利用されるということは、鴨川常設の架橋は、ここだけであったということなのだろうか。都城から東方への道は、三条大路末から粟田口を経る道が最も知られており、この時代でも通行の記述は頻繁であるが、架橋が確認されない。[23]

参京極殿、小時出御、各騎馬、京極南、二条東、川原南、三条東、自粟田口御幸梶井、

（『明月記』建仁三年十二月十四日）

川原北、二条西、入御了退出、

（同、承元元年十月廿四日）

河原道から、東行あるいは西行したものであるが、渡橋の記述が無い。無いからといって、架橋されてなかったという証拠になるわけではない。確認を要する事項として一応記録にとどめておきたい。

鴨川の流水は、九条以南、現在よりはかなり東方に寄っていた模様である。

騎馬自鳥羽殿北、北殿北路、出東河原入御八条殿了、

（同、建永元年六月十日）

鳥羽殿からの帰洛のコースとして、「東河原」に出て河原道を北行、洛中に至るというものがある。安楽寿院北より河原に出るもので、順路稲荷社に参拝のことも多い。[24] 現在、東高瀬川と呼称される流路の痕跡がある。あるいは、「東河原」はこれにあたるものであろうか。鴨川河原道は観音寺大路と交差する辺から大和大路となり、稲荷山西麓から木幡山に登る山道になるが、一方で、鳥羽殿東を南流する鴨河原内の道も分岐して残していたようである。[25] 都城から宇治・南都方面に向かう幹線道路ともなって交通頻繁な一本道であるから、往来の途次、知人に際会することも多い。

参法性寺殿、與僧暫談之間、自殿有召、仍皈参、於川原逢長俊、

（同、正治二年九月十一日）

於川原奉逢春日御帰路、即又御共参法性寺殿、（同、建仁二年五月十八日）

交通要路たるによって、見物の場所ともなる。

密々出河原見追討使、二百騎許発向、其勢不幾（同、元久元年三月廿二日）

昨日自夜宿法性寺、暁猶遅出見、車宛満九条川原、（同、寛喜二年二月廿八日）

後例では、見物のために前夜から法性寺家に宿泊していたのに、やや遅く出たので見物の場所がなかったと言っている。九条河原、観音寺大路辻あたりが、人気の見物場所らしい。専ら牛車によるもので、桟敷までの所見はない。九条河原辺に「宗盛堂」と呼ばれる平家の拠点が築かれようとしたことがあった由であるが(26)、それは、この地点の要路たるによっての、京都の南口の防御拠点の意味であったことは明瞭である。

都城に近接する河川は、重要な意味を担っている。流水による清浄化の意味合いは、特有の穢れの思想を持つこの時代の人々にとって必須のもので、御禊・祓といった清浄行為のほかに、神馬を立てたり、河原で斬首の刑が執行されたり、死骸を河原に放置したりといったものも、広い意味で清浄化の意味を持つ。斬罪が執行されるのが多く五条あるいは六条河原であるのは(27)、平家の六波羅第に隣接するところからであろう。そのような都市の清浄機能のほかに、鴨川が持っていたもう一つの機能が、南方方面への幹線交通路の意味合いであった。平安京中心大路である朱雀大路を南に延長する鳥羽作道、九条から西南に桂川を渡る山崎道とともに、いやそれ以上に往来頻繁な通行路として利用されたのが、鴨川河原道であった。

五　まとめ

平安京東京極大路は、同時に鴨川西堤の意味合いを持っていた。それに対する東堤に相当するのが、現在大和大路と呼称されている、建仁寺西を南下する道である。その東の東山山麓の地域は、古くから鳥辺野と呼ばれる葬送地であり、原野の印象を比較的長く保っていたが、殺人・戦闘を職掌とする武力集団が、広大な地域を占めて、その中心地とするとともに、その権勢に親近する立場の後白河院が、南の隣接地に、白河・鳥羽に匹敵する邸第群を建設した。六波羅殿・法住寺殿と呼ばれる一大空間である。現代流に言えば、洛東に出現した一大ニュータウンと言ってよいであろう。そのニュータウンの西面、あるいは西寄りを南北に通過する大和大路（鴨川東堤）は、しかし、東山山麓の中心の交通路ではなかった。南北の幹線交通路として利用されたのは、鴨川の幅広い河原に出来た河原道である。その河原道が、法住寺殿南端の御堂最勝光院南の観音寺大路と交錯する辺で大和大路と合流し、南に、宇治・南都方面に向かう主要路となっている。

注

（1）瀬田勝哉『洛中洛外の群像―失われた中世京都へ―』（平凡社、1988）。
（2）『山槐記』治承二年十一月十日条。
（3）『山槐記』治承四年三月廿二日条。
（4）高橋昌明「平氏の館について―六波羅・西八条・九条末―」（『神戸大学史学年報』第十三号、1998）。
（5）『権記』長保三年十二月廿五日条。
（6）高橋慎一郎「空間としての六波羅」（『中世の都市と武士』吉川弘文館、平8、所収）。
（7）『京都府の地名』（平凡社、昭54）、二三六頁。
（8）『兵範記』久寿三年一月七日条。
（9）『山槐記』同日条。
（10）川本重雄「法住寺殿の研究」（『寝殿造の空間と儀式』中央公論美術出版、平17、所収）。

(11)　同右。なお、法住寺関係の研究は、近年急速に進展。朧谷寿「後白河法皇と法住寺殿」（『後白河法皇とその時代』所収、妙法院門跡、平４）、野口実・山田邦和「法住寺殿の城郭機能と城内の陵墓について」（京都女子大学宗教・文化研究所「研究紀要」第一六号、平15）などのほか、川本重雄「続法住寺殿の研究」・上村和直「法住寺の考古学的検討」・山田邦和「後白河天皇陵と法住寺殿」・野口実「法住寺殿造営の前提としての六波羅」（高橋昌明編『院政期の内裏・大内裏と院御所』文理閣、2006、所収）などの発表が続いている。

(12)　江谷寛「考古学から見た法住寺殿」（注（11）『後白河法皇とその時代』所収）。

(13)　朧谷寿「最勝光院―院政期における仏教行事の場―」（『東アジアと日本―宗教・文学編―』吉川弘文館、昭62、所収）。

(14)　「最勝光院南ヲ観音寺大路也」（『明月記』文暦元年八月十一日条）。

(15)　杉山信三『院家建築の研究』（吉川弘文館、昭56）。

(16)　『明月記』正治二年閏二月廿三日条。

(17)　『明月記』寛喜三年二月廿五日条。

(18)　『太平記』巻十七。

(19)　『明月記』建仁三年十一月廿六日条。

(20)　『兵範記』仁安二年十二月一日条。

(21)　『明月記』安貞三年三月廿二日条。

(22)　『明月記』承元二年五月六日条。

(23)　鴨川の架橋については、岸元史明『平安京地誌』（講談社、昭49）に記述がある。九条末の架橋が、辛橋（唐橋・韓橋）。

(24)　『明月記』建永元年八月十六日条。

(25)　村山修一『鳥羽離宮史』（城南宮、昭38）。足利健亮「京都盆地の消えた古道二題―古山陽道と法性寺大路―」（「京都府埋蔵文化財論集」三集、平８）が、大和大路と法性寺大路は別道であったと指摘されている。本章前半の

「山麓の道」で不分明ながら模索した道とも関連するかと感じている。鳥羽殿東に向かう道は、また別のものであろうか。

(26) 西田直二郎『京都史蹟の研究』（吉川弘文館、昭36）、高橋昌明注（4）論文などが指摘。

(27)『明月記』天福元年七月廿八日条など。

コメント・六波羅・法住寺辺想定図について

村井康彦『改訂平家物語の世界』（徳間書店、昭52）付図、野口実・山田邦和「六波羅の軍事的評価と法住寺殿を含めた空間復元」（京都女子大学宗教・文化研究所「研究紀要」第一七号、平16）を参考に作図した。作図にあたっては、鴨川の形状は、幾筋かの流れと中島などで本図のような形状であり得ない、また、大和大路は鴨川東堤でもあるという認識、これらの前提のもとに作図した。特に、苦慮した問題点は、以下の通り。

1　泉殿の位置　泉殿については、五条末路南・大和大路西が通説になっているが、敢えて、大和大路東に位置させた。理由は、①大和大路西では、堤から西の河原に向けて若干の傾斜地と思われ住居に必ずしも適当でないと思われること、②泉殿のもとになった正盛堂の所在は、六道珍皇寺・祇園中路近くではないかと思われること（本文参照）、③泉殿については、太田静六氏に復元図（『寝殿造の研究』吉川弘文館、昭62）があるが、表門は西門で、大和大路に西面する邸宅として適当と思われること、④大和大路西では、六波羅域の西北隅で、防御的な意味でもやや不安があること。以上のような理由であるが、異説として提示する意味もあるかと思慮して、敢えて図のごとく設定した。

2　祇園中路の設定　珍皇寺東を北行する道で、現在では、建仁寺域に一部取り込まれているが、東大路一筋西の、崇徳天皇廟前を通る道と判断している。村井氏の付図では、「東の大路」とされている。現在の東大路は、市電の敷設のために南北を通された道なので、想定の前提から除いた。

3　法住寺南殿の位置　蓮花王院東の建春門院・後白河御陵の地は、御堂予定の専用空間地であったらしいので（山田注

（11）論文）、八条坊門末路南に設定したが、王院の直南か東南か判断が出来なかった。とりあえず、付図のように処置した。

第三章　水無瀬

山城と摂津の国境、水無瀬里は、承久の乱に破れ、隠岐島に崩じた後鳥羽院の離宮の地として知られる。水無瀬殿における後鳥羽院は、狩猟・遊宴に時を過ごすだけでなく、周辺の歌人たちを集えて、しきりに和歌の道にも興じた。

　をのこども、詩を作りて歌に合はせ侍りしに、水郷春望といふ事を、

見渡せば山もと霞むみなせ川　夕べは秋となに思ひけん

（『新古今集』春上、36番）

日本和歌史のうえに特異な達成を見せた新古今風の歌境は、あえて言えば、水無瀬の地に象徴される一面がある。古代における水無瀬の地の、文学地理の立場からの報告を試みてみたい。

一　古代における水無瀬

水無瀬の地名は、古く『摂津国風土記』に記述があったと伝える。『歌枕名寄』に、

摂津国風土記に云く、彼の国の嶋上の郡なり。山背の堺、と云々。

（巻三、水無瀬）

と、引用がある。『歌枕名寄』は、鎌倉末期成立の名所歌集であるが、同じ歌枕関係書でも、『能因歌枕』では、「みなせ川」を山城国のそれとしてあげている。『名所都鳥』にいう、「山崎に近し。男山より西にあたる也。是は

津の国の内なれども都に近き名所なれば、方角にも未申の部に出し置なり」の解説を妥当とすれば、『摂津国風土記』に出るのも正当であった。

水無瀬の呼称は、『万葉集』にも出る。

笠郎女、大伴宿禰家持に贈る歌廿四首

恋にもそ人は死する水無瀬河したゆわれ痩す月に日に異に（巻四、598番）

うらぶれて物は思はじ水無瀬川ありても水はゆくというものを（巻十一、2817番）

これらの歌は、摂津国に所在した水無瀬川の地名を背景にした歌かどうか、明瞭でない。というよりも、表面は水の流れの見えない川（水無瀬川）も、川底に隠れて流れる川水があるということを詠作の前提とした歌、すなわち、「水の瀬の無い川」という抽象的呼称と考える方がよいのではないかと思われる。

しかし、都が平城の旧都にあった頃に、都人に「水無瀬」という地名が、知られていた可能性はある。平城の都から地方に下る主要官道のうち、山陰・北陸・山陽の三道が山城国内を通過していた。このうちの山陰道は、足利健亮氏の説明によれば、次のような道筋である。

大和盆地の下ツ道から南山城へ通じる歌姫越の北延長で、木津川左岸平野西端の傾斜変換線を北上し、現在の田辺町岡村付近から北北西へ、木津川（泉川）左岸堤防の構築などによって低湿地を克服しながら盆地底を貫き、小畑川の河谷へ一五キロメートル前後も直進し、老ノ坂峠を越えて丹波に向かっていた。

（藤岡謙二郎編『古代日本の交通路Ⅰ』〈大明堂、昭53〉二七頁）

大和盆地の下ツ道とは、盆地中央を南北に通じる古道で、平城造都にあたって朱雀大路に利用された道とのことである。この説明によれば、平城旧都からの古山陰道は、旧都の中央からすぐ北に向かい、佐紀から歌姫越で奈良山を越え、丘陵東縁に沿って北上、現在の田辺町岡村辺から低湿地を北北西に直進して淀辺で渡河し、長岡京域をそのまま直進し老ノ坂峠を越える、というコースになる。岡村辺から北北西への直進路は、木津河岸堤防を兼ねた計画道であったとは、足利氏の新説らしい。私には批評の能力はないが、通説は、男山山麓を橋本から山崎に渡るものであり、渡河の要素を考慮すれば、この方が穏当に思われる。この古道が淀川を渡る地点に、僧行基によって山崎橋が架橋された。その橋北辺に建築されたのが山崎院である。その山崎院について、次の記述がある。

山崎院　同国乙訓郡山前郷無水河側に在り。（行基年譜、天平三年）

無水河とは、水無瀬川のことだから、山崎橋の地点は、橋本から水無瀬河口に至る、後に水無瀬の渡と呼ばれる渡河地点にほぼ重なっている。平城京の時代、山陰道は北陸道と並ぶ主要道であって、その最初の難関が、淀の大河の渡河であった。その渡河地点に所在する、平時は水流の乏しい川、それが通称となった水無瀬の地名が、都人によく記憶されて自然な状況はある。ここに、著名な東大寺荘園が存したことは、この推測にとって有利である。従って、古代山陰道の道筋に沿って所在して知られていた水無瀬の地名が、抽象的な意味合いを含めて詠みこまれたという事情は、考慮し得る。

平安時代に入ると、水無瀬の地名は、確実に具体的な映像を結ぶ地名となっている。たとえば、正史においても、

水生野に遊猟。（『日本後記』、桓武天皇・延暦十六年正月十九日）

水生野に遊猟。山崎駅に於いて、山城・摂津二国奉献、五位已上に衣被を賜う。（同、嵯峨天皇・弘仁二年閏十二月十四日）

など、芹川・交野などと並ぶ遊猟地として、具体的に知られた地名になっている。嵯峨天皇の別業は、河陽離宮と呼ばれて、平安初期の知られた郊外の御所であった。現在の離宮八幡社の地が、その故地と言われる。

『古今集』にも、みなせ川を詠みこんだ歌がある。

言に出でていはぬばかりぞみなせ川したに通ひて恋しきものを（『古今集』巻十二・友則、607番）

水無瀬川　(JR線横より上流を見る)※頑丈な堤防。普段の水流はこの程度

あひみねば恋こそまされみなせ川なにに深めて思ひそめけむ
(同・巻十五・よみ人しらず、760番)
みなせ川ありてゆく水なくばこそつゐにわが身をたえぬと思はめ
(同・巻十五・よみ人しらず、793番)

これらも、先に紹介した万葉歌と同じく、水脈を底に走らせながら、表面はほとんど水の流れを見ない、普通名詞的な水無瀬川と理解しても、歌の解釈としてはなんの不都合もない。しかし、先述の通り、平安初期において知られた別業地であり、宇多天皇の寛平菊合名所第一番に、「山城の皆瀬」と言われる地名になっているから、歌枕的に定着したイメージをすでに持っている地名と考えるのが、自然かと思われる。初めの紀友則詠は、惟喬親王別業の所在した水無瀬の地を流れる川を背景にしての詠歌との解釈も行われている。(1)平城の旧都にあっては山陰道の、平安の新京にあっては山陽道の、要衝に所在した山崎駅とともに、水無瀬は知られた閑雅の地になっていた。

水無瀬にあった惟喬親王の別業については、『伊勢物語』の次の記述が有名である。

むかし、惟喬の親王と申す親王おはしましけり。山崎のあなたに、水無瀬といふ所に宮ありけり。年ごとのさくらの花ざかりには、その宮へなむおはしましける。その時、右のむまの頭なりける人を、常に率ておはしましけり。時世へて久しくなりにければ、その人の名忘れにけり。狩はねむごろにもせで、酒をのみ飲みつつ、やまと歌にかかれりけり。いま狩する交野の渚の家、その院の桜ことにおもしろし。その木のもとにおりゐて、枝を折りてかざしにさして、上中下みな歌よみけり。うまの頭なりける人のよめる。

世の中にたえてさくらのなかりせば春の心はのどけからまし

となむよみたりける。また人の歌、

散ればこそいとど桜はめでたけれうき世になにか久しかるべき

（『伊勢物語』八二段）

平安遷都を断行された桓武天皇以来、山崎から水無瀬・交野辺の地は、頻繁に遊猟の地として活用されていた。先述のように、平城の旧都から山陰道が淀川を渡る要衝の地でもあった。三川が合流する風光明媚の地は、貴紳の遊ぶ郊外の別業地として、平安京から南へ西へ向かう交通利便の地として、平安初期の貴族たちの郊外の邸宅を営む地として、知られる地になっていた。

前例中の「また人」が誰かは明瞭でないが、同じ章段中に、惟喬親王に扈従の供人として、在原業平・紀有常と紀氏の縁戚が登場するところを見ると、これが紀友則である可能性は低くない。『古今集』の水無瀬詠は、抽象的ながら、実在の地名水無瀬川を背景にしての表現と考えられても良い。後に、同族の紀貫之が土佐国からの帰途の日記中に、

十一日。雨いささかにふりてやみぬ。かくてさし上るに、東の方に、山の横ほれるを見て、人に問へば、「八幡の宮」といふ。これを聞きてよろこびて、人々拝みたてまつる。山崎の橋みゆ。うれしきこと限りなし。ここに相応寺のほとりに、しばし舟をとどめて、とかくさだむることあり。この寺の岸ほとりに、柳おほくあり。

（『土佐日記』五六頁）

という記事がある。ただ都近くとだけでなく、紀氏縁故の地の感覚が、感慨をひとしおにした要素も確実にある。相応寺は、現在は離宮八幡の鳥居前に所在するが、当初はこの東南十余町の河岸に存していた(2)。水無瀬と呼称しても良い地である。

その後の水無瀬は、平安時代においては、映像を具体的に結ぶ資料がかえって乏しくなっている。

思ひあまり人にとはばやみなせ河結ばぬ水に袖はぬるやと（藤原公実『千載集』恋二、703番）

人心なにをたのみてみなせ川せゞのふるぐひ朽ちはてぬらむ（藤原基俊『千載集』恋五、913番）

などの詠歌がわずかに状況を伝えるのみである。基俊詠のように、平安前期の別業地の面影を、荒廃のなかにとどめる地となっていたのであろう。

二　後鳥羽院と水無瀬殿

平安京の郊外の感覚は、次第に東方に移っていった。これは、摂関政治という形で政治の実権を掌握した藤原氏の故地あるいは勢力圏が、白河から南に、ほぼ東山西麓を南下して宇治に至る地域に散在していたことと、関係のあることだと思う。特に、法性寺から深草にいたる地域は、平安期の全般にわたって、山崎・水無瀬が持っていた別業地の感覚を、ほぼ代替する地域になっている。それに逆する傾向が生じてきたのは、白河・鳥羽の両院が洛南鳥羽の地に広壮な別業を営み始めてからである。その後を継いだ後鳥羽院が、さらに西南の地に、私的享楽を謳歌する離宮生活の場を求めたところから、水無瀬の地は、清閑の故地から、貴紳の往来する殷賑の地へと、歴史の一瞬の表舞台の場に変貌した。

後鳥羽院が、鳥羽殿の南池から出て、水無瀬の地に最初に舟を着けられたのは、『明月記』に見るところでは、次の記事が初見である。

十二日。天陰り、雨雪交も降る。申の後漸く甚雨。上皇今日皆瀬御所に御幸と云々。供奉の人水干を着すと云々。八条院宇治に御幸（西御方の母、儀宅なり）、中宮八条院に行啓、幷びに節分御方違なり。

（『明月記』正治二年正月十二日）

同日、後鳥羽院のみならず、八条女院・中宮（兼実女任子）も御幸、ともに春節の御方違えのためであった。この御所は、内大臣源通親が自邸を院御所として提供したものであった(3)。院御所となった水無瀬離宮に、その二ケ月後、後鳥羽院が再度御幸された。

　廿七日。天晴る。風寒し。今日、上皇皆瀬御幸と云々。　（同、閏二月廿七日）

記事中の皆瀬の傍注に「人云く、此の所の名を改めて広瀬と為すと云々」とある。現在、水無瀬一帯の地名となっている「広瀬」の呼称は、この時に始まったものである。同時に、この改名が後鳥羽院御所の所在地としての表明の意味のものであったであろうことが、推測される。後鳥羽院の御幸の当初は、「今日上皇水無瀬御所に御幸。明日還御すべしと云々(4)」のように、方違えなどのための短時日の用途にとどまり、かつ、藤原定家にとっては伝聞に属する事柄であった。

和歌の道において後鳥羽院から褒誉をたまわるようになって、定家も院の御幸に供奉、あるいは水無瀬の院御所に折々参仕するようになった。正治二年（1200）十二月廿三日の御幸に、院より御教書をたまわり、御幸に供奉したのが最初である。この時は、まず鳥羽殿に参り、院近臣たちの乗る舟を見ながら殿上人乗船の舟に乗った。舟の進行遅々のため、雅経侍従の舟に遭遇して乗り移り、「皆瀬殿津」で下船、騎馬で御所に参った。定家は「山崎の油売小屋」を宿とした。

その後の『明月記』の記事を見てみる。定家は、翌建仁元年（1201）三月十九日に、鳥羽殿から臨幸される後鳥羽院に供奉、廿三日に二条殿に還御される院に供奉して帰京するまで、四泊五日の旅程を水無瀬で過ごした。十九日の記事は詳細で参考になる。

　朝、天陰る。辰時許り鳥羽殿に参る。水干を着る。（中略）未時許り御輿入御の後、例の如く門外より西方に廻り、暫く小屋に立ち入るの間、程無く御装束を改めて出御、歩きて御乗船訖んぬ。三人高屋形に乗る。板葺船、是殿上人の船と称す。有通・具親、（略）下船騎馬し総門に入る、先々の如し。御船釣殿に着し、下り御して弘御所に御す。遊君両方参着。郢曲・神歌了りて退下、例の如し。此の間、御共上下皆その近辺に候す。親疎に随つて遠近に在り。入御の間、三人又退下。近臣等云く、今夜別事無し、明日白拍子合有るべし、と云々。

（同、建仁元年三月十九日）

船は直接に釣殿に着き、上皇は弘御所に御された。定家は、水無瀬津で下船、騎馬して水無瀬殿の総門を入り、上皇の御される弘御所に至った。弘御所では遊君による歌舞が催されており、供奉の侍臣は、親疎に応じて上皇の遠近に座を占めていた。そういった場面状況であるが、同船して参った有通・具親とともに、定家も端近に伺候していた。翌廿日は白拍子十二人の舞があったが、招請されていない定家は、白拍子合の終わる時刻に参上した。廿一日から廿三日の間も、江口・神崎の遊女による今様や碁・将棋などの遊戯が連日催されたが、上皇には疎遠、歌舞音曲には未練で、ひっそりと「片隅に隠居」の伺候であった。廿二日条には「御桟敷」の呼称が見える。廿三日は、桂河を渡る陸路の還御で、定家も騎馬で供奉した。

水無瀬御幸に供奉する侍臣にも、上皇に親近する「近臣」と近臣たり得ない陪臣と截然とした区別があるが、定家は、近臣への願望を胸に、異質の集団に溶け込む感情も持った。建仁元年（1201）九月五日出発の熊野御幸供奉が、願望と可能性の再接近した時であったが、結果は不如意なものになった。この御幸帰途の最後、定家は疲労困憊して皆瀬宿所に到達している。同年暮れ十二月十三日に、参籠していた日吉社から凍った関山を超えて帰宅、ただちに鳥羽殿に参院し見参の機会は得たが、上皇は近臣のみを連れて水無瀬殿に御幸、寂寞無人の鳥羽殿に連日伺候した。絶好の機会であった熊野御幸に失意した定家は、水無瀬御幸に侍す熱意も失い、おおむね「心中甚だ堪え難し」(5)の感情で奉仕している。

公景来謁、明日水無瀬一定、と云々。自ら強いて所望に非ず。恩免有るに依りて構え参るの間、また悪気に処せられる。今度人数に漏る、と云々。事に於いて恐れを懐く。是れ只貧窮無流無吹挙の人、和讒の輩有る故か。薄氷を踏むが如し。

（同、建仁三年三月八日）

水無瀬御幸への供奉も、もともと自ら希望した訳ではなく、上皇の仰せによって奉仕することになったのだが、感情の齟齬を来した事情を述べている。定家は、貧窮とか、門地の無さとか、推挙の人がいないとか、理由を述べたてているが、根本のところは、両者の肌合いの違いである。御幸の「人数に洩れた」定家は、翌日、出車を献じ、上皇の機嫌をとりむすぶ努力を放棄し得ないでいる。

遥かに見参に入りて退下す。無益の身を相励まし、貧老の身を奔走、病ともに具せず、心中更に為す方無し。妻子を棄て家を離れ、荒屋に困臥す。雨寝所に漏れ、終夜無聊。浮生何れの日か一善を修せざらんや。悲しき哉。

行く蛍なれもやみにはもえまさる子を思ふ涙あはれしるやは。

（同、建仁二年五月廿八日）

後鳥羽院の水無瀬御幸は、承久の乱で隠岐に遷幸されるまで、私の調査では七十九回の多数に及ぶが（付表）、定家が供奉した回数はそう多くない。当初の供奉の後は、

今日水無瀬御幸、病に依りて不参、恐れと為す。

（同、建仁三年正月十六日）

上皇水無瀬御幸、と云々。……所労無術に依りて出行せず。

（同、元久元年正月十八日）

今日水無瀬殿に御幸。……今日の御共殊にその撰有り。又競望し或るは免ぜらる。毎事不具に依りて之を望まず。

（同、元久元年二月廿三日）

といった記述が見られるようになる。上皇の水無瀬御幸を伝聞として記すのみになるのは、ほぼ承元二年（1208）の歳末以降のようであるが、それまで数年の間に、定家もそれなりの水無瀬殿参仕をしている。初めほどの感情を表現しなくなるのは、それだけ期待するものが無くなったということであろう。

今暁、冷泉宮水無瀬殿に参り給う。信子大夫供奉。兵部卿に馬鞍を借り、忠弘に馬を借る。馬鞍無きによりてなり。此の奉公太だ無益。（同、建保元年二月七日）

兵部卿は定家の兄光家、忠弘は定家の家司である。後鳥羽院の皇子冷泉宮への奉仕を、はなはだ無益と記するのは、定家には今更言わでもがなの表現であったようである。

三　水無瀬殿とその往還

水無瀬殿は、先述したように、後鳥羽院に親近した内大臣源通親から、その別業を献ぜられて院の離宮となったものである。正治二年（1200）正月十二日の院御幸には、兼実は、まだ「山崎辺内大臣別業」と記述していた。同じく狩猟や宴遊を楽しんだ惟喬親王の別第は水無瀬にあり、[6] 嵯峨天皇が離宮を営んだのは山崎の地であった。おおむね、後の西国街道沿いに、山崎・水無瀬辺に貴紳の別業が点在していた。通親が献上して後鳥羽院離宮となった水無瀬殿も、その趾が現在の水無瀬神社の地とされているから、西国街道から淀川の川原にかけての一帯を占有していたものと思われる。

その水無瀬殿の往還は、後鳥羽院は、同じくその離宮であった鳥羽殿の池から淀川に出て水無瀬河口の津までの舟運によった。

御幸入御の間、皆瀬殿の津に着く。騎馬し御所に参る。（同、正治二年十二月廿三日）

暁鐘の程出京。月に乗りて船に棹さす。天明河陽に参着。（同、建仁三年十月十六日）

中時また出京。鳥羽南門に於いて小船に乗る。日入るの後宿所に着く。（同、建永元年六月七日）

鳥羽殿の池から三川合流する水面を、男山・山崎の蒼茫たる山野を航行する往還そのものが、上皇には、この上な

水無瀬川　（国道171号線横より河口を遠望）

い遊宴の対象であっただろう。間もなく到着する岸辺の離宮は、鳥羽殿の広大な池辺に接岸したという感覚であったかもしれない。この舟運が、後鳥羽院の水無瀬御幸の主要ルートであった。

　水無瀬川は、その名の通り、通常はさほど豊かな水量を持って流れている川ではない。堤防で川筋を制限している現在でも、河口の津から御所までの航行は、少しの支障もないとは言いにくい。場合によれば、川岸から輿あるいは牛車ということもあったと思われるが、支障のないかぎりは、川岸を遡り、直接に水無瀬殿の釣殿に舟をつけた。東釣殿の呼称もあり、東西二つの釣殿が、離宮の北、水無瀬川からの水流に面して所在したと思われる。上皇に供奉する侍臣は、河口の津に接岸して舟を下り、騎馬で御所に至った。

　先の釣殿も含めて、水無瀬殿付随の建築物としては、次のような所在が確認できる。

総門（建仁元年三月十九日・廿一日）

釣殿（建仁元年三月十九日・建仁二年六月七日）　東釣殿（建仁二年二月十四日）

御桟敷（建仁元年三月廿二日）

弘御所（建仁元年三月十九日・月廿三日）

向殿（建仁二年二月廿日・六月四日・五日・六日・八日・十一日・七月廿一日）

馬場殿（建仁三年十月六日・元久元年正月廿日・廿八日・四月廿三日・建永元年六月九日・八月廿八日・承元元年正月廿四日・二月五日）

西御所（建永元年八月廿八日）

御堂　（元久二年十月廿七日）

大きく区分していうと、総門・釣殿・御桟敷・弘御所と言った呼称は初期に限られ、馬場殿・西御所・御堂は逆にある時期以降に限られる、ということが言える。一口に水無瀬殿と言っても、多少の変遷があり、そのことと関連する事実と思われる。

淀川から水無瀬殿にまで続く水無瀬川は、通常は舟の航行にも支障が生じるほどの水量であるが、時に洪水となり、氾濫することがあったらしい。建仁二年（1202）五月下旬から降り始めた雨は、連日降り続き、河辺に近い離宮に危険が及ぶ状態になった。

水已に御所に及ぶ。仍て内府上直廬に渡御。長廊已に水底となり、兵士の屋流れ了んぬ、と云々。未だ定説を聞かず。巳一点許り小食了んぬ。六角宰相とともに乗船船を馳せらる、御所に参る。日来の宿舎等悉く以て水底となる。半蔀僅かに出づ。船を釣殿に寄せ、上下簀子敷に参る。浸水御所に向かい、已に以て上板敷に上る。檜垣等皆押し流る。

（同、建仁二年六月七日）

水無瀬殿の殿舎の呼称は、洪水のあった建仁二年六月をほぼ堺にしており、水難から一ケ月余り後に、上皇は若干の侍臣をともなって水無瀬川上流の瀧のあたりに出向かれている。洪水で水没の被害にあった旧離宮に変わって、新しい水無瀬御所の建設が実行されたものと思われる。現在の水無瀬神宮から五百mほど西に、西国街道を越えJR東海道線の線路を越えた先に、水無瀬宮址の石碑が建てられた場所がある。地名は百山と呼ばれる。幹線道路よりも西の山寄りで、旧離宮よりは水難は及びにくいと思われるが、両者はまったく別々の離宮というよりも、旧離宮を西方に発展拡大したものと理解した方が良いかもしれない。建仁二年六月以降に建設された水無瀬殿は、馬場殿・向殿といった殿舎は、河辺の興趣よりも御所内での遊興・遊宴を中心とするものに、やや性格を変えたものになっている。離宮内には、元久二年（1205）十月、水無瀬御堂と呼ばれる堂舎も建立され、[7] ミニ鳥羽殿といった印象を加えた。百山は、別称「御堂山」と言われている。

その後、後鳥羽院に水無瀬別業を献じた源通親の源通光が、山上御所の建造に取りかかった旨の記事が見える。

亜相また水無瀬山上に新御所を造営眺望のためのみ、この前後の土木、惣て海内の財力を尽くし、また北白川の白砂を引くと云々。（同、建保五年二月八日）

亜相造営せらる新御所、山上に池あり、池の上に瀧を構えらる。河を塞ぎ山を掘り、一両日水を引く。

（同、二月廿四日）

この御所を百山に所在の水無瀬殿と説明しているようであるが、地形的に水無瀬山上とは表現しにくいと感じる。現在、名神高速道路の西傍らに流れ落ちている、水無瀬瀧と呼称される瀧がある。かつて後鳥羽院が新御所の造営を意図された時の「河上瀧」と思われるが、この瀧が流れ落ちている山上が、通光が造営を試みた山上御所の址ではないかと想像される向きもあるが、穏健に考えると、百山よりは西南の現島本町役場・桜井辺が「御所池」と呼ばれており、[8] この辺を推定すべきかと思われる。通親は、後鳥羽院に河辺の離宮を献上したが、洪水の折に上皇が避難された宿所も残している。久我大納言と通称される通光は、鳥羽にある通親第も伝領しており、父通親の都西南の遺領はおおむね通光の所有となっていたと思われる。ただし、承久の兵乱直前の時期で、造営が完了したかどうか、後鳥羽院が御幸されたかどうか、資料がない。おそらく、未完成に近いのではないかと思われるが、太田静六氏は、『門葉記』所載の「馬場殿指図」も示されて、詳細に説明しておられる。[9] 水無瀬殿に参仕するようになった定家は、離宮近辺に臨時の宿舎を用意せざるを得なくなった。時間を追って定家の宿所を見てみる。

山崎宿所（油売小屋）（正治二年十二月廿三日・建仁二年七月十六日・承元元年二月九日）

播磨大路小家（建仁二年六月六日・七日）

水無瀬瀧（名神高速横）※後鳥羽院の好尚に合ったに違いないと思われる形状

水無瀬殿石標（百山所在）※地形からは本当に山が所在したか信じ難い

新宿所？（新中納言宿所隣）（建仁二年九月十日）
河辺小屋　（建永元年六月六日）
河西民家　（承元元年二月九日・四月六日）
衆生寺僧房　（建永元年八月廿八日）

定家が水無瀬殿に参仕するようになって、最初、山崎の油売小屋を借りて宿所としていたが、建仁二年（1202）六月の洪水の際に、夜半播磨大路辺の小家を押し入るようにして借りた。御所よりは十町（1200 m）許りの距離があった。案外の広さもあり定家も喜んだ。建仁二年九月に宿所に入った記事に、隣が新中納言（公経か？）宿所の由が見える。当初の山崎宿所も折に触れて利用している。承元元年（1207）九月、定家が宿所に着いた時は、近隣に葬送のことがあって、留守の者たちはこれを憚り、皆山崎の方に移っており、定家はやむなく河西民家を宿とした。それ以前に水無瀬殿に参入した時、河辺小屋に宿しているが、これが同一のものかどうかは明瞭でない。鳥羽殿の中心が西の山寄りとなったため、河辺に空閑地の余地が生じていたのであろうか。

先にも述べた通り、後鳥羽院の水無瀬殿へのルートは、鳥羽殿から水無瀬河口を遡る舟運によるものであるが、その他のルートが無いというわけではない。鳥羽殿の池から乗船せずに、鳥羽殿の傍らを通行して至る場合もある。建仁二年（1202）正月四日の御幸は、御所である二条殿から、つぎのようなコースを辿っている。

二条殿西門　→　東洞院南行　→　三条西行　→　壬生南行　→　六条西行　→　朱雀南行　→　鳥羽院路
→　水無瀬殿

上皇は、翌日二条殿に還御されているが、往還とも「御輿」を使っており、侍臣も皆騎馬で供奉している。朱雀を南行して、どこかの時点で桂川を渡河し、陸路によって水無瀬殿に至っていると思われる。この道は、足利健亮氏が、朱雀を南行するいわゆる「鳥羽作道」が、「鳥羽殿離宮〝秋の山〟の西で南西に方向を転じ、山崎駅家推定地をまっすぐ指向」したとされる(10)、いわゆる「久我畷」として平安京建設と同時に計画測設したと説明される道と同じ道と思われる。『山州名跡志』でも次のように述べている。

久我畷　此道上鳥羽ノ南ノ端ヨリ西南ニ至ル道ナリ。此巷ヨリ久我ニ至ルニ八九町許リ。此道久我ヲ通リテ、南西山崎ノ巷ニ至ル。此ノ中間渺々タル野徑ノ中ヲ通ルヲ以テ、畷ト云フナリ。是レ則チ上古大内ノ御時、西国ヨリ王城ニ到ル者此ノ路ヲ経ル。仍テ名高キ也。　（巻十一）

定家も、単独に行動する時は、よくこの陸路を利用している。

辰の時出京車、赤江に於いて騎馬路弥泥なり、水無瀬殿に参る。　（同、建仁二年二月十九日）

などは、この場合にあたる。赤江は、赤井・赤井川原などとも呼ばれる(11)。鴨川と桂川が合流するあたり、久我畷の道が渡河する辺、現在久我橋の架橋するあたりの地名と思われる。赤井橋との呼称もあり、橋がかけられている時もあった。石清水社・水無瀬殿の往還にあたっては、ここで乗船することもあった(12)。

上述の二ルートが、水無瀬に至る水陸の二コースであるが、定家も時として別の道筋を利用したことがあったようだ。

九条に於いて輿に乗り、閑宇多幾路より、直に水無瀬に参り宿所に入る。（同、建仁二年九月十日）

この例では、定家は所労癒えるまでいかなかったが、「参るべし」との仰せがあったため、輿に乗って水無瀬まで行った。「閑宇多幾」とは、「神足」の転と思われる。

神足（カウタリ）　向日明神の南に在り。土人カウダニと呼ぶ。山崎道なり。（『山城名勝志』巻六）

とすれば、久我畷の道でなく、現在西国街道と呼称している道に近い。『山城名跡巡行志』に、次のように記述がある。

西国路　東寺口ヨリ向日野ニ至ル一里十二町吉祥院・石原・上久世・大藪・下久世・寺戸等ヲ歴、向日野ヨリ山崎関戸ニ至ル一里二十四町摂州島上郡界、開田馬場・神足・調子・円明寺等ヲ歴、東寺口ヨリ山崎ニ至ル、通計三里ナリ。（『山城名跡巡行志』第一、隣国通路）

輿によって泥濘の川原道に難渋するより、九条から西に桂川を渡河し、水無瀬まで南下する道を選んだのであろう。承元元年（1207）四月四日に水無瀬殿から帰京した時は、桂川を渡り吉祥院・西寺を経て、七条坊門邸に入っている。現在、国道171号線が桂河を渡る場所、久世橋が架橋されている辺が渡河地点であったように思われる。承元元年二月三日に赴いた時には、所労ではないが、七条壬生で騎馬、「山を越え河を渉って」吉峰僧正の房を訪ね、その後に水無瀬宿所に入っている。

山崎から南に西国に向かう道が播磨大路と呼ばれていた[13]。東に淀川を渡る場所が大渡であり、そこに至るまでの道が山崎橋道である。山崎橋は、架かっていた時もあるが、流失して渡しのみの場合も多い。紀貫之が都に戻ってきて山崎橋を望み見た記述は先に紹介した。定家が淀路と言っているのは[14]、この大渡を渡って石清水八幡宮の麓をめぐって帰る道かと思われる。後鳥羽院も、建永元年（1206）六月十日、大渡を渡って石清水八幡宮に参詣、下山して鳥羽殿から東に鴨河原に出て、八条殿に入御されている。その他、片野路という呼称も見える。水無瀬殿からまず目前の淀川を舟で渡り、後鳥羽院が遊猟を好まれた交野から木津川を渡り宇治を経由するルートである[15]。供奉した定家は、「その路、殊に煩い多し」と言っている。例の洪水によって、通常のルートが通行不能となったため、やむを得ずはるかに南に迂回する道によるしかなかった。

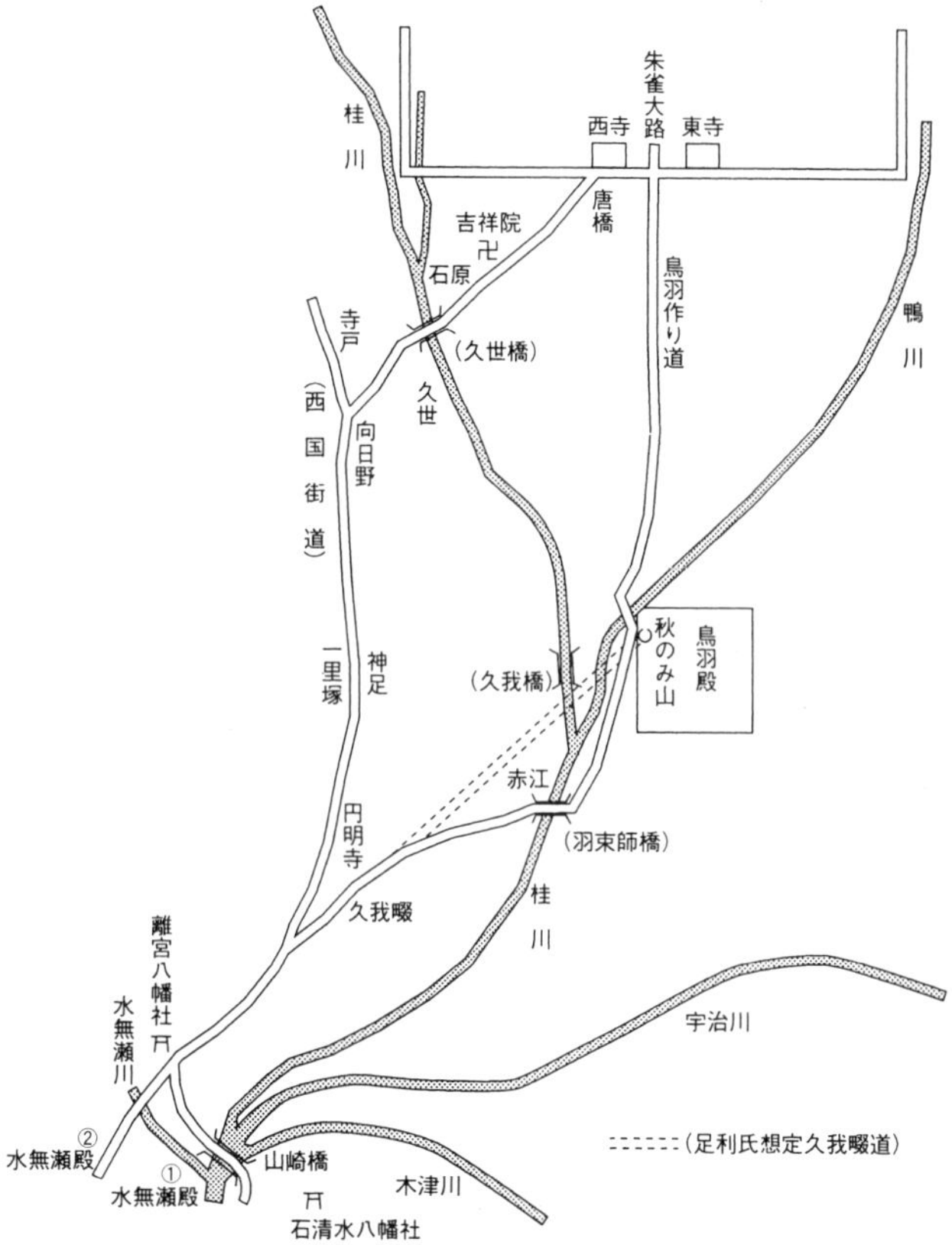

水無瀬殿への道

四　水無瀬と和歌

水無瀬の地は、先に述べたように、平安京が建設された当時、西海道あるいは南海道の起点となる要衝、山川が豊かに合流する自然の景勝の両要素によって、貴紳が郊外に遊ぶ別業地として知られていた。それが、長岡京から平安京、さらに平安京の東洛外への発展とともに、鴨川を越えた東山山麓に、その地位を奪われていった。藤原氏が別業を営み墳墓の地とした法性寺から深草・木幡さらに宇治といった一帯が、平安初期の水無瀬の映像によく重なっている。ところが、白河院以降、遜位した上皇が政治の実権をにぎって、その政権の中心となる院御所が、白河・鳥羽・法住寺と洛外に拡大してきて、最後に鳥羽殿を離宮と定めた後鳥羽院によって、鳥羽離宮対岸の別殿のような形で、再び歴史の舞台に接点を持ってきた。水無瀬殿は、いわば、鳥羽離宮の中島の御所であり、鳥羽殿の釣殿御所であったとも言えるだろう。

水無瀬の景勝は、平安初期に歌枕としての定着を見て、それなりの詠歌を残しているが、水無瀬がとりわけ和歌に詠出されることが多くなったのは、後鳥羽院時代、いま少し具体的に述べると、新古今時代にほぼ限られる。後鳥羽院の和歌への好尚は、上皇の生涯を通じて心の主要な部分を占めていたが、後鳥羽院における歌会・歌合などの行事が、ほとんど水無瀬殿を舞台としていたという訳ではない。水無瀬殿への御幸の状態は、別表に整理したように、二十年間に七十九回を数えるが、方違えなどの短期の移徙も多く、後鳥羽院の居住期間を通算してもさほどのものでない。であるのに、後鳥羽院と水無瀬がきわめて密着して映像を結ぶ理由はどこにあるのだろうか。

『増鏡』には、次のように記述がある。

鳥羽殿・白川殿なども修理せさせ給て、つねに渡り住ませ給へど、猶また水無瀬といふ所に、えもいはずおもしろき院づくりして、しばしば通ひおはしましつつ、春秋の花紅葉につけても、御心ゆくかぎり世をひびかして、遊びをのみぞし給。所がらも、はるばると川にのぞめる眺望、いとおもしろくなむ。元久の比、詩に歌を合はせられしにも、とりわきてこそは、

見渡せば山もとかすむ水無瀬川夕は秋となに思ひけむ

かやぶきの廊・渡殿など、はるばると艶におかしうさせ給へり。御前の山より瀧落とされたる石のたたずまひ、苔深き深山木に枝さしかはしたる庭の小松も、げに千世をこめたる霧の洞なり。前栽つくろはせ給へる比、人々あまた召して、御遊びなどありける後、定家の中納言、いまだ下﨟なりし時、たてまつられける。

ありへけむもとの千年にふりもせで我君ちぎる千世の若松

君が代にせきいるる庭を行水の岩こす数は千世も見えけり

（『増鏡』第一）

冒頭に引いた元久詩歌合の〝見渡せば〟の歌をまた引くことになったが、思えば、この歌が後鳥羽院の水無瀬への好尚を象徴している。かつては桜の名所とされていただろうが、今は緑の山野が茫漠として広がるのみである。自然のなかにひたすら沈潜する芸術境が、この歌には表現されている。後鳥羽院の水無瀬への愛着は、おそらく、素朴に偽ることのない水無瀬の自然であっただろう。そのなかで、後鳥羽院・良経・定家・家隆などの異才が出会い、新古今の美の境地が求められていった。

水無瀬川をちの通路水みちて舟渡りする五月雨の頃　（西行、『山家集』7199番）

おもふ人をうきねの夢にみなせ川さむる袂にのこる面影　（後鳥羽院、『御集』616番）

草深き夏野分けゆくさを鹿のねをこそたてね露ぞこぼるる　（藤原良経、『新古今集』1101番）

夕づく日むかひの岡のうす紅葉まだきさびしき秋の色かな　（藤原定家、『玉葉』770番）

帰る山いつはた秋と思ひこし雲井の雁も今やあひ見む　（藤原家隆、『壬二集』14261番）

淀のわたり夜深き空の郭公みなせ河原の雲路をぞ行く
（慈円、『拾玉集』5898番）

紅葉をばさこそ嵐のはらふらめこの山本も雨とふるなり
（藤原公経、『新古今集』543番）

これらは、ほとんど水無瀬の自然のなかで詠出された歌である。和歌の世界が題詠という虚構の世界であることが普通であった時に、題詠が詠出する芸術の世界と水無瀬の自然のなかで詠まれた歌とが、重なる境地を持つことの意味は深い。別に言えば、後鳥羽院の歌を、新古今の和歌の世界を達成に導いたもの、それは水無瀬の自然であった、そう言えるのではないかと思われる。(16)

御供には殿上人、出羽前司重房・内蔵権頭清範、女房一人、伊賀局、聖一人、医師一人参りけり。已に都を出させ給。水無瀬殿を通らせ給とて、ここにてもあらばやと思し召されけるこそ、せめての御事なれ。

たち籠もる関とはなさで水無瀬河霧猶晴れぬ行く末の空
（『承久記』巻下）

後鳥羽院が、隠岐の配所でも和歌の世界に愛着し、たびだび手を入れて隠岐本と称される『新古今集』の異本を完成されたことは知られている。そして、暦仁二年（1239）、隠岐で崩御される直前に残された、後鳥羽院御置文と呼ばれる遺言状のなかで、近臣信成・親成父子に、水無瀬・井内両荘を知行して後世を弔うべき旨を言い残された。(17)上皇が水無瀬で過ごされた時間は、量的な意味では必ずしも多大ではないが、上皇の心に占める水無瀬の重さが推測される。『新古今集』と水無瀬は、後鳥羽院の人生を凝縮して象徴するものであったのだろう。

水無瀬山我がふる里は荒れぬらむまがきは野らと人もかよはで
（『増鏡』巻二）

軒端あれてたれか水無瀬の宿の月すみこしままの色やさびしき
（同、巻三）

後鳥羽院が水無瀬に自らの人生を重ねる意識は、後鳥羽院を追憶する誰にも感じられるものであったようだ。

水無瀬川氷踏み分け仕へこし我が老いらくの道は絶にき
（家隆、『壬二集』13508番）

水無瀬山堰入れし瀧の秋の月思ひ果つるも涙落ちけり
（同、13707番）

水無瀬神宮（最初期の水無瀬殿所在地と推定）

水無瀬川あはれ昔と思ふより涙の淵を渡りかねつつ
（後鳥羽院下野、『風雅集』1906番）

みればまづ涙流るる水無瀬川いつより月の一人すむらん
（西音法師、『古今著聞集』巻五）

河上に里あれ残る水無瀬山見しものとては月ぞすむらむ
（基家、『新後拾遺集』745番）

水無瀬川玉を磨きし跡とめて忘れぬ里と月やすむらむ
（雅縁、『新続古今集』458番）

上皇への記憶と追懐は、短時日の間にもとの素朴な山野に復していった水無瀬の自然を目前にしてことさら感傷を誘うが、これは、後鳥羽院という卓越した個人とその生涯に対する追悼の思いのみでないように、私は感じる。王朝権威の象徴であった天皇の悲劇とともに崩壊した平安貴族の社会と文化。鎌倉の武家政権の前に屈服した平安貴族社会の慟哭が、自然に復していく水無瀬の山野に重ね合わせて、詠ぜられているように思う。

次は、後鳥羽院の隠岐遷幸から半世紀ほど後の水無瀬の描写である。

橋本といふ所につきぬ。あさましうをかしげなる家ども、川のつらにつくりつづけたる所にとまりぬ。……明けぬといへばまた舟にのる。……あまり夜ふかくいでて逢ふ舟もなきに、霧にかすみてほのかに来るを、近くなるままに見れば、はかなき木を組て乗りて行くものあり。なにぞと問へば「いかだと申す物に侍る」といふ。あだなるさまもはかなくあはれなり。

朝霧もはれぬ川瀬にうきながらすぎゆくものはいかだなりけり

水無瀬といふ所をすぐるに、「これなん昔御所にていみじかりしも、今かくなりぬるあはれに侍る」と、ふるめかしき物語するものあれば、

あさからぬ昔のゆゑを思ふにもみなせの川の袖ぞぬれぬる

（『中務内侍日記』尼が崎）

先に述べた後鳥羽院御置文と隠岐遷幸の直前に鳥羽殿で信実に書かせた似絵の肖像を奉祀して、水無瀬の地に御影堂が建立された。後鳥羽院崩御から二百五十年御忌にあたる長享二年（1488）に、その御影堂に奉納された連歌が、「水無瀬三吟百韻」と呼称されて、純正連歌の規範となっている。その発句〝雪ながら山もと霞む夕かな〟（宗祇）は、いうまでもなく、本章冒頭にあげた後鳥羽院詠を背景にしている。連歌から俳諧へ、宗祇から芭蕉への自然詠の系譜の始発に、後鳥羽院の水無瀬の地が想起されたのは、偶然ではない象徴的な事柄のように私には思われる。

注

（1）『洛陽名所集』巻十二、『京羽二重』巻一など。
（2）『三代実録』貞観八年十月二十日条、『山州名跡志』巻十。
（3）『玉葉』正治二年一月十二日条。
（4）『明月記』正治二年九月廿六日条。
（5）同、建仁二年正月三日条。
（6）『山崎通分間延絵図』第一巻（東京美術、昭53）。解説によれば、広瀬村粟辻明神辺が故地。
（7）注（6）絵図。
（8）注（7）に同じ。
（9）『寝殿造の研究』（吉川弘文館、昭62）。なお、太田氏は、『百練抄』建保五年正月十日条の後鳥羽院の水無瀬新御

所移徙をこの山上御所と理解されているのであるが、『明月記』の同年二月の記事は造営途中の記事と理解されて自然と思われるし、この辺、史料に疑義がないかと、私は感じている。

(10) 足利健亮『日本古代地理研究』(大明堂、昭60)一四四〜一五〇頁。

(11) 『京の七口』(京都新聞社、昭50)には、横大路集落の外れにある式内飛鳥田神社から、川を隔てた対岸と説明されている。これによれば、現在の羽束師橋の西詰南あたりになる。久我橋から羽束師橋あたりにかけての桂川西河原と理解しておきたい。

(12) 『明月記』建仁三年十月十四日条、同・建暦二年二月一日条。

(13) 同、元久元年正月十九日条。

(14) 同、建仁二年二月廿一日条。

(15) 同、建仁二年六月十二日条。

(16) 丸谷才一氏は批評家の感覚で、「もともと後鳥羽院は見渡すのが大好きなたちであった」(『後鳥羽院』筑摩書房、昭48、三二頁)と指摘しておられる。後鳥羽院と水無瀬の自然に触れる発言と思う。

(17) 水無瀬成寿『水無瀬神宮と周辺の史蹟』(水無瀬神宮社務所、平3)、同『水無瀬神宮物語』(同、平4)。

付表　水無瀬御幸資料

番号	地名	付属建築物	関係人名	事項	年月日	文献
1	皆瀬御所		後鳥羽院	方違御幸	正治二年正月十二日	明月、玉葉（通親別業）
2	皆瀬		後鳥羽院	御幸	正治二年閏二月廿七日	明月（地名を広瀬と改む）
3	水無瀬御所		後鳥羽院	御幸	正治二年九月廿六日	明月（明日還御）
4			後鳥羽院・定家	御幸供奉	正治二年十二月廿三日	明月（鳥羽乗船、皆瀬殿津）
5	水無瀬殿		後鳥羽院	方違御幸	建仁元年二月十日	御集（院老若五十首歌合）
6		総門・釣殿・弘御所	後鳥羽院・定家	御幸供奉	建仁元年三月十九日	明月（鳥羽乗船）
7	水無瀬殿		後鳥羽院	御幸	建仁元年七月廿日	三長
8	水無瀬殿		後鳥羽院		建仁元年八月十八日	三長
9	水無瀬殿		後鳥羽院		建仁元年十一月廿七日	猪隈
10	水無瀬殿		後鳥羽院		建仁元年十二月十三日	明月（鳥羽殿で見参、供奉せず）
11	水無瀬		後鳥羽院・定家	御幸供奉	建仁二年正月四日	明月（翌日還御）
	水無瀬殿	東釣殿	定家	参入	建仁二年二月十四日	明月（鳥羽乗船）
12	水無瀬殿		後鳥羽院	御幸	建仁二年二月十四日	明月
	水無瀬殿	向殿	定家	参入	建仁二年二月十九日	明月（赤江騎馬）
13	水無瀬殿		後鳥羽院	御幸	建仁二年三月九日	明月（漏人数）
14	水無瀬殿		後鳥羽院・定家	御幸参入	建仁二年四月七日	明月（鳥羽乗船）

15	水無瀬殿	向殿	後鳥羽院・定家	御幸参入	建仁二年五月廿八日	明月（鳥羽乗船）
	水無瀬殿	向殿	定家	帰参	建仁二年六月二日	明月（三条壬生騎馬）
16	水無瀬殿	向殿	後鳥羽院・定家	御幸参入	建仁二年七月十六日	明月（鳥羽乗船、定家山崎宿）
17	水無瀬殿		後鳥羽院・定家	御幸参入	建仁二年九月十日	明月（乗輿、閑宇多幾路）
	水無瀬殿		若狭	参入	建仁二年九月廿八日	明月（定家馬を貸す）
18	水無瀬殿		後鳥羽院		建仁二年閏十月廿六日	猪隈
19	水無瀬殿		後鳥羽院	御幸	建仁三年正月十八日	明月（依病不参）
	京極殿		後鳥羽院	還御	建仁三年四月十一日	明月（熊野より水無瀬を経て還御？）
20	水無瀬殿		後鳥羽院		建仁三年五月十日	百練
21	水無瀬殿		後鳥羽院・定家	御幸参入	建仁三年八月廿二日	明月（鳥羽乗船）
22	水無瀬殿	馬場殿	後鳥羽院・定家	御幸供奉	建仁三年十月五日	明月（鳥羽乗船）
23	水無瀬殿		後鳥羽院	御幸	元久元年正月十八日	明月（所労無術、供奉せず）
	水無瀬殿	馬場殿	定家	参入	元久元年正月廿日	明月（乗車、播磨大路道祖神辺下車）
	水無瀬殿	馬場殿	定家	参入	元久元年正月廿七日	明月
	水無瀬殿		定家	参入	元久元年二月三日	明月
24	水無瀬殿		後鳥羽院	御幸	元久元年二月廿三日	明月
	水無瀬殿		定家	参入	元久元年二月廿七日	明月
25	水無瀬殿		後鳥羽院	御幸	元久元年五月廿五日	明月（鳥羽殿より方違）

26	水無瀬殿		後鳥羽院		元久元年七月廿三日	仲資
27	水無瀬殿		後鳥羽院	御幸	元久元年十月十九日	明月（河陽）
28	水無瀬殿		後鳥羽院	御幸	元久二年正月廿日	明月（河陽）
29	水無瀬殿		後鳥羽院	御幸	元久二年四月十七日	明月
	水無瀬殿		定家	参入	元久二年四月十八日	明月（乗船）
30	水無瀬殿	馬場殿	後鳥羽院	御幸	元久二年四月廿三日	明月（祭御覧の後還幸）
	水無瀬殿		定家	参入	元久二年四月三十日	明月
31	水無瀬殿		後鳥羽院	御幸	元久二年五月廿二日	明月
	水無瀬殿		定家	参入	元久二年五月廿三日	明月
	水無瀬殿		定家	帰参	元久二年五月廿七日	明月
32	水無瀬殿		後鳥羽院	御幸	元久二年六月十二日	明月（方違、明日帰京）
	水無瀬殿		後鳥羽院	御幸	元久二年八月二日	明月（穢により中止）
33	水無瀬殿		後鳥羽院	御幸	元久二年八月十三日	明月（河陽）
34	水無瀬殿		後鳥羽院	御幸	元久二年十一月九日	明月
35	水無瀬殿		後鳥羽院	御幸	建永元年五月廿一日	明月
36	水無瀬殿		後鳥羽院	御幸	建永元年五月廿九日	明月（河陽）
	水無瀬殿		定家	参入	建永元年五月三十日	明月（鳥羽乗船）
	水無瀬殿		定家	参入	建永元年六月七日	明月（鳥羽南門乗船）

	高陽院	馬場殿	後鳥羽院	還御	建永元年六月十日	明月（大渡、八幡社を経て還御）
37	水無瀬殿	馬場殿・西御所	後鳥羽院・定家	御幸供奉	建永元年八月廿八日	明月（鳥羽乗船）
38	水無瀬殿		後鳥羽院	御幸	承元元年正月廿三日	明月（八幡御幸の後還御）
	水無瀬殿	馬場殿	定家	参入	承元元年正月廿四日	明月（衆生寺宿）
	水無瀬殿	馬場殿	定家	参入	承元元年二月三日	明月（七条壬生騎馬）
	水無瀬殿		定家	参入	承元元年二月九日	明月（鳥羽乗船、大渡）
39	水無瀬殿		後鳥羽院	御幸	承元元年三月廿七日	明月
	水無瀬殿		定家	参入	承元元年三月廿八日	明月（鳥羽南門、河原騎馬）
40	水無瀬殿		後鳥羽院・定家	御幸参入	承元元年八月廿六日	明月（河陽）
41	水無瀬殿		後鳥羽院・定家	御幸参入	承元二年正月廿日	明月
42	水無瀬殿		後鳥羽院	御幸	承元二年三月十日	明月
	水無瀬殿		定家	参入	承元二年三月十六日	明月（河陽）
	水無瀬殿		定家	参入	承元二年三月廿三日	明月（河陽）
43	水無瀬殿		後鳥羽院・定家	御幸参入	承元二年八月十二日	明月
44	水無瀬殿		後鳥羽院	御幸	承元二年十一月十九日	明月
45	水無瀬殿		後鳥羽院	御幸	承元四年正月廿日	百練
46	水無瀬殿		後鳥羽院	御幸	承元四年八月廿五日	百練
47	水無瀬殿		後鳥羽院	御幸	承元四年九月五日	百練、玉蘂

48	水無瀬殿		後鳥羽院	御幸	建暦元年正月廿三日	猪隈
49	水無瀬殿		後鳥羽院	御幸	建暦元年三月五日	猪隈
50	水無瀬殿		後鳥羽院	御幸	建暦元年八月二日	明月
51	水無瀬殿		後鳥羽院	御幸	建暦二年正月十八日	明月（八幡御幸の後）
52	水無瀬殿		後鳥羽院	御幸	建暦二年二月三日	明月
53	水無瀬殿		後鳥羽院	御幸	建暦二年四月廿六日	明月
54	水無瀬殿		後鳥羽院	御幸	建暦二年五月十二日	明月
55	水無瀬殿		後鳥羽院	御幸	建暦二年七月廿三日	明月（方違）
56	水無瀬殿		後鳥羽院	御幸	建保元年正月廿一日	明月
	水無瀬殿		冷泉宮	行啓	建保元年二月七日	明月
57	水無瀬殿		後鳥羽院	御幸	建保元年五月廿四日	明月
58	水無瀬殿		後鳥羽院	御幸	建保元年六月十六日	百練
59	水無瀬殿		後鳥羽院	御幸	建保元年七月廿日	明月
60	水無瀬殿		後鳥羽院	御幸	建保元年九月六日	明月（方違）
61	水無瀬殿		後鳥羽院	御幸	建保元年閏九月廿日	明月（方違）
62	水無瀬殿		後鳥羽院	御幸	建保元年十月廿九日	明月
	水無瀬殿		二条中将	参入	建保元年十月三十日	明月
63	水無瀬殿		後鳥羽院	御幸	建保元年十二月十三日	明月
64	水無瀬殿		後鳥羽院	御幸	建保二年正月廿二日	百練

65	水無瀬殿		後鳥羽院	御幸	建保二年四月十五日	宸記
66	水無瀬殿		後鳥羽院	御幸	建保二年八月廿日	百練
67	水無瀬殿		後鳥羽院	御幸	建保二年十月廿三日	百練
68	水無瀬殿		後鳥羽院	御幸	建保三年正月廿二日	百練
69	水無瀬殿		後鳥羽院	御幸	建保三年九月十一日	百練
70	水無瀬殿		後鳥羽院	御幸	建保三年十一月廿六日	百練
71	水無瀬殿		後鳥羽院	御幸	建保四年四月廿六日	百練
72	水無瀬殿		後鳥羽院	御幸	建保五年正月十日	百練（水無瀬新御所移御）
73	水無瀬殿		後鳥羽院	御幸	建保五年四月廿六日	百練
74	水無瀬殿		後鳥羽院	御幸	建保五年五月十日	百練
75	水無瀬殿		後鳥羽院	御幸	建保五年八月十四日	百練
76	水無瀬殿		後鳥羽院	御幸	建保五年十一月五日	百練
77	水無瀬殿		後鳥羽院	御幸	建保六年正月廿七日	百練
78	水無瀬殿		後鳥羽院	御幸	建保六年八月十七日	業資
	高陽院		後鳥羽院	還御	承久元年二月六日	百練（関東事により水無瀬殿より還御）
79	水無瀬殿		後鳥羽院	御幸	承久二年九月十八日	門葉

第四章　志賀の山越え

――比叡山の道々――

南北に連なる比叡山の山系を、東山三十六峰と通称している。京都から東国・北国に赴くには、どこかでこの山系を越えなければならない。逢坂越に向かう粟田越・渋谷越、南都に向かう木幡山越が、三十六峰の間を抜ける道として、古来利用されてきた。東山山系の北半の、峨々として聳える山容は、容易な通行は許さなかったので、逢坂越で近江に出、湖岸沿いに、あるいは湖中舟行によっての交通が、普通には行われてきた。北半の山越道は、生活道というよりは、東麓の三井寺・志賀寺・日吉大社や、比叡山頂の延暦寺に至る宗教の道であった。古来有名な志賀越道をはじめとした、比叡山中の道々について、考察してみたい。

一　志賀越

志賀越道は、東麓志賀里に所在した崇福寺（通称志賀寺）への山越道である。崇福寺は、天智天皇七年（668）に建てられたものである。天智天皇の近江京が所在した地点（大津市錦織地区）からは正北に位置し、国家鎮護の官寺として建立されたものであろう。平安中期まではかなりの寺勢を保ち、三月・九月の伝法会には、都人多く参詣に往来したと言われる。火災や地震による被害を受け、その度に再建供養されながらも衰亡の途をたどり、平安末の時点ではほぼ壊滅の状態になっていた。現在、跡地は整備されて礎石のみ見得る状態になっているが、伽藍の聳

志賀寺址

え立った威容を推測することは出来る。

平安初期、志賀寺への参詣道として、また、近江に越える山越道として利用されたのが、この志賀越道である。次の歌などは、当時の通行の状況を背景にして詠出されたものである。

志賀の山ごえに女の多くあへりけるによみて遣はしける　貫之

梓弓春の山べをこえくれば道もさりあへず花ぞ散りける（『古今集』巻二、115番）

志賀の山ごえにてよめる　春道列樹

山がはに風のかけたるしがらみはながれもあへぬもみぢなりけり（同・巻五、303番）

志賀の山ごえにてよめる　紀秋岑

白雪の所もわかずふりしけば巌にも咲く花とこそみれ（同・巻六、324番）

志賀の山ごえにて石井のもとにて物いひける人の別れける折りによめる　貫之

むすぶ手のしずくに濁る山の井のあかでも人に別れぬるかな（同・巻八、404番）

西宮左大臣の家の屛風に志賀の山越につぼさうざくしたる女ども紅葉などあるところに　順

名を聞けば昔ながらの山なれどしぐるゝ秋は色増さりけり（『拾遺集』巻三、198番）

兵部卿元良の御子しがの山越の方に時々かよひ住み侍りける家を見にまかりて書き付け侍りける
俊子
狩にのみくる君待つとふり出つゝ鳴く志賀山は秋ぞ悲しき
（『新勅撰集』巻五、301番）

貫之詠など虚構性を指摘されているし、順の詠が屛風絵によることも明らかであるし、志賀越道での実写の風景とどれだけ断言できるかは分からないが、現実に、志賀寺に越えていく山道が存在し、通行道として人々の往来があったことは肯定してよいだろう。

次は知られた例である。

又の日といふばかりに、山越えにものしたりければ、異腹にてこまやかになどしもあらぬ人のふりはへたるを、あやしがる。
（『蜻蛉日記』巻下、二六四頁）

兼家が、源兼忠女に生ませた娘が、「志賀のふもと」に伯父の禅師に養われてているということを耳にし、道綱母が養女に迎える場面である。異母兄妹にあたる道綱が、「山越」まで出迎えた。兼忠女は、「志賀の東の麓に、水うみを前に見、志賀の山をしりへに見たるところ」に住んでいた。その地点からの山越道が「志賀の山越」であることは、間違いない。この地点を日本古典文学大系『蜻蛉日記』（川口久雄注釈）は「今の近江神宮付近」と注し、『蜻蛉日記全注釈』（柿本奨注釈）は、「大津市見世町辺」としている。後者は、志賀寺の所在を前提とした比定であるが、「下坂本辺」とも記述している(1)。下坂本なら、比叡山延暦寺・日吉大社の寺域である。

一日白河殿の合戦の庭より煙の中をかき分けて迷出し女房達、志賀の山越、三井寺などこそと思召れしかども、
（『保元物語』巻下、一六三頁）

保元の乱に敗れた崇徳院の女房たちが、「志賀の山越あるいは三井寺など」に赴いたと聞くが消息なく、上皇はいっそう心細さを感じているという。上皇御所の白河殿からは、如意越をして三井寺へ、志賀越をして志賀里へ、

どちらも自然に推測できるルートである。

ところでその志賀越道であるが、その大部分の道筋がほぼ明瞭になっている。京都から道を辿ると、荒神口から斜めに東北に向かう道は、京都大学構内で一度途切れるが、吉田山北端辺で今出川通を斜めに横切る道として現れる。この道の今出川北にあたる場所に、石仏が安置されており、これが志賀越道の京都側の起点となる。その道は、白河通を横切り、大文字山と瓜生山の山間を、新田川沿いに進行、山中町に至る。このあたり、現在、山中越と通称されている県道下鴨大津線とほぼ重なる。山中町に入るところで県道に別れる。山中町の中程に、石仏がある。ここからいよいよ山越道に入るが、山越えした東麓で、再度石仏に出会う。この辺で聞いた古老の話では、北白河と志賀里の石仏まで、この山中町の石仏からほぼ等距離ということであった。実感としてもその位と思われた。山中町から北に細流に沿って進み、約一㎞弱のところで、右手の山間に入っていく。ほとんど道の痕跡もなく、細流を頼りにかなり進行したところで、川に沿った道を確認できるようになる。一路登っていき、山頂を縦走するドライブウェイの下をくぐって滋賀県側に出る。トンネルの入り口近くのささやかな「志賀越道」の道標で、間違ったルートでなかったことを知り、ホッとした気分になる。滋賀県側は、時折琵琶湖の湖面を遠望して爽やかな気分にも浸れるが、道そのものは急斜面でかなりの注意を要する場所もある。道はいつしか、東麓の流れとともに下るようになり、比叡山頂から下りてくる道と合流するあたり、二つの道に挟まれた山頂のあたりが志賀寺跡である。細流に渡した木橋を渡り、急斜面を登っていくと、山上の平坦地の礎石などから、志賀寺の規模を推測できる。二つの道の合流地点から流れに沿って少し

山中町西教寺の石仏（志賀越中間点）

進行すると、川岸に設けた堂と安置された石仏を見る。山越道の出口である。民家の軒にはさまれた道の先には、琵琶湖の湖面が空の青を映している。

この志賀越道は、途中でやや心細くなる箇所もあるが、ほぼ明瞭に辿ることが出来る。北白河の石仏から山中町まではほとんど迷いようがない。その地点から東の山間は、初めての踏査では、確認困難に近い。私が最初に現地踏査を試みた時は、山中町側と志賀里側の両方から入ろうとしても、どうしても行き止まりになってしまう。枯れ葉も落ちた頃を見計らい、正月休みを利用して志賀里側から再度踏査を試みた。しかし、またしても志賀寺の背後あたりで、道を見失ってしまった。斜面の上方では、ドライブウエイを通過する車の音などはするし、道はなくともドライブウエイまでは上がってみようと覚悟を決め、樹木を伝いながら斜面を登っていくと、枯れ草の間に僅かに小道の痕跡を見た。まさに天佑、その小道に入ってからは迷うことなく、志賀峠のトンネルを抜けて、京都側の細流に沿って下る古道を辿ることが出来た。ところが数年前、三十年近くの歳月を隔てて、志賀里から越える試みをする気になって現地を訪れてみると、志賀寺横から志賀峠に登る道が、ハイキングコースとして整備されている。途中、倒れた古木が道をふさぐこともあるが、道としては迷うことはない。私の記憶とは大いに相違する。志賀寺の背後の灌木の斜面では、ドライブウエイ通行の音を聞いて、あそこまではなんとか登ってみようという気持を起こさせたほどの距離であったが、現在の道は、深山の趣の森林の間を辿りながら登っている。距離的にも時間的にもかなり迂回したルートになっているように感じる。古道として整備されたおかげで、かえってもとのルートを失ったのではないかと推測している。幻の古道は、どこに消えたのか。途次、馬頭観音に登っていく道が斜面に残っている。この方が当初の痕跡かと推測して辿ってみると、切り崩された絶壁に至って、進行不能となった。

馬頭観音は、物資を担って山道を往来した馬の供養に、安置されたものである。現在のルートは、歩行によるならなんとかと思うが、馬による物資の運搬などは想像しにくい。一度現地を体験して判断していただくしかないが、私は、現在のルートに大いに疑問を持っている。この志賀越道が、三つの石仏によって明瞭に標示されているのは、じつは、近世において、日常的に利用された道であったからである。無論、現今の自動車ルートの山中越えとは無縁である。近世の志賀山越道を実際に辿って見て実感することだが、山中町から志賀寺石仏まで一時間も要せず、さほど険阻でもなく、比叡山を越える道としては、最も適当に切り開かれたルートであると思う。近世の往来の道であったのも尤もと思われるが、この道が本当に、平安中期の頃までの「志賀の山越え」の道であろうか。私の経験から言えば、近世の道は山間の河川の流路に沿って作られるが、古代の道は、険阻でも遠回りでも、尾根道を利用することが普通である。天候の影響を受けることが少なく、迷う危険も少ないからである。従って、近世の「志賀越道」が正確に復元されたとしても、それが、平安時代の「志賀の山越え」道と同じとは即断出来ない。山中町からすぐ北東方の山頂に向かって登って行く山道（今路越）、あるいはこれも後に述べる三井寺に越える如意越道の方が、むしろ平安の古道であった可能性もある。

二　今路越

志賀寺への参詣道であり、近江国への通行路であった志賀越道は、志賀寺の消長と軌を一にして、平安末期頃になると、通行路としてはほとんど廃絶してしまう。平安末、顕昭の記述に、

是ハ如意越ヨリハ北今路越ヨリハ南ニ志賀へ越ル路アリトイヘリ。（『古今集註』）

という記述が見える。この道は、すでに「アリトイヘリ」という状態になっている。逢坂越（多分、小関越）から湖西の湖岸を辿る道が整備されたためと、延暦寺を起点とする山上の道が、山越えの道としても利用されるようになったためである。前代の志賀寺に越える道に替わるのは、今路越とよばれる山越道であった。

「如意越」とは、鹿ヶ谷から三井寺に至る山道である。[2] その北に、白河から志賀に通じる「志賀越」、その北が「今路越」である。今路とは、近江に越える山道として、志賀越に替わる新路という意味であろう。新路と言っても、志賀寺あるいは志賀里に至る新路ではない。崇福寺がほとんど廃絶した今、平安の貴顕が参詣に通うのは、比叡山東坂本の日吉社である。平安末期、なぜか日吉信仰が盛んになる。日吉社へは、おおむね逢坂を経由しての浜路を用いるが、天候の影響などで交通困難な場合に、やむを得ず山路を用いる。

帰路至屏風浦、当道有斃牛、不得乗車通之、忽乗前駆馬、歴山上路、

（『台記』久安六年六月廿五日）

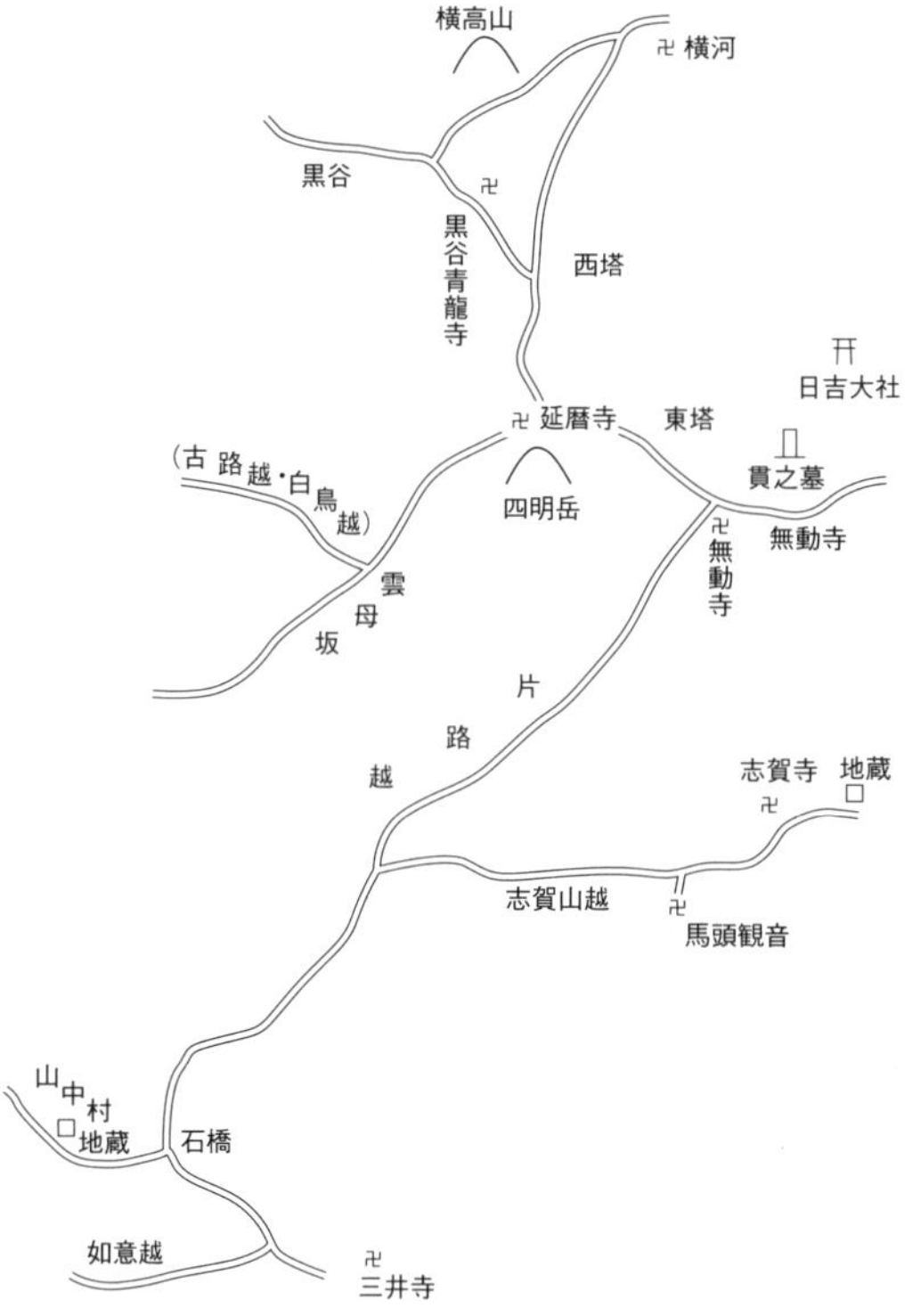

比叡山の道々

未明出京、参詣日吉、即奉幣、浜路依洪水不通、依用山道、

忠弘法師一昨日参詣日吉、臨夕帰来云々、湖水溢而不人通、雖通山路、山階細流皆為大河、不及渡、披山自一切経谷入京云々、

（『明月記』正治元年九月三十日）

（同・嘉禄二年六月三日）

藤原頼長・藤原定家が、日吉社参詣の往反に「山路」を用いた例である。正治元年（1199）の例では、帰路、山路があまりに「嶮而長途弥屈」のため、湖上舟行して三井寺大門大路に上陸している。終例によれば、これは「一切経谷」を経る道である。

四国・九国ノ勢八万余騎、今道越ニ三石ノ麓ヲ経テ、無動寺へ寄ント志ス。（『太平記』巻十七、一七四頁）

と同じルートであることによって、今路越と呼称されていることが分かる。『都名所図会』（巻三）は、「志賀山越」を「東に山中の里あり。比叡の無動寺へは、此の村はずれの細道より北に入る」と説明しているが、これは、実際は今路越の説明である。廃絶した古道「志賀山越道」は、山中の里から北に六百mほど進んだところで、志賀峠への山間に入る。入らないで直進して比叡山頂に向かうのが、今路越である。次の記述が、このあたりよく説明している。

今白川の滝より山中村に出て、村の東の端に石橋有。それより東西へ行て志賀へ出る也。又此の石橋より北志賀へ越て東坂本へ出る道を今道越といへり。（『笈埃随筆』巻九）

比叡山から無動寺坂を経て日吉社に下りていく道であるから、延暦寺の僧侶が都から山上に通う道、山上から東坂本の里坊に下りていく道である。今路越は、延暦寺僧侶の通行に伴って、通常の山越ルートとなった道である。

山上をば三手にてぞ責られし。今路越をば三井寺法師旬中、大手の雲母坂は細川の人々四国勢幷惣軍勢、横川通り篠峯は太宰少弐頼尚九国の輩発向し毎日合戦有けるに、（『梅松論』巻下、一九八頁）

山門ニハ京中無勢也ト聞テ、六月晦日十万余騎ヲ二手ニ分テ、今路・西坂ヨリゾ寄タリケル。

追手ノ大将新田義貞・脇屋義助、二万余騎ヲ率シテ、今路・西坂本ヨリ下テ、三手ニ分レテ押寄ル。（『太平記』巻十七、一八八頁）

用例に見るように、比叡山から下る二大ルートが、ほぼ、西坂と今路である。西坂とは雲母坂のことで、これは後述する。これに加えて、北の横川からの篠峯を経る道が、知られていたらしい。

かつての志賀越道はすっかり廃絶し、白河の山峡に入っていくのは、今路越をめざすものと認識されている。

陽明門ノ前ヨリ馬ニ打乗テ、北白川ヲ東へ今路越ニ懸テ東坂本へゾ参ケル。（同・巻十四、八三頁）

新田左兵衛督兄弟ハ二万余騎ノ勢ヲ率シ、今道ヨリ向テ、北白河ニ陣ヲ取ル。（同・巻十五、一〇七頁）

赤松弾正少弼氏範ハ、（中略）哀ヨカランズル敵ニ逢バヤト願ヒテ、北白河ヲ今路へ向テ歩マセ行処ニ、（同・巻三十二、二一一頁）

三　雲母坂

比叡山上延暦寺に登る道として知られているのが、雲母坂道である。坂の登り口に所在する不動堂（雲母寺）によって、不動坂との称もある。(3)

雲母坂　比叡山西坂本よりの道也。（『京羽二重』巻一）

雲母坂　京師より四明嶽及び中堂へ登る一路なり。半途に水飲といふ所あり。此の辺まで萩多し。（『都花月名所』）

雲母坂　鷺杜の北に在り。京師より比叡山中堂及び四明嶽に至るの一路なり。此の道嶮岨なれども捷路也。此

雲母坂（尾根道の流水のために）

の坂常に雲を生ずるゆへ雲母坂といふ。

（『拾遺都名所図会』巻二）

雲母坂　叡山西坂也。麓不動坂と曰う。修学院村南より登る坂路なり。山下不動堂有り。修学院本堂と云々。（『山城名勝志』第十二）

どの地誌によっても、相違することはない。比叡山根本中堂に至る、中心の山路である。

作品中にも、用例は無数である。比叡山の近江側の坂を東坂というのに対し、西坂とも呼称する。

行住座臥、西方をうしろにせず。つばきをはき、大小便、西にむかはず。いり日をせなかに負はず。西坂より山へのぼるときは、身をそばだてて歩む。

（『宇治拾遺物語』巻五・一七八頁）

雲母坂ノ軍ノ時ハ、扇ヲ射テ手垂ノ程ヲ見セタリシ。

（『太平記』巻十七、五一三頁）

地誌に言うように、修学院の南、音羽川に沿って山間に入ると、大規模な砂防ダムがある、その間近く、川の反対側の路傍にささやかな木標がある。古道の標示は、なぜかみなこのようにささやかだ。登り口の辺に、雲母寺跡の標示もある。延暦寺への中心の交通路なのに、実際に辿ってみると、すこぶる嶮岨である。道は、尾根道を登っていくが、現状は極めて鋭角なV字状にえぐられており、歩行そのものも難渋する状態になっている。往来によって、地表がやや凹状になったところへ、丁度雨水が流路となり、現状のような状態になったものかと思われる。捷路と言っているけれど、それほどの実感はない。尾根道がようやく平坦になったあたりに、水飲古戦場の石碑がある。

水飲　雲母坂にあり。路の傍らに岩あり。清泉湧出する事増減なし。霊泉也。（『拾遺都名所図会』巻二）

水飲　水呑巓雲母坂上に在り。昔地蔵堂有り。脱俗院と号す。此の所山門結界の一也。今和労堂一宇有り。太平記に所謂将門童堂と書く是れ也。（『山城名勝志』第十二）

水飲峠は、雲母坂に加えて、北白河と赤山禅院横からの登り道、三路の合流する地点になっている。現在の道の形状で判断すれば、赤山禅院からのルートがいちばん平易である。水飲峠の横の谷合いには流水はあるが、清泉湧出していたかどうか、確認しそびれた。地蔵堂があったといわれれば、ここがそこかと思われる、ささやかな空閑地はあるが、地蔵も堂もまったく無い。三道合流の要衝で、古来攻防の拠点となった。

大衆上下帰山シテ、将門ノ童堂ノ辺ニ相支テ、ココヲ先途ト防ケル間、（中略）只水飲ノ木陰ニ陣ヲトリ、堀切ヲ堺テ、（『太平記』第十七）

ここからは、一路山上をめざす道のみで迷いようがない。

雲母坂の登り口の山麓が、坂本である。比叡山の東麓を東坂本と呼ぶのに対して、西坂本ともいう。

権中納言敦忠が西坂本の山庄の瀧の岩にかきつけ侍りける　伊勢

音羽川せき入れて落とす瀧つせに人の心のみえもするかな（『拾遺集』巻八、445番）

入道西坂本へ下らんとて子共あひつれてゆきけるが、大嶽の下、水飲の辺にての給ひけるは、（『保元物語』一三九頁）

一山僧綱等下洛しけれ共、武士を西坂本へ差し遣して禦がれしかば、空しく帰り登る。（『源平盛衰記』八四頁）

西坂水飲峠付近

恵心僧都妹尼安養尼、終焉の時は、必ず来会すべきの由、僧都契約云々、（中略）然れば輿に乗りて西坂下に来会すべきの由返答し了んぬ。下松辺に於いて相待つの処、輿已に到来、僧都進み寄り簾を褰げて一見の処、尼公既に逝去。

（『古事談』第三、六一頁）

最後に、比叡山からの往反を記述する用例を二つほど紹介する。

根本中堂へ参る道、賀茂河は河広し。観音院の下がり松、生らぬ柿の木人宿、禅師坂、滑り石水飲四郎坂、雲母谷、大嶽蛇の池、阿古也の聖が立てたりし千本の卒都婆、

（『梁塵秘抄』巻二、三九九頁）

三社の神輿下洛有り、（中略）大嶽、水飲、不動堂、西坂本、下松、伐堤、梅忠、法成寺に成ければ、

（『源平盛衰記』巻四、九〇頁）

四　古路越・白鳥越・如意越

今路越に対して、古路越の称がある。

敵陣ココヨリ破テ、寄手ノ百八十万騎、サシモ嶮シキ今路・古道・音無ノ瀧・白鳥・三石・大嶽ヨリ、人雪頽ヲツカセテゾ逃タリケル。

（『太平記』巻十七、一八七頁）

といった用例がある。今路が北白河から東坂本に越える道なら、古道は、一乗寺辺より東坂本に越える道である。白鳥越・唐櫃越とも別称された。

白鳥越　山路同所ノ北ニ在リ。上古往来ノ所ナリ。此ヨリ叡山ノ東坂本穴太村ニ出ル。古路越ト云フ、是也。

（『山州名跡志』巻五、一四九頁）

白鳥越　一乗寺村に在り。東坂本穴太村に至る坂路、今白鳥越又青山越と曰う。

（『山城名勝志』第十二、六六頁）

私もかつて、比叡山山頂にまだ雪が残る三月頃、雲母坂水飲から、谷を下りて北白河への道を経ようとして、一乗寺辺までの道を、偶然に辿ったことがある。水飲峠で、子犬を連れて上ってきた老婦人に出会って、「どちらから登って来られましたか」と尋ねると、「北白河から」という話だったので、平易な道と即断していたのだが、白鳥までの谷間の上り下り、白鳥から瓜生山北麓の一部崩落した下り道、信じがたいような難路であった。白鳥峠からは瓜生山頂を経由する道もある。先に述べた今路越とは、もしかしたらこの道かと、疑う気持もある。もしそうであれば、白鳥峠から東坂本までは同じとして、白鳥峠までの上り口が、北白河の場合が今路越、一乗寺からの場合が古路越ということになる。新古の説明はつきやすいが、どうであろうか。

比叡山頂ではないが、鹿ヶ谷から如意山を越えて三井寺に越える如意越がある。

宮は高倉を北へ、近衛を東へ、賀茂河をわたらせ給て、如意山へいらせおはします。（中略）しらぬ山路をよもすがらわけいらせ給ふに、（中略）暁方に三井寺へいらせおはします。

（『平家物語』巻四、二九〇頁）

以仁王の、三条高倉邸から三井寺への逃走ルートである。現在も、銀閣寺南の鹿ヶ谷から如意山へ登る道は、急坂ではあるが見失うことなく辿ることができる。

如意峯の手は、物具を帯して嶮しき山を上りける上に、五月二十日余の事なれば、雲井の月もおぼろにて、木の下も又暗ければ進みもやらざりけり。六波羅の手は、宮御入寺の後は、用心の為に、大関小関堀り塞ぎ、逆木垣楯構へたりければ、

（『源平盛衰記』三五〇頁）

のように、逢坂越の大関・小関越を本路とすれば、脇道あるいは抜け道としての山越道である。鹿ヶ谷から大文字山に至ったあたりで、南禅寺裏から登ってくる山道と合流する。この山道は、「龍華越」とも呼ばれている(4)。ここからは、平地に近い。如意ケ岳を経て東に道を辿っていくと、皇子山ゴルフ場の敷地で道を見失うが、ゴルフ場東

の長等山中を下っていく道を見つければ、もう迷うことはなく、自然に三井寺境内地に出てくる。この道を辿ったのは、まだ京都に来て間もない、三十数年も前のことであった。

五　横川道

『源氏物語』に、宇治川に入水した浮舟が、横川僧都の妹尼の山荘に匿われた場所は、「比叡坂本に、小野といふ所」と記述されている。

我も今は山伏ぞかし。ことわりに、とまらぬ涙なりけりと思ひつゝ、端のかたに、立ち出でゝ見れば、はるかなる軒端より、狩衣姿、色々に立ちまじりて見ゆ。山へのぼる人なりとても、こなたの道には、通ふ人もいとたまさかなり。黒谷とかいふ方より、ありく法師の跡のみ、稀々は見ゆるを、

（『源氏物語』手習）

黒谷青龍寺

文中の「黒谷とかいふ方」とは、黒谷青龍寺のことである。この寺への登り口は、八瀬秋元町の「長谷出」で、「走出道」とも「八瀬道」とも呼ばれている。大原方面から青龍寺・西塔を経て無動寺に帰る時の道と言われるが[5]、これが「横川道」であるのは、三百mほど登ったところで、べんてつ観音なる石仏が所在する分岐点があり、これを右に向かえば青龍寺、左方すれば、横高山の山腹に僅かに残る山道の痕跡を辿って、横川に至るからである。浮舟が眺めやっている道がこの道であることは、後文の「横川に通ふ人のみなむ、こ

のわたりには近き便なりける」（夢浮橋）の記述によっても確認される。虚構作品である『源氏物語』中の想定地点が、明瞭に確認される一例である。

私も、べんてつ観音から右方する西塔への道は辿ったことがあるが、横川道の方は確認しかねていた。というのも、進行すると間もなく、崩落しかけた道の前方は谷川に落ち込んでおり、危険に加えて、本当に横川までの山道が続いているのか、覚束なくも感じたからである。けれど、一昨年（平17）五月の連休頃、意を決して僅かに残る痕跡を辿る探索を実行し、横川道を確認した。横高山の山腹を左右に折れながら、西塔からの尾根道に達すると、写真で示したような道標がある。すぐ近くのドライブウエイの山陰を横川に向かう山道は、思わず鼻歌が出るほどの平坦の道である。横川と山麓を結ぶ道は、東は北の仰木里から南の西教寺・日吉山王社に下りて来る道まで、い

べんてつ観音（前方横川へ、右方西塔へ）

黒谷から横川へ（僅かに山道の痕跡）

横川道峠（前方黒谷、左方西塔より）

くつものルートを見得るが、西は、述べてきた八瀬道を除けば、仰木峠を越えて大原三千院傍に下りて来る道のみである。この道は、途中で惟喬親王墓傍に下りて来る道と分岐している。どちらが本道とされているかは知らない。

六　まとめ

比叡山越の道は、その険阻の故をもって、都から近江への通行路として通常利用される道ではなかった。この山越道は、志賀寺・日吉社・延暦寺といった山上あるいは東麓の寺社に赴く参詣の道であった。志賀寺に通う志賀山越は、最も古い山越道であるが、紀貫之の〝むすぶ手の……〟詠によって、比叡山越道のイメージを定着させた。貫之が〝花桜散る……〟によって詠出したもう一つのイメージは、

山路桜　　為忠
散りかかる花の梢にめをかけて日も暮れにけりしがの山ごえ　　（『丹後守為忠朝臣家百首』）

山路落花　　忠盛
ちりしける花をふまじとはくほどにゆきもやられぬしがの山ごえ　　（『平忠盛集』）

などを経て、

袖の雪空吹く風も一つにて花に匂へる志賀の山越　　定家　　（『六百番歌合』七番左）

に至り、新古今風の和歌世界を表徴する格好の歌詞となった。現実には、志賀寺は廃滅し、志賀山越道は、訪ねる人もない廃絶した古道であり、〝花桜舞い散る山越道〟は都人の形象した架空の情景である。定家も、信仰として日吉社に頻繁に詣でているが、長途険阻の山越道を利用することはあまり無く、利用した場合も、東坂本から北白河に越える今路越であり、志賀山越道は、彼自身にとっても遠い郷愁の世界のものであった。志賀山越について、

和歌史的な考察は、上條彰次「〝志賀の山越え〟考―俊成歌観への一つのアプローチ―」(7)を参看されたい。

志賀山越にかわる、比叡山を越える道は、延暦寺の僧が往反する道が中心となる。里坊が点在する西坂本への登り下りとして通常使う道である雲母坂である。雲母坂の坂口に、親鸞が毎日都との間を往復したとの石碑の記述があるが、歩行に強健であった時代の人としても、なかなかの難路である。水飲から赤山口に至る道の方が平易なのに……ということも先に述べた。東坂本の日吉社には、根本中堂を経由して下るルートもあるが、直接山越えする道としてあったのが古道越である。一乗寺辺から山越えする古道越に対して、今路越は北白河から至るものである。北白河から山中村を経由するものを今路越と説明したが、瓜生山を越えて古道越に合流する道を呼称する可能性もある。南の如意山を越える如意越は、逢坂越の脇道、間道といった意味合いのものであった。これらの叡山を越える道々は、平時は僧俗の通行する簡素な山道であるが、延暦寺の僧兵が強訴と称して馳せ下ったり、南北朝時代のように軍事拠点となったりした時には、一進一退の攻防の戦場になった。

注

(1)「下坂本辺」の方が、もしかしたら当たっているかも……という気がしている。「志賀のふもと」の表記で、諸注ほとんど志賀寺とそれに至る志賀越道を想定して疑うことが無いが、後述するように、近世では頻繁に利用された山越道だけれど、古代の近江朝廷によって建立された志賀寺への参詣道の意味があまり感じられず、都人にとっての比叡山の意識は、延暦寺・日吉大社しかなかったのではあるまいか、と感じるからである。あまり責任のない発言であるが、〝しずくに濁る〟の名歌を残した紀貫之の墓所が、都から東坂本に越える無動寺道から、延暦寺東塔に向かう尾根道に存していて、志賀寺ルートには離れていることからも、感じるところがある。がしかし、本章においては、一応志賀寺ルートを平安の志賀越道と認める立場で、記述した。確信が持てる状態になったら、あらためて意見を述べることとしたい。

（2）『山城名跡巡行志』第一。
（3）『名所都鳥』巻五。
（4）中庄谷直『関西　山越の古道（中）』（ナカニシヤ出版、平7）。
（5）『太平記』巻十五・一〇七頁。
（6）武覚超『比叡山三塔諸堂沿革史』（叡山学院、平5）。なお、本書は、比叡山古道の全体的な把握に重宝するところがあった。
（7）「国語国文」第三十七巻十号、昭43。

付記

武　注（6）書付載「比叡山の古道」に拠りながら、簡単な再説を述べておきたい。まず確実なのは、如意越である。「洛東如意が嶽より近江の国園城寺の上に出る所の道也」（『京羽二重織留』巻一）とある。鹿ケ谷を通って如意山を越えたところで、南禅寺横から登ってくる道（龍華越）と合し、山上を三井寺に向かう。これに関連して、「顕昭云ク、志賀ノ山越トハ、北白河ノ瀧ノ傍ヨリ上リテ、如意越ニ志賀エ出ル道ナリ云々」（『藻塩草』所引）の記述がある。北白河から山中村を経て如意越道に合流して三井寺に向かう道、これが往古の「志賀山越」だというのである。『山州名跡志』（巻五）も、「如今山中越ニ行ク事最安キナリ」と賛する気配である。となると、志賀寺に越える山中越説が不審となる。付載図に旧山中越とする道である。

次に、今路の問題。

下御所大将として、御陣は赤山の社の前也。山上をば三手にてぞ責られし。今路越をば三井寺法師旬中。大手の雲母坂は細川の人々、四国勢幷惣軍勢。横川通り篠峯は太宰少弐頼尚九国の輩発向し毎日合戦有けるに、（『梅松論』下）のように、比叡山頂に至る三のルートが明示されている。雲母坂越は明瞭であるが、今路越は、その南である。「今道越ニ三石ノ麓ヲ経テ無動寺ヘ寄ント志ス」（『太平記』巻十七）によれば、おおむね北白河から山中町を経る、現山中越のルートである。途中から現ルートから外れて、無動寺に向かう山中に入って行く。付載図の⑤⑥⑦のいずれかである。本章中では、ルート⑦として述べた。白鳥越と呼ばれる道もあり、これは、青山越あるいは古路越とも別称されていたそうである（『山州名跡巡行志』巻三）。これは、付載図のルート④に相当しそうである。水飲からこの道に来て曼殊院横に降りて行く。冬の夜が暮れかけて、あやうく遭難しかけたことがある。

白鳥越は「叡山東坂本穴生村」今路越は「江州坂本」に出るという記述がある（『山州名跡志』巻五）。前者は明らかに無動寺道であるが、これがどういう差異か、明瞭には把握し得ていない。付載図の「旧山中越」が、志賀寺に越える道で、近世に頻繁に利用された道であることは明瞭であるが、これが「志賀山越」であるかどうか、明らかでない。「志賀山越」が、何のために、どれだけ必要なことであったか、そこら辺が正確に説明出来るようになれば、自然と解決出来る問題かなとも感じている。

付章　街道文学

道、それは国家の動脈というべきものである。平安時代には、すべての道は、国家の心臓である京の都に、集中的に通じていた。鎌倉時代にはいって、武家政権を樹立した頼朝は、その本拠を東国鎌倉の地に置いたために、国家は、朝廷権威の所在地としての京都と、武家権威の所在地としての鎌倉と、二つの心臓を持つことになった。それまで未開の地に近かった東国も、鎌倉という中心を得て、すべての道が鎌倉に通ずという交通網を整備した。ある時は競合し、ある時は対立し、またある時は協調した、二つの権威の間の一大動脈、それが東海道である。二つの権威のはざまで揺れ動く人間群像の生が、田畑の中を通り、山中を抜け、海岸をたどる一筋の道を舞台として、描かれることになる、それが街道文学である。

一　古代の街道――山陽道――

前史的に、京都が国家の中心でなかった時代のことを、述べておかなければならない。平安京を都とする以前、ほぼ同じ規模で国家の中心であったのが平城京であった。すべての道が平城京に向かって放射的に通じていた時代、京都は幹線の外にあった。平安時代もそうであったが、京都に拮抗する西の都は太宰府であった。古代日本においては、常に大陸との関係において、国家としての姿があったから、大陸に通じる表玄関としての太宰府は、機に臨んでは国家の枢要にも当たる役割もになわされた一大中心であった。古代の街道文学、それは、平城京と太宰府を結ぶ山陽道を舞台とするものであった。

故、其の政未だ竟へざりし間に、其の懐妊みたまふが産れまさむとしき。即ち御腹を鎮めたまはむと為て、石を取りて御裳の腰にまかして、筑紫国に渡りまして、其の御子は生れましつ。故、其の御子の生れまし地を号けて宇美といふ。亦其の御裳にまきたまひし石は、筑紫国の伊斗村にあり。

（『古事記』仲哀紀・神功皇后の新羅征討）

天平二年庚午冬十二月、太宰帥大伴卿、京に向かひて上道する時、作る歌五首

鞆の浦の磯のむろの木見むごとに相見し妹は忘らえめやも　（『万葉集』447番）

妹と来し敏馬の崎を還るさに独りして見れば涙ぐましも　（同、449番）

故郷の家に還り入りて、即ち作る歌三首

妹として二人作りしわが山斎は木高く繁くなりにけるかも　（同、452番）

知られているように、平城京に至る街道は、後の平安京がそうであったように、放射的に、地方と都を結んでいた。紀伊の熊野、伊勢の神宮、常陸の鹿島、越前の気比、出雲の大社、太宰府の箱崎、都と結ぶ道が海に向かう古代の神の社につながるのは偶然のことでない。道は、古代の国家の外と内を結ぶ、血脈であった。太宰府と都を結ぶ幹線に次いで重要であったのが、同じく大陸に向かう玄関としての越前・出雲と都を結ぶ、古北陸道・古山陰道である。古北陸道は、平城京から北に宇治・山科を経由して大津に出、琵琶湖西岸を北上、国境の山を越えて越前の海岸に至る。

あをによし奈良山過ぎて　もののふの宇治川わたり　少女らに相坂山に　手向草糸取り置きて　吾妹子に淡海

の海の　沖つ波来寄る浜辺を　くれくれと独りそわが来る妹が目を欲り　（同、3237番）

反　歌

相坂をうち出でて見れば淡海の海白木綿花に波立ち渡る　（同、3238番）

近江の荒れたる都を過ぐる時、柿本朝臣人麿の作る歌

ささなみの志賀の辛崎幸くあれど大宮人の船待ちかねつ　（同、30番）

古山陰道は、おなじく平城京から北上、木津川の西を西北に、山崎辺で淀川を渡り、大枝山を越えて、出雲を目ざした。

柿本朝臣人麿、石見国より妻に別れて上り来る時の歌

石見のや高角山の木の間よりわが振る袖を妹見つらむか　（『万葉集』132番）

小竹の葉はみ山もさやに乱るともわれは妹思ふ別れ来ぬれば　（同、133番）

二つの道は、京と地方を結んで、山陽道に次ぐ街道文学の舞台になったけれど、山城国は、文字通り都の背後、山を越えた山背国にすぎず、都と地方を結ぶ二つの官道にはさまれた、沼沢の湿原であった。南北に流れる幾筋もの河川を横切る道もあったけれど、それは農耕のための里道か、二つの官道を都の外で結ぶ脇道にすぎなかった。この山背の湿原に、平安の都とうたわれる都城が造営され、中央集権の国家組織が整備されても、国の内と外を結ぶ道の性格、その道を舞台とする街道文学の性格が、判然と変化することはなかった。

播磨の国におはしましつきて、明石の駅といふところに御宿りせしめ給ひて、駅の長のいみじく思へる気色を御覧じてつくらしめ給ふ詩、いとかなし。

駅長莫驚時変改　一栄一落是春秋

かくて筑紫におはしつきて、ものをあはれに心ぼそくおぼさる、夕、遠方にところどころ煙立つを御覧じて、

ゆふされば野にも山にもたつ煙なげきよりこそ燃えまさりけれ

（『大鏡』巻一・時平）

年へぬる古里とて、ことに見捨てがたき事もなし。たゞ松浦宮の御前の渚と、かの姉おもとのわかるゝをなむ、かへり見せられて、悲しかりける。

浮島をこぎ離れても行く方やいづこ泊りとしらずもあるかな

行く先も見えぬ波路に舟出して風にまかする身こそ浮きたれ

いとあとはかなき心地して、うつぶし臥し給へり。

（『源氏物語』玉鬘）

平安初頭以来の大陸との断絶は、太宰府の存在の意義を小さくはしたものの、西の都としての位置を消滅させてはいなかったし、太宰府国庁という、中央政府の唯一の出先行政機関と国都を結ぶ道は、依然国家の動脈たる位置を保持し続けていた。街道文学の照明は、平城京の時代から変わることなく、つねに瀬戸内を東西に通う山陽道にあたり続けたと言ってよい。

二　軍記物語の東海道

頼朝による、鎌倉を本拠地とする東国政権の樹立は、その意味で画期的な変化であり、政治・経済・文化のあらゆる動きを、西から東に一挙に移動させてしまった。二つの国都を結ぶ東海道が、あらゆる歴史の舞台として、登場せざるを得なくなった。その初期の姿は、軍記物語の諸作品に描かれる。

不破の関は敵固めて待つと聞くに、関にかゝりて落ちんとて、小野の宿より海道をば右手になして、小関をさして落ちられけり。さなきだに冬はさだめなき世のけしきなるに、比は十二月廿八日、空かき曇り雪ふりて、風はげしく吹きければ、行くさきもさらに見えわかず、馬にてものぶべしともおぼえねば、秘蔵の馬ども捨て

給へり。　（『平治物語』巻中）

平治の戦に破れて東国に落ちていく義朝とその一族。美濃の山中、行く手も見えぬ雪中で父義朝とはぐれた頼朝は、平家に捕われて伊豆に流され、後に挙兵して鎌倉に東の国都を実現する、まさに東海道の幕を開く場面である。

九郎御曹子浮島が原に着き給ひ、兵衛佐殿の陣の前三町ばかり引き退いて陣を取り、暫く息をぞ休められける。佐殿これを御覧じて、「爰に白旗白印にて清げなる武者五六十騎ばかり見えたるは、誰なるらん」……御曹子しばらく辞退して敷皮にぞ直られける。佐殿御曹子をつくづくと御覧じて、まづ涙にぞむせばれける。御曹子もその色は知らねども、ともに涙にむせび給ふ。　（『義経記』巻四）

頼朝の異母弟の義経は、鞍馬寺から奥州平泉に身を隠していたが、兄の挙兵を知って、勇躍馳せ参じた。駿河国浮島が原に忽然現れた清げなる武者五、六十騎、その中心にいる若君達義経。頼朝は、かつて後三年役に奥州に下る八幡太郎義家が、兄を追って都から馳せ下った弟新羅三郎義光に対面した例を引き合いに出して、その感激を表現した。

その兄弟が、早晩に互いの意志をすれ違う。「今日より後は魚と水とのごとくにして先祖の恥をすゝぎ、亡魂の憤りを休めん」と盟約した兄弟が、平家の軍勢を西海に葬った後に、感動の再会を果たすことはなかった。義経は、壇の浦の海中に命を捨てることのできなかった平家の大将、前内大臣宗盛とともに鎌倉に帰ってきたが、鎌倉に入る直前、腰越で一人止められる。

源義経恐れながら申し上げ候意趣者、御代官の其一に選ばれ、勅宣の御使として朝敵をかたむけ、会稽の恥をすゝぐ。勲章おこなはるべきところに、虎口の讒言によってむなしく紅涙にしずむ。讒者の実否をただされず、鎌倉中へ入られざる間、素意をのぶるにあたはず、いたづらに数日を送る。　（『平家物語』巻十一）

心情を消息に託すけれども、ついに兄の心を解くことは、出来なかった。囚われの身として連行された宗盛のみが鎌倉に入って頼朝と対面、勝敗逆にした源平の大将の姿に、諸将さまざまの感情を抱いた。

義経は、鎌倉のうちに入ることができないまま、帰京の命を受ける。義経にともなわれて京に上る宗盛の心は、死を覚悟している。日数を経て、かつて平家と戦った義朝が誅された場所、尾張国の内海も過ぎると、もしや命だけは助かるかと、人間の心の弱さは、はかない願望も抱きかける。都近い近江国篠原宿、義経が請じた大原の聖が都から下り、道中離れることのなかった一子右衛門督清宗とも別々になると、いよいよの最後かと観念せざるを得ない。

戒たもたせたてまつり、念仏すすめ申す。大臣殿しかるべき善知識かなとおぼしめし忽に妄念ひるがへして、西にむかひ手をあはせ、高声に念仏し給ふところに、橘右馬允公長、太刀をひきそばめて、左の方より御うしろにたちまはり、すでにきりたてまつらんとしければ、大臣殿念仏をとゞめて、「右衛門督もすでにか」との給ひけるこそ哀なれ。公長うしろによるかと見えしかば、頸はまへにぞ落ちにける。　（同）

宗盛父子の頸は、三条河原で検非違使に渡され、三条大路を渡されたうえ、左獄門の樗の木にかけられた。「生きての恥、死にての恥、いづれをとらず」と言われた。かつて平家の大将として南都焼き打ちを強行した三位中将重衡も、一の谷で生捕りにされて伊豆の地にあったが、奈良に送られることになり、宗盛とおなじく東海道を西に連れられた。重衡は、京都に入らず山科から醍醐路を経て、木津川のほとりで、数千人の大衆の見守るなか、高声に念仏を唱えながら頸を切られた。京と鎌倉を結ぶ東海道の第一幕は、このように、源平の鬨の声とともに幕を開け、敗者の悲劇をそこここに記録しながら、騒然とした動乱のなかで、その幕をおろした。

ここまで触れないでいたが、実は、東海道も古代のそれと鎌倉時代のそれとでは、若干道筋を異にする。古代の東海道は、近江国野路から南下し、鈴鹿峠を越えて伊勢路から尾張に至るものであった。平城京に都したもっと古い時期は、木津川沿いに東行し、伊賀・伊勢国を通り、尾張を経由して東国に至ったものであろう。壬申の乱に大海人皇子（天武天皇）が経過した道である。大津で琵琶湖西岸を北行する古北陸道と別れ、琵琶湖東岸を美濃・信濃を通過して東国に至るのは、古東山道というべき道である。都が平安京に遷った後に、鈴鹿を越える脇道が、伊勢参宮道としての位置を得るとともに、古東山道―伊勢参宮道―古東海道をむすぶ東海道が成立したと思われる。「伊勢・尾張のあはひの海づら」（『伊勢物語』）を行った業平の東下りも、この道である。この東海道も、鎌倉時代に入ると、伊勢参宮道を経ずに、現在の東海道線の鉄路にほぼ近いものになっている。いまだ平安時代のうちであるが、菅原孝標の娘が、上総国から父親に従って都にのぼってきた道は、美濃から近江を経由しており、すでに両様の行路があった。京・鎌倉を結ぶこの東海道の旅行日数は、普通にして十二～十五日を要した。

三　遁世者の旅――『山家集』と『海道記』――

街道文学の意味を、文学ジャンルの名称として、紀行文学というように理解するなら、その濫觴となるべきものは、西行の旅である。西行は、廿三歳で出家した後、西国をめぐり、関東から奥州をまわる大旅行をするが、その間に一再ならず伊勢・熊野・吉野に出むき、異境の地に庵室も営み、最後に河内の弘川寺で七十三歳の生を終えている。彼における旅は、僧としての修行そのものであり、その旅を詠じた歌の数々は、紀行文学としてなったものではないが、その誕生への思想的背景をなすものであろう。

陸奥の国へ修行して罷りけるに、白川の関に留まりて、所柄にや常よりも月おもしろくあはれにて、能因が〝秋風ぞ吹く〟と申しけん折り何時なりけんと思出でられて、名残り多くおぼえければ、関屋の柱に書き付ける

白川の関屋を月の洩る影は人の心を留むるなりけり（『山家集』巻下）

西行の旅のあとを追って、まだ承久の兵塵のおさまらない貞応二年（1223）四月四日の早朝、檜の木笠をかぶり藁履をはいた五十がらみの僧が、噂に聞く新都鎌倉にむけて、京を後にした。白川わたり中山辺に住む遁世者というが、名は判然としない。

粟田口の堀道を南にかいたをりて、逢坂山にかかれば九重の宝塔は北の方に隠れぬ。松坂を下りに松をともして過ぎゆけば、四宮河原のわたりは、しののめに通りぬ。小関を打越えて大津の浦をさして行く。関寺の門を左に顧みれば、金剛力士の忿怒のいかり眼を驚かし、勢多の橋を東に渡れば、白浪みなぎり落ちて、流□の流れ、身をひやす。湖上に船を望めば、心興に乗り、野庭に馬をいさめて、手、鞭をかなづ。（『海道記』序）

瀬多の橋を渡り、田中の一筋の街道を歩んでいくと、近江盆地に富士に似た姿の三上山を眺めて野洲川を渡る。暁に都を出て、夕景には大岳（水口町大岡山辺）に至り、旅寝の宿をとる。

墨染のころもかたしき旅寝しついつしか家を出づるしるしに

行路は、近江国の南境たる山中で、いつか伊勢国になった。崖道は千丈の屏風の如く、峰の松風はいよいよ激しかった。薄暮、鈴鹿の関屋に至り、困憊の身を横たえる。鈴鹿川の奔流が、夜中枕下に響いた。

鈴鹿山さしてふるさと思ひ寝の夢路のすゑに都をぞとふ

山中を出ると、眇々たる水田。畔道のような街道をたどって、夜陰、市腋（弥富町）に至る。入海の浪が、月光に砕ける。暁に立って、津島の渡り。舟は、蘆の若葉を分けて進む。対岸に渡ると尾張国。京に似た市井の匂いが、もどってきた。いつか夕月がかかる頃になり、旅人の姿もまばらとなる。萱津宿（甚目寺町）に泊。萱津を立てば、鳴海の浦に大なる鳥居、熱田の宮の御前を過ぐ。荘厳たる社殿に、長夜の明暁を託す。朝の満々たる海面は、昼は一面の干潟となる。干潟を急ぐ人馬の足音に驚く蟹が、徒らに周章して命を落とす。煩悩愛着の思いは、蟹にもまさりてはかなし。

誰もいかにみるめあはれとよる波のただよふ浦にまよひ来にけり

山また山を越え、川また川を渡り、旧里をはるかに離れ、一人歩む。東を指して歩む人影は少なくはないが、それぞれの思いを胸に、黙々と孤独に進む。潮見坂という長坂に息をきらして漸くに過ぎると、宮道・二村の山中となる。同じ山、同じ松といえど、優雅の趣き、他に異なる。

今日過ぎぬ帰らばまたよ二村のやまぬなごりの松の下道

山中に一筋の流れ。丸木橋を渡る姿が、水面に映る。

参河国、雉鯉鮒ケ馬場（知立市）を過ぎ、数里の野原を分けると、幾筋の流れにかけた、八橋。杜若は、折りしも花の盛り、古人が乱れる物思いを託した八橋、その朽ちかけた橋柱に似て、今日都からの朽ち人が渡る。

住みわびてすぐる三河の八橋を心ゆきてもたちかへらばや

八橋に思いをかけて過ぎていくと、今度は宮橋。渡し板は朽ちて、八本の橋柱が、棒杭のように水面に立つ。夕景近くなるも、旅宿いまだ遠し。今夜の泊は、矢矧の宿（岡崎市矢作町）。矢矧の次は、赤坂の宿（音羽町）。さざめく街に遊女の嬌声。遊君に愛着した古人は、奔然無常の理をさとって家を出、異国の地に没した。円通大師と遊君と、ともに大なる善知識。都塵に追われた老僧は今、旅泊のわびしさをかみしめながら、過ぎる。赤坂宿を発てば、またも遥かな原野の道、本野が原を分けて、豊河の宿（豊川市）に着く。まだ月光の輝く深夜に立ち出で、悠然たる大河を渡る。

知る人もなぎさに波のよるのみぞなれにし月のかげはさしくる

はるばると続く峰野の原を、曙光のなかに進む。高志山にかかり、岩角を踏んで山地を越える。山中の流れが境川、これより遠江国。山道を南に下りつつ見くだせば、遥かに青海浪々として開ける。塩屋には煙が薄くなびき、浦の景趣がひとしお心を慰めた。夕陽のなか、橋本の宿（新居町）に着く。浦の松風、巌を洗う波、夜舟の棹の音、目覚めがちな夜を明かし、見知らぬ旅友にいざなわれて、早朝の旅宿を出る。浜名の旧橋、潮は足下を逆流して動く。

橋本やあかぬわたりと聞きしにもなほ過ぎかねつ松のむらだち

橋の渡しより行く〳〵顧りみれば、舟の跡の白波はしきりに名残りの思いを誘い、路の青松は、歩む裾を引きとどめる。北を見れば湖上遥かに波立ち、西に望めば潮海が雲を境にする。湖海の味わいは、なにとなく異なる。浜松の浦（浜松市）、長汀延々と続き、砂が深い。海浜に吹く松風に送られるように、廻沢の宿（舞阪町）を過ぎ、池田の宿（豊田町）に至る。

四日に都を発って、もう十二日。朝の暗いうちに出て、天中川（天龍川）を渡る。水の面三町（三〇〇m余）の大河で、流れ早く、波も高い。棹もままならず、漸くに対岸に渡る。上野の原は、千草万草の緑が重なる。野原の中を過ぎていくと、事任という神社（日坂八幡宮）、社前に額づいて感応を祈る。神社の前の小川を渡ると、小夜の中山（掛川〜金谷の峠）にかかる。山口を暫く登ると、右も左も深い谷。群鳥の囀りを足下に聞きながら、山を越える。

分けのぼるさやの中山なかなかに越えてなごりぞ苦しかりける。

草の命を菊河の宿（金谷町）に養う。旅宿の柱に、故中御門中納言宗行卿の墨跡。承久の乱逆に遭遇、思わざる東下の旅宿に、薄命の思いをのべる。墨染めならぬ袖も、涙に濡らす。

心あらばさぞなあはれとみづくきのあとかきわくる宿の旅人

播豆蔵の宿（島田市初倉）を過ぎて、大井川を渡る。川中に幾つもの渡り。烈風に、煙のように砂が立つ。笠を傾けて駿河国に入り、藤枝の市（藤枝市）を通る。岡部の里を過ぎて行けば、宇津の山（岡部〜宇津ノ谷の峠）にかかる。森々たる林を分け、峨々たる峰を越え、苔の岩根・蔦の下路を踏む、嶮難の道。

立ちかへる宇津の山臥ことづてんみやこ恋ひつつひとり越えきと

雲より雲に入る、昨日今日の山路。手越の宿（静岡市）に泊る。

十三日。野辺を遥々と過ぎていく。野辺の梢は新緑だが、遠く雪白き山が、甲斐の白根。宇度の浜（静岡～清水の海浜）は、波の音・風の声、まことに心澄む思い。浜の東南に霊地の山寺、叡山中堂の儀式に似る伽藍の名は久能寺（静岡市根古屋）。数百歳の星霜、三百余宇の僧坊。江尻の浦（清水市）。南はただ沖の海、北は欝々たる茂松。遥かに見わたして過ぎ、清見が関（清水市）に至る。磯の道を、波に洗われながら進めば、濁る心も洗われるよう。関屋に跡をとえば、答えるはただ松風の声。

語らばや今日みるばかり清見潟おぼえし袖にかかる涙は

興津の浦（清水市）。塩竈の煙がかすかに立ち、辺宅に小魚を干す。波の寄せ引く隙をうかがって岫が崎（興津町）を通る。大和多の浦の沖合に、ただよう小舟。湯居の宿（由比町）を過ぎると、千本の松原（沼津市）。遥かに続く砂浜と松の光景。蒲原の宿（蒲原町）に着き、菅菰の上に倒れ臥す。

十四日。富士川を渡る。川底の石を動かす急流、老馬の智をたのむ。浮島が原（沼津～富士の低湿地域）は、野中の一筋の道。人煙、絶えてまた立つ。富士の山は、都で聞いた通り、中天にそびえ、頂きより細煙をのぼす。

いくとせの雪つもりてか富士の山いただき白きたかねなるらむ

車返し（沼津市三枚橋町辺）は嶮岨の行路。馬でかろうじて過ぎ、木瀬川の宿（沼津市）に至る。宿の柱に、宗行卿の遺詠〝今日すぐる身を浮島が原に来てつひの道をぞきき定めつる〟。

十五日。木瀬川を立って、遇沢の原は、何里とも知らず遥々と続く野原。光親卿・宗行卿そして有雅卿、いずれもこの野原の露と消えた。

思へばなうかりし世にもあひ沢の水のあわとや人の消えなん

夕景せまり、足柄山の山口、竹の下（小山町）に泊。四方高い山にかこまれ、一筋の流れが谷に注いでいる。翌朝、林中の丸木橋を渡り、足柄の山中に分け入る。岩壁に手をかけ、木の根を便りに、山を登る。山中に馬返しの難所。

秋ならばいかに木の葉の乱れましあらしぞおつる足柄の山

山を越えれば相模国。関下の宿（南足柄市関本）を過ぎると、遊君が袖を引く。逆川の宿（小田原市酒匂）に泊。後方は一面の竹林、前面は際限のない汀。

十七日、いよいよ鎌倉。大磯の浦・小磯の浦を、はるばると過ぎ、相模川を渡る。懐島（茅ケ崎市）に入り、砥上の原（藤沢市）に出て、片瀬川を渡る。川口に一峰の孤山あり、山中に霊社あり、江尻大明神（藤沢市。江島神社・江島弁天とも）という。

江の島やさして潮路にあとたるる神はちかひの深きなるべし

腰越（鎌倉市）という平山を通り、稲村が崎を過ぎる。岩のはざまを伝って行くと、浪が花のように散りかかった。夕刻、湯井の浜（鎌倉市由比ガ浜。稲村ケ崎～材木座・飯島崎の海岸）に着く。数百の舟が纜《ともづな》をつなぎ、数千の家が軒を連ねている。若宮大路（鶴岡八幡宮の参道。八幡宮～由比ケ浜の直線大道）を経て、宿所に至った。深夜目覚めて、旅宿の外に立ち出でて見ると、月光は西方に傾いている。

思ひやる都は西にありあけの月かたぶけばいとどかなしき

四日に都を発ち、十七日に鎌倉に至った、隠遁者の旅が、なにを求めてのものであったのか、明らかにしていない。頼りにしていた人は、逆に京に上って逢えず、この際いっそ有願の道にとの思いもあったが、嬰児のごとくに慕い待つ老母を思って、僅か一旬の滞在で鎌倉を去り、帰途の道についた。西上の旅は、記録していない。彼にとってのこの旅の記録は、旅程の景趣を述べたものでもなく、人の興趣のために書いたものでもなく、出家入道の身の悲しみに催されて、ただ〝愚懐〟のためにこれを記したという。〝愚懐〟が表現された時に、なぜ東下の旅の記録になるのか、彼は「我にあらずば我が志を悟るべからず」と述べるだけである。彼の〃愚懐〃の内実も興味あることではあるが、今はさておき、作者の心が旅の記録において表現されたという意味で、まさに街道文学と言い得べき作品の誕生である。

四　閑人の旅――『東関紀行』――

みずからの心の表現として『海道記』を記述した隠遁者の旅から十九年の後、後嵯峨天皇の仁治三年（1242）、京都から鎌倉への旅の記録を残した人がいる。その人の名も確かには不明であるが、自分では東山辺に住む閑人と述べている。百歳の半ばに達したその閑人が、思わざることで東下の旅に出ることになった。八月十日あまりの仲秋の頃である。

東山のほとりなる住みかを出でて、逢坂の関うちすぐるほどに、駒ひきわたる望月の頃も、やうやう近き空なれば、秋ぎりたちわたりて、深き夜の月影ほのかなり。（『東関紀行』）

まだ夜の闇のうちに関山・打出浜・粟津の原を過ぎ、瀬田の唐橋にいたる頃、東の空が明るみ始めた。曙光の中に、湖水はるかに見わたされ、ただよう小舟が、まことにはかなく心ぼそい姿であった。

草原の朝露に濡れながら、野路（草津市）を過ぎ、篠原（野洲町）にかかる。十九年前の先人は、南に鈴鹿峠を越えたけれど、仁治の閑人は、琵琶湖東岸に沿って進む。篠原宿の家居もまばらで、昔の賑いの面影もない。

行く人もとまらぬ里となりしより荒れのみまさる野路の篠原

鏡の宿（竜王町）に心引かれながらも通りすぎ、夜、武佐寺（近江八幡市武佐に所在）という山寺に泊。あばらなる宿に吹き入る秋風の寒さが、夜が更けるとともに身にしみる。笠原（守山市）の野原を進んで行き、こんもりとした森を過ぎる。杉の下露が霜の白さに変わるのも間近で、おもわず我が鬢の白さを思う、老蘇の森（蒲生郡安土町。老蘇神社所在）。音に聞いた醒が井（米原町）は、陰も暗い樹の根元から、清冽きわまりない清水が湧き出でて流れている。余熱の候、往還の旅人は立ちにくげである。

道のべの木陰の清水むすぶとてしばし涼まぬ旅人ぞなき

柏原（山東町。伊吹山南麓）という所を過ぎ、美濃の関山（不破関が所在）にかかる。谷川の水音が霧の底に聞こえ、薄暗い木の下道は、まことに心ぼそい。山を越えると、不破の関屋（関ケ原山中から大野町辺）。萱屋の朽ちた板庇に、ただ秋の風。株瀬川（杭瀬川。大垣市）という所に至って泊。

夜更け、川端に出て見れば、仲秋の月光が、澄みきって川面を照らしている。萱津の東宿の殷賑。鈴鹿を越える道と、ここで一緒になる。今日は市の日、往還の人々が、手ごとに土産を持つ。尾張国に入り、熱田の宮に至る。森の梢に数知れずとまる鷺の群れ。暮れていくとともに鳴声が、心すごくひびく。この宮を発つと、浜路。有明けの月明の中、千鳥の鳴き声とともに歩む。まだ暗いうちに二村山の山中に入る。山を越えた頃、東の空が白んで、浪も空も一つになった遥かな海原に、山路が続くように見える。

玉くしげ二村山のほのぼのと明けゆく末は波路なりけり

古人が乾飯の上に涙を落としたという八橋は、稲穂の波。宮路山（音羽町と御津町の境をなす山）を越えて赤坂の宿。聖の道に導いた遊君の故事、今に胸を打つ。本野が原は、一面の笹原の中に踏み分ける道。泰時が植えさせた柳が、木陰とまではいかないが、道しるべとなって立っている。豊川の宿は、近頃通じた渡津の今道（豊橋市。豊川河口の志賀須賀の渡しで渡河）が本道となり、家居も寂しくなりつつある。

三河と遠江の境にある高師山。山中の谷川の水音が激しい。音に聞いた橋本の宿。南の潮海には漁舟が波に浮かび、北の湖水には人家が岸につらなっている。松風のひびき、波の音。深夜、あばらなる軒に月光がさしこむ。遊君の吟誦の声、〝夜もすがら床のもとに青天を見る〟。湖に渡した橋が、浜名の橋、名残多し。舞沢の原は、海の浜近く、白い真砂の間に松が生え続き、所々に草の庵。草原の中に、御堂は朽ちて木像の観音のみが立つ。鎌倉にくだる筑紫人が、願がけして建立したという。天龍の渡しは川深く流れも早いが、人心のけわしさに比べればとも思う。遠江の国府、今の浦（磐田市見付の南方）に宿を借りて、一日二日とどまる。小舟で逍遥、浦の姿は名残り多い橋本の宿に似る。

小夜の中山は歌に名高いが、まことに心ぼそい所。北は深山で松杉を打つ嵐が激しく、南は野山で露が深い。谷より峰に通う道、雲に分け入る思い。

踏み通ふ峰のかけはしとだえして雲にあととふ小夜の中山

かろうじて越えて菊川。十九年の先人が感懐あらたにした宗行卿の墨跡は、焼け落ちて形見さえない。通り過ぎて少しのぼると見えた、大井川の堤。はるばると広い河原の中に、幾筋もの流れ。前島の宿（藤枝市。大井川東岸）を発ち、岡部の今宿（岡部町）を過ぎるあたり、木陰に寄って乾飯を取り出す。頭上の梢に嵐の声すさまじ。宇津の山、つたかえでの繁茂する山中、道のほとりに札を立て、無縁の世捨人が住む。庵から間もない峠の朽ちかけた卒塔婆に、数首の歌。我もまたいささか書き付く。

我もまたここをせにせん宇津の山わけて色あるつたの下露

ある木陰に、石を高く積んだ塚。聞けば、梶原の塚という。栄枯盛衰の思いが深い。清見が関は、過ぎかねて暫しやすらう。潮干にあらわる沖の石、磯の塩屋に煙たなびく。興津の浦、海面の家に宿る。

身にふりかかるかと思う波の音に、まどろむ間もなく暁の宿を出る。荒磯の岩のはざまを潮干に通過。田子の浦に出て、富士の峰を仰ぐ。山姿青く、天に聳える。浮島が原の沼は、空も水も一つにあくまで青い。千本の松原、なぎさ近く松陰がはるばると続く。伊豆の国府、三島明神（延喜式内社、伊豆国一宮）を参拝、神さびた社前に額づき、箱根の山にかかる。岩に岩を重ね、駒の足もなづむ。山中に湖、箱根の湖とも葦の海とも。山を越え、湯本（箱根町。箱根山地を流れる早川と須雲川の合流点）に宿る。山下ろしの風激しく、谷川の水みなぎり落ちる。湯本を立ち、鎌倉に入る。俄に降り出した雨に急がされ、大磯・江の島・もろこしが原など、見とどむる暇もない。暮れかかるほどに鎌倉に着き、下賤の庵を借りて宿る。

鎌倉に在る間、市井をめぐって心をとめたが、文には暗く武にも欠ける身が、住み果てる地でもない。日を経るままに京の都のみ恋しく、急用あって東の都を発つ。十月廿三日の早暁、所懐をいささか宿の障子に書きつけた。

なれぬれど都をいそぐけさなればさすが名残の惜しき宿かな

身は朝にありて心は隠遁の境にあったという閑人の旅は、いったいなにであったのか。舞沢の原の木像観音に、このまま明神の社前に、箱根権現の社殿に額づく時、この旅人はなにかの願いを託している。三島明神の社殿を去る時も、「かぎりある道なれば」と、心を残しながら立っている。文武の道にも欠け、「つひに住み果つべきよすがもなき数ならぬ身」で、ふたたび帰京の途についている。彼においての「雲をしのぎ霧を分けた」十余日の旅は、ただ東の都に至るための「はるばる遠き旅」であった。彼がはるばる東の都に託したものの内実は不明ながら、貞応の先達における旅が、彼の人生の旅であったのとは、まったくことなる。旅の記録がその心の表現であった先人に対して、いま仁治の旅人の記録は、いったいなにであったのだろうか。彼は、

目にたつ所、心とまるふしぶしを書きおきて、忘れず忍ぶ人もあらば、おのづから後のかたみにもなれとてなり。

とのみ述べている。先人がひたすら〝愚懐〟のために筆を執った思いから見れば、意識は後退していると言わざるを得ない。

五　阿仏尼の旅──『十六夜日記』──

建治三年（1277）冬十月十六日、東山に住む閑人がたどった同じ道を、今度は一人の女人が歩んだ。彼女は阿仏尼、鎌倉公家歌壇の中心・為家の妻であった女性である。夫為家は二年前に薨去、五人の子供をかかえて寡婦となった阿仏尼は、これも百歳の半ばを過ぎた老母である。彼女が、この歳になってなぜはるばると辛苦の旅に出たのか。その理由は、あまりに明瞭。為家の死後、その遺領である播磨国細川荘の領有をめぐって、為家の嫡子為氏（阿仏尼は継母）と係争が生じ、その解決を鎌倉に訴えるために、東下の旅に出ざるを得なかったのである。

あらしにきそふ木の葉さへ、涙とともにみだれ散りつつ、ことにふれて、心ぼそくかなしけれど、人やりならぬ道なれば、行き憂しとてもとどまるべきにもあらで、なにとなくいそぎ立ちぬ。

（『十六夜日記』）

彼女の旅は、心のはずまない旅だった。折しも降り始めた冬の時雨のように、冷たく沈んだ旅だった。ともすれば心弱く迷う心を、ふり払うように発った旅だった。

粟田口（京都市粟田口町）から車を返し、とぼとぼと東に向かう。鏡の宿に着く予定が、暮れはてて守山（守山市）泊りになったのも、老女の足のせいだろう。月の光の残る曙に宿を出て、野洲川（古くは安河。鈴鹿山中から琵琶湖に流入）を渡る。深い霧の中、駒の足音だけがひびく。十七日の夜は、小野の宿（彦根市）に泊。ここは御子左家相伝の吉富荘（小野荘とも。彦根市小野辺に所在）のあるところだが、老女は何故か触れない。醒が井は、夏ならばまことに行き過ぎかねる。美濃国、関の藤川（藤古川とも。伊吹町藤川から不破関西側を流れ、牧田川に合流）を渡るにも思う。

わが子ども君につかへんためならでわたらましやは関の藤川

関のあたりから、雨がしとしとと降りしきる。日も暮れはてて、笠縫の駅（大垣市）に泊。降り続く雨にぬかるみ、水田の中を歩む。洲俣川（墨俣川。墨俣より下流の長良川の称）は浮橋。熱田の宮は避けられぬ道、社前に額づく。

いのるぞよわがおもふことなるみ潟かたひくしほも神のまにまに

鳴海の潟は、潮干のほどに難なく通過、二村山の遠い山野を越えゆくに、日はとっぷりと暮れ、八橋にたどり着く。橋の姿も形も、夜の闇の中。

廿一日、八橋の宿を立つ。よく晴れた山野は、紅葉が濃い。山の名は宮路山。阿仏尼の母が平度繁と再婚、母に連れられて、継父の任地遠江国にくだった、若い時の経験がある。風景もなにとなく、記憶をたどるようなところがあった。

待ちけりな昔もこえし宮路山おなじしぐれのめぐりあふ世を

高師山を越えて、海浜を通る。浦風激しく松風すごし。浜名の橋から見わたすと、かもめという鳥が無数に飛びちがっている。引馬（浜松市引馬坂）に宿り、旧知の人々と会う。懐旧のなみだのうちに故人のおもかげが浮かぶ。天龍の渡を舟に乗り合って渡る。今宵の宿は、遠江国見附の国府（磐田市。今ノ浦川上流）。廿四日昼、小夜の中山を越える。大井川は、水が涸れて難儀なく渡るが、増水の頃は思いやられた。宇津山の山中、旧知の山伏に会う。「いとめづらかに、をかしくも、あはれにも、やさしくも」覚えた。手越の宿、ようやくに旅宿を見つける。

廿六日、藁科川（静岡市。山崎新田で安倍川に合流）を渡って、興津の浜。昼間、疲れて暫く旅宿に休息。暮れかかるほどに清見関を過ぎ、海近い里人の家に宿を頼む。終夜、風荒れて、浪は枕上にさわぐ。富士の山は、立ちのぼった煙も今は絶えている。早朝に富士川を渡る。冬の朝の川水、ことさらに冷たい。伊豆の国府に泊り、夕景、三島明神に参拝する。

あはれとやみしまの神の宮柱ただここにしもめぐりきにけり

まだ夜の闇のうちに、箱根の山中にかかる。険阻な山道をのぼりくだる。かろうじて越えると、早川という急流。湯坂（湯本から箱根権現に至る山道）から浦伝いに進む。暗闇のなかを丸子川（酒匂川の古称）を渡り、今宵は酒匂の宿。廿九日、有明けの浜路をはるばると歩む。月明に数多見えた釣舟の姿が、朝霧のなかに隠れてしまった。

あま小舟こぎ行く方を見せじとや浪に立ちそふ浦の朝霧

阿仏尼が居を定めたのは、極楽寺（真言律宗、霊鷲山感応院）の地内、日記は月影の谷という所だとしている。後ろ髪を引かれる思いでも京を離れざるを得なかった老尼だから、鎌倉の地に着いても安閑として落ち着いていられなかった筈だが、都の縁者との音信をひたすらに書き記すのみで、長旅が目的としたことの活動はなにもない。ただ鎌倉の為政者に思いを託したらしい長歌が、見えるだけである。長歌は、鎌倉の地に無為に過ごす間、故郷の家は朽ちはてて、歌の家もまた滅び果ててしまうことを訴えている。老尼の訴訟に正義の断を下すことが、歌の家を守る善政のように、訴えている。係争の相手である為氏も、阿仏尼の旅から一年半の後に、同じく鎌倉に下っているから、尼の訴えになにがしかの働きがあったことは確かのようだが、事態は好転することはなかった。滞在四年の後に、尼は虚しく西上の旅にのぼる。帰京三年後の弘安六年（1283）の春夏の頃、八条坊城の市井に没した。ただ鎌倉への途次にすぎず、旅の始めの時雨のように暗欝でのみあった旅の記録が、彼女にどうして必要であったのか。老尼の心がはかれない。

六　都を離れる旅――『とはずがたり』――

それから十年余り、失意の老尼が京に帰ってきた道を、これまた涙とともに東下していく女人の姿が、見られた。正応二年（1289）二月の廿日あまり、関の清水（大津市。逢坂越に所在）に今を盛りに咲く桜にも劣らぬとは言いかねるが、いまだ散りはてぬ花の姿。至上の君の寵愛に九重を馴らした女房、後深草院二条の旅の装い。三十二歳の成熟した女人の旅もまた、わかりにくい。

暮れるほど、鏡の宿に着き、遊女達の一夜の契りを求める声々に、憂き世のならいを身に覚える。暁鐘にすすめられるように出立、日数を経て美濃国赤坂宿に至る。若い遊女姉妹の所作が思わずに優雅で、琴・琵琶の音に昔を覚え、とめどなく涙をおとす。姉とおぼしき遊女が、女人の涙をあやしんで、小折敷に歌を添えてよこした。

思ひたつ心は何のいろぞとも富士の煙の末ぞゆかしき

（『とはずがたり』巻四）

心を残しながら立つ。八橋は、水ゆく川もなく橋さえもない。熱田の社は、父雅忠が祭のたびに娘の幸を祈って奉納した社。いま東国にさすらっていく身には、神のうけぬ祈りと知られて、ひとしお悲しさもやる方ない。今宵はこの社に泊。ならわぬ旅に足は進まず、すでに三月の初め、神垣の桜が夕月夜に匂っている。

春の色もやよひの空になるみ潟いまいくほどか花もすぎむら

七日参籠して出立、鳴海の潮干潟を行きつつ見返れば、霞の間より朱の玉垣が見える。清見が関の砂浜は月明の白妙のごとく、浮島が原に富士を仰げば高峰に雪が深い。宇津の山は、蔦・楓も見ないうちに、すでに越えていた。

言の葉も繁しとききし蔦はいづら夢にだにみず宇津の山越え

伊豆の国三島の社では、少女の舞いちがう姿に、夜もすがら居明かし、鳥の音にもよおされて出立、都を出て月余で江の島に着く。漫々たる海の上に浮かぶ島の岩屋に泊。立ち出でて見ると、雲の波煙の波も見え分かず、月明あくまで明るく、背後の山に猿声がひびく。化粧坂（鎌倉七切通の一）を越えて鎌倉に入る。東山から京を見ると違って、階のように人家が重なる。由比の浜に大きな鳥居、はるかに若宮の御社（鶴岡八幡宮）が見える。源氏の家に生まれて、頼みをかけるべき御社ではあるが、いかなる報いにこのようにさすらう身になったかと、思いを胸のうちに社殿に参る。大蔵の谷（鎌倉市雪ノ下。鎌倉幕府の所在地）近くに宿をとり、道中の苦しさをしばしいたわる。

四月の末より同行の知人が病み、我が身もまた続いて、二人ながら何の治療もできず、ただうち臥したままで、月日のみむなしく過ぎ八月になった。十五日、鶴岡八幡宮の放生会、都の様も思い出されて見物に出る。それからいくほどの日数も経ず、将軍惟康親王が廃されて都にのぼる。あやしげな張輿を筵で包んださま、目もあてられず。丑の刻の出立だが、宵よりの雨が粛条として闇の中で降り続いている。替りの将軍には後深草院の皇子が東下との噂、将軍御着きの日は、若宮小路は所もなく立ち重なり、御輿の様など、雲居の昔が思い出されて、そぞろ懐かしく覚えた。ようよう年の暮れになるとともに、縁につながる人の心も思いのほかのこともあり、誘われるままに武蔵国川口（埼玉県川口市）に下り、二月十日あまり、連れられて善光寺（長野市元善町。天台・浄土兼宗）に参詣、宿願の志を述べて一人残り、参籠に日数を経た。秋になって武蔵国に帰り、武蔵野の野をはるばると道を分けて、浅草の御堂を尋ね、隅田川の川霧にしばし懐旧、都にも帰り上ろうと、再び鎌倉に入る。九月十日あまり、朝日とともに鎌倉を発つ。ほどなく至った小夜の中山。西行が〝命なりけり〟と詠じたのも、思い出されて、

越えゆくも苦しかりけり命ありとまた訪はましや小夜の中山

都に着いたのは十月の末、二年も数えようかという放浪の旅であった。

都に帰った二条は、程なく南都への旅に立ち、奈良で年を越して翌年二月、都への帰途、石清水八幡（京都市八幡町）に参る。馬場殿御所の前で召し入れられ、思いがけない後深草院との対面。面影を袖の涙に宿し、魂は御山に残して立ち出づ。席を暖める閑もなく、鎌倉よりの帰途にできなかった、宿願の法華経全巻の写経をはたすべく、熱田宮に参籠もするが、夜中ばかりに社殿炎上に遭う。やむなく津島の渡り（愛知県津島市。木曽川下流）から大神宮に至った。内宮（伊勢皇大神宮。天照大神を祀る）に七日参籠の後、二見の浦（五十鈴川の河口、度会郡二見町の海岸）を経て熱田に帰り、造営の槌音のひびく中で法華経の残り三十巻の写経を終えて、都に帰る。

初めての旅であった鎌倉への東下をはじめとする彼女の旅は、いったい何なのであろうか。都にもどりまた都を発つ旅の様は、都を離れようとして再び都に呼びもどされる心のたゆたいのようである。都への思いは、それは離れようとして離れ得ない、後深草院への愛執の思いである。だから、彼女の旅は、旅を楽しむでもなく、旅情に心を慰めるでなく、泣きながらとぼとぼと歩み続けるような、そんな旅であった。その後、時を経て、伊賀越から再度の大神宮参拝。また高倉先帝の跡を尋ねて西国厳島の旅に、四国の松山・讃岐なども巡って帰京、東二条院（後深草院中宮公子）御悩の噂を聞く。嘉元二年（1304）正月に女院逝去、その七月、今度は後草院崩御。遺体はすでに二条殿に移り、人気のない伏見殿の庭前に、言葉もなく呆然と一夜を明かした。

くまもなき月さへつらき今宵かな曇らばいかに嬉しからまし

墨染の衣に女房の衣をかづき、素足で葬送の列を追う。悲しみに耐えず天王寺に参っても、四十九日になればまた都にもどり、伏見殿の仏事にまた涙を流す。日記の最後も、故院の三周忌の仏事を聴聞する場面である。彼女の旅は、旅にあって旅にあらず、心ここにあってここにあらざる旅であった。「西行が修行のしき羨ましくおぼえてこそ思ひ立ちしかば、その思ひをむなしくなさじばかりに」書き続けた、旅の記であった。

参考文献

『万葉集大成21・風土篇』平凡社　昭30。
藤岡謙二郎『都市と交通路の歴史学的研究』大明堂　昭42。
豊田武・児玉幸多編『交通史』（体系日本史叢書24）山川出版社　昭45。
久松潜一監修『万葉集講座』（第二巻・思想と背景）有精堂　昭48。
藤岡謙二郎編『日本歴史地理総説』（古代編・中世編）吉川弘文館　昭50。

福田秀一・プルチョフ．ヘルベルト編『日本紀行文学便覧』武蔵野書院　昭50。
藤岡謙二郎『古代日本の交通路』（Ⅰ～Ⅳ）大明堂　昭53～54。
足利健亮『日本古代地理研究』大明堂　昭60。
坂本太郎『古代の駅と道』（坂本太郎著作集8）吉川弘文館　平成1。

初出一覧　※必要に応じて加除・修正などの変改あり。

Ⅰ編　後宮

第一章　後宮　本書初出
第二章　女房と女官　（「平安中期の女房と女官」、『源氏物語と紫式部』風間書房、平13）
第三章　尚侍　本書初出
第四章　典侍　（「典侍考」、「風俗」17ノ4、昭54）
第五章　内侍　本書初出
第六章　命婦　（「命婦考」、『平安時代の歴史と文学・文学編』吉川弘文館、昭56）
第七章　蔵人　本書初出
付　章　女房名をめぐって　本書初出

Ⅱ編　俗信

第一章　物忌　（「平安中期の物忌について」、古代学協会「古代文化」23-12、昭46）
第二章　方忌　（「方忌考」、秋田大学教育学部「研究紀要」23、昭48）
第三章　方違　（「方違考」、「中古文学」24、昭54）
第四章　触穢　（「触穢考―平安中期の状況―」、『講座平安文学論究11』風間書房、平8）
第五章　卜占　（「平安時代の卜占」、京都女子学園仏教文化研究所「研究紀要」14、昭59）
第六章　相と夢　本書初出

第七章　俗信　（「禁忌・俗信」、『源氏物語とその時代』おうふう、平18）
付　章　『源氏物語』の〝罪〟について（京都女子大学宗教・文化研究所「研究紀要」二号、平1）

Ⅲ編　地理

《女房日記の地理》

第一章　『蜻蛉日記』の邸宅　本書初出
第二章　『枕草子』の邸宅　（「枕の草子の邸宅」、『王朝文学の建築・庭園』竹林舎、平19）
第三章　『和泉式部日記』の地理　（「和泉式部日記の地理」、『論集　日記文学』笠間書院、平3）
第四章　紫式部越前往還の道　（「紫式部越前往還の道」、『紫式部の方法』笠間書院、平14）
第五章　『更級日記』の旅と邸宅　本書初出

《旅と山越えの道》

第一章　稲荷山周辺
　木幡山越え　（「木幡山越え」、「朱」41号、平10）
　稲荷詣の道　（「稲荷詣の道」、「朱」44号、平13）
第二章　東山周辺
　山麓の道　（「東山山麓の道」、『古代中世文学論考』新典社、平13）
　大和大路　本書初出
第三章　水無瀬　（「水無瀬」『王朝文学の本質と変容―散文編』和泉書院、平13）
第四章　志賀の山越え―比叡山の道々―　本書初出
付　章　街道文学　（「京と鎌倉を結ぶ街道文学」、『京の歴史と文化2』講談社、平6）

索引

あとがき

昨年（平19）の八月十二日に、東京で「小西甚一先生を偲ぶ会」という会があった。その冒頭、一分間の黙禱の間に、去来する思いがあった。社交性はなはだ欠如の私にとって、先生は、ほとんど唯一の恩師だった。初めて職を得て、秋田の地に赴任する挨拶に伺った時、「アフターケアーの責任があるから、十年に一度くらいは出て来るように」と、先生らしいお言葉を頂いた。ささやかな著書を出版する度に、近況報告を兼ねてお送りさせていただいたが、ついぞ礼状などを頂くことはなかった。師たるもの、弟子に礼状など書かないものだと思っていたら、『歴史物語の思想』（大阪大学で学位を受く）を、勤務先の研究叢刊の一として公刊した時に、図書館長から「偉い先生から礼状が来たよ」と、驚いて連絡がきた。先生が、不肖の弟子の刊行に謝意を述べられたものだった。先生一流の親心だった。先生にとっては数多い弟子の一人だけれど、私にとっては、たった一人の先生だった。黙禱の間にそんなことを考えていたら、先生とのご縁を、私なりに残したいという感情が湧いてきた。

先生とのご縁の最初は、ちょうど大学院に入ったころ、一年間、文献考証の講義をされ、その理論に基づいて、各自の分野で具体的な検証をしてみるように言われた時に、ふと思いついて、角田文衞先生の「紫式部本名香子説」について、考証論文としての問題点を整理してみたのが、初めだったと思う（「言語と文芸」に報告）。角田論文の前提が、紫式部内侍説だけれど、それより、彼女が「内侍」という官女身分を持つかどうか、これは、本名問題を超えて、彼女の文学に結びつく要素の問題と感じた。「国語と国文学」に投稿して、「女房と女官」なる報告をする機縁にもなった。有精堂の雑誌で、皆まだ若かった三谷邦明・藤井貞和・長谷川政春などの諸氏と、『源氏物語』に関する座談会の機会があったが、「行って来い」と命ぜられたのも、先生だった。本書のⅠ編「後宮」は、このように、小西先生との思わざるご縁から出発している。結局は、私だけの感情であるが、この世に記念として残すなら、この課題かなと考えた。

出身の大学では、学科の学生研究室は、まったく図書館分室のような状態だった。ある時、片隅に五十㎝四方ほどの黒塗りの櫃があるのに気付いた。何かと思って覗いてみたら、金文字で御堂関白記と記してあった。「えっ、あの道長の？」と思いながら開けてみると、まさしく、具注暦をそのまま復元した巻物の『御堂関白記』だった。これが藤原道長の字そのものだと思うと、鮮烈な感動を覚えた。こんなところにただ遊ばしておくのは勿体ないというので、級友だった犬井善寿君などと、巻物を目前に広げながらの輪読会を、定期的に持った。その時に気付いたのが、時々上方欄外に見える「御物忌」という朱書だった。見ているうちに、これは天皇の物忌日らしいと分かり、しかもそれは、たいてい二日連続で指定されていることも分かった。具注暦全体を写真に撮って、全体的な整理をして、京都の「古代文化」という雑誌に投稿した。これが縁となって、その後、方忌・触穢などというようなことを考えるようになった。本書のⅡ編の内容である。指導教官であった鈴木一雄先生には、「陰陽道などに足を突っ込むと早死にするぞ」と冷やかされたが、もういつ死んでも、早死にと言われない年齢になってしまった。

最初の任地であった秋田の大学に行った頃から、作品の地名についてのデータを、採り始めた。カードにいちいち手書きで採っていくのだが、漠然とであるが、いつかこれをもとにして、のんびり散策するようなことをしたい、そんな感情があった。Ⅲ編は、遅延に過ぎたたどたどしい報告の一部である。秋田に赴任する直前に、鎌倉時代の箱根越のルートを辿ってみるようなこともした。一人で、未知の町や山中を彷徨したり、そんな寂寥の旅に、なにか生の感情を覚えた。秋田を二年で辞めて、縁あって京都に勤め先が変わり、最初に行ったのが、今から思えば如意越の道だった。その頃、志賀越の道にも気持が誘われて、山中町側と志賀寺側とそれぞれ探索を試みたけれど、どうしても道が辿れない。灌木の茂みが葉を落とした正月休みに、志賀寺から再度の挑戦をした。それでも道が途切れてしまい、斜面の上のドライブウエイでは車の音がするし、とにかくあそこまでよじ登ってやろうと、斜面を這うように登っていたら、僅かに人口的な土の部分を見つけた。それを辿っていくと、ドライブウエイの下をくぐる志賀峠のトンネルに達した。思いがあれば叶うものだと感動したものだが、「志賀の山越え」でも記述したように、これは、近世の山中越であることは確実だけれど、平安の志賀越とは違うのではないか、という気もしている。勤め先の大学は、紀貫之が泉の水を手に結んだ、たとえば、道綱母の養女となった少女が越えた、あるいは、六波羅・法住寺といった平安末期の歴史の舞台に近く、通勤しながら楽しむことが出来た。振り返って見れば、案外運の良い人生だったかなと思うこともある。最終章の「街道文学」は、研究報告とは言い難いが、思い入れの深い記述である。ご海容をお願いしたい。定年になったら、「明日は勤め先に……」ということは無いので、ゆっくり東海道を歩いてもというような思いもあったが、いくつかの理由でそれは覚束ない。校正をしながら、古人と共に旅をしているような感懐を持った。旅は、どこか人生そのものを感じさせる。

小西先生とのご縁を、私自身の人生とも重ねて、ささやかな痕跡を残したいと思って始めた作業であったが、実のところ、予想以上に手間暇がかかった。道楽のように手を染めた分野も、若い緻密の頭脳によってかなり研究が進行したところもあるし、私が素朴にまとめた報告よりも、さらにそれ以前に清新にまとめられた考察があったことを今頃になって知ったりもした。全体的なまとまりのために、旧稿の間を埋めるために設定した課題が、気持の焦りと老耄のために、どうしてもすっきりした形にならなかったり、不本意に思うことが多かった。実際に、これは研究報告になるのかな？　下手な解説の寄せ集めではないの?と、我ながら失望気味の気分になって、せっかく思い立ったけれど、陽の目を見させないことの方が、潔い態度ではないかと思ったりもした。けれど、やはり世に出しておきたい。あの黙禱の間に、折角思い立ったことだからというより、私にとっては、これが出発点になるという感情でもあるからである。玉上琢弥先生が、晩年、想定された光源氏の六条院邸宅図に、飽きることなく手を加えられた。「どうせ作り物なのに……」と、失礼ながら多少は冷めた目で拝見していたが、いま気付くことがある。あれが、先生の生きる楽しみだったのだと。庭の樹木か盆栽の手入れのように、先生は、それを自分の人生の楽しみにされていたのだということを、今は思う。私も、本書は、私にとっての庭木であり盆栽である。一度は形に仕上げて、これからゆっくり、手を加えながら姿形を整えていくことが、残りの人生の楽しみになる。そういう気持で、他人の迷惑も考えず、とにかく今の段階で形にしておきたいと思った。

なお、この過程で、自分でも予想しなかった感情を覚えた。今更ながらで恥ずかしいが、研究書あるいは研究論文に楽しく接するという感情である。いま少し正確に言うと、発表された研究内容そのものでなく、そこから見える研究者の姿に、心を動かされるという感情である。子供の頃には、小説の中で出会う人間が、友達だった。今度は、どんな人に出会えるかなというのが読む楽しみだったが、今は、研究者そのものの姿に、共感して思うことがしばしばあった。三和礼子・河村政久氏の佳編は清々しい。普通に学究の道を歩まれたら、それなりの研究者になられたであろう。インターネット検索で出会った、郷土史家・高松英二氏などの無辜の営みも、感銘が深かった。須田春子・所京子先生の研究には、それぞれの人生を感じた。フランス人ながら、孤高に努められたベルナール・フランク氏の足跡。馬淵和夫先生のもとに出入りされていたのなら、母校の廊下などですれ違うことがあったのかも。村山修一・村井康彦先生の研究の豊かさ。萩谷朴先生の歌合、杉山信三先生の御堂、このような著述が出来たら、それだけで生きた甲斐があると感じる。吉田東伍・太田静六・角田文衞先生の仕事には、人間には、空恐ろしいほどの能力を天より賦与されるということもあると実感させられた。著書・論文よりも、そこに、一つの人生の真摯の営みを、思い感じることが多かった。才能の違いは別として、同じ真理の道を歩む仲間としての共感か、晩秋を意識する人生からの共感か、よく分からない。最後に、個人的な感懐に発する著書に、ご無理を願った和泉書院社主廣橋研三氏にも謝意を表しておきたい。判別困難なほどに赤くなった校正ゲラを前に、このような小著でも、印刷・製本も含めて多くの方々の協力で初めて世に出るものであることを、再三にわたって感じたことであった。

ともあれ本書は、この後の私の人生のための、スタートの白線である。号砲を聞いて勢い良く飛び出したつもりでも、おそらく一層よたよたと頼りない走りになるであろうことは、容易に推測できる。そんな時、少しでもまともな道に戻るようにお導きいただければ嬉しいと勝手な希望を述べて、ささやかな感傷の文を閉じたい。

平成20年1月5日

薄曇の夕暮れを迎えた湖岸の茅屋にて記す（著者）

■著者略歴

加納重文（かのう しげふみ）

昭和15年、広島県福山市生。昭和42年、東京教育大学文学部国語学国文学専攻、卒業。昭和47年、同大学院博士課程、中退。秋田大学、古代学協会平安博物館を経て、昭和53年、京都女子大学助教授、60年教授。平成18年退職。同大学名誉教授。著書は、『源氏物語の研究』（望稜舎、昭61）、『平安女流作家の心象』（和泉書院、昭62）、『歴史物語の思想』（京都女子大学、平4）、『明月片雲無し　公家日記の世界』（風間書房、平14）、『香椎からプロヴァンスへ　松本清張の文学』（新典社、平18）、『清張文学の世界　砂漠の海』（和泉書院、平20）、『松本清張作品研究　付・参考資料』（和泉書院、平20）、その他。

研究叢書 378

平安文学の環境
――後宮・俗信・地理――

二〇〇八年五月二六日初版第一刷発行
（検印省略）

著者　加納重文
発行者　廣橋研三
印刷所　亜細亜印刷
製本所　渋谷文泉閣
発行所　有限会社　和泉書院

大阪市天王寺区上汐五-三-八
〒五四三-〇〇〇二
電話　〇六-六七七一-一四六七
振替　〇〇九七〇-八-一五〇四三

ISBN978-4-7576-0467-4　C3395

研究叢書

天皇と文壇 平安前期の公的文学 滝川幸司著 361 八九二五円
岡家本江戸初期能型付 藤岡道子編 362 一二六〇〇円
屛風歌の研究 論考篇 資料篇 田島智子著 363 二六二五〇円
方言の論理 方言にひもとく日本語史 神部宏泰著 364 八九二五円
万葉集の表現と受容 浅見徹著 365 一〇五〇〇円
近世略縁起論考 石橋義秀 菊池政和編 366 八四〇〇円
輪講 平安二十歌仙 京都俳文学研究会編 367 一二六〇〇円
二条院讃岐全歌注釈 小田剛著 368 一五七五〇円
歌語り・歌物語隆盛の頃 伊尹・本院侍従・道綱母達の人生と文学 堤和博著 369 一二六〇〇円
武将誹諧師徳元新攷 安藤武彦著 370 一〇五〇〇円

（価格は５％税込）